dtv

Wasserstände sinken, Quellen versiegen – etwas geht vor ... Noch ist die Bedrohung des Kontinents kaum spürbar, die Völker leben in Frieden, die großen Schlachten sind Vergangenheit. Aber unter der Oberfläche mehren sich dunkle Vorzeichen. Eine Bedrohung, die nicht allen verborgen bleibt: Die Undae, eine Gemeinschaft von hohen Frauen, die dem Wasser verbunden sind und darin lesen können, treten aus ihrer Abgeschiedenheit zurück in die Welt, um die Menschen zu warnen. Drei von ihnen machen sich auf den Weg zu den zwölf Quellen, um das Gleichgewicht der Welt wiederherzustellen. Aber sie gehen nicht allein. Drei welsische Offiziere, ein junger Hirte auf der Suche nach Rache und sein Falke begleiten sie. In dieser Schicksalsgemeinschaft muss jeder Einzelne zunächst sich selbst überwinden, bevor sie gemeinsam ihre Welt vor dem Untergang retten können.
Eine Zeit des Wandels hat begonnen und der Ausgang der Reise ist ungewiss. Nur eines ist sicher: Die, welche zurückkommen werden, sind für immer verändert.

E. L. Greiff, 1966 in Kapstadt geboren, lebt heute in den Niederlanden. Studium der Theaterwissenschaften und Germanistik, anschließend zahlreiche freie Regiearbeiten. Neben der Autorentätigkeit arbeitet Greiff als freie Texterin für Agenturen und Unternehmen. Die Fantasy-Trilogie ›Zwölf Wasser‹ ist ihr Romandebüt.

E. L. Greiff

ZWÖLF WASSER

Buch 1:
Zu den Anfängen

Deutscher Taschenbuch Verlag

Von E. L. Greiff
sind im Deutschen Taschenbuch Verlag erschienen:
ZWÖLF WASSER, Buch 2: In die Abgründe (24966)
ZWÖLF WASSER, Buch 3: Nach den Fluten (26040)

Ausführliche Informationen über
unsere Autoren und Bücher
finden Sie auf unserer Website
www.dtv.de

Ungekürzte Ausgabe 2014
© 2012 Deutscher Taschenbuch Verlag GmbH & Co. KG,
München
Umschlagkonzept: Balk & Brumshagen
Umschlaggestaltung und -illustration: Max Meinzold
Karte: Guter Punkt, München/Markus Weber
Satz: Bernd Schumacher, Obergriesbach
Gesetzt aus der Arno Pro 10,3/12,9 pt
Druck und Bindung: Druckerei C.H.Beck, Nördlingen
Gedruckt auf säurefreiem, chlorfrei gebleichtem Papier
Printed in Germany · ISBN 978-3-423-21514-4

INHALT

PROLOG   Das große Sterben................ 11

TEIL EINS

ERSTES KAPITEL   Im Langen Tal..................... 21
ZWEITES KAPITEL   Die Ausrottung der Hasen......... 30
DRITTES KAPITEL   Ein ungeheuerliches Geschenk 42
VIERTES KAPITEL   Juhut 61
FÜNFTES KAPITEL   Hirte oder Falkner................ 73
SECHSTES KAPITEL   Der Mörder stirbt 84
SIEBENTES KAPITEL   Ritt durch den Regen 98
ACHTES KAPITEL   Der Hirte findet die Spur.......... 108

TEIL ZWEI

ERSTES KAPITEL   Stadt am Berg 127
ZWEITES KAPITEL   Stahl............................. 140
DRITTES KAPITEL   Was Hoffnung ist................. 154
VIERTES KAPITEL   Die Botschaft der Undae 164
FÜNFTES KAPITEL   Du bist meine Heimat 173

SECHSTES KAPITEL	Ein Schwert ist ein Schwert	181
SIEBENTES KAPITEL	Sedrabras	199
ACHTES KAPITEL	Alles ist Asche	218
NEUNTES KAPITEL	Festgesetzt	230
ZEHNTES KAPITEL	Fahrt in die Finsternis	239
ELFTES KAPITEL	Torvik	262
ZWÖLFTES KAPITEL	Drei kommen durch	272

TEIL DREI

ERSTES KAPITEL	Pram	291
ZWEITES KAPITEL	Fürst Mendron	303
DRITTES KAPITEL	Zwei Wahrheiten	320
VIERTES KAPITEL	Belendra	340
FÜNFTES KAPITEL	Morgendämmerung	358
SECHSTES KAPITEL	Waffengang	366
SIEBENTES KAPITEL	Seht den Anfang und das Ende	379
ACHTES KAPITEL	Lucher	394
NEUNTES KAPITEL	Asing ist nicht mehr	410
ZEHNTES KAPITEL	Etwas fällt vom Himmel	421
ELFTES KAPITEL	Wigo	428
ZWÖLFTES KAPITEL	Das Ende der Jagd	441

TEIL VIER

ERSTES KAPITEL	Nogaiyer	449
ZWEITES KAPITEL	Verräter und Freund	457
DRITTES KAPITEL	Die Wirkung des Waldes	469
VIERTES KAPITEL	Verloren	480
FÜNFTES KAPITEL	Der Vergessene Steig	489

SECHSTES KAPITEL	Horn unter Haut	491
SIEBENTES KAPITEL	Die Alte Zeit	498
ACHTES KAPITEL	Hinter der Maske	510

TEIL FÜNF

ERSTES KAPITEL	Wundert euch	521
ZWEITES KAPITEL	Klettern	529
DRITTES KAPITEL	Der Wind hat ein Gesicht	537
VIERTES KAPITEL	Laszkalis	543
FÜNFTES KAPITEL	Halle der schlafenden Falken	550
SECHSTES KAPITEL	Flammentod	557
SIEBENTES KAPITEL	Eine innere Festung	575
ACHTES KAPITEL	Abtrennung	578
NEUNTES KAPITEL	Zurück zum Anfang	585

ANHANG

Personen	597
Kalender, Sprachen, Währungen	600
Karte	604
Anmerkungen und Dank	607

*Zwölf Wasser sollen fließen,
zwölf Quellen sollen sprechen
vom Werden und Vergehen durch die Zeit.
Zwölf Wasser sollen fließen,
zwölf Quellen sollen stillen
der Menschen Durst nach Menschlichkeit.
So soll es sein, so ist es nicht mehr.
Wasser sinkt. Wasser steht. Wasser schweigt.
Menschlichkeit versiegt und Bitternis steigt
auf in den Seelen, dunkel und schwer.*

PROLOG

DAS GROSSE STERBEN

Der Fisch gab auf. Sein Leben lang hatte er das Wasser in sich hineingepumpt und an den Kiemen entlangströmen lassen, jetzt war es vorbei. Erst sank er, dann drehte er sich und trieb langsam trudelnd aufwärts. Bauchoben durchbrach er den Wasserspiegel des großen Sees, die Schuppen glänzten wie frisch geputztes Silber im Licht der aufgehenden Sonne. Sanft schaukelte der tote Fisch auf den Wellen, bis er schließlich mit einem leisen Klatschen gegen die mit Algen bewachsenen Steine des Hafenbeckens schlug. In der morgendlichen Geschäftigkeit des Hafenviertels, zwischen zerborstenen Holzkisten, zerfransten Seilenden, Öltuchfetzen und anderem Unrat, die den Kai und die Piers wie ein bunter Saum umschwammen, konnte ein einzelner toter Fisch keine Aufmerksamkeit erregen. Auch der Mann, der oben über die Promenade eilte, hatte keine Ahnung von dem Tod, der unter ihm im Wasser lag. Er war mit einem weit größeren Sterben beschäftigt. Einem Sterben, das ihn nicht hatte schlafen lassen und früh aus dem Bett getrieben hatte.

Im Schatten gestapelter Fässer saß eine fette Ratte mit nassem Fell, die Hälfte des Schwanzes fehlte. Als der Mann vorüberlief, machte sie einen müden Hopser, die Andeutung einer Flucht, aber der Mann hatte sie nicht einmal bemerkt. Ein feiner Schweißfilm bildete sich auf seiner hohen Stirn, der Mann verlangsamte seinen Schritt, wich einem Schwall Schmutzwasser aus, das sich aus der dunklen Türöffnung einer Schenke über das Pflaster ergoss. Im Vorbeigehen nahm er die geröteten Hände einer Frau wahr, die einen Eimer hielten. Aber sie trat nicht nach draußen in den Morgen, sondern blieb unerkannt im Dämmer, im schalen Geruch der Gastwirtschaft und der Mann ging weiter. Er bog auf eine breite Straße ein. Viele Menschen waren schon auf den Beinen, die Händler öffneten ihre Stände. Die große Stadt kam nie vollends zur Ruhe, aber heute schien dem Mann die frühe Stunde besonders belebt. Der Eindruck täuschte vielleicht, der Mann traute seinen Sinnen nicht. Schlafmangel machte ihm zu schaffen, er fühlte sich wie unter Wasser, dumpf und schwerelos. Zugleich war er bedrückt und empfindlich: Das Splittern einer fallen gelassenen Obstkiste ließ ihn zusammenschrecken, der Fluch und die unmittelbar darauf folgende Ohrfeige hallten in seinem eigenen Kopf, die über das Pflaster rollenden Äpfel waren die rotesten, die er je gesehen hatte.

Der Mann hob den Kopf und sah den Himmel violett leuchten. Die goldenen Kuppeln der alles überragenden Zwillingstürme glänzten wie große Gestirne. Als habe sich die Stadt selbst eine Doppelsonne an den Himmel geheftet, damit die Dunkelheit diesen Ort nicht erreichen konnte. Und so war es bis jetzt auch: Pram hatte noch jede Katastrophe von sich abwenden können. Der Mann kniff geblendet die Augen zu und wischte sich über die feuchte Stirn. Dies würde der erste wirklich heiße Tag des Solders werden.

In der kühlen Stille des hohen Lesesaals, umgeben vom Wissen des gesamten Kontinents, wurde der Mann etwas ruhiger.

Wenn er Folianten um sich herum stapeln konnte, wenn er Schriftrollen ausbreiten und sich über die Zeichen der Vergangenheit beugen konnte, wenn er las, ging es ihm gut. Seine Augen, sonst unstet und nirgendwo Halt findend, saugten sich fest. Er vergaß den Saal, er vergaß sich selbst und er vergaß die Zeit. Er ging über hundert Soldern zurück, hinein ins große Sterben.

Der Eldron hat sich einen Gürtel aus Stahl umgelegt. Drüben, am flachen, grasigen Ufer, ist es dunkel geworden; dort sind die Welsen aufmarschiert und es schimmert schwarz über den Wassern des großen Stroms. Ab und an wehen Fetzen der grausigen Schlachtgesänge hinüber in unsere freie, schöne Heimatstadt, die sich dieser Tage mit gleichsam angehaltenem Atem an nur einen Gedanken klammert: Die Kwother werden uns zur Hilfe kommen. Bald! Bald!

Wenn nicht, sind wir verloren. Die Streitkraft der Welsen muss vernichtend genannt werden. Am Ostufer des Eldrons sind in Stellung gebracht: Lanzenträger, Bogenschützen, Schwertkämpfer und Berittene, wobei die Schwertkämpfer zu Fuß den anderen Einheiten zahlenmäßig voraus sind. Es ist ein großes Verschieben und Vermischen im Gange. Es formen sich, wie von großer, unsichtbarer Hand geführt, vier Armeen aus den Truppenteilen, jede über siebzigtausend Helme stark. Immer mehr in schwarzen Stahl gerüstete Männer stehen da, wo eben noch Bäume standen; es ist, als ob das Welsenheer aus dem Wald herauswüchse. Aber nein, sie schlagen die Bäume! Sie bauen Boote und Flöße! Sie wollen übersetzen!

Bald ist nichts mehr zwischen uns und der Vernichtung. Nur das Wasser gibt uns Aufschub. Der große Strom, der Eldron, unser aller Vater und Ernährer, ist dieser Tage unser Beschützer. Nicht mehr lange, und der Kriegstreiber, der grausamste aller Herrscher dieser Welt, König Farsten von Wandt, wird ihn überwunden haben.

Der Mann zupfte an seinem dünnen Bart, er hatte diese Passage schon so oft gelesen, dass er sie auswendig kannte. Dennoch, und obwohl der damalige Chronist nicht gerade ein begnadeter Schreiber gewesen war, las er sie immer wieder. Heute erschien sie ihm besonders düster, ohne dass er den Grund dafür fand. Heute halfen die zittrigen Zeilen nicht gegen das Unwohlsein, sie machten ihn nur noch nervöser. Er bemühte sich, sein Herz zu beruhigen, das wie ein abgehetzter Bote mit einer fast unverschämten Dringlichkeit gegen seinen Brustkorb klopfte. Welche Nachricht wollte es ihm überbringen? Der Mann versuchte zwischen den Zeilen zu lesen, aber da war nichts außer nackter Angst. Pram, die *freie, schöne Heimatstadt*, stand jedoch noch, sie war der Vernichtung entkommen und war heute sogar schöner, größer und freier als damals. Der Mann war hindurchgelaufen, gerade eben erst. Er wusste es, das Unmögliche war damals gelungen; und er wusste auch, wie, denn er hatte es gelesen.

Aber die Unruhe, die sich in seinen Körper und in sein Denken gepflanzt hatte und daran emporkroch wie ein schnell wachsender Efeu, verdrängte die Gewissheit. Er war nicht mehr sicher, dass das, was geschrieben stand, die ganze Wahrheit war, und das erschütterte ihn, denn er kannte kein anderes Mittel gegen Ungewissheit als das Lesen. Er griff sich ein weiteres Buch, eine Abschrift aus dem Fürstenkodex, und schlug die berühmte Rede Palmons nach.

Bürger von Pram, seht her: Die Welt ist zu uns gekommen. Denn hier und heute, in dieser Nacht, in Pram, entscheidet sich das Schicksal der freien Völker des Kontinents. Und seht: Hier stehen wir und wir stehen zusammen! Wir sind im Recht. Wir verteidigen unsere Freiheit.

Wer diese Stadt, wer dieses Volk von Pram preisgeben würde, der würde eine ganze Welt preisgeben. Deshalb ist die Welt nach Pram gekommen.

Deshalb sind sie hier, die Führer der Kwother mit ihren Soldaten, der König der Steppenläufer mit seinen Spähern, sogar die Seguren haben ihre Besten gesandt, Asing ist hier, neben mir, um uns zu beraten. Wir stehen zusammen in einer Allianz, einer Front, dem Feind entgegen.

Pram ist eine Festung – ohne Mauern. Pram ist ein Bollwerk – für die Freiheit.

Pram ist der Vorposten der Menschlichkeit, den niemand ungestraft preisgeben kann und darf und will.

Wir gehen nicht zurück. Wir lassen uns nicht in die Finsternis stürzen. Wir unterwerfen uns nicht der Gier, dem Machthunger, dem Wahnsinn eines Mannes, der nichts kennt als den Krieg. Ich rufe dir zu: Sieh dich vor, Farsten, schwarzer Soldatenkönig, grausamer Kriegsfürst! Denn über uns wirst du stolpern! An Pram wirst du scheitern. Hier wirst du fallen!

Bürger von Pram! Das Auge der Welt ist heute auf euch gerichtet! Was wird es sehen? Weinende Kinder? Geschändete Frauen? Verstümmelte Männer? Geplünderte Häuser? Tod und Leid, Versklavung und Unterwerfung, die vollkommene Vernichtung all dessen, was wir lieben?

Ich sage euch, was ich sehe: Ich sehe Tränen. Tränen der Freude. Ich höre Schreie. Schreie, die unseren Sieg jubelnd in die Lüfte tragen. Ich sehe das Licht eines neuen Tages auf euren Gesichtern leuchten. Ich sehe eine Stadt, die unberührt vom Grauen des Kriegs einer Zukunft entgegengeht, die noch heller strahlt in der Nachbarschaft der totalen Zerstörung. Der totalen Zerstörung von Machthunger und Wahnsinn. Der totalen Zerstörung eines Kriegstreibers, der unser Volk ohne Not angreift und sein eigenes ins Verderben stürzt:

Farsten wird fallen. Farsten wird brennen.

Und mit ihm ganz Welsien!

Eine gute Rede, eine Rede, die Mut machte am Vorabend der großen Schlacht, die verloren schien, es aber nicht gewesen war. Eine prophetische Rede. Denn die Allianz, das glorreiche Westliche Bündnis, hatte nicht nur das übermächtige Welsenheer vernichtet, sondern ganz Welsien – genau so, wie Fürst Palmon es den Bürgern des freien, schönen Pram versprochen hatte. Ein gewaltiger Feuersturm war über das weite Land der Welsen gefegt, die kwothischen Soldaten im Gefolge. Die Elemente waren den Rechtschaffenden wohlgesonnen gewesen: zuerst das Wasser, das die Feinde der Freiheit aufgehalten hatte. Dann das Feuer. Und die Winde, die die Flammen über die Ebenen Welsiens trieben, bis das kriegerische Volk beinahe vollständig ausgerottet war und das große Sterben ein Ende hatte. So oder so ähnlich war es überall verzeichnet. Und das konnte keine Lüge sein, denn es war geschehen: Welsien war verbrannt, König Farsten war verbrannt und mit ihm sein Volk, alles war Asche geworden vor über hundert Soldern. Wen kümmerte das heute noch?

Ihn. Der Mann hatte nicht nur alles gelesen, was an Schriften über die große Feuerschlacht in der Bibliothek von Pram verfügbar war, und das war viel. Er hatte sich auch Abschriften aus Kwothien schicken lassen und jede Quelle, auch die dunkelste, angezapft, um noch mehr Informationen aufzutun. Erst heute wurde ihm klar, wie blind er gewesen war.

Er musste nichts mehr lesen über den hervorragenden, weitsichtigen Palmon von Pram, über die strategisch brillanten Heerführer der Kwother, über die flinken Steppenläufer. Er musste nicht mehr Truppenstärken nachrechnen, Versorgungswege nachvollziehen, Schlachtordnungen durchspielen. Er hatte sich viel zu lange mit den Militärs beschäftigt.

Er musste das Feuer verstehen, nicht die Schlacht.

Dem Mann wurde übel, er beugte sich vor und hielt den

Atem an. Sein Herz, klüger als er selbst, war mit einem Mal still geworden, als wollte es ihn in Ruhe das erfassen lassen, was es längst wusste.

Er musste das Feuer verstehen.

Er holte tief Luft, er rang mit der Übelkeit.

Er musste neu und anders denken, und das zog mit einer solchen Gewalt an ihm, dass er sich am Stuhl festhalten musste.

Sein Herzschlag setzte wieder ein, schmerzhaft, und mit dem ersten Schlag sah er es. Das Inferno, wirklich wie nie. Ein ganzes Land in Flammen. Der Mann sah den Boden glühen und die Menschen brennen. Er hörte die Schreie und roch verkohlte Haut – und das war es, was er nie hatte lesen können, denn dieses Feuer war unbeschreiblich in seiner Ausdehnung, seiner lodernden Gier, seiner rasenden Vernichtung. Der Mann fühlte die Glut, den heißen Atem der Todesangst und endlich verstand er: Dies war die Vergangenheit *und* es war die Zukunft.

Denn dieses Feuer war zu groß gewesen. Es war so heiß, so mächtig gewesen, dass es in einer Nacht ein ganzes Volk verbrennen konnte. Ein solches Feuer konnte niemals völlig verlöschen. Ein solches Feuer schwelte weiter. Wenn niemand die verborgenen Glutnester austrat, konnte es auch nach über hundert Soldern wieder auflodern. Und dann würde es nicht nur ein Land, sondern den ganzen Kontinent in Brand setzen.

Der Mann lehnte sich zurück und fuhr sich durch die Haare. Er schloss die Augen und schluckte den Speichel, der sich in seinem Mund gesammelt hatte. Er schmeckte bitter wie Galle.

TEIL EINS

ERSTES KAPITEL

IM LANGEN TAL

Sie hatten ihr Lager am sandigen Ufer der Merz aufgeschlagen, die nach dem außergewöhnlich heißen Lendern wenig Wasser führte. Flirrende Hitze hatte das Lange Tal gelähmt und in der Mittagsglut schien die Luft über den Gräserspitzen zu brennen. Nun, in der aufziehenden Nacht, wurde es kühler. Aber es regnete nicht. In einem Bett, das ihm zu groß geworden war, glitt der dunkle Fluss träge an ihnen vorüber.

Jator drehte zwei Gelbhühner über dem Feuer, die Babu von seinem Ausritt mitgebracht hatte, fettes Federvieh, es zischte, wenn der Saft austrat und in die Flammen tröpfelte. Ihm lief das Wasser im Mund zusammen.

»Unser Land sorgt gut für uns, was meinst du, Babu?«

Der Freund schwieg erst, rang sich dann doch zu einer Antwort durch.

»Die Hühner sind so fett, ich hätte sie im Vorbeigehen mit der Hand fangen können.«

Babu lag auf der Seite, den Kopf aufgestützt. Der lange schwarze Zopf ringelte sich im gelben Sand wie eine Schlange, die hellbraunen Augen wirkten dunkler im Schein des Feuers und ruhten mit einer Verachtung auf den Hühnern, die sie nicht verdient hatten. Jator zog den Ärmel seines Lederhemds über die Hand und drehte wieder an den heißen Spießen. In letzter Zeit war mit Babu kein rechtes Gespräch mehr anzufangen. Den ganzen Tag über hatte Babu kaum ein Wort gesagt, sondern in die Ferne gestarrt, und dann war er losgeritten. Hatte Jator allein gelassen mit der Herde und den Hunden. War es nicht so, dass sie zusammen reiten sollten? Über Tag Langeweile und am Abend nicht einmal Spaß beim Essen. Jator seufzte. Babu sah ihn an.

»Jator?«

»Ja?«

»Sag mir, woraus ist unser Brennholz?«

»Was soll das, Babu, das weißt du so gut wie ich.«

»Sag es mir dennoch.«

Widerstand war zwecklos. Babu hielt an seiner Sache fest, stur wie ein alter Mann, dabei war er sogar noch jünger als Jator.

»Wir machen unser Feuer aus getrocknetem Kafurdung«, leierte der, »wie es schon unsere Väter gemacht haben und die Väter unserer Väter und deren Väter auch. Wir sind Grasleute, wir brauchen kein Holz für ein schönes Feuerchen, um uns ein paar leckere Gelbhühnchen zu brutzeln.«

»Ganz genau. Wir sind Grasleute«, sagte Babu und richtete sich auf, »wir brauchen kein Holz. Und erst recht brauchen wir keine Steine und noch viel weniger brauchen wir Häuser, die aus Steinen sind, und vor allem ...«

»Ho, ho, warte, Babu, tu mir den Gefallen und lass uns das abkürzen. Ich sage es jetzt noch genau ein Mal: Ich mag mein Haus. Ich bin gerne zu Hause. Und, ja, schüttel du nur den Kopf, ich sitze gern in der Küche und löffel Mutters Stockmus, das ist nämlich sehr gut, wie du weißt. Außerdem trinke ich lieber ein kräftiges Bier als Flusswasser. Und außerdem«, er hob die Stimme, um Babu abzuwürgen, der dazwischenreden wollte, »ist unser Haus nicht aus Stein, sondern aus Lehm. Die Hühner sind durch.«

Babu schwieg beleidigt.

Jator zog das knusprige Geflügel von den Spießen auf zwei dicke, speckige Spaltlederlappen – Geschirr nahmen sie nicht mit, wenn sie die Herde zum Grasen ausführten, nur ein paar Blasshaferfladen, vielleicht einige getrocknete Strauchbeeren.

Jator sah auf das gebratene Gelbhuhn, er hatte Hunger. Aber nun sogar im Streit essen? Das konnte er nicht.

»Ich mag zwar ein Nichtsnutz sein, Babu, ich weiß, dass du im Geheimen so denkst – jeder denkt so, denn ich habe keine eigene Herde. Aber weißt du was? Es ist mir egal. Ich komme mit dir mit und das reicht mir. Ich bin gern zu Hause, ja, aber ich jammere nicht, wenn wir unterwegs sind. Weißt du auch, warum? Mir gefällt mein Leben, ich mag alles so, wie es *ist*. Und ich glaube einfach nicht daran, dass gestern alles besser war. Weil das nicht wahr ist. Immer umherziehen, heute hier, morgen da, die große Freiheit. Deine Freiheit war *Krieg*, Babu, begreif das doch endlich. Diese Zeiten sind vorbei. Was willst du eigentlich? Du hast doch alles. Kannst du dich nicht ein wenig anpassen? Kannst du nicht … dankbar sein?«

Babu sah ihn ernst an und warf sich den Zopf auf den Rücken. Dann, endlich, lächelte er.

»Du bist also ein Nichtsnutz? Wer hilft mir denn mit der Herde, wer hat heute auf sie achtgegeben, wem gehorchen denn die Hunde? Du bist ein guter Hirte, Jator. Ich bin froh, dass du mitkommst. Ich bin *dankbar*, dass du mich begleitest. Außerdem: Mit wem sollte ich sonst streiten?«

Jator zog mit den Zähnen die Haut vom Gelbhuhnschenkel und warf sie den Hunden hin, die mit der Geduld eines Rudels Wölfe genau darauf gewartet hatten und sich nun gierig auf den Fetzen stürzten. Ja, zum Streiten war Jator gut genug. Aber das wollte er nicht. Er wollte seine Ruhe haben und ein wenig Spaß, das war nicht viel verlangt. Er hatte nichts dagegen, Babu zu begleiten, mit ihm die Herde auszutreiben, so war es immer gewesen und es war gut gewesen. Den Freund auf seinen Gedankengängen in die Vergangenheit zu begleiten, mit ihm in eine Zeit zu gehen, die vor ihrer eigenen, gemeinsamen Zeit lag, das aber widerstrebte Jator zutiefst. Denn es war eine dunkle, blutige Zeit gewesen. Warum also dorthin schauen? Der Thon sagte es doch auch: Die Merzer sollen in die Zukunft sehen. Und der Thon hatte recht.

»Tascha wird heiraten«, sagte Jator.

Babu verschluckte sich, würgte.

»Wann?«

»Sobald Kager sich die Hochzeit leisten kann, nehme ich an.« Er schlug Babu auf den Rücken, Babu wehrte ihn ab. Jator gab ihm einen kräftigen Schlag auf die Schulter.

»Na, was soll's! Ich habe ja noch eine Schwester.«

Babu hustete und blickte finster auf die Mahlzeit in seinem Schoß. Dann packte er das Hühnchen und warf es vor die Hunde.

»Ich will noch nicht ausgesucht werden. Ich bin noch nicht so weit.«

»Sicher«, sagte Jator ruhig, biss ab und kaute ausgiebig. »Du bist noch nicht so weit ... Du lässt das Leben an dir vorbeiziehen und grübelst. Hier draußen ... am Feuer, am Fluss, unter den Sternen.«

»Wirst du dann, wenn es so weit ist ... wirst du dann mit Kager reiten?«

Babus Augen waren groß und rund. Manchmal konnte man glauben, er sei gar kein echter Merzer.

»Das müsste ich wohl«, sagte Jator. »Das wird von mir erwartet. Er ist dann mein Schwager.« Er puhlte sich Fleischfasern aus den Zähnen. »Aber was kümmert mich das, was andere von mir erwarten?« Er lachte. »Ich bin ein Nichtsnutz! Mir fehlt der Ehrgeiz. Meine Mutter und meine Schwestern haben sich längst damit abgefunden, dass aus mir nichts mehr wird. Ich soll Kagers Kafur hüten? Ich denke nicht daran.«

Babu blickte Jator erstaunt an.

Jator beugte sich vor. »Babu, ich bin dein *Freund*, ich komme mit dir. Von mir aus bis an mein Lebensende ... unter einer Bedingung.«

»Die wäre?«

»Du gibst ein für alle Mal zu: Bier ist besser als Wasser.«

Babu grinste und nickte. Und nahm den Gelbhuhnschenkel, den Jator ihm reichte.

Die Kafurrinder hatten an der lehmigen, von vielen tausend Hufen zerstampften Tränke am Ufer der Merz noch einmal tüchtig gesoffen und waren dann zum Pferch getrottet. Hier konnte Babu kranke oder schwache Tiere von den anderen trennen, hier konnte er mit Jators Hilfe Kälber kennzeichnen. Eine Arbeit, für die Jator nicht entlohnt werden wollte.

Dann würden sie wieder losziehen. Der Pferch war zwar groß, im Langen Tal herrschte kein Platzmangel, aber von Zäunen umgeben zu sein behagte Babu nicht. Außerdem war er hier nicht allein: Viele umzäunte Areale bildeten ein verwirrendes Labyrinth aus Weiden, schmalen, nur für die Hirten auf ihren Ponys zugänglichen Pfaden und breiten, ausgetretenen Wegen, auf denen die Herden hinein- und hinausgetrieben wurden. Die meisten Pferche teilten sich einen Zaun, manche, vor allem die inneren, nahe der Stadt liegenden, waren von drei Seiten umgeben von Nachbarpferchen. In vielen Umzäunungen standen zudem Zelte – es war üblich, dass die Hirten mit ihren Familien bei ihren Tieren wohnten.

Das der Stadt vorgelagerte Kafurviertel war Sinnbild für den Reichtum der Merzer: Hunderttausende Kafurrinder standen, dampften, grasten hier, wurden gemolken und gemästet. Längst wurden nicht mehr alle Tiere über das Grasland geführt. Es waren mächtige Rinder mit hellbraunem, manchmal fast weißem, dicht gelocktem Fell und eng am Schädel anliegenden, gedrehten Hörnern. Die breiten Mäuler waren rosafarben und sanft, die lange, harte Zunge wie gemacht für das scharfe Gras. Ihre Milch und ihr gutes, dunkles und würziges Fleisch ernährten die Menschen, ihr dichtes Fell und ihr getrockneter Dung spendeten Wärme, ihre Knochen wurden zu Pfeilen, Nadeln oder Zeltstangen, das Horn zu Knöpfen, Schmuck und Kämmen für die Mädchen. Nichts in der bekannten Welt war so vielseitig und haltbar wie Kafurleder. Die Merzer hielten auch Schafe und Ziegen und kannten Wolle, aber sie waren nicht nur Grasleute, sie waren auch Lederleute. Hemden, Kleider und lange Staubmäntel, leicht und weich, fertigten sie aus Leder ebenso wie feste, biegsame Stiefel, perfekt zum Reiten und unverwüstlich. Die robusten Reithosen waren ledern und auch die mit Hornperlen verzierten Kappen und Helme. Die Merz-Gerber waren angesehene Leute, auch wenn sie ihr eigenes Viertel hatten, am anderen Flussufer und etwas stromabwärts, damit der Gestank ihres Handwerks die Stadt nicht betäubte.

Die eng zusammenliegenden und miteinander verbundenen Pferche zeigten aber auch einen Mangel auf: den Mangel an Holz. Zäune waren teuer. Vereinzelt erhoben sich Strauchbeerenbäume über die wogenden Grasspitzen, aber wenn man es recht besah, waren das keine Bäume, sondern große Sträucher. Sie dienten den Hirten zur Orientierung im monotonen Gräsermeer, keiner würde es wagen, sie zu fällen. Das Holz kam über den Fluss, aus dem Osten, aus Pram. Mit ihm kamen die Händler und brachten Geschichten mit von fremden Völkern und fernen Ländern – die Grasleute interessierten sich nicht besonders dafür. Nur Babu lungerte oft bei den Anlegern herum und schnappte vieles auf.

Bald nun würde der Lendern zu Ende sein, und wenn es Firsten war, würden nur noch wenige Schiffe den mühsamen Weg flussaufwärts bis zur Stadt Bator Ban auf sich nehmen. Ein feuchtkalter Wind fiel dann von den Bergen hinab ins Lange Tal, tobte durch das Gras und wühlte das anschwellende Wasser der Merz auf zu unberechenbaren, kabbeligen Wellen. Noch war es nicht so weit, noch war es warm, zu warm, aber alles war vorbereitet: Zu Mittlendern hatten die Merzer bald doppelt so viele Kafur wie gewöhnlich geschlachtet, jetzt stapelten sich die Ledersachen und Felle in den Lagerzelten, bereit, mit den letzten Schiffen gen Osten zu fahren. Viele würden als reiche Leute ins nächste Solder gehen, viele würden sich nun endlich auch ein Lehmhaus bauen, ein gemütliches, festes Heim – und ihr Wohnzelt für immer zusammenlegen. Immer mehr junge Männer gingen Lehm stechen oder bestellten Felder. Aus den wilden Gräsern war Getreide geworden, aus frei laufenden Kafur wurden Tiere, die vor Pflüge gespannt wurden. Es war nicht mehr Ziel und Traum eines jeden, eine eigene Herde zu besitzen.

Babu aber liebte seine Tiere, sie waren sein ganzer Stolz. An die dreihundert gesunde, stattliche Kafur konnte er sein Eigen nennen, was viel war für einen so jungen Mann. Schon als kleiner Junge hatte er geholfen, die Herde seines Onkels zu hüten, die größte der ganzen Horde, und mit zehn hatte er darauf bestanden, die Prüfung zum Hirten abzulegen, nach alter Tradition.

»Nicht doch, Babu, das muss nicht sein«, hatte Bator Thon gesagt und war seinem Neffen durchs schwarze Haar gefahren. »Du hast längst bewiesen, dass du ein guter Hirte bist. Vergiss doch die Prüfung.«

»Nein«, hatte Babu nur geantwortet und war so lange in der Halle stehen geblieben, bis der Thon sich geschlagen geben musste und einwilligte.

Seine Mutter hatte nur widerwillig Proviant in die Satteltaschen gepackt und Babu immer und immer wieder gebeten, es doch nicht zu tun, oder wenn es denn unbedingt sein musste, noch ein oder zwei Soldern zu warten, er sei doch noch ein Kind. Babu aber war stur geblieben, hatte einen stämmigen Jungbullen aus der Herde seines Onkels ausgesucht, war auf sein Pony gesprungen und davongeritten, das Kafur im Schlepptau und ohne sich umzusehen.

Zwei Zehen war er fort. Drei Tage vor Mata, dem großen Schlachtfest, kam er zurück. Das Kafur führte er mit sich. Er hatte sich das graue Fell eines Steppenwolfs über den Rücken gelegt. Der vom Unterkiefer befreite Schädel zierte sein Haupt und war so groß, dass er dem jungen Babu immer wieder in die Stirn und vor die Augen rutschte. Er hatte das Kafur in die Anstiege geführt und Tag und Nacht bewacht, und als die Wölfe kamen, hatte er es beschützt. Er hatte die Prüfung bestanden.

Der Jungbulle von damals war inzwischen zu einem großen, kräftigen Tier ausgewachsen und tat sein Bestes, um Babus Herde Solder für Solder anwachsen zu lassen. *Bascha*, wie Babu ihn rief, war unter den zwanzig gewesen, die Bator Thon seinem Neffen geschenkt hatte – als Belohnung für die bestandene Prüfung und als Grundstock für seine eigene Herde. Denn das war Babus gutes Recht, egal, wie jung er war. Er war jetzt ein Wolfsbezwinger, ein *Luk-sir*, ein echter Hirte. Er musste nicht mehr für andere hüten, er durfte eine eigene Herde haben. Seine einzigen Verpflichtungen waren, jährlich fünf von hundert Tieren zur Herde des Thons zu führen und ein Tier aus der Herde zur Mata der Allgemeinheit zu opfern.

Voller neuer Energie war er gewesen, als er Bascha am Strick hinter sich her zum Pferch des Thons gezogen hatte, und sein Herz hatte einen Sprung gemacht, als die anderen Hirten ihre Kappen abnahmen und an die Brust hielten, um ihn als einen der ihren zu begrüßen. Er ließ sich Zeit, seine zwanzig Kafur auszuwählen, und fachsimpelte mit den Männern des Thons. In ihren Augen stand kein Neid, sie hatten ein gutes und sicheres Auskommen, seit der Thon die Clans zusammengeführt und Frieden in die Horde gebracht hatte. Dieser Frieden hielt schon lange Soldern und wurde mit steigendem Wohlstand fester und tiefer. Babu hatte keine Erinnerung an die Zeiten der Auseinandersetzung. Nur die Abwesenheit seines Vaters bewies, dass es auch einmal anders gewesen war. Er hatte ihn nicht gekannt. Sein Vater war gefallen, wenige Zehnen, bevor Babu geboren worden war.

»Der Thon ist ein guter Mann und ein großzügiger Mann«, sagten die Hirten, als sie Babus Tiere von der großen Herde trennten. »Das Schicksal meint es gut mit dir, Babu, Sohn des Friedens!«

Babu glaubte es, er fühlte es. Er war damals zehn Soldern alt – so alt wie der Frieden im Langen Tal. Dieser Frieden war sein Vater und das Lange Tal war sein Land, das weit ausgestreckt vor ihm lag, grenzenlos und in einer frühmorgendlichen Klarheit, die ihn ahnen ließ, was Freiheit wirklich bedeutet. Er war ein Luk-sir, ein echter Hirte, und er trieb seine eigene kleine Herde zum Weiden aus. In der aufgehenden Sonne verzogen sich die letzten Dunstschwaden in einem langsamen Tanz himmelwärts. Niemals zuvor hatte der junge Badak-An-Bughar Bator, genannt Babu, ein tieferes Glück empfunden. Er sah die dunkle Spur seiner Kafur im taunassen Gras. Das Schicksal meinte es gut mit ihm.

ZWEITES KAPITEL

DIE AUSROTTUNG DER HASEN

Die Tage: Gras und Himmel und Schweigen. Die Abende: Bier und Reden. Und Schweigen. Wann war das Glück von damals verschwunden? Wohin war es verschwunden? Die Spur seiner Kafur im Gras war mit den Soldern breiter geworden, aber das Glück war nicht gewachsen. Sondern die Unruhe. Immer länger ließ Babu den Blick über das Grasland schweifen, immer weiter wollte er schauen. Er suchte. Er ritt los, der Horizont, den er kannte, war nicht mehr genug. Aber das Land der Merzer war groß und der Horizont blieb immer der gleiche. Also schaute Babu zurück, ging in die Vergangenheit, wollte reden über das Gestern und über die Richtung, aus der ihr Volk gekommen war und von der Babu nicht wusste, ob sie nun Krieg oder Freiheit gewesen war. Oder beides. Und Jator verstand ihn nicht, sondern sträubte sich und schlief ein, während Babu redete. Ja, Jator war sein Freund, Jator ging mit – aber auf der Suche nach dem verlorenen Gefühl, nach der Unbeschwertheit von früher, konnte oder wollte er Babu nicht begleiten. Jator war mit so wenig zufrieden. Babu fühlte sich verlassen, ob mit Jator oder ohne ihn, über Tag und am Abend. Es machte keinen Unterschied, ob sie gemeinsam ritten und draußen in der

Steppe lagerten oder ob er wie heute vor seinem Zelt im Pferch saß, allein.

Babu fuhr mit belegter Zunge über seinen rauen Gaumen und trank einen Schluck Dickmilch. Er legte einige schnurgerade Binsenhalme zusammen, umwickelte sie fest mit dem starken Schweifhaar eines Ponys und befestigte eine scharfe, fein gezackte Knochenspitze an dem steifen Bündel. Diese Spitze würde jede den Merzern bekannte Haut durchdringen und im Fleisch stecken bleiben. Gegen einen metallenen Harnisch würden Babus Pfeile wenig ausrichten, aber was kümmerte ihn das? Er musste nicht auf Feinde schießen, und auf gepanzerte schon gar nicht. Seine Gegner waren die grauen Steppenwölfe, seine Beute waren Gelbhühner oder die kleinen grauen Wühlhasen, deren weit verzweigte Höhlensysteme dicht unter der Grasnarbe unberechenbare Fallgruben für galoppierende Ponys waren. Immer wieder kamen Hirten verstaubt und wütend zu Fuß zurück zu den Pferchen, den leichten Sattel auf dem eigenen Rücken, weil ihr Reittier in einen Wühlhasenbau gestürzt war und sich die Beine gebrochen hatte. Was das Todesurteil für ein Merz-Pony bedeutete, denn es musste schnell und zuverlässig sein, ausdauernd und wendig. Auch die Kafur verletzten sich, wenn der Boden unter ihnen nachgab, aber selten so ernsthaft wie die Ponys, da sie sich beim Grasen nur langsam fortbewegten. Schlimmer als all dies aber war: Die Hasen schadeten dem Gras. Hundert Kafur konnten das Gras nicht so schädigen wie ein einzelner Wühlhase, denn das Rind rupfte mit seiner starken Zunge die Halme büschelweise kurz über dem Boden aus und die Hirten wurden nicht müde zu erzählen, sie hätten mit eigenen Augen gesehen, wie zarte, frische Halme sprossen, wo eben noch ein Kafur entlanggezogen war. Die kleinen Pelztiere aber nagten an den Wurzeln und das Gras starb, nicht sichtbar von oben, denn es war immer gleich gelb.

Die Merzer hassten die Wühlhasen mit einer Inbrunst, die es ihnen sogar verbot, ihr Fleisch zu essen oder ihr dichtes und weiches Fell zu verarbeiten. Ein Wühlhase war für gewöhnlich das erste Tier, das ein Merz-Junge oder -Mädchen erlegte; ganze Trupps von Kindern durchstreiften die Gegenden rund um die Stadt Bator Ban und die Pferche auf der Suche nach Hasen. Sie schnitten den Nagern die Köpfe ab und stopften damit alle Gänge zu, die sie finden konnten; die Kadaver wurden verbrannt. Aber es war ein hoffnungsloser Krieg, die kurzohrigen Hasen ließen sich nicht ausrotten.

Aus diesem Grund hatte der Thon schon vor Soldern nach Hilfe schicken lassen. Drei in dunkle Stoffgewänder gehüllte Männer waren dem Ruf gefolgt und mit den Handelsschiffen aus Pram über die Merz zu ihnen gekommen. Babu war fasziniert gewesen von den großen Vögeln, die die Männer mitgebracht hatten. Er hatte wie üblich die Ankunft der Schiffe bei den Anlegern erwartet und gehofft, ein paar Geschichten aus der Ferne zu hören. Die Flussschiffer mochten Babu, denn so jung er auch war, er war wohlhabend. Er bezahlte viel für ein paar Zeichnungen, und je wilder und unsinniger sie waren – dämonische Krieger mit Wolfsköpfen, geflügelte Frauen mit unbedeckten Brüsten, feuerspeiende Pferde –, desto dringender musste er sie haben. Die Händler erzählten Babu die abenteuerlichsten Geschichten aus der Alten Zeit, in der erst wenige Menschen den Kontinent besiedelten und in der die Welt eine Stimme gehabt hatte. Einer Zeit, als das Rascheln der Gräser im Wind noch verständlich war, als die Flüsse noch sprachen – mit jedem, der vorbeikam und an ihren Ufern Rast machte. Die Alte Zeit sei schön gewesen, sagten die Flussschiffer, aber auch schrecklich, denn genau solche Wesen, deren Abbilder Babu in den Händen hielt, seien damals Wirklichkeit gewesen und hätten den Kontinent heimgesucht. Babu lauschte mit runden

Augen und ab und zu stellte er Fragen in seinem holprigen, mit einem starken Akzent eingefärbten Pramsch.

Und vor gut zwei Soldern war die Alte Zeit dann tatsächlich nach Bator Ban gekommen, in Gestalt jener drei Männer mit ihren Raubvögeln, die so groß waren wie zehnjährige Kinder.

»So was hast du wohl noch nie gesehen«, sagte einer der Schiffer mit gesenkter Stimme, vielleicht aus Ehrfurcht, vielleicht aus Angst. Er sah auf seine rissigen Hände, als die drei dunklen Männer mit ihren Vögeln von Bord gingen, direkt an ihm und Babu vorbei. Große, gelbe Klauen krallten sich in schwarze Lederhandschuhe. Verborgen unter Hauben drehten sich die Köpfe der Vögel ruckartig, sie überragten die der Träger und es wirkte, als führten die Vögel die Menschen und nicht umgekehrt. »Szaslas. Falken aus der Alten Zeit. Kommen aus dem Süden, sagt man, wissen tut man's nicht. Waren fast vergessen, hätten auch vergessen bleiben sollen. Die sind kein gutes Zeichen.«

Der Schiffer sprang wieder an Bord und an der Art, wie er die Tampen festzog, sah Babu: Der Mann war froh, die Passagiere von seinem Boot herunter zu haben. Er versicherte sich mit schnellen Griffen an Holz, Eisen und Tauwerk, dass seine Welt noch in Ordnung war und nicht etwa durch den Transport von etwas Altem, Fremdem Schaden genommen hatte.

Der Thon aber empfing die Vogelmenschen wie Prinzen. Dem Wunsch nach einem frei stehenden, ruhigen Haus mit großem Innenhof für die Szaslas wurde umgehend entsprochen. Die anfängliche Skepsis der Merzer gegenüber den Falknern verging schnell, denn die Vögel waren fantastische Jäger, nichts entging den lidlosen, gelben Augen, nichts entkam den messerscharfen Klauen. Es war aber nicht nur der Erfolg ihrer Falken bei der Ausrottung der Hasen, der den drei fremden Männern schnell Respekt verschaffte. Es war vor allem die Art, wie sie mit ihren Tieren umgingen, und dass sie mit ihnen in enger Gemeinschaft lebten. Hierin waren die Merzer und die Falkner sich ähnlich wie Brüder.

Babu hatte einige Anläufe gemacht, den Falknern näherzukommen, aber seine Bemühungen waren nicht von großem Erfolg gekrönt. Die Männer waren schweigsam. Sie verschmähten die gerösteten Kafurschnitzel, die er ihnen anbot – sie aßen das, was ihre Szaslas fraßen, also meist rohes Wühlhasenfleisch –, und zeigten sich auch nicht besonders interessiert an der Technik des Bogenschießens. Als Babu seine Geschicklichkeit und Treffsicherheit vorführen wollte, stieg ein Falke auf und fing Babus Pfeil aus der Luft, noch bevor dieser sein Ziel erreicht hatte. Wie einen Strohhalm zerbrach der gebogene Schnabel den Pfeil. Dann ließ der Vogel das nutzlose Geschoss ins Gras zu Babus Füßen fallen und landete wieder auf der Faust seines Trägers. Babu war erschrocken und beschämt. Diese eindrückliche Demonstration hatte ihm klargemacht, wie schwach sein Volk war. Wie schwach er selbst war. Er war ein Sohn des Friedens. Und er wäre hilflos in Zeiten des Krieges, schon ein Vogel konnte ihn besiegen. Die Falkner sahen, wie sehr sie Babus Stolz verletzt hatten. Einer ließ seine Szasla aufsteigen, griff in sein weites, langes Gewand und zog einen Dolch hervor, der Babu die Luft anhalten ließ. Die leicht gebogene Klinge glänzte schwarz wie eine sternenklare Nacht. Das war ganz zweifellos Welsenstahl. Auch wenn Babu nie zuvor echtes Welsenhandwerk gesehen hatte, wusste er doch von der Kunst der welsischen Waffenschmiede und hatte gehört, dass einst die Welsen über den Kontinent geherrscht hatten. Der Falkner legte Babu den Dolch in die Hand. Er wog viel schwerer als die Knochenmesser der Merzer. Babu verstand zwar nicht, womit er sich dieses kostbare Geschenk verdient hatte, aber er zögerte nicht lange und nahm es an.

Der schwarze Stahl war ein Versprechen: Babu war und blieb ein Sohn des Friedens, aber vollkommen wehrlos musste er sich nun nicht mehr fühlen. Jator war stumm vor Staunen, als Babu sich mit der Klinge ganz sanft über den Unterarm fuhr und sich die Haare rasierte, als würde er einen Fladen mit Butter bestreichen.

Aber ansonsten hatte Babu den Dolch stets verborgen gehalten. Er benutzte ihn nur, wenn er, wie jetzt, vor seinem Zelt für sich war und Pfeile machte. Die störrischen Ponyhaare ließen sich leichter zuschneiden und auch die Pfeilspitzen wurden schärfer, wenn er sie mit seinem Welsendolch schnitzte. Die Schmiedekunst war den Merzern nicht vollkommen fremd, aber kein eigenes Gewerbe. Ihre Ponys waren unbeschlagen, ihre Waffen waren Pfeil und Bogen sowie kurze, leichte Speere, wie die Pfeile aus Schilfrohr, Binsen und Ponyhaar gefertigt. Die Rüstungen, die nun seit bald zwanzig Soldern nicht mehr angelegt worden waren und langsam spröde wurden, waren aus Leder. Das Lange Tal war arm an Erzen und die Merzer gruben nicht danach – in den Bergen danach zu suchen war ihnen unvorstellbar und kein Merzer hätte freiwillig eine Höhle betreten, von einem Stollen ganz zu schweigen. Sie sammelten erzhaltige Steine, die der Fluss im regenreichen Firsten mit ins Tal brachte, und mit ein wenig Glück wurden daraus dickwandige eiserne Töpfe, krumme Bratenspieße, klobige Hämmer und Handäxte, die beim Zerteilen von Schlachtvieh mehr schlecht als recht ihren Dienst taten.

Ganz anders als dieser Dolch, der nicht stumpf wurde. Babu reckte sich, um nach einer Knochenspitze zu greifen, und ein heftiger Kopfschmerz schlug ihm gegen die Schläfen. Er ließ sich zurückfallen auf Kissen und Felle, streckte die Beine aus und schloss die Augen. Er dachte an Tascha. Tascha, die so hübsch ausgesehen hatte in ihrem Kleid aus rot gefärbtem Leder, mit ihren geölten, hochgedrehten Zöpfen, mit ihrem Lächeln. Tascha, die gestern geheiratet hatte und die der Grund für den furchtbaren Kater war, der Babu nun quälte. Er hatte sie gewollt, aber doch nicht genug gewollt, und am Ende war Kager schneller gewesen. Er hatte einiges aufbieten müssen: Mehr als fünfhundert Kafur hatten Kagers Hirten am Festzelt vorbeigetrieben.

Nun war auch Jators Familie wohlhabend. Eine Tochter zu haben war ein großes Glück, denn sie versprach Reichtum. In den Zeiten der Auseinandersetzungen unter den Clans, die viele Generationen von Männern verschlungen hatten, war es nicht so offensichtlich gewesen, aber nun, da kein Mann mehr eines gewaltsamen Todes starb, wurde das Ungleichgewicht unter den Geschlechtern offenbar: Auf drei neugeborene Jungen kam nur ein Mädchen, dem von klein auf viel Aufmerksamkeit zuteil wurde. So wuchs das Mädchen zu einer selbstbewussten, stolzen Merzerin heran, die es gewohnt war, dass man sich um sie bemühte. Es wurde von ihr nicht viel mehr erwartet, als dass sie ihren Ehemann aus vielen Anwärtern sorgfältig auswählte und den Besitz der Familie zusammenhielt, denn auch der wurde über die weibliche Linie vererbt. Hatte sie bei der Wahl des Ehemanns einen Fehler gemacht, stellte er sich als ungeschickter Hirte heraus oder trank zu viel, oder wollte sie gar aus Liebe heiraten, konnte sich eine Merzerin auch zwei Männer nehmen. Der Brauch hatte, genauso wie das Erbrecht, zu Kriegszeiten einen Sinn gehabt, war aber vor einigen Soldern vom Thon als rückständig getadelt worden, was einem Verbot gleichkam. Jator hatte noch zwei Väter – aber Tascha war nun vergeben.

Babu richtete sich wieder auf und sah den Abend seine dunklen Herden über den Himmel treiben. Er rieb sich den Nacken, seufzte. Er hatte keine Binsen mehr, er müsste neue schneiden, aber nicht mehr heute. Jator hatte recht, er ließ das Leben an sich vorbeiziehen. Aber Babu wurde das Gefühl nicht los, dass dieses Leben, das er verpasste, das Leben der anderen war, nicht seines. Er betrachtete den schwarzen Dolch, dessen glatte Klinge sein vom Feuerschein rötlich erleuchtetes Gesicht spiegelte. Nachdenklich blickten ihm die hellbraunen, ungewöhnlich runden Augen entgegen. Babu war nicht nur größer als alle anderen seines Volks, auch sein Antlitz war mehr das eines entfernten Verwandten denn das eines Bruders. »Kieselauge« hatten sie ihn gerufen, als er noch ein Kind war, aber auch, als nach und nach alles Runde und Kindliche aus seinen Gesichtszügen verschwand, die Nase immer länger und schmaler geworden war, die Stirn hoch und das Kinn breit, waren seine Augen doch rund und hell geblieben und hatten sich nicht unter schweren Lidern zu Schlitzen verengt wie bei den anderen. Was nicht unbedingt ein Vorteil war, wenn man weit über die sonnendurchflutete Graslandschaft schauen wollte. Gehörte er überhaupt hierher?

Er hatte Durst, immer noch, und nachdem die Übelkeit langsam gewichen war, bekam er auch Hunger. Er hatte keine rechte Lust zu kochen, aber auch keine Lust auf trockene Fladen. Was für ein verlorener Tag. Babu nahm noch einen großen Schluck Dickmilch. Ihm ging es schlecht, er war missgelaunt – eine Verstimmung, die der Kater zwar verstärkte, die er aber auch sonst kaum noch abschütteln konnte. Nicht draußen im Grasland und erst recht nicht, wenn er nach Bator Ban zurückkehrte. Babu fragte die alten Hirten immer wieder nach den Zeiten der Weiten Wege, als die Clans noch nicht sesshaft gewesen waren und ihren Tieren durchs Gras folgten. Hatten sie damals nicht auch das Glück empfunden, das Babu verloren gegangen war? Die Hirten blieben wortkarg, wenn Babu davon anfing.

»Der Thon hört es nicht gern, wenn wir von früher sprechen«, sagten sie. »Die Gegenwart ist leicht wie Gelbhuhnflaum, die Zukunft ist golden wie das Gras der Steppe und das Gestern war blutig.«

Mühsam sammelte sich Babu die Brocken zusammen, die sie fallen ließen, und erfuhr nach und nach einiges aus der Geschichte seines Volkes, die er sich Stück für Stück zusammensetzte, wenn er abends an seinem Feuer saß.

Viele hundert Soldern lang waren die Vorväter der Merzer als Nomaden umhergewandert. Einige der alten Clans, kaum größer als drei oder vier Familien, arm, wild und nur mit ein paar mageren Rindern, waren unterwegs verschwunden. Andere waren ins Lange Tal gezogen. Das gute Gras und das milde Klima ließen die Herden wachsen und auch die Menschen vermehrten sich. Es kam zu ersten Auseinandersetzungen über die Horden – das Gebiet, das ein Clan für sich und seine Rinder beanspruchte. Die Grenzen der Horden waren nicht festgelegt und verschoben sich, wenn die Herde weiterzog. So war es nur eine Frage der Zeit, bis der Streit um Weidegrund die ersten Opfer forderte. Dieser Streit verselbstständigte sich und wurde ungeachtet der Fülle an Nahrung für die Kafur und der Weite des Landes zu einem blutigen Krieg um Macht und Vorherrschaft im Langen Tal, der über Generationen erbittert geführt wurde.

Bis zwei Brüder aus dem Dunkel der Geschichte traten und das Blut trockneten. Diese beiden Männer waren Ardat-Ilbak und Bant-Kaltak aus dem Bator-Clan, Babus Vater und Onkel. Ihrer Klugheit, ihrem Verhandlungsgeschick und ihrem unbeugsamen Willen zum Frieden war es zu verdanken, dass die Clankriege ein Ende fanden. Bald zwanzig Soldern hatten sie dafür gebraucht und eben jenes Ende – oder der Anfang, wie Bator Thon stets betonte und wie sein Volk es ihm nachsagte – war die Einheit der Clans unter einem Führer, Bator Thon, und die Gründung der Stadt, Bator Ban. Babu war dieser jüngste

Teil der Geschichte nur allzu gut bekannt, denn sein Geburtstag und die allsolderliche Feier zur Stadtgründung fielen auf einen Tag. Siebzehn Soldern war er nun alt, seit siebzehn Soldern wuchs die Stadt. Als Kind hatte er es genossen, wenn der Thon ihn, den Sohn des Friedens, auf ein herausgeputztes, mit Federn und Perlenbändern prächtig geschmücktes Kafur setzte und mit einer Ehrenrunde über den Platz vor seinem Zelt die Festlichkeiten eröffnete. Heute stand Babu nur noch dabei und einer der Enkel des Thons ritt auf dem Kafur – nicht auf einem Platz vor einem Zelt, sondern über den mit glatten Flusskieseln gepflasterten Vorhof zum weitläufigen, aus Holz und Lehm erbauten Amtssitz des unumstrittenen, geliebten und vom Volk verehrten Herrschers.

Nur Babu liebte den Thon nicht. Er hatte es immer verborgen, sogar vor sich selbst, denn es war so, wie Jator sagte: Es war *undankbar*. Sein Onkel war niemals ungerecht gegen Babu gewesen, er hatte ihn nie zu sehr bevorzugt gegenüber seinen eigenen Söhnen und dennoch immer seine Hand über den vaterlosen Jungen gehalten. Aber er hatte ihm den Vater nicht ersetzen können. Babu vermisste ihn, den Unbekannten, heute mehr als früher, und dieses Gefühl konnte er kaum noch unterdrücken. Er empfand die Abwesenheit seines Vaters als ein Loch, das immer größer wurde, ein weitverzweigter Wühlhasenbau. Babu wurde untergraben von den Fragen nach seiner Herkunft, nach den genauen Umständen des Todes seines Vaters und von dem unerklärlichen Misstrauen, das er seinem Onkel, seinem Thon, entgegenbrachte. Und auch seine Mutter füllte das Loch in Babu nicht mit Geschichten über den Vater. Sie erzählte nie, wie er *gewesen* war, sondern nur, was er *geleistet* hatte. Selbst sie schien nicht zu begreifen, was Babu umtrieb, und sie ließ es zu, dass er sich immer weiter von ihr entfernte. Sie sahen sich kaum noch.

Aber konnte er seiner Mutter vorwerfen, dass sie nicht erinnert werden wollte? Dass sie den Frieden leben wollte, für den ihr Mann gekämpft hatte und für den er schließlich gestorben war? Ardat-Ilbak Bator war gefallen, im letzten Gefecht, beim letzten Versuch der Tartor, die Einigkeit der Clans zu verhindern. Er war tot.

»Und du musst endlich anfangen zu leben. Mach das, was alle machen, und lass das Fragen sein.« Babus Spiegelbild im Dolch lächelte nicht. »Vergiss das Kinderglück und such dir ein neues. Und … zwei Zehen lang kein Schluck Bier, verstanden?«

»Mit wem sprichst du da?«, fragte eine Stimme aus dem Dunkel außerhalb des Lichtkreises von Babus Lagerfeuer.

Erschrocken und verärgert ließ Babu den Dolch zwischen den Fellen und Kissen verschwinden.

»Wer ist da? Was willst du?«

Es war Kolra, ein Enkel des Thons, der unerlaubt und unbemerkt in Babus Pferch gekommen war und nun ins Licht des Feuers trat.

»Was machst du hier, kleiner Schleicher, sieh zu, dass du ins Bett kommst!«

»Aber Großvater schickt mich, ich soll dich holen. Und außerdem ist es noch früh, ich muss noch lange nicht ins Bett!«

Babu tat es augenblicklich leid, dass er den Jungen angefahren hatte.

»Was will der Thon denn von mir? Ich hatte nicht vor, heute noch in die Stadt zu gehen.«

»Ich soll dich aber holen«, beharrte der Junge und blickte ihm trotzig ins Gesicht. Er war genauso stur, wie Babu es selbst in dem Alter gewesen war.

Der Thon ließ ihn also holen? Das war noch nie geschehen. Es musste wichtig sein.

Babu erhob sich ächzend und blieb einen Moment still stehen, bis der Schwindel vergangen war. Dann schlug er den langen Lederlappen vor den Zelteingang, trat das Feuer aus und folgte dem kleinen Kolra zum Haus des Thons im Zentrum Bator Bans.

DRITTES KAPITEL

EIN UNGEHEUERLICHES GESCHENK

Die aus edlen Hölzern gefertigten Doppeltüren zur großen Halle waren mit Schnitzereien verziert, die zwei schwere Kafurbullenhäupter darstellten. Sie standen offen, ein Schloss oder einen Riegel gab es nicht. Wer sein Leben lang in einem Zelt gelebt hatte, vertraute auf die Sitte seiner Landsleute, niemals unaufgefordert den privaten Bereich eines anderen zu betreten. Auch Babu blieb an der Schwelle stehen, bis der Thon ihn wahrgenommen hatte und zu sich heranwinkte. Talgfackeln erleuchteten den langen, niedrigen Raum und verrußten den auf Holzsäulen ruhenden spitzen Giebel. Der harte Lehmboden war mit Fellen und Teppichen ausgelegt. Die Halle hatte mehr von einem Zelt als alle anderen Häuser der Stadt.

Die ersten Vorboten des Alters hatten silberne Strähnen ins schwarze Haar Bator Thons gewebt und die Falten um seine wachsamen dunklen Augen vertieft. Dennoch, und obwohl er Babu nur bis zur Brust reichte, war er stattlich und seine Bewegungen waren gelassen, seine Stimme voll und ruhig. Die langen Haare waren zu drei Zöpfen geflochten: Einer hing schwer und dick den Rücken hinab bis zum Gürtel, zwei kürzere, feinere fielen nach vorn über die Brust. Er war nach alter

Tradition in das feine, blassgelbe Merzleder gekleidet, nur das mit schimmernden Metallplättchen bestickte Wams verriet seine Vorliebe für alles Neuartige. Warum sollte er nicht schwere Holztische aufstellen, wenn es darum ging, sich bei Besprechungen mit den anderen Clanführern über ausgebreitetes Pergament zu beugen? War das nicht viel bequemer, als immer auf dem Boden zu hocken? Bator Thon war klug genug, die ehemaligen Führer oder deren Söhne in seine Entscheidungen mit einzubeziehen; man traf ihn selten allein an, ständig waren einige Mitglieder seines Rates um ihn. So auch jetzt – während Babu die Halle durchschritt und auf die Männer zuging, zählte er und fand alle neun vollständig versammelt. Es musste also wirklich wichtig sein.

»Mein lieber Neffe«, begrüßte ihn Bator Thon, »lässt sich nicht bei seinem alten Onkel blicken, wenn man ihn nicht zwingt!«

Er lachte, doch Babu hörte den Vorwurf heraus.

»Komm näher, komm zu uns und lass dich ansehen – wirst du denn nie aufhören, in die Länge zu gehen? Welches arme Pony soll dich noch über das Gras tragen?«

Wieder lachte er und die anderen stimmten ein. Aber es war tatsächlich ein Problem für Babu geworden, ein Reittier zu finden, bei dem seine Füße nicht beinahe den Boden berührten. Die Ponys der Merzer waren zäh und ausdauernd, aber genauso klein wie ihre Reiter.

»Wir werden uns wohl nach einem Pferd für dich umsehen müssen, Babu. Ich habe gehört, im Süden züchten sie große Rassen. Nächstes Solder sollst du ein Pferd bekommen, ich verspreche es dir.«

Babu musste nun endlich etwas erwidern, wenn er nicht unhöflich wirken wollte.

»Ich danke dir, Onkel. Ein Pferd wird mir sehr nützlich sein.«

Das war schwach, ein Schatten flog über das Gesicht des Thons, er blinzelte ihn weg.

»Aber wir sind hier nicht versammelt, um über Ponys zu schwatzen.« Er holte Luft. »Wir haben ein Problem.« Als er bemerkte, wie sich augenblicklich alle Köpfe ihm zuwandten, fügte er hinzu: »Doch es ist wohl schon mit einer Lösung an der Hand zu uns gekommen. So hoffe ich es jedenfalls.«

Den letzten Satz hatte er direkt an Babu gerichtet. Babus Nervosität wuchs. Er verschränkte die Arme vor der Brust, um sie gleich wieder herunterzunehmen. Er wollte nicht abweisend wirken, sondern interessiert und erwachsen im Kreis dieser wichtigen Männer.

Bator Thons undurchdringliche schwarze Augen ruhten auf Babu. Dann drehte er sich um und gab ein Zeichen ins Dämmerlicht eines angrenzenden Seitenflügels. Eine Gestalt hatte dort auf diesen Wink gewartet und trat ins Licht der Talgfackeln. Es war einer der Falkner. Wie immer hatte er seinen großen Vogel bei sich, der keine Haube trug, sich aber ruhig verhielt und fast bewegungslos mit seinen leuchtend gelben Augen ins Leere starrte.

»Die Szaslas«, fuhr der Thon mit einer kaum merklichen Verbeugung zum Falken hin fort, »haben entschieden, uns zu verlassen und weiterzuziehen. Noch in diesem Firsten werden sie das letzte Schiff die Merz hinunter gen Pram nehmen. Wir respektieren diesen Wunsch und danken ihnen für ihre ausgezeichnete Arbeit und den großen Dienst, den sie unserem Volk erwiesen haben.«

Kein Widerspruch regte sich, aber man konnte sehen, wie vor den Augen der Clanführer die größte Wühlhasenplage heraufzog, die das Grasland je gesehen hatte.

»Nun«, sagte der Thon ins allgemeine Schweigen hinein, »bitte sprich und erzähle uns von dem Vorschlag, Asshan.«

Ein leises Räuspern kam unter der Kapuze des Falkners hervor und dann einige raue, mit Zischlauten durchsetzte Begrüßungsworte, die aber eindeutig in der Sprache der Merzer gesprochen wurden. Babu war erstaunt. Mit ihm hatten die Falkner nie gesprochen. Bei ihren wenigen Begegnungen hatten sie sich mit Gesten verständigt und Babu war davon ausgegangen, dass sie die Sprache der Merzer nicht verstanden und auch kein Interesse daran hatten, sie zu lernen.

»Szasla wünscht, jungen Herrn ein Geschenk zu geben«, sagte der Falkner Asshan und wandte sich Babu zu, dem mulmig wurde, als der Falke langsam den Kopf drehte und ihn auf Vogelart mit nur einem gelben Auge fixierte.

»Eine große Ehre und große Verantwortung«, haspelte der Falkner sich weiter durch die fremde Sprache, »aber will es so.«

Asshan griff sich mit der freien Hand in die Brustfalten seines Gewands und holte vorsichtig ein kleines Bündel hervor.

»Bitte«, sagte er zu Babu, »bitte … «

Unter dem strengen Blick des Vogels trat Babu heran und nahm das Päckchen. Er sah, wie sich die mächtigen Klauen des Falken in den Handschuh des Falkners gruben, als er den Stoff auseinanderschlug.

Ein kleines, bunt gesprenkeltes Ei kam zum Vorschein.

Was hatte das zu bedeuten? Ratlos blickte Babu auf.

»Sie will dir eins schenken, eins von drei. Große Ehre.«

Babu verstand es immer noch nicht recht und schaute Hilfe suchend zu seinem Onkel.

»Die Szaslas werden dich lehren, Babu, wie du uns schützen kannst, wie du die Hasen jagen kannst, wenn sie uns verlassen. Aus irgendeinem Grund haben sie dich ausgesucht. Ich bitte dich, diese große Ehre anzunehmen.«

Noch bevor er wusste, was er eigentlich tat und welche Folgen es haben würde, wickelte Babu das Ei wieder ein und steckte es sich vorsichtig unter seine Weste. Er war wie gebannt vom Blick des großen Vogels, der ihm bis in die Seele zu schauen schien.

Ohne ein weiteres Wort trat der Falkner ins Dunkel zurück und entzog sich den Blicken der Männer. Babu stand da, fühlte das Bündel an seiner Brust und hatte keine Ahnung, was nun von ihm erwartet wurde.

»Hüte es gut, hüte es wie dein eigenes Herz, Babu«, sagte der Thon und legte ihm vorsichtig die Hand auf die Brust. »Es ist ein ungeheuerliches Geschenk. Und nun geh schlafen, alles Weitere wird sich finden, vertrau mir.«

Babu nickte betäubt und verließ die Versammlung. Ein ungeheuerliches Geschenk, wiederholte er in Gedanken, als er zwischen Häusern, Lehmhütten und Zelten hindurch zurück zu seinem Pferch ging. Er trug sein zweites Herz über dem ersten, sicher und geborgen.

Am Morgen nach der Versammlung fühlte Babu sich immer noch schlecht und wie verkatert. Aber er war nur verkrampft. Aus Angst, das Ei im Schlaf zu zerdrücken, hatte er den Großteil der Nacht sitzend in einem Halbdämmer verbracht. Kurz vor Morgengrauen war er aus einem beunruhigenden Traum hochgeschreckt – er war im Sitzen doch eingenickt und zur Seite gekippt. Er hatte vom Fliegen geträumt, das Gras der Steppe war in rasender Geschwindigkeit unter ihm vorbeigezogen. Dann war er immer höher und höher gestiegen, bis das Land unter ihm hinter den Wolken verschwand. Blendend hell war es hier oben, eiskalt war ihm geworden und er hatte keine Luft mehr zum Atmen gehabt.

Dann war er aufgewacht, das Gesicht tief in Kafurfelle gedrückt. Voller Panik hatte er das Bündel unter der Weste hervorgezogen. Unbeschädigt ruhte das Ei in seinem Nest aus weichem Stoff. Vorsichtig berührte Babu die Schale mit seinen Fingerspitzen. Sie war warm und rau, wie mit vielen kleinen Pickeln übersät.

»Juhut-ras«, sagte Babu – zweites Herz. Dann wickelte er das Ei wieder ein, steckte es unter seine Weste und ließ sich zurück auf die Felle sinken. Was war nur mit ihm los, dass er mit einem Ei sprach?

Das Ei tat noch mehr, als Babu zum Sprechen zu verführen. In den kommenden Tagen brachte es sein Leben aus dem Tritt. Babu traute sich nicht zu seinen Kafur, aus Angst, sie könnten ihn mit ihren schweren Schädeln stoßen. Er traute sich nicht zu reiten, die Erschütterung erschien ihm schädlich. Er traute sich nicht in die Stadt, weil er fürchtete, in den Gassen angerempelt zu werden, und er traute sich nicht einmal mehr hinunter zum Fluss, aus Angst, auf glatten Kieseln oder glitschigem Schlamm auszurutschen und zu stürzen.

Also lungerte er vor seinem Zelt herum, machte Pfeilspitzen, besserte seine Ledersachen aus und beobachtete die Kafur, die langsam unruhig wurden, denn sie waren es nicht gewohnt, lange im Pferch zu sein.

Aber Jator ließ ihn nicht im Stich. Wie wenn nichts wäre, kam er am dritten Tag nach Mittag angeschlendert, einen Krug Bier im Arm.

»Lässt dich ja nicht mehr blicken«, sagte er nur und goss mit ernstem Gesicht ein. »Na dann, auf die Herde, möge sie wachsen und deinen Ruhm mehren, fur-sir!«

»Fur-sir!«

Sie leerten die Becher, Jator schenkte nach.

»Worauf trinken wir nun? Ah, ich weiß.« Jator hob den Becher mit großer Geste und sprach laut. »Auf deine Gesundheit, mögest du die nächsten Zehnen gut überstehen – *Mama*!«

Jator barst beinah vor Lachen. Auch von den angrenzenden Pferchen tönte Gelächter, die Hirten standen an den Zäunen und hatten die Szene beobachtet. Jator kam langsam wieder zu sich und wischte sich Bier von der Hose.

»Ach komm, Babu, jetzt schaust du sogar schon wie ein verschrecktes Mädchen. Glaubst du, wir wüssten nicht, dass du ... *was Kleines* ausbrütest? Die ganze Stadt spricht von nichts anderem!«

Jetzt musste auch Babu endlich lächeln. Es war klar, dass sich eine solche Neuigkeit herumsprach.

»Nun zeig schon her!«, forderte Jator Babu auf. Die Hirten kletterten auf die Zäune und reckten die Hälse – gern wären sie näher gekommen, aber Babu dachte nicht daran, sie zu sich zu winken, und ohne ein Zeichen von ihm konnten sie den Pferch nicht betreten. Alles in ihm sträubte sich dagegen, das Ei herumzuzeigen, es erschien ihm viel zu riskant. Nur eine Unachtsamkeit, und es könnte fallen und zerbrechen. Aber seinem Freund konnte er es nicht vorenthalten. Langsam schlug er den Stoff auseinander und wie jedes Mal, wenn er das Ei betrachtete, war er gerührt.

»Oh!«, machte Jator, als er das Ei erblickte. »So klein! Nun erklär mir mal, wie so ein riesiges Biest aus solch einem kleinen Ei rauskommen soll!« Dann schwieg er. Babu sah die Wandlung in Jators Gesicht und wusste, dass es ihm ähnlich ging wie ihm selbst: Je länger sich Jator das Ei besah, desto größer wurde sein Wunsch, es zu berühren, es an sich zu nehmen und zu beschützen. Babu packte es wieder ein.

»Das ist«, murmelte Jator, »ein wirklich spezielles Ei, Babu. Pass gut darauf auf.«

Er sah seinen Freund an und fuhr fort: »Aber glaub mir, du kannst ruhig ein wenig durch die Gegend laufen. Kein Mensch wird dir zu nahe kommen, nein, alle Welt wird einen großen

Bogen um dich machen – du stinkst nämlich wie ein sterbendes Kafur.«

Jator konnte Babu schließlich davon überzeugen, dass ein Bad im Fluss niemandem schaden würde. Und tatsächlich, es tat ihm gut. Babu tauchte ein ins immer noch lendernwarme, klare Wasser der Merz und Jator saß am Ufer, das Päckchen im Schoß, und trank Bier. Ein Schwarm Gründlige stand in der sanften Strömung und schnappte nach Leckerbissen, die Babu mit dem Schlamm aufwirbelte. Ein Stück flussabwärts führte ein Hirte seine Kafur zur Tränke. Ein Entenpaar, das kreiselnd auf dem langsam dahinfließenden Strom gepaddelt war, fühlte sich gestört und flog unter lautem Protest auf, einen Schweif aus glitzernden Tropfen hinter sich herziehend. Doch gleich darauf ließ es sich nur wenige Längen weiter wieder auf dem Wasser nieder.

Hier, unterhalb der Stadt, verbreiterte sich die Merz zu einem See. Die Ufer waren seicht, Kies und Sandbuchten wurden unterteilt von in den Fluss hineinreichenden Zungen aus Schilfgräsern. Babu wandte sich um und blickte flussaufwärts. Rechts, am Nordufer, lag Bator Ban. Dort, wo die Merz wieder schmaler wurde, führte die einzige Brücke über den Fluss. Über sie gelangte man zu den Gerbern, die sich am Südufer angesiedelt hatten. Wie gut Bator Thon diesen Ort ausgesucht hatte!

Und doch konnte Babu nicht bleiben.

Der Gedanke erschreckte ihn, als er ihm so plötzlich und klar im Bewusstsein stand. Als wären all der Missmut, das Unwohlsein und die Unruhe, die während des langen, heißen Lenderns in ihm gewachsen waren, mit einem Mal in diese eine Erkenntnis zusammengefallen: Er, Babu, musste das Lange Tal verlassen.

Wieder flogen die Enten auf, laut schnatternd und diesmal

ohne ersichtlichen Grund. An der Tränke kam Bewegung in die Kafurherde, das heisere Blöken der Rinder wehte zu Babu herüber. Der überraschte Hirte versuchte die Tiere zur Ordnung zu rufen, aber sie drängten alle auf einmal vom Wasser weg. Babu sah, wie der Hirte umgestoßen wurde, ins schlammige Wasser fiel, für einen Augenblick verschwand und wieder auftauchte, mit den Armen ruderte und seinen Kafur hinterherrief. Dann sah er nichts mehr. Auf einen Schlag sackte der weiche Boden unter ihm weg, Babu rutschte unter Wasser, er riss die Augen auf, alles trübe, er schwamm, er kam wieder hoch. Er atmete, machte ein paar schnelle Züge, sah Jator am Ufer. Das Ei! Babu fühlte wieder Boden unter den Füßen, wollte rennen und schwimmen gleichzeitig.

»Das Ei?«

Er rief, er verschluckte sich, er hustete.

Jator kam ihm entgegen.

»Was ist denn? Was war denn?«

»Das Ei!«

»Hier.« Jator hielt ihm das Päckchen hin. »Alles in Ordnung, hier ist dein kleiner Schatz.«

»Hast du das nicht gespürt?«

»Nein, was denn?«

»Ein Beben. Oder etwas in der Art.«

Jator zuckte die Schultern.

»Sicher? Hier war nichts.«

»Mir ist der Boden unter den Füßen weggerutscht.«

Babu schüttelte sich das Wasser aus den langen Haaren.

»Hm«, machte Jator und sah skeptisch auf den Fluss, »vielleicht nur unterspült ... «

Sie schwiegen, warteten, schauten auf den Fluss. Nichts. Alles blieb ruhig. Babu begann sich anzukleiden und nahm das Ei wieder an sich. Die Merz führte so wenig Wasser, er konnte sich nicht vorstellen, dass sie die Kraft hatte, den Grund wegzuspülen. Er hatte keine Strömung gespürt. Eher eine Erschütterung, zuerst in seinem Innern: Er musste das Lange Tal verlassen. Warum? Babu griff sich an die Brust, fühlte sein zweites Herz.

»Willst du mich begleiten?«, fragte Babu schließlich und flocht sich nachlässig seine Zöpfe.

»Wohin auch immer du willst – wohin willst du?«

»Ich will den Falknern einen Besuch abstatten«, meinte Babu und schnürte sich die Stiefel zu. »Ich weiß so wenig ... über dieses Ei, über alles.«

Das Entenpaar war immer noch in der Luft, als die Freunde sich schon längst vom Ufer des Flusses entfernt hatten. Zwischen den Schilfgräsern stiegen große Blasen auf und zerplatzten. Hätte es jemand gesehen, er hätte geglaubt, dass das Wasser kochte. Aber niemand bemerkte das Brodeln im Schilf, und niemand sah die toten Fische: Der Schwarm Gründlinge hatte die tieferen Wasserschichten verlassen und trieb nun bauchoben auf dem Wasser der Merz.

Die Falkner bewohnten ein nach ihren Wünschen entworfenes, rechteckiges Gebäude mit Innenhof abseits der Stadt. Obwohl die Baumeister der Merzer ihr ganzes Können in dieses flache, schmucklose Haus gesteckt hatten, sah auch der in der Baukunst wenig bewanderte Besucher, dass hier unerfahrene Leute am Werk gewesen waren. Kein Winkel entsprach dem anderen, die Wände waren nur mit viel Wohlwollen als gerade zu bezeichnen. Immerhin: Das Haus war aus aufeinandergeschichteten, mit Lehm verstrichenen Steinen erbaut und wirkte solide. Es war so gegen die Sonne gerichtet, dass der Innenhof auch im Hochlendern immer wenigstens zur Hälfte im Schatten lag; das rietgedeckte Dach saß so über dem Hof, dass die Szaslas ungehindert ein und aus fliegen, sich aber dennoch auf ihre Sitzstöcke zurückziehen und von Sonne, Regen oder Wind ungestört ruhen konnten. Für Menschen gab es nur einen Zugang, der genau wie die Fenster mit Grasmatten verhängt war.

Babu und Jator gingen einmal um das Haus herum. Dann warteten sie und lauschten.

»Scheinen alle ausgeflogen zu sein«, bemerkte Jator.

»Warten wir also.«

Sie hockten sich ins Gras. Babu musste an seine Herde denken und fragte sich, wie es mit ihr weitergehen sollte – er konnte unmöglich reiten mit seinem zweiten Herzen. Er konnte aber auch nicht weiterhin vor seinem Zelt sitzen und seine Tiere vernachlässigen. Er brauchte Jators Hilfe dringender denn je. Und er würde Jator, sollte der sich auch noch so dagegen sträuben, für seine Hilfe entlohnen. Aber stand Jator denn noch zu seinem Versprechen? Kagers Herde war groß, größer als die von Babu, und Kager war jetzt Jators Schwager. Tascha konnte sehr bestimmend sein, sich ihr zu widersetzen war schwer …

»Sag mal, was ich fragen wollte …« Babu fand keinen rechten Anfang. »Wie geht es deiner Schwester, jetzt, da sie verheiratet ist? Ist Tascha zufrieden?«

»Tascha? Tascha ist nie zufrieden. Aber sie singt den ganzen Tag. Nicht besonders gut, wenn du mich fragst.«

Jator rupfte einen Grashalm aus und kaute darauf herum. Babu schaute auf seine staubigen Stiefelspitzen.

»Und das, was du da kürzlich am Fluss gesagt hast, du weißt schon – dass du mich begleiten würdest, immer … gilt das noch?«

Jator antwortete nicht gleich. Dann spuckte er den Halm aus und sah Babu an.

»Was willst du, Babu? Willst du mich beleidigen? Glaubst du, ich stehe nicht zu meinem Wort?« Er sprang auf. Zornesröte war ihm ins Gesicht gestiegen. »Ich weiß sehr gut, was ich gesagt habe! So viel Bier kann ich gar nicht trinken, als dass ich so etwas vergessen würde!«

»Jator, bitte ... das habe ich auch nicht –«

Jators wütender Blick schnitt ihm das Wort ab.

»So ein kleines Ding ... so ein *Ei* ... das ändert nichts, überhaupt nichts!«

Er begann auf und ab zu gehen.

»Babu, was glaubst du, was ich die letzten Tage gemacht habe, während du mit diesem Ei beschäftigt warst? Ich habe gestritten! Mit Tascha. Mit allen! Von wegen Singen, nur Geschrei, den ganzen Tag. Ich soll mich um ihre neue Herde kümmern. Und weißt du, warum? Weil *du* dich nicht um *sie* gekümmert hast!«

»Das verstehe ich nicht.«

»Bekommst du denn nichts mit von dem, was um dich herum geschieht? Deine Herde wächst, Solder um Solder, du bist ein guter Hirte, wahrscheinlich der beste der ganzen Horde. Du bist der Neffe des Thons, der Sohn des Friedens, jeder kennt dich! Glaubst du im Ernst, das würde den Leuten, den *Mädchen* entgehen? Die Hälfte von ihnen, ach, ich wette, *alle*, haben ein Auge auf dich geworfen, und Tascha war da keine Ausnahme. Außerdem siehst du gut aus, falls dir *auch das* noch nicht aufgefallen ist!«

Babu war sprachlos. Eine solche Rede hatte er von Jator noch nie gehört. Aber der war noch nicht fertig. Jator blieb stehen und sprach auf Babu herab: »Ich habe mit meinen Schwestern gestritten, mit meiner Mutter, sogar mit meinen Vätern, weil ich nicht einsehe, dass ich dich bloß wegen Tascha im Stich lassen soll. Meine Pflichten gegenüber der Familie soll ich erfüllen? Dass ich nicht lache! Sie hat dich nicht bekommen, ihr Pech. Sie muss sich ihren Kager schönreden, ihn preisen und dich beleidigen, dir schaden, sich irgendwie rächen ... nicht mit mir! Ich werde diese Kafur *nicht* hüten, Schwager hin oder her! Du bist mein *Freund*, Babu, begreifst du überhaupt, was das heißt? Obwohl ich sagen muss: Kager ist kein schlechter Kerl. Wenn auch nicht besonders hell im Kopf.« Jetzt lächelte er. »Im Gegensatz zu mir ... auch wenn ich das ganz gut verstecken kann. Ist bequemer so, wird nicht so viel von einem erwartet ... Aber, Babu, zweifle nicht an mir. Alle, aber nicht du.«

Babu schluckte, ihm war die Kehle trocken geworden. Jator setzte sich wieder neben ihn.

»Als ich hörte, dass du dieses Ei bekommen hast, war mir vollkommen klar, dass du mich brauchst. Doch du hast nichts von dir hören lassen. Also bin ich zu dir gekommen. War das Streiten ohnehin satt.«

»Es tut mir leid.«

»Was?«

Babu räusperte sich.

»Jator, es tut mir leid. Ich wollte dich nicht beleidigen. Ich ... ich habe eigentlich noch nicht so recht begriffen, was ich mit diesem Ei anfangen soll.«

Jator nickte, zupfte wieder einen Grashalm aus und begann darauf zu kauen. Babu wusste, dass mehr Entschuldigungen nicht nötig waren. Jator hatte sich mit seiner gesamten Familie angelegt. Und hätte nie ein Wort darüber verloren, wenn Babu sich nicht so dumm angestellt hätte.

»Das Ei ist eine Sache«, sagte Jator und schaute in die untergehende Sonne. »Der Vogel ist die nächste.«

Ein Falke aus der Alten Zeit. Eine Szasla. Obwohl der Thon ihm seine Aufgabe klar und deutlich genannt hatte, nämlich die Bekämpfung der Hasen, hatte Babu bisher nur über das Ei nachgedacht. Er hatte Jator bitten wollen, sich so lange um die Herde zu kümmern, wie er sein zerbrechliches zweites Herz unter der

Weste trug. Erst jetzt tauchte eine neue Frage auf: Würde er seine Tiere überhaupt behalten können? Er holte tief Luft.

»Ich sehe dir an«, sagte Jator ruhig, »dass dir so langsam etwas klar wird.«

Ein klagender Schrei zerriss die abendliche Stille über dem Tal. Beide schauten erschrocken auf. Wie ein Stein fiel ein Falke aus den Wolken über ihnen. Erst klein wie ein entfernter Stern, dann schnell immer größer werdend, stürzte der Vogel senkrecht und mit ungeheurer Geschwindigkeit dem Boden zu. Babu stockte der Atem. Nur noch wenige Augenblicke und das Tier würde aufschlagen, direkt zu ihren Füßen. Unwillkürlich legte er die Arme über den Kopf. Jator ballte die Fäuste und kniff die Augen zu.

Und so sah Jator nicht, wie der Falke nur eine Handbreit über den Grasspitzen die majestätischen Flügel öffnete und den Sturz im letzten Moment abfing. Wie eine Welle schlug der Luftzug den Freunden ins Gesicht, die Grashalme bogen sich und legten sich flach an den Boden. Versteinert und mit schreckensweiten Augen blickte Babu auf den wie schwerelos in der Luft hängenden Vogel. Er hatte die Schwingen gespreizt und den Kopf mit dem tödlichen, gebogenen Schnabel so weit vorgereckt, dass er fast Babus Lippen berührte. Dann, mit einem einzigen kraftvollen Flügelschlag, stieg der Falke wieder auf, nun in einem sanfteren Schwung, und die langen Schwanzfedern streiften Babus Stirn. Er erwachte aus seiner Starre, wandte sich um. Die Szasla war verschwunden. Sie musste in den Hof des Hauses getaucht sein.

Nun hörten sie auch die anderen Falken: fernes Rufen aus den Wolken und nahe Antwort aus dem Haus. Es war, als lauschte man einer Unterhaltung von Himmel und Erde, voller Sehnsucht und Wildheit. Babu fühlte, wie sein Herz, sein echtes, eigenes Herz, hart gegen die Rippen schlug.

Die beiden anderen Falken stürzten sich ebenso senkrecht, aber weniger dramatisch und schnell vom Himmel und landeten direkt im Hof, wo ihr Gespräch erstarb. Babu und Jator hatten einige Augenblicke Zeit, um sich zu fassen, bevor die Falkner eintrafen. Babu klangen immer noch die Rufe der Szaslas im Ohr wie ein Echo, das im Innern seines Schädels nicht verhallen wollte. Aber er lächelte, als einer der Falkner, den er auch im schwindenden Licht und unter seiner Kapuze als Asshan erkannte, auf ihn zukam, die Grasmatten zurückschlug und sie mit einer tiefen Verbeugung einlud, das Haus der Szaslas zu betreten.

Sie gelangten in eine kleine Eingangshalle, die bis auf einige Fässer und Säcke leer war und sich zum Hof hin öffnete. Kaum hatten sie den Raum durchschritten, befanden sie sich schon wieder im Freien. Das innere Geviert des Hofes war grasbedeckt; auf schlichten, in den Boden gerammten Ästen saßen die Falken. Ein umlaufender, grob gepflasterter Weg bot Zugang zu den Schlafräumen der Falkner. Es gab keine Türen oder Grasmatten, die sie vom Hof trennten – alles war offen und nur durch das überhängende, von Holzpfählen gestützte Rietdach geschützt. Babu sah einige Matten auf dem Boden liegen, ein paar Stoffbündel, kleine Öllampen, einige Ledergurte, sonst nichts. Die Falkner waren augenscheinlich nicht anspruchsvoll – womit der Thon sie für gut zwei Soldern Arbeit entlohnt hatte, war nicht ersichtlich. Die Falkner zündeten Lampen an, Asshan bat Babu und Jator, auf ledernen, strohgefüllten Bodenkissen Platz zu nehmen. Die Szaslas saßen still, nur die Köpfe drehten sich auf den beweglichen Hälsen und scharfe Augen beobachteten die Gäste.

Babu versuchte das Weibchen auszumachen, das ihm vor drei Tagen das Ei überlassen hatte. Auf den ersten Blick sahen die Falken alle gleich aus: die Körper so lang wie sein Bein, das

Brustgefieder weiß und grau gesprenkelt, Flügeloberseiten, Rücken und Kopf dunkelbraun. Die langen Schwanzfedern und die Spitzen der Schwingen waren tiefschwarz, die Augen sowie die mächtigen Klauen leuchtend gelb. Bei näherem Hinsehen gab es aber doch Merkmale, die die Vögel voneinander unterschieden. Ein Falke hatte längere, helle und flaumige Federn an Schnabelansatz und rund um die Augen, ein anderer einen Federkragen, was ihn besonders vornehm wirken ließ. Der dritte schließlich, und das musste sie sein, hatte ein dichteres Beinkleid – milchweiße, feine Federn, die bis auf die Klauenfüße fielen und diese so etwas weniger gefährlich aussehen ließen. Ein Trugschluss, denn Babu erinnerte sich genau, wie sich ebenjene Krallen in das Leder des Falknerhandschuhs gegraben hatten, als er das Ei zum ersten Mal betrachtet hatte.

Sie war es auch, die ihn ansprach.

Babu fuhr zusammen, stöhnte vor Schreck auf. Es war nicht einfach eine Stimme in seinem Kopf. Er hörte *wirklich*. Er drehte etwas den Kopf. Ganz eindeutig, die Worte, rau, aber deutlich, kamen aus der Richtung jenes Falkenweibchens. Sie bewegte sich nicht, aber sie sprach:

»Du fragst dich, warum. Was. Du kennst nicht die Vergangenheit und weißt nicht, was die Zukunft ist. Ich bin Auge und Ohr. Ich sehe dich durch das Gras fliegen. Ich sehe Bewegung ohne Ziel, Jäger ohne Beute. Ich höre deinen Atem und dein Herz spricht: Hunger.«

Babu war bestürzt und gleichzeitig begeistert: Das war sie, die Stimme der Alten Zeit. All die Geschichten, die die Schiffer ihm erzählt hatten, waren *wahr*. Die Alte Zeit sprach durch diesen Falken und sie sprach zu *ihm*. Die Szasla hatte ihn beobachtet. Sie wusste von seiner Unruhe. Die anderen nun auch? Hörten sie, was er hörte? Babu sah auf Jator, die Falkner. Sie rührten sich nicht. Es kam Babu vor, als wären die anderen erstarrt, als wären ihre Körper von einer seltsamen Unschärfe umgeben, von bewegter Luft, ähnlich wie entfernte Reiter in der heißen, sonnigen Steppe. Sie saßen nah bei ihm, aber sie waren nur zittrige Schemen. Das Einzige, das klar und scharf umrissen, das *wirklich* war, war die Szasla. Sie sprach weiter:

»Nicht lange mehr, und dein zweites Herz wird das erste nähren. Das eine so groß wie das andere, beide schlagen gleich. Der Hirte wird die Spur finden, der Jäger wird der Beute folgen bis zum Ende, wo der Kreis sich schließt.«

Juhut-ras, zweites Herz, auch das wusste sie also. Babu nahm es hin, er wollte glauben. An ein neues Glück, an einen Sinn. An eine Bestimmung. *Der Hirte wird die Spur finden.* Er war ein Hirte, er würde die Spur finden. Die neue, Glück verheißende Spur im Gras ... würde sie ihn aus dem Langen Tal hinausführen? *Werde ich so weit gehen? Werde ich das Lange Tal verlassen? Warum?*

Die Szasla antwortete nicht und Babu war sich nicht sicher, ob er nur gedacht oder laut gesprochen hatte. Jators Gesicht nahm wieder Kontur an, der warme, gelbliche Schein der Öllampe wischte die zitternden Schatten fort. Der Freund starrte ihn an, den Mund offen. Dann senkte Jator den Blick und presste die Lippen aufeinander.

»Junger Falke wird sehr, sehr hungrig sein«, sagte Asshan.

Babu blickte ihn irritiert an. Der Falkner lächelte.

»Szaslas kommen, wann sie wollen. Du hast Ei. Du hast ihm Namen gegeben, ja?«

Babu nickte. Es war ihm unangenehm zuzugeben, dass er das Ei mit *Juhut* ansprach, dass er überhaupt mit einem Ei sprach.

»Sehr gut, ist gut«, sagte Asshan ernsthaft. »Der Name ist Tor, durch das kann er kommen, jederzeit. Folge mir. Bitte.«

Asshan führte ihn in einen der offenen Räume und beugte sich über ein Bündel. Er hatte Babus Besuch offensichtlich erwartet und sich vorbereitet. Jator blieb, wie die beiden anderen Falkner, sitzen und schwieg. Er hob nicht einmal den Kopf. Asshan zog einen reichlich mitgenommenen Handschuh aus dem Bündel.

»Ist für Anfang genug. Deine Leute können besseren machen. Aber wichtig: Schultergurt muss stark sein und breit. Du musst Arm festmachen.«

Babu bezweifelte das, er war jung und stark. Er streifte den Handschuh probehalber über, er passte recht gut. Mit nur zwei lässigen Flügelschlägen erhob sich ein Falke, der mit dem Kragen, ein dritter Flügelschlag, und er war auf Babus Arm gelandet. Und er war schwer wie ein neugeborenes Kalb. Nach nur wenigen Augenblicken verkrampften sich Babus Rückenmuskeln, einige weitere Augenblicke, und er musste den Arm mit der anderen Hand abstützen. Der Falke schwebte wieder in den Hof.

»Die Haube hier«, fuhr Asshan ungerührt fort, »ist für Ruhe. Gut auf Reisen. Szaslas sehen viel, 'zu viel, manchmal. Große machen, wenn er wächst.«

Babu drehte die mit ausgeblichenen Bändern verzierte kleine Haube zwischen den Fingern. Das Leder war speckig und steif, eine Ausbuchtung ließ den Schnabel frei, zwei halbkugelförmige Schalen dienten als Schutz für die empfindlichen Augen. Jetzt, da er das Häubchen in Händen hielt, konnte er sich zum ersten Mal vorstellen, einen kleinen Falken zu haben. Und die Herde? Was würde mit seinen Kafur werden?

Asshan legte Babu beide Arme auf die Schultern und sah zu ihm auf. »Ohne Sorge, Sohn des Friedens. Nichts ist ohne Grund. Schleier werden fallen.«

Babu verbeugte sich. Dann verließ er mit dem in sich gekehrten Jator das Haus der Falkner. Das hohe Gras der Ebene wiegte sich sanft in der Abendbrise, der Mond stand hoch, streute sein bleiches Licht in die Weiten des Langen Tals und ließ die Gegend, die Babu so gut zu kennen glaubte wie sich selbst, fremd erscheinen wie das Nachbild eines Traums, der mit dem nächsten Atemzug vergessen sein würde.

VIERTES KAPITEL

JUHUT

Babu lehnte sich auf das Geländer der Brücke und sah hinunter ins ruhige Wasser der Merz. Dieser Lendern war lang, zu lang, und brütend heiß, der Fluss bewegte sich kaum und war schmal geworden. Babu hatte sich nie Gedanken über die Merz gemacht, sie war da, sie war die Lebensader des Langen Tals, sie hatte dem Volk seinen Namen gegeben. Als er nun von der Brücke ins Wasser schaute, wurde Babu zum ersten Mal bewusst, wie abhängig sie waren. Würde die Merz nicht nur schläfrig sein wie jetzt, sondern sterben, dann würde mit ihr das ganze Tal sterben. Aber war das überhaupt möglich? Konnte ein so großer Strom aufhören zu fließen? Er seufzte, er hatte genug Sorgen, er musste nicht auch noch über den Fluss nachgrübeln. Babu war auf dem Weg ins Gerberviertel und gönnte sich eine kurze Pause auf der Brücke, bevor er ins Gewirr aus Zelten, Spannrahmen, Bottichen, Hautstapeln und Fleischresten eintauchte. Er kam nicht oft hierher, denn auch, wenn er den Geruch frischen Bluts gewohnt war und den warmen Dunst der Innereien, der einem geöffneten Kadaver entströmte, gut aushalten konnte, so war der Gestank nach Fäulnis, nach Aas und Tod, gemischt mit den säuerlichen Dämpfen der Gerberbrühe, ihm zutiefst zuwider. Er dachte an Jator, der der wahre Grund für seine finstere Stimmung war. Babu rief sich das kurze, heftige Gespräch auf dem Heimweg von den Falknern in Erinnerung.

Sie waren schweigend nebeneinanderher gegangen bis zum Kafurpfad, wo ihre Wege sich trennten – Babu musste weiter in Richtung Fluss zu seinem Pferch, Jator hoch in die Stadt.

»Also dann …«, hatte Babu gesagt und sich zum Gehen gewandt, aber Jator hatte nach seinem Arm gegriffen.

»Ist es wirklich wahr, Babu? Du wirst von hier weggehen?«

Jators dunkle Augen glänzten im Mondlicht. Sie standen voll Tränen. Babu wich dem Blick aus, er wusste nicht, was er antworten sollte.

»Du hast diesen Vogel angestarrt und gefragt, warum du das Lange Tal verlassen musst.«

Jators Hand krampfte sich zusammen, Babu legte seine darauf und löste vorsichtig Jators Finger. Also hatte er doch laut gesprochen. Aber die Sätze der Szasla hatte Jator offenbar nicht gehört.

»Und? Babu! Rede! Sag mir, was du vorhast!«

»Ich weiß es noch nicht.«

»Du weißt es nicht! Ha!« Jator warf die Arme hoch, dann starrte er Babu an. »Aber ich weiß es. Ich weiß: Du lügst. Du hast einen Plan, einen geheimen Plan … du willst uns im Stich lassen! Uns alle! *Mich*!«

»Jator!«

»Was? Habe ich nicht recht? Dann widersprich mir! Nun? Nichts, du schweigst. Mach nur, schweig weiter, dein Schweigen sagt mir alles. Du …« Jator hatte den Satz nicht zu Ende gebracht, sondern sich ruckartig weggedreht. Dann war er losgerannt, wie Babu ihn nie hatte rennen sehen.

Auch jetzt noch, im Licht des strahlenden Morgens, legte

sich ein Schatten auf Babus Gemüt, wenn er an den Streit dachte. Was hätte er dem Freund antworten sollen? *Der Hirte wird die Spur finden, der Jäger wird der Beute folgen?* Er war sich ja selber über die Bedeutung dieser Worte nicht im Klaren. Hieß das nun, er würde gehen, alle im Stich lassen? Als er das Ei in Empfang genommen hatte, war es schließlich darum gegangen, die Arbeit der Falkner nach deren Abreise fortzusetzen und das Tal auch weiterhin von Wühlhasen frei zu halten. Genau genommen hatte das aber nur der Thon gesagt – die Szasla selbst hatte sich dazu nicht geäußert und auch Asshan hatte es mit keinem Wort erwähnt. Im Gegenteil, der gestrige Abend erschien Babu von einer Bedeutungsschwere durchzogen, die über das Bekämpfen einer Hasenplage weit hinauswies. Die Alte Zeit hatte zu ihm gesprochen. Nur zu ihm. Aber vielleicht war das nichts als Eitelkeit? Wünschte er sich so sehr, seinem Leben einen besonderen Sinn zu geben, dass er die Zeichen falsch deutete? Möglicherweise hatten die Szaslas ihn nur auserwählt, weil er größer und kräftiger war als jeder andere seines Volkes und deshalb besser geeignet, mit einem großen Vogel umzugehen.

Babu kam nicht weiter. Es hatte keinen Zweck, sich in Gedankengespinsten zu verfangen. Er richtete sich auf und drückte den schmerzenden Rücken durch – die Nacht hatte er wieder sitzend verbracht, gestützt von Kissen und Fellstapeln. Er legte die Hand auf die Brust und fühlte das Päckchen.

»Wir gehen jetzt Leder kaufen, das beste, feinste Leder, das es gibt. Und ich weiß auch, wo.«

Den Eingang zum Gerberviertel markierten zwei bleiche, aufgepflockte Kafurschädel. An den grauen gedrehten Hörnern waren lange Büschel aus Ponyschweifhaar angebracht sowie gefärbte Lederbänder, die im lauen Wind gegen die Pflöcke schlugen. Zuerst kam Babu an den in Flussnähe aufgestellten Öfen vorbei. Seitdem der Thon die Clans geeint hatte und die Merzer sesshaft geworden waren, erlebte das Gerberhandwerk eine bisher nie gekannte Blüte. Die Öfen, in früheren Zeiten provisorische Steinhaufen, waren nun viel größer, fest gemauert und Tag und Nacht in Betrieb. Hier verbrannten die Gerber ein Gemisch aus einer bestimmten Art bröckeliger Steine und großen Mengen Kafurknochen zu einem weißen, staubfeinen Pulver, das anschließend in den Dampfgruben mit Flusswasser vermischt wurde. Eine gefährliche Arbeit, denn sobald das Pulver ins Wasser gelangte, brachte es dieses zum Brodeln – ein Spritzer der Knochenmilch konnte einem ein Loch ins Fleisch brennen. Es bedurfte viel Erfahrung, um das richtige Mischungsverhältnis zu finden. In diese Knochenmilch wurden die frisch abgezogenen Häute gelegt, sie war das Geheimnis der besonderen Weichheit, die das Merzleder auszeichnete.

Babu ließ die Öfen hinter sich und gelangte in den Bereich, der ihm am meisten zuwider war: In der Kahlung wurden die in den Dampfgruben vorbereiteten Häute enthaart, von Fleischresten befreit und zugeschnitten; dickeres Leder wurde gespalten. Knöcheltief standen die Gerber in fauligem Fleisch und Hautfetzen, die sich mit dem aufgeweichten Kafurhaar zu einer ekelhaften Masse verbanden – jeder Schritt schmatzte. Den Gerbern selbst machte das nichts, aber für die Händler, die immer zahlreicher nach Bator Ban kamen, hatten sie Stege gebaut. Rohe Holzlatten lagen auf dem unsicheren, an ein grausiges Moor erinnernden Grund. Die sacht federnden Bretter leiteten Besucher einigermaßen sicher ins Herz des Viertels, wo ein Bottich sich an den nächsten reihte, wo die Häute teilweise über ein ganzes Solder in dunklen, giftig aussehenden Flüssigkeiten ruhten und die Luft so angereichert war mit Dämpfen und Ausdünstungen, dass der Atem sauer schmeckte.

Babu sah auch Frauen an den im Boden eingegrabenen Bottichen. Die Heilkunst wurde bei den Merzern ausschließlich von den Gerberinnen ausgeübt. Die geheimen Rezepturen für Tränke, Tinkturen und fettige Salben wurden nur an Töchter, Enkeltöchter oder Nichten weitergereicht. Schon früh hatten die Merzer festgestellt, dass die Gerberbrühe auch Blutungen stillte und Verletzungen schneller heilen ließ. Sogar manche Fieber ließen sich damit behandeln. Es war bittere Ironie, dass die Basis ihrer Medizin, der Sud, in dem Haut zu Leder wurde, gleichzeitig Auslöser der langsam fortschreitenden, aber immer mit dem Tod endenden Derst-pir, der Gerberkrankheit, war. Wenn ein Gerber sich nicht mehr erinnern konnte, wann er welche Häute in welchen Bottich gelegt hatte oder wann es Zeit wurde, das Bad zu wechseln, hatte er meist nur noch drei Soldern zu leben, manchmal fünf. Im Laufe dieser Zeit nahmen seine Haut und das Weiß seiner Augen eine gelbliche Farbe an, die Handinnenflächen wurden rot – dies gab der Krankheit auch den Namen: *Derst-pir*, rote Hand. Die Gerber nahmen es gelassen: Das war der Preis, den sie für ihre Kunst zu zahlen hatten. Erkrankte wurden von den Bottichen abgezogen und in die Kahlung geschickt, wo die Arbeit zwar schmutziger war, aber weniger Konzentration erforderte.

Babu war auf der Suche nach Meister Dant, dem Gerber, der auch den Thon mit Ledersachen und Fellen belieferte. Jedes Mal verirrte Babu sich zwischen den Zelten und Gruben, den zum Trocknen aufgespannten Häuten, den Stapeln, Bündeln, Haufen, den dampfenden Kesseln, in denen der Sud angesetzt wurde, den langen Leinen, an denen trocknende Kräuter hingen, den Steinmühlen, wo sie gemahlen und gemischt wurden.

Endlich: ein steigendes schwarzes Pony, gemalt auf ein fast durchsichtig dünnes Stück Leder – Babu hatte den Meister gefunden. Er hockte zwischen mannshohen, sauber geschichteten und verschnürten Lederstapeln, eine eng beschriebene Rolle Pergament vor der Nase. Wahrscheinlich eine Bestellung, die er kontrollierte. Wie die meisten Merzer konnte er nicht lesen, denn die Grasleute waren kein Büchervolk – was er sich dicht vor die Augen hielt, war nichts weiter als eine Strichliste.

»Seid gegrüßt, Meister Dant, was machen die Geschäfte?«
»Oh!«

Meister Dant kam schnell auf die Füße. Auch wenn seine Haut aussah, als hätte er sie sich selbst über die hohen Wangenknochen gegerbt und vergessen, sie danach zu spannen, war er noch nicht alt.

»Der hochverehrte Badak-An-Bughar aus dem Clan der Bator, der Sohn des Friedens, ehrt uns mit seiner Anwesenheit!« Er lachte. »Babu, wie schön, dich zu sehen. Komm näher, komm näher!«

Er strich Babu mit seinen harten, trockenen Fingern über die Wangen.

»Na, so langsam wird ein Mann aus dir. Soll ich weiterschwatzen oder erzählst du mir freiwillig, was dich zu mir führt?«

»Ich brauche Leder, manches fest und anderes weich, das beste, das es gibt. Und das bekomme ich nur bei Euch, Meister Dant.«

»Sicher. Komm nächstes Solder wieder! Mein Lager ist leer, da, schau, alles schon verpackt, alles schon verkauft.«

»Was um alles in der Welt will der Thon mit so vielen Häuten?«

»Oh, das ist nicht für den Thon.« Er beugte sich vor und senkte die Stimme. »Jedenfalls nicht direkt. Das ist alles für die Falkner.«

Ein wahrhaft fürstlicher Lohn. Babu schwieg, hier gab es nichts zu verhandeln. Er konnte sich nicht gegen einen Befehl des Thons stellen und noch viel weniger konnte er die Falkner um ihre Bezahlung bringen, selbst wenn sein Bedarf nur ein winziger Bruchteil der für sie bestimmten Menge an Leder war. Das wäre Betrug, der auf den Meister zurückfiele, sollte er entdeckt werden. Meister Dant sah, wie betrübt Babu war. Er rollte das Pergament ein und steckte es sich in den Ärmel.

»Wozu, wenn ich fragen darf, brauchst du mein Leder?«

Zur Antwort zog Babu den Handschuh mit Gurten und die Haube aus dem kleinen Sack, den er mitgebracht hatte. Meister Dant befühlte die Gegenstände, schnaubte und bedauerte das Tier, das für eine solch schlechte Arbeit seine Haut hatte lassen müssen.

»Hm, verstehe«, murmelte er. »Wenn das so ist, sehe ich nur einen Ausweg ...«

»Bitte, Meister, das kann ich nicht verlangen!«

»Ich werde wohl«, fuhr Dant listig fort, als habe er Babus Einwurf nicht gehört, »mein Geheimlager plündern müssen. Komm mit mir, Babu.«

Flink bewegte sich Dant durch die Stapel und führte Babu durch einige miteinander verbundene Zelte bis direkt vor eine Zeltwand. Babu musste lächeln: Der Meister war in der Tat der kurzsichtigste Mann der ganzen Horde. Aber dann fuhr Dant langsam mit zwei Fingern über die Zeltwand und im eben noch vollkommen unversehrten Leder öffnete sich ein Riss.

»Ganz erstaunliches Material, dieses Kafurleder. Komm, tritt ein. Nimm dir eine Lampe mit!«

Babu duckte sich und schlüpfte durch den Riss in ein enges, vollgestopftes Zeltabteil. Meister Dant begann unverzüglich, Ballen aufzuschnüren und Truhen zu öffnen, den Inhalt zu befühlen und zu durchwühlen. Schließlich schien er gefunden zu haben, was er suchte.

»Hier, Babu, das ist weich und leicht wie Flaum, biegsam

wie ein Grashalm, aber beständiger als Felsgestein. Das soll der Handschuh sein, keine Klaue kann ihn durchdringen. Und auch kein Schwert, wenn ich das bemerken darf. Dieses hier habe ich über viele Soldern geschrumpft … so viele Soldern, wie ich das Glück hatte, mit meiner Frau zu verbringen.«

Babu nickte. Dants Frau war letzten Lendern gestorben, die Gerberkrankheit hatte sie dahingerafft.

»Daraus sollst du den Gurt machen lassen«, fuhr Meister Dant fort, während er immer neue Häute hervorzog. »Er wird sich niemals längen und deinen Arm immer sicher halten. Hieraus sollen die Hauben gefertigt werden, ich nehme an, du wirst mehrere brauchen. Der Vogel wird glauben, er habe seinen Kopf in die Wolken gesteckt! Das hier nimm für Wasserbeutel oder Taschen, auch da wirst du wohl mehrere brauchen.«

Babu zuckte. Aber Dant verzog keine Miene und machte keine weitere Bemerkung. Wahrscheinlich hatte er das nur so dahingesagt. Er konnte nichts wissen von Babus Ahnungen.

»Was bin ich Euch schuldig, Meister?«

»Das hier ist nicht verkäuflich.« Dant packte die Lederstücke zusammen. »Solches Leder muss man verschenken. Lass mich nur einmal das Ei sehen.«

Verschenken? Freigiebigkeit war gleichzusetzen mit Dummheit. Doch Dant war alles andere als dumm, ein Blick auf das Ei zu werfen war ihm viel wert. Babu spürte das Päckchen wie einen heißen Stein auf seiner Brust und mit einem Mal schien es ihm unmöglich, das Ei zu zeigen. Es war, als müsse er sein eigenes, lebendes Herz hervorholen. Meister Dant sah ihn aufmerksam an, eine Hand auf das Bündel mit dem kostbaren Leder gelegt. Babu schluckte und wickelte mit zitternden Fingern das Ei aus. Dant strich vorsichtig über die raue Oberfläche und lächelte. Dann öffnete er mit einem Fingerstreich eine weitere Zeltwand.

»Geh hier hinaus, das ist eine Abkürzung. Ich weiß ja, du findest dich hier schlecht zurecht. Und geh zu Meister Balk, wenn du einen guten Lederer suchst.«

Babu duckte sich durch den Riss. Als er sich umwandte, um sich zu verabschieden, war das Zelt verschwunden. Babu befand sich auch nicht mehr im Zentrum, sondern bereits in der Kahlung. Meister Dant hatte ihn mit seinen kleinen Zaubereien schon immer überraschen können.

Babu ging schnell, er sehnte sich nach frischer Luft. Doch als er bei den Öfen anlangte, waren einige Männer gerade dabei, neue Knochenmilch anzumischen. Heiße Dämpfe stiegen auf und ließen das Flussufer in Dunst und Asche verschwinden.

Meister Balk hatte mit großem Interesse die alten Falknergegenstände begutachtet und runde Augen gemacht, als er das Leder besah, das Babu ihm mitgebracht hatte. Immer wieder betonte der Meister, wie glücklich Babu sich schätzen könne, dass Dant es ihm überlassen habe. Was für eine Ehre es sei, dies verarbeiten zu dürfen. Dass alles zu Babus Zufriedenheit bewerkstelligt werde, darauf könne er sich verlassen. Leider, leider habe er aber sehr wenig Zeit. Meister Balk war ein vielbeschäftigter Mann; jeder, der auf sich hielt und es sich leisten konnte, ließ bei ihm fertigen. Die Lederer der Merzer waren geschickte Leute und das Handwerk war weit verbreitet – eine einfache Tasche oder ein Hemd konnte jedes Kind zusammennähen. Meister Balks Kunst aber übertraf alles, er war der Meister der Meister und sich dessen auch bewusst. Hundert Kafur musste Babu schließlich bieten, damit der Meister bereit war, Maß zu nehmen und unverzüglich mit der Arbeit zu beginnen. Ein unverschämt hoher Preis, doch Babu merkte schnell, dass es kein schlechtes Geschäft war, denn der Meister überlegte, rechnete, zeichnete, machte Vorschläge, wie dies und jenes gegenüber der Vorlage, dem »Kinderzeug«, wie er es nannte, zu verbessern sei. Keinen noch so schmalen Streifen des kostbaren Leders war er gewillt zu verschwenden, und als Babu die Werkstatt verließ, rief Balk ihm nach, er könne sich auf etwas ganz Besonderes gefasst machen.

Die Kafur hatten das Gras im Pferch bis auf wenige Flecken ausgerupft, überall lagen große Fladen Dung. Es war eine Schande. Mit hängenden Schultern ging Babu zu seinem Zelt, machte Feuer und setzte sich – nur um im nächsten Augenblick wieder aufzuspringen: Deutlich hatte er ein Knacken gehört. Achtlos war er geworden! Bewegt hatte er sich, als wenn nichts wäre! Sein Herz schlug ihm bis zum Hals, als er das kleine, warme Bündel öffnete. Der Riss in der gefleckten Schale war deutlich zu erkennen.

Was sollte er jetzt tun? Hatte er das Ei beschädigt oder war der Falke bereits dabei zu schlüpfen? Babu konnte sich nicht erinnern, dass Asshan irgendeine Anweisung zum eigentlichen Schlüpfen gegeben hatte. Nur dass der Falke hungrig sein würde, wenn er erst heraus war. Auch darauf war Babu nicht vorbereitet, weder Hase noch Huhn hatte er gejagt, wie dumm er doch war. Was nützten Handschuh oder Haube, das würde er erst in Zehnen brauchen – um Fleisch hätte er sich kümmern müssen! Dann würde er eben ein Kalb schlachten, dachte er, das brachte genug Fleisch. Wenn es denn wirklich schon so weit war.

Vorsichtig rückte Babu näher zum Feuerschein, um das Ei genauer zu betrachten. Der Riss hatte sich verbreitert und schien weiter zu wachsen, sich leicht zu öffnen und zu schließen, als ob das Ei atmete. Oder als ob ein Küken sich von innen gegen die Schale stemmte im Versuch, sie zu sprengen. Es war tatsächlich so weit, die Szasla schlüpfte.

Der Vorgang dauerte mehrere Stunden, und bis der Vogel sich herausgekämpft hatte, war es bereits tiefe Nacht. Immer wieder hatte er lange Pausen eingelegt und Babu in Sorge gestürzt, er könnte es nicht schaffen und wäre vor Erschöpfung gestorben. Vielen Kafurkälbern hatte Babu schon auf die Welt geholfen, den stöhnenden Kühen war er auf die Bäuche gestiegen, hatte sich treten lassen und hatte, wenn nötig, tief in die warmen, bebenden Leiber gegriffen und Kälber bei den kleinen, noch weichen Hufen gepackt und herausgezogen, in einem Schwall von Blut und Fruchtwasser.

Aber das kleine Ei machte ihn ratlos. Er wusste nicht, ob er eingreifen und helfen durfte oder ob es wichtig war, dass das Küken sich selbst von der Schale befreite. Er war unendlich erleichtert, als der winzige nasse Vogel endlich zitternd seine Stummelflügel spreizte und mit dem Kopf wackelte, der zu groß und schwer wirkte für den dünnen Hals. Das Küken war nicht gerade eine Schönheit: Die vorgewölbten Augen waren geschlossen, der Schnabel scharf, aber noch blass, ebenso die Beine und Füße, die zu lang waren für den winzigen, runden Körper. Babu deckte den Falken zu und blieb nah beim Feuer sitzen. Für einen Moment nur wollte er die Augen schließen, er war todmüde. Ein kurzer, fragender Laut machte diesen Plan zunichte. Babu schlug den Stoff zurück: Große, kreisrunde dunkle Augen schauten ihn an. Dann blinzelten sie einige Male, schlossen sich wieder. Und stattdessen sperrte sich der kleine Schnabel weit auf, der Schlund war feuerrot. Dann begann das Küken zu schreien. Aus voller Kehle und mit einer Lautstärke, die Babu dem Kleinen niemals zugetraut hätte. Er bedeckte es wieder, aber das half nichts, im Gegenteil, immer wütender wurden die Schreie, bald wären alle Hirten aufgeweckt und säßen auf den Zäunen. Babu war verzweifelt, er wühlte durch seine Vorräte – trockenes Fladenbrot hatte er noch und einige

Streifen hartes, geräuchertes Kafurfleisch. Das würde er eben vorkauen müssen. Hastig schob er sich ein Stück in den Mund und biss darauf herum. Der Falke tobte mittlerweile in seinem Stoffnest und war vollkommen außer sich. Babu wollte sich gerade eine Portion Fleischbrei aus dem Mund holen, um sie dem Küken in den Schlund zu stopfen, als die Flammen des Lagerfeuers hoch auflodderten und Funken stoben vom Luftzug einer landenden Szasla. Sie trug einen kleinen Wühlhasen in den Klauen und begann sofort, Fell und Bauchdecke zu zerreißen und den frisch geschlüpften Falken mit Innereien zu füttern. Und der war, genau wie Asshan es vorhergesagt hatte, sehr hungrig. Erst als der Hase komplett ausgeräumt war, fiel der Kopf des kleinen Falken zur Seite und er schlief augenblicklich ein.

FÜNFTES KAPITEL

HIRTE ODER FALKNER

Nach nur drei Zehnen hatte Juhut fast die Größe seiner Mutter erreicht. Er wirkte noch etwas rundlicher und sah in seinem gleichmäßig grauen Federkleid neben ihr unscheinbar aus. Sein Schnabel und die Klauenfüße waren schwarz, die Augen golden. Unablässig flatterte er mit den breiten Schwingen. Nach wie vor wurde er von der alten Szasla versorgt, aber sie brachte die Beute nun lebend, und kaum dass sie sie hatte fallen lassen, stürzte sich der Jungvogel darauf, tötete das zappelnde Tier mit einem Schnabelhieb, zerriss es und fraß alles hinunter. Nichts ließ er übrig, kein Fetzchen Fell, keine Knochen. Aber nach einer kurzen Verdauungspause würgte er kleine, haarige Bälle aus, die Babu dann wegräumen musste. Sonst gab es nicht viel zu tun – die Kafur hatte er, bis auf wenige schwächere Tiere, aufgeteilt und in die Obhut anderer Hirten gegeben. Nun saß er im staubigen Gras vor seinem Zelt, sah tagein, tagaus auf den jämmerlichen Rest seiner Herde und war oft sogar zu träge, um nach den Fliegen zu schlagen, die über seine schweißfeuchte Haut krabbelten. Dass Jator sich blicken lassen würde, glaubte Babu nicht mehr. Das Gefühl, etwas Besonderes zu sein, hatte sich verflüchtigt. Babu sah keine Spur, er sah kein Glück. Er sah nicht einmal mehr den Horizont, sondern nur den Zaun seines Pferchs. Er war kein Hirte mehr. Aber ein Falkner war er auch nicht. Er war nicht mehr als der Wächter dieser jungen, grau gefiederten Szasla, die nichts tat, außer fressen, wachsen und würgen.

Dennoch konnte er Juhut nicht allein lassen. Schon der Gedanke, auf sein Pony zu steigen, einen kurzen Ausritt zu machen und dabei den Falken aus den Augen zu lassen, bereitete Babu ein beinahe körperliches Unbehagen.

»Wenn du erst fliegen kannst, wird es besser werden«, sagte Babu mit Blick auf Juhut, der inmitten einer Staubwolke am Boden hockte und mit den Flügeln schlug. Als er nun damit aufhörte, senkte sich der Staub. Juhut drehte den Kopf, ein goldenes Auge starrte Babu an.

Und dann hörte Babu zum ersten Mal Juhuts Stimme – tief und heiser wie die eines alten Mannes:

»Die Sachen.«

Babu sog Luft ein. Schmerz überwältigte ihn, er beugte sich vor, legte die Stirn gegen die Knie. Es fühlte sich an, als ob ihm jemand den Schädel einschlug – von innen.

»Was für Sachen?«, flüsterte er.

»Balk. Die Sachen.«

Babu übergab sich. Seine Augen tränten, der Rotz lief ihm aus der Nase. Er hob eine Hand.

»Bitte ...« Er atmete. Versuchte den Schmerz zu kontrollieren. Und die Angst vor dem nächsten Wort.

»Bitte«, sagte er wieder, die Kehle rau vom sauren Erbrochenen, »sprich nicht, ich bitte dich. Wir gehen zu Meister Balk.« Er schluckte. »Wir holen deine Sachen. Gleich.«

Babu presste die Daumen gegen die Enden seiner Augenbrauen, rechts und links der Nasenwurzel, fest, instinktiv, so wie man den Finger, in den man sich geschnitten hat, in den

Mund steckt. Juhuts Worte, zu einem scharfkantigen, glühenden Stein verdichtet, hörten langsam auf, in Babus Schädelrund zu rotieren. Er wischte sich mit dem Ärmel das Gesicht. Der glühende Stein lag nun still und schwer in seinem Kopf. Dann, wie ein Klumpen harter Erde unter einem heftigen Regenguss, löste sich der Schmerz, zerfloss und sank als feines, weiches Sediment in die Falten der Erinnerung.

Babu rieb sich den Nacken. Wie kam es, dass Juhuts Worte ihm solche Schmerzen bereiteten? Musste er das Sprechen vielleicht genauso lernen wie das Fliegen und das Jagen? Was auch immer der Grund war, der Schmerz hatte Babu aus seiner Trägheit gerissen. Es gab etwas zu tun. Babu überlegte. Wie sollte er Juhut tragen? Der alte Falknerhandschuh war beim Meister. Kurz entschlossen zückte er seinen Dolch und schnitt eine Bahn aus seinem Zelt, wickelte sich das Leder um den Arm und machte eine provisorische Schlinge, um ihn zu fixieren.

»Versuchen wir's.«

Juhut hüpfte und flatterte, beim Landen zerriss er Babus Hemd mit seinen Klauen und brachte ihn fast aus dem Gleichgewicht, aber schließlich saß er.

»Gut«, sagte Babu und schwankte, »gehen wir also.«

Babu und Juhut erregten einiges Aufsehen. Obwohl ganz Bator Ban längst von den Vorgängen im Pferch wusste – die Hirten erzählten beim Bier die abenteuerlichsten Geschichten –, war es doch noch einmal etwas anderes, den hochgewachsenen Babu mit seinem großen Vogel durch die Gassen gehen zu sehen. Babu schaute streng geradeaus, sein Ausdruck war ernst, was an dem Bemühen lag, mit der ungewohnten Last auf dem sich lösenden Lederlappen nicht zu stolpern. Der Schmerz, den die Worte der jungen Szasla ihm zugefügt hatten, war vollkommen vergangen. Er fühlte sich klar, wie geläutert und neu ausgerichtet. Juhut drehte unaufhörlich den Kopf und beäugte alles und jeden.

Meister Balk war hocherfreut und benahm sich auch gegenüber Juhut sehr zuvorkommend – schnell hatte er einen halb fertigen Sattel von einem Gestell geräumt und der Falke konnte Platz nehmen. Babu war erleichtert und rieb sich den schmerzenden Arm.

Der Meister lief aufgeregt durch die Werkstatt und scheuchte seine Gesellen, die Sachen zu holen. Auch Balks Frau erschien, freundlich lächelnd. Sie hielt sich im Hintergrund, aber ihre Anwesenheit wirkte. Der Meister wurde noch ruppiger zu den Burschen, noch beflissener gegenüber Babu, er brachte es fertig, gleichzeitig laut zu schimpfen und sich fortwährend entschuldigend zu verbeugen. Er konnte stolz sein auf seine Handwerkskunst, aber dass er daraus auch den entsprechenden Nutzen zog, darüber wachte seine Frau. Es waren die Männer, die das Handwerk ausübten, die Rinder austrieben, als Clanführer die Geschicke des ganzen Volkes lenkten. Aber es waren die Frauen, die den Besitz zusammenhielten, ihn mehrten und Einfluss nahmen auf alle Entscheidungen, die getroffen wurden. Es gab ein Sprichwort bei den Merzern: Der Mann ist das Haupt der Familie – und die Frau ist der Hals, auf dem es sich dreht.

Endlich war alles zusammengetragen und Balk begann seine Vorführung. Babu hatte den Verdacht, dass er geübt hatte für diesen Moment.

»Zuerst die Hauben. Diese hier dürfte jetzt passen, jene hier bald. Selbstverständlich können wir«, er sprach zum Falken hin, »jederzeit Änderungen vornehmen. Bei dieser Haube hier habe ich mir erlaubt, etwas Schmuck anzubringen und die Augenschalen zu punzieren.«

Er hielt ein reich mit Bändern, Hornperlen und gefärbten Gelbhuhnfedern verziertes Häubchen hoch.

»Nun zu dir, Babu. Dies ist dein Handschuh. Allerdings ist das Wort Handschuh möglicherweise nicht ganz angemessen für das, was ich vorbereitet habe. Lass es mich dir anlegen, dann erkläre ich dir, wie du es benutzt.«

Der Meister half Babu in eine Art kurze Jacke mit hohem, steifem Kragen, verstärkten Schultern und ungleichen Ärmeln. Beide waren im Bereich der Oberarme mit beweglichen Lederplatten ausgestattet, aber der linke Ärmel hatte zusätzlich mehrere Riemen, die, in Ösen und Schlingen geführt, unter das Schulterstück liefen. Dazu gab es verschiedene Handschuhe: der rechte war aus feinem Leder und ließ die Fingerspitzen frei, der linke war der feste Falknerhandschuh, der den kompletten Unterarm umschloss. Die Jacke war mit weichem, aufgerautem Leder unterfüttert und nur sparsam verziert: Das dunkelbraune, fast schwarz glänzende Leder war lediglich punziert – feine Stanzungen bildeten in sich verschlungene Muster, sich wiegende Grashalme. Der Kragen war mit Wolfspelz verbrämt und die beweglichen Rückenplatten, die nur eben Babus Schulterblätter bedeckten, zierten zwei Flügel, gestickt mit schwarzem Ponyhaar. Insgesamt war die Jacke einer traditionellen Lederrüstung nicht unähnlich. Aber während man jene umständlich schnüren musste und nicht allein an- oder ablegen konnte, war Meister Balks Jacke so einfach anzuziehen wie ein Hemd.

»Und? Was meinst du, passt sie?«

»Wie angegossen«, antwortete Babu und bewegte die Arme. »Ich spüre sie überhaupt nicht. Aber ...« Er wusste nicht, wie er den Satz beenden sollte, ohne den Meister zu beleidigen.

»Oh, du weißt nicht, wie du den Vogel halten sollst? Lass mich erklären: Es ist einfach lachhaft, verzeih mir, einem Mann einen Arm zu nehmen. Festzuschnallen. Der Falke mag sitzen können, aber der Mann kann nichts mehr ... Einen Pfeil abschießen? Unmöglich. Streck deinen Arm vor.«

Babu tat es.

»Über den Kopf!«

Auch das war kein Problem. Die Riemen glitten geräuschlos durch die Ösen und machten jede Bewegung mit.

»Und wieder vor, schnell jetzt.«

Babu streckte rasch den Arm vor – und der blieb in der Luft vor seiner Brust stehen wie von Eisenklammern gehalten. Der Meister gestattete sich ein Lächeln.

Bewegte Babu sich schnell und ruckartig, hing der Arm sicher und fest in den Riemen; eine leichte Gegenbewegung, und sie lösten sich wieder. Bewegte er sich normal, passierte nichts.

»Meister Balk.« Babu verbeugte sich tief. »Eure Arbeit übertrifft meine höchsten Erwartungen. Erlaubt mir, Euch weitere fünfzig Kafur zu überlassen.«

Meister Balk winkte ab, ließ sich aber nach einem Seitenblick auf seine nach wie vor lächelnde Frau schnell überreden, das Angebot doch anzunehmen. Seine Gesellen schleppten noch Taschen, Wasserbeutel und einen leichten Köcher heran und schnürten alles zu einem Bündel zusammen. Babu setzte Juhut die Schmuckhaube auf. Sie war noch etwas zu groß, stand ihm aber vortrefflich und durch die gestanzten Augenschalen konnte er genug sehen. Sein Gewicht auf dem Handschuh schien sich halbiert zu haben; selbst wenn Juhut noch größer und schwerer würde, wäre er leicht zu tragen. Meister Balks Augen leuchteten vor Begeisterung über seine eigene Arbeit, er kam aus dem Verbeugen nicht mehr heraus.

Babu hatte als Hirte die Werkstatt des Lederers betreten, als ein Falkner verließ er sie wieder. Die Ärmel seines Mantels solle er sich abtrennen, rief der Meister ihm noch nach, damit er ihn über der Jacke tragen könne, der Firsten sei nicht mehr weit. Er kam auf die Gasse gelaufen und bot Babu an, es jetzt und hier für ihn zu tun, für ihn, den Falkenprinzen. Selbstverständlich unentgeltlich, fügte der Meister noch laut und deutlich hinzu, als ein paar Leute stehen blieben, um den schönen jungen Mann und seinen stolzen Vogel zu bestaunen – und den Lederer, der die beiden nicht nur so vortrefflich ausgestattet hatte, sondern der auch ein reicher Mann sein musste, denn wie sonst hätte er sich solche Großzügigkeit leisten können?

Die alte Szasla kam nur noch sporadisch mit Beute, Juhut selbst konnte aber immer noch nicht richtig fliegen, daher war er oft schlecht gelaunt und hungrig. Es wäre einfacher gewesen, wenn er sich von einem hoch gelegenen Horst hätte herabstürzen müssen und gleitend und flügelschlagend, von Aufwinden getragen, die ersten Versuche hätte machen können. Juhut aber musste von einem Zaun oder von Babus Arm aus starten und gewann kaum genug Höhe, um nach Beute zu spähen – die ersten Jagdversuche fielen entsprechend kläglich aus. Aber Babu gab nicht auf. Jeden Tag ritt er nun, den Vogel auf der Faust, hinaus ins Grasland. Juhut liebte es zu reiten, es konnte ihm nicht schnell genug gehen. Er reckte den Kopf weit vor in den Wind, trieb das Pony mit scharfen Pfiffen an. Und eines Morgens startete er einfach – Babu spürte, wie sich die Klauen des Falken vom Handschuh lösten, und er warf Juhut in vollem Galopp mit aller Kraft hoch in die Luft. Und der Falke flog. Stieg mit kraftvollen Flügelschlägen auf in den wolkenverhangenen Himmel, ließ sich absacken, stieg wieder, flog eine weite Schleife. Babu hielt das zitternde Pony an und beobachtete Juhut. Dies war sein wahres Element, fliegen musste er – und nicht zwischen Kafurdung am Boden in einem Pferch hocken. Es war Babu, als könne er selbst freier atmen, als er Juhut am Himmel sah. Er hörte ihn rufen. Mit dem gleichen klagenden, weit tragenden Ton, den er auch damals gehört hatte, als er gemeinsam mit Jator die Falkner besuchte. Und wieder versetzte ihn dieser Ruf in einen eigenartigen Zustand, als brächte der sehnsüchtige Klang seine Seele zum Schwingen. Stumm und reglos saß Babu im Sattel, er senkte den Kopf und wusste nicht mehr, wer er war.

Juhuts Ruf aber wurde beantwortet. Wie Pfeile kamen die anderen Szaslas angeschossen. Sie umkreisten den Jungvogel, ein wilder, von halsbrecherischen Sturzflügen begleiteter Tanz begann. Die Falken flogen, erst in weiten Kreisen, dann zogen sie die Spirale immer enger und ließen sich immer schneller fallen. Es war ein lebender Wirbelsturm, in dessen Zentrum sich Babu befand. Immer näher kamen die Szaslas, das Brausen der Schwingen wurde laut und lauter, das Pony scheute und stieg, bald berührten die Falken die Spitzen des aufgewühlten Gräsermeers. Babu hob den Arm. Den Schnabel weit geöffnet und schwer atmend, landete Juhut. Eine Runde noch um Babu, den erschöpften Juhut und das vollkommen verängstigte Pony – dann stiegen die Falken wieder auf und waren schnell hinter den Wolken verschwunden.

Sie ritten eine Weile durch die leere Landschaft, ziellos. Die dichte Wolkendecke über dem Langen Tal ließ ein diffuses, entfärbtes Licht durchsickern. Gras und Himmel verbanden sich in einem einheitlichen, blassen Grau. Das Wetter würde sich bald ändern, bald zögen die ersten kräftigen Regenschauer über das Land. Danach käme der Firsten mit noch mehr Regen und steifem Wind. Und die Falkner würden das Lange Tal verlassen. Der Flug der Szaslas hatte es Babu endgültig klargemacht: Hirte zu sein war ein Traum gewesen, der nun vorüber war. Jetzt war er wach und war ein Falkner. Er *hatte* eine Aufgabe. Und es gab noch etwas, das er endlich klären musste.

»Ich muss zu Jator, ich habe es schon zu lange aufgeschoben«, sagte Babu zu sich selbst.

»Und wir gehen jetzt gleich«, fügte er mit Blick auf den Vogel hinzu, dem der Wind das Brustgefieder zauste.

Babu stieg ab und ging, Juhut auf der Faust, um Jators Haus herum. Er setzte sich auf einen Steinstapel und wartete. Juhut ließ sich auf der niedrigen Umzäunung des Ziegenpferchs nieder und döste, der Flug hatte ihn angestrengt. Auch Babu fielen die Augen zu und er war fest eingeschlafen, als sich Dornen des Schmerzes in seine Augäpfel bohrten: »Kommt.«

Babu riss die Augen auf, schluckte den Speichel herunter, mit dem sich sein Mund gefüllt hatte, und richtete sich auf. Einen Herzschlag später trat Jator zur Hintertür heraus. Er sah nicht gut aus. Das struppige Haar noch zerzauster als üblich und nicht geflochten, die Kleider schmutzig. Er schwankte kaum merklich, offenbar hatte er bereits einige Bier getrunken. Babu erhob sich.

»Jator, mein Freund, wie geht es dir?«

»Bestens. Was tust du hier, Babu?«

Er musterte Babus Falknerweste und warf einen Blick auf Juhut, der nun hellwach die Szene beobachtete.

»Ich wollte«, begann Babu wieder, »etwas mit dir besprechen.«

»Schieß los.« Sie setzten sich.

»Wie du dir denken kannst«, sagte Babu, »kann ich nicht beides – mich um die Kafur kümmern und mit Juhut jagen gehen.«

»So, so, Juhut hast du ihn genannt«, murmelte Jator ins Gras.

»Ja. Aber um ihn geht es nicht. Es geht um dich, Jator. Ich brauche deine Hilfe.«

Babu machte eine Pause, aber Jator schwieg und schaute ihn nicht an.

»Ich wollte dir meine Herde überlassen, aber ich weiß, das würdest du nicht annehmen. Also bitte ich dich, sie lediglich in Obhut zu nehmen. Gegen einen gerechten Lohn. Fünf Kälber sind im Solder dein. Die Herde ist jetzt nur noch halb so groß und du, Jator, bist ein guter Hirte. Es wird ein Leichtes für dich sein. Wir können auch wieder zusammen reiten, wie früher, wenn du sie zum Grasen treibst und Juhut auf Jagd ist ... Ich habe nicht vor, zu Fuß zu gehen. Was denkst du?«

Jator blickte auf: »Dann willst du nicht fort? Du willst hier bleiben, im Tal? Bei uns?«

»Das will ich. Das muss ich ... Aber du, musst du nun für Kager hüten? Kannst du mir denn helfen, ohne dass Tascha –«

»Ach, vergiss Tascha.« Jator lächelte und Babu erkannte endlich seinen alten Freund wieder. »Gern nehme ich das Angebot an, Babu. Ich lasse dich nicht im Stich. Du kannst deine Kafur nicht behalten, wenn ich dir nicht helfe – was gibt es also noch zu bedenken? Kager kommt ganz gut ohne mich zurecht, er wird sogar froh sein. Du musst wissen, dass ich mich nicht besonders angestrengt habe die letzte Zeit. Du bist wahrscheinlich der Einzige im Langen Tal, Babu, der mich noch für einen guten Hirten hält.«

Babu lachte und sie reichten sich die Hand. Dann umarmten sie sich.

»Also ist es abgemacht?«, fragte Babu, als sie sich voneinander lösten. Er konnte Jator nicht ansehen. Die Umarmung hatte ihn seltsam verlegen gemacht.

»Abgemacht, beschlossen, versprochen. Morgen früh bin ich am Pferch und wecke dich.«

»Ich bin sehr froh, Jator.«

Das stimmte, Babu war erleichtert. Alles kam wieder ins Lot. Jator grinste und gab Babu einen Schlag auf die Schulter.

»Wir sehen uns morgen!«

Babu saß auf, hob den Arm und Juhut kam angeschwebt. Jator wich einen Schritt zurück, als der Schatten des großen Vogels auf ihn fiel, und Babu ritt davon, ohne sich noch einmal umzuschauen.

SECHSTES KAPITEL

DER MÖRDER STIRBT

Es war einer der letzten warmen Abende dieses schier endlosen Lenderns, die Wolkendecke war aufgerissen und ließ die Strahlen der untergehenden Sonne in einem Lichtkranz am Himmel erblühen, als Babu und Jator ihre Gelbhuhnmahlzeit unterbrechen mussten. Ein Reiter kam herangepreschent, kaum dass sie die Hühner von den Spießen gezogen hatten.

»Endlich habe ich Euch gefunden, Badak-An-Bughar«, keuchte der Reiter, den Babu als einen der Söhne des Gerbermeisters Dant erkannte. »Ich muss Euch bitten, mir zu folgen.«

»Worum geht es? Ist etwas mit Dant?«

Der Reiter zögerte.

»Sprich nur, es gibt nichts, was mein Freund hier nicht hören dürfte.«

»Ich habe Anweisung, nur Euch und nur Euch *allein* diese Botschaft zu überbringen.« Er überlegte. »Aber nun gut, ich habe schon zu viel Zeit mit der Suche nach Euch verloren. Meinem Vater geht es gut, aber Kank liegt im Sterben. Er will Euch unbedingt sprechen.«

»Ich kenne niemanden mit diesem Namen«, antwortete

Babu erstaunt. »Warum will er mich sehen? Bist du ganz sicher, dass dies kein Irrtum ist?«

Der Reiter schüttelte den Kopf. »Kein Irrtum. Es sei denn, ich spreche hier nicht mit Badak-An-Bughar aus dem Clan der Bator, genannt Babu. Mein Vater bittet Euch, mit mir zu kommen.«

Babu blickte ratlos Jator an, aber der zuckte auch nur die Achseln.

»Wie war sein Name? Kank?«, fragte Jator.

»Ja.«

»Und er stirbt?«

»Ja. Ich bitte Euch, Babu, wir müssen uns eilen.«

»Den Ruf eines sterbenden Mannes darf man nicht überhören«, sagte Jator ernst und wandte sich Babu zu. »Du wirst gehen müssen.«

»Ja, das muss ich wohl«, sagte Babu und warf dem Pony den Sattel über, was diesem sichtlich missfiel. Kurz darauf galoppierte er mit Dants Sohn der Stadt zu – Juhut begleitete sie fliegend.

Das Gerberviertel war in der aufziehenden Dunkelheit noch unheimlicher als bei Tage. Die Öfen streuten gelbrotes Licht in die brodelnden Knochenmilchgruben, die Faulgase ließen die Kahlung schmatzen und der trübe Schein von Fackeln warf zuckende Schatten zwischen die Zelte und gespannten Häute. Aber Dants Sohn fand sich zurecht. Der Meister erwartete sie.

»Es geht bald zu Ende«, sagte er ohne Umschweife und führte Babu an das Lager eines nur mit einem dünnen Tuch bedeckten, regungslos in seinem Schweiß liegenden Mannes. Auch im trüben Licht der einzigen Lampe war deutlich zu erkennen, dass die Derst-pir ein weiteres Opfer forderte. Babu wollte gerade den Meister um Aufklärung bitten, als der Mann die gelben Augen aufschlug und ihn glasig anstarrte; sein Geist schien sich bereits von ihm zu lösen. Erst als der Mann mühsam versuchte sich aufzurichten, bemerkte Babu, dass er an Händen und Füßen gefesselt war: Die knochigen Gelenke waren mit gedrehten Lederriemen verbunden, sodass sein Bewegungsspielraum begrenzt war.

»Da ist er ja, der Sohn des Friedens«, ächzte er. »Ist er nicht schön! Und so hochgewachsen! Sieht gar nicht wie ein richtiger Merzer aus, unser Babu.«

Er hustete.

»Was wollt Ihr von mir? Ich kenne Euch nicht.« Babu hatte wenig Lust, sich zum Narren halten zu lassen – auch nicht von einem Sterbenden.

»Aber ich kenne dich, Babu. Und noch viel besser kannte ich deinen Vater.«

»Was wisst Ihr von ihm? Was soll das alles hier überhaupt?«

»Ungeduldig wie ein durstiges Kälbchen, der junge Babu. Man könnte glauben, nicht meine Zeit läuft ab, sondern seine.«

Er lachte, was ihm offensichtlich große Schmerzen bereitete. Babu riss sich zusammen und wartete, bis der Sterbende weitersprach: »Ich kannte Ardat-Ilbak gut, besser als manch anderer. Weißt du, Kälbchen, ich habe *seine Seele gesehen*.«

Babu wusste, was das heißt, aber er sagte nichts.

»Ich habe seine Seele gesehen«, sagte der Mann wieder und riss die Augen noch weiter auf. »Ich habe ihn sterben sehen. Ich. Ich habe ihn erstochen.«

Eine unglaubliche Behauptung. Babu biss die Zähne aufeinander. Er war davon ausgegangen, dass die Männer des letzten Aufstands alle auf irgendeine Weise gestorben oder sogar hingerichtet worden waren und die große Geste der Vergebung nur die restlichen Tartor umfasst hatte. Denn sowohl die Großtaten als auch die Verbrechen eines Einzelnen fielen immer auf den ganzen Clan zurück. Dass Bator Thon nicht *alle* Tartor für den Tod des Bruders hatte büßen lassen, war großherzig gewesen. Dass er sogar den Mörder selbst am Leben gelassen hatte, war unfassbar.

Babu blickte in die gelben Augen des Sterbenden, der ihn unverwandt anstarrte. Der Mörder seines Vaters.

»Ich habe sie gesehen«, murmelte der Mann, dessen Sinne zu schwinden begannen, »und sie war schön. Bereut habe ich, all die Zeit, die Zeit. Mein Leben. Ein Fehler. Der eigene Bruder.« Er richtete sich mit letzter Kraft auf. »Geh, hau ab! Kleines Kälbchen, große Augen.«

Er sackte in sich zusammen. Meister Dant schloss dem Toten die Lider und zog ihm das Tuch übers Gesicht. Dann führte er den verwirrten Babu zurück ins Hauptzelt.

»Das wird dir alles rätselhaft sein, Babu, die Zeit war knapp, lass mich dir nun erklären. Ich …«

Dant wischte sich über die Augen, der Tod des Mannes schien ihn mitgenommen zu haben.

»Alles werde ich nicht aufklären können«, sagte er schließlich, »denn mein Vetter – ja, Kank war mein Vetter, der Sohn des ältesten Bruders meines Vaters – Kank hat vieles für sich behalten. Einerseits, weil der Thon ihn aller Rechte beraubt hat, vor allem zu sprechen hat er ihm verboten. Andererseits, weil er sich quälte, sich geschämt hat und seine Schuld lange nicht aus ihm herauswollte. Erst vor einigen Tagen, als er sein Ende kommen spürte, brachen die Dämme. Aber da war er schon wirr, und nicht auf alles, was er sagte, kann ich mir einen Reim machen. Du weißt«, der Meister senkte seine Stimme, »dass der Thon es nicht gern hat, wenn wir von vergangenen Zeiten sprechen. Die Merzer sollen nach vorne schauen. Alte Feindschaften sollen begraben sein. Aber kein noch so beharrliches Schweigen kann die Sprache des Bluts unterdrücken. Und selbst wenn die Grasleute fett und bequem geworden sind, wenn der Wohlstand uns allen die Kampfeslust ausgetrieben und den Verstand vernebelt hat – die Clans gibt es noch. Nicht alle alten Geschichten wurden vergessen, nicht alle alten Bräuche über Bord geworfen. Und nicht alle sind dem Thon wohlgesonnen, mögen sie auch ihre Münder geschlossen halten.«

Er goss Bier in zwei Becher, reichte einen Babu und nahm selbst einen großen Schluck. Der Meister hatte noch nicht alles gesagt, was es zu sagen gab. Babus Blick wanderte zur dünnen Haut, die das Nebenzelt abtrennte. Der Mörder seines Vaters. Babu konnte es nicht begreifen. Er hatte doch versucht herauszufinden, was geschehen war. Immer wieder hatte er die alten Hirten befragt. Er hatte seine Mutter befragt. Der Mörder hatte unter ihnen gelebt. Und niemand hatte es Babu gesagt.

»Du kennst mich als Meister Dant, und der bin ich auch«, fuhr Dant fort, nachdem er sich nachgeschenkt hatte. »Aber einmal war ich Tahr-Dantsch vom Clan der Tartor. Der Clan, der keinen Frieden wollte, sondern Freiheit. Der Clan, der sich der Einigkeit widersetzte und schließlich vom Thon entzweigerissen wurde, damals, vor deiner Geburt. Denn auch unter den Tartor waren viele des Krieges müde und wollten sich den beiden Brüdern, deinem Onkel und deinem Vater, anschließen. Aber noch mehr pochten auf ihre Unabhängigkeit. Zu dieser Gruppe gehörten auch Kanks Vater und seine Söhne. Ich kann mich noch gut erinnern, wie mein Vater und sein Bruder, Kanks Vater, miteinander stritten – ich muss damals etwa in deinem Alter gewesen sein, Babu, ein paar Soldern jünger vielleicht. Immer wieder und wieder gerieten sie aneinander. Mein Vater wollte endlich Frieden. Seiner nicht. Und Kank auch nicht. Kank war einer der glühendsten Verteidiger der Unabhängigkeit der Clans, er wollte sich niemals einem Thon unterwerfen, der nicht ein Tartor war.«

Er blickte in seinen Becher, als wäre darin die Vergangenheit aufgelöst.

»Einmal, als ich einer Kuh mit ihrem Kalb nachritt, die sich weit von der Herde entfernt hatten, beobachtete ich Kank, wie er sich heimlich mit einem Fremden besprach. Ich lag im Gras und mein Herz schlug, als ich die beiden am Ufer sah ... Der Frieden war noch nicht sicher, Kank war ungestüm, kannte nichts außer Kampf ... Umso erstaunter war ich, als ich an dem Fremden die Farben der Bator sah, den doppelköpfigen Kafurbullen.« Er blickte auf und sah Babu an. »Wenige Tage später kam die Nachricht vom Tod deines Vaters und von der Gefangennahme Kanks und drei seiner Brüder; sein Vater und die anderen Männer waren bei dem Überfall getötet worden. Der Rest ist dir bekannt: Bant-Kaltak verzichtete darauf, den Tod seines Bruders zu sühnen, und alle Clans, allen voran die beschämten Tartor, unterwarfen sich ihm, dem Guten, dem Gerechten, dem neuen Thon. Bator Thon, deinem Onkel.«

Er trank aus.

»Die vier Brüder wurden in die Obhut der Gerber gegeben, an Händen und Füßen gefesselt wie schlachtreife Kafur, und sie durften diese Fesseln zeit ihres Lebens nicht mehr ablegen. Sie mussten an den Bottichen arbeiten und in der Kahlung. Damals hatten wir uns gerade erst hier niedergelassen, es gab viel zu tun. Nun, drei der Brüder starben bald, mehr aus Scham und Wut denn wegen der harten Arbeit. Aber Kank nicht. Er schuftete. Er war besessen. Er schwieg und arbeitete, Solder um Solder. Bis es ihn zuletzt doch erwischt hat. Er war kein guter Mensch, Babu, er hat eine große Schuld auf sich geladen, eine unverzeihliche Schuld. Aber er hat gelitten, bald zwanzig Soldern hat er dafür gebüßt ... Und zwischen all dem Jammern und Weinen, mit dem der Todgeweihte mir in seinen letzten Tagen den Schlaf geraubt hat, konnte ich einiges heraushören.

Ich habe mich damals nicht getäuscht, Babu. Der Fremde am Ufer war ein Bator. Und nicht nur das: Es ist Bant-Kaltak selbst gewesen.«

»Was hat das zu bedeuten?«, fragte Babu, Schlimmes ahnend.

»Es war dein Onkel, der den Mord an deinem Vater, seinem eigenen Bruder, in Auftrag gegeben hat.«

»Das kann ich nicht glauben«, sagte Babu und dann, nach einer Pause: »Warum hätte er das tun sollen? Das ergibt keinen Sinn.«

»Deine Seele ist noch frei von Schuld, Babu, die Gedanken eines Mannes, wie dein Onkel einer ist, sind dir fremd. Er wollte seine Macht mit niemandem teilen. Auch nicht mit seinem Bruder, der so viele Soldern Seite an Seite mit ihm die Idee des Friedens unter die Clans getragen hatte. Dein Vater war ein beliebter Mann, selbst seine Feinde achteten ihn. Ein Volk, eine Stadt, ein Thon ... Bant-Kaltak konnte nicht sicher sein, dass die Wahl auf ihn fallen würde, wenn die Clans sich einen gemeinsamen Thon erwählen würden. Und in den verbohrten Tartor fand er willige Helfer. Er versprach dem jungen, dummen, hitzigen Kank seinen eigenen Clan! Alle sollten sich Bant-Kaltak unterwerfen, nur die Tartor nicht, und er wäre ihr Führer! Und Kank hat es geglaubt! Er ist in die Falle getappt.«

Dant lachte bitter. Babu war betäubt.

»Aber«, begann er langsam, »musste der Thon nicht Sorge haben, dass eines Tages alles ans Licht kommt? Warum hat er diese Männer nicht alle töten lassen?«

»Ganz einfach, Babu: um uns zu beschämen. Er hat die Tartor am Leben gelassen. Das war großmütig, menschlich, das war die Friedensgeste. Und es hat ihm genutzt. Indem er auch die Verräter, den Mörder am Leben ließ, gefesselt und zum Schweigen verdammt, hat er uns unmissverständlich klargemacht, wo wir stehen. Wie mächtig er ist und wie ohnmächtig wir sind. Der Thon hat allen Tartor Fesseln angelegt, unsichtbare Fesseln der Schuld und Scham. Von uns wird sich niemals wieder einer gegen den Thon erheben. Und wir gehören nicht zu den großen Clans, wir waren immer für uns, sind keine Bündnisse eingegangen.« Er stockte. »Keine Bündnisse außer diesem einen ... Aber unsere Stimmen waren schwach und sind schwach bis heute. Das Wort eines Tartors ist das Wort eines Verräters, es hat wenig Gewicht. Wer also würde vier wahnsinnigen Kriegstreibern Glauben schenken?«

»Ich«, sagte Babu leise.

Nachdem sie eine Weile geschwiegen hatten, sagte Meister Dant: »Ich wünschte, ich hätte dieses Wissen nicht an dich weitergeben müssen. Es tut mir leid, Babu.«

»Und ich wünschte, ich hätte es früher gewusst ...« Das war nicht ganz die Wahrheit, Babu konnte nur die Folgen noch nicht übersehen, die diese Neuigkeit für ihn hatte. Nun hatte er eine Erklärung für das Misstrauen, das er dem Thon entgegengebracht hatte. Aber was sollte er jetzt tun?

Eine plötzliche, heftige Übelkeit verhinderte, dass Babu weiterdenken konnte. Juhut rief nach ihm. Dann hörten sie einen Schmerzensschrei und Dant sprang auf. Babu machte eine vage Geste zum Zelteingang hin. »Der Falke«, stieß er hervor. Dant schlug den Lederlappen zurück.

Der große Vogel saß wild flatternd auf den Schultern eines Jungen. Der Kleine krümmte sich vor Schmerzen, schlug um sich, versuchte sich aus dem eisernen Griff des Falken zu befreien, aber das war zwecklos. Die scharfen Krallen bohrten sich nur umso fester in sein junges Fleisch, sein Hemd wurde schon dunkel von Blut.

Babus Schläfen klopften, Juhuts goldene Augen brannten ihm Löcher in die Haut.

»Schon gut«, sagte er gepresst und beugte sich zu dem Kind. »Lass ihn los.«

Der Junge sackte auf die Knie. Babu hob sein Kinn, um das Gesicht sehen zu können. Es war Kolra, der Enkel des Thons, der ihn schon damals mit dem Dolch ertappt hatte.

»Was um alles in der Welt tust du hier, Junge?«, fragte Babu.

Zur Antwort spuckte Kolra ihm ins Gesicht, Babu hob beruhigend die Hand gegen Juhut.

»Großvater wird dich töten lassen«, kreischte der Junge, »dich und deinen schrecklichen Vogel.« Er schaute mit bösem Blick zu Meister Dant auf. »Und dich auch, Verräter!«

»Schweig!«, fuhr Dant ihn an, griff nach ihm und hob ihn ohne Mühe auf. Der Junge verzerrte vor Schmerz das Gesicht. »Sag mir nur eins«, Dant flüsterte fast, »woher wusste der Thon, dass Babu heute hier ist? Wer hat es ihm gesagt? Besser, du redest – oder willst du es lieber dem Falken erzählen?«

Der Junge schluchzte, beinahe tat er Babu leid, wie er da schlaff und wehrlos in den starken Armen des Meisters hing.

»Na, dieser Jator hat's erzählt«, antwortete er trotzig. »Ganz außer Atem kam er angerannt, etwas Wichtiges hätte er für den Thon. Sie haben kurz geredet, dann hat mich Großvater hierhergeschickt. Ich kann nämlich schnell laufen und bin dabei leise wie sonst keiner.«

Babu war blass geworden, während der Junge sprach. Er fühlte, wie seine Beine kraftlos wurden. Er machte ein paar Schritte rückwärts, um das Schwanken abzufangen, doch das gelang ihm nicht, er strauchelte, er fiel, er saß, die Schultern schlaff, den Kopf gesenkt. Jator! Das konnte, das durfte nicht sein! Jator hatte von allem gewusst? Meister Dant ließ den Jungen fallen.

»Behalt ihn im Auge«, sagte er zu Juhut. Der Falke stellte einen Klauenfuß auf die Brust des am Boden liegenden Kolra, drehte den Kopf und nagelte ihn fest mit dem Blick eines lidlosen Auges.

Dant wandte sich Babu zu: »Wir müssen jetzt schnell handeln.«

Babu blieb sitzen.

»Babu! Reiß dich zusammen!« Dant zog ihn hoch, stellte ihn auf die Füße, schüttelte ihn, ließ ihn nicht los. »Hör mir zu, Babu: Du musst fort, auf der Stelle. Du hast gehört, was Kolra gesagt hat – der Thon wird dich töten lassen. Er *muss* dich töten lassen, verstehst du? Ich kann den kleinen Lauscher hier für eine Weile festhalten, aber wenn er nicht zurückkehrt, kommen sie ihn suchen. Du kannst nicht zurück zu deinem Lager, ich lass dir ein paar Sachen zusammenpacken.«

Er rief nach seinen Söhnen und gab schroffe Anweisungen. Babu war immer noch gelähmt, der Meister hielt ihn bei den Schultern. Fort? Dant zerrte ihn mit sich ins Zelt, weg von den feinen Ohren des Jungen.

»Babu, hörst du mich?«

Babu nickte, sprechen konnte er nicht.

»Folge nicht dem Fluss, sie werden deine Spur zu leicht finden können.«

Babu hob den Kopf, sah Dant an. Was wollte dieser Mann von ihm?

Dant fluchte, sprach in Babus Ohr, flüsterte, so eindringlich, als wolle er seine Worte dem jungen Mann durch seinen verstörten Geist hindurch tief ins Gedächtnis drücken.

»Nicht den Fluss entlang. Reite in die Berge, Babu, dann halte dich immer nach Osten. Geh, geh immer weiter, nach Osten. Merk dir das: Geh erst hoch in die Galaten, dann in den Sonnenaufgang. Immer weiter. Geh jeden Tag nach Osten. Bis der weiche, weiße Regen fällt, dann schicke den Falken aus. Wenn der weiße Regen fällt, musst du die Berge verlassen, hörst du?

Schicke den Falken aus, er soll nach der Stelle suchen, wo die Merz einen Bogen macht, einen weiten Bogen nach Süden. Sie ist dort nicht breit und weniger tief, dennoch wirst du schwimmen müssen. Hörst du, Babu? Du musst den Fluss überqueren. Wenn die Berge weiß werden, nicht eher!«

Babu nickte wieder. Die Berge. Über den Fluss.

Meister Dant ließ ihn los, ging auf und ab, überlegte.

»Sie werden dich überall suchen ... Die Ebene bietet dir wenig Schutz. Nein, nein. Du kannst nicht über den Fluss. Ich bin ein Narr ... Es ist zu gefährlich. Du musst in den Galaten bleiben.«

Er sprach jetzt mehr zu sich selbst als zu Babu.

»Aber wir können dir dort nicht helfen, wir können dich dort nicht finden, nein, niemand kann dich dort finden ... Firsten in den Bergen, der arme Junge.«

»Meister«, sagte Babu, in dessen Kopf nach dem Schmerz eine Düsternis gezogen war. »Wieso sollte ich über den Fluss gehen?«

»Vergiss das, Babu.«

»Nein«, sagte Babu und Dant blickte ihn an. Ein entfernter Verwandter, kein wirklicher Merzer aus dem Langen Tal und ganz sicher kein Sohn des Friedens. Kein Junge mehr. Vielleicht könnte er es schaffen, vielleicht könnte Babu dem Firsten trotzen und es überleben.

»Kennst du das Lange Tal?«, fragte Dant.

»Wie mich selbst.«

»Und was kennst du noch von der Welt?«

»Nichts.«

Meister Dant nickte. So weit, so groß, so grenzenlos war ihr Land, aber ...

»Im Süden Berge, im Norden Berge. Im Westen die Anstiege und ... Berge. Aber im Osten, im Osten wird das Tal weit und hört auf, ein Tal zu sein. Dort fließt die Merz in den See, den See von Pram. Dort sind Sümpfe, dort ändert sich das Land. Da ist kein Thon mehr. Aber das ist nicht das Ende der Welt, die Welt geht weiter, wo kein Thon ist.«

Meister Dant brach ab. Er zögerte. Babu schwieg und er schwieg so nachdrücklich, dass Dant schließlich doch weitersprach.

»Hinter dem See, hinter den Sümpfen, weit im Osten ist ein Land, am Fuße der nördlichen Berge, ein Grasland wie unseres, meine Vorväter haben es durchwandert. Die alten Geschichten erzählen von Gras, von Licht und vom Schatten der Wälder. Und von einem stolzen Volk, von Hirten, Jägern und Reitern, welche die Freiheit so sehr lieben, dass nicht einmal der Sohn dem Vater gehorcht. Das ist unser Ursprung, in dir ist dieses Erbe lebendig. Ich kann es sehen, ich habe es immer schon gesehen.« Sein Blick wurde stumpf, schwamm in eine andere Zeit. »Es hat alles nichts genützt, Solder um Solder hat der Thon es wiederholt ... Sohn des Friedens. Er hat dich wachsen sehen, genau wie ich hat er dich beobachtet und darauf gewartet, dass du wie dein Vater wirst. Aber du bist ihm nicht ähnlich geworden, in dir ist eine ferne Vergangenheit gewachsen, eine Sehnsucht nach Freiheit, unausrottbar. Du bist die größte Bedrohung für den Thon, der er sich je gegenübersah. Finde dieses Land, Babu, oder du wirst niemals sicher sein.«

Weit im Osten. Ein Land. Ein Ursprung. Die Worte des Meisters fielen eins nach dem anderen in Babus Bewusstsein. Jemand warf Steine in einen See, und wo sie in die Tiefe sanken, störten Kreise die glatte Oberfläche. Er war kein Hirte mehr und auch kein Falkner. Babu war eine Bedrohung. Und die Ahnung war Wirklichkeit geworden: Er musste das Lange Tal verlassen.

»Aber«, sagte Babu, »was wird aus Euch, Meister?«

»Darum mach dir keine Gedanken«, sagte Dant und versuchte ein Lächeln. »Ich habe mich schon aus ganz anderen Situationen herausgeredet. Und glaubst du im Ernst, der Thon wird seinem besten Gerber etwas antun? Was soll er denn gegen sein Holz tauschen, wenn ich nicht mehr arbeiten kann? Sei unbesorgt. Und nun: Reite, so schnell du kannst.«

»Ich weiß nicht, wie ich Euch danken soll.«

»Mir danken? Wofür? Dass ich dein Leben umkremple? Dass du dich davonstehlen musst wie ein Dieb? Ich bin es, der in deiner Schuld steht, Babu. Ich konnte nicht anders. Ich konnte dem Sterbenden nicht den letzten Wunsch verwehren.«

»Es ist gut«, antwortete Babu. »Ich mag unwissend sein, aber ich kann den Boten von der Nachricht unterscheiden. Der Thon hat dieses Unglück über uns gebracht. Und Jator, Jator hat mich in diese Nacht gestoßen.«

Er trat hinaus vors Zelt, es war höchste Zeit, Abschied zu nehmen. Der Junge saß, einen Sack über dem Kopf, die Hände hinter dem Rücken an eine Zeltstange gefesselt, still am Boden. Babu stieg über ihn hinweg. Sein Pony war bepackt, einer der Söhne Dants hielt es am Zügel, er wollte Babu ein Stück führen, damit er gut aus dem Gerberviertel hinausfand. Babu saß auf und hob den Arm; aus dem Dunkel über den Zeltdächern kam Juhut angeschwebt.

Die ganze Szenerie war unwirklich – Babu konnte sich selbst dabei beobachten, wie er dem Meister zum Abschied winkte, das Pony wendete, wie Fackeln, Laugenbottiche, Häute an ihm vorüberglitten, als wären es die Dinge, die sich bewegten, während er stillstand. Das war ein Abschied für immer. Das alles sah er nun ein letztes Mal. War das so?

Und seine Mutter, würde Babu sie wiedersehen? Was hatte sie *in ihm* gesehen? Hatte sie sich von ihm abgewandt, weil er dem Vater nicht ähnlich geworden war? Weil ein anderes Erbe in ihm gewachsen war? War es Babus Schuld, dass sie ihn allein gelassen hatte mit seinen Fragen und seinen Zweifeln? Sie hatte das Loch nie gefüllt, das der Vater in Babu hinterlassen hatte. Sie hatte nicht mehr geheiratet, sie hatte sich geweigert, den Vater zu ersetzen, weder durch einen neuen Mann aus Fleisch und Blut noch durch einen, der in der Erzählung lebendig geworden wäre. Erst jetzt, als der Wunsch nach Trost Babu an seine Mutter denken ließ, sickerte die Erkenntnis in sein Bewusstsein: Nicht er war es, der sie nun verließ. Sie hatte ihn verlassen, schon vor langer Zeit.

Und Jator hatte ihn verraten.

Babu war zu aufgewühlt, um wirklich nachdenken zu können. Er verstand nicht, was seine Mutter umtrieb, was Jator umtrieb. Er verstand nur, dass das Glück ihm endgültig abhanden gekommen war. Er war von Lügen umstellt. Er war kein Sohn des Friedens und das Schicksal meinte es nicht gut mit ihm. Außerhalb der Gruben und der letzten, schwach erleuchteten Zelte des Gerberviertels stand die Nacht wie eine schwarze Wand.

SIEBENTES KAPITEL

RITT DURCH DEN REGEN

Babu lenkte sein Pony dorthin, wo die Nacht am tiefsten war. Weg von den Fackeln des Gerberviertels, weg von der Stadt, deren Herrscher ein Mörder war, die das Zuhause war von Verbrechern und Verrätern. Die Nacht dagegen war ehrlich, sie war schwarz und versuchte nicht, mit Mondschein oder Sternengefunkel ihr wahres Wesen zu überstrahlen. Der Himmel war tief verhangen, als habe der Große Hirte ein dichtes Tuch über das Lange Tal geworfen, um nicht mit ansehen zu müssen, wie unten in der Ebene die Wölfe das Kalb rissen, das sich immer weiter von der Herde entfernte.

Wie passend, dachte Babu finster, als ein starker Regen einsetzte, der ihm mit kalten Nadeln ins Gesicht stach. War dieser Lendern nun zu Ende. Wie alles andere auch.

Das Pony fiel vom Galopp zurück in einen leichten Trab. Er trieb es nicht an, es war zu dunkel für einen schnellen Ritt und er musste das Tier schonen, wenn er überhaupt eine Chance haben wollte, seinen Verfolgern zu entkommen. Es war ohnehin erstaunlich, wie zäh dieses Pony war und wie treu es ihn trug. Ihn, der immer größer und schwerer geworden war mit den Soldern. Er hat dich wachsen sehen, echoten Dants Worte in Babus Innerem, er hat die Sehnsucht nach Freiheit in dir wachsen sehen, unausrottbar.

War er denn nicht immer frei gewesen? Hatte er nicht immer tun können, wonach ihm der Sinn stand? Jator jedenfalls hatte das immer behauptet. *Dankbar* hatte er sein sollen ... Und Babu hatte es beinahe selbst geglaubt, hatte seinen Unmut und sein Misstrauen kindisch genannt. Bis heute. Bis Dant das Wort gesagt hatte, in dem alles zusammenkam. Sehnsucht. Endlich, in Regen und Dunkelheit, begriff Babu, dass Freiheit mehr war, als tun und lassen zu können, wonach einem der Sinn stand. Er erkannte, was einen Tagedieb von einem wahrhaft freien Menschen unterschied – mochte der eine auch ohne Sorgen sein und der andere gefesselt, darauf kam es nicht an. Es war der *Gedanke*, der den Unterschied machte. Mit dieser Einsicht breitete sich noch etwas in Babu aus: der Wunsch nach Vergeltung, nach Rache. Nicht fassbar zunächst und, wie so oft, in den Mantel der Gerechtigkeit gekleidet. Sein Onkel war ein Mörder und musste für seine Tat bestraft werden, ob er nun selbst das Messer gegen seinen Bruder geführt hatte oder nicht. Denn auch hier zählte der Gedanke, die Absicht. Es war nur die innere Ausrichtung, die den Unterschied machte, in der Freiheit wie im Verbrechen.

Das Pony verlangsamte die Gangart. Es spürte, dass sein Reiter sich weit entfernt hatte. Wozu sollte es laufen, wenn das nicht von ihm verlangt wurde? Es würde stehen bleiben, den Kopf hängen lassen und sein Hinterteil in den Wind drehen, damit er ihm nicht den kalten Regen in die Nüstern blies.

Aber das ließ Juhut nicht zu. Sein Pfiff holte Babu zurück in die Nacht und das Pony trabte wieder los.

»Ich sehe nichts«, sagte Babu leise zum Falken auf seinem Arm, vielleicht dachte er es auch nur. Nicht einmal den Vogel selbst konnte er mehr erkennen, er spürte nur sein Gewicht. Er ließ die Zügel durch die Finger gleiten und fasste ihm mit der rechten Hand ins Brustgefieder. Das tat er sonst nie, Juhut konnte es nicht leiden, berührt zu werden, und der scharfe Schnabel, die Klauen, die ausdruckslosen Augen verleiteten auch nicht zu Liebkosungen. Aber all das sah Babu jetzt nicht, er war blind im totalen Schwarz, er spürte nur die trockene Wärme im dichten Untergefieder auf Juhuts Brust und fühlte sich getröstet. Niemals würde der Falke ihn verlassen, niemals ihn verraten. *Dein zweites Herz wird das erste nähren. Das eine so groß wie das andere, beide schlagen gleich.* Du musst uns führen, dachte Babu und nahm die Hand aus den weichen Daunen. Wie Juhut das machen sollte, ob er etwas erkennen konnte, ob er die Richtung wusste – Babu hatte keine Ahnung. Also glaubte er einfach. Glaubte an die besonderen Fähigkeiten eines Wesens, das aus einer anderen Zeit, einer anderen Welt stammte und das nun, da Babus Welt zerfiel, das Einzige war, an das er sich halten konnte.

Er war im Sattel eingeschlafen, nicht zum ersten Mal. Alle Hirten dösten auf den Rücken ihrer Ponys, wenn die Sonne zu Mittag vom Himmel brannte, wenn über den Gräserspitzen die Luft flirrte und es zwischen den Halmen zirpte. Aber Mittag war es noch nicht, schwer hingen graue Wolken im Dämmerlicht des gerade erst beginnenden Tags. Babu hatte geruht, für ihn war ein Reitschlaf genauso gut wie einer auf der Matte im Zelt, aber das Pony brauchte dringend eine Pause. Juhut breitete die Schwingen aus, hob ab, stieg hoch ins Grau. Er würde jagen.

Babu sattelte ab. Der Meister hatte ihm ein Reisezelt mitgegeben, gerade groß genug, um sich hineinzulegen. Babu warf es dem Pony über, denn es regnete immer noch. So gab es vorerst zumindest kein Wasserproblem. Drei Schläuche hatte er, das wäre genug für drei Tage – aber nur für ihn, nicht für das Tier, und um auf Wasserlöcher zu vertrauen, dafür war es noch zu früh im Solder, der Firsten hatte gerade erst begonnen. Babu biss in einen Fladen und mit dem Brot im Mund begann er, starre Halme zu knicken und Spaltlederlappen wie Trichter dazwischenzustellen, um das Regenwasser aufzufangen. Schöne Spuren, eine ganze Geschichte würde das seinen Verfolgern erzählen. Es war nicht zu ändern, ein verdurstendes Pony nützte ihm nichts. Babu suchte den Horizont ab, er fragte sich, wie lange Dant seine Feinde hatte aufhalten können. Und wie es ihm ergangen sein mochte. Vielleicht verfolgten die Männer des Thons Babu gar nicht, vielleicht reichte ihnen Dant. Er war es gewesen, der Bant-Kaltak bei der Vorbereitung zum Mord beobachtet hatte. Wie um alles in der Welt sollte er sich aus so etwas herausreden? In Dants Zelt war Kank gestorben. Verwandte waren sie gewesen. Sie stammten aus einem Clan, sie waren Tartor – die der Thon allesamt bestraft hatte, indem er vorgab, sie zu schonen. Babu hatte sich immer gefragt, ob die Vergangenheit Freiheit oder Krieg gewesen war. Für die Tartor war es beides gewesen, es hatte einander bedingt. Erst der Frieden hatte sie zerstört, ihnen den Stolz genommen und sie alle zu Verrätern gemacht.

Dant hatte recht, das Denken des Thons war Babu fremd. Er konnte nicht abschätzen, wie sein Onkel sich verhalten würde, jetzt, da alles heraus war. Er konnte sich nicht vorstellen, was nach seiner Flucht geschehen war. Er konnte sich nur an die Anweisungen halten, die der Meister ihm gegeben hatte. In die Berge musste er und dann nach Osten und das Land finden, in dem die Söhne den Vätern nicht gehorchten.

Juhut flog voraus. Was für einen Vorteil der Falke ihm verschaffte! Weite Kreise zog er über den verhangenen Himmel und noch weiter reichten seine scharfen Augen. Er war Späher und Führer, Wache und – Freund. Seine Anwesenheit verhinderte, dass Babu unter dem Verrat zusammenbrach. Was hatte Jator angetrieben? Er musste, kaum dass Babu dem Sohn des Meisters gefolgt war, zum Thon geritten sein. Aber warum? Babu kam nicht dahinter. Er erinnerte sich an sein erstes Bier, er hatte es mit Jator geteilt, sieben Soldern war er alt gewesen, es war sein Geburtstag. Der Geburtstag, den der Thon ihm gegeben hatte, ein Geburtstag für den Sohns des Friedens, denn einen anderen Vater hatte Babu nicht mehr. Dabei war es nie um ihn gegangen, Babu war nur ein Symbol gewesen, eine lebende Erinnerung an die Großherzigkeit des Thons. An seinen Verzicht auf Vergeltung – im Sinne seines toten Bruders, der den Frieden geliebt hatte und es so gewollt hätte. Was für eine schamlose Lüge! Was für ein grausamer Betrug am Bruder und an Babu.

Das wusste er heute, aber damals war er ein Kind und der Thon hatte ihn gerade von dem herausgeputzten Kafur hinuntergehoben. Babu stand inmitten der Menschenmenge, die Hand des Onkels auf der Schulter. Der sprach, beschwor die Einheit, den Frieden, das Glück – und nebenbei den Wohlstand. Die tiefe Stimme des Thons war ein warmer, steter Regen auf die Saat, die in jedem Merzer schlummerte: das Streben nach Besitz. Seit jeher war derjenige der Angesehenste des Clans, der die meisten Kafur hatte. Seit jeher konnte nur der das schönste Mädchen haben, der das größte Geschenk machen konnte. Und je größer die Herde, desto einflussreicher die Familie und desto mächtiger der Clan. In diesem Besitzstreben hatte der Grund für den Krieg gelegen. Der Thon hatte es den Merzern nicht ausgetrieben, und er tat es auch jetzt nicht, wenn er vom Frieden sprach, im Gegenteil. Er nährte die Gier mit der Aussicht auf Befriedigung, mit wohlgewählten Worten, die in die Zukunft wiesen. Er versprach ein leichtes Leben – wer wollte ihm nicht gerne glauben? Babu hatte das damals nicht verstanden, er hatte nur die schwere Hand auf seiner Schulter gespürt und die glühenden Gesichter der Menschen gesehen – alle waren auf den Onkel und den Jungen an seiner Seite gerichtet gewesen. Sie hatten im Zentrum der jubelnden Erwartung gestanden, alle beide, sie waren umringt gewesen von Freude. Nur einer hatte nicht gejubelt. Ein Junge, zwei oder drei Soldern älter als Babu, mit ausgebeulten, speckigen Lederhosen und filzigen Haaren, hatte die Arme verschränkt.

Als ihre Blicke sich trafen, hatte er auf den Boden gespuckt. Und dann doch gelächelt. Aber nur kurz, dann spuckte er wieder, diesmal in seine Hand, und strich sich damit die Haare glatt und legte den Kopf schief und spitzte die Lippen wie zu einem Kussmund. Babu griff sich an seine mit Perlen und Bändern geschmückten Zöpfe und schlagartig wurde ihm klar, dass zwischen Mädchen und Jungen ein Unterschied bestand, ein großer, wesentlicher Unterschied, und dass dieser dreckige Junge dort sich über ihn lustig machte. In diesem Moment hasste Babu seine Mutter, die ihn so fein gemacht hatte fürs Fest, die seine Haare geölt und geflochten hatte, die ihm mit Kohle die Augen geschwärzt hatte, sodass sie noch größer und runder erschienen, die ihm sein Hemd bestickt und die Stiefel geputzt hatte. Und als die Menge sich auflöste, riss er sich los. Er würde nicht mit seiner Mutter ins Zelt des Thons zum Festmahl gehen und sich weiterhin begucken und beglückwünschen lassen. Er war zornig, er war *kein* Sohn des Friedens und er war *kein* Mädchen. Das würde er diesem Jungen jetzt beibringen, unmissverständlich. Er würde ihm die Faust auf die Nase setzen und dann würde man ja sehen, wer über wen lacht. Babu arbeitete sich durch die Menschen, die ohne Eile ihren Zelten zustrebten, denn heute gab es nichts anderes zu tun, als sich auf morgen zu freuen, auf ein Leben, das leicht war wie Gelbhuhnflaum. Der Filzkopf aber begann zu rennen, bald war er Babu entwischt. Babu reckte den Hals, noch war er nicht größer als die anderen, er lief, er stolperte über Zeltstangen, da vorne war der Junge, drehte sich um, lachte, verschwand zwischen Lehmhütten, den ersten Häusern Bator Bans. Babu lief hinterher, außer sich vor Wut. Um die Ecke und mit dem Kopf gegen die Brust des Jungen.

»Ho, ho, wer hat es denn da so eilig?«

Wieso sprach der so, so von oben herab, dieser Dreckskerl war nicht so viel älter. Und auch nicht so viel größer, umhauen würde Babu ihn.

»Ich ... ich bin kein ...«

»Kein was? Kein Sohn des Friedens?«

Der Filzkopf grinste schon wieder, aber diesmal ohne Häme. Er machte eine schnelle Bewegung – Babu hob den Arm vors Gesicht, doch der andere wollte ihn nicht schlagen. Als Babu den Arm wieder sinken ließ, sah er die ausgestreckte Hand. Er nahm sie. Fasste das schmutzige Handgelenk des Jungen und der umfasste seins und beide drückten fest zu, so wie Männer das machen: die Hand am Puls des Gegenübers, denn man darf sein Herz nicht voreinander verbergen.

»Ich bin Jator. Wer du bist, weiß ich. Willst du was trinken?«

Babu nickte nur. Jator ging voraus und führte ihn in seine Hütte, seine Familie hatte schon damals kein Zelt mehr. Jators Mutter machte runde Augen, als sie sah, wen ihr Sohn da mitgebracht hatte. Jators Väter klopften Babu die Schulter, und als sie ihrem Sohn den Bierkrug reichten, reichte Jator ihn an Babu weiter. Dann aßen sie gemeinsam, die Väter, die Mutter, die beiden kleinen Schwestern, Jator und Babu, der sich in seinem Leben noch nie so wohl gefühlt hatte wie im Kreis dieser lauten, herzlichen Familie.

Wann war der Jator von damals verschwunden und warum hatte Babu es nicht bemerkt? Warum hatte er ihn erst von der Seite des Thons weggeholt, um nun selbst dorthin zu gehen? Wieso hatte Jator ihm erst gezeigt, wo die Verlogenheit war und wo die Wahrheit, um ihn dann zu verraten? Warum war er sein Freund gewesen und nun sein Feind?

Babu stöhnte unter der Last der Fragen und ließ sich den Regen übers Gesicht laufen wie einen Tränenstrom, der nicht versiegen konnte, und sein nasser Mantel, das nasse Gras und der tiefe Himmel hatten dieselbe, schmutziggraue Farbe.

Als die Berge endlich in Sicht kamen, waren sie bereits näher als gedacht. Über zwei Zehnen war Babu durchs regenverhangene Grasland geritten und das eintönige Grau hatte seine Sinne stumpf gemacht. So hatte er nicht bemerkt, dass das Pony sich einen Stein eingetreten hatte. Vor zwei Tagen hatte er ihn entfernt, aber durch die Fehlbelastung waren die Gelenke des einen Vorderlaufs geschwollen. Babu stieg immer wieder ab und führte das Tier am Zügel, um es zu schonen. Er wusste, er hätte gar nicht reiten dürfen, sondern eine Bandage mit einer fettigen Gerbersalbe machen müssen, um die Entzündung aus dem Bein zu ziehen. Vielleicht wäre das Pony wieder gesund geworden, wenn es Ruhe gehabt hätte, wenn es trocken hätte stehen können, wenn es gepflegt, getränkt, gefüttert worden wäre. Aber das ging nicht. Juhuts Ruf hatte Babu vor zwei Tagen den Schmerz in den Kopf gejagt und ihn aus seinem Dämmer geschreckt. Es war der Ruf nach Eile gewesen. Juhut hatte die Verfolger entdeckt. Sie waren hinter ihm her, sie folgten seiner Spur. Sie waren die Jäger, er war die Beute, die rätselhaften Worte der Szasla bekamen eine neue Bedeutung. Also keine Salbe, keine Rast. Sondern nur ein fest gewickelter Lederstreifen und Unruhe, die Babu nicht mehr losließ und die ihm den Schlaf raubte.

Das Land stieg an. Erst sanft, dann brutal. Reiten war hier nicht mehr möglich. Babu ging weit vorgebeugt, fast auf allen vieren, bis er ins Gras greifen musste, um sich daran weiterzuziehen. Das Pony konnte nicht mehr folgen. Es stand neben ihm am Hang, zitternd, die Ohren flach, die Augen geweitet. Ein klebriger Ausfluss lief ihm aus den Nüstern. Es schüttelte den Kopf, es röchelte, es wollte seinem Herrn folgen, es war an die Gesellschaft dieses Menschen gewöhnt und selbst den großen Raubvogel scheute es nicht mehr. Babu legte dem Tier die Hand auf die Stirn. Dann streifte er ihm die Zügel ab. Hob Sattel und Gepäck vom Rücken. Darunter war das Fell nass von Schweiß.

»Geh nach Hause«, sagte Babu und schlug ihm aufs Hinterteil. Doch das Pony sprang bergauf. Dann brach es ein. Lag auf schmerzenden, geschwollenen Knien, schnaubte den Rotz ins Gras. Babu konnte es kaum mit ansehen, aber auch nicht beenden. Das brachte er nicht übers Herz. Er griff sich das Gepäck, hob sich den Sattel selbst auf die Schultern, stapfte bergan, Tränen standen ihm in den Augen. Zehn Soldern, mehr als sein halbes Leben, hatte er mit diesem Tier verbracht. Er blieb stehen. Ließ den Sattel fallen. Drehte sich um. Sah sein Pony kämpfen.

Es versuchte wieder auf die Beine zu kommen, doch das gelang nicht, nun rutschten ihm auch die Hinterläufe weg, es lag auf der Seite, trat die Luft, als wollte es laufen wie immer. Babu konnte es doch. Er musste es können. Er ging zurück, hob das Zaumzeug auf, ging weiter, strich das Fell, hart, nass und heiß, band den Zügel um den Hals, zog fest zu. Die große Ader war gut zu sehen und der Falknerdolch war scharf wie immer. Schnell strömte das Blut, aber es dauerte dennoch zu lange, bis alles Leben aus dem Tier herausgeflossen war. Babu weinte noch, als das Pony schon aufgehört hatte zu treten. Er erhob sich. Die Wölfe würden kommen, das war sicher. Sollten sie den Kadaver haben, aber nicht die Jagd, sie nicht auch noch. Er packte seine Sachen, stieg ein in die Galaten und ließ das Lange Tal hinter sich.

ACHTES KAPITEL

DER HIRTE FINDET DIE SPUR

Weißer Regen, der liegenblieb. Schnee. Babu hatte davon gehört, aber hindurchzugehen, einzusinken bis übers Knie ins kalte, feuchte Weiß, das war etwas anderes. Es war mühsam, unendlich mühsam. Er war ein schlechter Läufer, schon in der Ebene kaum in der Lage, einen halben Tag lang einen Fuß vor den anderen zu setzen. Und nun ging es bereits seit vielen Tagen stetig aufwärts. Seine Lippen waren aufgesprungen wie altes, brüchiges Leder, obwohl er sie anfangs eingefettet hatte, als er sich noch um seine Lippen sorgte. Seine Augen tränten, schmerzten, bei jedem Lidschlag meinte er, ein Knirschen zu hören. Das Schlimmste aber war die Atemnot. Er glaubte, um Soldern gealtert zu sein. Selbst nachts, wenn er hinter einem Vorsprung kauerte und trotz seiner Erschöpfung nicht schlafen konnte, ging sein Atem ein und aus, als würde er rennen. Die Kälte dagegen griff ihn kaum an. Aus Angst zu erfrieren, hatte Babu das Reisezelt zerschnitten und es sich umgehängt. Nun wehrte es auch tagsüber Wind und Nässe ab und hielt seinen Körper warm, was ihn verwunderte, denn es war so dünn und leicht, dass er es kaum spürte. Allerdings spürte Babu auch sonst nicht mehr viel. Er hatte keinen Hunger und keinen

Durst. Obwohl ihn ein trockener Husten quälte, musste er sich zum Trinken zwingen. Es half nichts. Im Gegenteil, der Husten blieb und das Wasser auch, er konnte sich nicht mehr erinnern, wann er das letzte Mal Wasser gelassen hatte, gestern? Vor zwei Tagen? Es ging einfach nicht. Nichts ging mehr. Keine Luft, keine Kraft, kein Sinn. Babu ließ sich fallen. Einen Moment nur ausruhen. So steil war der Hang, dass er beinahe aufrecht liegen konnte. Im Schnee. Der Schnee. Schnee umgab ihn, stützte ihn, umarmte ihn wie das Mädchen, das er nie gehabt hatte. Aber so musste es sein in den Armen eines Mädchens, er lehnte den Kopf an ihre Brust, weich und warm, schloss die Augen, ließ sich halten und war geborgen.

Dann fiel ein Schatten auf sein Gesicht, das vor Kurzem noch jung und schön und ein Mädchentraum gewesen war, von dem sich nun aber verbrannte Haut in Fetzen schälte. Ein Gewicht legte sich auf Babus Brust, ein schwerer Albtraum drückte ihm die Rippen nieder und das Mädchen löste erschrocken die Umarmung und erblasste. Schnee, nichts weiter.

Babu öffnete die Augen. Juhuts scharfer Schnabel schwarz gegen gnadenlos blauen Himmel – leuchtend gelb wie eine Sonne das starre Auge des Vogels.

»Lass mich.«

Niemals. Juhut schlug mit den Flügeln, er konnte Babu nicht tragen, dazu reichte es nicht, aber aufrichten konnte er ihn, zum Sitzen konnte er ihn zwingen. Ein blutiger Klumpen landete in Babus Schoß.

»Das kann ich nicht.«

Juhut flog eine elegante Schleife und landete irgendwo im Stein außerhalb von Babus Gesichtsfeld. Dem Falken ging es bestens, Höhe konnte ihn nicht beeindrucken, mit den wechselnden Winden spielte er. So sah es jedenfalls aus, wenn er vorausflog, um einen Weg zu finden, den der Mensch unter ihm bewältigen konnte. Oder nun nicht mehr bewältigen konnte? Babu sah mit Abscheu auf den rohen, faserigen Fleischbrocken. Er wusste nicht, was es war, womit Juhut ihn versorgte, seitdem seine Vorräte aufgebraucht waren. Babu sah kein Leben in diesem Stein und diesem Schnee. Welches Geschöpf sollte hier leben? Hier sterben, das war schon eher vorstellbar, der Tod war ein Leichtes ohne Luft, ohne Schlaf, ohne Hoffnung. Das Fleisch lag warm in Babus Hand. Es war ein Teil von etwas, das gerade erst getötet worden war, man konnte das Leben darin noch spüren. Babus Widerwillen schlug in Ekel um. Schnell stopfte er sich den Brocken in den Mund und schluckte, ohne zu kauen. Juhut würde keine Ruhe geben und betrügen ließ er sich auch nicht. Babu wusste, dass der Falke ihn beobachtete. Kaum hatte er den einen Brocken heruntergewürgt, fiel der nächste vom Himmel. Er würde essen müssen, bis Juhut beschloss, dass es genug sei. Andernfalls würde er von einer Szasla gefüttert werden. Babu hatte mittlerweile erfahren müssen, dass ein solches Füttern wenig fürsorglich vonstatten ging. Also aß er lieber selbst, diesmal waren es Innereien, das ging wie von allein, glitschte die Kehle hinab, aber ein strenger Geruch, wie faulendes Gras, wie schwarzer Schlick. Babu erbrach sich, spuckte alles wieder in seine Hände. Doch oben kreiste der Vogel, also tauchte Babu das Gesicht in die Schale seiner Finger, saugte, fraß sein eigenes, stinkendes Erbrochenes. Keine Scham, darüber war er hinaus. Er wusste nicht mehr, warum er in diesen Bergen war, er hatte den Grund ebenso vergessen wie sein Ziel. Er war leer wie die Landschaft, leer wie der Himmel, er fühlte nur den Willen des Falken, der sich in seinem Herzen verbissen hatte, und es war allein dieser Schmerz, der Babu auch jetzt wieder aufstehen und weiterstapfen ließ.

Der Höhenweg führte längs über einen Grat, schmal wie ein Messerrücken. Beidseitig fielen die Hänge so steil ab, dass nicht einmal der Schnee einen rechten Halt im Fels fand – der Wind wehte ihn bald in diese Ritze, bald in jene Spalte und mit der nächsten Bö wieder heraus. Von ferne sah es aus, als wäre die Bergflanke von einem Netz aus weißen, pulsierenden Adern überzogen. Ein Anblick, der jeden Menschen ehrfürchtig machen musste und der nach einem Mythos rief, nach einer Geschichte über die Entstehung der Welt oder den Sturz eines Riesen. Aber hier war kein Mensch. Babu, der dem Bergriesen über die schartigen Wirbel krabbelte, hatte sich weit vom Menschsein entfernt. Seitdem er nicht mehr höher stieg, sondern dem Weg folgte, ging es ihm besser. Er fragte sich nicht, ob andere diesen Weg vor ihm gegangen waren oder wohin er führte. Er wusste nicht einmal, ob sich der schmale Pfad tatsächlich zwischen Zacken hindurchschlängelte, ihn an Abgründen entlangführte oder ob er sich den Weg nur dorthin wünschte, immer nur genauso weit, wie er sehen konnte. Er ging, wenn nötig, auf allen vieren. Er atmete und sein Puls war ruhiger geworden. Mit dieser Ruhe war eine Gleichgültigkeit über Babu gekommen, die größer war als die graue Dumpfheit, die ihn auf seinem Ritt durchs Lange Tal umfangen gehalten hatte. Es war ein gleißend helles Nichts, das sich in Babu ausgebreitet hatte und alles, was er einmal gewesen war, einfach überblendete. Was blieb, war der Weg. Und ein dünner Faden, dessen eines Ende an seiner Brust befestigt war, das andere irgendwo am Himmel. Daran ließ sein Körper sich über den scharfen Grat zwischen zwei Gipfeln zerren, während Babus Geist den Abgrund und die Gefahr nicht mehr wahrnahm. Er schaffte es, ohne zu wissen, was er geleistet hatte. Aber als er die Flanke des nächsten Berges erreicht hatte, als er wieder in Schnee einsank, tief, tiefer als je zuvor, riss der Faden und Babu stürzte ab.

Er fiel.

Fiel und fiel in seine Kindheit, in das Lächeln seiner Mutter. Er fiel in den Sattel seines Ponys, das lebte und ihn mit einer Kraft über die Ebene trug, dass die Hufe kaum die Spitzen der Gräser berührten. Babu fiel ins silberne Wasser der Merz, in die weichen Felle in seinem Zelt, in die eigene Begeisterung, er fiel ins Glück, das in der Luft über den gesenkten Häuptern grasender Kafur flirrt. Dann schlug er am Boden seiner Seele auf und es wurde dunkel.

Auch für ein Wesen mit weniger scharfen Augen wäre es einfach gewesen, Babus Sturzspur im ringsum unberührten Schnee zu erkennen. Aber nur Juhut konnte ihr folgen. Dann kreiste er über der Stelle, wo eine weiße Wolke ihm den Blick auf die Schneemassen nahm, die mit Babu ins Hochtal gerutscht waren. Juhut würde in der Luft bleiben, bis sich der Schneestaub gelegt hatte. Er würde bleiben und kreisen und beobachten, was unter ihm geschah, so wie er es immer tat. Er würde fliegen, bis es nicht mehr ging, und dann würde auch er fallen.

Zeit war eine Dimension, die Juhut unbekannt war. Er konnte nicht denken, dass sich mit ihrem Fortschreiten die Strecke zum Tod immer weiter verkürzte. Er hatte keinen Begriff vom Tod, der dem Verschütteten bevorstand, der ihm selbst bevorstand. Der Falke kannte nur das Töten, das war seine Natur, vom Sterben wusste er nichts, denn er war ein Jäger und niemals die Beute.

Nun waren andere Jäger aufgetaucht.

Erst waren es nur Halblichter gewesen, dunklere Flecken im blendenden Weiß, die schnell wie die Schatten von Zugvögeln über die weite Schneefläche des Tals glitten. Aber da waren keine Vögel, keine Wolken, nicht einmal ein Wind – der Himmel über dem Falken war leer. Und aus den eilenden Schatten wuchsen Konturen. Das Dunkle verdichtete sich und nahm Gestalt an, es gebar sich selbst aus der Bewegung heraus, das waren Pfoten, und sie liefen. Jetzt spritzte der lose Schnee, jetzt sah man ihre Spur, die im Nichts begann und unter Juhut enden würde.

Wölfe.

Ein ganzes Rudel Wölfe hatte Witterung genommen von einem Bewusstsein, das sich verzweifelt dagegen wehrte zu verlöschen.

Lange ging das nicht mehr, sie mussten sich beeilen, sie hetzten sich gegenseitig, schnappten nach den Läufen der anderen, jeder gegen jeden und jeder wollte der Erste sein. Aber nur einer war es. Als er die Stelle erreichte, aus der der Geruch der Verzweiflung strömte, und seine Schnauze in den Schnee stieß, war aus ihm der Größte des Rudels geworden. Ein schwarzes Biest, das gewachsen war aus Seelenqual und belebt wurde von Todesangst. Scharren mussten sie alle, aber nur ihm würde die Beute gehören und die anderen würden sich zufriedengeben müssen mit dem, was übrig blieb. Ein Rest, der kläglich sein würde. Aber schon allein die Möglichkeit, einen kurzen Blick auf eine angsterfüllte Seele zu tun, genügte, um sie anzutreiben.

Der Falke sah die scharrenden Wölfe. Er wunderte sich nicht über ihr plötzliches Erscheinen, über ihre Geburt aus den Schatten, über ihre Gier nach dem menschlichen Bewusstsein, das im Sterben lag – denn er konnte sich nicht wundern. Er konnte nur sehen und er konnte wissen. Wissen, dass nirgendwo auf der Welt, nicht einmal in dieser schier endlosen Einöde aus Schnee und Stein, Platz war für mehr als einen Jäger.

Babu sah keine Wölfe. Er fand sich an einem Ort wieder, den er so gut kannte, dass seine Erinnerung keine Schwierigkeiten hatte, ihn vor seinen Augen auszubreiten. Er war zu Hause, im

Langen Tal. Er stand allein im gelben Gras, die untergehende Sonne war nur noch ein Glühen, weit entfernt an einem Horizont, der ihm fremd erschien. Babu wandte den Kopf und der Horizont drehte sich mit. Der Glühbogen der Sonne blieb in seinem Blickfeld, wohin er auch schaute, es bot sich immer dasselbe Bild: Gras, Sonnenrest an violettem Himmel mit zarten Wolkenschleiern. Weder im Gras war eine Bewegung noch am Himmel, die Wolken wie angeheftet, die Halme versteinert. Irritiert fuhr Babu mit der Hand hindurch, das Gras bog sich, er machte ein paar Schritte, drehte sich abermals um. Als wäre nichts geschehen. Kein einziger Halm geknickt, keine Spur: Er stand im gelben Gras, die untergehende Sonne war nur noch ein Glühen, weit entfernt an einem Horizont, der ihm fremd erschien. Jetzt griff er hinein, mit beiden Händen, drehte und riss Grasbüschel aus. Er hielt sie in den Händen, aber ausgerissen hatte er dennoch nichts. Keine Spur. Er stand im gelben Gras, allein, und das war alles.

Furcht überkam ihn, er musste tief Luft holen, niemals zuvor hatte er eine solche Angst verspürt. Er hatte keine Schmerzen. Er wurde nicht bedroht. Dennoch war er angefüllt mit Angst, urplötzlich, als sei ein reifes Geschwür in seinem Innern aufgebrochen, dessen ätzender Ausfluss in jede Körperhöhle drang. Babu war gefangen in einer Unausweichlichkeit, für die es keine Erklärung gab. Hier stand er, im gelben Gras, durch das kein Zittern ging, unter einem Himmel, der täuschend wirklich schien, aber doch nur gemalt, nur das unbewegte Abbild eines Himmels war, und sein Körper war starr vor Furcht. Im Kopf wirbelte ein einziger Gedanke: Was tun?

Kein Zirpen, kein Hauch, tonlose Unbeweglichkeit und auch er selbst nicht mehr in der Lage, sich zu rühren. Aber ein Geruch. Streng, scharf, wohlbekannt. Mit Mühe schaffte es Babu, die Augen zu drehen: Das war ein Feuer, das war Kafurdung, der da brannte, im Lager. Und als er es erkannte, stand er auch schon zwischen Zelten.

Hier nun war ein Wind, das Feuer flackerte, die Zelte zogen an den Leinen, der Himmel hatte sich mit einem Schlag entfärbt und schwere Wolken wälzten sich darüber. Wo waren die Menschen? Hineingegangen in der Erwartung eines Sturms? Babu wagte einen steifen Schritt. Er konnte die Furcht nicht abschütteln. Sollte er hineinsehen in eines der Zelte? Zu welchem Clan gehörten sie überhaupt? Babu sah keine Zeichen.

Aber da, da war ein Gesicht.

Ganz kurz ein Blick aus schmalen, dunklen Augen, dann war der Zelteingang wieder dicht gezogen. War das ein Kind gewesen? Der helle Fleck des Gesichts war klein gewesen, aber die Augen ... Waren die Augen nicht alt gewesen? Der Blick feindselig? Babu konnte es nicht entscheiden, zu schnell war der Moment vorbei gewesen.

Der Wind nahm zu. Riss an Babus Haaren, zerrte an seinem Mantel, seinen Hosen. Toste in seinen Ohren, machte ihn taub. Kalt war er, dieser Wind, Babu begann zu zittern, er musste nach drinnen oder er würde erfrieren. Er stemmte sich gegen die Luftmassen, die hart wie Kafurleiber waren und ihn nicht durchlassen wollten. Babu strauchelte, ging auf alle viere, dann drückte er sich flach an den Boden, hielt sich am platt gestampften Gras fest, zog sich daran bis vor das Zelt. Das Zelt, in dem das Kind war. Vielleicht ein Kind war. Wahrscheinlich etwas war, das ein Kind sein könnte, dessen böser Blick ihn abschreckte, dessen Anwesenheit ihn aber anzog. Er wollte nicht allein sein. Jetzt begriff er, dass Einsamkeit die Quelle seiner Furcht war, denn so vollkommen einsam wie hier hatte er sich nie gefühlt. Er hatte die Einsamkeit gesucht, war vor den Menschen mehr und mehr geflüchtet, weil er sie nicht mehr verstanden hatte, weil ihm unwohl geworden war zwischen ihnen. Und nun waren alle Menschen verschwunden und mit ihnen alles Leben und die Einsamkeit war so total, so alles durchdringend, dass es Babu vorkam, als könnte er sie einatmen mit der kalten Luft, die ihn bedrängte.

Er löste mit klammen Fingern die Leine, die den Lederlappen vorm Eingang sicherte, und robbte in den warmen Dämmer des Zeltinnern.

»Ich habe dich nicht hineingebeten.«

Die Stimme kannte er. Das war nicht die Stimme eines Kindes. Das war sein Onkel, das war der Thon, der mit dem Rücken zu ihm stand, den Kopf gesenkt, und Babu tadelte. Sein dicker Zopf bewegte sich wie eine schwarze Schlange über die im Zwielicht schimmernden Metallplättchen seines Wamses, als er den Kopf schüttelte.

»Babu, mein lieber Babu, mein Neffe. Macht, was er will. Hat keine Manieren. Sein Glück, dass meine Geduld grenzenlos ist wie mein Land.«

Er sprach ruhig, aber Babu hörte die Drohung hinter den Worten. Er scherzte nicht. Der Thon war verärgert. Er machte Babu Angst, warum wandte er sich nicht um? Babu fühlte, dass er erst würde sprechen können, wenn der Thon ihn ansah. Aber das tat er nicht. Er zeigte sein Gesicht nicht. Und Babu war zum Schweigen verdammt.

Seine Augen gewöhnten sich nur langsam an das Halbdunkel im Zelt, kein Feuer, kein Talglicht brannte und in allen Ecken saßen Schatten. Und in den Schatten wiederum saß etwas anderes. Das war das Kind oder das, was Babu für ein Kind gehalten hatte. Es war nicht allein. Sosehr Babu sich auch anstrengte, er konnte nichts erkennen, aber er fühlte deutlich, dass er beobachtet wurde. Das Dunkel umschlich ihn und hatte Augen, und was es sah, den zitternden, kauernden, verstummten Babu, das sah auch der Thon. Er hatte es nicht nötig, sich umzuwenden. Er konnte alles sehen und er konnte auch sprechen:

»Du kannst mich hassen, wie du willst, du kannst gegen mich aufbegehren, aber du kannst nichts gegen mich tun. Deine Gedanken gehören dir. Aber dein Handeln bestimme ich. Was glaubst du eigentlich, wer ich bin?«

Ein Mörder, schrie es in Babu, ein feiger, heimtückischer Mörder und ein Betrüger. Betrogen hast du mich und den Bruder und dein ganzes Volk. Tränen liefen ihm über die Wangen, die Hände hatte er zu Fäusten geballt. Aber er blieb still auf den Knien sitzen. Er war den Blicken des Schattens ausgesetzt, der ihn umkreiste, der an der Zeltwand entlanglief, der ihn umhuschte auf kleinen Füßen. Oder auf Pfoten. Dieser Schatten, der körperlos war und doch bewegt, lautlos und doch hörbar. Den Babu wahrnehmen konnte mit einem neuen Organ, einer feinen Membran, die seinen Körper umgab wie eine Eihaut und die aus seiner Furcht gewachsen war.

So eingehüllt in seine eigene Angst, kniete Babu vor seinem Thon, der nach wie vor mit dem Rücken zu ihm stand, in der Mitte des Zelts, den Kopf gesenkt. Er schaute auf etwas, was zu seinen Füßen lag.

»Deine Undankbarkeit kränkt mich, Babu, und dein Unverständnis betrübt mich. Habe ich dir nicht alles gegeben? Du hast ein Leben gehabt, von dem ganze Generationen von Männern nur träumen konnten. Ein Leben in Frieden und Wohlstand. Ein solches Leben verlangt Opfer.«

Jetzt erkannte Babu, auf was der Thon blickte. Auf dem Boden lag ein Körper, bedeckt mit einem Tuch.

»Ich habe dich für klüger gehalten. Ich dachte, du hättest erkannt, wo dein Platz ist und was der Preis ist für das Leben, das du führen konntest: Du musst vergessen. Du musst *vergeben*. Ich bin ein großzügiger Mann, ich gebe dir eine letzte Gelegenheit: Ich frage dich, Badak-An-Bughar aus dem Clan der Bator, nimmst du dein Opfer an?«

Der Thon beugte sich hinab, griff das Tuch, bereit aufzudecken, was darunter verborgen war. Die Erkenntnis durchschoss Babu wie ein Pfeil: Unter dem Tuch, zu Füßen des Thons, lag sein Vater. Lag der tote Körper des Vaters, dem er nie begegnet war.

Mit einer Hand am Leichentuch wandte der Thon langsam den Kopf und blickte Babu über die Schulter hinweg an.

Er hatte kein Gesicht.

Jedenfalls nicht das Gesicht eines Menschen. Es war eine Wolfsfratze, die Babu angrinste, mit hochgezogenen Lefzen. Die rot glühenden Augen des Dämons brannten so heiß, dass Babu unwillkürlich die Arme vors Gesicht hob. Das schwarze Wolfsgesicht hatte immer noch eine perverse Ähnlichkeit mit dem Thon, es war eine abartige Verwandtschaft zwischen beiden. Das Grausen vor der kauernden Gestalt erschütterte Babu, umklammerte sein Herz.

Dann brach die Wut aus ihm heraus und zerriss die zähe Hülle der Angst, die ihn bewegungsunfähig gemacht hatte, seitdem er in diese Zwischenwelt geraten war. Seine Wut war älter als seine Furcht und weit mächtiger, als er geahnt hatte. Er brüllte. Schrie wie ein Wahnsinniger, schrie, dass sich ihm die Lungen ausstülpten und der Kopf zu zerplatzen drohte, er schrie nur ein einziges Wort: *Nein.*

Ein einziges großes, schmerzhaftes Nein.

Niemals konnte Babu den Mord akzeptieren. Niemals dieses Opfer bringen: dem Thon seine Tat vergeben.

Der Wolfs-Thon heulte, richtete sich auf, wandte sich vom Toten ab und dessen Sohn zu. Er senkte die Schultern. Er reckte den großen Schädel vor. Er war ganz Spannung, war Bestie, bereit zum Sprung. Babu brüllte immer noch; so, wie er eben keinen Ton herausgebracht hatte, konnte er jetzt nicht aufhören, seine Qual dem Monster entgegenzuschleudern. Es war alles, was er hatte, alles, womit er sich gegen das Grauen verteidigen konnte und gegen den Angriff, der jetzt bevorstand und der ihn niederreißen würde.

Der Dolch! Nimm den Dolch.

Eine Eingebung. Aber eine, die schmerzte, mehr noch als Brust und Kehle. *Dolch.* Das Wort hämmerte Babu gegen die Schläfen, aber endlich griff er sich an den Gürtel. Und als der Wolfs-Thon auf ihn zusprang, mit einem unmenschlichen Grollen, die Kiefer weit aufgerissen, die Ohren angelegt, mit fliegenden Zöpfen – da umfasste Babu den Falknerdolch mit beiden Händen und streckte sie dem Monster entgegen und rammte ihm die Waffe ins offene Maul und durch den Gaumen so tief in den Schädel, wie es nur ging.

Schwarzes, heißes Blut spritzte ihm entgegen, wie Feuer brannte es auf seinem Gesicht, seinen Händen. Einen Atemzug lang schauten die roten Augen des Wolfes in das Gesicht des jungen Mannes, der eine so sichere Beute gewesen zu sein schien und dessen Willen er doch nicht hatte brechen können. Dann bohrten sich scharfe Klauen hinein und ließen die Augäpfel platzen wie pralle Strauchbeeren. Der Falke grub seine Krallen tief in die leeren, nassen Augenhöhlen, schlug mit den Flügeln, riss den Kopf des Wolfes in den Nacken, weg von Babus Fäusten, die immer noch den Dolch umklammert hielten. Das Untier wurde nach hinten geschleudert, machte einen grotesken Überschlag und blieb mit zuckenden Läufen liegen. Babus Kinn fiel kraftlos auf die Brust.

Er kniete in einem Trichter aus Schnee.

Er atmete, schwer.

Er hörte Hecheln. Er blickte auf.

Drei, vier, sechs Wölfe, die, über ihm und viel zu nah, nervös am Rand der Grube auf und ab liefen. Doch sie konnten ihn nicht mehr beeindrucken, Babu hatte alles, was ihm in diesem Leben an Furcht zugeteilt gewesen war, bereits aufgebraucht. Er brannte, verbrannte bei lebendigem Leib, aber die Schmerzen, die das glühende Wolfsblut auf seiner Haut verursachte, waren nichts im Gegensatz zu dem, was hinter Babus Augen tobte. Da war er wieder, der scharfzackige Stein, der durch seinen Kopf rollte. Das war ein Schmerz, wie nur Juhut ihn zufügen konnte. Er hatte Babu zurückgeholt, er hatte ihm den Dolch in die Hand gegeben und er rief ihn immer noch, denn der Kampf war noch nicht vorbei.

Der Falke flog Attacken gegen den Rest des Rudels. Die Wölfe griffen nicht an, aber sie ließen sich auch nicht vertreiben. Sie waren führungslos und nicht in der Lage, so schnell eine neue Ordnung zu finden. Babu stand auf, den Dolch erhoben, das Gesicht in Flammen und das Herz brennend. Er würde sie alle töten – aber eine Bewegung am Boden hielt ihn zurück. Er blickte auf den Kadaver des mannsgroßen Wolfes. Der Dolch hatte ihm die Schnauze der Länge nach gespalten. Aus dem Spalt quoll kein Blut mehr – aber was war es dann, das sich dort herausdrängte wie ein Kalb aus dem Muttertier?

Eine Masse, zäh wie Honig, aber gelbrot glühend. Die eisige Luft ließ sie rasch erkalten, dunkler werden, erstarren. Babu dachte kurz an die Haufen aus ineinander geknäulten Kafurdärmen, die sie zum Schlachtfest am Ufer der Merz auftürmten, damit die Kinder sie dort entwirrten und wuschen. Glänzend schwarz war der Ausfluss nun geworden, ein eigenartiges Gebilde, das wie ein Schwammpilz den Kopf des toten Wolfes überwucherte. Babu würde sich später damit befassen, später, wenn die Kopfschmerzen vorbei wären. Wenn diese Wölfe tot wären wie ihr Anführer. Babu wollte jetzt um sein Leben kämpfen, alle Gleichgültigkeit war verschwunden, hatte der Erinnerung Platz gemacht, der Erinnerung an den Thon, die ihn wie ein tief eingetretener Dorn rasend machte.

Er sah, wie Juhut sich hinabstürzte, er hechtete durch den zerwühlten Schnee die Trichterwand hinauf, stieß sein Messer einem Wolf im selben Augenblick in die Kehle, in dem Juhuts Krallen sich in dessen Kopf schlugen. Kläffen, Knurren der anderen, Schwänze zwischen die Hinterläufe geklemmt. Juhut flog wieder auf. Babu schnitt mit dem Dolch durch die Luft. Angelegte Ohren, gebleckte Zähne, feindselige, glimmende Augen, alle auf ihn gerichtet. Ein lautes Knacken vom Grund des Trichters ließ alle Köpfe herumfahren.

Die versteinerte Masse war aufgebrochen. Wie aus einer Quelle sprudelten Funken hervor, die nicht verloschen, sondern über den Schnee hüpften, winzig kleine Kiesel. Jetzt sammelten sie sich, formten sich zu einem Strom, tiefrot leuchtende Ameisen, die im Kreis liefen. Dann, wie auf einen geheimen Befehl, strebten sie in einer Spirale aufwärts, hoch, immer höher, bis ihr sternengleiches Funkeln vom Taghimmel überstrahlt wurde. Und endlich machten sich die restlichen Wölfe davon, mit langen Sätzen. Babu ging in die Hocke, behutsam, steckte den Dolch in den Gürtel und legte den Kopf in die Hände.

Er blieb lange so. Wartete, dass der Kopfschmerz vergehen möge. Sah auf Juhut, der auf dem Kadaver des zweiten Wolfs hockte, den Schnabel am struppigen Fell abstrich und die Flügel schüttelte.

»Hör auf. Es ist genug.«

Juhut verharrte, ein Auge auf Babu gerichtet. Er schwieg längst, aber das Rollen in Babus Kopf hörte nicht auf. Er schlug sich mit der Faust gegen die Stirn, mit beiden Händen gegen die Schläfen, er presste sich Schnee auf die Augen. Es half nichts. Ihm wurde heiß. Ihm wurde schlecht. Er legte sich auf den Bauch, Gesicht in den Schnee, er drehte sich auf den Rücken, starrte ins grelle Licht der Sonne. Er griff nach dem Dolch, drückte sich den kalten Griff fest, noch fester, zwischen die Brauen. Keine echte Linderung, aber der rotierende Stein verlangsamte sich. Babu versuchte seinen Atem und seinen Puls zu beruhigen, sich ganz auf das Rollen zu konzentrieren, und brachte es schließlich zum Stillstand. Der Schmerz lag jetzt genau hinter der Stirn, hatte sich zusammengeklumpt auf der anderen Seite des Knochens, hinter dem Dolch, wie angezogen vom Gegendruck. Wieder wartete Babu, hockte gekrümmt über dem Dolch, die Augen geschlossen, den Mund weit geöffnet, bis er es schaffte, über den Schmerz hinwegzudenken.

Tod dem Thon war der erste Gedanke, klar und von schlichter Schönheit, von keinem Warum getrübt.

Nur das Wie musste noch überlegt werden, denn seine Vision, oder was auch immer das gewesen war, hatte Babu gelehrt, dass es nicht einfach werden würde, den Thon zu überwinden. Babu hob den Kopf, versuchte den verkrampften Nacken zu lockern. Sofort begann das Rollen aufs Neue. Er stöhnte, Speichel sammelte sich in seinem Mund. Er stolperte in die Grube, sackte über dem toten Biest zusammen, richtete sich auf, saß auf dem Wolf, dem Wolfs-Thon, dem Dämon, der die wahre Gestalt des Thons war, des Mörders und Verräters. Und Babu hackte ihm mit dem Dolch in den Kopf, in den gespaltenen, überwucherten Kopf, wieder und wieder, besessen vom Schmerz und der Wut auf den Schmerz, schrie dabei, dass die Spucke flog. Und große schwarze Splitter, kaltes Glas. Er griff einen, glatt und flach und scharf, drückte ihn fest in die Haut, in die Stirn, Blut floss ihm über die Nase, er schmeckte das Salz.

Er schluckte seinen Speichel, seine Tränen, sein eigenes Blut und wurde ruhiger.

Er blieb sitzen, bis das Blut getrocknet war. Dann schnitt er einen Streifen Leder aus seinem Mantel, umwickelte den Kopf und den Splitter, der an seiner Stirn klebte.

Babu versuchte aufzustehen. Es ging, er schwankte, aber der Kopfschmerz blieb, wo er war, hinter der Stirn, hinter dem Splitter. Wenn Babu sich zusammenriss, konnte er gleichsam unter ihm hindurchschauen.

Er sah, wie Juhut die Schwingen ausbreitete und abhob. Er sah die Fährte, die das flüchtende Rudel hinterlassen hatte. *Der Hirte wird die Spur finden, der Jäger der Beute folgen bis zum Ende, wo der Kreis sich schließt.*

Babu trat in die Spur der Wölfe. Es ging sich viel leichter hier.

TEIL ZWEI

ERSTES KAPITEL

STADT AM BERG

Der Karren eines Mergers verstellte die enge Gasse. Felt drückte sich gerade an den mit Eiskrusten überzogenen Rädern vorbei, als der vermummte Mann aus der Tür des schmalen Hauses trat, das er gerade belieferte.

»Soldat!«, rief er ihn an und hüllte sich in die Wolken seines eigenen Atems, »ich könnte hier deine Hilfe brauchen!«

Felt trat zu ihm.

»Oh, Herr Offizier, ich habe Euch nicht gleich erkannt.« Der Merger verbeugte sich leicht. »Ich werde anderweitig um Unterstützung bitten.«

»Schon gut.« Felt schob den Mann beiseite und trat ein. »Was gibt es denn?«

Der Merger drängte sich hinter ihm in die dämmrige, nur von den glühenden Kohlen im Herd erhellte Wohnstube. Eine junge Frau mit einem Kleinkind auf dem Arm stand steif und schweigend im Raum, ihre tiefliegenden Augen glänzten. Sie trug noch ihr Nachtgewand und hatte ein wollenes Tuch um die Schultern gelegt.

»Sie will den Sohn nicht wecken«, sagte der Merger. Wie zur Bestätigung ging die Frau einen Schritt zurück und versperrte so den Zugang zur Tür, hinter der die Schlafkammer war.

»Die halbe Nacht lag er wach, so lasst ihm doch den Schlaf.«

»Wie heißt du?«, fragte Felt.

»Simlid«, sagte sie, »und das ist Kerla. Komm, sag dem Herrn Wachoffizier guten Morgen, Kerla.« Sie lächelte gezwungen und entblößte ein lückenhaftes Gebiss, was sie um Soldern altern ließ. Das Mädchen klammerte sich fest an den Hals der Mutter und verbarg das Gesicht in ihren Haaren.

»Wie viele seid ihr, Simlid?«, fuhr Felt mit der Befragung fort.

»Vier, wir sind vier. Die Kleine, ich, Lerd, unser Sohn«, antwortete sie, »und Tarled, mein Mann. Er ist in den Minen, Kohlen schlagen.«

Felt blickte zum Merger, der zur Bestätigung nickte. Simlid verfolgte den Blickwechsel wachsam wie ein Tier. Felt wusste, dass die Familie es nicht leicht hatte, die Kohle lag tief im Berg, noch unter dem Erz, und die Schichten für die Kohleschläger waren hart. Aber der Merger hatte seine Anweisungen. Felt musste eine Entscheidung treffen. Er legte den Handschuh auf den Schwertgriff, eine Bewegung, die Simlid nicht entging.

»Tritt beiseite, Simlid.«

Sie rührte sich nicht. Felt machte einen Schritt auf sie zu. Der geschmolzene Schnee von seinen Stiefeln hinterließ zwei dunkle Pfützen auf dem glatten Steinfußboden.

»Ich werde ihn bestimmt nicht wecken«, sagte er. »Ich werde ganz leise sein.«

Simlid schaute zu ihm auf, sah in die steingrauen Augen und ihr Widerstand brach. Sie senkte den Kopf, trat beiseite und Felt öffnete die Tür. Die Kammer war vollkommen dunkel und es war beinahe so kalt hier drin wie draußen auf der Gasse.

»Bring mir eine Lampe, Merger«, befahl Felt. Die Kälte

legte sich wie ein Tuch auf sein Gesicht. Im Schein der Lampe sah Felt das schön geschmiedete Eisenbett, das die Familie gemeinsam nutzte. Unter Decken und Fellen zeichnete sich der Körper eines Jungen ab, höchstens acht Soldern alt. Er schlief tief und fest. Felt sah zu Simlid, die immer noch ihre Tochter im Arm trug, als hielte sie sich an dem Kind fest und nicht es an ihr. Felt trat ans Bett, stellte die Lampe ab und zog sein Schwert. Simlid holte pfeifend Luft, wollte zum Bett, zwischen Schwert und Sohn. Der Merger griff nach ihr. Felt hielt die blanke Klinge des Schwerts unter Mund und Nase des schlafenden Kindes.

Er wartete lange, aber schon während er mit Simlid gesprochen hatte, hatte er geahnt, wie diese Probe ausgehen würde. Kein Hauch schlug sich nieder auf dem schwarzen Stahl. Der Junge war tot.

»Dein Kind wird heute ins Feuer gehen«, sagte Felt und richtete sich auf. Simlid schaute ihn entgeistert an, so, als ob der Tod ihres Kindes gerade eben erst, durchs Aussprechen der Worte, wahr geworden wäre.

»Wusste ich doch, dass sie mich betrügen will«, sagte der Merger zufrieden und zog sein Buch aus dem Ärmel, um den jungen Lerd aus der Bezugsliste zu streichen. »Wie gut, dass Ihr gerade in der Nähe wart.«

»Simlid.«

Die Frau hielt den Kopf gesenkt.

»Simlid«, wiederholte Felt, »du weißt, dass du dich eines schweren Vergehens schuldig gemacht hast?«

Sie reagierte nicht. Aber Felt wollte, dass sie verstand, was nun auf sie zukam. Er fasste ihr Kinn und hob den Kopf. Ihre Augen waren übergroß in dem mageren Gesicht, sie sah aus wie ein Vogel.

»Du hast versucht«, sagte Felt ruhig, »deinen Sohn zum Dieb zu machen. Denn nichts anderes wäre er gewesen, wenn er bekommen hätte, was ihm nicht zusteht. Hätte Lerd seine Ration seiner Schwester gegeben? Wahrscheinlich, denn er braucht nun nichts mehr. Er ist tot. Und er ist unschuldig geblieben. Du aber wirst nun an seiner statt deine Ration deiner Tochter geben.«

Er ließ Simlid los, der Kopf fiel ihr auf die Brust wie bei einer Stoffpuppe, deren Hals vom vielen Spielen dünn geworden war. Der Merger kritzelte in seinem Buch: »Also zwei Rationen hier, wie lange?«

»Eine Zehne«, antwortete Felt knapp und verließ ohne ein weiteres Wort das Haus.

Die Sonne stand noch im Berst, der Tag war jung und in den engen Gassen von Goradt saß der Dämmer. Schneegriesel drehte sich in der eisigen Luft, der ohnmächtige Gruß des nächtlichen Sturms, ein letztes Täuschungsmanöver, der Firsten würde seinen frostigen Griff bald lockern müssen. Felt hob das Gesicht gegen den Himmel und der Wind streute ihm Eiskristalle auf die geschlossenen Lider. Zeit, frühstücken zu gehen.

Im hohen, nackten Stein war keine Stille. Ein stetes Pfeifen und Raunen kam aus den Felsklüften, ein Flüstern, Rauschen und Singen von den Berstfällen, wo das Wasser der Lathe zwischen von eisigen Winden zernagten Felstürmen in die unabsehbare Tiefe stürzte. Goradt, die graue Stadt, hockte mit krummem Rücken auf einem Plateau und klammerte sich trotzig in die steilen Felshänge, den Kopf gesenkt. Es gab nichts zu sehen. Im Westen verstellten die Höhenzüge der Randberge den Blick und im Osten – war nichts. Oder der Berst. Der Berst oder das Nichts, das war eins. Denn der Berst war ein Abgrund unermesslichen Ausmaßes, eine undurchdringliche, sich beständig kräuselnde Wolkendecke verbarg den tiefen Grund, so es ihn denn gab. Hier wurden Welten geboren, hier heraus hatte sich der Kontinent erhoben und hier hinein würde er versinken, wenn die Zeit gekommen war. Der Berst war Anfang und Ende gleichermaßen, ein unauflösbares Rätsel, ein vor aller Augen weit ausgebreitetes Geheimnis. Ein Ort für Mythen. Irgendwo in diesem unendlichen Wolkenmeer schwamm das sagenhafte Wiatraïn, die Stadt im Wind. Eine Legende und ein Trost. Geboren aus der Hoffnung, nicht allein zu sein. Aber kein Lebenszeichen kam aus der Leere im Osten, nur der Wind atmete, kalt. Und immer wieder stieg die Sonne aus dem Nichts und entzündete den Horizont, ihr Feuer floss in Wolkentäler und brachte faserige Gipfel zum Glühen. Ein Wunder, das wenig Beachtung fand.

Felt musste den Kopf einziehen, als er über die Schwelle der Lorded trat, und fragte sich wie jedes Mal, wer diese Tür ausgemessen hatte. Der Aufenthaltsraum der Offiziere war schmucklos und zweckmäßig eingerichtet: Ein langer steinerner Tisch bildete das Zentrum, die Stühle waren aus Schmiedeeisen und mit Fellen belegt. Ein Gestell, ebenfalls aus Eisen, diente als Ablage für Waffen und Rüstung. Felt nahm den Helm ab, streifte die Handschuhe von den klammen Fingern und löste auch das Schwertgehänge. Dann trat er an einen der Kamine, die zu beiden Längsseiten des fensterlosen Raumes Licht und Wärme spendeten.

»Einen guten Morgen wünsche ich Euch, Felt«, brummte der Mann, der kniend in der Glut stocherte und Felt bisher keines Blickes gewürdigt hatte.

»Ein schönes Feuer hast du uns gemacht, Temmer. Ich hoffe nur, dass du darüber nicht das Frühstück vergessen hast«, sagte Felt und wischte sich eine Strähne seines langen, welligen Haars aus der Stirn. An den Schläfen mischte sich bereits Weiß ins rötliche Blond.

»Wenn hier jeder so früh erscheinen würde wie Ihr, bräuchte ich überhaupt nicht zu Bett gehen«, sagte Temmer und kam mühsam auf die Füße. »Aber was soll's, auf mich alten Mann muss man keine Rücksicht nehmen.«

Vor sich hin maulend verschwand er im Nebenraum, der Lager, Küche und Schlafkammer in einem war. Die Lorded stand den Offizieren zu jeder Tages- und Nachtzeit offen – und immer war Temmer da, um noch Kohlen ins Feuer zu geben oder Wasser heiß zu machen, er schien mit dem Raum verwachsen zu sein. Felt zog einen Stuhl an den Kamin. Vom Frühstück erwartete er sich nicht viel. Es war das Privileg der hohen Dienstränge, sich in der Lorded versorgen zu lassen. Doch jetzt, gegen Ende des langen Firstens, der mit seinen Schneemassen und eisigen Winden die Welsen von der Welt abschnitt, war die Verpflegung hier in der Lorded genauso dürftig wie in ganz Goradt.

»Bitte sehr, Herr Offizier.« Temmer hielt Felt eine Schüssel hin, die in traurigem Gegensatz stand zur förmlichen Geste, mit der sie überreicht wurde. »Aber trinkt nicht so hastig.«

Felt nippte vorsichtig an der kochend heißen Suppe und registrierte den schwachen Geschmack von Salzfleisch.

»Bildet Euch ja nichts drauf ein«, sagte Temmer. Bevor er wieder in seinem Reich verschwand, rief er noch: »Und seht zu, dass Ihr fertig seid, bevor die anderen kommen!«

Er hantierte mit seinen Töpfen und sprach so laut mit sich selbst, dass Felt es auch bestimmt hören konnte: »Ja, der alte Temmer weiß hauszuhalten, aber dankt es ihm einer? Murren, das können sie ... Woher soll er es denn nehmen? Nein, das will keiner wissen ...«

Recht hatte er: Felt wollte nicht wissen, wie Temmer an das Fleisch gekommen war. Und noch viel weniger wollte er wissen, was für ein Fleisch das eigentlich war. Er schlürfte mit geschlossenen Augen und kaute auf den winzigen, zähen Stückchen. Er stellte sich vor, wie er frisches Brot in die Suppe brockte, und schon fühlte er die Krume zwischen den Fingerspitzen und roch den Duft. Der Hunger war ein begabter Zauberer, er war der stumme Begleiter eines jeden Welsen von Kindesbeinen an. Niemals ließ er sich vollends niederringen oder vertreiben, nicht im klirrenden Firsten, nicht im Lendern, wenn die Nukks lammten und bittere, aber nahrhafte Milch gaben, wenn die Welsen Fallen aufstellten für die scheuen Marmlinge und den Dohlen die Nester ausräumten. Selbst dann nicht, wenn der Treck vollbeladen aus dem sonnigen Pram in die graue Stadt der Welsen zurückkehrte. Denn die Angst vor dem Hunger war ebenso gegenwärtig wie er selbst und verbot Völlerei und Verschwendung. Nur in raren Momenten wie diesem, innerlich und äußerlich aufgewärmt, war Felts Geist frei und wanderte über die Wiesen von Pram. Er sah die Nukks im Sonnenlicht grasen, umschwirrt von Fliegen. Er sah weiße und gelbe Blüten zwischen den langen, saftigen Halmen die Köpfe nach dem Licht wenden. Er ging auf weichem Boden und er hörte das Flüstern in den hohen Wipfeln der Bäume.

Kersted legte den Kopf in den Nacken und beschirmte die Augen gegen die scharfe Luft. Der Sturm hatte nachgelassen und war nur noch kleine, wirbelnde Bewegung. Im blassen Licht des aufziehenden Morgens zeichnete sich das Ausmaß seiner nächtlichen Arbeit gegen den Himmel ab: Wie ein Schlafloser, der mit der sinnlosesten Tätigkeit versucht, sein aufgestörtes Bewusstsein zu überlisten, damit er an ihm vorbei wieder ins Land der Träume schlüpfen kann, so hatte der hoffentlich letzte große Sturm dieses Firstens gewaltige Schneemassen von einer Seite des Grats auf die andere verfrachtet. Nun war er endlich erschöpft und überließ es den Menschen, seine Hinterlassenschaft wegzuräumen. Denn das mussten sie.

Die Schneewechte schlug über den Grat wie eine riesenhafte, kurz vorm Brechen eingefrorene Welle. Noch brach sie nicht, noch staubte es nur am Überhang, zarte weiße Fähnchen wehten, rissen ab, lösten sich auf im fahlen Grau des Morgenhimmels. Ja, es musste sein. Kersted stapfte durch den tiefen Schnee zu den Soldaten, deren schwarze Rüstungen wie Löcher im schreienden Weiß waren. Sie wagten es nicht, auf den Pfad unter der Wechte zu treten. Es war klar, sie würde brechen, herunterkommen, eher früher als später, und sie würde nicht nur mitnehmen, was unter ihr war, sondern auch erdrücken, was vor ihr lag, und mit sich saugen, was hinter ihr stand. Die eisernen Gitter, die sie über dem Pfad in den Fels getrieben hatten, wären ein schwacher Schutz, ein Schneebrett solchen Ausmaßes könnten sie nicht abfangen.

Heute würde noch geschaufelt werden müssen, so oder so.

Inzwischen war es draußen merklich heller geworden und Felt beeilte sich, die zweite Stunde würde bald anbrechen. Durch einen Torweg erreichte er den äußeren Ring und die dritte Treppe, einen von zehn Aufgängen zur Stadtmauer. Oben wurde er bereits erwartet.

»Melde gehorsamst: keine besonderen Vorkommnisse. Feuer in vier, sieben und acht sind runter.«

Der Soldat hatte Mühe zu sprechen, ohne dass ihm die Zähne aufeinanderschlugen. Er stakste die vereiste Treppe hinab und Felt begann seinen Rundgang. Er war ärgerlich. Wenn seine Männer nicht die Möglichkeit hatten, sich an den Wallfeuern aufzuwärmen, bekam er bald ernsthafte Probleme mit dem Dienstplan. Erst vor drei Tagen hatten sie wieder einer Wache zwei Zehen abschneiden müssen, weil sie bereits schwarz wurden. Und tatsächlich, das vierte Feuer war nur noch Asche, und auch die Steine der gemauerten Nische, die den Kohlenkorb gegen den Wind abschirmten, waren kalt. Was machte Marken denn? Was war so schwer daran, Kohlen auf den Wall schaffen zu lassen, wie es seine verdammte Pflicht war? Felt widerstand dem Wunsch, den Kohlenkorb umzutreten. Er würde sich keine Disziplinlosigkeit erlauben, er würde seinen Dienst machen, und wenn er dabei erfror. Er ging und machte seine Runde. Er ging und ging und fand schließlich in seinen gewohnten Rhythmus und sein Ärger zerbröselte unter seinen Stiefeln. Dann brach die Felswand abrupt ab und gab die Sicht frei auf den Berst. Felt lehnte sich gegen den Wind wie an die Brust eines alten Freundes.

Die Luft war immer noch voll Schnee, das Atmen fiel schwer. Kersteds Augen tränten, er starrte ins sich blähende Weiß der abgegangenen Lawine. Zu früh, dachte er, und ein langer Ton, gefolgt von zwei kurzen, gab ihm recht. Ein einfaches Signal für eine dramatische Geschichte: ein Sturz, zwei Männer. Zwei Männer waren mit dem Schnee über den Grat gegangen.

»Die Hunde?«, fragte Kersted.

Der Soldat, der ebenso wie sein Vorgesetzter aus sicherer Entfernung den Abgang der Lawine beobachtet hatte, nahm Haltung an. »Sind bereit, Herr Offizier. Außerdem zwanzig Mann zum Graben.« Sein Gesicht war von Kälte und Entbehrung zerklüftet, er kämpfte schon sein Leben lang gegen den Schnee und den Hunger. Vielleicht glaubte er deshalb, etwas anfügen zu dürfen: »Die Schneebläser kennen die Gefahr, Herr Offizier.«

Kersted reagierte nicht auf die Einlassung. Der Soldat mochte doppelt so alt sein wie er, aber auf seinen Schultern hatte nie Verantwortung gelastet.

»Worauf wartest du noch? Die Männer sollen graben.«

»Zu Befehl!« Der Soldat grüßte und stapfte zu den Hundeführern und den Männern vom ersten Dienst, die seit Tagesanbruch auf ihren Einsatz warteten und die Schwerter gegen Schaufeln getauscht hatten. Ja, schaufeln mussten sie, das war klar gewesen. Aber nun mussten sie graben, und das war etwas völlig anderes.

Kersted blieb, wo er war, stand bis über die Knie im Schnee und ließ die Kälte an sich hochkriechen. Er beobachtete, wie der Himmel über dem Pfad sich langsam klärte, wie der Grat wieder sichtbar wurde, ein schartiger Schnitt im Himmel, der von Grau zu Blau wechselte. Strahlendes, klares, grausames Blau. Die Farbe der Zeit, die verging. Fünf Schneebläser waren früh am Morgen über die rückseitige, weniger steile Flanke des Berges eingestiegen, die langen Hörner auf den Rücken gebunden. Aber die Schneewechte hatte nicht auf sie gewartet, nicht auf sie hören wollen, auf den Befehl zum Abgang, auf den tiefen Ton ihrer Hörner. Und hatte die Seilschaft auseinandergerissen. Musste sie auseinandergerissen haben. Zu früh war es gewesen. Zu spät würde es sein. Die Zeit kümmerte sich nicht um die Menschen, die gegen sie anhetzten, und verhöhnte die, die zu keiner Bewegung fähig im kalten Dunkel lagen, die Schneelast auf der Brust, und nicht fassen konnten, wie lange es dauerte, bis sie endlich erstickten. Kersted wollte die Zeit packen und sie schütteln, sie zur Vernunft bringen, ihr erklären, dass sie ihn nicht ewig betrügen konnte, ohne dass er darüber verrückt würde. Zu schnell. Zu langsam. Zu schnell war die Lawine gewesen und zu langsam krochen nun die Soldaten mit ihren Schaufeln über die Schneemassen. Kersted spürte seine Beine kaum noch und sein Körper war ein Messinstrument, auf das Verlass war – bald schon war es zu spät für die Verschütteten. Zu spät, zu spät. Die Zeit lief davon und riss das Leben mit sich und Kersted stand still und wartete auf den Tod.

Die Schneebläser kannten die Gefahr, sie wussten, was sie

taten. Aber Kersted hatte den Befehl zum Einsteigen gegeben. Er hatte keine Wahl gehabt, er war der Pfadmeister und der Pfad, der über zwei Wegstunden von der Stadt hinunter zur Grotte der Undae führte, musste zu jeder Zeit begehbar sein. Warum eigentlich? Nach dem Sinn zu fragen gehört nicht zu deinen Aufgaben, Soldat.

Kersted schlug sich mit den Fäusten auf die Schenkel, bis er endlich Schmerzen fühlte, hob mit den Händen die Knie an, setzte eiskalte Füße auf glühende Dornen, die nur sein eigenes Blut waren und die Bestrafung seines Körpers für die Tortur, die Kersted ihm zugemutet hatte. Ein Hund hatte angeschlagen.

Einen hatten sie gefunden und er hatte gelebt. Der Mann hatte die Augen zugekniffen, geblendet vom Blau des Himmels, vom Licht der Sonne, die immer noch nicht wärmte. Er hatte auch noch gelebt, als sie ihn vorsichtig auf die Trage hoben. Aber dann konnten sie nicht schnell genug sein. Anderthalb Wegstunden waren es von der Abgangsstelle zur Stadt, und lange bevor sie dort ankamen, hatte das kalte Blut aus Armen und Beinen sein Herz erreicht und es hatte aufgehört zu schlagen.

Kersted lenkte als Letzter im Leichenzug sein Nukk Richtung Tor. Oben auf dem Wall stand, aufrecht wie ein langer schwarzer Zahn, der Offizier der Wache. Er lief der Zeit niemals hinterher und hoffte auch nicht, dass sie schnell vorübergehen möge. Der Offizier der Wache hatte seine eigene Zeit gefunden und ging mit ihr im Gleichschritt über den Wall, jeden Tag. Eine Bö erfasste ihn und warf ihm die Haare über die Schultern, aber den Pelzmantel, den er über der Rüstung trug, rührte sie nicht an – das Fell war steif gefroren.

Felt wusste längst, was geschehen war, alle wussten es, denn Kersted hatte einen Boten geschickt, damit dem Verschütteten ein Bad bereitet wurde. Dann aber hatte er noch einen Boten schicken müssen und Felt wusste auch, dass der junge Kamerad das als Niederlage empfand. Kersted war so diszipliniert, wie jeder welsische Soldat es sein sollte, und er war darüber hinaus begabt, sonst hätte ihn der Hauptmann nicht so früh in einen so hohen Dienstgrad gehoben. Aber Kersted liebte das Leben mehr als jeder andere und diese Lebenslust bürdete ihm eine zusätzliche Last auf. Er litt unter jedem Verlust. Er konnte sich an den Tod nicht gewöhnen.

Felt sah den Zweifel in Kersteds Gesicht, als der zu ihm aufblickte, er sah die Frage nach dem Sinn in den blauen Augen des Pfadmeisters flackern. Und er gab Antwort, indem er die Faust aufs Herz legte und das Kinn auf die Brust senkte.

Der junge Offizier verschwand unter dem Torbogen und konnte nicht wissen, ob Felt ihn gegrüßt hatte oder den Toten. Genau das war die Absicht gewesen, denn Felt hatte sie beide gemeint. Am Berg musste beides ertragen werden, das Leben genauso wie das Sterben, das würde auch Kersted eines Tages einsehen. Vorerst aber reichte es, wenn er seinen Mut aufrichten konnte, wenn er im Gruß Bestätigung fand: Du hast richtig entschieden, dich stellt niemand infrage. Denn heute brauchte Kersted keinen Zweifel, sondern eine reglose Miene und eine feste Stimme, wenn er auf die Frauen traf. Er würde es aussprechen müssen, so wie Felt es hatte aussprechen müssen, der Tod wurde nicht kleiner, wenn man ihn verschwieg. Kersted würde die Frauen ansehen müssen und sagen: »Dein Mann ist tot. Dein Mann ist vermisst.«

Er würde nicht trösten, er durfte nicht bedauern. Aber er musste die Tatsache aussprechen, damit der Tod wahr wurde und das Leben weitergehen konnte.

Dass das nicht leicht war, wusste jeder Welse. Aber wenn etwas keinen Sinn hatte, dann war es das Jammern über Tatsachen. Trauer ist ansteckend, Mitleiden höhlt die Hoffnung aus, langsam, aber stetig, so wie tropfendes Wasser den Stein. Es war nun einmal so, niemand konnte es ändern: Die Sonne hatte ihren Bogen nicht einmal bis zur Hälfte geschlagen und es waren bereits wieder welche unter ihnen, die alleine kämpften. Eine junge Mutter, die ihre letzte Kraft zusammennehmen musste, denn sie hatte noch ein zweites Kind, das lebte. Eine Ehefrau, die eisige Lippen küssen und Abschied nehmen musste. Und eine andere, die gut beraten wäre, den Abwesenden zu betrauern und nicht darauf zu hoffen, dass der Berg seinen Leichnam jemals freigeben würde. Er würde nicht durchs Feuer gehen. Sie würde ihn nicht wiedersehen, nicht in dieser Welt und auch nicht in der anderen.

ZWEITES KAPITEL

STAHL

Die Marded war eines der ältesten Gebäude der Stadt. In der Zeit davor hatte König Farsten hier residiert, wenn er nach Goradt kam, um die Waffenproduktion zu begutachten und Heerschau zu halten. Die Stadt am Berg war nicht nur Minen-Stadt, sondern auch die Stadt der Soldaten gewesen. In der Höhe, in Schnee und Stein hatte jeder welsische Soldat drei Soldern verbringen und das Kriegshandwerk lernen müssen, bevor er in die Ebene und nach Wandt, Hauptstadt von Welsien, zurückkehren durfte. Die Marded erinnerte an diese stolze Zeit: Von mächtigen Säulen getragen, wölbte sich die Decke der Halle bis auf die Höhe der Stadtmauer. Eine prächtige steinerne Treppe bot Zugang auf eine umlaufende Galerie, drei Durchgänge führten aus der Marded unter dem Wall hindurch zu den im Felsmassiv liegenden Minen, Schmelzen und Schmieden. Damals waren die Gänge als Fluchtwege aus der Stadt heraus in die weitverzweigten Höhlen- und Stollensysteme angelegt worden, heute ermöglichten sie den Handwerkern bequeme Lieferung. Während in der Stadt Mangel herrschte, war die Marded ein Ort des Überflusses: Klingen in verschiedenen Größen, Dolche, Messer, Speerspitzen, Axtblätter und Rüstungsteile stapelten sich auf Haufen, lehnten oder hingen an Eisengestellen, steckten in Körben, waren zu Bündeln geschnürt oder in lederne Taschen gepackt. Die Masse schwarzen Stahls war eindrucksvoll, die Armee, die hier ausgerüstet würde, wäre vernichtend.

Felt warf im Vorbeigehen einen Blick auf das lebensgroße steinerne Nukk, das mit unterschiedlichsten Taschen und Körben behängt war, Marken probierte neue Packtechniken aus. Der Waffenmeister war nicht nur verantwortlich für die Produktion und den Transport der Waffen nach Pram, er sorgte auch für Rationierung und Zuteilung der Kohlen. Eine Aufgabe, die er sträflich vernachlässigt hatte.

»He«, rief Felt einen der Helfer an, der gerade versuchte, sich einen Überblick über eine Ansammlung Axtblätter zu verschaffen, »wo finde ich Offizier Marken?«

Der Mann sah auf, dann deutete er vage in Richtung Treppe, wandte sich wieder seinem Stapel zu, griff sich an den Kopf und fluchte.

Felt steuerte die große Treppe an und sah Marken auf den unteren Stufen sitzen, eine noch unpolierte Speerspitze in der Hand. Er begutachtete das Stück und lauschte dem Schmied, der neben ihm saß und auf ihn einredete. Felt kannte den Mann, es war Remled, Estrids jüngerer Bruder. Felt stand sich nicht besonders gut mit der Familie seiner Frau; dass sie sich einen Soldaten ausgesucht hatte, anstatt im Handwerk zu heiraten, hatte ihren Vater nicht eben erfreut. Die Schmiede waren stolze Leute, und das mit Recht, denn ihre Kunst war unübertroffen. Remled sah auf, als Felt zu ihnen trat; die Ähnlichkeit mit Estrid war verblüffend – auch sein Haar war flammend rot und seine Augen grünlich statt farblos grau wie bei den meisten Welsen. Die schmalen Lippen umspielte ein wissendes, leicht spöttisches Lächeln, ein Lächeln, das Felt nur allzu gut kannte.

»Schwager«, sagte Remled und erhob sich, »es ist eine Zeit her.«

»Und zu lang ist sie gewesen«, erwiderte Felt die höfliche Begrüßungsfloskel.

»Felt! Schau dir das hier an«, rief Marken, die Spannung zwischen den beiden ignorierend. »Remled ist wahrlich der Sohn seines Vaters, ein echter Könner, was sage ich, ein Künstler!«

Der Waffenmeister hielt die Speerspitze hoch, die sich, außer dass sie noch roh und ungeschliffen war, in nichts von dem unterschied, was Felt kannte. Marken zog erwartungsvoll die buschigen Augenbrauen hoch. Mit seinem zottigen Haar und dem fransigen Bart erinnerte er mehr an einen Bären als an einen Menschen.

»Dies hier«, sagte er feierlich, »ist der Beginn einer neuen Ära.«

»So?«, machte Felt.

»Er sieht es nicht«, brummte Marken nicht unzufrieden. »Gib mir dein Schwert, Felt.«

»Mit Verlaub, ich wollte eigentlich etwas mit dir besprechen.«

»Nun gib schon her«, beharrte Marken und Felt zog sein Schwert. Der Waffenmeister nahm es, legte es auf eine Stufe, stellte den Stiefel aufs Heft, packte mit seinen Pranken den Schaft der Speerspitze und hieb damit auf die Schwertklinge. Mit einem hohen Klirren brach sie entzwei. Felt schaute entgeistert zu Marken. Nichts auf der Welt war haltbarer als Welsenstahl. Außer Welsenstahl.

»Das ist«, sagte Felt mit einem bedauernden Blick auf sein zerborstenes Schwert, »beeindruckend.«

»Das ist das Ergebnis vieler langer Soldern Arbeit«, sagte Marken und klopfte dem grinsenden Remled die Schulter.

»Sag mir, Remled, ich will zwanzig davon, zwanzig Schwerter, bis der Treck zieht, schafft ihr das?«

»Nun, die Zuschläger können im Lendern schlafen ... Ich kann es nicht versprechen, aber wir werden unser Bestes geben.«

»Gut, ich verlasse mich auf dich, Remled. Und nehmt euch, was ihr braucht. Ausgezeichnete Arbeit, ganz ausgezeichnete Arbeit.«

Mit einer knappen Verbeugung verließ der Schmied die Runde und verschwand in einem der Durchgänge. Marken betrachtete das Stahlstück in seinen Händen.

»Jetzt ist mir klar«, sagte Felt nach einer Pause, »in welche Feuer unsere Kohlen wandern.«

»Was?«, machte Marken, dann verstand er. »Ah, du bist gekommen, um dich zu beschweren. Felt, schau dich um, was siehst du?«

»Die größte Rüstkammer des Kontinents.«

»Richtig. Angefüllt mit den hervorragendsten Waffen des Kontinents. Und wer wird diese Waffen tragen? Wer wird mit diesen Klingen seine Feinde niedermähen, als wären sie reife Ähren? Wer wird mit diesen Äxten Köpfe von Rümpfen trennen mit einer Leichtigkeit, mit der ein Mädchen Blumen knickt? Welsen? Unsere Männer? Wir?«

Felt schüttelte den Kopf.

»Nein, Marken. Nicht wir.«

Marken seufzte: »Unsere Zeit ist vorbei. Unsere Waffen dienen anderen. Dem, der am meisten bietet. Unsere Kunst, unsere Erfahrung, das Können unserer Väter und Vorväter dient nicht mehr unserem Ruhm. Weißt du, was ich sehe, wenn ich mich hier umschaue?«

»Was?«

»Ich sehe Zwiebeln und Bohnen, Mehl und Salz. Ich sehe

Leder, Holz und Tuch. Ich sehe den nächsten Firsten, noch bevor dieser vorüber ist, und ich sehe, dass er genau so hart werden wird. Nein«, unterbrach er sich selbst, »ich sehe ein paar Säcke Bohnen mehr als dieses Solder.« Er lachte, dann wurde er wieder ernst: »Felt, diese Waffen, diese Klingen dort sind die besten, die es gibt. Allerbester Welsenstahl, allseits berühmter, berüchtigter Welsenstahl. Solange man«, er hielt die Speerspitze hoch, »nichts von diesem weiß.«

»Wer sollte je davon erfahren?«

»Das ist dein großes Talent, Wachmeister«, sagte Marken, »du kannst schweigen. Wer dich unterschätzt, hat schon verloren. Nun zu deinem Problem mit den Kohlen. Ich entschuldige mich aufrichtig dafür, nachlässig gewesen zu sein. Ich war ... wie im Fieber, als Remled mir die ersten Proben brachte. Er hat mir nicht verraten, wie sie es machen, natürlich nicht, ich bin kein Schmied ... Aber um diese Härte zu erreichen, brauchen sie Kohlen, viele Kohlen. Dennoch, lass das meine Sorge sein. Ich verspreche: Die Feuer auf dem Wall werden brennen. Es wird nicht wieder vorkommen.«

»Angenommen«, sagte Felt ernst, um dann anzufügen: »Unter der Bedingung, dass ich das erste der neuen Schwerter bekomme.«

»Abgemacht.« Marken hieb die Speerspitze in die Steinstufen. Sie blieb stecken. »Nimm dir derweil eins von dahinten. Die sind für uns, nicht für Pram.«

Felt zog ein Schwert aus einem Korb und wog es in der Hand. Es war gut ausbalanciert und er hatte das Gefühl, es sei eigens für ihn gefertigt worden – ein Gefühl, das er auch bei jedem anderen Schwert aus diesem Korb gehabt hätte. Die Schmiede kannten die Vorlieben der Soldaten. Die Welsen handelten, bis auf wenige Ausnahmen, nur die Klingen, denn darauf kam es an bei einem Schwert, die Griffe montierten die Abnehmer selbst. Felt besah sich das Schwert, es war eine schlichte und höchst zweckmäßige Waffe. Er schlug gegen den Knauf, die Klinge vibrierte, aber die Schwingung war kaum spürbar in der Hand, die den lederumwickelten Griff hielt. Er umfasste ihn mit der zweiten Hand, sodass der tropfenförmige Knauf in der Handfläche lag, und lehnte die Klinge gegen die rechte Schulter. Ein Schritt, ein schneller Hieb nach links unten. Als wolle er einen Gegner vom Halsansatz über den Brustkorb bis zum unteren Rippenbogen von seinem Oberkörper befreien. Ja, das Gewicht der Waffe war gerade richtig, leicht genug für kontrollierte, kraftvolle Hiebe und doch so schwer, dass ein Hieb auch Wirkung zeigen konnte. Ein echtes Welsenschwert: schwarz, glänzend, scharf – aber so jungfräulich es auch war, es war schon veraltet. Wer konnte das ahnen.

Der Beginn einer neuen Ära? Auf dem Heimweg war Felt tief in Gedanken versunken. Wieder stand die Sonne niedrig, aber nun war der Tag alt und die Schatten wurden scharf. In den Häusern wurden die Lampen angezündet, aber das Licht war zu schwach. Kein goldener Schimmer malte sich auf das Pflaster der Gassen. Denn hier lag Schnee; kalt und hellblau und gnadenlos überstrahlte er im klaren Abendlicht den Schein der Lampen. Sosehr sie sich auch wehrten, sosehr sie sich gegen das Schicksal stemmten, die Welsen waren zu schwach geworden, um in dieser Welt einen Eindruck zu hinterlassen. In der Zeit davor, in der Zeit vor der großen Feuerschlacht, war es anders gewesen, aber das war Geschichte. Sie waren tief gefallen. Hell hatte der Stern der Welsen gestrahlt, und als er noch heller wurde, heller als die Sonne am Mittag, war er verglüht. Wie viel Mann hatte Felt gestern beim Appell gezählt? Keine zweihundert hatte er mehr unter sich bei der Wache. Und die, die antreten konnten, waren mager, krank und fußlahm. Lange hatte er im Kasten die Steine hin und her schieben müssen, bis er einen Dienstplan zusammenhatte. Und morgen würde er einen neuen machen müssen und es würde so lange schwierig sein und immer schwieriger werden, bis es unmöglich wäre.

Wie lange konnte ein Volk ohne Land überleben? Ein Volk ohne Erde und ohne König? Länger, als man denkt. Felt musste lächeln, er dachte an Ristra, an die weichen, warmen Kinderarme um seinen Hals, und er wusste: Es hat alles einen Sinn. Und den brauchte man nicht lange suchen. Der Sinn ihres Lebens am Berg war das Leben selbst. Wirklich klar geworden war ihm das damals, vor sieben Soldern, als er das noch blutverklebte neue Leben in seinen Armen hielt und sich von ihm anschreien ließ. Das war seine Tochter, und sie hatte Kraft. Eine Urkraft, die aus dem winzigen, zahnlosen Mund herausbrach und die Sinnfrage einfach niederbrüllte. Das konnte man dem jungen Pfadmeister nicht erklären. Das musste er selbst erleben. Lange konnte das nicht mehr dauern, denn es war nicht nur Kersteds grundsätzliche Lebensliebe, gegen die er nicht ankonnte und die immer wieder zu ihm zurückkam – es waren die Mädchen, die Kersteds blaue Augen sahen, seine weißen Zähne und die erstaunlich glatten, hellbraunen Haare. Kersted war noch jung genug, um zu glauben, dass er Zeit hatte, dass er auswählen konnte. Aber Felt war sich sicher, dass unter den vielen, die für den Pfadmeister schwärmten, die eine war, deren Blick tiefer ging. Und wenn sie sich entscheiden würde, auf ihn zuzugehen, dann wäre auch für Kersted der Zweifel Vergangenheit.

Ein Mann trat aus einem Haus und half einer alten Frau auf die Gasse. Beide waren eingewickelt in wollene Tücher und trugen Lampen, die sie noch nicht entzündet hatten. Felt blieb stehen.

»So spät noch unterwegs?«, fragte er.

»Ich grüße Euch, Wachmeister«, sagte der Mann. »Die

Mutter hat Not mit der Luft, sie möchte ... noch ein wenig in den Wind.« Er lächelte verlegen.

»Dass sie sich nur nicht verkühlt«, sagte Felt freundlich an die alte Frau gewandt, »die Sonne sinkt bald in die Berge.«

Die Alte sah mit trüben Augen in Felts Richtung und lächelte ein zahnloses Lächeln.

»Ach, seid unbesorgt«, nuschelte sie, »mich kümmert die Sonne nicht.«

»Wir könnten unseren Gang auch auf morgen verschieben«, sagte der Mann und senkte den Blick.

Die Alte gab einen zischenden Laut von sich.

»Willst du immer noch trotzig sein?« Zu Felt sagte sie: »Nehmt es ihm nicht übel. Er hat ja nur eine Mutter.«

Felt ahnte, um was es hier ging.

»Dann geht ihr also zu den Undae?«

Der Mann nickte kurz und schaute weiter auf den Boden, um zu verbergen, dass seine Augen sich mit Tränen gefüllt hatten.

»Könnt Ihr mir sagen, ob der Pfad wieder frei ist?«, fragte er in den Schnee und es war deutlich zu hören, dass er auf ein Nein als Antwort hoffte.

Felt musste ihn enttäuschen. Kersted hatte alle seine Männer antreten lassen und Felt hatte gesehen, wie der Pfadmeister wieder mit ihnen aus der Stadt geritten war, nachdem er den Toten der Familie übergeben hatte.

»Ich bin mir sicher, dass der Pfad inzwischen wieder frei ist«, sagte er deshalb und fügte mit einer Verbeugung an: »Eine sichere Reise.«

Die alte Frau lächelte wieder und einen Moment lang trafen ihre blinden Augen die seinen, dann schwammen sie wieder in die Finsternis. Sie zog ihren Sohn am Ärmel und trippelte über den vereisten Schnee. Die Nacht wäre alt, bevor sie die Grotte erreichten.

»Hat er sich verbeugt?«, hörte Felt sie fragen.

»Ja doch, Mutter«, antwortete der Sohn und die Alte grunzte zufrieden. Felt sah den beiden nach, bis sie im Schatten des Torwegs verschwanden, dann ging auch er weiter. Es war nicht ungewöhnlich, dass ein alter Mensch den mühsamen Abstieg auf sich nahm; es gab keinen besseren Ort zum Sterben als die stille Grotte der Undae.

»Dann wirst du also dieses Mal wieder mit dem Treck ziehen?«, fragte Estrid und reichte Felt einen Becher Gansetee. Der aromatische Kräuteraufguss war das Nationalgetränk der Welsen, und wenn man daran glaubte, betäubte er den Hunger.

»Ich habe darüber nachgedacht«, gab Felt zu.

Estrid setzte sich neben ihn auf die warmen Steine des gemauerten Ofens.

»Was meinst du?«

»Ich meine«, sagte Estrid, »dass dein Entschluss bereits feststeht.«

»Ich gehe nicht, wenn du es nicht willst. Ich kann den Hauptmann bitten, mich noch ein weiteres Solder freizustellen.«

»Wozu? Ristra geht es gut und Strem hat die dicksten Backen, die ich je bei einem kleinen Jungen gesehen habe – ich traue mich kaum mit ihm auf die Straße, die Leute denken, ich würde schwarz handeln.«

Sie lächelte. Wenn sie wollte, konnte sie einem mit wenigen Worten jede Last von den Schultern nehmen. Während der letzten Soldern war Felt in Goradt geblieben. Erst war Ristra kränklich gewesen und sie waren in Sorge, dann war Estrid wieder schwanger geworden und er wollte sie nicht allein lassen. Aber dieses Solder war er in der Pflicht, den Treck zu begleiten, und wenn er ehrlich war, wollte er es auch. Felt war ein geduldiger Mann, seine grauen Augen blickten demütig auf die steinerne Welt, die ihn umgab – aber sie sehnten sich danach, über die Weiden von Pram zu schweifen. Eine Sehnsucht, die er unterdrücken konnte, mit Leichtigkeit, denn alles wurde bedeutungslos neben Estrids rauer Schönheit, ihrer sehnigen Anmut und Kraft. Er würde sie vermissen, kaum dass er durchs Stadttor wäre. Aber er nickte und damit war es beschlossene Sache, er würde gehen. Er lehnte den Kopf an Estrids knochige Schulter, schloss die Lider und lauschte auf Ristras Kinderschnarchen, das aus der Schlafkammer drang.

»Ich habe heute Remled getroffen«, sagte Felt.

»So?«, machte Estrid.

»Ja. Ich war in der Marded«, fügte er unnötigerweise hinzu, denn Estrid wusste nur zu gut, dass Felt die Werkstätten mied und nirgendwo sonst als in der Rüstkammer hätte auf den Bruder treffen können.

»Sie haben einen neuen Stahl gefunden.« Er dachte nicht daran, seiner Frau etwas zu verschweigen. »Mein Schwert ist zerbrochen wie Schiefer, mit einem Hieb.«

»Ist das wahr?«

Estrid richtete sich auf und Felt bereute, denn nun war sein Schulterplatz dahin. Er nahm noch einen Schluck Ganse.

»Marken war ganz außer sich. Der neue Stahl ist hart, sehr hart. Mit einer Speerspitze hat er auf die Klinge geschlagen und sie ist sogleich zerborsten.«

Estrid sah ihn an und in ihren grünlichen Augen war ein Glimmen, das Felt vorsichtig werden ließ. Sie waren schon lange zusammen und Felt hatte nicht viele Frauen gehabt, bevor Estrid in sein Leben getreten war. Von diesem Zeitpunkt an hatte es nur noch sie gegeben und oft war es so, dass sie nicht nur in seinem Herzen, sondern auch in seinem Kopf saß. Dann brauchte er nicht mehr sprechen und sie verstanden sich dennoch. Nur in einem waren sie uneins – was das Schicksal der

Welsen anging. Felt fügte sich, während Estrid haderte. Es war nicht ihre Art zu klagen. Aber sie empfand ein Unrecht, gegen das sie mit einer stummen Härte aufbegehrte, einer inneren Versteifung, die Felt nicht imstande war zu lösen. Schon gar nicht, indem er von mächtigen Waffen erzählte.

Er versuchte in ihrem Gesicht zu lesen. Sie war überrascht, aber nicht so sehr, wie Felt es gewesen war, als die Klinge zersprungen war.

»Estrid, warum sprichst du nicht mit mir?«

»Was denkst du?« Sie schaute auf ihre Hände. »Dass die Schmiede einen Überfall auf Pram planen?«

»Sag du mir, was ich denken soll.«

»Glaub nicht, dass mein Bruder mir alles erzählt.«

»Jedenfalls mehr als mir. Ich erfahre die Dinge als Letzter, wie mir scheint.«

»Felt, ich habe in meinem Leben nichts anderes gesehen als Stein.«

Er stellte den Becher ab und nahm ihre Hand. Er hätte enttäuscht sein können. Sie hatte vom neuen Stahl gewusst und er hatte es ihr nicht einmal angemerkt. Sie hatte nichts gesagt und er hatte es sofort erzählt. Aber das Leben, das sie führten, das alle Welsen führten, strafte die, die nicht nachdachten, die aufbrausten, die wegen nichts ihre Kraft verschwendeten. Stolz und Sturheit waren überlebenswichtig, aber Wut war gefährlich. Jede innere Erschütterung konnte eine ganze Lawine auslösen. Eine Lawine aus Zweifel und Hoffnungslosigkeit. Hier mussten die Sturheit und der Stolz hingestellt werden, als unermüdliche Kämpfer gegen das Gefühl, von der Welt vergessen worden zu sein. Aber niemals gegen einen anderen Menschen, einen Welsen. Niemals gegen Estrid. Das war Felts Überzeugung.

Er träumte von Wiesen und Wäldern, obwohl er darauf hätte

verzichten können. Er musste nicht nach Pram, aber schon die Aussicht auf die Reise nährte die Erinnerung und besetzte seine Gedanken. Wie musste es Estrid gehen, die niemals selbst dort gewesen war, deren Vorstellung von einem Wald allein auf Felts Beschreibung gründete? Ihre Sehnsucht war gewachsen. Und sie hatte trotzdem gelächelt und würde ihn mit dem Treck ziehen lassen.

»Du weißt, dass ich den Hauptmann bitten würde, für dich eine Ausnahme zu machen.«

»Felt, und du weißt genau, dass ich dir das nicht antun würde. Ausgerechnet du sollst deine Position ausnutzen? Und wie stehe ich da, wenn ich einem andern den Platz wegnehme? Nein, ich hätte mit dem Treck gehen müssen, als ich jünger war. Ristra wird für mich gehen, in ein paar Soldern, ich werde sie genau befragen. Dann werden wir ja sehen, ob du mir die Wahrheit erzählt hast. Farbiges Licht, weiche Luft, wer soll so etwas glauben?«

Sie lächelte wieder, aber diesmal misslang es ihr gründlich, denn das Unrecht ließ ihre Mundwinkel zittern. Ein Unrecht, das zwischen ihnen stand, zwischen dem, der nicht gehen musste, aber sollte, und der, die nicht gehen konnte, aber wollte. Ein Unrecht, das Estrid von sich selbst auf alle Welsen lud, auf den Schultern ihres ganzen Volkes verteilte, denn allein war sie nicht mehr imstande, es zu ertragen. Was auch immer Remled ihr erzählt hatte, wie weit auch immer er seine Schwester in die Angelegenheiten der Schmiede eingeweiht hatte, er hatte es aus demselben Grund getan, aus dem Felt nicht enttäuscht war und Estrid ihr Schweigen sofort verzieh: aus Sorge. Estrid kämpfte immer unerbittlicher gegen ihre eigenen Wünsche. Die Traurigkeit darüber, dass diese Wünsche unerfüllbar blieben, wuchs. Sie war zu stolz für Trost. Wer Estrid kannte und sie wirklich liebte, gab ihr etwas anderes in die Hand, damit sie ihre Verteidigung aufrecht halten konnte – einen Stahl, der härter war als der Stein, aus dem ihre Welt bestand.

Felt konnte sich in alles fügen, aber er konnte das nicht von seiner Frau verlangen. Trotzdem wollte er sicher sein, dass sie ihre Hoffnung auf Veränderung nicht zu hoch steigen ließ. Denn dann wäre der Absturz gewaltig und niemand könnte Estrid mehr auffangen, weder ihr Bruder noch ihr Mann.

»Estrid, der neue Stahl wird uns helfen können. Unsere Position wird sich verbessern. Wenn wir geschickt verhandeln. Unser Leben wird leichter werden. Aber … aber wir können nicht gegen Pram ziehen. Niemals wieder. Wie denn? Womit denn? Mit zweitausend Mann? Oder willst du mitkommen, sollen alle Frauen mitkommen und auch die Alten und die Kranken? Dann gehen vielleicht fünftausend Welsen gegen Pram. Estrid, wir kämpfen bereits.« Er fasste ihre Hand noch fester, denn sie wollte sie aus seiner lösen. »Drei Mal bin ich heute dem Tod begegnet. Wir kämpfen. Und es ist ein ehrenvoller Kampf.«

Jetzt ließ er sie los.

»Seltsam nur, dass wir mit unseren Toten die Schmelzöfen heizen. Ist das eine angemessene Bestattung für Helden?«

»Estrid, sei nicht ungerecht, wir sind keine Wilden. Das Feuer ist … «

» … das Tor ins Land der Unseren, Felt, darum geht es mir nicht, das weiß ich«, sie strich sich eine Haarsträhne hinters Ohr, »und ich bin genau wie du überzeugt, dass ein Körper hinderlich ist auf diesem letzten Weg. Aber hier, in dieser Stadt, auf diesem Berg, friere ich.«

Sie schwiegen.

Dann fragte sie: »Findest du, dass ich immer noch schön bin?«

Auch Estrid stand der Sinn nicht nach Streit. Auch sie musste ihre Kräfte einteilen. Und sie war nicht dumm genug, um von ihrem Mann Unmögliches zu verlangen. Er hatte im Gleichmut das Mittel zum Überleben gefunden, niemand hatte sich den Umständen so gut angepasst wie er. Estrid war überzeugt, dass Felts Leidensfähigkeit so groß war, weil er sie nicht als solche empfand. In ihren finstersten Momenten, in denen sie ihr ganzes Volk sterben sah, wenn einer nach dem anderen erfror, verhungerte, wahnsinnig wurde, blieb am Ende immer einer übrig und das war Felt.

Sie hob die Hand, strich ihm über die Wange, fühlte die harten Bartstoppeln und dann, dass sich die Kiefermuskeln entspannten. Er schloss die Augen und legte seinen Kopf in ihre Hand. Sie konnte, was keiner konnte: ihm die Strenge aus dem Gesicht wischen.

»Meine Frau muss nicht frieren«, sagte Felt. Auch er konnte, was keiner konnte: mit geschlossenen Augen eine Frage nicht beantworten und trotzdem die einzig richtige Antwort geben.

DRITTES KAPITEL

WAS HOFFNUNG IST

Als der Lendern endlich kam, mit nachlassenden Winden und so plötzlich, wie er nur in großen Höhen auftritt, begann der Berg zu murmeln: Es taute und überall tröpfelte Schmelzwasser und plitschte in kleine Mulden, sammelte sich zu glucksenden Rinnsalen, verschwand in Ritzen und Spalten oder sprang fröhlich hinunter in den Berst.

Dies war die Zeit, in der die Undae die Augen geschlossen hielten und lauschten.

Nicht weniger als achtzig Frauen standen bis zur Hüfte still im dunklen, glatten Wasser des unterirdischen Sees, in den, wie es hieß, jeder einzelne Tropfen auf seiner endlosen Reise einmal gelangen musste und wo er rasten durfte. Ihre langen, silbrigen Gewänder umflossen die Undae wie Seegras, durch das eine sanfte Strömung geht. Auf den kahlen Schädeln der Frauen lag der diffuse Schein der weißflammigen Fackeln, die die große Grotte in einem geisterhaften Licht erhellten. Der bleiche Schimmer wanderte, wie von einem eigenen Willen getrieben, bald hierhin, bald dorthin, umschwebte die Lauschenden, fiel auf weiße, gelbe oder braune Haut, die an Kopf, Rücken, Schenkeln und Armen von kunstvollen Narbenornamenten überzogen war: lebendige Karten der Wege des Wassers, nur lesbar für diejenigen, die den Weg auch gehen konnten. Die diese Welt und diese Zeit verlassen konnten und stattdessen eintraten ins ewige Flüstern des Wassers, das über Stein rinnt. Die verstehen konnten. Die im Flüstern Geschichten hörten und sich dem unendlichen Strom der Erzählung hingaben, sich im Regen auflösten, ins Erdreich ferner Länder einsanken, in verborgenen Adern flossen, ans Licht gelangten, sich im unbarmherzigen Feuer der Sonne verflüchtigten und aufstiegen, bis sie wieder fielen – auf Stein, auf Gras, auf Moos, auf Blätter. Und die Reise fortsetzten.

Schweigend hörten die Undae dem Wasser zu und nahmen hin, was es ihnen sagte, und das war viel: Es murmelte vom Tod der Maus, deren Überreste der Regen in die Erde wusch, vom Flößer, dem wenig Zeit blieb, seine Unachtsamkeit zu bereuen, als er zwischen die Stämme geriet, von der Libellenlarve, die drei Mal ihre Haut verließ, bevor sie sich in ein Luftwesen verwandelte. Das Wasser machte keinen Unterschied, es erzählte vom Kleinen und vom Großen, es durchströmte alles, was lebte, und alles, was starb.

»Die Undae wachen über dich«, sagten die Mütter zu den Kindern, die sich vorm Einschlafen fürchteten. Und verschwiegen, dass die Undae nicht eingegriffen hatten, als das Volk, das in ihrer Nachbarschaft groß geworden war, im Feuer verglühte.

»Die Undae wissen alles über dich«, sagte das Mädchen zu ihrem Liebsten, von dem sie glaubte, dass er sie betrog. Und der nur die Schultern zuckte, denn die Undae taten nichts außer zuhören. Die Undae waren das Gedächtnis der Welt, nicht ihr Richter, sie sprachen kein Urteil und sie ergriffen niemals Partei.

Sie schwiegen.

Sie zogen seit jeher in großen Kreisen langsam durch das

Wasser des Sees, ließen es sich um die Hüften strömen und tunkten die Hände hinein. Welchen Sinn ihre Wache hatte, wem ihr Wissen dienen sollte, blieb verborgen.

Aber sie wussten, dass das mächtige Heer des Welsenkönigs Farsten gegen Pram gezogen war und dass die Allianz der Pramer, Steppenläufer, Kwother und Seguren es vernichtet hatte. Sie wussten, dass ganz Welsien verbrannt war, dass alles Asche war. Sie wussten, dass nur wer in Goradt gewesen war oder sich rechtzeitig dahin hatte flüchten können, mit dem Leben davongekommen war. Es waren nur wenige. Als die voller Zorn zu den Undae gekommen waren, nach Vergeltung gebrüllt hatten und das große Sterben nicht hatten fassen können, hatten sie keine Antwort erhalten, sondern Trost. In der Grotte stand die Ewigkeit und in ihrer Anwesenheit verblasste der Schmerz und der Gedanke an Rache verlor jeden Sinn. Den Welsen war nichts geblieben außer dem Allerletzten, das jedem Wesen bleibt: dem Willen zu überleben.

Mehr als hundert Soldern war es her, dass Welsien zu Asche geworden war, und immer noch gab es Leben in Goradt. Aber heute ging niemand mehr zu den Undae und klagte. Wer die Grotte betrat, der schwieg ebenso wie die Hohen Frauen im Wasser. Die Alten kamen zum Sterben, aber auch Kinder wurden gebracht; jeder, der den Wind, die Kälte, den Hunger, das Leben leid war, ging zu den Undae. Wenn er sie wieder verließ, hatte er meist genug Kraft geschöpft, um weiterzumachen.

Indem sie nichts taten, taten die Hohen Frauen viel für das Volk, das sie nicht hatten schützen können und das nun stattdessen sie schützte und die Einsamkeit mit ihnen teilte. Die Undae waren da, wie sie seit Anbeginn da gewesen waren, und das genügte, um den Welsen eine Hoffnung zu geben, ohne die sie längst verhungert wären.

Nun war wieder ein Firsten überstanden, und so, wie die

Lendernblumen aus der frostigen Erde brachen, so wuchs die Hoffnung wieder in den Herzen derer, die ihn überlebt hatten. Klein und unscheinbar war diese Hoffnung, genau wie die Blüten, aber unausrottbar. Sie war nichts weiter als ein Lächeln beim Anblick eines Nukklamms, das, kaum geboren, auf langen Beinen über Fels stakste und viel zu früh die ersten, ungelenken Sprünge wagte, weil es solche Lust am Leben hatte. Und während oben das Leben seinen Wettlauf gegen die Hoffnungslosigkeit wieder aufnahm, standen unten die Undae im schwarzen Wasser und hörten zu, wie immer. Die Schmelze übergoss sie mit Nachrichten, sie nahmen sie auf, alle, sie waren Gefäße, die niemals voll wurden. Aber dieser Lendern brachte etwas Neues, nie Gehörtes.

Und zum ersten Mal seit Beginn der Erinnerung unterbrachen die Undae ihr Schmelzlauschen und öffneten die Augen.

Marken schob das in Leder gebundene und speckig gefasste Buch von sich.

»Ich kann nicht lesen.«

»Ich weiß«, sagte Borger, »wenn du es könntest, hätte ich es dir nicht gezeigt.«

Der Schmied fuhr mit seinen von der Arbeit am Feuer vernarbten Händen über die Seiten. Der schwere Meisterring, den sein Sohn ihm als letzte Prüfung würde vom kalten Finger schneiden müssen, bevor er Borgers Erbe antreten konnte, schabte auf dem Pergament. Der junge Remled war zu Marken in die Rüstkammer gekommen mit der Nachricht, der Vater wolle ihn sprechen. Nun saßen die drei Männer um einen runden Steintisch im Hinterraum von Borgers Werkstatt, die, wie alle Schmieden, tief im Berg lag. Sie war in der Zeit davor in eine hohe Wölbung gebaut worden, der ehemals hellgraue Stein war schwarz verrußt. Es gab viele Bauwerke im Innern des Bergs, denn es war den Menschen immer unbequem und unheimlich gewesen, in großen Höhlen zu arbeiten. Man braucht eine Begrenzung um sich und ein paar gerade, von Menschen gemachte Wände, damit man sich nicht wie ein Tier fühlt. Der Meister führte in seiner Werkstatt nur Privataufträge oder Sonderanfertigungen aus – die meiste Zeit verbrachte er am Amboss in der Hadred, der großen Schmiede, wo die Waffen und Rüstungen für Pram hergestellt wurden. Dieses Gespräch schien eine intimere Atmosphäre zu fordern.

Marken nahm den Becher mit Ganse, den Remled ihm reichte, und wartete gespannt, dass Borger erklärte, was es mit diesem Treffen, mit diesem Buch auf sich hatte. Normalerweise waren die Schmiede nicht sehr gesprächig – was angesichts des Lärms, den die Ausübung ihres Handwerks verursachte, nicht weiter verwunderlich war. In dem kleinen, mit Eisenteilen und erstaunlich vielen Büchern, Schriftrollen und Stapeln angesengten Pergaments vollgestopften Raum aber war es still.

Dann, endlich, fing Borger an: »Die Schmiede waren seit jeher das Rückgrat Welsiens. An uns hat sich das Land zu voller Größe aufgerichtet. Du weißt das, Marken, und du schätzt unser Handwerk – wenn du auch nicht nur Waffenmeister, sondern zu einem guten Teil Kaufmann bist. Aber so sind die Zeiten. Früher war es anders. Auf unseren Ambossen wurde Welsiens Macht geschmiedet. Den Ruhm aber, den ernten die Soldaten. So war es und so wird es sein.«

»Wie meinst du das, Borger?«, fragte Marken. »Was wird sein?«

Remled lächelte, aber sein Vater blieb ernst und sprach weiter, als habe er Marken nicht gehört.

»Ein Schmied steht nicht im Licht. Ein Schmied gehört ins Dunkel. In die Dunkelheit seiner Werkstatt. Denn nur so kann er die Farbe, das Glühen des Eisens sehen und beurteilen, wann es Zeit ist zu schlagen.«

Er schaute Marken an. Im schummrigen Licht der einzigen Lampe im Raum glänzten die grauen Augen fast schwarz.

»Wir brauchen keinen Ruhm«, sagte der alte Schmied, »aber wir sehen, wenn die Zeit gekommen ist, dass andere ihn erlangen können.« Er legte beide Hände auf das Buch. »Hier, in diesen alten Aufzeichnungen, wird von einem Schwert berichtet, das mächtiger ist als alle Schwerter vor ihm und alle Schwerter nach ihm. Ein königliches Schwert.«

Borger lehnte sich in seinem Eisenstuhl zurück und prüfte, welche Wirkung seine Worte hatten. Marken nippte an seinem Tee. Er wollte sich nicht anmerken lassen, wie neugierig er war.

»Immer wieder taucht es auf, dieses Schwert«, warf Remled ein. »Es wird beschrieben, wie es zu schmieden sei ...«

»Aber«, ging Borger dazwischen, »du musst nicht denken, das sei so einfach wie ein Rezept für Zwiebelsuppe. Nein. Die Anleitungen sind dunkel, verschlüsselt, schwer zu verstehen. Alles in allem ist das Schwert eher ein Mythos als eine wirkliche Waffe. Zumindest haben wir das immer geglaubt.«

»Und was hat diesen Glauben nun erschüttert? Der neue Stahl?« Markens Geduld war begrenzt.

»Ja«, nickte Borger, »das auch. Wir wissen jetzt, wie er zu schmieden ist. Und wir kennen die Legierung. Nun, die Schmelzer kennen sie. Und der alte Dem war es auch, der uns das hier brachte.«

Er rückte drei gusseiserne Gefäße, bauchige Töpfchen mit Deckeln, in die Mitte des Tischs zwischen ihre Teebecher.

»Das ist Asche eines Kindes, eines Mannes und eines Greises. Alle drei gestorben, alle drei durchs Feuer gegangen an einem Tag, noch bevor die Sonne wieder aus dem Berst gestiegen ist.«

»Du willst mir sagen«, Marken nahm seinen Becher weg, »dass das ... Zutaten sind? Für das Schwert?«

»Für ein Schwert, das jede Art von Leben nehmen kann. Das sogar das töten kann, was nicht mehr lebt. Aber was wir dazu brauchen, mit diesem Wissen werde ich dich nicht belasten, Marken.« Er klappte das Buch zu, ließ aber seine Hände darauf. »Wir konnten mit dem, was wir hier haben, vor allem mit unserem Wissen von dem neuen Stahl, gewissermaßen rückwärts die Anleitungen entschlüsseln. Wir könnten dieses Schwert jetzt schmieden.«

»Aber? Was hindert euch?«

Borger warf seinem Sohn einen Blick zu. Endlich kamen sie zum Kern der Sache. Borger nickte und Remled sagte: »Wir müssen wissen, für wen. Es muss geschmiedet werden für den einen. Für den, der in der Lage ist, Ruhm zu erlangen. So steht es da. Das ist der Haken. Es ist das Schwert für den König – und wir haben keinen.«

»Und was nun? Ihr hättet mir das doch alles niemals erzählt, wenn ihr nicht eine Lösung wüsstet ... Steht etwas in diesen Schriften?«

»Nein«, Remled schüttelte den Kopf, »nichts steht da. Kein Hinweis. Aber genau das ist uns aufgefallen – das, was *nicht* geschrieben steht. Welche Art der König sein muss. Ob es nicht beispielsweise ein *zukünftiger* König sein kann.«

Marken lachte.

»Ja, das kann ich mir denken, dass ihr euch die Sache so dreht, wie ihr sie gerne hättet.«

Die Schmiede schwiegen, Marken stellte den Becher ab. Es schien ihnen ernst zu sein – und ein besonderes, ein mythisches Schwert wäre eins, das auch Marken gerne geschmiedet sehen würde. Waffen waren auch seine große Leidenschaft; dass Borger ihn einen Kaufmann genannt hatte, passte ihm nicht. Er strich sich den Bart, sagte: »Du willst also meinen Rat, Borger.«

»Das will ich. Marken, das Schwert muss unter zwei Hämmern und einem Gedanken geschmiedet werden und ich will es schmieden, gemeinsam mit meinem Sohn. Ich habe nicht mehr lang und ich will mein Lebenswerk nicht beenden mit der abertausendsten Klinge für Pram. Ich will ein Schwert schmieden, ein einziges, auf das ich wirklich stolz sein kann – aber ich brauche einen Namen. Ich habe schon einen im Kopf. Aber Remled hat einen anderen im Sinn. Ich frage dich also: Für wen sollen wir das Schwert machen?«

Auch Marken hatte einen Namen im Kopf, aber noch wagte er es nicht, ihn auszusprechen, deshalb fragte er nochmals nach: »Ich soll euch also sagen, wer der nächste König von Welsien sein wird? Ich?«

»Ob er es sein wird, ist nicht unsere Angelegenheit«, sagte Borger und beugte sich vor. »Den Ruhm, die Krone, muss er sich selbst erwerben. Wir reden hier über eine *Möglichkeit*. Ich kann nicht in die Zukunft sehen. Aber ich kann sehen, dass jetzt die Zeit ist, um die Voraussetzung zu schaffen. Damit die Möglichkeit überhaupt besteht.«

Welsien war verbrannt. Welsien war Asche. Was für ein König sollte das sein, der über die Asche regierte? In Goradt brauchten sie keinen König, hier herrschte das Militär, militärische Strenge und Disziplin hatten sie alle überleben lassen. Sie hatten kein Land, und wer kein Land hat, der braucht auch keinen König. Sie hatten einen Hauptmann und das war genug. Das war angemessen. Aber wenn sie einen König hätten, könnten sie dann auch wieder ein Land haben? Konnte man so weit, so groß hoffen? Konnte man die Sache rückwärts denken und dabei die Zukunft im Sinn haben? Die Schmiede dachten so. Die Schmiede hatten eine Tradition, sie waren nicht abgeschnitten von der Zeit davor. Marken wusste das. Und das war es, was ihn hingezogen hatte zu den Werkstätten, schon als kleinen Jungen. Er hatte dem Klang der Hämmer gelauscht, er hatte die Hitze gespürt, die Kraft gesehen, den Schweiß von Männern, die ihre Arbeit taten, weil sie sie liebten, und nicht, weil sie getan werden musste. Selber hatte er kein Schmied werden können, denn sein Vater war Soldat gewesen. An den Schmieden aber hatte sich das Land zu voller Größe aufgerichtet, sie waren das Rückgrat Welsiens, Borger hatte recht. Er übte sein Handwerk aus, genau wie sein Vater es getan hatte und dessen Vater auch, er lebte die Tradition, jeden Tag. Aus dieser Tradition, aus der Erinnerung an andere, bessere Zeiten, speiste sich die Hoffnung auf Veränderung. Gegen alle Vernunft. Hier war die Anziehung, das hatte Marken zum Waffenmeister werden lassen: die Ahnung einer Möglichkeit. Denn nichts anderes war die Hoffnung – oder?

Ein Klopfen riss Marken aus seinen Gedanken, dann wurde die Tür aufgestoßen. Ein Geselle, ein guter Zuschläger, trat ein. Marken kannte ihn vom Sehen.

»Offizier Marken, man sucht Euch. Ihr müsst in die Lorded kommen, sofort.«

»Was ist passiert?«

»Ich weiß es nicht, alle Offiziere sind in die Lorded gerufen worden.« Der junge Mann japste. »Es hat ein Signal gegeben.«

Borger hob den Kopf, Marken stand auf. Ihre Blicke trafen sich, in den Augen des alten Schmieds stand Erwartung, glühend wie flüssiger Stahl. Ein Signal.

»Ich komme.«

Der Geselle zögerte, denn der Offizier machte keine Anstalten, ihm zu folgen. Marken sah den Schmied an, er sah: weit mehr als eine Ahnung, mehr als nur Hoffnung. Marken sah eine Möglichkeit, die *Wirklichkeit* werden konnte. Die Zeiten änderten sich, jetzt, in diesem Moment. Ein Signal ... Vielleicht sah Borger doch weiter in die Zukunft, als er zugeben wollte.

»Geh! Geh schon, ich finde den Weg allein.«

Der Geselle zuckte die Schultern und schloss die Tür. Marken stützte sich auf den Tisch und sagte zu Borger: »Wenn überhaupt, dann gibt es nur einen, der so ein Schwert tragen sollte: der Meister der Wache, Offizier Felt.«

Remled verschränkte die Arme und grinste zufrieden – Borger schloss kurz die Augen, dann erhob er sich ebenfalls.

»Meine Kinder scheinen eine höhere Meinung von meinem Schwiegersohn zu haben als ich. Und du auch, Marken. Nun gut, dann ist es beschlossen: Wir schmieden das Schwert für Felt.«

Marken hatte schon die Hand am Türgriff, wandte sich aber um: »Und welchen Namen hattest du im Kopf, Borger?«

Der alte Schmied lächelte das erste Mal: »Deinen, Marken.«

VIERTES KAPITEL

DIE BOTSCHAFT DER UNDAE

Kersted war der Einzige, der saß; Schweiß rann ihm über die Schläfen. Talmerd, der Kampfmeister, sprach etwas abseits leise mit Stallmeister Strinder. Felt trat zu ihnen.

»Kersted hat Signal geben lassen«, sagte Talmerd, Felts Frage vorwegnehmend. »Mehr weiß ich auch nicht.«

»Dann wird er einen guten Grund gehabt haben«, antwortete Felt, denn ihm war nicht entgangen, dass in der Stimme des alten Offiziers ein gewisser Tadel mitschwang – ein solches Signal geben zu lassen war Sache des Hauptmanns. Der stand, seltsam gebeugt, mit den Händen auf dem Rücken da und starrte ins Feuer. Seine Anwesenheit in der Lorded erhöhte die Spannung im Raum, denn er gehörte hier nicht her. Die Lorded war ganz den Offizieren vorbehalten. Heute Abend war mehr als eine Regel außer Kraft gesetzt.

Lomsted trat ein, ohne besondere Eile, nur sein Atem verriet, dass er schneller unterwegs gewesen war als üblich. Der Heilmeister war stets auf einen würdevollen Auftritt bedacht, er trug sein dunkles Haar im Nacken zusammengebunden und hielt sich sehr aufrecht. Er war deutlich kleiner als seine Kameraden, es hieß, er habe segurisches Blut in seinen Adern.

Felt beteiligte sich nicht an solchen Spekulationen, denn das Wichtigste war: Er war ein guter Arzt, auch wenn sich sein Wirken zumeist auf Amputationen beschränkte. Lomsted sah fragend in die Runde, bekam aber nur Schweigen zur Antwort. Kersted blickte immer noch auf die steinerne Tischplatte und der Hauptmann knetete seine Hände. Marken fehlte noch und Rendlid, die Baumeisterin, die für die Instandhaltung aller militärischen Bauten verantwortlich war und im Lendern außerdem für die Sicherung des Passes. Denn auch das war in erster Linie eine baumeisterliche Aufgabe: Zwei Wachtürme erhoben sich über die enge Schlucht, die man passieren musste, bevor es an den Westhängen der Berge an den Abstieg ging. Rendlid brauchte jeweils fast den ganzen Lendern, um Frost- und Sturmschäden an den Türmen zu beseitigen.

»Bin ich etwa die Letzte?«, keuchte sie noch in der Tür. »Ich musste erst nachfragen, was zu tun ist.«

»Du könntest auch einfach mal an den Übungen teilnehmen«, bemerkte Talmerd, »du rostest ein.«

Rendlid verdrehte die Augen.

»Nun«, sagte der Hauptmann und wandte sich um, »länger sollten wir nicht warten.«

Alle Gespräche erstarben. Felt registrierte, dass es auch im Nebenraum verdächtig still war.

»Ich fasse mich kurz: Pfadmeister Kersted hat Signal geben lassen, weil die Undae uns sprechen wollen.«

Niemand sagte einen Ton, Lomsted hob eine fein geschwungene Augenbraue.

»Ja, aber wie?«, fragte Rendlid ins Schweigen. »Sie haben nach uns verlangt? Sie *sprechen*?«

Kersted sah auf.

»Ich war auf Patrouille und passierte gerade den Eingang zur Grotte, als eine der Hohen Frauen heraustrat und mich anrief –

mit Namen. ›Pfadmeister Kersted‹, sagte sie, ›ruft die Offiziere zusammen, begebt euch hierher. Und eilt euch, etwas geht vor.‹«

»Das hat sie gesagt?«, fragte Lomsted. »Etwas geht vor?«

»Das hat wer gesagt?«, fragte Marken, der in die Versammlung platzte. Der Hauptmann sah ihm ruhig ins Gesicht.

»Die Undae, Waffenmeister Marken, wollen uns sprechen.«

Marken öffnete den Mund zur Antwort, dann sackte die Bedeutung dieser Aussage in sein Bewusstsein und er schloss ihn wieder.

»Etwas geht vor«, murmelte Lomsted, »das ist ...«

»Stallmeister!« Der scharfe Ton des Hauptmanns schnitt dem Arzt das Wort ab, Strinder stand stramm und auch in Felt spannten sich unwillkürlich alle Muskeln an.

»Lass aufsatteln, und zwar zügig. Wir reiten zur Grotte.«

Der junge Offizier salutierte und stürmte aus dem Raum. Temmer brachte Ganse für die schweigend wartenden Offiziere. Er tat es so beflissen, so leise, dass die Stille im Raum dadurch noch greifbarer wurde. Die Offiziere hörten sich ein- und ausatmen und die Pulsschläge in ihren Hälsen klopfen. Keiner trank. Keiner rührte sich, nur der Hauptmann ging auf und ab. Die flackernden Feuer der Kamine zeichneten in raschem Wechsel Besorgnis, Unverständnis und Ungeduld auf sein Gesicht. Dabei war es unbewegt bis auf die tanzenden Schatten – Felt ahnte, es waren seine eigenen Gefühle, die er im Hauptmann gespiegelt sah. Der war als ehemaliger Wachoffizier lange Felts direkter Vorgesetzter gewesen und nun schon viele Soldern nicht nur oberster Befehlshaber, sondern Oberhaupt aller Welsen. Bis zu seinem Tod würde er die Position eines Statthalters einnehmen. Dann würde der Nächste aus dem Kreis der Offiziere einen König vertreten, den es lange schon nicht mehr gab und wohl auch niemals wieder geben würde. Felt war das gleichgültig, ihm genügte der Hauptmann. Was er befahl, dem würde Felt Folge leisten, ohne Ausnahme und ohne es zu hinterfragen. Das galt auch für heute Abend.

Strinder riss die Tür der Lorded auf und machte Meldung, dass die Nukks bereitstünden. Mit einer knappen Kopfbewegung befehligte der Hauptmann seine Soldaten zum Abmarsch. Draußen standen eilig aufgezäumte Tiere, gehalten von Strinders Burschen. Die gehörnten, hochbeinigen Nukks verloren bereits ihr schmutziggraues, zottiges Firstenfell, ihr warmer Atem strömte aus schmalen Nüstern und malte sich in die kühle Abendluft. Es standen aber nicht nur Nukks auf dem kleinen Vorplatz der Lorded. Die halbe Stadt war zusammengelaufen, das Signal hatte die Bewohner in Aufregung versetzt. Als die Offiziere nun aufsaßen, wurden Rufe laut, in denen Angst mitschwang. Die Menschen bedrängten die Soldaten, an Abmarsch war nicht zu denken. Der Hauptmann hob sein Schwert und die Menge verstummte erwartungsvoll.

»Macht Platz!«, rief er. »Geht zurück in eure Häuser! Die Undae haben nach uns gerufen.«

Ein Raunen ging über den Platz, aber niemand machte Anstalten, den Befehl zu befolgen. Der Hauptmann wurde ungeduldig.

»Macht Platz! Lasst uns durch! Geht nach Hause – später sollt ihr alles wissen. Marsch!«

Er trat dem Nukk die Absätze seiner schweren Stiefel in die Flanken und der Bock machte einen erschrockenen Sprung nach vorn. Die Menge teilte sich und ließ die Soldaten durch; einer nach dem anderen lenkten sie ihre Nukks durch die schmale Gasse der fragenden Gesichter zum Tor und weiter den steil abfallenden Pfad zur Grotte hinunter. Die Sonne war bereits hinter die Berge getaucht und die Wachen, die zu Fuß auf dem Pfad patrouillierten, zündeten Fackeln an, grüßten hastig und drückten sich gegen die Felsen, als die Offiziere sie passierten. Der Hauptmann gab ein scharfes Tempo vor, die Offiziere ließen die Zügel locker; in diesem Gelände war es besser, dem Reittier zu vertrauen. Nur das leise Klirren der Rüstungen und das Knirschen des Sattelzeugs waren zu hören, wenn ein Bock eine Unebenheit übersprang – selbst der Berg schien vor Erwartung den Atem anzuhalten und Felt versuchte sich zu erinnern, wann es das letzte Mal so windstill gewesen war. Es fiel ihm nicht ein.

Der Eingang zur Grotte war nicht groß, ein Mann konnte nur geduckt hineingelangen. Vor der Grotte hatten die Welsen den Fels bearbeitet: Der Boden war eben, es gab einen Unterstand für Nukks und ein kleines Wächterhäuschen – zehn Mann bewachten den Eingang Tag und Nacht. Etwa zwanzig Schritte musste Felt wie alle anderen gebückt gehen, dann öffnete sich der Gang zu einer geräumigen Höhle. Hier legten die Männer und Rendlid ihre Waffen ab. Es war nicht gestattet, auch nur ein Messer in das Innere der Grotte zu tragen. Felt kam nicht oft hierher, er fand nie die Zeit dazu, aber jedes Mal war er aufs Neue beeindruckt von der heiligen Schönheit des Ortes und der Magie des dunklen Wassers, wenn er aus der Höhle in die große Kathedrale der Grotte trat.

Hunderte zierliche Säulen, gewachsen aus ewig tropfendem Wasser, trugen das hohe Gewölbe, zu dem das helle Licht der Fackeln nur hier und da hinaufreichte. Der dunkle See lag unbewegt, die entfernten Ufer waren nicht auszumachen im immerwährenden Schwarz. Der Ort schien alle Farben zu verschlucken, grau das von vielen Wassern rund geschliffene steinerne Ufer, grau die in weiten Bögen sich aufschwingenden Wände des Gewölbes, grau die Säulen – schwarz das Wasser und weiß das Licht der Fackeln. Es war, als träte man in einen Traum. Einen Traum von außergewöhnlicher Klarheit jedoch, der jeden Besucher von sich selbst befreite: Felt spürte deutlich, wie er sich selbst immer unwichtiger wurde, wie sein Streben und Pflichtbewusstsein sich auflösten wie Trugbilder, wie sogar seine Liebe zu Estrid und den Kindern verblasste zu einer liebgewordenen Erinnerung an etwas, das zwar schön, aber lange überwunden war. Eine Ruhe breitete sich in ihm aus wie das Licht eines überhellen Monds, das sich ungehindert über eine leere, ebene Landschaft ergießt. Den anderen schien es ebenso zu gehen. Waren sie eben noch nervös und außer Atem vom scharfen Ritt in die Grotte getreten, schauten sie nun gelassen und unbewegt über das Wasser. Ihre Blicke richteten sich zwar auf die in der Mitte des Sees gelegene Insel, aber das war wie zufällig, unbeabsichtigt und ohne Erwartung. Auf der Insel stand ein fensterloses Gebäude, ein großer steinerner Pavillon, dessen Kuppeldach in einer langen Spitze auslief, die, ähnlich wie die Säulen, mit der Decke der Grotte verwachsen war: der Tempel der Undae. Und von dort kamen sie nun.

Die Frauen gingen durch das Wasser auf die am Ufer wartenden Soldaten zu. In ihre fließenden Gewänder gehüllt, schienen sie über das Wasser zu gleiten wie leichte Boote, kaum dass eine Welle die Spiegelfläche des Sees erzittern ließ. Es lag etwas zutiefst Verstörendes in dieser langsamen, aber zielgerichteten Bewegung. Das war vollkommen neu und etwas, das Felt in der Grotte nie zuvor empfunden hatte. Hier war die Ruhe, hier war die Leere, immer. Nun aber war es anders und das war unfassbar, denn es war immer noch ein Gefühl wie im Traum – der sich aber in einen Albtraum umgewendet hatte. Felt fühlte eine Bedrohung, die zwar nicht von den auf ihn zukommenden Frauen ausging, die sie aber mit sich zogen. Sie hatten eine Furcht im Schlepptau und Felt griff sich spontan an den Gürtel. Doch da war kein Schwert.

Dann, noch bevor die Gruppe das Ufer, an dem die Soldaten standen, erreicht hatte, begannen sie zu sprechen. Gleichzeitig und einzeln, mit achtzig Stimmen und mit einer – klar und deutlich sprachen aus jeder einzelnen Unda die Stimmen aller und insgesamt schien es doch nur die helle Stimme einer Frau zu sein, die wie ein Lichtstrahl auf ein Prisma traf und sich in ein vieltöniges Spektrum auffächerte:

»Hört!
Wasser sinkt.
Wasser steht.
Wasser schweigt.
Etwas geht vor.
Des Eldrons Stimme wird schwach, es wiederholen sich Geschichten aus alter Zeit.
Aus dem fernen Süden Zorn:
Wütendes Brodeln und Kreischen in Gefangenschaft, ein schwaches Echo nur, das sich in Wind zerstäubt, unverständlich und fremd.
Im Norden Sorge.
Etwas geht vor. Eile!«

Das Licht der Stimme erlosch. Die Frauen standen nun am Saum des schwarzen Wassers, selbst zu Säulen erstarrt, und was sie mit sich gezogen hatten, erreichte ebenfalls das Ufer. Es war groß. Es war mächtig. Es war eine übermannshohe Welle der Angst, die über die Frauen schlug, vor ihnen brach und ans steinerne Ufer brandete; Felt hörte das Blut in seinen Ohren rauschen, spürte Kälte um seine Stiefel schwappen und mit ihr ein Grauen in sich aufsteigen, das ihm die Glieder absterben ließ. Rendlid schrie auf und Marken entfuhr ein entsetztes Stöhnen. Kersted hob den Arm vors Gesicht, als wolle er sich gegen eine unsichtbare Gischt schützen, die ihn mit Verzweiflung besprühte. Strinder krümmte sich zusammen. Lomsted wich zurück, die dunklen Augen aufgerissen. Talmerd packte den Arzt und hielt ihn fest, aber auch dem alten Kampfmeister war die Panik ins Gesicht geschrieben. Felt rührte sich nicht, ebenso wenig der Hauptmann. Ein grimmiges Lächeln verzerrte sein Gesicht. Es kostete ihn ebenso viel Mühe wie Felt, standhaft zu bleiben, aber er widersetzte sich und Felt spürte, wie die Woge der Furcht langsam verebbte. Zurück blieb ein feiner Sprühnebel, winzige Tröpfchen der Sorge, die sich wie ein feuchter Schleier auf die Gesichter der Welsen legte und sie bedrückte.

Abermals erfüllte der Chor die große Grotte und nun auch die Welsen selbst, denen alle Ruhe und Gelassenheit aus den Gemütern gespült worden war. Atemlos lauschten sie.

»Drei mal drei sollen gehen
und dreimal eine begleiten,
die Quellen aufzusuchen.
Das ist der Rat der Undae.
Denn:
Zwölf Wasser sollen fließen,
zwölf Quellen sollen sprechen,
vom Werden und Vergehen durch die Zeit.
Zwölf Wasser sollen fließen,
zwölf Quellen sollen stillen
der Menschen Durst nach Menschlichkeit.
So soll es sein, so ist es nicht mehr.
Wasser sinkt. Wasser steht. Wasser schweigt.
Menschlichkeit versiegt, und Bitternis steigt
auf in den Seelen, dunkel und schwer.
Etwas geht vor. Eile!
Drei mal drei sollen gehen

und dreimal eine begleiten,
das Wasser des Sees zu den Anfängen tragen.
Das ist der Wunsch der Undae.
Aber wisset:
Hoffnung ist Anlass, nicht Kenntnis.
Die Reise ist lang, der Ausgang ungewiss.«

Wieder schwiegen sie und das Echo hallte in den Offizieren nach: *Etwas geht vor.* Aber was? Was konnte das Wasser zum Schweigen bringen, was den Strom der Ereignisse unterbrechen? Von allem, was in dieser Welt geschah, bekamen die Undae Nachricht – früher oder später. Sie waren lebendige Archive, sie lasen das Wasser und lauschten den Erzählungen und Geschichten, die es von seinen langen, ausgedehnten Reisen durch den Kontinent mitbrachte. Der See war die Essenz all dieser Geschehnisse und so alt wie die Welt selbst. So war es doch, so war es immer gewesen. *So soll es sein, so ist es nicht mehr.*

Die Undae gaben keine Antwort auf die ungefragten Fragen der Welsen; sie zogen sich wieder zurück und eine Frau nach der anderen verschwand im Tempel, der sie aufnahm wie ein Schwamm Verschüttetes.

FÜNFTES KAPITEL

DU BIST MEINE HEIMAT

Felt schloss leise die Tür, um niemanden zu wecken. Er war müde und gleichzeitig saß eine Unruhe in ihm, er wollte sich ein wenig am Feuer wärmen, nachdenken und die erste Stunde erwarten. Er stocherte in der Glut, legte ein kleines Scheit auf – der einzige Luxus, den sie sich leisteten; Estrid liebte den Harzgeruch und zog Brennholz Kohlen vor. Felt lockerte die Schnallen seines Brustschutzes. So leicht der Panzer war, er beengte ihn. Aber es lohnte nicht mehr, die Rüstung abzulegen. Seufzend ließ er sich auf der Ofenbank nieder und fuhr gleich wieder hoch: Schwarz stand Estrids Silhouette gegen das schwache Nachtlicht im Türrahmen der Schlafkammer. Sie schlug ein Buch zu und warf es aufs Bett, kam rasch und ohne jedes Geräusch zu ihm und setzte sich neben ihn auf die warmen, glatten Steine. Forschend sah sie Felt an, im flackernden Schein des Herdfeuers waren ihre Augen dunkel und hellwach. Genau wie er hatte sie in dieser Nacht nicht geschlafen. Estrid faltete die Hände im Schoß und betrachtete sie. Sie berührte ihn nicht. Dann fragte sie leise: »Was geht vor?«

Etwas geht vor.

»Wir wissen es nicht genau«, antwortete Felt.

»Dann sag mir, was ihr nicht genau wisst.«

»Es gibt eine ...«, er suchte nach Worten, »... Störung in der Welt.«

»Wie kann das sein? Was meinst du mit Störung?«

»Die Hohen Frauen sagen, das Wasser würde sinken, auch das des Eldrons. Und dass der Norden Sorge bereitet und im Süden ...« Felt stockte. Estrid sah ihn an.

»Im Süden?«

»Im Süden brodelt irgendetwas. Was auch immer das sein mag.«

»Ihr wisst es nicht?«

»Nein.«

»Und die Undae wissen es auch nicht?«, fragte Estrid ungläubig.

»Nein.«

Estrid stand auf und ging ein paar Schritte auf und ab. Im schwachen Schein des Feuers sah sie aus wie ein wandelndes Gespenst.

»Und ihre Stimmen?«, begann sie wieder. »Wie sind die? Felt! Nun rede doch!«

»Ich weiß nicht, schwer zu beschreiben. Sie haben im Chor gesprochen ... es ist immer eigenartig in der Grotte, man ist wie im Traum. Ja, es war ein wenig so, als ob jemand im Traum zu dir spricht.« Oder in einem Albtraum. Aber von der Furcht, die ihn überrollt hatte, die ihn gelähmt hatte, wollte er nichts sagen.

Estrid war kurz stehen geblieben. Felts Antwort stellte sie nicht zufrieden, aber sie hatte einen Soldaten geheiratet, keinen Dichter. Mit einem Seufzen ging sie weiter.

»Was meinst du: Wissen sie wirklich nicht, was vorgeht – was ich immer noch nicht glauben kann –, oder sagen sie es uns nur nicht? Oder habt ihr einfach nicht verstanden, was sie euch gesagt haben?«

»Wir haben genau darüber lange geredet«, sagte Felt und streckte die Hand nach Estrid aus, ihr Herumlaufen machte ihn nervös. »Und wir sind sicher, sie wissen nicht, was vorgeht. Aber sie wissen, *dass* etwas vorgeht – weil sie sozusagen abgeschnitten sind vom Strom der Geschehnisse. So lange schon beobachten sie die Welt, sie halten Wache, so stelle ich mir das vor, und niemals haben sie eingegriffen. Selbst damals nicht, beim großen Feuer. Und nun sprechen sie. Niemand von uns kann sich an etwas Vergleichbares erinnern, nicht einmal Lomsted, und du weißt, er hält einiges auf seine Geschichtskenntnisse. Setz dich bitte, setz dich zu mir.«

Sie tat es und Felt hielt ihre Hand fest. Sie saßen eine Weile schweigend nebeneinander und Felt fühlte, wie ihm eine bleierne Müdigkeit in die Beine sackte. Estrids Nähe beruhigte ihn, fast fielen ihm die Augen zu.

»Du verschweigst mir etwas«, sagte sie.

»Was?«

»Du sagst mir nicht alles.« Sie löste ihre Finger aus der Verschränkung mit seinen. »Ihr habt etwas beschlossen und du sagst mir nicht, was.«

»Ich hatte noch keine Gelegenheit dazu.«

Estrid schwieg, sie machte es ihm nicht leicht. Wenn er jetzt anfing zu sprechen, würde nichts mehr so sein wie bisher. Wehmut überkam ihn und er wehrte sich dagegen. Er wollte kein Gefühl, er wollte einfach nur sitzen, am Feuer, mit Estrid, die Kinder schlafend und sicher im Nebenraum. Ewig könnte er so sitzen und nichts würde ihm fehlen.

Er nahm sich zusammen.

»Ja, Estrid, wir haben etwas beschlossen. Wir haben beschlossen, dem Wunsch der Undae Folge zu leisten: *Drei mal drei sollen gehen und dreimal eine begleiten.* Das verlangen sie, so haben sie es gesagt.«

»Ich verstehe nicht. Gehen? Wer denn? Wohin denn?«

»Sie wollen die Quellen aufsuchen. Es gibt zwölf Quellen, so scheint es, die besondere Bedeutung haben, die den Durst der Menschen stillen. Die diesen Kreislauf, das Leben, das Sterben, in Bewegung halten ... Frag mich nicht, warum oder wie, ich weiß es nicht. Aber die Undae wollen diese Quellen aufsuchen, das haben sie gesagt. Und dass sie das Wasser des Sees zu den Anfängen tragen wollen.« Felt spürte, wie Estrid sich versteifte, aber nun redete er, nun gab es kein Zurück mehr. »Die Undae hoffen wohl, dass auf diese Weise alles wieder in ein Gleichgewicht kommt. Dass der Kreislauf geschlossen ist, wenn Ende und Anfang verbunden werden. So genau verstehe ich es nicht. Ich verstehe weder, was vorgeht, noch, was wir bewirken können. Aber das Wasser des Sees ist alt, es hat eine große Kraft. Sagt man. Wenn man es zu den Quellen bringt ...«

Felt brach ab. Estrid atmete hörbar ein.

»Also bedeutet gehen wirklich *gehen*?«, fragte sie leise und wie zu sich selbst. »Drei von uns gehen mit je einer von ihnen? Verstehe ich das richtig?«

»Ja.«

»Also, neun Welsen gehen ... irgendwohin? Wo sind diese Quellen, weißt du's?«

»Nein«, sagte Felt, »aber die Undae kennen den Weg. Ganz sicher. Wenigstens den Weg des Wassers, wie ein Mensch zu den Quellen finden kann, wird sich zeigen. Wir nehmen an, sie wollen drei Hohe Frauen ausschicken, weil –«

»Weil der Weg so weit ist?«, unterbrach ihn Estrid.

»Ja, ein weiter Weg ... auf dem die Undae Begleitung brauchen, Schutz. Wir wissen nicht, wie die –«

»Oh, nein«, unterbrach ihn Estrid abermals und ihre Augen wurden weit, »sag, dass es nicht wahr ist! Sag mir, dass du keiner von den neun bist! Felt!«

»Estrid ...« Er wollte nach ihr greifen, aber sie war schon aufgesprungen.

»Nein. Nein. Das tust du nicht.« Ihre Stimme verlor ihre Festigkeit. »Das tust du mir nicht an, Felt. Du gehst nicht auf so eine Reise«, sie ruderte mit den Armen, »irgendwohin. Wer weiß, wie lang!«

Er stand auf und schloss sie in die Arme.

»Es ist ein Befehl«, sagte er sanft. »Marken, Kersted und ich werden je einen Trupp anführen; jeder von uns nimmt seine zwei besten Männer mit. Ich kann mich nicht widersetzen.«

»Aber deine Familie kannst du verlassen?« Sie stieß ihn von sich. »Wie lange wirst du fort sein? Ein Solder? Drei Soldern? Zehn? Sag es mir, Felt!«

»Ich weiß es nicht.«

»Ach, er weiß es nicht!« Sie lachte bitter auf. »Weißt du denn wenigstens, wann die große Fahrt beginnen soll?«

»In zwei Tagen. Wir ziehen mit dem Treck.«

Sie stöhnte auf mit einem Laut, in dem so viel Elend mitschwang, dass es Felt beinahe zerriss. Das war das Ende. Übermächtig wurde der Wunsch davonzulaufen. Estrid zu nehmen und die Kinder und die Stadt zu verlassen, jetzt gleich, der Pass war frei. Sie würden schon einen Unterschlupf finden, sie könnten es schaffen – und wenn nicht, dann wären sie wenigstens zusammen.

Unsinn. Felt war kein Deserteur.

Er könnte jetzt weglaufen, aber früher oder später würde es ihn einholen; sie müssten ihn nicht einmal verfolgen, das würde sein eigenes Gewissen besorgen. Er wusste das. Und Estrid wusste es ebenso: Felt war Soldat und würde es immer sein. Deshalb hatte sie ihn sich ausgesucht – sie wusste, dass sie an seiner Treue niemals zweifeln musste. Und deshalb hatte ihn auch der Hauptmann ausgesucht: weil er bis zum Letzten gehen würde. Nichts konnte Felt davon abbringen, einen Befehl auszuführen, nicht einmal Estrid.

»Ich werde zurückkommen, ich verspreche es dir«, sagte Felt in die Dunkelheit hinein. Das Feuer war bis auf ein Glimmen heruntergebrannt und die Sonne wollte und wollte nicht aufgehen.

»Mag sein«, antwortete ihm Estrids Stimme ruhig, »aber ich werde dann nicht mehr hier sein.«

»Wie meinst du das?«

»Ich, wir, wir werden diese Stadt verlassen. Diesen Stein, diese Kälte.«

»Aber warum denn? Hier ist deine Heimat!«

»Ach, Felt, wann willst du es endlich begreifen? Du bist meine Heimat. Wenn du fort bist, habe ich kein Zuhause mehr. Aber ich habe unsere Kinder und ich werde sie nicht in diesem Sturm lassen, in diesem ewigen, schrecklichen Wind, in diesem Schnee, in dieser Einöde. Ich bin es so leid.«

Das Holzscheit fiel mit einem trockenen Ton in sich zusammen und die aufstiebenden Funken erhellten einen Wimpernschlag lang Estrids Gesicht. Sie lächelte.

»Du kennst mich schlecht«, fuhr sie fort, »wenn du geglaubt hast, ich könnte hier, in diesem Haus, auf dich warten. Wozu denn? Warum muss ich denn jeden Firsten hungern, damit genug für die Kinder bleibt? Warum muss ich diese knappen Rationen ertragen? Warum muss ich frieren? Wegen dir. Weil du hier bist. Ich kann das alles, es macht mir nichts aus, solange du hier bist. Ich kann eine Schuld abtragen, für Taten büßen, die ich nie begangen habe, wenn du hier bist. Ich kann mich fügen. Ja, glaub mir oder nicht, ich kann es! Und ich habe dir *bewiesen*, dass ich es kann! Aber nicht, wenn du mir nicht dabei hilfst, Felt!«

Ihre Stimme war lauter geworden mit jedem Wort, das sie sagte. Felt spürte ihren Zorn, eine kalte Wut, die lange in Estrid geschlafen hatte und die nun aufgesprungen und hellwach war wie ein wildes Tier, das unmittelbar vom Ruhen ins Laufen wechseln kann, wenn es aufgeschreckt wird.

Das war das echte Wesen der Welsen. Stolz, zornig und aufbrausend. Über Generationen lebten sie nun am Berg, unter widrigen Umständen, abhängig von der Versorgung durch andere wie kleine Kinder. Ausgelöscht war das Geschlecht ihrer Herrscher, in Asche verwandelt das fruchtbare Land, zu Staub zerfallen die ehemalige Hauptstadt. Und auch wenn keiner der Lebenden sich an eine andere Zeit erinnern konnte als diese, stand Estrid da, im Licht einer Dämmerung, die erst Ahnung war, und versammelte in ihrer stillen Spannung alles, was Welsien einst bedeutet hatte. Mutig, stark und selbstbewusst waren die Welsen gewesen, überzeugt davon, den richtigen Weg zu gehen. Eine Überzeugung, die sie erst mit anderen teilen, dann ihnen überwerfen wollten. Ihr Selbstbewusstsein bekam einen herrischen Zug, ihr Mut wurde waghalsig und ihre Stärke machte sie überheblich. Ohne dass sie es in ihrem Streben nach Größe bemerkten, begann sich Widerstand zu formieren. Und am Ende hatte die Allianz sie vernichtet. So wurden Krieger zu Wächtern, Schmiede zu Lieferanten, verbannt auf den Berg, den Abgrund mahnend vor Augen.

Felt konnte es Estrid nachfühlen. Er hatte gewusst, wie sehr sie sich nach Veränderung sehnte. Endlich geschah etwas, etwas ging vor, und was auch immer es war, es griff nach ihnen und zerrte sie auseinander. So schnell, so gründlich? Das konnte nicht sein. Das durfte nicht sein.

Ihm war die Vergangenheit gleichgültig. Es war die Gegenwart, die ihm diese Last auflud. Er hatte in seinem Leben schon zu viele Menschen sterben sehen, er war immer auf einen Abschied vorbereitet. Doch jetzt traf es ihn härter, als er erwartet hatte.

Er sah seine Frau an, er hatte Glück gehabt. Ein erster violetter Schimmer des nahenden Morgens fiel auf Estrids Haare, streifte ihre Wange und es erschien Felt, als sei sie die wiederauferstandene Seele ihres Volkes, unsterblich. Dann war der Moment vorüber. Estrid wandte ihr Gesicht dem Licht zu.

»Deine Wache beginnt«, sagte sie.

Felt wollte sich erklären, wollte schwören und sich versöhnen. Aber er schwieg. Er richtete seine Rüstung, fuhr sich mit der Hand durchs Gesicht, um die Müdigkeit abzuwischen. Als er sich bei der Tür nach Estrid umdrehte, stand sie immer noch reglos, den Blick auf den neuen Tag gerichtet, und Felt spürte deutlich, dass sie bereits aus seinem Leben hinaus und in ein anderes getreten war.

SECHSTES KAPITEL

EIN SCHWERT IST EIN SCHWERT

Estrid hatte den kleinen Strem dick eingepackt und in einen Korb gelegt, den sie am Sattel ihres Nukks befestigte. Er schlief tief und fest, was vor allem an der großen Portion Mehlbrei lag, mit der sie ihn abgefüttert hatte – ringsum herrschten Lärm und Trubel. Der Aufbruch des Trecks versetzte die Stadt jedes Solder aufs Neue in Aufruhr und es war einiges an Organisation nötig, Tiere, Menschen und Gepäck in den engen Gassen vor der Marded in eine Ordnung zu zwingen. Dieses Mal aber war das Chaos noch größer, denn die Botschaft der Undae und deren Konsequenz, die Reise der Neun, war das alles beherrschende Thema und eine Gereiztheit umschwirrte die Menschen. Jeder war sich bewusst, dass eine große Veränderung bevorstand. Die meisten empfanden dies als bedrohlich, denn so schwierig ihre Lebenssituation auch sein mochte, so war sie ihnen doch vertraut; das Unbekannte dagegen schreckte sie. Estrid war bemüht, sich von der allgemeinen Nervosität nicht anstecken zu lassen, aber es gelang ihr schlecht. Immer wieder überprüfte sie die Gurte des Lastnukks, das nicht nur ihr Gepäck, sondern auch Ristra trug. Mit ernstem Gesicht thronte das Mädchen auf Beuteln und Kisten, die kleine Hand fest um den Knauf ihres Blechschwerts gelegt. Ihr Großvater Borger hatte ihr das Schwert zum dritten Geburtstag geschenkt und Estrid musste es ihr seitdem jede Nacht im Schlaf abnehmen, weil das Kind nicht bereit war, auch nur eine Sekunde seines wachen Lebens ohne es zu sein. Ristra hatte nicht geweint, als Estrid ihr sagte, dass sie die Stadt verlassen würden – vom Weggang des Vaters hatte sie vorerst geschwiegen, das sollte er seiner Tochter selbst sagen –, sondern nur den Kopf schief gelegt und in ihrer altklugen Art versucht, die Mutter zu trösten. Estrid hatte nicht gewusst, ob sie lachen oder weinen sollte, als ihre Tochter mit herrschaftlich vorgerecktem Kinn in der Stube umherstapfte, den Hausrat inspizierte und jedes Ding daraufhin prüfte, ob es würdig sei, sie auf der Reise zu begleiten. In langen Zwiegesprächen mit Löffeln, Bechern oder Hemden fand Ristra schließlich heraus, dass alles auf seine Art wichtig war und dass man nichts zurücklassen konnte.

Aber vieles war dann doch dort geblieben und schon heute, kaum dass sie die Stadt würden verlassen haben, sollte ihr Haus neu bezogen werden. Denn Wohnraum war knapp, die Stadt am Berg konnte sich nicht nach Belieben erweitern und Felt und Estrid hatten eines der begehrten Häuser im innersten Stadtkreis bewohnt, wo der Wind und die Kälte nicht ganz so bissig waren wie weiter draußen oder gar außerhalb der Wälle an den Hängen, wo die Ärmsten wohnten. Über drei Dus hatte Estrid für das Haus erhalten, die Münzen waren schwer in ihrem Geldbeutel. Geld spielte im täglichen Leben der Welsen keine große Rolle, aber in Pram ging nichts ohne. Die Münzen sollten die Grundlage für ihr neues Leben bilden. Wie es genau aussehen sollte, wusste Estrid nicht, nur, dass es nicht leicht werden würde, denn die Welsen waren nirgends gern gesehen. In Pram selbst unterzukommen war so gut wie unmöglich. Aber Estrids Entschluss war unumstößlich, sie hatte sich nicht auf eine Diskussion mit Felt eingelassen und er hatte seine Gesprächsversuche schnell aufgegeben, denn er fühlte sich schuldig.

Das Signal zum Aufbruch ertönte und Estrid saß auf. Ein Bursche packte ihr Nukk beim Halfter und reihte sie ein, weit vorn. Felt war nicht zu sehen. Die drei Offiziere, Felt, Kersted und Marken, und ihre Soldaten bildeten den Schluss des Trecks. Sie waren die Eskorte der Hohen Frauen und sollten an der Grotte auf die Undae treffen. Niemand wusste genau, wie dieses Treffen ablaufen würde. Auf keinen Fall aber sollte der Treck durcheinandergebracht oder gar aufgehalten werden. Die schwer beladenen Nukks in einer Reihe über den Pass zu führen, ohne dass sie aufeinander aufliefen oder sich große Lücken bildeten, war schwierig genug, denn aneinanderbinden konnte man sie in diesem Gelände nicht. Der lange Treck wurde von nur zwanzig Soldaten begleitet, denn es war den Welsen nicht erlaubt, mehr als diese Anzahl wehrfähiger Männer über den Eldron zu bringen – eine uralte Vorschrift, die nie geändert oder gar aufgehoben worden war; sie diente wie die Isolation und der Firstenhunger dazu, die Welsen klein zu halten. Niemals wieder sollten sie in die Lage versetzt werden, ein schlagkräftiges Heer ins Feld zu führen.

Der Zug setzte sich in Bewegung. Die Nukks waren ausgezehrt nach dem langen Firsten, viele starke, alte Böcke erschöpft von den Rangkämpfen, die meisten weiblichen Tiere schon hoch trächtig – der Lendern war kurz und die Zicklein kamen früh. So waren es vor allem unerfahrene, zwei oder drei Soldern alte Böcke und Geißen, die den Treck bildeten. Jedes dritte oder vierte Tier trug außer einer Last aus schwarzem Stahl noch einen Reiter: Knaben und Mädchen, nicht älter als fünfzehn Soldern. Wehrfähig durften sie noch nicht sein, aber zu jung auch nicht, denn die Passage durch die Aschenlande war schwer. Dennoch schickten die Welsen mit jedem Lendernbeginn ihre Kinder auf diese mühevolle, gefährliche Reise und überließen sie der Obhut jener zwanzig Soldaten, die Pram ihnen zugestand. Es war eine kostbare und eigentümliche Fracht, die Solder für Solder aus Goradt hinaus nach Westen befördert wurde: junge Menschen und schwarzer, todbringender Stahl. Aber die Mühe lohnte, denn zurück kamen Vorräte und gestärkte Kinder, die einen ganzen Lendern auf blühenden Wiesen und im Schatten lichter Wälder verbracht hatten. Auch die, die in der grauen Stadt am Berg blieben, hatten es leichter. Denn jeder, der nicht in Goradt war, musste auch nicht in Goradt versorgt werden.

Die Nukks wurden, bis auf die wenigen, immer in den Stallungen gehaltenen Tiere der Offiziere, nicht gefüttert. Es war die Aufgabe von Stallmeister Strinder, die frei laufenden Tiere, die sich im Firsten harte Flechten und Moose selbst unter dem Schnee freikratzten, wieder einzufangen. Die großen Böcke der Randberge waren leicht zähmbar, ihre Widerstandsfähigkeit und der sichere Tritt ihrer gespaltenen Hufe machten sie zu idealen Reittieren für diese unwegsamen Regionen. Mit der Schmelze näherten sich die Nukks der Stadt, gelockt vom scharfen Geruch der letzten Reste vergorenen Heus, das der Stallmeister auslegen ließ und das die Tiere im Vorsolder größtenteils selbst von den pramschen Weiden hinaufgebracht hatten.

Strinder hatte gute Arbeit geleistet. Estrid ritt auf einem stattlichen Bock, den Ristra *Bärtchen* getauft hatte. Sie musste gegen ihren Willen lächeln. Ihre Tochter war so aufgeregt, dass sie sich immer wieder in die Steigbügel stellte, dabei an den Zügeln zog und unaufhörlich plapperte. Die Geiß, die Ristra und das Gepäck trug, war gutmütig und ertrug die zapplige kleine Reiterin. Aber als der Pfad sie an der Grotte vorbeiführte, wurde auch Ristra still und stumm. Im Schatten des im Morgenlicht rosa glühenden Bergmassivs standen drei Gestalten, gehüllt in schimmernde, bodenlange Umhänge, die Gesichter verborgen unter Kapuzen. Estrid konnte den Blick nicht von den Undae wenden, die wie kostbare Kristalle im dämmrigen Frühlicht funkelten. An eine von ihnen hatte sie ihren Mann verloren, und auch wenn sie beim Anblick der Hohen Frauen ahnte, dass ihr Schicksal in einem größeren Zusammenhang aufging und darin bedeutungslos wurde, wollte sie den Trost, der in diesem Gedanken lag, nicht haben. Das war einfach zu wenig. Estrid biss auf die Zähne und zwang sich, geradeaus zu schauen. Mochte sein, dass sie alles verloren hatte, aber was machte das schon – ihr Leben war deshalb noch nicht zu Ende.

Estrid war bereits an der Grotte vorübergeritten, als Felt gerade das Stadttor passierte. Seit dem nächtlichen Gespräch hatte er Estrid kaum zu Gesicht bekommen. Sie war ganz mit den Vorbereitungen für die Abreise beschäftigt und er saß in endlosen Besprechungen, in denen es vor allem um die diplomatische Vorgehensweise gegenüber den Herren von Pram ging. Denn so viel war klar: Ohne deren Unterstützung kämen sie nicht weit; sie kannten nicht mehr viel von der Welt, sie brauchten Karten, Führer und Proviant. Wie Pram reagieren würde und wie man sich gegebenenfalls verhalten sollte, wurde lang und breit diskutiert. Und die wertvolle Zeit, die Felt mit seiner Familie verbringen konnte, wurde immer weniger. Nun war der Moment des Abschieds aus Goradt gekommen und Estrid war bereits weit voraus. Sie hatte sich über alles hinweggesetzt, und indem sie das Haus verkauft hatte, hatte sie ihm den Rückweg abgeschnitten. Felt konnte nicht mehr nach Hause zurückkehren, denn er hatte kein Zuhause mehr. Aber brauchte er denn eines? War es nicht vielmehr Estrid, die er brauchte? Was sie gesagt hatte, traf auch auf ihn zu: Estrid war seine Heimat.

Marken hatte im Gegensatz zu Felt keine Familie, die hätte zerstört werden können. Seine Frau war schon vor Soldern am Kindbettfieber gestorben und auch der Säugling hatte nicht überlebt. Er hatte nie wieder eine andere Frau auch nur angesehen. Kersted war noch jung und ungebunden – was dazu führte, dass beim Aufbruch gleich mehrere Mädchen schluchzten und heulten. Er aber schien der Einzige zu sein, der sich freute. Seine blauen Augen leuchteten, er konnte es kaum erwarten, endlich aus der Stadt hinauszukommen.

Marken hob die Hand und brachte den Trupp zum Stehen. Der Waffenmeister war vom Hauptmann mit umfangreichen Befugnissen ausgestattet worden: Marken hatte die Befehlsgewalt über den Treck, solange sie gemeinsam unterwegs waren, führte die Eskorte für die Undae an und war darüber hinaus berechtigt, in Pram die Interessen der Welsen zu vertreten, das Anliegen vorzubringen und um Unterstützung zu bitten. Der Waffenmeister trug die große Verantwortung zwar nicht mit Freude, aber doch mit Fassung.

Er saß ab, trat vor die Undae und verbeugte sich leicht: »Seid gegrüßt. Wir haben Reittiere für Euch mitgeführt und auch Tiere für Euer Gepäck. Zu Euren Diensten.« Bei seinen letzten Worten sprangen drei der Soldaten von ihren Nukks. Die Undae ignorierten sie und schritten zu den für sie aufgezäumten Geißen. Ohne Schwierigkeiten und behände wie Sedrabras saßen sie auf. Ratlos blickten die Soldaten ihren Kommandanten an.

»Nun«, sagte Marken, »ich sehe, Ihr reist, ohne Euch zu belasten. Aber, verzeiht mir meine Schwerfälligkeit, wolltet Ihr nicht Wasser mit Euch führen?«

Zur Antwort schlugen die drei ihre Mäntel auf: An zierlichen Ketten hingen ihnen in Silber gefasste Kristallphiolen um die Hälse, von denen keine mehr als einen Mundvoll Wasser fassen konnte. Marken strich sich den Bart, sagte aber nichts. Mit einem Handzeichen befehligte er die Männer zum Aufsitzen und die Gruppe zum Abmarsch.

Sie ritten langsam und schlossen nicht zum Treck auf, der sich in einer langen Folge von kletternden und springenden Nukks den gewundenen Pfad zum Pass hinaufschlängelte. Hie und da blitzte ein Helm oder Harnisch im Licht der Sonne, die über dem Berst aufstieg und die endlose Gipfelkette der Randberge aufleuchten ließ. Die beiden Wehrtürme über der Passhöhe waren wieder besetzt, Felt sah die Feuer brennen. Aus dieser Entfernung erschienen die Feuer klein wie Funken und die Türme waren nicht mehr als zwei graue Kieselsteine zwischen den hoch aufragenden, mit ewigem Schnee bedeckten Häuptern der Felsriesen. Aber das täuschte. Die *First Bligren*, die Eisigen Brüder, waren unter König Farsten erbaut worden und sie waren gewaltig. Sie stammten aus der Zeit davor, und wer zwischen ihnen in die enge Schlucht der Passhöhe einritt, dem drückte die ehemalige Macht der Welsen auch heute noch wie mit steinernen Fäusten das Kinn auf die Brust.

»Was denkst du«, rief Kersted, der direkt hinter Felt ritt, »wird dir eines Tages ein Welsenschwert den Kopf abschlagen?«

Felt zuckte die Schultern, er hatte keine Lust zu sprechen, erst recht nicht gegen den Wind, der sie erfasst hatte, kaum dass sie aus dem Schatten vor der Grotte herausgeritten waren. Den Pfadmeister schien das nicht zu stören, unbekümmert brüllte er: »Na, was denn sonst? *Welsenstahl beherrscht die Welt!*«

Der Berg antwortete mit einem Echo, das der Wind auffing

und wie einen Ball gegen die Felswände warf – Kersteds kräftige Stimme vervielfältigte sich zu einem Schlachtruf aus zehn, zwanzig rauen Kehlen. Er lachte. »Heda, Felt, hast du gehört? *Wir sind nicht allein!*«

Felt schwieg und das Echo verhallte. Und ob sie allein waren. Vollkommen allein. Felt wurde bewusst, dass es verschiedene Arten des Alleinseins gab, unterschiedliche Stufen, und dass er nun ganz oben angekommen war. Die Isolation seines Volkes hatte er mittragen können, er brauchte nicht mehr als die Runde auf dem Wall und den Blick in den Berst. Er konnte am Rande des Nichts leben, hätte so weiterleben können – aber nun konnte er abends nicht mehr nach Hause kommen. Nicht mehr zu Estrid kommen. Etwas hatte ihn aus dem Tritt gebracht, er ging nicht mehr die gewohnte Runde, er ging neben sich und er wusste noch nicht, ob er ins Nichts stürzen würde oder ob es ihm gelingen würde, irgendwo einen Halt zu finden. Etwas hatte sie alle aus dem Tritt gebracht, etwas ging vor, und dieses Etwas hatte ihnen den Boden unter den Füßen weggespült. Sie waren alle bedroht von einer unbekannten Gefahr – aber in der Welle der Angst hatte jeder für sich gekämpft, gegen den eigenen Untergang angestrampelt, allein. Dass Kersted nun einfach das Gegenteil behauptete, war typisch für ihn. Er sah die Zeichen, er begriff die Lage, er war ein Offizier in der Eskorte der Undae, die auf einmal sprachen, die seit Menschengedenken die Grotte nicht verlassen hatten und nun zwischen ihnen ritten. Aber Kersted vertrieb seine Unruhe, indem er ihr seine Reiselust entgegenschleuderte, den Berg anbrüllte und Trost im Echo fand.

Trotzdem, was den Stahl anging, hatte Kersted recht. Das Schwert, das an seinem Gürtel hing, war eine herrschaftliche Waffe. Auch Felt trug ein neues Schwert, Marken hatte Wort gehalten. Mehr noch, Felts Waffe war einzigartig und die gestrige Übergabe war eindrücklich gewesen. Er legte die Hand auf den silbernen Schwertknauf. Der neue Stahl sei der Beginn einer neuen Ära, das hatte Marken gesagt, und es waren große Worte gewesen. Aber das lange Schwert an Felts Seite versprach sogar noch mehr. Es wies in eine Zukunft, in der es wieder möglich war, dass ein Welse Ruhm erlangen konnte, und dabei schien es direkt der Vergangenheit, der stolzen, kämpferischen welsischen Geschichte zu entstammen. Es war neu und alt zugleich. Es war eine schmale, schwarz glänzende, tödlich scharfe Brücke, die aus der Zeit davor, der Zeit vor der großen Feuerschlacht, in eine zwar noch nebelhafte, aber blutige Zukunft ragte. Und dabei die Gegenwart, die Zeit der Armut und des Hungers, überspannte.

Wir ziehen aber nicht in den Krieg, dachte Felt und versuchte sich gegen die aufsteigende Erinnerung an die Schwertübergabe zu wehren. Doch es half nichts. Je näher die beiden mächtigen Wehrtürme über dem Pass kamen, je deutlicher die ehemalige Größe Welsiens vor Felt aufragte, desto klarer standen Felt die Eindrücke der letzten Nacht vor Augen.

»Begleitest du mich noch ein Stück?«, hatte Marken gefragt, als sie das Quartier des Hauptmanns nach der Abschlussbesprechung verließen. »Ich habe etwas für dich.«

Felt zögerte.

»Erst du«, sagte Marken und zog Felt mit sich. »Du wolltest doch das erste Schwert, richtig? Wir haben keine zwanzig, weil … nun, Kersted, du und ich, wir werden neue Schwerter haben. Und sei unbesorgt, der Hauptmann ist mit mir einer Meinung: Wir, die wir mit den Undae auf die Reise gehen, sollen ausgestattet werden – alles andere hat Zeit.«

Sie traten in die Marded, wo nun Ruhe eingekehrt war; die Vorbereitungen für den Treck waren abgeschlossen. Marken seufzte: »Ob du es glaubst oder nicht, die Arbeit hier wird mir fehlen.«

Felt schwieg dazu und auch Marken hielt den Mund. Alle wussten von Estrids Bruch mit Felt und dass sie die Stadt verlassen würde, aber solange Felt nicht darüber sprach, würde auch sonst niemand davon anfangen. Ohnehin waren die Soldaten nicht gerade die besten Gesprächspartner, wenn es um Liebesdinge ging. Um Frauen drehte es sich zwar oft, aber vor allem um die, welche an den Hängen lebten und zu denen man gehen konnte, wenn man ein paar Bohnen oder etwas Mehl übrig hatte.

Marken lotste Felt zur Treppe und dann zu den dahinterliegenden Durchgängen.

»Remleds Idee«, sagte er, als Felt stehen blieb. »Er will, dass du zu ihm kommst.«

»Das habe ich nicht nötig«, sagte Felt. Damit hatte er recht, er könnte dem Schwager sogar befehlen, ihm das Schwert bis nach Hause zu tragen. Bei seiner Weigerung ging es weniger um das Schwert als um Estrid, denn nun hatte Felt sie nicht nur aus der Familie gerissen, sondern sogar aus der Stadt getrieben. Er hatte wenig Lust, sich auch noch vor Bruder und Vater zu rechtfertigen.

»Starrsinn steht dir schlecht, Felt«, sagte Marken, »und Remled ist nicht so, wie du vielleicht denkst. Sie haben dir ein Schwert geschmiedet, wie es kein zweites gibt, er und Borger. Ja, du hast richtig gehört: Dein Schwiegervater hat ebenfalls daran gearbeitet, Tag und Nacht haben sie gearbeitet. Wir haben keine zwanzig, weil … weil du dein eines bekommen sollst.«

»Warum?«, fragte Felt.

»Ich weiß es nicht. Frag Borger.« Marken wich Felts Blick aus.

»Warum?«

»Muss ich dich auf Knien bitten, dieses Geschenk anzunehmen?«

Felt zögerte immer noch. Marken war ein Freund aller Schmiede, was ihn zu einem idealen Waffenmeister gemacht hatte, aber es hatte ihm auch den Blick getrübt. Für Felts Geschmack ließ er ihnen zu viel Freiheit. Wo es nur ging, hatte er den Schmieden Vorteile verschafft, Extrarationen zugeteilt, Wohnhäuser vermittelt. Das hatte zwar die Produktion gesteigert, was, wie Marken argumentierte, letztendlich allen zugute kam. Aber es hatte auch ein gefährliches Ungleichgewicht geschaffen – es war nicht gut, wenn einige weniger hungern mussten als andere.

Felt hatte schlicht das erste neue Schwert haben wollen, aber kein einzigartiges. Doch er sah, wie sehr Marken darauf brannte, es ihm zu zeigen, und auch wenn sie in manchem unterschiedliche Auffassungen hatten, war Marken doch sein Freund. Wahrscheinlich der einzige, den er hatte.

Felt trat in den Durchgang.

Im Berg verbarg sich eine zweite Stadt, hier lärmte nicht der Wind, sondern das Feuer. Die drei Gänge führten in das Herz von Welsien und bis hierher war noch nie ein Fremder gekommen. Als die Allianz Wandt, die Hauptstadt, niederriss, schlug sie den Welsen den Kopf ab; als sie das Land verbrannte, vernichtete sie den Körper. Aber das Herz konnten sie nicht erreichen, es schlug weiter im Takt der mächtigen Hämmer, die auf glühenden Stahl trafen. Der linke Gang verbreiterte sich nach wenigen hundert Schritten zur Gerded, dem Raum der Räder. Vierzig Mann bedienten die vier großen Winden, mit deren Hilfe die Körbe der Kohleschläger hinaufgezogen und herabgelassen wurden in den tiefen Schacht. Eine Schicht dauerte eine halbe Zehne, danach mussten die Schläger ausfahren und hatten eine volle Zehne frei – anders war die Arbeit in stickiger Hitze und dichter Finsternis nicht zu ertragen. Der rechte Gang führte zu den Schmelzen. Dort verpesteten giftige Gase die Luft, wie Würmer wälzten sich glühende Stahlstränge aus den Schlünden der Öfen in tiefen Felsrinnen. Das Verfahren, Metall aus Stein zu holen, war vielen Völkern des Kontinents bekannt, aber nur die Welsen konnten Stahl herstellen. Denn der Berg half ihnen: Die Öfen nutzten natürliche Hohlräume im Felsen und der stete Wind war ein Blasebalg von ungeheurer Kraft und heizte Feuer, die heißer waren als alle anderen. Die Bergflanke über dem Berst stand immer im dunklen Rauch der Schmelzöfen.

In den Schmelzen wurde aber nicht nur Stahl gewonnen, aus der Schlacke wurden Pflastersteine und eine weitere wichtige Einnahmequelle war der feine weiße Staub, den der Rauch mit sich trug und der sich in den Felsritzen ablagerte: Weißglanz. In geringen Mengen ins Essen gegeben, verlieh er vorübergehend große Kraft. Die Welsen waren vorsichtige Weißglanzesser, denn nach dem warmen, wohligen Gefühl im Magen und dem Energieschub stellte sich bald großer Appetit ein, was bei den knappen Rationen zusätzliche Qual bedeutete. Dennoch gehörte ein Beutelchen Weißglanz zur Grundausstattung jedes Soldaten. In Pram war die Droge äußerst beliebt und ein Statussymbol. Wer es sich leisten konnte, gut zu speisen, aß auch Weißglanz und man sah überall beleibte Männer und Frauen mit straffer Haut und glänzenden Haaren. Die Weißglanzesser waren gewöhnlich die Ersten, die ins Lager der Welsen kamen, noch vor den Waffenhändlern. Die Welsen gaben das Pulver hauptsächlich den Nukks – Strinder streute es auf die Lecksteine und verwandelte firstenmüde Tiere auf diese Art vorübergehend in eifrige Lastenträger, die willig den Pass hinaufsprangen.

Der mittlere Gang schließlich führte zu den Schmieden.

Von der zentralen Kaverne der großen Schmiede, der Hadred, gingen viele weitere Gänge ab. Alle Produktionsstätten waren untereinander verbunden und es gab auch geheime Gänge aus dem Bergmassiv hinaus ins Freie. Felt war nie weiter als bis zur Hadred gegangen. Obwohl er als Welse keine Schwierigkeiten damit hatte, unter Stein zu sein, war er doch lieber draußen im Wind und in der Weite des Bersts. Als Felt und Marken die steinerne Halle betraten, schwiegen die Hämmer. Remled erwartete sie. Mit ihm standen zwei weitere Männer am großen Kohlebecken, um das sich die zwölf Ambosse der Meister gruppierten. Jede Waffe ging über einen dieser Ambosse, vorbereitet wurde sie von den Zuschlägern, die Meister prüften die Qualität, machten die letzten Schläge und brachten den Stempel an, der die Waffe als echtes Welsenhandwerk auswies.

Felt wartete den Gruß des jungen Schmieds ab, bevor er sich seinem Schwiegervater zuwandte: »Borger, es ist eine Zeit her.«

Der alte Schmied nickte: »Und zu lang ist sie gewesen. Es ist gut, dich zu sehen«, fügte er zu Felts Überraschung an und fuhr fort: »Begrüße Dem, den Meister der Schmelzer.«

Felt blickte zu dem dritten Mann, dessen Alter unbestimmbar war. Er hatte kein Haar auf seinem vernarbten Schädel und keine Augenbrauen über den vollkommen weißen Augen, aber er lächelte und entblößte dabei sein aus wenigen schwarzen Stumpen bestehendes Gebiss.

»Meinen ergebenen Gruß, Wachmeister. Verzeiht mir mein wenig schmeichelhaftes Äußeres, die Hitze hat mir längst die Augen gekocht, aber ich erkenne Euch gut. Keinen Zweiten umgibt eine Kühle wie Euch, Soldat.«

Felt wusste nicht recht, wie er das zu verstehen hatte, aber während er noch überlegte, ob der Schmelzer ihn beleidigt hatte, ergriff Remled das Wort.

»Dems ganzes Wissen ist in diesem Stahl.« Er hielt ein

Schwert in beiden Händen. »Und das meines Vaters und, mit Verlaub, ich habe auch das Meine dazugetan.«

Blauschwarz hatte die lange Klinge im schwachen Licht des Kohlebeckens geglänzt. Sie war etwas breiter als bei einem gewöhnlichen Welsenschwert und auch nicht vollkommen gerade, sondern verjüngte sich leicht vom Heft aus, um dann zur Spitze hin wieder breiter zu werden. Sie war beidseitig geschliffen, schon im Ansehen offenbarte sich eine mörderische Schärfe. In die Mitte der Klinge hatten die Schmiede eine Kehlung getrieben, um das Gewicht zu verringern. Die Parierstange war gerade, in den achteckigen Stahl waren Rillen gefeilt, die Montierung war aufwändig: ein Silberknauf und Einlagen aus einem dunklen Edelholz, das Felt nicht kannte. Das Auffälligste aber waren die fein gravierten Verzierungen der Klinge. Schriftzeichen schimmerten blau in Schwarz. Die Welsen stellten für gewöhnlich keine Schmuckwaffen her, ihre Schwerter, Dolche, Axtblätter, Speer- oder Pfeilspitzen waren schlicht und zweckmäßig. Es waren Mordwerkzeuge, effektive Waffen zum Kämpfen, nicht zum Umherzeigen.

»Nun«, sagte Remled und legte das Schwert behutsam auf einen niedrigen Steintisch, »dies ist ein Schwert, das einen Namen verdient. Was meinst du, Felt, wie soll dein Schwert heißen?«

Felt schwieg; auch das war unüblich und eine überkommene Tradition. Seit König Farstens Untergang gab niemand mehr seinem Schwert einen Namen, denn das hatte nur Sinn, wenn ein Schwert im Kampf erprobt und vom Vater auf den Sohn vererbt wurde. Um einen Namen zu verdienen, musste ein Schwert eine Geschichte haben. Heutzutage wurde eine Waffe eingeschmolzen, falls sie so beschädigt war, dass eine Reparatur nicht lohnte, und der Soldat bekam eine neue. Die Männer schauten erwartungsvoll auf Felt.

»Anda«, sagte er ohne langes Nachdenken und wunderte sich über sich selbst.

»Vortrefflich«, rief Marken. »Anda, einen besseren Namen hätte ich mir nicht denken können!«

Anda bezeichnete alles, was in der Zeit vor der großen Feuerschlacht gewesen war, und das Wort wurde für alles Mögliche verwandt. Etwas konnte schmecken wie *anda*, wenn es besonders gut war; ein Mann konnte sich verhalten wie *anda*, wenn er besonders stolz und würdig auftrat; sogar auf die Frage ›Wie geht's?‹ konnte man mit *anda* antworten.

»So sei es also«, sagte Borger und machte eine Geste, die Felt aufforderte, das Schwert zu nehmen. Als Felt danach griff, packte der alte Schmied seine Hand und ritzte ihm mit seinem scharfkantigen Ring die Handfläche. Felt versuchte die Hand zurückzuziehen, aber Borger hielt ihn mit eisernem Griff fest. In seinem Gesicht stand Zufriedenheit. Blut tropfte auf die Klinge, Zorn wallte auf in Felt, er begriff: Er sollte dem Schwert gegenüber nicht gleichgültig sein, er sollte es mit Blut und Zorn in Empfang nehmen, so hatten sie es geplant. Und er wurde noch wütender, er konnte es nicht verhindern. Mit aller Kraft riss er sich los und stieß den Schmied von sich. Dann griff er nach dem Schwert und schwang es hoch, er würde dem Alten den Kopf abschlagen, ihnen allen, die ihn in dieses lächerliche Ritual, dieses altertümliche Theater, verwickelt hatten.

Das Schwert sang, als Felt es durch die Luft zog. Der mit Silberschnur umwickelte Griff war kühl in seiner verletzten Hand. Anda war leicht, wie die Verlängerung seiner selbst wuchs es in seine Faust hinein und gleichzeitig aus ihr heraus. Etwas Vergleichbares hatte er nie zuvor erlebt, dabei hatte er schon ein Schwert in der Hand gehalten, bevor er richtig laufen konnte; ein anderes Spielzeug hatte er nie besessen. Seine Wut verrauchte augenblicklich, wurde gelöscht von Verwunderung. So stand Felt bewegungslos in der Mitte der großen Schmiede, das Schwert hoch erhoben, und staunte. Er spürte es deutlich, er war jetzt an dieses Schwert gebunden und es an ihn. Er würde in seinem Leben keine andere Waffe mehr führen als diese, und wenn dieses Schwert zerbrechen würde, wenn es verloren ginge, ihm im Kampf abhandenkäme – dann wäre auch der Soldat Felt Vergangenheit.

Er hatte den Arm sinken lassen und auf die gesenkten Häupter der Männer geblickt. Es war wie ein kurzer, tiefer Traum gewesen: Remled, Borger, Dem und Marken waren auf die Knie gefallen. Felt sah sich einen Wimpernschlag lang über den anderen stehen, das lange Schwert in der blutenden Hand – es war ein Blick durch einen Spalt in der Zeit, der sich sogleich wieder geschlossen hatte.

Borger pfiff. Felt zuckte. Drei junge Burschen schleppten eine gerüstete Strohpuppe heran und verschwanden ebenso schnell wieder in den Schatten der Hadred, wie sie gekommen waren.

»Zeig uns, was Anda kann«, sagte Marken.

Nur zu gern. Es war immer gut, auf etwas einzudreschen, das machte den Kopf klar. Felt hieb auf den Helm. Er schlug auf das Schulterstück. Er stach in die Brust. Die Klinge ging durch den Stahl der Panzerung wie durch gespannte Leinwand.

»Ich denke«, sagte der blinde Schmelzer, »Ihr habt gute Chancen, zu uns zurückzukehren, Wachmeister.«

»Nun, Meister Dem«, sagte Felt, »wir suchen Quellen auf, wo auch immer die sein mögen und was auch immer das bewirken mag. Wir ziehen nicht in den Krieg.«

Im Schweigen der Männer klangen Felts Worte hohl. Dennoch, es war an der Zeit, wieder auf den Boden zu kommen. Die Männer hatten eine Art, geheimnisvoll zu tun, die Felt seltsam anging. Die Waffe war beeindruckend, aber es war kein

Zauber, der sie so mächtig erscheinen ließ, sondern vollendete Handwerkskunst und dazu lebenslanges Training, das ihn, Felt, befähigte, sie zu führen.

Das jedenfalls hatte er sich eingeredet, als er durch die stille Stadt nach Hause ging, und das sagte er sich auch jetzt wieder, als sie in der blassen Morgensonne den Pfad zum Pass hinaufritten. Ein Schwert ist ein Schwert ist ein Schwert. Er löste seine Gedanken von Anda, ließ die Schultern kreisen und reckte den Hals, aber es half nicht viel, die Anspannung blieb im Körper hängen. Sie zogen nicht in den Krieg, sie gingen nach Pram – und dann weiter, zu den Quellen, zu den Anfängen. Die scheinbare Schlichtheit dieser Aufgabe stand in merkwürdigem Widerstreit zum Druck, den die Undae ausgeübt hatten, zur Eile, die sie forderten, zum Unwohlsein, das Felt mit sich schleppte. Aber Felt konnte diese Empfindung nicht herauslassen wie Kersted, das war nicht seine Art. Er richtete sich im Sattel auf, sah nach vorn, lenkte die Gedanken auf das, was einfacher erfassbar war, was direkt vor ihm lag: Heute noch würden sie den Pass überqueren und das Höhenlager an der Westseite der Randberge erreichen.

Die Westhänge zeigten ein vollkommen anderes Gesicht als die Ostseite, an der die Welsen lebten. Sanft, in langen Wellen floss das Gebirge in die Ebene, und kaum dass der Schnee geschmolzen war, überzog ein Teppich aus frischem Grün, blühenden Kräutern und Blumen die Kuppen und Senken. Die Nukks wussten das, es war nicht nötig, sie anzutreiben. Als der Treck die First Bligren passierte und von den hohen Türmen herab mit einem doppelten Stoß aus langen Hörnern gegrüßt wurde, beschleunigten die Reittiere die Gangart. Immer noch stand ihnen die Sonne im Rücken und ließ sie in ihre eigenen, lang gezogenen Schatten treten. Vier Stunden war der Tag erst jung, aber nun würden sie laufen, laufen, bis das Abendrot die tiefen Ebenen der Aschenlande in ein Meer aus glühendem Staub verwandelte. Mit Sonnenuntergang würden sie das Höhenlager und die Vegetationsgrenze erreicht haben und dort bleiben, drei oder vier Tage, bis die Nukks sich so satt gefressen hatten, dass sie zum Weitergehen bewegt werden konnten. Dort würden auch die Welsen rasten und für die trostlose Passage Kräfte sammeln. Sie würden in den Himmel sehen, denn es war schmerzhaft, hinunter in das verwüstete Land zu schauen, das sich vom Fuß der Berge gen Westen bis zum blassen Band des Eldrons erstreckte. Der Fluss war verborgen hinter dem Horizont und nur sichtbar für ein inneres Auge, das sich nach dem großen Strom sehnte.

Auf die Zeit im Lager hoffte Felt; in diesen paar Tagen konnte, musste er mit Estrid sprechen. Am Grundsätzlichen ließ sich zwar nichts mehr ändern, aber eine Versöhnung, ein Einverständnis, sich gegenseitig nicht ganz aus dem Herzen zu verlieren, das musste sein. Felt wollte nicht glauben, dass der einzige Mensch, dem er sich verbunden fühlte, sich für immer gegen ihn verschließen könnte. Diesen Widerstand zu überwinden machte er sich zum Ziel. Was auch immer die Welt umtrieb, Stahl, Schwerter, schweigendes Wasser, unerklärliche Vorgänge – es musste warten, bis er mit Estrid im Reinen war.

SIEBENTES KAPITEL

SEDRABRAS

Im Höhenlager hatte jeder und jede, selbst die jüngsten Mitreisenden, Aufgaben: Die Unterstände und Hütten, die in den Firstenstürmen gelitten hatten, mussten ausgebessert werden; Höhlen, die als Zwischenlager für das Gepäck dienten, mussten von den Hinterlassenschaften von Tieren gereinigt werden. Vor allem aber mussten die weidenden Nukks unter Kontrolle gehalten werden – kein Zaun, den sie nicht überspringen konnten, kein Hund, der ihnen in diesem Gelände hätte folgen können. Also zogen die Welsen einen Ring aus fackelbewehrten Wachen ums Lager, denn Feuer war etwas, womit man auch den größten Bock beeindrucken konnte. Glücklicherweise gab es wenig Raubtiere in diesem Abschnitt der Randberge, die Ödnis der Aschenlande erlaubte keinen Rückzug in tiefer gelegene Regionen, wenn oben der Firsten das Leben unter Eis und Schnee erstarren ließ. Einige wenige Sedrabras trotzten diesen Bedingungen und erwarteten die Ankunft der Welsen und ihrer Nukks mit Heißhunger; einzelgängerische Bären gingen weite Wege, um Beute zu machen. Aber diesen Gefahren konnte man mit Wachsamkeit begegnen. Es oblag Felt, Soldaten und Fackelträger so einzuteilen, dass Tag und

Nacht der Ring brannte, dass alle auf Position blieben und die Abstände zueinander nicht zu groß werden ließen. Dennoch schlüpfte hin und wieder ein Nukk hindurch – das Gelände war zwar offen, aber ein großer Felsen oder eine der Bodensenken, die wie mit einem großen Messer in die Wellen der abfallenden Bergflanke hineingeschnitten waren, war für ein vom frischen Gras berauschtes Nukk leichter und schneller zu überwinden als für einen Menschen. Außerdem waren es größtenteils eben keine Wachsoldaten, die die Fackeln schwenkten, sondern Kinder, denen die Arme und Augen schneller müde wurden.

Die Undae schienen nicht zu schlafen. Von allen im Lager unauffällig, aber ständig beäugt, wanderten sie zu dritt umher und folgten dabei meist einem der kleinen, flinken Bäche, die überall aus den Wiesen brachen, durch Gras und Kräuter liefen und in den Senken wieder versickerten. In der Nähe des Höhenlagers gab es keinen größeren, ständigen Flusslauf; die Welsen vertrauten auf die Lendernbächlein und waren bisher nie enttäuscht worden. Den Undae schien es ein stilles Vergnügen zu bereiten, die Rinnsale aufzuspüren, ein wenig darin herumzugehen und dann zum nächsten zu wandern. Tag und Nacht waren sie in dieses seltsame Spiel versunken wie Kinder, die sich aus einem für einen Erwachsenen nicht nachvollziehbaren Grund daran freuen, kleine Steinchen aufzusammeln und von einem Ort zum anderen zu tragen. Und ein Kind war es auch, das die Undae besonders aufmerksam beobachtete. Ristra war fasziniert von den stummen Gestalten in ihren schimmernden Gewändern. Sie hatte ihren Vater dazu verdonnert, mit ihr Kräuter sammeln zu gehen, und Felt hatte sich dafür nur allzu gern seine Pause stehlen lassen.

»Du musst diese hier suchen.« Sie hielt ihm ein paar Stängel einer Pflanze mit fedrigen, weichen Blättern hin. »Die frisst Bärtchen so gern, sagenhaft gern.«

»Tatsächlich?«

»Ist das nicht schön hier? Bleiben wir jetzt immer hier?«

»Ein paar Tage bleiben wir, ja.«

»Gut!«

Ristra hüpfte voraus, bückte sich hier und da und rupfte ein paar Stängel des Krauts aus, aus denen sie dann sorgsam die versehentlich mit ausgerissenen Grashalme klaubte. Felt tat so, als würde er den Blick senken und suchen, aber er schaute seiner Tochter zu. Er sollte ihr endlich sagen, dass sie sich bald für lange Zeit trennen mussten. Aber er wusste nicht, wie. Also sagte er nichts und versuchte stattdessen, sich ihr Gesicht, ihre eckigen, kindlichen Bewegungen einzuprägen. Die Kehle wurde ihm eng, er musste schlucken. Ihm war nicht bewusst gewesen, wie sehr er dieses Kind liebte.

Ristra hielt inne und winkte ihn zu sich.

»Schau mal.« Sie hatte die Undae entdeckt und deutete mit dem Finger auf sie. »Immer haben die ihre Kapuzen auf, dabei ist es doch warm.«

»Vielleicht vertragen sie die Sonne nicht.«

Ristra überlegte einen Moment, dann lief sie geradewegs zu den Hohen Frauen. Was hatte sie denn jetzt vor?

Die Undae beachteten sie nicht, sie gingen langsam in einem Wasserlauf bergan, eine hinter der anderen. Ristra ging ihnen hinterher, ebenso langsam und mit einem gewissen Abstand, offensichtlich hatte sie der Mut verlassen, sie anzusprechen. Jetzt fielen die Frauen in einen Gleichschritt und Ristra tat es ihnen nach. Sie hatte gerade in den Rhythmus gefunden, da begannen die Undae, mit den Armen zu schlenkern, Ristra imitierte die Bewegung und Felt sah, wie dazu auch ihre Schultern zuckten, offensichtlich kicherte sie. Das Spiel ging noch eine ganze Weile so weiter: Ristra machte sich einen Spaß daraus, die drei vor ihr Gehenden nachzuahmen. Was Felt zunehmend unangenehm wurde, denn es war klar, dass die Undae mit Ristra ihr Spiel trieben und nicht umgekehrt. Als er gerade einschreiten wollte, blieben die drei stehen. Das Mädchen prallte gegen die letzte Frau, die sich rasch zu ihr umdrehte.

Felt sah, wie Ristra erstarrte, den Kopf im Nacken, den Mund offen. Er sah eine blasse Hand unter einem weiten Ärmel auftauchen und auf die Kräuter deuten. Das Kind gab sie der Frau, langsam, wie im Schlaf, aber ohne Zögern. Die Unda bückte sich und schöpfte mit einer Hand etwas Wasser aus dem Wiesenbach und ließ es kreisen – ohne dass ihr ein Tropfen aus den Fingern rann. Dann, flink, drehte sie die Hand, spreizte die schmalen Finger und Felt sah, wie ein feiner Sprühnebel die Kräuter netzte. Sie gab den kleinen Strauß an Ristra zurück.

Offenbar sagte sie dazu etwas, denn Ristra nickte und antwortete. Ihre Locken hüpften und Felt hörte die Stimme seiner Tochter, aber er war zu weit weg, um zu verstehen, worüber die beiden sprachen. Mit einer leichten Geste fuhr die Frau dem Mädchen über die Stirn. Ristra zuckte zusammen und Felt hatte das Gefühl, als glitte etwas Kaltes durch seinen Körper, schnell, zu schnell, um es zu fassen. Er konnte nur stehen und schauen. Die Unda drehte sich um und folgte den anderen, die während der kleinen Szene unbeirrt weiter den Bach bergauf gewandert waren.

Jetzt kam auch in Felt wieder Bewegung, er lief zu seiner Tochter. Um zu sehen, ob alles in Ordnung war. Und um sie zurechtzuweisen. Er hielt es nicht für angebracht, die Undae zu stören – bei was auch immer.

»Sie hat mir ihren Namen verraten«, rief Ristra, noch bevor Felt etwas sagen konnte. »Willst du wissen, wie sie heißt?«

»Ja, wie heißt sie denn?«

Sie hatte einen roten Fleck auf der Stirn, der zusehends verblasste.

»Sag ich nicht!« Ristra lachte und sprang schon wieder davon, das Kräutersträußchen hoch erhoben. Felt blieb nichts anderes übrig, als die Sorge zu vergessen, den Tadel auf später zu verschieben und seiner Tochter hinterherzugehen.

Estrid lächelte ihn an, aber auf eine abwesende Art, so, wie man dem Nachbarn zulächelt, wenn man ihn vom Fenster aus vorbeigehen sieht.

»Ristra hat eine Unda gesprochen und sie hat –« Felt unterbrach sich, die Unverbindlichkeit in Estrids Gesicht war nicht zu ertragen. »Estrid, ich kann mich nicht im Streit von dir trennen. Hilf mir.«

»Ich kann nicht, meine Kraft reicht nur für mich allein. Aber, Felt, wir streiten nicht. Das hier hört sich nicht wie ein Streit an, oder?«

Sie lächelte wieder, diesmal direkt, so wie früher.

»Ich brauche eine Vorstellung davon, wo ihr seid, was ihr tut, während ich unterwegs bin. Es sind auch meine Kinder.«

»Um die ich mich kümmern werde.« Estrid wandte sich ab. »Du hast dich entschieden.«

»Estrid.« Er wollte ihre Schulter berühren, ließ die Hand aber sinken. »Sei nicht ungerecht.«

»Vielleicht bin ich nicht gerecht. Vielleicht bin ich aber auch einfach nur ich. Und ich bin es leid zu betteln. Warte nur ab, bis du in Pram bist und vor den feinen Herren stehst und dir die Verachtung ins Gesicht bläst. Vielleicht verstehst du mich dann besser.«

»Ich verstehe nicht, was das mit uns zu tun hat.«

Sie drehte sich wieder zu ihm um. »Felt, mach es uns nicht schwerer, als es ist, lass es gut sein.«

»Das kann ich nicht und das werde ich nicht!«

»Ich habe dazu nichts mehr zu sagen.«

»Also gut, wenn du es so willst, dann sei es so: Ich werde dich nicht weiter fragen, aber ich werde dich auch nicht verlassen. Jeden Morgen werde ich mit dir sprechen und jeden Abend werde ich an dich denken und du wirst meine Stimme hören. Ich werde nicht still sein, Estrid. Schweig du nur, ich werde dich finden, ich … Ich habe keine Angst vor der Stille!«

Das war gelogen und Felt hatte weiche Knie, als er von Estrid wegging. Aber bald schon vertrieb ein Grimm die Angst und ließ ihn schneller ausschreiten. Was sollten denn diese finsteren Andeutungen? Dieses *Warte nur ab*? War dies alles am Ende einfach nur ein willkommener Anlass, ihn zu verlassen, sich einen Besseren zu suchen – und dabei schuldlos wegzukommen?

Wenn es so war, dann konnte er nichts tun, als sie zu beschämen, indem er wiederkam. Es konnte schließlich nicht so schwer sein, ein paar Quellen zu finden und sich dabei um eine Frau zu kümmern, die offenbar sehr anspruchslos war, die weder schlief noch aß oder trank, die kein Gepäck mit sich herumschleppte und niemals die Kleider wechselte. Die im Großen und Ganzen schweigsam war wie eine Pflanze. Er musste einfach nur tun, was er immer getan hatte: wachsam sein und dem Folge leisten, was man ihm auftrug. Ob nun sein Hauptmann oder ein Pramer den Befehl gab, machte keinen Unterschied. Felt spürte keinen Widerstand in sich, wie ihn Estrid spürte. Sie war immer aufsässig gewesen, nur hatte sich das bisher nicht gegen ihn gerichtet. Sie hatte ihn gegen den Willen ihres Vaters zum Mann genommen, sie hatte ihre gesamte Mitgift auf Bücher verwandt. Felt ließ sie gewähren, sie brauchten ihr Geld nicht, er hätte sie auch zur Frau genommen, wenn er dafür hätte bezahlen müssen. Vielleicht, dachte Felt, war doch er, ihr eigener Mann, der Stein gewesen, der Estrid über all die

Soldern den Ausgang aus ihrem Gefängnis versperrt hatte. Sie selbst hatte ihn dorthin gerollt – doch nun waren die Dinge in Bewegung geraten. Im Grunde wusste er nicht viel von seiner Frau oder von der Frau, die sie *auch* war. Felt kannte nur *seine* Estrid, und gegen die konnte er keinen Groll hegen, nicht auf Dauer. Diese Estrid meinte er, zu der würde er zurückkehren, das war kein unmögliches Unterfangen. Etwas ging vor in der Welt, das mochte schon sein, aber es war nicht an ihm herauszufinden, was das war. Er war nur Eskorte, er ging nur mit. Er trug nicht einmal die Verantwortung, die war bei Marken. Felt sperrte die glatte Kälte, die durch ihn hindurchgefahren war, als die Unda Ristra berührt hatte, in dieselbe Kammer, in der er die Angstwelle aus der Grotte gefangen hielt, und setzte sich ein neues Ziel: zu seiner Familie zurückkehren. Was auf dem Weg geschehen würde, konnte er an sich vorbeiziehen lassen. Er hatte sein halbes Leben damit verbracht, in eisigem Wind im Kreis auf dem Wall zu gehen, er hatte die Geduld und die Disziplin, auch einen größeren Kreis zu ziehen.

Felt war einigermaßen zuversichtlich und wieder ruhig, als er in die Offiziershütte anlangte und dort auf Marken traf.

»Ah, Felt«, begrüßte ihn dieser, »ich wollte gerade nach dir schicken lassen. Wir haben Meldung von drei Sedrabras, wahrscheinlich eine Mutter mit zwei Jungtieren. Wir müssen die Nukks zusammenhalten.«

»Ich kümmere mich darum.«

»Ich frage mich, ob wir nicht versuchen sollten, sie zu erlegen. Wir können in den Aschenlanden keine Begleitung brauchen.«

»Sie werden uns nicht folgen.«

»Hm«, machte Marken nachdenklich, »da bin ich mir nicht so sicher. Der junge Basten hat die Katzen gesehen, wie sie auf einem Felsen lagen und sich sonnten.«

»Das ist ungewöhnlich, aber noch kein Grund zur Sorge, würde ich meinen.«

»Meinst du also, Felt, kein Grund zur Sorge ...« Marken senkte seine Stimme, wohl instinktiv, denn sie waren allein und niemand hätte sie hören können. »Aber was, wenn ich dir sage, dass sie auf den Jungen zugepirscht sind? Dass er seine Fackel schwenkte, bis er glaubte, ihm würde der Arm abfallen, und dass die Katzen einfach weitergingen? Ihn umkreisten, fauchten?«

»Haben sie ihn angegriffen?«, fragte Felt.

»Das nicht. Sie haben von ihm abgelassen, plötzlich, sind einfach verschwunden, mit ein paar Sprüngen bergauf. Felt, ich mache mir Sorgen. Selbst wenn der Junge übertreibt, sich ein wenig wichtigmachen will, weil er immer noch die Hosen voll hat vor Angst. Er war nicht der Einzige, der die Raubkatzen gesehen hat. Es sind drei, daran besteht kein Zweifel. Und drei von den Biestern sind eine ernste Bedrohung, so oder so.«

Dass Sedrabras sich bei Tageslicht zeigten, war ungewöhnlich, sie jagten nachts und waren leise, scheu und schnell. Ihr Fell war grau wie der Stein und ebenso glanzlos. Sie lauerten auf Felsvorsprüngen und warteten geduldig auf Beute. So jedenfalls erzählte man es sich, keiner wusste allzu viel über die nachtgrauen Jäger. Denn wer die Reißzähne der mannsgroßen Raubkatze im Nacken spürte, hatte keine Gelegenheit mehr, von der Begegnung zu berichten. Niemals aber hatte Felt davon gehört, dass ein Sedrabra bei strahlendem Sonnenschein auf einen Menschen zugegangen wäre – geschweige denn auf einen Menschen mit einer lodernden Fackel in der Hand. Und ihn dann umkreiste? Wie ein Wolf? Felt hatte Wölfe gesehen, Wolfsrudel durchstreiften die pramschen Wälder und versuchten immer wieder, unter den weidenden Nukks Beute zu machen. Die mit Verschlagenheit durchsetzte, feige Intelligenz eines Wolfs hatte Felt immer schon mehr beunruhigt als die zwar tödliche, aber doch berechenbare Gefahr, die von einem Sedrabra ausging.

»Ich kann mir das nicht erklären, Marken«, sagte Felt schließlich. »Sie müssen sehr hungrig sein, der Firsten war lang. Ich lasse den Kreis enger ziehen und die Wachen verstärken, jedermann muss die Augen offen halten. Niemand darf das Lager verlassen. Ich informiere auch die Undae, sie werden auf ihre Spaziergänge verzichten müssen.«

Marken überlegte kurz.

»Wir werden sie töten, bevor sie uns töten, Felt.«

»Wann?«

»Heute Nacht. Halt dich bereit, Wachmeister.«

»Zu Befehl.« Felt nahm Haltung an und wartete darauf, dass Marken den Gruß erwiderte und ihn offiziell entließ. Aber der Waffenmeister kniff nur den Mund zu, und als Felt sich nicht rührte, war Marken es, der sich knapp verbeugte und wortlos aus der Hütte ging.

Es war die einfachste aller möglichen Jagdmethoden. Unterhalb eines vorspringenden Felsblocks hatten sie ein Nukk angebunden, dem sein Instinkt verriet, dass es nichts Gutes zu bedeuten haben konnte, von den Artgenossen getrennt zu werden und allein in der aufziehenden Nacht zu stehen. Das Tier gab heisere Rufe von sich und zerrte am Seil. Einen Speerwurf entfernt hangabwärts lagen die Welsen im feuchten Gras und warteten. Die lauen Abendwinde fielen talwärts und so konnten sie hoffen, dass die Sedrabras keine Witterung von ihnen nahmen. Wenn sie so hungrig und so wenig menschenscheu waren, wie sie sich über Tag gezeigt hatten, würde das ohnehin keine große Rolle spielen – der Köder musste sie verführen. Ein ernsteres Problem war die Dunkelheit. Die Nacht war nicht so klar wie die vorausgegangenen, immer wieder zogen Wolken vor den Mond, und falls sie sich weiter verdichteten, wären die Katzen klar im Vorteil. Noch hob sich die Silhouette des Bocks vor dem Hintergrund des hellgrauen Steins ab, aber darüber tat sich nichts. Es fiel Felt schwer, seine Gedanken nicht zu Estrid wandern zu lassen. Die feuchte Kälte des Bodens machte ihm nichts aus, aber je länger sie hier lagen, desto mehr würden sie sich versteifen und desto schwieriger würde es werden, die Speere zu werfen und auch wirklich zu treffen. Es war höchst unwahrscheinlich, dass das Nukk diese Nacht überleben würde – Marken hatte Order gegeben, das Tier nicht zu schonen, denn der Plan würde nur aufgehen, wenn alle Mann sofort und ohne zu zögern angriffen, sobald sich die Katzen zeigten. Doch das taten sie nicht. Ob sie sie doch gewittert hatten? Ob es die falsche Strategie gewesen war, so viele Männer an der Aktion zu beteiligen? So flach sie sich auch ins Gras drückten, unsichtbar waren sie nicht, vor allem nicht von einem höher gelegenen Standort aus. Wer weiß, wie lange die Raubtiere schon irgendwo im undurchdringlichen Schatten eines der vielen Felsblöcke lauerten, die wie versteinerte Warzen auf der dünnen grünen Haut der Bergflanke saßen. Die Welsen waren keine geborenen Jäger. Ihre Stiefel waren schwer, ihr Tritt fest, die Haltung aufrecht – Verstohlenheit war nicht ihre Sache und stundenlanges, bewegungsloses Ausharren zerrte an ihren Nerven. Felt spürte die Ungeduld und Übermüdung der ringsum im Gras liegenden Soldaten und kämpfte gegen das Gefühl des bevorstehenden Scheiterns. Er fragte sich gerade, ob es nicht auch sein Gutes hatte, dass in dieser Nacht keine Kreatur ihr Leben lassen musste, als das Nukk sein Klagen unterbrach. Er war sich nicht sicher, ob er an der Felskante einen Schatten sah, eine bewegliche Dunkelheit vor der unbeweglichen, aber die atemlose Stille, die das Opfertier nun umringte, sagte ihm, dass sich die anderen ebenso wie er bereitmachten. Wie befürchtet hatte sich der Himmel dicht bezogen und die Nacht hatte das Nukk verschluckt. Dass Felt immer noch schwache Konturen ausmachen konnte, lag nicht an seinen ungewöhnlich scharfen Augen, denn die hatte er nicht, sondern vielmehr an der Tatsache, dass er sie stundenlang auf die Stelle gerichtet hatte, an der das Tier angebunden war. Und so warf er, als es aufschrie und sein Schrei sich vermischte mit dem gedämpften Brüllen der Sedrabras, seinen Speer auf ein Abbild, das vor seinem geistigen Auge stand. Und er traf. Er oder einer der anderen Speerwerfer, kein Laut war mehr zu hören, kein Knurren, kein Klagen, kein Atem. Dann wurden Schwerter gezogen und Fackeln entzündet. Mit einem Satz sprang die Nacht hinter die Felsen und im Flackerlicht lagen zwei schöne, große Tiere, ein Jäger und seine Beute, aneinandergeheftet mit vielen schwarzen Speeren – nur drei hatten das Ziel verfehlt.

In dem Augenblick, als Felt sah, dass hier nur eine der Katzen den Tod gefunden hatte, begann er auch schon zu laufen. Marken hatte genauso schnell begriffen und Kersted rief: »Uns nach, zum Lager!«

Mit blankgezogenen Schwertern und steifen Beinen stolperten die Welsen durch das tückische Gelände, sprangen über Steine, wenn sie sie früh genug ausmachen konnten, und strauchelten, wenn der Boden sich am Rand des tanzenden Lichtkreises der Fackeln plötzlich absenkte.

Es war das Muttertier gewesen, das sie erlegt hatten, dessen war sich Felt sicher, auch wenn er nur einen kurzen Blick auf den mageren, aber muskulösen Kadaver geworfen hatte. Warum hatte sie sich ausgerechnet in dieser Nacht von ihren Jungen getrennt? Sedrabras kümmerten sich aufopfernd um ihren Nachwuchs, nicht selten vergingen zwei Soldern, bis die Mutter ihre längst ausgewachsenen Jungen in die Selbstständigkeit trieb. Vielleicht warteten die Jungtiere auf ihre Rückkehr, vielleicht hatten sie nicht das Lager angegriffen, es war keine Notwendigkeit. Im Gegenteil: Es wäre vollkommen unnatürlich, im Lager war Lärm und Licht, war Feuer ...

Nur vier Mann waren als Wachen beim Lager geblieben, sie hatten auf ihre Falle vertraut. Marken hatte darauf vertraut, es war sein Plan gewesen, er war eben kein Jäger, er kannte das Wesen der Tiere nicht und rannte nun am schnellsten.

Aber sie kamen zu spät. Noch bevor sie den Lichtschein der Feuer sahen, hörten sie schon den Aufruhr.

»Wir waren völlig überrascht. Sie ... sie kamen einfach aus der Nacht gerannt, wie Schatten, wie ... Dämonen.«

»Fass dich, Soldat!«

Marken erlaubte dem zitternden Kimmed, sich zu setzen. Etwas, das er selbst gern getan hätte. Sich hinsetzen, den Kopf in die Hände legen, nichts mehr sehen, nichts hören. Aber er blieb stehen, schnauzte: »Und gebt ihm endlich was für den Arm!«

Marken suchte Felts Blick, aber der sah über den Verletzten hinweg, starr, den Mund zum Strich verschlossen. Nur die Kiefermuskeln arbeiteten. Er war hier, bei der Befragung, natürlich, und er würde bleiben, bis sie einen ersten Überblick hatten über das, was geschehen war. Marken erkannte den Herrscher in Felt, deutlicher denn je. Aber gleichzeitig sah er den Freund.

»Geh schon«, sagte Marken leise, »such sie. Sieh nach, ob es ihnen gut geht, mach schon! Das ... das ist ein Befehl.«

Ohne ihn anzusehen, aufrecht und wie an einer Schnur gezogen, schritt Felt aus der Offiziershütte. Marken durchzuckte die Erinnerung an seine eigene Frau, an Lomsteds dunkle Augen, an das leise *Geh zu ihr* des Arztes, und wie er also gegangen war, zu ihr, ein letztes Mal.

Kimmed stöhnte auf, als er sich den Lappen auf die Blutung presste.

»Berichte!«

»Sie haben von zwei Seiten angegriffen, gleichzeitig. Einer von Westen, von talwärts, das habe ich nicht gesehen, mein Posten war bei den Unterständen.«

Kimmed schluckte, atmete stoßweise. »Mit einem Prankenhieb hat er ... sie konnte nicht schlafen, ich weiß nicht, warum, sie hat mir Ganse gebracht und wir haben ein paar Worte gewechselt. Ich ... ich weiß nicht mehr, worüber wir geredet haben ... ist das nicht seltsam? Ich weiß es nicht mehr, ich kann mich nicht erinnern, was sie gesagt ...«

»Weiter!«, herrschte Marken ihn an.

»Jawohl, Herr Offizier!« Kimmeds Gesicht war weiß wie Schnee. »Dann war das verdammte Ding da und hat nach Sillas Gesicht geschlagen, direkt vor meinen Augen, hat sie umgerissen, dann war er über ihr, in einem Atemzug ... ich ... ich hab auf ihn eingeschlagen, sie hat geschrien, Silla hat furchtbar geschrien ...«

Kersted trat ein, auch er seltsam bleich im Fackelschein. Er machte eine knappe, verneinende Kopfbewegung, sagte: »Die Katze ist tot, Kimmed hat sie zur Strecke gebracht. Das Mädchen –«

»Silla«, unterbrach Marken.

»Ja, Silla ...« Kersted holte tief Luft. »Sillas Genick ist gebrochen. Der Sedrabra hat ihr das Gesicht weggebissen.«

Marken schloss kurz die Augen. Sie war zwölf Soldern alt gewesen.

Felt sah das Durcheinander im Lager, das Flackern der Feuer, sah geöffnete Münder, hörte Rufe, blökende Nukks, das Weinen der Kinder – und sah und hörte dennoch nichts. Nichts

Wesentliches. Nicht Estrid und Strem, nicht Ristra. Es war, als hätte er eine Schablone vor den Augen, und erst wenn er sehen würde, was in diese Schablone passte – Estrid, Strem, Ristra –, dann würde er auch wieder wahrnehmen können, was nun verdeckt war.

»Herr Offizier!«

Felt ging weiter. Es war so dunkel. Wo war der Mond? Warum hatte sich die Welt derart gegen sie verschworen?

»Herr Offizier.« Jemand fasste ihn bei der Schulter. »Herr Offizier Felt.«

Zerfurchtes Gesicht, schweißgebadet. Gerder. Wachsoldat. Sein bester Mann. Nahm Haltung an, hielt eine Fackel.

»Ich bitte Euch, mir zu folgen.«

Ein stählernes Band legte sich um Felts Herz, zog sich zu. Der Schmerz war so plötzlich, so heftig, dass er sich nicht bewegen konnte. Er atmete tief ein, das Band fiel ab. Gerder wandte sich zum Gehen, sagte: »Gleich hier vorn.«

Felt folgte, dachte: Mein Herz schlägt nicht und ich kann trotzdem gehen.

Zwei Soldaten. Einer stehend, der andere kniend. In seinem Schoß der Kopf eines Jungen, zurückgelegt, Mund, Kinn, Hals blutüberströmt. Aber atmend, flach. Zu den Füßen des anderen eine Decke. Darunter ein Körper. Nicht groß.

Gerder sprach, dumpf, wie hinter einer Wand: »Der Sedrabra ist zwischen die Nukks gesprungen und die waren sofort in Panik. Haben drei Fackelträger überrannt. Basten, der die Biester zuerst gesehen hat: Arm gebrochen, sonst soweit in Ordnung, wird versorgt. Der hier«, er wies mit dem Kinn auf den blutenden Jungen, »Nase gebrochen, wahrscheinlich Rippe angeknackst. Das wird wieder. Wird schon wieder, Junge.«

Gerder gab die Fackel an den Stehenden, nahm sich den Helm ab, strich sich die schweißnassen Haare aus der Stirn.

»Aber hier ... hier ist nichts mehr zu machen, Herr Offizier.«

Er beugte sich vor, griff nach der Decke. *Er würde nicht trösten, er durfte nicht bedauern. Aber er musste die Tatsache aussprechen ...*

»Fenled ist tot.«

Das kleine Gesicht war entspannt und friedlich, aber so blutleer, dass es fast durchsichtig wirkte. Felt wollte sich zu dem Jungen hocken, fiel aber stattdessen auf die Knie, seine Beine hatten ihn nicht mehr gehalten.

Gerder sprach weiter, irgendwo über Felt: »Basten hat's gesehen. Hat's erzählt. War wirr, muss aber ungefähr so gekommen sein: Die Nukks sind durchgedreht, Fenled ist nur hingefallen, hat sich wieder aufgerappelt. Dann war da ein Schatten vor ihm, groß, grau. Er hat wie wild mit seiner Fackel rumgefuchtelt, hat gebrüllt wie am Spieß, aber der Katze war das egal. Ist einfach immer auf ihn zu. Hat Fenled die Fackel weggerissen. Und den Arm gleich mit. Er ist verblutet. Der Junge ...«
Gerder stockte, Felt sah auf. »Er war der Jüngste. Acht.«

Gerder presste die Lippen aufeinander, eine tiefe Falte stand zwischen seinen Augenbrauen. Er wandte sich ab, blickte auf in den schwarzen Himmel.

»Die hatten keine Angst vor den Fackeln, vor Feuer.« Gerders Stimme war rau. Felt bedeckte Fenleds bleiches, stilles Gesicht. »Die haben sich draufgestürzt. Nicht auf die Nukks. Auf die Kinder.«

Am Rand seines Gesichtsfeld nahm Felt ein Schimmern wahr.

»Wir haben versucht, den Sedrabra zu erwischen«, sagte der kniende Soldat. Seine große Hand lag an der Seite des röchelnden Jungen in seinem Schoß und hielt ihm den schmerzenden Brustkorb. »Aber wir wissen nicht genau, ob's geklappt hat.«

»Hab's noch nicht rausgefunden, Herr Offizier.« Gerder setzte sich den Helm auf. »Die Aussagen widersprechen sich. Angeblich hat einer das Biest mit dem Speer erwischt. Könnte sein, der Speer ist noch nicht gefunden. Vielleicht hat er auch nur ein Nukk getroffen. War alles dunkel und ein großes Durcheinander. Ist es immer noch.«

Felt erhob sich, sah ein silbernes Leuchten im Augenwinkel.

»Bringt sie in die Hütte. Wie heißt du, Junge?«

Der Kleine gab ein gurgelndes Flüstern von sich.

»Tarden. Sein Name ist Tarden.«

»Also gut. Tragt Fenled und Tarden in die Hütte. Vorsichtig! Und Gerder: Du gehst mit. Gib Offizier Marken Bericht.«

»Jawohl, Herr Offizier!«

Erst als die Soldaten, schwarze Schemen vor flackernden Lagerfeuern, auf andere Schatten trafen, als Felt ein Mädchen bestürzt aufschreien hörte, wagte er es, sich zu dem hellen Flimmern umzudrehen.

Die Undae standen wie gefallene Sterne vor der Tiefe der Nacht. Ihre Gewänder schienen aus sich heraus zu leuchten, schwach, aber dieses kühle, weiße Glimmen war eine Wohltat, ein angenehmer Hauch, der über Felts Seele strich und die Sorge davonwehte. Er ging darauf zu. Eine der Frauen trat beiseite. Zwischen ihnen stand Ristra, mit hängenden Armen, leicht schwankend, nur halbwach.

»Ristra!«

Das war Estrids Ruf.

Sie kam auf Felt zugeschossen, mit wehenden Haaren, den langen Rock bis über die Knie geschürzt, den heulenden Strem mit eisernem Griff gegen die Brust geklemmt. Sie reichte ihn Felt, ohne ihn anzusehen, ihre Augen waren nur bei Ristra. Felt nahm ihn, Estrid beugte sich vor, öffnete die Arme. Eine der Frauen gab dem Kind einen sanften Stups und Ristra ging langsam taumelnd auf Estrid zu, ließ sich von ihr umarmen. Sie schaute über die Schulter der Mutter hinweg zum Vater, verschlafen und fragend. Einen Moment lang waren sie sich wieder nah, und dieser Moment kam Felt besonders wahr und gleichzeitig unwirklich vor. Als habe jemand alle Augenblicke der Nähe zwischen ihnen übereinandergelegt und herausgekommen war dieser eine, jetzt, die Summe von allem und dennoch neu, klar und eigen. Felt stand, die Hand um Strems runden Kopf gelegt, in der Essenz seiner Liebe zu diesen drei Menschen.

Dann richtete sich Estrid auf, zögerlich, so als wolle sie ihr Kind nicht loslassen, noch nicht und nie mehr. Sie sah zu den Hohen Frauen, die immer noch reglos standen, ein dreifaches, schmales Glänzen im Schwarz, unbeeindruckt und unantastbar. Estrid wandte sich Felt zu, nahm ihm den nun wieder ruhigen Strem aus dem Arm, setzte ihn sich auf die Hüfte, die kleinen Fäuste krallten sich in ihre Haare. Sie nahm Ristra bei der Hand. Sie sah Felt an. Ein mattes, warmes Lächeln. Sie senkte den Kopf und ging, ohne ein Wort.

Im Morgengrauen hatten sie begonnen, die versprengten Nukks zu suchen, aber auch als die Sonne schon über die Berge kam, fehlten immer noch viele Tiere. Niemand gönnte sich eine Pause, sie tranken Suppe im Stehen und in den müden Gesichtern der Männer war eine Wut, wie man sie bei den Welsen lange nicht gesehen hatte.

Nach einer weiteren Nacht, die unruhig, aber klar und ohne Vorkommnisse war, brachen sie früh am folgenden Morgen auf. Bei dem nächtlichen Drunter und Drüber im Lager waren noch zwei Mädchen zu Schaden gekommen. Ein verdrehter Fuß, eine verbrannte Schulter, nichts Ernsthaftes. Es war das zerschmetterte Antlitz ihrer Freundin, das sie zurück in die tröstenden Arme ihrer Eltern trieb, und niemand konnte es ihnen verdenken. Vier Soldaten sollten den traurigen Zug begleiten und beschützen. Kimmed, der immer noch unter Schock stand und dessen Wunden sich zu entzünden begannen, sollte mit den anderen Verletzten und den beiden Toten zurück nach Goradt gebracht werden. Er weigerte sich, und erst als Kersted drohte, ihn fesseln zu lassen, fügte er sich und sagte kein Wort mehr.

»Er gibt sich die Schuld an Sillas Tod«, sagte Kersted zu Felt. Alle Reiselust war von dem jungen Pfadmeister abgefallen, er machte sich Sorgen um seinen Untergebenen und Kameraden, Kimmed gehörte zu seinem Trupp.

»Ich hoffe nur«, sagte Felt, »dass sie es schaffen, bevor das Fieber ihn packt. Er hat ganz allein einen Sedrabra zur Strecke gebracht. Wenn ihm das bewusst wird, wird er verstehen, dass er nicht verantwortlich ist für Sillas Tod, sondern im Gegenteil Schlimmeres verhindert hat.«

»Waren das wirklich nur einfache Sedrabras?«, sagte Kersted wie zu sich selbst, deshalb gab Felt keine Antwort.

»Felt?«

»Was?«

»Ich frage dich: Waren das einfach nur Sedrabras? Waren sie nicht zu klug, zu … böse? Hat die Mutter uns nur abgelenkt? Sich geopfert? Damit die Jungen besser Beute machen konnten?«

»Pfadmeister Kersted, es waren Tiere. Hungrige Tiere, nichts weiter. Tiere machen keine Opfer und keine Angriffspläne. Es war ein Unglück, ein schrecklicher, unglücklicher Zufall. Nichts weiter.«

Kersted schwieg. Dann nickte er.

Zwei Stunden war der Tag alt, als sie sich trennten. So geschwächt und bekümmert hatte noch nie ein Treck den Abstieg in die Aschenlande begonnen. Der nächste Firsten würde grausam werden. Aber während Marken noch überlegte, wie er die Verluste an Männern und Lasttieren ausgleichen konnte – ob sie Verstärkung anfordern und darauf warten sollten oder ob es besser war, in Pram Pferde zu kaufen, auch wenn nicht sicher war, ob diese Tiere die Passage zurück überstehen könnten –, waren die Undae bereits aufgesessen und vorausgeritten.

ACHTES KAPITEL

ALLES IST ASCHE

Es war mehr als hundert Soldern her, dass das Reich der Welsen verglüht war, aber immer noch schuppte sich das Land und warf seine Aschenhaut ab: Schwere, fettige Flocken wirbelten den Nukks um die Hufe. Der Himmel war klar, kein Lüftchen wehte und Stille legte sich wie ein schwerer Pelz auf die Gemüter der Reiter und hüllte sie, jeden für sich, in eine stickige, enge Einsamkeit. Die Asche war hellgrau, fast wirkte sie weiß und erinnerte an Schnee, aber sie knirschte nicht, sie schluckte jeden Trittschall. Sogar die Nukks, gewohnt, an sturmumtosten Steilhängen auf und ab zu springen, schien die unbegrenzt sich dahinwellende, gleichbleibend grauweiße, tonlose Ebene zu bedrücken: Nur zögerlich kamen sie in Gang, vorsichtig setzten sie die Hufe, als warteten sie bei jedem Schritt auf die vertraute Bestätigung des Klangs von hartem Horn auf Fels. Und hinter ihnen schwebte die Asche wieder zu Boden und verdeckte ihre Spuren.

Auch wenn es keine Straße, keinen Pfad in diesem Albtraumland gab, war die Orientierung nicht schwer – es ging stets westwärts und in regelmäßigen Abständen waren Pflöcke eingeschlagen, die die Route markierten. Sie zu errichten war eine langwierige Arbeit gewesen und die Ersten, die diesen Weg gegangen waren, waren nicht nach Goradt zurückgekehrt. Nun aber standen die Pflöcke und es war üblich, dass jeder Reisende seine Passage an ihnen dokumentierte, irgendwo seinen Namen einkerbte, einen Stein, ein Stück Knochen oder eine Speerspitze anband, Federn ins rissige Holz steckte, dem Pflock einen alten Helm aufsetzte. So gaben die Vorgänger den Nachkommenden Hoffnung: Von Pflock zu Pflock ging es vorwärts und jeder Pflock erzählte eine neue, kleine Geschichte. Dennoch bedurfte es eines in Entbehrung und Isolation gestählten Charakters, um die Durchquerung der Aschenlande unbeschadet an Seele und Geist zu überstehen. Nur ein Welse war dazu in der Lage. Für Felt war es bereits die achte Passage und er wusste, dass der erste Tag immer besonders schwer war. Die ungewohnte Stille machte taub und das Ausmaß der Verwüstung übertraf jede Erzählung und sogar die eigene Erinnerung jedes Mal aufs Neue. Viele, nicht nur die, die zum ersten Mal im Treck ritten, weinten. Dabei war es nicht die Trauer um ein verlorenes Reich, die Tränen fließen ließ, sondern der Anblick dieses so tödlich verwundeten Landes, die matte, allumfassende Trostlosigkeit. Man musste weinen um die Welt, wenn man in die Aschenlande kam, und dieses Mal, nach den Vorfällen im Höhenlager, ging es alle besonders hart an. Es hatte wenig Sinn, sich zu wehren, auch Felt weinte: um das Land, um Silla, um Fenled, um Estrid, um die verlorene Zukunft. Der Zug fiel auseinander, sie ritten in weiten Abständen, jeder für sich und mit sich allein.

Erst als die Sonne am Horizont klebte, die Asche golden glühen ließ und mit ihren letzten Strahlen in die Gesichter der Welsen griff, war es endlich genug. Man schloss auf zum Vordermann, begann ein Gespräch – müde zwar, aber von einer Last befreit und beinahe heiter. Auch Felt spürte, wie sich die gewohnte Gelassenheit wieder in ihm ausbreitete, und er hielt Ausschau nach dem Pflock, der anzeigte, wie weit es noch zur ersten Plattform war. Er ritt voraus, Kersted schloss sich ihm an. Drei angenagelte Stahlbänder, drei Pflöcke noch.

»Wer zuerst da ist«, sagte Kersted und trat schon seinem Nukk in die Flanken. Felt folgte dicht auf und hinter den beiden stieg eine Aschewolke auf, die aussah wie wirbelnder Sternenstaub.

Anderthalb Zehen dauerte die Durchquerung. Es wäre zwar nicht unmöglich gewesen, direkt im weichen Aschebett zu lagern, aber es hatte etwas Unmenschliches, sich in den Staub zu legen, der einmal Heimat gewesen war. Deshalb hatten die Welsen Plattformen aus geschälten Stämmen gebaut, die entlang der Pflockstrecke wie Anleger in ein schmutzigweißes Meer hineinragten und auf Schiffe zu warten schienen, die niemals kamen. Im bleichen Mondlicht, das sich mittlerweile in die Ebene ergoss, erinnerte die Ascheschicht Felt an die Wolkendecke des Bersts. Auch hier war die Ausdehnung grenzenlos und man konnte sich fragen, was darunter verborgen war. Aber das Gefühl war ein anderes. Die sich ewig wandelnden und ineinanderschiebenden Wolkenformationen über dem Berst öffneten ihm den Geist und ließen ihn tief Luft holen; die leblose Asche schnürte ihm die Kehle zu. So erschöpft er war vom Tagesritt, er wollte nicht stehen und schauen, es kam ihm vor, als stünde er in seinem eigenen Tod. Kersted ging es ähnlich. Auch er musste sich bewegen, etwas Handfestes tun, um sich der deprimierenden Wirkung des Landes zu entziehen. Also zündeten sie Fackeln an, lösten Schnüre, schlugen schweres Segeltuch auf, gruben versiegelte Tongefäße aus – das Heu war trocken und duftete immer noch schwach nach Kräutern, das Wasser war kühl und schmeckte angenehm erdig. Es war die

Aufgabe des heimwärts ziehenden Trecks, die Vorräte an den Plattformen aufzufüllen, und es war die Eigenschaft dieser besonderen, weißen Asche, sie zu konservieren. Felt schnitt einen dicken Pfropfen von einem Gefäß und schon der Duft, der ihm entströmte, sagte ihm, dass er einen Treffer gelandet hatte: süße, gelbe Äpfel, die knackten, wenn man hineinbiss.

»Das ist das Beste, was ich je gegessen habe.«

Kersted wischte sich den Saft vom Kinn.

»Warte, bis wir die Trauben gefunden haben«, sagte Felt. »Aber lass uns erst so viel wie möglich ausgraben und hochstellen, bevor die anderen kommen.«

Er wusste, wie sehr es vor allem die Jüngeren angriff, wenn sie mit ansehen mussten, wie in der Asche gewühlt wurde. Einige brachten es nicht einmal über sich, einen Fuß in die samtig weichen Flocken zu stellen – es grauste sie davor. Um niemanden zu beschämen, ritten immer zwei oder drei Soldaten voraus, erledigten die staubige Arbeit und machten dann das Begrüßungskomitee für die Nachfolgenden: Felt und Kersted reichten Äpfel und hoben den einen und anderen, ohne zu fragen, gleich aus dem Sattel auf das Podest.

Das Mahl war nicht üppig, ein paar Happen nur für jeden, aber die Besonderheit der Speisen – Äpfel, Pfirsiche und kleine grüne Pflaumen, dunkelviolette Trauben, mit Nüssen gefülltes Gebäck und dazu ein prickelnder, heller Wein – machte glücklich. Die Sorgfalt, mit der ihnen dieses Nachtmahl vorbereitet worden war, ließ die Welsen die Einsamkeit vergessen, mit der sie über Tag gekämpft hatten. Und genau das war der Sinn. Mit jedem Schluck Wein hob sich der Mut, mit jedem Bissen wuchs die Dankbarkeit gegenüber den Brüdern und Schwestern und der Wunsch, auf dem Heimweg für den folgenden Treck noch köstlichere Leckereien zu verstecken. So seltsam es war, nichts hätte die Welsen enger zusammenschweißen können als das tote Land. Zufriedenheit lag auf den Gesichtern der Schlafenden, die alle einen gemeinsamen Traum träumten. Schnell waren ihnen die Augen zugefallen – wer einmal mehr als auch nur eine Stunde geweint hat, weiß, wie vollkommen die darauffolgende Erschöpfung ist.

»Wach auf, Felt, Serleds Sohn!«

Er fuhr hoch. Hatte er seine Wache verschlafen? Die Undae umstanden ihn, schimmernd im Mondlicht, die Gesichter verborgen im Schatten der weiten Kapuzen. Er versuchte die Müdigkeit abzuschütteln, es ging schwer, er konnte nicht lange geschlafen haben. Eine der Frauen reichte ihm die Hand, Felt nahm sie. Und war augenblicklich hellwach. Die Hand war kalt wie Eiswasser, die Kälte lief seinen Arm hinauf und durchströmte ihn vom Kopf bis zu den Zehen. Als er auf den Füßen war, ließ die Hand ihn los und seine Adern wurden wieder weit; einen Augenblick lang glaubte er, von unzähligen feinen Nadeln gestochen zu werden.

»Nun bist du wach«, sagte die Unda und Felt meinte ein unterdrücktes Lachen in ihrer Stimme zu hören.

»Was ist passiert?«

Er sah sich um: Alle schliefen.

»Du musst mit uns kommen«, sagte sie, ohne auf seine Frage einzugehen. »Der Mond ist rund.«

Das war er wirklich, voll und rund und hell. Felt blickte zu einem der wachhabenden Soldaten, aber der zuckte nur die Achseln und wies mit einer Kopfbewegung auf vier aufgezäumte Nukks.

»Wir können nicht einfach in der Gegend herumreiten«, sagte Felt. »Es ist zu gefährlich. Wir dürfen die Route nicht verlassen.«

Er hatte die Launen der Frauen noch nie verstanden, aber

die Undae waren die Königinnen der Rätselhaftigkeit. Er konnte sie unmöglich in die weglose Ödnis ziehen lassen – er konnte sie aber auch nicht daran hindern. Sein Befehl lautete eskortieren, also musste er mitgehen. Er fingerte am Schwertgehänge, es glitt ihm aus der immer noch tauben Hand und fiel mit hohlem Klang aufs Holz der Plattform. Felt fluchte, hob es auf, zog den Gurt fest, saß auf und folgte den Undae in die mondhelle Nacht.

Bevor das Lager außer Sichtweite kam, versuchte Felt, sich den Stand der Gestirne im Verhältnis zur Plattform einzuprägen, aber er wusste, wie müßig das war. Sie würden sich verirren. Er ärgerte sich, dass er sich wie ein unerfahrener Rekrut von den Frauen hatte überrumpeln lassen. Er suchte in der Aschewüste nach einer Landmarke, obwohl er wusste, dass keine zu finden war. Hier gab es nichts, nur lange Wellen grauen Grunds, und eine sah aus wie die andere. Es war wie immer windstill in den Aschenlanden und das Mondlicht war so hell, dass es ein eigenes Gewicht zu haben schien. Allmählich begann selbst Felts starker Wille unter der Wirkung des Landes einzubrechen. Er fühlte sich mit zunehmender Entfernung zu den anderen mehr und mehr bedrückt. Er, der Stunde um Stunde, Tag um Tag, Solder um Solder allein im Wind den Wall begehen konnte, sehnte sich mit einer nie empfundenen Inbrunst nach menschlicher Gesellschaft, seinen Kameraden, seiner Familie. Er begann die Ebene zu bevölkern. Vor seinem geistigen Auge entstanden umzäunte Weiden, Höfe, vor denen Kinder die Hühner umherscheuchten, und Felder, auf denen fröhlich Hand in Hand gearbeitet und die Ernte eingebracht wurde. Ein Teil seines Hirns wusste, wie lächerlich das war, doch der andere Teil scherte sich nicht darum und malte eine ideale Welt aus, in der alle Brüder waren.

Dann hielten die Undae ihre Nukks an und alles war wie zuvor: Asche.

Felt hatte nicht bemerkt, dass sie beständig leicht bergan geritten sein mussten. Als er sich jetzt umsah, konnte er sogar den schwachen Schein des Lagers in der Ferne ausmachen und wusste nun doch, wo er war. Auch wenn nichts übrig geblieben war vom grauen, glatten Stein, von gewundenen Treppen und hohen Hallen, von Mauern, so mächtig, dass fünfzehn Mann nebeneinander auf ihnen laufen konnten, und von Toren, so schwer, dass zehn mal zehn die Räder drehen mussten, um sie zu öffnen – sie waren da: auf der Höhe von Wandt, dort, wo einst die uneinnehmbare Festung der Welsen gestanden hatte.

Was sollte das nun bedeuten? Wollten sie ihn kränken? Hatten sie ihn aus dem Schlaf gerissen, damit er hier die Aussicht genießen konnte? Dann war der Ausflug ein Misserfolg, denn es gab hier nichts, was irgendwer hätte genießen können. Alles war Asche, hier auf dem Hügel wie unten in der Ebene, Asche. Asche entlang der Route, Asche von Horizont zu Horizont. Er saß ab – und Asche wirbelte ihm um die Stiefel.

»Verachte die Asche nicht, Felt«, sagte eine der Frauen und saß ebenfalls ab. »Die weiße Asche ist das reine Herz aller dauerhaften Dinge. Sie ist von allem Schmutz, allen falschen Regungen, allem falschen Denken geläutert.«

Sie kam auf ihn zu und schob die Kapuze zurück, ihr kahler Schädel leuchtete im Licht des Mondes. Die in sich verschlungenen Narben, die jede Undae zeichneten, schimmerten weiß auf der Kopfhaut und wuchsen ihr wie Ranken über die Stirn bis um die wimpernlosen Augen. Augen, die so blass waren, so voller Licht, dass Felt glaubte, in zwei Monde zu blicken. Dann war ihm, als schaue er in ein dunkles Wasser, in dem lediglich ein Spiegelbild des Mondes schwamm, und im nächsten Moment erkannte er, dass auch dies eine Täuschung war, denn es waren die Augen seiner Tochter, es war Ristra, die ihn aus dem Gesicht der Unda hinaus anblickte. Er konnte sich nicht rühren, er war gebannt von ihrem Blick. Sie sprach mit klarer, leiser Stimme: »Zieh dein Schwert.«

Felt tat es.

»Und nun – grabe.«

Er zögerte.

»Tu es«, befahl die Unda, »grabe. Hier. Jetzt.«

Felt fasste Anda mit beiden Händen und rammte das Schwert mit aller Kraft in den Boden. Vom eigenen Schwung mitgerissen, fiel er auf die Knie, das Schwert war bis zum Heft eingedrungen. Asche stob auf und bedeckte ihn, er kümmerte sich nicht darum, er drehte Anda, als rühre er in den weichen Innereien eines Untiers, das er endlich und endgültig zur Strecke bringen musste. Die Asche sackte nach, es war unmöglich, hier ein Loch zu graben, aber darüber dachte Felt nicht nach, er richtete sich auf, bereit, zum nächsten Stoß auszuholen.

Ein kurzer, spitzer Schrei hielt ihn zurück.

Die anderen beiden Frauen, die sich bislang schweigend im Hintergrund gehalten hatten, traten näher und klatschten in die Hände, sie hüpften, dass ihnen die Kapuzen von den Köpfen rutschten und die Asche wirbelte.

»Sieh nur«, rief eine, deren Haut dunkel und deren Stimme rau wie Erz war.

»Man muss nur wissen, wo man graben muss«, sagte die zweite nicht ohne einen gewissen mütterlichen Stolz. Ihr Gesicht schien Felt, als wäre es mit einem scharfen Meißel aus Granit herausgeschnitten und in langer, mühevoller Arbeit zur Vollkommenheit geschliffen worden. Er hatte noch nie etwas so ebenmäßig Schönes gesehen; es war erschreckend und er senkte schnell den Blick.

Da sah er das Wasser aufquellen.

Dort, wo eben noch das Schwert gesteckt hatte, blutete das Land. Ein feines Rinnsal grub sich durch die Asche wie Eiklar durch Mehl, glitzernd, lebendig, schnell. Felt sprang zur Seite und beobachtete sprachlos, wie das Wasser sich seinen Weg suchte, bald hierhin, bald dahin die Richtung wechselte, aber ständig weiter lief wie ein Hund, der Witterung genommen hat.

»Psst«, machte die Unda, die Felt geweckt hatte, und legte den Finger an die Lippen. Sie schien Felt die jüngste der drei zu sein. Allerdings hätte er nicht sagen können, wer die älteste war. Er konnte das Alter keiner der Frauen schätzen. Nein, sie war nicht die jüngste, sie war nur die zierlichste der drei. Sie griff in ihr Gewand und zog ihre Phiole hervor, öffnete sie und gab einen Tropfen in die neugeborene Quelle.

Nichts geschah.

Wenn man es wollte, konnte man ein schwaches Aufquellen des Wassers erahnen, ein minimales Hochwallen, als der Tropfen hineinfiel, aber das war alles. Das Rinnsal blieb fingerdünn. Aber es floss – hier, wo niemals Leben war, wo kein Tier, keine Pflanze, nicht einmal ein Stein zu finden war. Dies allein war erstaunlich.

Die Unda lächelte Felt an. Nichts Geheimnisvolles war jetzt an ihr, die Augen waren nur Augen und die Narben nur das Ergebnis eines Rituals, von dem Felt lieber nichts wissen wollte. Ihr silbriges Gewand war staubig und glanzlos. Sie war in der Tat klein, geradezu schmächtig. Er hätte ihr mit einer Hand die Kehle zudrücken können – allein der flüchtige Gedanke daran, der nicht mehr gewesen war als ein instinktiver Versuch, sich in ein Verhältnis zu dieser Fremden zu setzen, ließ eine Welle kalter Furcht durch Felts Adern rollen. Er begriff, dass sie ihn in einem Ausmaß beeinflussen konnte, das ihn zu ihrem Werkzeug machte. Und dass sie ihn nicht brauchte. Jedenfalls nicht, um sich zu verteidigen. Aber wozu dann? Wozu diese Expedition mit ein paar halb verhungerten Soldaten, wenn sie keinen Schutz brauchten? Was die Undae wirklich in dieser Welt wollten, erschloss sich ihm nicht. Wem nützte ihr Wissen und wem diente ihre Macht? Es ergab doch alles keinen Sinn ... Felt wurden die Lider wie Blei, er fürchtete, im Stehen einzuschlafen.

»Seht nur, wie müde er ist«, sagte die Dunkle.

Felt wedelte mit der Hand und riss die Augen auf. Wenn er etwas konnte, dann war es wachbleiben.

»Du musst nicht kämpfen, heute nicht«, sagte die Schmächtige. »Es ist alles getan, wir reiten zurück und du kannst schlafen. Du wirst wiederkommen und nach der Quelle sehen, es war dein Schwert, dein Stoß, der sie geweckt hat – du wirst wissen wollen, was aus ihr wird, nicht wahr?«

»Ja«, sagte Felt mit schwerer Zunge.

Die Unda quittierte seine Zustimmung mit einem anmutigen Nicken, das ihm das Gefühl eingab, gerade eben einen Eid geschworen zu haben. Eine seltsame Pause entstand. Alle drei Undae blickten ihn unverwandt an.

Felt stand im Zentrum ihrer Aufmerksamkeit, spürte, dass etwas von ihm erwartet wurde, wusste nicht, was, und war müde. Er konnte nicht mehr denken, nichts vermuten, keine Rätsel lösen. Er konnte nur noch warten, er war leer, leer und still wie das Land. Er sah kein Wolkenmeer in den vom Mondlicht übergossenen Wellen, er sah keine Felder und Höfe, er sah kein alles verschlingendes Feuer, er sah kein großes Sterben – er sah nur noch, was war: Asche. Das reine Herz aller dauerhaften Dinge. Das Letzte, das übrig blieb. Der Rest von allem, geläutert. Befreit.

Dann, wahrhaftig aus dem Nichts heraus, wurde er sich seines Stehens bewusst und auch, wo er stand. Am richtigen Ort. Dort, wo er hingehörte. In seinem Land. In seiner Heimat, mit der er so fest verbunden war, dass er niemals wieder einen

Schritt würde tun können. Das Gefühl dieser Verbindung war überwältigend, war absolut. Es war nicht vergleichbar mit der Zuneigung, die ihn schlagartig treffen konnte, wenn er Ristra aufgeregt mit ihrem Bruder flüstern hörte, der noch zu klein war, um sie zu verstehen, oder wenn Estrid, mit irgendetwas beschäftigt und konzentriert auf ihr Tun, sich die Haare hinters Ohr strich – denn das war ein zwar tiefes, aber gerichtetes Gefühl. Was er jetzt an diesem Ort verspürte, war nicht einmal zu vergleichen mit der Liebe, die Felt empfunden hatte, als die schläfrige Ristra sich nach dem Angriff der Sedrabras von Estrid umarmen ließ und er Strems kleinen Kopf in seiner Hand hielt und sie alle gerettet waren vor der Angst, der Sorge, dem Tod. Denn auch dieses Gefühl hatte eine Richtung gehabt, es meinte andere Menschen.

Das hier war umfassend, es meinte alles.

Felt stand fest auf der Verbundenheit mit der schier endlosen Weite dieses Landes, er war grenzenlos verpflichtet, mehr noch, er stand in der Treue *an sich*.

Er japste nach Luft.

»Ich bin Smirn«, sagte die Dunkle und bedeckte ihr Haupt wieder mit der Kapuze. Felts Herz schlug heftig, er bemerkte es erst jetzt.

»Utate«, sagte die Schöne. Auch sie verhüllte sich wieder, ebenso die letzte, die zierliche Wortführerin.

»Und mich nennt man Reva.«

Sie wandte sich ab, saß auf. Felts Herzschlag wurde langsamer, er versuchte einen Schritt und es ging. Neben seinen staubigen Stiefeln funkelte das Wasser. Felt steckte sein Schwert weg. Eben erst hatte er etwas gefunden, von dem er nicht einmal gewusst hatte, dass er es vermisste. Er hatte Welsien wiederentdeckt und musste es beinahe im selben Moment wieder verlassen.

Er fügte sich, dies war erst der Beginn. Er würde weggehen, er konnte wiederkommen.

Schweigend wie auf dem Hinweg ritten sie zum Nachtlager zurück. Die Nukks fanden den Weg allein, es war nicht notwendig, sie zu lenken. Felt registrierte nur noch nebelhaft, wie unbegründet seine Sorge gewesen war. Die Zügel glitten ihm aus den Fingern und sein erschöpfter Sinn versuchte erfolglos herauszufinden, was Vertrauen eigentlich bedeutet.

NEUNTES KAPITEL

FESTGESETZT

Felt stand in grauem Schlamm und blickte über den Eldron zum anderen Ufer, zum grünen Ufer. Dunst hing über den Wiesen, eine Abendkühle zog schon vom Fluss auf. Er sah den gegenüberliegenden Posten der Pramer: genau wie auf dieser Seite ein Turm und ein paar flachere Gebäude, Quartiere, Baracken, Stallungen, und ein kurzer Steg für das Boot, das die Pramer benutzten, um Männer, Material und Vorräte ans Ascheufer zu bringen. Felt sah den dunklen Schatten des Waldes in der Ferne und dahinter die ersten Ausläufer der Galaten, die das Rückgrat des Kontinents bildeten. Auf deren anderer Seite breiteten sich die weiten Graslande der Merzer aus – eine Gegend, die Felt nur vom Hörensagen kannte. Von seinem Standpunkt aus sah er außerdem noch ein paar verfallene Bauten: den Beginn der Lagerstadt, das Ziel des Trecks. Stromaufwärts, im Norden, schwebten schemenhaft die Zwillingstürme von Pram über dem bewaldeten Ufer. Die Stadt selbst war verborgen hinter der weiten Flussbiegung, in welcher der Eldron aus dem Pramsee abfloss.

Estrid hatte übersetzen dürfen; ihr war ein mit einem Brandzeichen markiertes Holztäfelchen ausgehändigt worden, genauso wie den Kindern und jenen Soldaten, die Pram den Welsen zugestand. Wegen des Sedrabra-Vorfalls waren es weniger als üblich, dafür aber besonders erfahrene Männer. Treck und Eskorte mussten sich trennen, das war schon in Goradt klar gewesen. Doch dass dieser Zeitpunkt bereits jetzt gekommen war, brachte Marken aus der Fassung: Der Kommandant des pramschen Postens auf dieser Seite des Flusses, am Ascheufer, ließ zwar den Treck durch, weigerte sich jedoch, die Offiziere passieren zu lassen. Er war noch jung, aber er besaß genug militärische Kenntnis, um sofort zu erkennen, dass sich die Eskorte der Hohen Frauen aus Männern eines eigenen Schlags zusammensetzte. Sie waren in tiefem Schwarz gerüstet und allesamt deutlich größer als die Soldaten aus Pram, dazu breitschultrig und mit abgehärmten, strengen Gesichtern. Die Besatzung des pramschen Kontrollpunkts sah sich einer welsischen Eliteeinheit gegenüber und das machte sie mehr als nervös. Marken und auch Felt waren beide schon mehrmals den Lendern über in der Lagerstadt gewesen – es war einiges an welsischer Sturheit und Verhandlungsgeschick nötig, um den Händlern die Stirn zu bieten –, aber niemals gemeinsam. Nun gleich drei Offiziere mit ihren besten Männern und dazu noch die Undae durchzulassen, die sich in dieser Welt sonst niemals zeigten, das war dem Kommandanten zu viel. Er wollte die Verantwortung nicht übernehmen, sondern Order aus Pram abwarten.

Felt hörte, wie Marken die Stimme hob, sah ihn gestikulieren und beobachtete, wie die Pramer drohend ihre Speere umfassten. Mit wütendem Kopfschütteln kam der Waffenmeister zu ihm ans Ufer gestapft.

»Das fängt ja gut an«, brummte er. »Einen halben Tag dauert es, bis alles über den Fluss geschafft ist, vielleicht auch länger; es wird Nacht sein bis dahin. Dann noch mal einen Tag für die Vorbereitungen. Ach, noch länger, wenn ich nicht dabei bin! So ein Lager macht sich nicht von allein, die Ware präsentiert sich nicht selbst! Aber dieser ... junge Hund da weigert sich!«

Marken hatte sich verschätzt und das ärgerte ihn selbst am meisten. Er hatte geglaubt, die Anwesenheit der Undae wäre eine Garantie für die Überfahrt, und Felt konnte es ihm nicht verdenken. Sie alle hatten zwar damit gerechnet, in Pram selbst Widerstände überwinden zu müssen – nicht in die Stadt eingelassen zu werden oder nicht bis vor den Fürsten zu gelangen –, aber dass sie bereits hier, auf welsischer Seite, an einem jungen Kommandanten scheitern könnten, war ihnen nicht in den Sinn gekommen. Alle, die in der Grotte gewesen waren, die die Undae hatten sprechen hören und denen die Welle der Angst durch die Adern gerollt war, waren vollkommen überzeugt von der Dringlichkeit ihrer Mission. Aber genau das war den Pramern nicht zu vermitteln und die Undae selbst taten nichts, um ihren Begleitern zu helfen. Sie hatten sich ganz von den Menschen ab- und dem Wasser zugewendet.

»Es ist eine halbe Tagesreise vom Lager bis ins Zentrum der Stadt«, schimpfte Marken weiter. »Felt! Hast du eigentlich eine Vorstellung davon, wie groß Pram ist? Das dauert alles! Wir verlieren Zeit, wenn wir hier festsitzen!«

Die Undae waren mittlerweile bis zur Hüfte ins Wasser gegangen, kleine Wirbel bildeten sich um ihre Körper. Felt war sich sicher: ein Blick von Utate, ein Wort von Reva, und der junge Pramer würde seine Befehle vergessen und sie durchlassen. Aber die Frauen kümmerten sich nur um das träge fließende Wasser des breiten Stroms. Was am Ufer sonst noch vor sich ging, schienen sie nicht einmal wahrzunehmen. Dabei herrschte hektische Betriebsamkeit: War es schon schwierig gewesen, den Treck in den Gassen von Goradt in eine Ordnung zu bringen, war es hier am schlammigen Flussufer fast unmöglich. Es gab keine Brücke. Sie war schon vor Soldern abgerissen worden, um die Passage für größere Handelsschiffe frei zu machen.

Pram wandelte sich rasant, es wurde immer wohlhabender und größer. Das Hafenviertel war ausgebaut, der Handel ins Zentrum verlegt worden. Und die Lagerstadt, einst Umschlagplatz für alles, was Pram reich und prächtig gemacht hatte, war das geworden, was sie heute war: ein heruntergekommener Ort ohne richtigen Namen, eine ramponierte Kulisse für alles, auf das die Bezeichnung *ehemals* passte. Ehemals anständige Bürger Prams, deren Häuser, Werkstätten oder Geschäfte den neuen Hafenbauten hatten Platz machen müssen und die zu alt oder zu unbeweglich waren, um sich den Veränderungen anzupassen, hatten hier eine Zuflucht gefunden. Sie hausten nun in ehemals ansehnlichen Gebäuden und bauten in ehemals mit Kies bestreuten Höfen Ramanken an, damit sie nicht verhungerten. Ehemals hohe Hallen, in denen Händler aus allen Gegenden des Kontinents ihre Waren feilboten, waren eingestürzt. Gasthäuser, in denen ehemals die Händler einen guten Teil ihrer Einnahmen an Dirnen und Musikanten, an Spieler, Trickser oder Taschendiebe weitergaben, boten nun den Ratten Unterkunft. Jeden Lendern kam das ehemals mächtigste Volk des Kontinents hierher, um seine Waffen und Drogen zu verkaufen. Die Welsen hatten dem Handel nicht folgen können, denn es war ihnen verboten, die Stadttore Prams zu durchschreiten. Die Kinder, die sie mitbrachten, waren zerlumpt, mager und scheu – mit großen Augen staunten sie an, was von dem ehemals wichtigsten Handelsplatz übrig geblieben war. Wenn sie in Gruppen zögernd über das löchrige Pflaster der Straßen zogen, aufgeregt auf Bäume zeigten, die auf Ruinen wurzelten, ehrfürchtig Fassaden hinaufschauten, von denen die Balkone abrutschten, wurde deutlich, wie unfassbar jämmerlich ihr eigenes Zuhause sein musste.

Jämmerlich war auch das, was sich nun am Ufer in Schlamm und Aschewolken abspielte. Denn Menschen, Tiere und schwere Waffentaschen mussten mit Flößen übergesetzt werden. Die Nukks scheuten das Wasser und die schwankenden Flöße. Jede Überfahrt kostete zwei Petten, ein nicht voll beladenes Floß war Verschwendung, ein überladenes ein Risiko. Die Fährmänner waren untereinander verfeindet, abgerissene Gestalten aus der Lagerstadt, deren Haupteinnahmequelle das Übersetzen der Welsen war, zwei Mal pro Solder, und die sich die übrige Zeit irgendwie durchschlugen.

»Unsere Waffen wollen sie haben«, sagte Marken bitter. »Aber eine Brücke wollen sie uns nicht geben.«

»Es wird jedes Solder schlimmer«, sagte Felt, aber Marken hörte nicht hin, er war schon davongesprintet. Die Ladung eines gerade ablegenden Floßes war in eine gefährliche Schieflage geraten. Marken rannte bis zur Brust ins Wasser, um die kostbare Fracht vor dem Untergang zu retten; Felt hörte ihn den Fährmann anbrüllen. Kersted, über und über mit Schlamm bespritzt, half einer Gruppe Mädchen, mehr als zwanzig nervöse Nukks im Zaum zu halten. Von der Besatzung des Uferpostens sprang niemand den Welsen bei, und auch Felt fühlte sich seltsam betäubt und war nicht in der Lage, sich ins Getümmel zu stürzen. Der Treck musste hinüber, heute noch, selbst wenn die Eskorte zurückblieb. Denn die Nukks konnten am Ascheufer nicht versorgt werden und vor allem die Kinder waren nach der langen Passage nicht mehr in der Verfassung, noch eine weitere Nacht in den Aschenlanden zu bleiben. Felt aber rührte sich nicht. Sein Blick wanderte wieder zu den Undae, die sacht ihre Hände auf die Wasseroberfläche legten, als wollten sie ein großes, krankes Tier besänftigen. Ihr Tun blieb ihm rätselhaft, aber seit der Geburt der Quelle auf der staubigen Höhe von Wandt fühlte Felt sich den Hohen Frauen seltsam verbunden. Er hatte niemandem von dem nächtlichen Ausflug erzählt. Es erschien ihm ratsam, dieses Wissen für sich zu behalten. Der glitzernde, fingerdünne Wasserlauf kam ihm so schützenswert und gleichzeitig so gefährdet vor, dass er fürchtete, ihn schon allein durch eine Erwähnung zum Versiegen zu bringen. Seinen Kameraden von der tiefen Besorgnis um diese Quelle zu erzählen kam ihm zudem lächerlich vor – er war ein Welsenoffizier und kein ängstliches altes Weib.

Felt sah über die Frauen im Wasser hinweg zum pramschen Ufer. Auch die gegenüber Ankommenden hatten Schwierigkeiten: Der Eldron führte so wenig Wasser wie nie und das Ufer war steil. Für die Nukks war das kein großes Problem. Endlich angelangt, sprangen sie mit ein paar Sätzen übers glatte, feuchte Gras hinauf ans Ufer. Aber die schweren Waffentaschen die rutschige Böschung hochzubringen war schwierig, und je mehr Menschen und Tiere das Ufer zertrampelten, desto schwieriger würde es werden. Die Fährmänner mussten eine andere Stelle anfahren. Felt wollte schon Marken Bescheid sagen, aber etwas hielt ihn immer noch ab, sich in Bewegung zu setzen. Er sah die Fährmänner mit ihren Stangen die Flöße dirigieren und endlich wurde es ihm klar: Die Stangen waren lang. Und sie blieben lang. Er spürte einen Blick auf sich. Die Undae standen still am Saum des Wassers und sahen zu ihm hin. Felt verstand und nickte. Sie waren sich einig. Und jetzt endlich rannte er los.

»Aufladen!«, rief Felt. »Alles wieder rauf auf die Nukks!«

Er lief, der Schlamm spritzte.

»He, Soldat, aufladen, eine Reihe bilden, marsch! Ihr da, aufsitzen! Aufladen!«

»Felt! Was ist in dich gefahren?« Marken sprang ihn förmlich an.

»Reiten! Hol unser restliches Zeug von den Flößen. Und belade die Nukks. Sie sollen reiten, durch den Fluss, verstehst du?«

Smirn und Utate gingen gemeinsam ins Wasser, immer weiter, und der träge Fluss schien vollends einzuschlafen. Wo sie waren, wurde das Wasser glatt und still, als zögen die Frauen eine Schneise der Ruhe ins Fließende. Etwa in der Mitte des Stroms blieb Utate stehen, nur noch ihr kahler weißer Schädel schwamm über dem Spiegel des Wassers. Smirn, die kleinere, war verschwunden. Aber bald schon tauchte sie wieder auf und zog den glatten Pfad bis ans andere Ufer. Dort blieb sie stehen und winkte.

Reva, die den Vorgang am diesseitigen Ufer beobachtet hatte, bückte sich, nahm eine Handvoll Flusswasser und trug es zum ersten Nukk in der Reihe, die sich auf Felts Befehl hin zu formieren begonnen hatte. Das Tier trank und ließ sich von Reva ins Wasser führen, die anderen trotteten hinterher. Langsam, vorsichtig, aber ohne Scheu traten die Nukks in den Fluss und folgten dem Weg, den die Undae für sie bereitet hatten. Die Tiere reckten zwar die Hälse, aber sie gingen durchs Wasser, und sie waren groß genug, dass den Reitern nur die Stiefel nass wurden. Die gefetteten Packtaschen sogen nicht mehr Wasser als auf einem voll beladenen Floß.

Nach einem Moment des Staunens kam Bewegung in die Menschen am Ufer. Die Welsen beeilten sich, die restlichen Waffen wieder aufzuladen und die Nukks einzureihen. Die Fährleute begannen lautstark zu protestieren. Einige versuchten noch schnell abzulegen, bevor das Gepäck wieder von ihren Flößen geholt wurde, wobei eine ganze Ladung Axtblätter im Uferschlamm versank. Andere warfen sich auf die Taschen, um das Abladen zu verhindern, oder zerrten sich wehrende Nukks auf wacklige Stämme. Die Situation drohte vollkommen außer Kontrolle zu geraten. Felt zog sein Schwert.

Mit hohem Ton glitt Anda aus der Scheide und zerschnitt Geschrei und Lärmen. Den Arm lang gestreckt, drehte Felt sich langsam um sich selbst und die schwarze Klinge spiegelte das Licht der untergehenden Sonne.

»Es ist genug! Ihr bekommt euren Lohn, auch wenn ihr ihn nicht verdient, Gesindel. Ihr seid es nicht wert, unsere Waren auch nur anzusehen. Wer seid ihr? Was könnt ihr? Unser Handwerk, die harte Arbeit eines ganzen Solders, in den Fluss werfen? Es ist genug! Kehrt zurück, wenn ihr Fährleute geworden seid. Bis dahin: Macht, dass ihr wegkommt!«

Auch wenn sie die Worte nicht alle verstanden, die Geste war eindeutig und der Tonfall der in Wind und Weite geschulten Stimme des Welsenoffiziers unmissverständlich. Die Fährleute fügten sich und sammelten mit gesenkten Köpfen die Münzen auf, die Marken in den Schlamm fallen ließ. Felt steckte das Schwert zurück ins Futteral und sah im Augenwinkel die Lanzen der pramschen Soldaten auf sich gerichtet. Es waren viele. Und die Spitzen waren aus Welsenstahl.

Er schloss für einen Moment die Augen und wünschte sich zurück auf den Berg, in sein Haus, zurück auf die warmen Steine des Ofens, an Estrids Schulter. Aber sie war nicht mehr da. Estrid und die Kinder hatten längst übergesetzt, mit einem der ersten Flöße. Nicht einen Blick zurück hatte Estrid ihm geschenkt, nur Ristra hatte kurz gewunken. Für sie war das alles ein großes Abenteuer. Sie war neugierig auf die Wiesen und Wälder, von denen Felt ihr so oft erzählt hatte, und sie hatte nicht gewusst, dass sie für lange vom Vater Abschied nehmen musste. Felt hatte es nicht über sich gebracht, mit Ristra zu sprechen. Aber als Estrid mit den Kindern über den Fluss setzte, war es ein Abschied. Der Abschied. Felt blieb zurück und sie waren fort –

sollte das nicht eigentlich umgekehrt sein? Wieder spürte Felt den Widerspruch zwischen der Schlichtheit des Auftrags – Begleitschutz für eine Unda – und den schmerzhaften Folgen, die das schon jetzt für ihn hatte. Wieder fragte er sich, um was es eigentlich ging. Was konnte so groß, so bedeutend sein, dass es die Undae aus ihrer Abgeschiedenheit ins Geschehen der Welt trieb? Was war es, das sein Leben auseinanderbrechen ließ?

Doch als er sein Schwert gezogen hatte, war die Unsicherheit von ihm abgefallen. Anda zerschlug alle Zweifel.

Felt war immer schon ein anderer gewesen, sobald er ein Schwert in der Hand hielt. Aber bei diesem Schwert hatte er das Gefühl, dass es ihn hielt und nicht umgekehrt.

ZEHNTES KAPITEL

FAHRT IN DIE FINSTERNIS

»Es ist der verdammte dritte Tag«, sagte Kersted und gab dem pramschen Soldaten das Fernglas zurück, das ihm dieser gegen eine Prise Weißglanz geliehen hatte. Normalerweise hatten die Welsen kaum Verwendung für die vielen nützlichen, aber teuren Instrumente und Geräte, die die Seguren in die Welt gebracht hatten – präzise Waagen, Zeit- und Entfernungsmesser, Lupen, Augengläser und gebogene Spiegel. Aber so ein Fernglas könnte hilfreich für die Reise sein und Felt überlegte, ob er eines kaufen sollte. Die Reise! Immer noch ging es nicht weiter, seit drei Tagen saßen sie auf welsischer Seite fest. Sie starrten ans andere Ufer und warteten auf die Erlaubnis aus Pram, endlich übersetzen zu dürfen. Einmal täglich pendelte das Boot zwischen den Posten und brachte Nahrungsmittel, und wenn es auch sonst kaum Kontakt gab zwischen den welsischen und den pramschen Soldaten, so durfte wenigstens ein Welse mitfahren und den Offizieren Nachricht aus dem Lager bringen. Alles lief reibungslos, der Bestand an Weißglanz war bereits restlos verkauft, zum doppelten Preis wie im Vorsolder. Den Pramern schien es immer besser zu gehen, außerdem stand Kremlid unmittelbar bevor, das große Feuerfest. Auch hatten die wichtigsten Waffeneinkäufer, allen voran Kandor aus Pram, sich bereits angekündigt und ihre Prüfer vorausgeschickt. Es sah gut aus für die Welsen. Dennoch: Marken sorgte sich um seine Waffen und Felt darum, ob diese auch gut bewacht würden. Denn der Wert, den sie darstellten, lockte nicht nur Einkäufer und Händler, sondern auch Diebe. Kersted dagegen machte einfach das Warten zu schaffen, er war kein Freund von Müßiggang. Er war missmutig, weil ihm Bewegung fehlte, genau wie die pramschen Männer, die in dieser Truppenstärke auch nur deshalb noch auf welsischer Seite festhingen, weil die Undae und ihre Eskorte dort festsaßen und bewacht werden mussten. Am Uferposten Dienst zu tun, die Ödnis im Nacken, war nicht gerade eine Auszeichnung, und gelegentliche Patrouillenritte am Ascheufer waren eher eine zusätzliche Belastung denn eine Abwechslung. In den mürrischen Gesichtern der pramschen Soldaten war deutlich zu lesen, dass auch sie nicht verstanden, warum ihr Kommandant so strikt blieb und die Hohen Frauen samt ihrem Begleitschutz nicht übersetzen ließ. Und warum es so lange dauerte, bis aus Pram eine Anweisung kam.

Die Undae waren unbeeindruckt von alldem und verbrachten ganze Tage im Fluss. Manchmal legten sie nur die Hände aufs zäh sich dahinwälzende Wasser, meist aber gingen sie in ihren typischen Kreisen. Und schrieben dabei Zeichen in den Strom. Wie der Pfad der Beruhigung das Wasser hatte spiegelglatt werden lassen, so trieben nun immer wieder in sich verschlungene Ornamente auf der Oberfläche, dunkel und still im Bewegten. Aber auch das Umgekehrte war zu beobachten, ein Aufschäumen von weißen Linien, unter denen der Eldron gleichsam hindurchfloss und die doch er selbst waren. Mit ihren Körpern schrieben die Frauen ins Wasser, in langsamen, fließenden Bewegungen und ganz unbeeinflusst vom stetigen Strömen des Flusses. Die Köpfe hielten sie gesenkt, die Kapuzen tief ins Gesicht gezogen – dem Betrachter bot sich ein Bild vollkommener Harmonie und tiefer Versunkenheit ins Tun. Dennoch lag eine Fremdheit über allem und man konnte nicht lange hinsehen, wenn die eigenen Stiefel in Asche oder Schlamm steckten und die eigene Seele zu klein war, um zu ermessen, was die Undae taten. Den Soldaten, pramschen wie welsischen, blieb nicht viel mehr zu tun als im Schatten des Turms, der Ställe, der Baracke zu sitzen und zu warten.

Immerhin war die Verpflegung gut und die Welsen bekamen wie selbstverständlich ihren Anteil. Ihre Nukks waren mit den anderen durch den Fluss gegangen, so mussten sie nicht gefüttert werden wie die Pferde der Pramer, die im Stall gehalten wurden und in keinem besonders guten Zustand waren – weder Tier noch Mensch ertrug den Aufenthalt in den Aschenlanden über einen längeren Zeitraum, ohne zu leiden, auch am Flussufer nicht. Einmal täglich wurden sie bewegt und der Stall ausgemistet. Normalerweise warfen die Soldaten des Postens den Mist wie auch allen anderen Unrat in den Fluss, aber seit die Undae da waren und ihre Kreise zogen, trauten sie sich nicht mehr, den Eldron zu verschmutzen, und auch das Angeln, eine beliebte Feierabendbeschäftigung, hatten die Pramer aufgegeben. Der Fluss wurde ihnen zunehmend unheimlicher und das Gefühl, vollkommen fehl am Platz zu sein, immer stärker. Das hier war nicht ihr Land, es war Welsenland, und wenn es auch nur ein kleines Stück war, so hielten sie es dennoch besetzt. Auch der große Strom, der immer schon da gewesen war, als Grenze, als Transportweg, als Nahrungsquelle, als Ablade für alles Ausgediente, gehörte ihnen nicht. Er gehörte niemandem, nur sich selbst. Dass er nun auf seltsame Art mit den Hohen Frauen sprach oder sie mit ihm, verunsicherte die pramschen

Soldaten zusehends und so verschob sich nach und nach ohne einen besonderen Vorfall das Kräfteverhältnis der Parteien.

Kersted war der Erste, der das offen ansprach, es war am fünften Tag: »Ich sage euch, die sind mit den Nerven durch. Noch zwei Tage und sie lassen uns gehen, so oder so.«

»So lange wird es nicht dauern«, sagte Marken und lehnte sich gegen die rauen Bretter der Barackenwand. »Keine zwei Tage. Morgen früh. Oder jetzt schon, wenn wir Druck machen. Der Junge kann nicht mehr.«

»Ja«, sagte Felt, »er ist nicht viel gewohnt, wie es scheint. Und er hat nicht mit uns gerechnet und noch weniger mit den Undae.«

Kersted grinste; er hatte sich längst in Utate verguckt und hoffte, dass sie ihn aussuchen würde, wenn sich die Wege trennen würden. Denn darauf waren die Offiziere gefasst: Wenn sie Pram erreicht hätten, wenn der Fürst unterrichtet war und er ihnen, so hofften sie immer noch, Unterstützung gewähren würde für die lange Reise über den Kontinent, dann wäre ihre gemeinsame Zeit zu Ende. Und es konnte endlich beginnen, was die Undae gefordert hatten: *Drei mal drei sollen gehen und dreimal eine begleiten, die Quellen aufzusuchen.* Der von dem Sedrabra verletzte Kimmed fehlte zwar, aber dass sie drei Trupps bilden würden, war sicher.

»Also, was meint ihr«, fragte Marken, »sollen wir uns mit dem jungen Kommandanten mal ein wenig unterhalten? Geduld ist nicht jedermanns Stärke, Felt – meine ist es auch nicht. Ich habe mich zusammengerissen, fünf Tage lang. Aber die, die da im Wasser stehen, haben uns auch einen Auftrag gegeben. Sie haben uns gedrängt und zur Eile gemahnt ... Es ist jetzt schon bald drei Zehnen her, dass sie dieses *Etwas geht vor* ausgesprochen haben, und ich kann euch sagen, es klingelt mir immer noch in den Ohren. Sollten nicht *wir* jetzt etwas tun? Irgendwas?«

Felt erhob sich, schaute über den Fluss. Die Sonne stand hoch und der Strom glänzte wie Quecksilber.

»Die Zeit der Undae ist nicht unsere Zeit. Wir verstehen weder, was sie tun, noch was sie wollen. Wir versuchen es zwar, wir machen Pläne ... Aber die scheitern und nun sitzen wir hier fest. Es war *unser* Plan, so schnell wie möglich nach Pram zu gelangen – wir haben die Stadt im Sinn gehabt, nicht den Fluss. Der Fluss ist für uns ein Hindernis. Für die Undae ist er etwas anderes.« Er setzte sich wieder. »Ist euch aufgefallen, dass in all der Zeit, die wir hier festsitzen, nicht ein Schiff den Eldron befahren hat?«

»Was willst du damit sagen?«, fragte Kersted.

»Dass etwas vorgeht mit dem Wasser. Und dass wir nicht wissen, was das ist«, antwortete Marken für Felt. »Dass wir daher den Hohen Frauen die Führung überlassen müssen und dass wir uns ... fügen sollten.«

Felt lächelte schwach und nickte. Kersted seufzte und zitierte leise aus der Botschaft der Undae: »*Des Eldrons Stimme wird schwach, es wiederholen sich Geschichten aus alter Zeit.*«

Die drei schweigen bedrückt. Und halb dösend, halb denkend, verbrachten die Welsen den Nachmittag im Barackenschatten, während der junge pramsche Kommandant des Uferpostens auf dem Turm stand und das Fernglas nicht vom Auge nahm.

»Aufwachen!«

Felt war mit einem Satz auf den Beinen.

»Wir wären dann so weit«, sagte Reva und lächelte dabei. Felt konnte es nicht sehen, es war finstere Nacht, aber er merkte es ihrer Stimme an. Dann hörte er einen erstickten Schrei, das war Kersted, dann Fluchen, unverkennbar Marken. Jeder sollte einmal im Leben von der kalten Berührung einer Unda aus dem Schlaf gerissen werden, denn nur so ist zu ermessen, was Wachsein wirklich bedeutet.

»Was ist los?«

»Wer ist hier?«

»Scht«, machte Reva, »und lass das Schwert stecken, Pfadmeister.«

»Wir gehen.« Das war Utates Stimme. »Wir sind verabredet.«

»Wenn das so ist«, sagte Kersted, »ich begleite Euch, wohin auch immer Ihr geht.«

»Bloß frage ich mich, wie«, sagte Marken. »Ich jedenfalls sehe die Hand vor Augen nicht. Kann jemand Licht machen?«

Ein blasser Schein erhellte Utates schönes Antlitz, bald darauf erschienen auch Smirns und Revas Gesichter. Sie trugen kleine Flammen in der hohlen Hand, ein weißes, kleines Feuer ähnlich dem, das die Grotte erhellt hatte.

»Dieses Licht ist das Geschenk einer Freundin«, sagte Smirn. »Hübsch, nicht wahr?«

Sie lächelte Marken an und Felt sah den immensen Effekt, den das auf den Waffenmeister hatte. Marken schien die Welt zu vergessen, er war ganz auf die Unda konzentriert. Mehr noch, es schien, als würde er mit seinem ganzen Wesen in die kleine, dunkle Gestalt einsinken. Smirn hatte ein Band zwischen sich und dem Waffenmeister gespannt, das nicht mehr zerrissen werden konnte. Nichts anderes hatte Reva mit Felt gemacht, kurz bevor er sein Schwert in die Asche gerammt hatte. Die Undae hatten sich ihre Begleiter längst ausgesucht.

»Ich störe ja nur ungern einen Moment der … Zweisamkeit«, sagte Kersted mit Blick auf Marken, »aber ist das jetzt eine Flucht? Ich glaube kaum, dass wir mit elf Mann, ich meine, zu elft, ungesehen über den Fluss kommen.«

»Nur wir«, sagte Reva, als ob es von Anfang an ihre Absicht gewesen wäre, nur mit den Offizieren zu gehen und die Soldaten der Eskorte zurückzulassen. Sie hob ihre Flamme und das geisterhafte Licht spiegelte sich in den Augen der übrigen Männer, die sich auf ihren Pritschen aufgerichtet hatten und das Gespräch mit Interesse verfolgten. Felt schaute zu Marken, aber der starrte immer noch in Smirns narbenumrankte Augen. Es half nichts, Felt musste die Führung übernehmen. Und er musste, auch wenn er sie nicht verstand, den Wünschen der Undae Folge leisten.

»Ihr werdet euch den Pramern ergeben, ihr werdet keinen Widerstand leisten«, sagte Felt ins Murren der Soldaten. »Das ist ein Befehl. Sie werden euch gefangen nehmen. Lasst es zu! Sie werden euch nach Pram bringen, sie haben keine andere Möglichkeit. Du, Gerder« – der angesprochene Soldat sprang auf und nahm Haltung an – »hast die Führung während unserer Abwesenheit. Ich verlasse mich auf dich: kein Widerstand.«

»Wir treffen uns in Pram. Wir holen euch da wieder raus«, sagte Kersted mit einer Zuversicht, die Felt nicht nachvollziehen konnte, die aber die Männer beruhigte. Sie sprachen leise miteinander, während die Offiziere sich ankleideten. Für einen Mann, der sein Leben lang den Kampf erwartet hatte, war es nicht leicht, sich widerstandslos zu ergeben, wenn es das erste Mal wirklich darauf ankäme. Aber hier ging es nicht um Ehre, sondern darum, den Wünschen der Undae Folge zu leisten. Felt verstand das und Marken schien es nun auch klar zu sein. Der schwieg zu alldem und sann mit glasigem Blick über das nach, was er in Smirns Augen gesehen hatte. Er würde es Felt nicht übel nehmen, dass der gerade eben das Kommando an sich gerissen hatte – Marken hatte es nicht einmal mitbekommen, es schien überhaupt niemandem aufzufallen außer Felt selbst.

»Bereit?«

»Bereit«, sagte Marken.

»Bereit«, sagte Kersted.

»Männer«, sagte Felt und die Soldaten standen vor den Pritschen und legten die Faust aufs Herz, die Offiziere taten es ihnen nach. Dann folgten sie den Undae aus der Dunkelheit der Baracke ins diffuse Licht des abnehmenden Mondes.

Felt hatte die Hand am Schwertgriff, aber die Undae gingen rasch und ohne besondere Vorsicht. Es war ein höchst seltsamer Zufall, dass die patrouillierende Wache gerade um die entfernte Ecke des Gebäudes bog, als sie die Lücke zwischen der Baracke und dem Quartiersgebäude der Pramer passierten. Der Soldat, der das Boot bewachen sollte, pinkelte erstaunlicherweise genau in dem Moment den Namen seiner Liebsten in die Asche am Fuß des Turms, als sie den Kahn ins Wasser zogen. Und als die Undae ihre Hände in den Eldron tunkten, nahm die Turmwache das Fernglas herunter und rieb sich die Augen, um die Müdigkeit zu vertreiben, die wie aus dem Nichts gekommen war. Das war keine Flucht, das war ein Abendspaziergang. Sie waren schon fast in der Mitte des Flusses, als das Signalfeuer aufflammte, und nur kurze Zeit später wurde das gegenüberliegende Ufer ebenfalls hell erleuchtet. An beiden Ufern sah man nun die Schatten von Menschen zusammenlaufen. Der Spaziergang war beendet.

»Das wird unangenehm«, sagte Kersted und ruderte weiter, »aber eine würdige Probe für mein neues Schwert!«

»Ich muss dich enttäuschen«, sagte Reva. »Wir haben kein Interesse an einem Kampf.«

»Nimm die Ruder hoch, Pfadmeister«, sagte Utate streng und sah Kersted an. Er tat es sofort. Nun war er an der Reihe, in den Blick einer Unda zu tauchen, in dem sich die Seele auflösen konnte wie Salz in Wasser. Marken und Felt zogen ebenfalls die Ruder ein und das Boot trieb sogleich flussabwärts. Aber nicht lange, denn die Undae fingen es auf. Alle drei hielten sie eine Hand ins Wasser, wie zum Spaß, wie man es manchmal macht, um die kühle Strömung auf der Haut zu spüren. Doch auf diese Art drehten sie das Boot, und wie von einer unsichtbaren Schnur gezogen, begann es flussaufwärts zu schwimmen.

»In diese Richtung müssen wir«, sagte Reva und winkte kurz, als sie wieder zwischen den beiden Posten hindurchfuhren. Die Pramer hatten inzwischen aufgesattelt, sie würden sie am Ufer verfolgen. Aber das Boot war schnell und wurde immer schneller, den Frauen rutschten die Kapuzen von den Köpfen, schon hob sich der Bug aus dem Wasser, Marken verlor das Gleichgewicht und kippte von seiner Ruderbank. Auf dem Rücken liegend wie ein Käfer rief er: »Großartig! Heute Nacht noch sind wir in Pram!«

»Oh, wir fahren nicht nach Pram«, rief Smirn in den Fahrtwind. »Wir fahren einen alten Freund besuchen!«

Die Reiter auf welsischer Seite hatten keine Chance, sie einzuholen, denn ihre Pferde hatten wenig Ausdauer im Aschenland und blieben bald zurück. Auch auf pramscher Seite war es schwierig, das Boot zu verfolgen. Das Ufer war bewaldet. Die Soldaten ritten ohne Sichtkontakt auf der Handelsstraße, die zwar gut befestigt war, sich aber vom Ufer entfernte. Sie führte durch die Lagerstadt nach Bosre und von dort weiter durch den Wald und nach Pram hinein. Bosre war das vorgelagerte, südlichste Viertel der großen Stadt, umgeben von tiefen Wäldern, die neben dem Fischfang die Grundlage für Prams Aufstieg gebildet hatten. Auch heute noch wurden hier Bäume zu Gold, obwohl der Holzhandel für Prams Wohlstand nur noch eine Nebensache war. Die Holzfäller von Bosre bearbeiteten die Stämme und machten sie für den Transport fertig – für den Weg flussaufwärts über die Schleife des Eldrons zum Hafen von Pram, von wo sie weiter nach Nordosten gebracht wurden ins Land der Merzer, das zwar reich an Weidegrund, aber arm an Wäldern war. Flussabwärts wurden Prams direkte Nachbarn beliefert, die Kwother, und sogar die Seguren, weit im Süden, waren Abnehmer des Bosre-Holzes, denn die Qualität war unvergleichlich.

Der Wald von Bosre war für die auf dem Fluss Flüchtenden aber nur ein vorübergehender Vorteil: Die dicht bewachsenen Ufer mochten zunächst Schutz bieten, doch irgendwann würden sie an Land gehen müssen und es gab kaum Stellen, an denen das möglich war. Die Bucht von Bosre, die Holzverlade, oder der große Hafen von Pram schienen geeignet – dazwischen war nichts. Nur die Einmündung der Bahnde, eines schmalen, flinken Flüsschens, das tief im Wald entsprang und von den Holzfällern manchmal benutzt wurde, um Stämme nach Bosre zu schwemmen. Genau in diesen Wasserlauf lenkten die Undae das Boot. Ein Unterfangen, das normalerweise kaum geglückt wäre, denn die Strömung war stark und unter den Zweigen der Bäume, die sich weit über das Wasser lehnten, war es stockfinster. Viel langsamer ging die Fahrt nun, es war ein Schweben über den Teppich der Geräusche des nächtlichen Waldes: ein leises Glucksen unsichtbarer Strudel, ein Knirschen in altem Holz, ein raschelndes Flüchten, ein knackendes Huschen, der kurze Ruf eines Vogels. Über allem das an- und abschwellende Rauschen der hohen Wipfel, in denen ein Wind wohnte, der niemals schlief. Sie fragten nicht. Sie sprachen nicht. Die Welsen lauschten den Stimmen einer Welt, die vollkommen anders war als die ihre. Und warteten immer noch darauf, dazwischen Wohlbekanntes zu hören: die Stimmen von Soldaten. Aber für den Moment schienen sie ihre Verfolger abgehängt zu haben, sie waren allein. Allein in einer lebendigen Schwärze, die, je tiefer sie in sie eindrangen, unbegreifbarer und zugleich mächtiger wurde. Als drängen sie vor ins Innere eines sich in alle Richtungen ausdehnenden Organismus, den aufgeblähten Leib eines riesenhaften Etwas, und der Luftzug in den Blättern war nichts anderes als der Atem dieses Wesens, das Wald hieß. Dass sie sich nicht selbst bewegten, tastend, stolpernd, sich die Schultern an Stämmen anschlagend, sondern im von den Undae gelenkten Boot hineingezogen wurden in die Finsternis, machte es noch unwirklicher.

Felt starrte und starrte und wartete vergeblich darauf, dass seine Augen sich ans Dunkel gewöhnten. Er blieb blind, er bestand nur aus Ohren und sein Hörsinn schien immer empfindsamer zu werden. Immer deutlicher konnte er aus dem allgemeinen Gemurmel des Waldes einzelne Laute herausfiltern – ein tieferes Ächzen, ein schärferes Knacken, nein, eher ein Reißen, ein dumpfer Schlag, als sei etwas aus großer Höhe auf weichen, moosigen Grund gefallen. Ein Laufen, die Lautspur eines Laufens, ein Brechen im Unterholz, das Knicken weicher, saftiger Stängel, vielleicht Farne, das leise Klatschen von Ranken an Rinde, die zurückschlugen, wenn das, was da lief, hindurch war. Das war ganz sicher kein Soldat, das war kein Mensch, der ihnen da am Ufer folgte. Kein Mensch könnte sich in dieser vollkommenen Finsternis in solcher Geschwindigkeit durch den dichten Wald schlagen. Kein Licht, keine Fackel war zu sehen. Aber wie schnell waren sie eigentlich? Felt hatte nicht nur seinen Sehsinn verloren, sondern auch die Orientierung und jedes Gefühl für die Zeit. Er spürte auch nicht mehr die Anwesenheit der Undae oder seiner Gefährten. Er zog die Handschuhe aus. Ja, er fühlte das Brett, das glatte Holz der Ruderbank, er war noch in dem Boot. Er hob den Kopf. Ja, da war ein Luftzug, sie fuhren noch. Und, ja, da war ein Laufen, am rechten Ufer, am rechten Ohr. Wie breit mochte das Flüsschen hier sein? Oder, anders gefragt, wie nah waren sie den Ufern? Sehr nah. Felt hatte die Vorstellung, dass das Tier – denn es musste ein Tier sein, das Witterung von ihnen aufgenommen hatte – nicht weiter als eine dreifache Armeslänge von ihm entfernt war. Konnte er schon den Atem hören? Ein Hecheln vielleicht? Er war sich unschlüssig. Sicher aber war, dass das Tier weder vorauslief noch zurückblieb. Wie schnell oder langsam auch immer sie sich bewegten, das Tier hielt Schritt. Die Geräusche des Laufens blieben auf gleicher Höhe, blieben an Felts rechtem Ohr. Es gab doch nur ein Tier mit einer solchen Ausdauer, nur ein Tier, das seine Beute hetzte, bis sie sich aufgab. Nur ein Tier, vor dem Felt sich fürchtete.

Ein Wolf.

Im selben Augenblick, in dem sich die Vorstellung in seinem Kopf festsetzte, von einem Wolf verfolgt zu werden, sah Felt das rote Augenpaar aufleuchten. Kurz nur, dann verwischte es, dann war es verschwunden, dann wieder da. Als würde der Wolf im Laufen den Kopf zu ihm wenden, hinter Stämmen, Unterholz, Büschen, und dann wieder nach vorn sehen. Um gleich wieder zu Felt und ihm direkt in die Augen zu schauen – auf kurze Distanz. Das war keine dreifache Armeslänge, das war nur eine einfache, wenn überhaupt. Weit auseinander standen die glühenden Augen, der Schädel musste gewaltig sein. Aber nein, das war nicht wirklich, seine Sinne täuschten ihn, kein Auge leuchtet aus sich heraus und kein Mondstrahl, der sich hätte darin fangen können, drang vor bis auf den Waldboden. Felt legte die Hände auf die Ohren und schloss die Augen. Nun hörte er statt des Knackens und Brechens von Ästen das Rauschen seines eigenen Bluts. Dann gab es einen Schlag, das Boot machte einen Ruck, es war auf Grund gelaufen oder gegen die Uferböschung gestoßen, und weil Felt sich für diesen einen Moment nicht an der Bank festgeklammert hatte, verlor er das Gleichgewicht und kippte.

Er fiel.

Er fiel aus dem Boot, er spürte feuchtes Gras an den Händen, lange Halme oder Farn oder etwas anderes Pflanzliches. Schnell rappelte er sich auf und griff um sich. Da, Holz, aber zu glatt, er versuchte, sich anzukrallen am davonziehenden Boot, doch es gelang nicht, es riss ihm einen Fingernagel ab, er versuchte zu laufen, hinterher, doch die Pflanzen, der feuchte, weiche Grund hielten ihn fest. Er schrie, er rief dem Boot nach in Panik, aber es kam nur ein erstickter Schluchzer aus seinem Hals. Und keine Antwort.

Er versuchte sich zu fassen. Die Situation zu beherrschen, seine Lage nüchtern zu betrachten. Er beruhigte seinen Atem, bis sein Keuchen nachließ. War da was? Nein, kein Laufen mehr, sondern Stille. War das gut oder schlecht? Es spielte keine Rolle, denn es war nur Einbildung gewesen, eine Überreizung seiner Sinne, es war vorbei, es war unwichtig. Wichtig war jetzt nur, die anderen wiederzufinden. Er müsste doch nur dem Flusslauf folgen. Irgendwann wäre diese Nacht zu Ende, irgendwann würden sie bemerken, dass er hinausgefallen war. Sie würden warten, nein, sie würden zurückkommen, ihm entgegen, er müsste nur dem Fluss folgen, denn das war das Vernünftigste. Marken und Kersted würden das genauso sehen, sie dachten wie er, und deshalb würden sie sich bald wiederfinden, spätestens bei Tagesanbruch. Er war erleichtert, aber – wo war der Fluss? Felt machte ein paar mühsame Schritte durch das Schlingengras, das ihn nicht gehen lassen wollte, in die Richtung, in der er den Wasserlauf vermutete. Der Grund war sumpfig, er hörte das Schmatzen, hier musste Wasser sein. Dann war das Gehen leichter. Das war die falsche Richtung. Er blieb sofort stehen, bückte sich, tastete. Moos. Feuchtes, glitschiges Laub, das unter seinen Händen zu einem klebrigen Schmier zerfiel. Er ging wieder zurück, so glaubte er wenigstens, auf allen vieren, langsam, er suchte das sumpfige Ufer, an dem er eben noch gewesen war. Felt fand es nicht. Er richtete sich auf, konzentrierte sich. Er konnte den Fluss nicht sehen, er konnte ihn nicht erfühlen – aber hören müsste er ihn. Er hielt den Atem an und lauschte. Nur das Rauschen des Windes, das ewige Toben in den Wipfeln und leise und dumpf darunter sein eigener Herzschlag. Kein Plätschern, kein Glucksen. Kein Wasser. Aber ein Licht! Ein schwacher Schimmer nur, aber endlich ein Licht, endlich würde die Sonne aufgehen und er würde wieder sehen können. Rings um ihn war noch Finsternis und Felt wollte heraus aus dem Dunkel, also beschloss er, auf das Helle zuzugehen. Vielleicht, so entschuldigte er vor sich selbst die Aufgabe seines ursprünglichen Plans, vielleicht machte der Fluss eine Biegung, vielleicht war er deshalb hinausgestürzt, und es war völlig sinnlos, in der Richtung zu suchen, die er in seinem orientierungslosen Innern für die richtige hielt.

Er ging also. Vor dem blassen Schein in der Ferne konnte er schwarz die breiten Stämme sehen und die scharf gezeichneten Konturen des Unterwuchses, jüngere, noch biegsame Bäume, die sich emporstreckten aus einem dunklen Meer aus Farnwedeln. Der Wald war weniger dicht, als er vermutet hatte, und bald schon war Felt heraus. Er trat auf eine Lichtung.

Aber es war nicht das Licht der aufgehenden Sonne, das er gesehen hatte. Es war der Mond, der wie eine zerschlagene Münze am Himmel lag und so hell war wie nie nach der Düsternis, in der Felt gefangen gewesen war. Inmitten des milchigen, farblosen Scheins dieses Mondes saß der Wolf. Felt machte einen schnellen Schritt zurück zwischen die Stämme, das Knacken morschen Holzes war wie ein Donnerschlag. Das Tier drehte den großen Kopf, erhob sich, sah ihn, die roten Augen wie Laternen. Verstecken war zwecklos, Weglaufen erst recht. Felt musste sich dem Kampf stellen, er griff nach seinem Schwert.

Und er griff ins Leere. Das konnte nicht sein! Er hatte Anda verloren. Aber wann denn? Wie denn? Wer rüstete sich gewissenhafter als er, wie hatte die Schnalle sich unbemerkt lösen können? Felt fasste sich an die Brust, die ihm eng geworden war vor Schreck – und er fühlte seine Haut. Er schaute an sich herab, blasser Schein, er war vollkommen nackt. Es war ein Albtraum, ein furchtbarer und furchtbar wirklicher Albtraum, aber das war nicht die Wirklichkeit. Er war in ein seltsames Zwischenreich geraten, er glaubte nur, hier unbekleidet und waffenlos zu stehen, aber das war nicht so. Er war nicht aus dem Boot gefallen, er war eingeschlafen. Warum nur gelang es ihm nicht aufzuwachen?

»Weil du nie wacher warst als gerade jetzt, Felt, Serleds Sohn.«

Auch die tiefe Stimme, die in seinem Schädelinnern dröhnend widerhallte und Felt mit einer Furcht erfüllte, die er bisher nicht gekannt hatte, einer heißen, alles verzehrenden Furcht, war nicht die Stimme des Wolfs. Es war nur ein Traum. Der schlimmste, den er je gehabt hatte.

»Suchst du wieder eine Ausflucht, Felt?«

Häme. Felt reagierte nicht.

»Versuchst du wieder, die Dinge von dir fernzuhalten? Von dir wegzuschieben? So, wie du es gern tust, kleiner Soldat?«

Beißender Spott. Das ging ihn nicht an.

»Keine Verantwortung übernehmen. Immer weg damit. So sind die Befehle, du hast deine Order, nicht wahr? Du musstest sie von dir stoßen, du hattest keine Wahl, nicht wahr?«

Felt sog Luft ein. Hinter dem schattenhaften Umriss des großen Wolfs kam eine schlanke Gestalt hervor. Auch im fahlen Licht und auf diese Entfernung – achtzig bis hundert Schritte – hätte Felt sie unter Tausenden erkannt.

»Estrid!«

Sie legte dem Wolf die weiße, schmale Hand auf den Kopf, für einen Moment erloschen die Augenlichter und das tiefe, obszöne Aufstöhnen des Tiers traf Felt wie ein Schlag in den Magen.

»Wie konntest du nur, Felt? Wie konntest du diese Frau verlassen?« Die Stimme war ein Brüllen im Kopf, ein Druck, ein Gefühl, als platzten die Adern hinter seinen Augen. »Solche Anmut, solche Stärke, solcher Stolz! Und solche Lust. Eine Königin – meine Königin!«

Der Wolf löste sich von Estrid, nicht ohne den Kopf noch einmal kurz zu ihr zu wenden, das Maul offen, hechelnd, die Reißzähne weiß, lang, länger als ihre Hand, die über die Schnauze strich und sich lecken ließ von ihm. Dann ging er langsam auf Felt zu, der nach wie vor angewurzelt am Waldrand stand. Den Kopf hielt der Wolf gesenkt und vorgestreckt auf langem Hals, Felt sah die Schulterblätter unter dem dichten Fell sich heben und senken mit jedem Schritt und die roten Augen fixierten ihn ohne Gnade, brannten sich in seine Seele. Er hoffte nicht mehr darauf, aus eigener Kraft aufzuwachen. Wahrscheinlich musste er erst sterben in diesem Traum, um aufwachen zu können und in seine Welt zurückzukehren.

Zehn Schritte, zehn Menschenschritte, trennten ihn noch von dem Untier, das, je näher es kam, umso mächtiger zu werden schien. Es war nicht nur die ungeheure Größe des Wolfs – die Schultern des Mannes und des Tiers waren fast auf gleicher Höhe –, es war seine Präsenz, die scheinbar in dem Maße zunahm, in dem die lodernde Furcht in Felt aufflammte. Bis es keine Furcht mehr war, sondern etwas nie zuvor Empfundenes: helle, glühende Todesangst.

Der Wolf hielt an, fünf Schritte vor Felt. Er sprach wieder, ohne dass sich die Kiefer bewegten und ebenso laut wie zuvor, aber nun, da er so nah war, konnte Felt den gurgelnden, rasselnden Atem des Wolfs hören und er sah, wie sich der Brustkorb mit jedem Atemzug bebend weitete und sich die Rippen abzeichneten.

»Wir müssen alle Opfer bringen, so ist der Lauf der Welt. Im Grunde läuft die Welt nur, *weil* wir Opfer bringen, das ist dir vielleicht neu. Siehst du, ich habe mein Opfer gebracht und das hieß Einsamkeit.«

Es rasselte heftig im Wolf, er hustete und würgte den Auswurf hinunter, dann fuhr er fort.

»Einsamkeit, Einsamkeit – eine Ewigkeit in Einsamkeit. Und dann, süßer als Blut, rieche ich den Duft einer verlassenen Seele, so tief verletzt, so verzweifelt, so allein. Das war Estrid, deine Frau, die zu mir gekommen ist und die ich erwartet hatte von Anbeginn. Denn auch sie hatte ihr Opfer gebracht, längst. Das weißt du, du weißt es genau und du schämst dich – denn der Einzige hier, der ungeschoren davonkommt, bist du, Felt.«

Nun zitterte Felt. Am ganzen Leib und so heftig, dass er sich kaum auf den Beinen halten konnte. Er hatte einen schrecklichen Fehler begangen, als er zugestimmt hatte, diese Reise anzutreten. Und es war eine Lüge, er würde ganz sicher nicht ungeschoren davonkommen.

»Ganz recht«, sagte der Wolf in Felts Kopf, »denn heute Nacht wirst du dein Opfer bringen. Und zwar mir.«

»Dann töte mich doch«, sagte Felt trotzig, aber mit voller Überzeugung.

Wieder ein böses, tiefes Rasseln – der Wolf lachte.

»Dein Blut kann meinen Hunger nicht stillen. Mich gelüstet es nach etwas anderem.«

Er hob den Kopf und stieß ein kurzes, bellendes Heulen

aus. Felt wurde das Blut so heiß, dass er das Gefühl hatte, von innen heraus, vom Herzen bis in die Fingerspitzen, bis in die Haarwurzeln hinein zu kochen. Er fühlte, wie die brennende Scham aus ihm herausdrängte, glühend heiße Tropfen, die auf seiner Haut dampften. Das war der Tod. Felt brannte. Brannte in seiner Verantwortungslosigkeit, seiner Reue. Er ging durchs Feuer. Er konnte nicht aufwachen, nicht in seine Welt zurück. Er war auf dem Weg in die andere, und dieser letzte Weg sollte ein qualvoller sein. Nichts bliebe übrig von ihm in dieser Welt, nichts außer Asche.

Und Estrid, die er verlassen hatte und die nun, trotz allem, nah bei ihm stand. Sie blieb auch übrig, denn es lief immer alles auf sie hinaus, sie wäre sein letzter Gedanke: Wie sie da stand, ruhig, im unwirklich klaren Licht das Mondes, den schlafenden Strem auf dem Arm und Ristra an der Hand – ein tröstlicher Anblick, so hatte er seine Familie, hatte er sie alle also doch noch ein Mal gesehen.

»Stirb mir jetzt nicht weg«, grollte der Wolf, »wir sind noch nicht fertig. Ich habe Hunger, ich bin krank vor Hunger. Ich brauche etwas zu fressen. Wen, Felt, willst du mir opfern – deinen Sohn oder deine Tochter? Entscheide dich!«

»Das kann ich nicht!«, schrie Felt, die Haut, die Haare in Flammen. Er hörte seinen eigenen Schrei von weither kommen, von einem Ort irgendwo aus der Mitte der Lichtung, wo er nie gewesen war.

»Du musst dich entscheiden«, beharrte der Wolf, »sonst fresse ich sie beide. Eins musst du geben, sonst sind beide tot!«

»Ich kann es nicht«, stöhnte Felt und seine Stimme war zurück in seiner Kehle, die glühte wie ein Stück Kohle.

»Dann nehme ich mir beide. Und zuerst das Mädchen«, sagte der Wolf und schnappte nach Ristra.

»*Nein!*« Ein Aufschrei, so laut, dass Felt über sich selbst erschrak – und noch mehr über das, was dann aus ihm herausbrüllte: »Nicht das Mädchen! Nimm den Jungen! Aber lass mir meine Tochter!«

Der Wolf ließ von ihr ab, ihr Kleid war nass von seinem Geifer. Ristra weinte, aber sie rührte sich nicht, sie blieb neben Estrid stehen, die teilnahmslos über Felt hinweg in den Wald sah. Lauf weg, wollte Felt sagen, komm zu mir, wollte er sagen. Aber er sagte nichts und er tat nichts, er brannte lichterloh, als der Wolf ein zweites Mal zuschnappte. Und sich mit einer einzigen schnellen Bewegung das schlafende Kind aus dem Arm der Mutter holte.

Der kleine Kopf zerplatzte zwischen den starken Kiefern des Wolfs und riss ab vom Rumpf.

Es knirschte, wie eine Schnecke unter dem Stiefel knirscht, als im zweiten Biss Strems Brustkorb brach.

Und der dritte Biss war ein nasses Geräusch, er zerfetzte den Unterleib, den zarten Kinderbauch, der noch gewölbt war, weil sich der kleine Körper noch nicht gestreckt hatte auf dem Weg vom Säugling zum Kind.

Ristra schrie wie am Spieß, sie war vollkommen außer sich und über und über mit dem Blut des Bruders besudelt. Aber auch ihre Schreie konnten die Fressgeräusche nicht übertönen, das Schmatzen. Das Schlucken. Felt sah, wie sein Sohn zerbissen wurde, wie er Rumpf, Arm, Schenkel, Gedärme wurde und im Ungeheuer verschwand. Estrid blieb ungerührt. Als ob es ein wenig Rotze wäre, wischte sie mit ihrem Rocksaum der kreischenden Ristra das Blut aus dem Gesicht.

Felt war fassungslos. Das war Strems Blut, das Blut ihres eigenen Sohns. Aufgefressen. Geopfert. Strem. Er war noch so klein gewesen, nicht einmal laufen hatte er können. Felt hatte ihn im Arm gehalten, vor Kurzem noch, hatte den kleinen, runden Kopf in seiner Hand gespürt …

Ihm wurde übel. Er sank, er fiel kopfüber, fing sich auf, blieb auf allen vieren. Er war nicht besser als dieses Tier. Er war kein Mensch mehr. Er hatte seinen eigenen Sohn einem Wolf zum Fraß vorgeworfen. Er würgte. Seine Haut, schwarz verkohlt, war gefühllos geworden, aber seine Seele wand sich voller Qualen im Feuer der Schuld.

»Nun fängst du an zu begreifen«, sagte der Wolf.

Wäre er nur endlich still. Würde nur endlich diese entsetzliche Stimme aus seinem Kopf verschwinden. Würde er nur endlich gehen, endlich zerfallen, endlich sterben können. Aber Felt starb nicht. Es war noch nicht vorbei.

»Nun beginnst du zu verstehen, was Leid ist und was Opfer ist. Aber ganz hast du es immer noch nicht begriffen. Du kannst mich nicht betrügen, Felt, du kannst nicht die Zwischenlösung suchen wie sonst immer. Du kannst mich nicht mit dem Zweitliebsten abspeisen.«

»Was?«

Felt hob den verbrannten, haarlosen Kopf. Das Haupt des Wolfs war riesenhaft über ihm und er roch das Blut, als ihm sein Atem entgegenschlug. Strems Blut.

»Eins müsste ich geben, das andere kann leben – das hast du gesagt!«

»Ich habe gelogen«, sagte der Wolf und wandte sich ab und dem Mädchen zu. Ristra schrie immer noch, ohne Pause und so schrill, dass alles, was in diesem Wald lebte, längst aufgeschreckt sein musste. Gab es denn niemanden, der ihm helfen konnte? Der *ihr* helfen konnte? Wo waren seine Kameraden, warum kamen sie nicht?

»Reva, wo bist du?«, sagte Felt leise.

Er sprang auf, ein allerletzter, verzweifelter Versuch, und riss seine Tochter an sich. Estrid hob die Arme, als sei sie verwundert darüber, was plötzlich in ihn gefahren war. Der Wolf gab ein wütendes Knurren von sich.

»Willst du es nicht verstehen oder bist du wirklich so dumm? Es geht doch nicht um das Fleisch deiner Brut. Es geht um *deinen* Schmerz, *deine* Schuld, *deine* Qual. Das ist es, was ich brauche, das ist die Nahrung, nach der es mich verlangt. Ich bin erst satt, wenn dein Schmerz größer ist als du selbst. Gib mir das Kind.«

»Niemals.«

Das war nicht Felt, der das sagte.

Es war Reva.

Sie stand hinter ihm, legte ihm ihre kühle Hand auf die verbrannte Schulter. Und es war eine Wohltat. Es war die Hand der Mutter auf der fiebrigen Stirn, der erste Schluck Wasser nach dem Tagesmarsch, der aufkommende Wind nach der Mittagshitze. Es war eine silbern schimmernde Wohltat, die sich über Felt ergoss, das Seelenfeuer löschte und die Todesangst wegspülte.

Die Unda schaute ihn an, tadelnd: »Wie soll ich dich finden, wenn du mich nicht rufst?«

Sie stellte sich vor ihn und Ristra, die nicht mehr schrie, nur noch schluchzte, stoßweise.

»Niemand stellt sich zwischen mich und meine Beute«, sagte der Wolf und zog die Lefzen zurück.

»Und du hast geglaubt, du könntest ein König sein?«, fragte Reva unbeeindruckt von der Drohung und so leichthin, als würde sie ein früheres Gespräch wieder aufnehmen. »Dann lass dir von mir gesagt sein: Ein Wolf kann niemals ein König sein. Der Wolf kann den König fressen, das ist wahr. Aber der König wird wiederauferstehen und herrlicher sein als je zuvor. Der Wolf bleibt der Wolf für alle Zeit.«

Knurren. Gesträubtes Fell. Aber keine Widerrede.

»Du weißt, dass ich recht habe«, sagte Reva versöhnlich. Dann, nach kurzer Pause, fügte sie mit messerscharfer Strenge hinzu: »Verschwinde! Ich befehle es dir!«

Der Wolf ging ein paar Schritte rückwärts, gegen seinen Willen, aber er ging, er wich zurück vor der bloßen Handfläche, die Reva gegen ihn ausgestreckt hatte. Dann drehte er sich um und lief wie ein Hund, dem man einen Tritt verpasst hatte, mit eingezogenem Schwanz über die Lichtung, bis der Wald ihn verschluckte.

Felt hielt Ristra fest umschlungen, er fühlte, wie sie ruhiger wurde. Dennoch. Das, was hier in dieser Nacht, auf dieser Lichtung, in diesem Wald geschehen war, würde sie niemals vergessen können. Sie hatte es überlebt. Aber um welchen Preis. Strem war tot. Das war der Satz, der in Felts Gedanken kreiste – so schnell, dass er ihn nicht zu fassen bekam, um ihn begreifen zu können. Er drückte Ristra noch fester an sich, als ob er damit etwas wiedergutmachen könnte. Nichts würde mehr gut sein, nie mehr. Er hatte seinen Sohn doch auch geliebt, er war doch kein schlechter Vater! Felt spürte den Kloß aus Trauer und Wut, vor allem aber aus unverzeihlicher Schuld, der sich in ihm zusammenballte. Lange würde er ihn nicht mehr unter Kontrolle halten können. Er würde herauswollen.

»Felt«, sagte Reva, »lass sie los, du zerdrückst sie ja.«

»Oh«, machte Felt und lockerte den Griff, mit dem er Ristra umklammert hielt.

»Lass sie einfach los.«

Er ließ die Arme sinken. Seine Tochter blieb stehen, bewegungslos wie eine Puppe, dann drehte sie sich um und ging zu Estrid, die sie wieder an die Hand nahm.

»Aber«, sagte Felt.

Estrid beugte sich zu Ristra, flüsterte ihr etwas zu. Das Kind nickte, Felt sah die Locken hüpfen. Und diese Kleinigkeit, diese unbedeutende Bewegung, die aber so typisch war für Ristra, die er so oft gesehen hatte – wenn er ihr etwas erzählte oder wenn sie etwas erzählte, was man so nicht glauben konnte, und sie ihr *Doch*! sagte, mit ebendiesem Nicken –, dieses Detail rührte ihn so sehr an, dass er einknickte. Sein innerstes Selbst stürzte ein wie ein Dach, das den Schneemassen nicht mehr standhalten kann, und alles kam ins Rutschen und es gab keine Luft zum Atmen, denn alles war nur noch ein wildes, wirbelndes Weiß – sonst nichts.

ELFTES KAPITEL

TORVIK

Feinfaserige Wolken webten ein Netz an den blauen Himmel. Ein Sirren zog durch die Luft, die voller Flocken war. Was für ein seltsamer Schnee, er fiel nicht, er umwehte sich selbst und tanzte über das Blau, geführt von einem lauen Wind, der mehr Duft war als Regung.

Felt stützte sich auf die Ellbogen. Das hohe Gras, in dem er lag, reichte ihm bis zum Kinn. Die weißen Flocken lösten sich aus dem Grün und stiegen auf, die Massengeburt eines feenhaften Schwarms, so leicht. Er fing eine, das zarte Gebilde war weich wie Flaum. Kaum hatte er es in den Fingern, zerfiel es in fedrige Schirmchen. Auf dem Sirren sprangen die Stimmen verborgener Vögel auf und ab, bald gemeinsam, bald hüpfte eine hoch und höher und wurde doch wieder vom vielstimmigen Chor eingeholt. Aber es war kein Wettkampf, der Gesang war leicht und spielerisch und blieb in einer Harmonie, getragen vom Rhythmus plätschernden Wassers. Über den Gräserspitzen sah Felt das tiefere Grün des Waldes. Der Wald. Der Fluss.

Felt sprang auf – die Nacht. Diese entsetzliche Nacht, war sie vorüber?

»Du bist Letzter!«

Felt drehte sich um. Kersted hockte auf einem flachen Stein, barfuß, die Hosenbeine hochgekrempelt, und wusch Beeren in einem Bach.

»Dieses Mal war ich vor dir beim Frühstück«, sagte er und warf sich eine der dicken blauen Beeren in den Mund. »Musst du probieren.«

Felt hatte das Gefühl, seine Zunge wäre ein pelziger Wurm, er taumelte zum Wasser und ließ sich auf den Bauch fallen, tunkte den Kopf unter und trank. Das war mehr als Trinken, das war, als saugte man das Leben selbst ein, kühl und weich. Er tauchte wieder auf, Kersted reichte ihm eine Handvoll Beeren.

»Wie konnte ich nur so lange schlafen?«, sagte Felt. »Und wie bin ich überhaupt hierhergekommen? Wie habt ihr mich aus dem Boot geschafft?«

Kersted antwortete nicht, er zupfte Stängel und Blätter von den Beeren, als sei dies die bedeutendste Aufgabe seines Lebens.

»Wir sollen kein Feuer machen«, sagte er.

»Wo ist Marken?«, fragte Felt.

»Er badet. Er ist noch nicht lang wach. Ich war der Erste, ich habe die Beeren gesammelt, als ihr noch ...« Er brach ab. Er hob den Kopf.

»Dahinten, die Sträucher, siehst du?«

»Ich hatte einen grauenhaften Traum«, sagte Felt und sah nicht hin, sondern den jungen Offizier an. Kersted wich seinem Blick aus.

Felt aß einige Beeren, sie schmeckten wirklich sehr gut, säuerlich, aber nicht zu sauer, sie hatten eine feste, glatte Schale, die knackte, wenn man darauf biss, und saftiges, weiches Fruchtfleisch. Strems platzender Schädel. Felt spuckte Schalen und Kerne aus.

»Dir geht's wohl zu gut«, sagte Kersted, »die kannst du ruhig mitessen. Was anderes gibt es vorerst nicht.«

»Ich habe keinen besonderen Hunger«, sagte Felt.

»Ich schon«, rief Marken und schlug sich auf den haarigen, nassen Bauch. »Dieser pramsche Koch hat mich verdorben.«

Er watete durch das seichte Flussbett, ließ sich neben Felt ins Gras fallen, schloss die Augen und klappte den Mund auf. Kersted warf ein paar Beeren hinein. Felt schaute in das Gesicht seines Freundes, das mager war wie immer, aber vollkommen entspannt zu sein schien. Wassertropfen glitzerten zwischen den Wimpern und im Bart, der um den schmalen Mund herum schon grau, nein, weiß wurde. Das war Felt vorher nie aufgefallen. Konnte Marken sich über Nacht verändert haben? Felt fuhr sich durch die Haare, fragte sich, wie er selbst wohl aussah. Verbrannte Haut. Er sah an sich herunter. Er hatte in seiner Rüstung geschlafen, immerhin, und Anda war auch an seiner Seite.

Marken schlug die Augen auf, sah ihn an. Felt hatte den Eindruck, als wollte er ihm etwas sagen, aber dann besann er sich anders und wandte sich an Kersted: »Hast du noch welche?«

»Jede Menge.«

Marken kaute, dann meinte er: »Fünfzig Schritte den Fluss hoch ist eine Kiesbucht, da kannst du baden. Unter so einem Baum, ist ein guter Platz, besser als jede Wanne. Tu es, Felt, du wirst dich besser fühlen. Wie neu geboren.«

Felt zog die Stiefel aus, legte den Panzer ab, gab Anda an Marken.

»Ich passe gut darauf auf«, sagte er, legte sich das Schwert auf den Bauch, faltete seine Pranken darüber und schloss wieder die Augen. Felt ging in den Fluss, um zu baden.

Eine große, alte Weide beugte sich über die kleine Bucht, in der das Wasser glatt und glänzend war. Felt schob die Zweige auseinander, die bis ins Wasser hingen, watete durch den Blättervorhang und gelangte in die schattige Abgeschiedenheit unter dem Baum. Ja, ein guter Platz. Er streifte Hemd und Hosen ab und ließ sich ins Wasser gleiten, die Kiesel waren groß und rund geschliffen, sie klackerten gedämpft, als Felt sich zurücklegte. Er versuchte sich zu entspannen, machte die Augen zu. Ristra, übergossen mit dunklem Blut. Nein. Augen auf. Goldene Sonnenlichtflecken schwammen auf der Oberfläche und liefen über die Steine, das Wasser war wie Glas. Er beugte sich vor, aber sein Gesicht bekam zu wenig Licht, er konnte sein Spiegelbild nicht erkennen. Er tastete seine Stirn, Augenbrauen, Nase, Lippen, Bartstoppeln – wann hatte er sich zuletzt rasiert? Gestern, am Uferposten, eine Ewigkeit war das her. Dafür ging es eigentlich noch und auch sonst schien in seinem Gesicht alles in Ordnung zu sein. Er fühlte sich nur so verändert, so umgestülpt. Ach, das würde vergehen, der Traum würde ihm noch eine Zeit lang zu schaffen machen, aber er würde verblassen. Schon jetzt konnte er sich kaum mehr an die Stimme des Wolfs erinnern. Doch. Er konnte sich genau erinnern, und auch an jedes Wort. An die Lüge. Und daran, was er selbst gesagt hatte: *Nimm den Jungen.* Felt rutschte wieder zurück ins Wasser, bis zur Nase, nahm einen Mundvoll, zog das Wasser zwischen die Zähne, der eine Eckzahn wackelte. Er würde ihm ausfallen; immer nur Zwiebelsuppe war nicht genug, um ihm das Gebiss zu erhalten. Hinter dem sanft wehenden Zweigvorhang glitzerte es silbern. Felt spähte hindurch.

Die Undae gingen durch den Bach. Angeführt von einem – was war das, ein Kind? Der Junge war höchstens fünf Soldern alt, die glatten, dunklen Haare fielen ihm bis auf die Schultern. Er war, bis auf die kurzen Hosen, die er mit einem breiten, viel zu langen Gürtel an den Hüften hielt, nackt. Und er redete. Er stellte sich auf einen Stein, gestikulierte und plapperte und die Frauen hörten ihm aufmerksam zu, nickten hier und da zu seinem Vortrag. Er schien nicht einmal Luft holen zu müssen, sein Redeschwall ergoss sich ohne Pause aus seinem Mund, und zwar in einer Sprache, die Felt nie zuvor gehört hatte. Er verstand kein einziges Wort, aber der Singsang klang nett. Jetzt deutete eine der Frauen – er sah Smirns dunkle Hand – auf einen anderen großen Stein, um den herum das Wasser wirbelte. Sofort sprang der Junge von seinem Podest und machte sich an dem Stein zu schaffen. Mit einer Kraft, die ihm Felt nie zugetraut hätte, brachte er den Felsen in eine neue Position – nun strömte das Wasser nicht nur um den Stein herum, sondern sprang auch darüber. Der Junge kommentierte anscheinend sein Tun und das Ergebnis, er schrieb mit den Händen Wellen in die Luft. Dann ging er um den Stein herum, beugte sich vor, stützte die Hände auf die Knie und kniff die Augen zusammen. Klemmte sich die langen Haare hinters Ohr. Und redete dabei in einem fort. Es war seltsam: Er hatte das Äußere eines Kindes, aber sein ganzes Betragen war das eines alten, beflissenen Mannes. Jetzt verbeugte er sich und lud die Undae mit vornehmer Geste ein weiterzugehen. Das Ganze schien eine Art Inspektion zu sein, eine Flussbegehung. Felt hielt die Zweige auseinander, sah ihnen nach. Der Junge deutete an die Ufer, die teils grasig, teils felsig waren, und lenkte die Aufmerksamkeit der Undae auf eine Gruppe von jungen Bäumen, die nah am Wasser standen. Vielleicht hatte er sie gepflanzt – etwas, das ganz offensichtlich das Wohlwollen der Frauen erregte. Die vier gingen nun flussabwärts in Richtung der Wiese, auf der Felt aufgewacht war. Kurz bevor sie aus Felts Blickfeld verschwanden, hob eine der Undae die Hand über die Schulter und winkte ihm zu, ohne sich umzuwenden. Felt fühlte sich ertappt: Reva hatte die ganze Zeit gewusst, dass er alles beobachtete. Zeit, das Bad zu beenden. Er zwängte sich in seine nassen Hosen, legte sich das Hemd über die Schulter. Es ging ihm tatsächlich viel besser. Die Dunkelheit in seinen Gedanken hatte sich wie Dunst verzogen, der sich nicht im Gras halten kann, wenn die Sonne höher steigt.

»Torvik möchte euch gerne den Quelljungfern vorstellen«, sagte Utate. »Das ist eine besondere Ehre.«

Die Männer waren getrocknet und hatten sich in Ordnung gebracht, so gut es unter diesen Umständen möglich war. Utate ging voraus und die Welsen folgten ihr auf einem schmalen Uferpfad. Er führte von der sonnenüberfluteten Wiese in den Schatten des lichten Waldes, der so war, wie Felt ihn immer in seiner Erinnerung gehabt hatte: elastischer, laubbedeckter Boden, auf dem hier und da niedrige Dornengewächse krochen, hellgrüne Farne, die ihre Wedel in goldgelbe Lichtstrahlen hielten, feuchtglänzende Pilze, die in kleinen Gruppen zwischen Wurzeln standen. Und alle Schattierungen von Grün und Braun, die Wärme der Farben einer lebendigen Natur. Ein größerer Gegensatz zum Weißgrau seiner steinernen, nackten Welt war nicht vorstellbar und Felt empfand kein Heimweh nach dem Berg, sondern gab Estrid in Gedanken recht: Hier sollten die Kinder groß werden. Vielleicht würden sie eher gute, sanftmütige und freie Menschen werden in einer Umgebung, die sie nicht jeden Tag aufs Neue ablehnte, sondern willkommen hieß.

Das Sirren, das er seit seinem Erwachen wahrgenommen und an das er sich schon beinah gewöhnt hatte, wurde lauter. Sie traten hinaus auf einen steinernen Vorsprung, der in einen kleinen See hineinragte. Das Wasser war in Bewegung hier, über eine natürliche Felstreppe strömte es hinab in den See, floss von dort über bemooste Steine weiter und wurde zu dem Bach, an dessen Ufer sie gegangen waren. Sie waren an der Quelle angelangt. Ganz in der Nähe der Felstreppe hockte wie ein Frosch der Junge auf einem Stein. Reva und Smirn standen bis zur Brust im Quellsee, die Arme ausgebreitet. Sie waren bester Laune, lachten, und es sah aus, als höben sie von Zeit zu Zeit etwas Unsichtbares, Leichtes aus dem Wasser in die Luft. Der Junge, der offenbar Torvik hieß, begleitete das seltsame Tun mit seinem Geplapper, das aber kaum das Sirren übertönen konnte. Es kam von den vielen schlanken, geflügelten Wesen, die über dem See kreisten. Sie waren groß und flogen so schnell, so geschickt, in so waghalsigen Formationen, dass Felt nur das Schillern der transparenten Flügel wahrnahm und ein bläuliches oder grünliches, metallisches Glänzen dort, wo er den Kopf vermutete. Es mussten Hunderte sein, eine genaue Zahl war unmöglich auszumachen. Als Torvik die Welsen sah, erhob er sich und machte eine höfische Verbeugung – ohne seinen Redefluss zu unterbrechen. Die Männer grüßten zurück, unsicher, was von ihnen erwartet wurde. Der Junge blickte sie auffordernd an, streckte die Arme seitlich aus und hob sie in einer wedelnden Bewegung, er turnte ihnen etwas vor, das Ganze wirkte einigermaßen komisch.

»Na, macht schon«, sagte Kersted grinsend und streckte ebenfalls die Arme aus. »Ein bisschen Bewegung kann nicht schaden.«

Also ruderten sie alle drei in der Luft, die Augen zum Himmel gedreht und dankbar, dass ihre Kameraden bei den Pramern zurückgeblieben waren und sie nun nicht sehen konnten. Aber das Gewedel schien die Flugwesen anzulocken. Eines ließ sich auf Felts Hand nieder, auch auf Kersteds und Markens Händen landete eins der großen Insekten. Denn Insekten mussten es sein, auch wenn Felt sich damit nicht gut auskannte. Auf dem Berg gab es nicht viele, nur ein paar Käfer, die in den Vorräten krabbelten und gnadenlos mitgegessen wurden, und Asseln, die selbst gegen den grimmigsten Frost unempfindlich waren. Was da auf seiner Hand hockte, war etwas völlig anderes. Zwei gläserne Flügelpaare saßen dicht hinter dem Kopf quer auf einem kurzen, kräftigen Körper, der in einen sehr langen, schlanken Hinterleib auslief. Die Augen waren übergroß und glänzten wie Schmucksteine, den Leib zierte ein Streifenmuster.

Die Flügel spannten sich ungefähr vier Hand breit, der Leib war noch länger. Er wippte leicht auf und ab, als würde das Insekt damit atmen.

»Sind sie nicht wunderschön?«, fragte Utate.

»Nun ja, ja, schon beeindruckend. Groß vor allem«, sagte Kersted. »Ich habe so etwas noch nie gesehen.«

»Die Quelljungfern werden im Wasser geboren und bleiben darin, viele Solder. Dann wandeln sie sich und werden Wesen der Luft. Aber sie vergessen niemals ihren Ursprung. Sie verbinden die Elemente, das ist ihr Lebenszweck.«

»Aha«, machte Kersted und es war klar, dass er nicht die Hälfte von dem verstanden hatte, was Utate gesagt hatte. Sie lächelte. »Wasser und Luft sind sich nah, aber sie sind sich nicht immer einig. Die Quelljungfern sind Botschafterinnen. Sie sprechen beide Sprachen.«

»Aha.«

»Lasst sie wieder gehen. Werft sie einfach hoch.«

Die Männer taten es. Die vogelgroßen Insekten flogen zurück ins schillernde Flirren über dem Wasser. Felt kam es vor, als sei das Licht der Sonne besonders mild hier.

»Über diesem Ort liegt ein Zauber«, sagte Utate und fasste damit Felts Gedanken in Worte. »Es gibt nichts Falsches hier. In dieser Quelle wohnt der Glaube, dass alles gut wird. Torvik hütet sie, und er hütet sie gut. Ihm ist es zu verdanken, dass dieses Wasser hier nicht versiegt. *Zwölf Wasser sollen fließen, zwölf Quellen sollen sprechen* ... Hört hin, Welsen, hört genau hin.«

Die Undae im Wasser unterbrachen ihr Spiel mit den Quelljungfern. Torviks unaufhörlicher Redefluss riss mit einem Mal ab. Unwillkürlich hielt Felt den Atem an.

Das hohe, an- und abschwellende Sirren, das die Flugwesen verursachten, mischte sich mit dem tiefen, melodischen Glucksen des Wasserfalls. Jetzt, da niemand mehr redete, da alle still standen, konnte Felt es hören. Wasser und Luft sprachen. Oder war es ein Lachen? Singen? Alles zusammen? Aus der Luft: ein fröhliches, fast übermütiges Summen vieler Stimmen. Aus dem Wasser: beruhigendes, tröstendes Blubbern, das Leben geht weiter, das Leben geht weiter.

Felt holte tief Luft, musste lächeln, grinsen geradezu, dann lachte er laut auf – er hatte, warum auch immer, an die Nukklämmer denken müssen, die um diese Zeit geboren wurden und die, kaum dass sie ihre zu langen Beine sortiert hatten, wie aufgezogen über die Steilhänge hopsten.

»Ihr seid durch eure tiefste Furcht gegangen, um hierherzukommen«, sagte Utate. Die Magie des Moments erlosch, aber die gute Laune blieb.

»Ohne dich hätte ich es nicht geschafft.« Kersted strahlte sie an.

»Dieser Ort muss gut geschützt werden; diese Quelle darf niemals versiegen. Kersted, kein Mensch kann es ohne Hilfe hierher schaffen. Es ist keine Schande, für dich nicht, für niemanden, nach Hilfe zu rufen. Um Unterstützung zu bitten. Das ist menschlich. In der Ausweglosigkeit, in der allergrößten Bedrängnis, gegen alle Vernunft auf Rettung zu hoffen – *das ist menschlich*. Außerdem: Die Hoffnung macht das Leben erträglich, ohne sie ist alles tot. Wer wüsste das besser als die Welsen. Nicht wahr?«

Marken brummte zustimmend.

»Wir geben niemals auf.«

Wie auf Stichwort begann Torvik wieder, vor sich hin zu plappern, und kletterte behände die Felstreppe hinauf. Er verschwand aus dem Sichtfeld der Offiziere. Reva und Smirn stiegen aus dem Wasser und gesellten sich zu ihnen. Auf Smirns dunkler Haut glitzerten winzige Wassertröpfchen, es sah aus, als habe sie in Licht gebadet. Sie lächelte Marken an.

»Gut zu hören! Die Hoffnung ist ein guter Antrieb. Haltet daran fest, was auch geschehen wird. Wir meinen, Torvik hat alles getan, damit die Hoffnung diese Welt nicht verlässt. Er beschützt diese Quelle gut – er war der erste Quellhüter, er wird der letzte sein. Und er hat ein Geschenk für euch.«

Schon drängte sich der Junge zwischen sie; die Männer machten verwundert Platz. Unter Verbeugungen, lächelnd und in seiner unverständlichen Sprache auf sie einredend, übergab er jedem ein kleines, pralles Lederbeutelchen, sorgfältig mit Wachs verpfropft.

»Falls ihr aber doch einmal nah dran seid aufzugeben«, erklärte Smirn, »dann trinkt. Torvik hat dieses Wasser direkt aus dem Quellmund genommen und glaubt, dass es euch nützlich sein kann.«

Felt war überzeugt davon, schon allein deshalb, weil ihm niemals zuvor zwei, höchstens drei Schlucke Wasser mit größerer Begeisterung überreicht worden waren.

ZWÖLFTES KAPITEL

DREI KOMMEN DURCH

Diesmal war es an den Welsen, das Boot zu steuern. Es war leicht, denn es ging mit der Strömung statt gegen sie, dennoch fiel es ihnen schwer, denn das Hochgefühl und die grundlose Fröhlichkeit, die sie an Torviks Quelle verspürt hatten, wichen langsam, aber unwiderruflich. Die Hohen Frauen hatten sich die Kapuzen übergezogen und schwiegen. Sie hatten die Männer an sich gebunden. Nun ließen sie wieder los. Was den Offizieren eben noch wie ein Ausflug in ein traumhaftes Land der Zuversicht vorgekommen war, wurde allmählich wieder zur Fahrt ins Ungewisse. Der Gedanke an die Kameraden, die sie am Uferposten zurückgelassen hatten, kam zurück. Bei der Flucht aus der Baracke hatten sich die Offiziere genauso überrumpeln lassen wie Felt einige Nächte davor beim Ausritt in die Weiten der Aschenlande zur Höhe von Wandt. Beide Male war kein Widerstand möglich gewesen – die Macht der Undae über ihre Begleiter war zu groß. Damit konnte Felt sich abfinden, es machte ihm nichts aus, Befehle zu befolgen. Ob sie nun klar und deutlich ausgesprochen wurden oder ob ein innerer, seelischer Druck ihn zwang, war ihm gleichgültig. Was ihn belastete, war das, was danach kam: das Gefühl, wie ein Werkzeug benutzt worden zu sein. Weggelegt zu werden und nichts weiter tun zu können, als auf den nächsten Einsatz zu warten. Aber er erinnerte sich an den Rückweg zum Nachtlager in den Aschenlanden und an das, was er schon damals deutlich gespürt hatte: Er musste vertrauen. Vertrauen, weil er nicht verstehen konnte, noch nicht.

Er sah auf die drei stummen Frauen und wusste: Sie wollten ihnen nicht schaden, sie nicht quälen. Die Undae hatten Ristra vor den Sedrabras beschützt, den Treck sicher ans andere Ufer geleitet, sie alle aus dunklen Träumen gerettet und an einen Ort gebracht, an dem die Hoffnung lebte. Vielleicht lockerten die Frauen nun nur darum das Band, damit die Offiziere wieder zu sich selbst zurückfinden konnten?

Wenn es so war, dann fiel es Kersted besonders schwer. Immer wieder wanderte sein Blick zu Utate, an deren Schönheit man sich nicht gewöhnen konnte. Er hakte sein Ruder aus und warf es ins Boot.

»Ich mache nicht mehr mit.«

Felt und Marken wechselten einen Blick. Von den Undae kein Wort.

»Ich will endlich wissen, wie es weitergeht«, sagte Kersted. »Oder bin ich zu dumm, dass man mich nicht einweiht? Bin ich nicht vertrauenswürdig? Felt! Du weißt, dass man sich auf mich verlassen kann!«

»Das kann man, Kersted.«

»Das will ich meinen. Und warum sagst du nichts? Gehen wir nun nach Pram? Wenn ja, wie ist der Plan? Was wird aus unseren Leuten? Denkt eigentlich jemand von euch an unsere Männer? Ich schon. Ich habe die verdammt finsterste Nacht hinter mir, die ich je erlebt habe. Ich habe es überstanden, geschenkt. Ich lasse mich an der Nase rumführen – Quelljungfern! Es sind nur Insekten, auch gut. Aber ich bin es satt, in diesem Boot zu sitzen und ins Nichts zu fahren. Ich weiß ja nicht einmal, wo wir sind!«

Felt und Marken nahmen die Ruder aus dem Wasser. Das Boot trieb führerlos dahin und stellte sich bald quer, dann ging es wieder ein Stück weiter, aber schließlich hingen sie in der Uferböschung fest.

»Lasst uns einen Moment ausruhen«, sagte Felt. Keiner war müde, aber was hätte er sonst sagen sollen. Von den Undae kam keinerlei Reaktion auf Kersteds Ausbruch und Felt rechnete auch nicht damit. Das mussten sie unter sich ausmachen. Sie mussten selbst nachdenken und handeln, denn sie sollten wieder die Offiziere sein, die sie waren – und keine Werkzeuge.

»Marken, bist du schon mal in Bosre gewesen?«

Er nickte: »Aber das ist lang her, acht oder zehn Soldern, ich erinnere mich nicht genau. Ich habe da ein Geschäft abgewickelt, außer der Reihe sozusagen, ihr versteht.«

Felt verstand. Solange die Welsen ein genügend großes Kontingent an Waffen nach Pram lieferten, war es ihnen überlassen, was sie mit dem Rest anstellten. Pram hatte schon jetzt genug Material, um jeden Soldaten fünfmal auszustatten, es ging nur darum, die Kontrolle über den Gesamtbestand zu behalten. Pram wusste, dass hier und da ein paar Schwerter unter der Hand an nicht autorisierte Händler weggingen, damit sich irgendwo primitive Stammesfürsten besser die Köpfe abschlagen konnten. Und Pram unternahm nichts dagegen, im Gegenteil. Sollten sie sich nur gegenseitig umbringen, so war es leichter, den eigenen Einflussbereich auszuweiten, wenn es notwendig war. Aber nun hatte sich die Lage verändert. Alle sahen sich einer unbekannten Gefahr gegenüber – etwas ging vor und das mächtige Pram wusste nichts davon.

»Was hast du vor?«, fragte Kersted.

»Ich weiß noch nicht genau«, sagte Felt. »Aber ich weiß,

was ich auf keinen Fall will: Ich will mich nicht wie ein Dieb nach Pram hineinschleichen. Wir sind immer noch die Eskorte der Hohen Frauen. Wie viel Geld habt ihr noch?«

»Fünf Sedra, zehn Petten«, sagte Kersted.

»Vier Petten, mehr nicht«, sagte Marken. Er hatte die Fährleute bezahlt.

»Sieben Sedra, zwölf Petten«, sagte Felt, »außerdem noch vier Portionen Weißglanz. Aber das behalten wir besser für uns, wer weiß.«

»Dafür bekommen wir keine sechs Pferde«, sagte Marken.

»Nein, das nicht. Aber für drei wird es reichen. Und was zu essen müsste auch noch drin sein.« Er warf einen Blick auf die Undae. »Wir werden sie hinten drauf nehmen. Den Soldaten möchte ich sehen, der die Waffe gegen eine Unda erhebt.«

»Hm«, machte Marken.

»Marken, mir fällt nichts Besseres ein. Dir?«

Der Waffenmeister strich sich über den Bart.

»An Pferde müssten wir herankommen können, da herrscht hier kein Mangel. Dazu müssen wir auch nicht bis nach Bosre hinein, es sei denn, du willst was Feines zum Reiten. Viele Holzfäller wohnen mit ihren Familien im Wald, und alle Holzfäller haben Pferde. Große, starke Arbeitspferde. Wie ich die Leute hier so kenne, verkaufen sie dir alles, ob du Welse bist oder nicht, Hauptsache, du zahlst. Ich mache mir eher Gedanken wegen der pramschen Soldaten. Es kann ihnen nicht egal sein, dass wir ihnen entwischt sind. Mit ihrem eigenen Boot. Wie sollen sie das ihren Hauptleuten erklären?«

»Gar nicht«, sagte Kersted und Marken blickte überrascht auf.

»Interessanter Gedanke«, sagte Felt und Kersted grinste. Er schien wieder zu sich zurückzufinden.

»Der Kommandant war unter Druck«, führte Kersted aus,

»das haben wir alle gesehen. Keine Order aus Pram, fünf Tage lang. Irgendjemand hat ihn im Stich gelassen, jemand, den er fürchtet – mehr als uns, mehr als die Undae. Ich sage euch: Der Kommandant hat unsere Flucht nicht gemeldet. Wenn er uns sucht, dann auf eigene Faust.«

Felt überlegte: Sobald die Welsen übergesetzt waren, verließ die Besatzung normalerweise den Posten am Aschenufer und verstärkte den Trupp auf pramscher Seite, um das Lager dort unter Kontrolle zu behalten.

»Wenn du zurückdenkst, Marken, waren es doch nie mehr als sechzig Mann, die lenderns in der Lagerstadt waren, oder?«

»Ungefähr.«

»Und wenn sie, wie du vermutest, Kersted, keine Meldung gemacht haben, werden nicht viel mehr als dreißig nach uns suchen. Immerhin haben wir noch ein paar Mann im Lager. Die werden sie nicht einfach allein lassen wollen.«

»Aber die Einkäufer bringen Eskorten mit«, wandte Marken ein.

»Und?«, sagte Felt. »Die Einkäufer wissen nichts von uns oder von den Undae. Wenn sie schon ihren Vorgesetzten keine Meldung machen, werden sie erst recht nicht solche Leute wie Kandor behelligen.«

»Dreißig zu drei klingt immer noch nicht gerade verlockend«, sagte Kersted.

»Wohl wahr«, sagte Felt, »aber wir sollten Gerder nicht vergessen. Gerder und die anderen vier. Wenn sie wirklich keine Meldung machen ... dann schaffen sie unsere Männer auch nicht nach Pram.«

Wenn sie nur wüssten, was in der Nacht nach ihrer Flucht passiert war. Eine schlimme Ahnung stieg in den dreien auf, aber keiner sprach sie aus. Denn wenn man den Tod aussprach, wurde er wahr. Nach einer bedrückten Pause sagte Marken stattdessen: »Das sind eine ganze Menge Wenns.«

Felt schwieg. Sie waren kein bisschen schlauer nach dieser Unterredung, aber immerhin war Kersted jetzt wieder voller Tatendrang. Er griff nach seinem Ruder.

»Also bleibt es dabei. Wie auch immer die Lage ist, ob Meldung gemacht wurde oder nicht: Wir besorgen uns Pferde und versuchen, uns zur Stadt durchzuschlagen. Und dort werde ich mich für unsere Männer einsetzen – wie ich es versprochen habe.«

»Nicht gerade ein ausgefuchster Plan, was?«, sagte Felt.

Marken zuckte die Schultern.

»Es läuft ohnehin alles anders, als wir uns das vorgestellt hatten. Und angefangen hat es, als uns dieser Bursche nicht hat übersetzen lassen.«

Sie lenkten das Boot wieder in die Strömung. Irgendwohin würde dieser Fluss sie schon bringen.

»Was glaubst du, wie spät es ist?«, fragte Kersted, nachdem sie lange schweigend gefahren waren. Felt schaute auf und versuchte hinter dem dichten Blätterdach, das den Fluss beschattete, die Sonne zu finden.

»Noch vier Stunden bis Sonnenuntergang, schätze ich.«

»Ich habe nachgedacht«, sagte Marken, »und versucht, mich an alles zu erinnern, was ich über die Gegend hier noch weiß. Ist nicht viel. Es war dunkel, als ich damals in Bosre war, und ich bin einfach immer nur über die Handelsstraße geritten. Nun ja, neben der Straße die meiste Zeit. Aber was ich genau weiß: Ich bin über keine Brücke gekommen.«

»Rede weiter«, sagte Felt.

»Die Bahnde mündet nicht direkt in die Bucht von Bosre, wo sie die Stämme verladen, sondern oberhalb. Hat irgendeiner von euch gestern Nacht bemerkt, dass wir an Bosre vorbeigefahren sind? Ich nicht. Gut, es war finster. Wir waren schnell. Aber ... ach, hätte ich mir damals doch die Gegend besser eingeprägt! Ich war nur auf das Geschäft aus. Und der Käufer war eine seltsame Gestalt, in Tücher gewickelt wie eine Frau, wahrscheinlich Segure. Es war übrigens eine Bestellung – Dolche. Besonders schöne Waffen, an die erinnere ich mich genau, wir mussten Horn einlegen am Griff, einen Stern ... geschmackvoll.«

»Marken?«

»Schon gut. Zwei Dinge: Erstens sollten wir verdammt aufpassen, dass wir nicht plötzlich vor eine Brücke rudern – denn dann kreuzen wir die Handelsstraße, und die lassen sie bestimmt nicht unbewacht. Zweitens glaube ich aber, dass wir gar nicht auf der Bahnde sind, höchstens auf einem Nebenarm. Oder auf einem ganz anderen Fluss, den ich nicht kenne, der aber hoffentlich in die Bahnde ...«

Kersted hob die Hand, stellte das Ruder quer. Ja, da war etwas. Pferde. Unverkennbar die Hufschläge von Pferden. Wenn sie sie hören konnten auf diesem weichen Boden, konnten sie nicht mehr fern sein. Sie boten ein schönes Ziel, mitten auf dem Fluss, in ihrem offenen Boot.

»Wir müssen raus hier«, flüsterte Marken.

Sie streiften die Handschuhe über und setzten die Helme auf. Schnell und so leise wie möglich steuerten sie zum Ufer. Aber auszusteigen war nicht einfach. Der Fluss hatte sich tief in den Boden gegraben, die Böschung war anderthalb Mann hoch und dicht bewachsen. Felt griff nach den frei liegenden Wurzeln eines toten Baums, lange schon unterspült vom Wasser, und klemmte die Füße unter die Ruderbank. Er konnte das Boot auf diese Art halten, aber nicht allzu lange. Marken sprang einfach in die Böschung, rutschte ein Stück, dann hatte er etwas gefunden, um sich festzuhalten.

»Smirn«, flüsterte er dringlich, »nun komm, spring.«

Smirn stand auf, sprang aber nicht. Marken fluchte leise, dann reckte er sich, es riss im Bewuchs, aber er schaffte es. Ein großer Handschuh griff nach Smirns Taille und fischte sie aus dem Boot. Marken drückte sich und die Frau in die Pflanzen, Felt konnte nur noch ein silbernes Schimmern ihres Gewands ausmachen. Von einem anderen Blickwinkel aus, zum Beispiel vom Rücken eines Pferdes, dürfte das allerdings eine schwache Tarnung sein. Aber es blieb ihnen nichts anderes übrig.

»Jetzt du!«

Kersted hatte sich schon nach einer geeigneten Stelle umgesehen. Er nahm Utate, die sich nicht gerührt hatte, einfach wie einen gerollten Teppich über die Schulter und sprang mit ihr in die Pflanzen des steilen Hangs. Er fand sofort einen Halt und tauchte ein ins Grün, man sah nur noch die Bewegung in den Blättern. Jetzt war Felt an der Reihe, aber er konnte nicht gleichzeitig springen und das Boot halten.

»Reva, ich bitte dich, komm zu mir.«

Sie tat es.

»Und jetzt: Umarme mich. Fester. Halt dich an mir fest.«

Er zog die Beine an und gab dem Boot einen Tritt. Es trudelte, dann griff der Fluss es sich und nahm es mit. Felt machte einen Klimmzug, schwang sich, so gut es ging, unter den Wurzelballen. Revas Gewicht war kaum spürbar, aber ihre Arme um seinen Hals waren kalt wie die einer Toten. Wo ihre Haut die seine berührte, kroch ihm die Kälte über den Hinterkopf und vereiste die Kopfhaut. Felt versuchte, mit den Füßen irgendwo Tritt zu fassen, aber unter dem umgestürzten Baum war das Ufer weggeschwemmt, er strampelte in bloßem Blätterwerk. Schließlich gab er auf. Dann musste er eben hängen bleiben, die Stiefel zwei Handbreit über dem Wasser. Er lauschte. Er hätte nicht sagen können, ob die Hufschläge lauter geworden waren.

Aber nun glaubte er erkennen zu können, aus welcher Richtung sie kamen: Sie waren irgendwo über ihm. Dann waren sie also ans richtige Ufer gesprungen, an das, wo auch die Reiter waren. So hatten sie wenigstens eine Chance, nicht sogleich entdeckt zu werden. Jetzt waren die Tritte nicht wesentlich lauter, aber sie waren langsamer geworden und Felt hörte ein Schnauben. Knirschendes Sattelzeug, leises Klirren. Rüstungen, Waffen. Die Soldaten suchten den Fluss ab. Er hielt den Atem an, Reva verhielt sich vollkommen ruhig, aber er spürte, wie die Betäubung in seinem Nacken nachließ: Ihr Griff lockerte sich. Sie durfte ihm jetzt nicht ins Wasser fallen. Er schaute auf, krallte sich noch fester in die Wurzeln, lose Erde bröckelte ihm ins Gesicht, dann packte er mit einem Arm nach Reva, bekam sie gerade noch rechtzeitig in den Griff, hielt sie unter den Achseln. Sie fasste in den Halsausschnitt seines Brustpanzers und zog sich wieder ein Stück hoch, sodass er sie um die Taille greifen konnte. Für einen kurzen Moment trafen sich ihre Blicke. Sie zeigte keine Angst, sie war gelassen, als wäre das alles nur eine Übung, die sie schon tausend Mal gemacht hatten. Aber Felt hing nicht tagtäglich an einem Arm in der Gegend herum. Nicht mehr, denn früher, als junge Männer, hatten sie das oft machen müssen. *Tothängen* hatte das der Ausbilder genannt, es war eine Kletterübung, die die Fingermuskulatur stärkte. Das war lange her. Felt spürte die Müdigkeit im Arm und wusste, dass der Krampf bald kommen würde. Er biss auf die Zähne, etwas würde es schon noch gehen.

Die Soldaten waren jetzt direkt über ihnen, Felt konnte förmlich spüren, wie sich einer der Reiter in die Steigbügel stellte, um einen besseren Überblick zu bekommen. Wenn er nur nicht abstieg, wenn er sich nur nicht über die Böschung beugte. Doch, er sprang ab. Schwere Stiefel und wieder das Klirren, das Felt so gut kannte. Dann ein Ruf, ferner: »Das Boot! Hierher!«

»Hast du sie?«

Die Antwort war nah und nicht nur das: Die Männer sprachen Welsisch. Felt ließ los.

Stahl und Wasser haben sich noch nie gut vertragen und Felt ging unter wie ein Stein. Seine Rüstung, seine Stiefel, seine Waffe zogen ihn hinunter, er ruderte, er verlor Reva, er strampelte. Er konnte nicht schwimmen, kein Welse kann schwimmen. Als er noch über Wasser gewesen war, hatte er sich keine Gedanken darüber gemacht, wie tief der Fluss war, doch nun, als die Strömung ihn mitriss, fragte er sich, wie lange er wohl die Luft anhalten könnte. Er hatte das als kleiner Junge zuletzt geübt und die anderen hatten immer länger zählen können als er. Felt schlug um sich, er fand im Wasser keinen Halt, er musste Luft holen, er konnte nicht mehr. Wie Säure brannte das Wasser in seinen Lungen, er gurgelte, er spürte eine enge Klammer um seine Kehle.

Es war Reva. Sie hob sein Kinn über Wasser, Felt hustete und würgte. Er griff nach ihren Armen, sie waren so dünn, er packte noch fester zu, er wollte nicht ertrinken, sterben, wenn's sein muss, aber nicht einfach absaufen, das nicht. Doch Reva hielt seinen Kopf über Wasser, er konnte wieder atmen, er würde nicht ertrinken. Er lockerte seinen Griff, sie zog ihn höher, mit beiden Händen. Kälte wollte ihm die Zunge festeisen, ein heftiger Zahnschmerz durchschoss ihn. Er kam nicht auf die Beine, er lag auf dem Rücken im Wasser, das unter ihm hindurchströmte, so stark, dass es ihm fast die Stiefel auszog. Felt tastete nach seinem Schwert. Anda tanzte an seiner Hüfte.

Reva beugte sich über ihn. In ihren hellen Augen glomm die Wärme, die ihren Händen fehlte.

»Ich werde dir Schwimmen beibringen, ich bin eine sehr gute Lehrerin.«

Das wollte er nur zu gern glauben. Während er hier wie ein toter Fisch bauchoben auf der Strömung trieb, stand sie einfach da wie ein eingerammter Pflock und ließ sich das Wasser um die Hüften wirbeln.

Sie nahm eine Hand von seinem Kinn. Erleichterung, als die Kälte nachließ. Und Panik, augenblicklich.

»Nein, nicht!«, rief Felt. »Ich verspreche es: Ich will Schwimmen lernen!«

Als hätte jemand ein Wehr geschlossen, riss die Strömung ab. Seine Stiefel sanken von selbst auf den Grund und Felt kam endlich wieder auf die Füße. Das Wasser reichte ihm nur zwei Hand breit übers Knie.

»Du …«, machte Felt, hustete und fasste sich an den eiskalten Unterkiefer.

»Was denn?«, fragte Reva. Immer noch war ihr Blick wohlwollend auf ihn gerichtet, aber kein Sog stellte sich ein, sie zog nicht an seinen Gedanken. Sie wartete ab, bis er es von selbst begriff: In ihrer Anwesenheit konnte er nicht ertrinken. So fremd sie ihm auch war, sie würde ihn niemals untergehen lassen. Ob er nun schwimmen lernte oder nicht, war egal – er musste ihr vertrauen lernen, nur darum ging es. Es war eine Prüfung gewesen, ein kleiner Test. Felt war sich nicht sicher, ob er bestanden hatte.

»Ein Seil!«, rief jemand von oben, »ein Seil her, marsch!«

Gerders Gesicht erschien über dem Rand der Böschung.

»Wir holen euch da raus.«

»Wir haben kein Seil«, rief eine andere Stimme.

Felt lief das Wasser aus dem Helm.

»Wir sind gleich soweit«, sagte Gerder nach unten, dann verschwand sein Kopf wieder. »Was soll das heißen: Wir haben kein Seil? Dann nimm Zaumzeug! Mitdenken!«

»Komm«, sagte Felt und sie wateten zur Böschung. Jetzt

erschienen auch Markens und Kersteds Köpfe – sie mussten hochgeklettert sein, als Felt dabei war, im nun sanft dahinplätschernden Bach zu ertrinken.

»Helft ihr«, sagte Felt, dann hob er Reva hoch und stellte sie sich auf die Schultern. Marken griff ihre ausgestreckten Arme und zog sie hoch, Felt kletterte hinterher.

»Ein Bad hat dir wohl nicht genügt«, sagte Kersted.

»Ich will einen Bericht«, sagte Felt grimmig. »Gerder!«

Der Soldat ließ das Zaumzeug fallen und nahm Haltung an. Er war verschwitzt, der rechte Handschuh blutverkrustet. Die andern beiden Männer sahen nicht viel besser aus, alle drei schienen erschöpft zu sein. Aber die Gesichter glühten und ihre Augen glänzten fiebrig – sie standen unter dem Einfluss von Weißglanz.

»Verluste?«, fragte Felt und zog die nassen Handschuhe aus, riss sich den Helm vom Kopf, rieb sich das Kinn.

»Zwei«, sagte Gerder, »Lakers und Erm. Ertrunken.«

Felt blickte kurz zu Reva, die wie die anderen Undae aufmerksam zuhörte.

»Verletzte?«, fragte Felt.

»Nicht der Rede wert«, sagte Gerder.

»Rühren«, sagte Felt und legte ihm die Hand auf die Schulter.

»Und jetzt setz dich und erzähl uns, wie ihr uns gefunden habt.«

Und das tat Gerder.

»Als ihr weg wart, haben wir uns angezogen und gewartet. Es dauerte eine ganze Weile, dann ging der Alarm los. Erst sind sie in die Ställe, dann stand der Kommandant in der Baracke. Er war außer sich, brüllte seine Männer an, sie trieben uns raus. Wir haben gar nichts gemacht. Genau, wie Ihr befohlen habt, Herr Offizier. Er hat uns gefragt, wir haben geschwiegen. Wir wussten ja nichts, aber wir konnten uns denken, dass Ihr das

Boot genommen hattet. Dann kamen sie mit den Pferden, der Kommandant ist aufgesessen und ein paar Soldaten auch. Und er hat den Befehl gegeben, uns zu töten. Glaubt mir, dafür reicht mein Pramsch, es war doch so?«

Seine Kameraden nickten.

»Weiter«, sagte Marken.

»Jedenfalls, er ist dann weg mit ein paar Männern, zu Pferd. Noch ungefähr zwanzig Pramer um uns, mit Speeren.«

Felt blickte zu Boden. In was für eine aussichtslose Position er die Soldaten manövriert hatte.

»Also, da mussten wir dann doch kämpfen, Herr Offizier. Ich habe draufgeschlagen auf alles, was nicht Welse war. Es war ein ziemliches Gewühle, da vor der Baracke, aber wir haben nicht viel mitgekriegt. Die Pramer können nicht mit Speeren, also echt schwach. Als die Reiter zurückkamen, die Pferde fertig wie sonst was, hatten wir sie schon alle erschlagen. Der Kommandant sieht die toten Männer, reitet einfach in den Fluss. Die andern wissen nicht, was tun, also wir auf sie. Wir haben sie runtergeholt von den Pferden, da haben sie sich ergeben und wir haben sie leben lassen.«

»Was ist dann passiert? Red weiter, Gerder.«

»Wir waren ziemlich angefressen, dass dieser Bursche einfach abgehauen ist, ohne seine Männer, und irgendwie dachten wir, jetzt kommt's auch nicht mehr drauf an, jetzt erschlagen wir den auch noch. Aber dazu kam es dann nicht. Wir sind zwar auch in den Fluss, Pferde hatten wir ja jetzt, aber dann haben sie uns von beiden Ufern unter Beschuss genommen. Auch die, die wir verschont hatten, die erst recht. Und mit Pfeilen können sie besser, das steht mal fest. Obwohl, uns haben sie nicht getroffen. Auf die armen Viecher haben sie gezielt. Und Lakers und Erm haben sie die Pferde weggeschossen. Sie sind dann einfach weg, untergegangen im dunklen Wasser, Pferde, Männer. Weg.«

In Kerstedts Gesicht zuckte es. Gerder nahm einen Schluck Wasser. Dann fuhr er fort: »Richtig gehagelt hat es, zisch, zisch die Pfeile ins Wasser und die Pferde wie wild. Sind völlig durchgedreht und durch den Fluss gerannt, wie wenn es um ihr Leben ginge. Na, ging es ja auch. Aber nicht auf den Posten zu, wo wir hinwollten, das war mit den Pferden nicht zu machen, da war Feuer und da waren Pfeile. Wir also so schräg durch den Fluss, eine Plackerei, ich dachte, wir saufen alle ab. Jedenfalls haben wir es geschafft, wir drei. Am Ufer waren lauter Pflanzen, Büsche, was weiß ich. Und Empfang. Aber nur Fußtruppen und auch nur wenige – einer hat mir den Handschuh gestreichelt, dann waren wir durch. Wir sind dann einfach in den Wald geritten, stockfinster war es da, und wir mussten absteigen, sind aber weitergegangen. Fander hat sich den Kopf angeschlagen, ich dachte, der steht nicht mehr auf.«

Gerder wandte sich an den Erwähnten: »Das wär's noch gewesen, gekämpft eins gegen vier, durch den Fluss gekommen und die Pfeile und dann von einem Baum erledigt werden!«

Er lachte. Dann beruhigte er sich wieder und redete weiter: »Wir hatten keinen Plan. Wir wussten nicht, in welche Richtung. Wir sind einfach nur immer da lang, wo wir keine Fackeln gesehen haben. Also immer rein ins Schwarze. Bis wir überhaupt nichts mehr gesehen haben. Da waren wir dann tief im Wald. Konnte uns keiner finden in der Nacht. Denke ich mir mal, denn die haben uns nicht weiter verfolgt. Wir haben uns also ausgeruht. Haben auf die Morgendämmerung gewartet. Haben uns besprochen.«

»Dieser verfluchte Mistkerl von einem Kommandanten«, sagte Marken.

»Hätte ihm gern den Kopf abgeschlagen, Herr Offizier.«

»Aber Gerder«, Felt runzelte die Stirn, »eins verstehe ich nicht: Wie habt ihr diesen Fluss hier gefunden? Ihr musstet doch davon ausgehen, das wir nach Pram unterwegs waren ... Wisst ihr, wo wir hier sind? Und sind sie noch hinter euch her? Denn dann sollten wir diese Unterhaltung besser verschieben.«

»Also«, sagte Gerder und sortierte die Fragen in seinem Kopf, »das war, ehrlich gesagt, Zufall. Als es hell wurde, sind wir einfach wieder los. Es muss um die dritte Stunde herum gewesen sein, dass wir Wasser gehört haben. Endlich. Wir haben getrunken und die Pferde getränkt. Und da sagte Fander so vor sich hin: Vielleicht sind die nicht nach Pram, vielleicht sind die auch in den Wald, mit dem Boot, in den Wald ... vielleicht auf diesem Fluss hier. Na, ich dachte bei mir: Der hat sich den Kopf doch gründlicher angeschlagen als vermutet. Aber dann kam uns allen die Idee nicht mehr so abwegig vor, sondern wie eine ... Eingebung.«

Er wurde rot, beeilte sich weiterzumachen.

»Jedenfalls ging es dann noch darum, ob wir flussaufwärts oder -abwärts gehen. Hätte beides Sinn gehabt, auf seine Weise. Wir haben uns für aufwärts entschieden. Einmal haben wir Reiter gehört. Haben uns versteckt. Ich konnte nicht sehen, wie viele, ich konnte überhaupt nichts sehen. Ach so, das habe ich vergessen: Wir sind im Fluss geritten, ein ganzes Stück, den Pferden hat es nicht gepasst, aber wegen Spuren war das besser so. Mittag wird es gewesen sein, da kamen wir an einen Abzweig. Zwei Flüsse und wieder die Frage. Um's kurz zu machen, wir sind dann dem andern Fluss gefolgt.«

»Warum habt ihr euch nicht aufgeteilt?«, fragte Kersted.

Gerder antwortete nicht gleich, er wechselte Blicke mit seinen Kameraden. Genau das hatten die Soldaten anscheinend auch diskutiert.

»Ehrlich gesagt, wir haben nicht mehr dran geglaubt, euch zu finden. Und keiner von uns wollte allein sterben.«

»Schon gut, Gerder«, sagte Felt.

Kersted erhob sich und ging ein paar Schritte auf und ab. Nicht lange, und es würde wieder dunkel werden.

»Neun Leute. Drei Pferde. Oder was von ihnen übrig ist ...«

Auch Gerder und die beiden anderen Soldaten standen auf.

»Die gehen noch was. Die tragen euch noch ein Stück. Euch und die Hohen Frauen.«

»Unsinn!«, sagte Felt scharf. Jetzt hatte er seine Pferde. Aber noch einmal würde er die Männer nicht zurücklassen. Er erhob sich.

»Wann habt ihr den Weißglanz genommen?«

»Heute früh«, sagte Gerder.

»Gut«, sagte Felt, »dann nur ein Beutel für euch drei zusammen und je einer für uns. Die Pferde können wir vergessen, lass sie laufen, das lenkt ab von unserer Spur. Wir gehen zu Fuß.«

Sie tunkten die Finger in die Beutel und rieben sich das Pulver ins Zahnfleisch.

»Und die Frauen?«, fragte Kersted mit großen Augen. Auch Felt spürte schon, wie die Wärme der Droge ihm ins Gesicht stieg.

»Zur Not tragen wir sie. Hat einer von euch jemals eine Karte von dieser Gegend hier gesehen?«

Kopfschütteln.

»Was soll's. Pram ist die verdammt größte Stadt der Welt! Die wird schon zu finden sein. Los, gehen wir!«

Als es dunkel wurde, entzündeten die Undae ihre weißen Flammen. Das Licht war diffus, aber besser als jede Fackel, es streute weit, wie tragbares Mondlicht. Aber so unermüdlich sich die Frauen auch im Wasser bewegten, ein strammer Marsch war nichts für sie und die Männer mussten sie schließlich doch tragen, abwechselnd. Die Soldaten, Gerder und Fander aus Felts Trupp, und Strommed, der letzte von Markens Männern, hatten erst eine gewisse Scheu, die Frauen hochzuheben. Aber der Weißglanz half ihnen auch dabei. Dank der Droge brauchten sie keine Pausen und keine aufmunternden Worte – sie marschierten und waren überzeugt davon, dass sie das einzig Richtige taten.

Jene Soldaten, die unter Führung des jungen Kommandanten immer noch im Wald nach ihnen suchten, ahnten nichts von ihrem Glück, diesen bis in jede Haarwurzel glühenden Welsen nicht zu begegnen. Sie hätten es mit hoher Wahrscheinlichkeit nicht überlebt. Aber auch sie waren dem Wasserlauf gefolgt, auch sie fanden das Boot, halb voll Wasser gelaufen. Sie fanden ein Pferd, dem der Sattel unter den Bauch gerutscht war. Sie fanden Spuren, die ungefähr nach Norden gingen, und nordwärts war die Stadt. Da traf der Kommandant die Entscheidung, die Verfolgung abzubrechen. Er befahl seinen Soldaten, zum Posten zurückzureiten. Er selbst machte sich auf den Weg nach Pram und gab seinem Pferd die Sporen, dass die Flanken bluteten.

TEIL DREI

ERSTES KAPITEL

PRAM

Die Nacht war eine der längsten gewesen, und als die Welsen bei Tagesanbruch endlich aus dem Wald herauskamen, liefen sie in eine Herde Schafe. Die Tiere waren bereits geschoren, und auch wenn sie lächerlich aussahen – so wie frisch geschorene Schafe immer aussehen, zu dünn, mit zu langen Ohren und zu langen Schwänzen –, machten sie einen weniger jämmerlichen Eindruck als die sechs Männer, die die ganze Nacht gelaufen waren und vergessen hatten, wann sie zuletzt getrunken oder gegessen hatten. Selbst in seinem Rauschzustand wusste Felt, dass die Euphorie bald vergehen würde. Dann würde die Erschöpfung total sein und danach käme der Hunger. Besser, sie fänden vorher einen Unterschlupf, denn bis zur Stadt, bis hinein, bis zum Fürsten, würden sie es nicht mehr schaffen.

»Wo ist der Schäfer?«, brüllte er, dann fragte er Kersted: »Was heißt Schäfer auf Pramsch?«

Kersted stellte Utate auf die Füße.

»Keine Ahnung, aber dahinten ist er. Warte, ich hol ihn dir.«

Der Pfadmeister bahnte sich einen Weg durch die blökenden Schafe und steuerte eine niedrige Hecke an. Er tauchte hinein und kam mit einem verängstigten Mann und zwei kläffenden Hunden zu den Wartenden zurück.

»Marken, red du mit ihm«, sagte Felt. »Mach ihm klar, dass wir irgendwo schlafen müssen und dass wir was zu essen brauchen. Und dass wir ihm nichts tun.«

»Alles klar«, sagte Marken und zückte seinen Geldbeutel. Er klimperte mit seinen vier Petten.

»Essen«, sagte er auf Pramsch und zur Sicherheit zeigte er mit dem Finger in seinen geöffneten Mund.

Aber der Hirte beachtete ihn nicht, er starrte die Undae an. Dann nahm er seinen Hut ab, fuhr sich mit zwei Fingern über die Stirn, als würde er einen Kreis darauf malen, und verbeugte sich tief. Sie quittierten die Ehrerbietung mit anmutigem Kopfnicken. Smirn legte die Hände zusammen und ihre Wange darauf und sagte ein paar Worte auf Pramsch. Der Mann verstand, nickte, verbeugte sich noch tiefer. Er pfiff seine Hunde zur Ordnung, dann ging er los und winkte ihnen, ihm zu folgen.

Quälender Durst weckte Felt. Er arbeitete sich aus dem stachligen Stroh, in dem er geschlafen hatte, und trat aus der Scheune auf den Hof. Er spürte jeden Knochen in seinem Körper, reckte sich vorsichtig und sah auf: Es musste um die fünfte Stunde herum sein. Auch wenn er sich nicht so fühlte, war ihm klar, dass er nicht nur ein paar Stunden, sondern einen Tag, eine Nacht und noch ein paar Stunden geschlafen hatte. Der Schäfer besaß ein großes Haus, Stallungen und eine Scheune, eine Wiese mit Obstbäumen, zwischen denen Pferde grasten – er war reicher als alle Welsen zusammen. Felt stellte sich vor, selbst ein Schäfer zu sein. Dann fiel ihm ein, dass er die Klinge seines Schwerts dringend ölen musste, damit sie nach dem gestrigen, nein, vorgestrigen Bad keinen Rost ansetzte. Er würde niemals ein Schäfer, Bauer oder ein Händler sein. Aber was auch immer mit seinem Leben noch geschehen würde – jetzt musste er vor allem etwas essen.

In der Mitte des Hofs, um den sich die Gebäude gruppierten, stand ein großer Baum, in dessen Schatten eine Tafel gedeckt war. Am Kopfende saß eine ältere Frau und in ihrem Schoß lag, gebettet auf weiße Tücher, eine Hand. Gerders Hand – mit der anderen aß er.

»Guten Morgen, ach, guten Tag, Herr Offizier.«

»Bleib sitzen, Gerder.«

Die Hand sah böse aus, quer über den Handrücken klaffte die Wunde, die Ränder schwarz, Sehnen und Knochen lagen frei, es musste sehr schmerzen, und wenn nicht, umso schlimmer. Doch das war nichts, was Felt hätte den Appetit verderben können. Die Frau lächelte Felt zu, dann begann sie Gerders Hand zu nähen, routiniert, als würde sie Hosen ausbessern. Felt setzte sich an den Tisch und bediente sich: Schafskäse, Schafsmilch, Schafseintopf, Brot. Und ein süßes Fruchtmus, das er gleich löffelweise in sich hineinschaufelte.

Er lehnte sich zurück.

»Wo sind die anderen?«

»Fander und Strommed schlafen noch«, sagte Gerder und hielt jetzt doch mit der freien Hand seinen Arm fest, um nicht zu zucken. »Die Herren Offiziere sind beim Brunnen, soweit ich weiß.«

»Wo ist der?«

»Hinter dem Haupthaus.«

»Gut«, sagte Felt und stand auf – es ging schon besser als eben noch. »Wenn du da fertig bist, weck die anderen.«

»Zu Befehl«, sagte Gerder und stopfte sich schnell eine Handvoll Brot in den Mund, damit er etwas hatte, auf das er beißen konnte.

Die Offiziere waren mit Körperpflege beschäftigt: Marken war über einen kleinen Spiegel gebeugt, den er auf den Brunnenrand gelegt hatte, und stutzte sich mit seinem Messer den Bart, Kersted kämmte sich sorgfältig die nassen Haare mit einem kleinen Hornkamm.

»Sieht aus, als hättet ihr etwas vor heute«, sagte Felt. Kersted ließ den Kamm im Stiefelschaft verschwinden.

»Allerdings«, sagte Marken, »wir gehen zum Fürsten von Pram. Aber dich können wir leider nicht mitnehmen.«

Er hielt Felt den Spiegel hin. Seine Haare waren wirr und verknotet und gespickt mit Stroh. Ein Striemen – es war unmöglich zu sagen, ob von Blut oder Dreck – lief über Nase und Wange. Die Augenränder waren gelb verkrustet, die Lippen aufgesprungen und um sie herum spross unregelmäßig ein rötlicher Bart. Seine Hosen waren zerrissen und starrten vor Dreck. Felt hatte selten einen so heruntergekommenen Soldaten gesehen. Aber hatte er denn jemals einen Soldaten gesehen? Ja, Gerder. Der hatte gekämpft und war dabei verletzt worden. Felt hingegen hatte nie etwas anderes getan, als Soldat zu spielen. Er hatte ein Bild von sich selbst gemalt, eine Vorstellung von Disziplin und Ehre mit seinem ganzen Wesen ausgefüllt, aber jetzt wurde ihm klar, was für ein Dilettant er war. Nicht einmal das – er war nichts. Er nahm Marken den Spiegel aus der Hand.

»Da sind frische Sachen«, sagte Kersted und wies auf einen bunt gemusterten Stapel.

»Wir sollten lieber in Pferde investieren.«

»Diese Leute hier wollen unser Geld nicht«, sagte Marken, »sie schenken uns das alles. Die jungen Burschen, die Söhne des Schäfers, sind schon unterwegs, Pferde kaufen.«

»Wie kann das sein?«

»Pramer ist wohl nicht gleich Pramer. Die Stadt zieht alle möglichen Leute an und so, wie ich das verstanden habe, kommt der Schäfer ursprünglich irgendwo aus dem Westen, von einem Stamm, von dem ich noch nie gehört habe. Er hat nichts gegen uns Welsen. Im Gegenteil, er ist vollkommen aus dem Häuschen, weil wir ihm die Hohen Frauen vorbeigebracht haben.«

»Er verehrt sie also«, sagte Felt und ließ den Eimer in den Brunnen hinab.

»Und wie«, sagte Kersted. Er hatte sich ein blaues Hemd übergezogen, das an den Ärmeln und am Rücken deutlich zu kurz war, und machte sich daran, seine Waffe zu reinigen.

»Ich kann dir nicht sagen, was genau die Undae gemacht haben, während wir außer Gefecht gesetzt waren«, fuhr Marken fort, »aber seitdem ich auf den Beinen bin, tränken sie die Tiere – jedes einzelne Schaf trinkt ihnen aus der Hand.«

Felt seufzte und begann sich zu rasieren. Er zog die Lippen über die Zähne und schabte mit dem Messer über sein Gesicht, das, wie er nach dem Waschen festgestellt hatte, immer noch dasselbe war.

Einer der Söhne des Schäfers, ein junger, hoch aufgeschossener Mann von vielleicht sechzehn Soldern, führte sie. Gute Pferde hatte er ihnen besorgt, für die der Schäfer nicht bezahlt werden wollte. Felt war das nicht recht, er wollte wenigstens etwas bezahlen, um sich nicht vollends wie ein Bettler zu fühlen, aber der Mann ließ sich nicht darauf ein und so tröstete sich Felt mit dem Gedanken, dass das, was auch immer die Undae getan hatten, von höherem Wert war als neun Pferde und ein paar Kleidungsstücke.

Während ihrer nächtlichen Irrwege waren die Welsen vom Ufer des Eldrons weit nach Westen in den Wald eingedrungen und südwestlich von Pram wieder herausgekommen – jetzt mussten sie durch die Vorstadt. Bosre, die Holzfällerstadt im Süden, wuchs entlang der Handelsstraße mit Pram zusammen und hier schien jeder zu bauen, so gut er eben konnte. Es gab zwar befestigte Wege, die einen offiziellen Eindruck machten, aber ebenso viele Trampelpfade. Hier wurde ein Graben ausgehoben, während dort Steine aufgeschichtet lagen. Ein altes Gehöft, nicht unähnlich dem des Schäfers, grenzte an einen Streifen Brachland, auf dem Zelte standen und der Wald gerodet war. An einer Wegkreuzung lehnten sich drei Holzhäuser an ein gemauertes, dreistöckiges Gebäude, dann riss die Häuserzeile ab und auf der Wiese daneben spielten Kinder. Einige trugen schwarze Hemden und rote Mützen und das Spiel bestand darin, die Rotmützen in den Dreck zu schubsen. An einem Brunnen standen Frauen Schlange und ein Händler versuchte, den Wartenden Kerzen zu verkaufen. Überall waren Menschen mit allem Möglichen beschäftigt und keiner nahm groß Notiz von ihnen. Nur drei schwarz gekleidete Jugendliche, die gerade einen Holzstapel am Wegesrand errichteten, johlten, als die Welsen in ihren schwarzen Rüstungen über bunten Schäferkleidern vorbeiritten. Der Schäferssohn rief ihnen etwas zu, das sie verstummen ließ, drehte sich im Sattel um und sagte: »Kremlid.« Dann legte er zwei Finger gegen die Stirn und machte sich auf den Heimweg.

»Ich wusste nicht, dass Kremlid so groß gefeiert wird in Pram«, sagte Marken. »Habt ihr diese Verkleidungen gesehen?«

»Ja«, sagte Felt. »Hat jemand eine Ahnung, was das soll?«

»Ich nicht«, sagte Kersted, »aber man könnte meinen, man wär zu Hause.«

Marken schnaubte: »Also, wenn das Welsenrüstungen sein sollen, dann bin ich die längste Zeit Waffenmeister gewesen.«

Als sie von gleichgültig wirkenden Wachen durchs Stadttor gewunken wurden, sagte Kersted: »Ist es zu fassen? Am Uferposten setzen sie uns fest, aber in die Stadt werden wir ohne Weiteres eingelassen.«

Aber er irrte sich. Sie waren kaum auf den Platz geritten, zu dem sich die Straße hinter der nicht einmal drei Mann hohen Stadtmauer verbreiterte, als sie von zwei Berittenen in weißen Uniformen gestoppt wurden.

Marken grüßte.

»Es ist mir eine Ehre, Eure Bekanntschaft zu machen«, sagte er ruhig, »wer auch immer Ihr seid. Wir wären Euch sehr verbunden, wenn Ihr Eurem Fürsten Meldung machen könntet, dass die Hohen Frauen ihm etwas mitzuteilen haben. Wir sind hierhergekommen…«

Ein kurzes Hornsignal unterbrach Markens Rede. Auch am Tor hatte man inzwischen mitbekommen, wen man da durchgewunken hatte.

Die Reiter wechselten einen kurzen Blick, dann zogen sie ihre Schwerter.

Marken hob beschwichtigend die Hand.

»Kein Grund, nervös zu werden. Gerder, das gilt auch für dich.«

Der Angesprochene nahm die Hand vom Schwertgriff.

»Versteht Ihr, was wir wollen?«, fragte Marken nun doch etwas ungeduldig. »Wir wollen zu Eurem Fürsten, Mendron, versteht Ihr? Die Undae müssen ihn sprechen. Wisst Ihr eigentlich, wen Ihr hier vor Euch habt?«

Mittlerweile hatten sie Aufmerksamkeit auf sich gezogen. Leute blieben stehen, schauten. Andere wiederum maulten und schimpften laut, denn die Welsen, die Undae und die immer größer werdende sie umringende Menschenmenge stellten ein Hindernis dar. Vom Tor kam eine Gruppe von zehn Soldaten im Laufschritt herangetrabt. Sie schoben die Gaffer beiseite und begannen einen Wortwechsel mit den Reitern.

Felt konnte nicht verstehen, um was es ging, aber es war ganz offensichtlich ein Kompetenzgerangel.

»Was denkt ihr, wer sich durchsetzt?«, fragte Kersted leise.

»Diese weißen Reiter scheinen mir ziemlich unter Druck zu stehen«, sagte Marken. Er warf einen kurzen Blick auf Smirn. Alle drei Frauen hatten die Kapuzen tief ins Gesicht gezogen und zeigten keinerlei Regung.

»Da kommen noch mehr«, sagte Felt.

Durch eine der Straßen, die vom Platz abgingen, arbeitete sich eine Gruppe Soldaten. Sie trieben ihre Pferde ohne Rücksicht durch die ihnen entgegenkommenden Menschen, was lautstarken Protest und Durcheinander verursachte. Eine Frau ging zu Boden. Ein Holzstapel rutschte und fiel. Die Reiter setzten drüber weg.

»Jetzt wird es ernst«, sagte Marken und Felt sah die Anspannung in seinem Gesicht. Er selbst hatte, wie die anderen Welsen auch, die Zügel in eine Hand aufgenommen, um die andere frei zu haben. Gerder, Strommed und Fander zwangen ihre Pferde, ein paar Schritte rückwärts zu machen, um die Undae besser schützen zu können. Die Offiziere blieben in einer Reihe stehen, gegenüber den beiden Reitern und den Fußsoldaten, deren Anführer nun schwieg. Alles wartete auf die Ankunft des Reitertrupps. Die Zuschauer wichen zurück, noch unschlüssig, was eine gute Distanz wäre, um sich einerseits nicht in Gefahr zu bringen bei der bewaffneten Auseinandersetzung, die nun unmittelbar bevorzustehen schien, und um andererseits nichts zu verpassen.

Dem Trupp voraus ritt ein großer Mann mit weißem Bart und in polierter Bronzerüstung. Das reich verzierte Schwert, das er hoch erhoben hielt, war nicht zum Kämpfen geeignet, sondern repräsentativ. Er zügelte sein Pferd, die Menge teilte sich. Der Bärtige maß die Welsen mit kurzem, kritischem Blick und ließ sein Schwert in die Scheide zurückgleiten. Er lächelte nicht. Dann beugte er sich zum Anführer des Fußtrupps, der ihm einen knappen Bericht gab, wandte sich daraufhin an die beiden Reiter und gab einen Befehl. Die beiden steckten ihre Schwerter weg, machten aber keine Anstalten, den Weg freizugeben. Im Gegenteil, sie protestierten.

Felt zuckte, als die Stimme des Bronzereiters über den Platz donnerte, er hatte niemals jemanden so unvermittelt laut brüllen hören, die Pferde scheuten und auch durch die Menge ging ein erschrockenes Stöhnen. Wie auf ein Stichwort schoben die Frauen die Kapuzen zurück. Die kahlen, vernarbten Schädel machten immer Eindruck auf einen unvorbereiteten Beobachter. Es wurde totenstill auf dem Platz, auch die aufsässigen Reiter waren blass geworden und verstummten endgültig. Die Undae wandten die Köpfe, und wen ihr Blick traf, der schlug schnell die Augen nieder. Wieder fuhren einige der Umstehenden mit den Fingern über die Stirn, verbeugten sich, manche fielen gar auf die Knie.

»Sardes«, sagte Utate in die Stille hinein, »es freut mich, Euch bei guter Gesundheit zu sehen. Und nun bringt uns zu Eurem Fürsten.«

Die Stadt war riesig, aber auf den ersten Blick nicht so weitläufig, wie Felt es sich gedacht hatte. Sie ritten durch schmale Straßen, gerade breit genug, dass drei Pferde nebeneinander gehen konnten. Die Häuser rechts und links waren so hoch, dass die Sonne nicht bis aufs Pflaster gelangte. Sie waren aus hellgelbem Sandstein erbaut und in den tiefen Fensteröffnungen saß buntes Glas. Rendlid, die Baumeisterin, hätte mit ihnen kommen sollen, auch in Goradt könnte man mehr in die Höhe bauen, Steine hatten sie genug, nur an Kenntnis und Technik mangelte es ihnen. Wie klein und grau und ärmlich war Goradt doch verglichen mit Pram. Aber auch hier waren Leute mit Handkarren unterwegs. Allerdings nicht, um Lebensmittel zu verteilen, sondern um den Unrat aufzusammeln, den die Hausbewohner auf die Gasse warfen.

Sie wechselten mehrmals die Richtung, schließlich sprangen die Fassaden zurück und die durchgehenden Häuserzeilen bekamen Lücken. Von gestutzten, dunkelgrünen Hecken eingefasste Grasflächen säumten jetzt die Straße, Männer und Frauen schnitten mit Sensen das Gras und schichteten Holzscheite auf mannshohe Eisengestelle. Hinter Mauern verborgen und von Gärten umgeben, standen die Häuser nun einzeln. In den Toreingängen oder vor den Mauern sah Felt leicht bewaffnete Soldaten. Sie trugen nur ein Kurzschwert über weißen Röcken, sprachen miteinander oder scherzten mit den Frauen und Mädchen, die auf den Grünflächen arbeiteten. Sie sahen zwar auf die vorbeireitenden Welsen, Undae und Soldaten, aber sie grüßten nicht.

»Ich frage mich«, sagte Felt zu Marken, »wie man diese Stadt verteidigen soll.«

»Ich frage mich vor allem, wer das tun sollte. Die paar Männer am Tor? Dieser Haufen, der sich untereinander nicht eins ist? Die Weißröcke da zählen nicht.«

»Ihr solltet euch besser fragen, wer Pram angreifen sollte«, warf Kersted ein, »und warum. Der letzte Krieg liegt mehr als hundert Soldern zurück. Und wir haben ihn verloren.«

Sie schwiegen. Kersted hatte recht. Bloß weil sie selbst in ständigem Kampf lebten, sich gegen Hunger, Kälte, Sturm und Schnee stemmten mit den einzigen Mitteln, die ihnen zur Verfügung standen – Willensstärke und Leidensfähigkeit –, musste der Rest der Welt nicht welsisch denken. Die Menschen hier lebten einfach. Sie bereiteten ein großes Fest vor. Sie konnten sich unterhalten, ohne gegen den Wind anschreien zu müssen.

Sie trugen nicht die Last ihrer herrschsüchtigen Vorväter. Felt ritt durch eine friedliche Stadt mit freien Menschen und der einzige Gedanke, der ihm kam, war Krieg, war Angriff und Verteidigung. Er dachte an Estrid; wenn sie da gewesen wäre, hätte er sagen können: Ich glaube, ich verstehe, was du meinst.

Sie näherten sich beständig den beiden hohen Türmen, deren glänzende Kuppeln Felt schon vom Ufer des Eldrons aus gesehen hatte – dies musste Mendrons Palast sein. Schnurgerade war die Straße nun und so breit, dass zwanzig Mann nebeneinander reiten konnten. Beidseitig standen in regelmäßigem Abstand schlanke Säulen mit großen, bronzenen Schalen, in denen rote Flammen züngelten – am helllichten Tag und ohne dass ersichtlich war, woraus sie sich speisten. Die Gebäude rechts und links der Prachtstraße waren beeindruckend, jedes einzelne hätte Felt für den Herrscherpalast gehalten, wären sie darauf zugeritten. Aber immer noch ging es weiter in Richtung der Zwillingstürme. Sie gelangten an einen Torbogen, der alles übertraf, was die Welsen je gesehen hatten oder sich hätten vorstellen können. Denn das Tor diente keinem Zweck außer dem, ein Standbild zu tragen. Keine Mauer schloss sich an und es gab keine schweren Holzflügel oder eisernen Gitter, die man hätte schließen können. Frei stand es über der Straße, von sieben mächtigen Säulen gestützt, und von oben blickte eine Gruppe überlebensgroßer Bronzefiguren auf die Reiter hinab: in der Mitte ein junger, schöner Mann, auf sein Schwert gestützt. Auf der einen Seite eine Frau, deren lange Haare wie züngelnde Flammen gearbeitet waren, und ein schlanker Mann, der die Augen mit der Hand beschirmte und bis auf ein Tuch um die Hüften nackt war. Auf der anderen Seite standen breitbeinig zwei Männer in voller Rüstung, mit Streitäxten bewaffnet. Patina hatte sich über das Standbild gelegt und der grünliche Schleier verlieh den Figuren eine besondere Würde.

»Das sind sie, oder?«, fragte Kersted, als sie unter dem Tor hindurchritten, und Felt nickte. Ja, das waren die Sieger. Das waren die längst verstorbenen, aber unvergessenen Anführer der Allianz, die die Welsen vernichtet hatte. Fürst Palmon, Herrscher von Pram. Asing, die segurische Adeptin. Eukosi, der König der Steppenläufer. Und die beiden Brüder Horghad und Silhad, Heerführer der Kwother. Ein eigenartiges Gefühl war es, dieses Siegesportal zu durchreiten. Bald würden sie dem mächtigsten Mann des Kontinents gegenüberstehen und viel hing von dieser Begegnung ab.

ZWEITES KAPITEL

FÜRST MENDRON

Die Prachtstraße führte sie auf einen weitläufigen, belebten Platz, der die Form eines Dreiecks hatte und in dessen Mitte Holz gestapelt wurde. Der Größe des Stapels nach zu schließen, würde hier die zentrale Kremlidfeier stattfinden.

»Ich hatte keine Vorstellung davon, wie wenige wir Welsen sind«, sagte Marken.

Es war ernüchternd. Allein auf diesem Platz waren mehr Menschen unterwegs, als Goradt Einwohner hatte: Sie liefen die Stufen der angrenzenden Gebäude hinauf oder hinab, bildeten Trauben um fliegende Händler oder Kunststückchen darbietende Artisten und Jongleure, schleppten Taschen, Körbe, Bündel, wichen Reitern und Fuhrwerken aus, wurden angeschnauzt oder schnauzten selbst, je nachdem, ob sie Bedienstete oder Herren waren. Alles war mit sich selbst beschäftigt und mit den Dingen, die für die Kremlid noch zu tun waren, und niemand interessierte sich für die Welsen und die Undae. Was hatte Felt sich vorgestellt? Dass ganz Pram in Aufruhr geraten würde, wenn ein paar Welsen gegen ein hundert Soldern altes Gesetz verstießen und in die Stadt eindrangen? Dass sich die Nachricht ihrer Ankunft vom Tor aus wie ein Lauffeuer ausbreiten würde? Ja, damit hatte er gerechnet. Nun musste er einsehen, dass sie noch gründlicher vergessen worden waren, als sie es befürchtet hatten.

Die Einwohner Prams trugen keine Schwerter oder Äxte, wozu auch? Die Einwohner Prams puderten ihre Fleischpastetchen mit Weißglanz, um sich mit ihrem Reichtum zu brüsten, denn nur darum ging es und nicht um die Frage, wo die Droge herkam. Die Einwohner Prams lebten nun einmal in der größten Stadt des Kontinents, jeden Tag buhlte eine andere Attraktion um ihre Aufmerksamkeit und ihr Geld. Eine Gruppe von sechs schwarz gerüsteten Männern und drei in Umhänge gehüllten Frauen war vielleicht einen, aber ganz sicher keinen zweiten Blick wert.

Die Undae taten nichts, um der Nichtachtung entgegenzuwirken. Sie blieben verhüllt, sie schwiegen, sie folgten dem in Bronze gerüsteten Reiter. Felt zweifelte, ob all die Besprechungen, die sie in Goradt abgehalten hatten, einen Sinn gehabt hatten. Eingekeilt zwischen den pramschen Soldaten, beschlich ihn das Gefühl, dass sie, falls sie den Fürsten überhaupt zu Gesicht bekämen, kein Wort an ihn würden richten können. Dieses Gefühl der Nichtigkeit wurde nicht nur durch die ungeheure Dimension der Stadt, durch ihre Lebendigkeit und Pracht hervorgerufen, es war auch die Fortsetzung der Verstimmung, die Felt am Brunnen des Schäfers gespürt hatte: Nicht nur er hatte ein falsches Bild von sich gehabt; sie alle waren zu lange an den Rand gedrängt worden, um auf dem großen Gemälde des Kontinents überhaupt noch vorzukommen.

Einzig der Ernst, der ihren weißbärtigen, in seiner polierten Rüstung seltsam altertümlich wirkenden Führer umgab, stand im Widerspruch zu Felts Eindruck. Der Mann, den Utate Sardes genannt hatte, leitete den Trupp nicht zum Gebäude mit den majestätischen, alles überragenden Türmen.

Das Bauwerk, das Felt für den Fürstenpalast gehalten hatte, nahm fast eine ganze Seite des Platzes ein. Sein Irrtum wurde ihm erst bewusst, als Sardes sein Pferd vor den breiten Stufen eines weniger imposanten Baus anhalten ließ, dessen Sandsteinfassade unzählige Fenster und Balkone zierten. Als Felt die flache Treppe hinaufging, fragte er sich, ob die Fürsten von Pram ihren Untertanen tatsächlich so zugewandt waren, wie es die Bauweise des Palasts versprach, oder ob sich hinter dem vielen bunten Glas eine andere Gesinnung versteckte.

Sie wurden entwaffnet. Die Offiziere mussten zudem Handschuhe und Helme abgeben, die Soldaten, Gerder, Strommed und Fander, wurden abgeführt. Wahrscheinlich eine direkte Folge ihres Einsatzes beim Uferposten. Gerder stand der Trotz ins Gesicht geschrieben, er murmelte kaum hörbar vor sich hin, aber Felt verstand die Flüche dennoch. Er konnte es dem Kameraden nachfühlen. Anda aus der Hand zu geben war ihm kaum möglich und Markens besorgter Blick wenig hilfreich. Sardes fing diesen Blick auf und ließ sich Felts Schwert bringen. Er zog es halb aus dem Futteral und betrachtete die Klinge. Felt sah eine buschige Augenbraue zucken, dann ruhten die kleinen blauen Augen des alten Mannes auf ihm. Und es war nicht mehr wichtig, ob er nun ein wahrer Soldat war oder ein eingebildeter, Felt streckte unter diesem Blick das Kinn vor und straffte die Schultern. Sardes' Autorität umgab ihn wie ein unsichtbares Gefolge. Er brummte etwas und das Schwert wurde ihm eilfertig aus der Hand gerissen, er brummte lauter und der Soldat fasste Anda mit beiden Händen und trug es mit ausgestreckten Armen vor sich her, als wäre es eine Giftschlange.

Die Gänge, durch die sie von Sardes und vier seiner Männer geführt wurden, waren licht und breit. Die tief stehende Sonne strahlte durch das farbige Glas der Fenster und malte bunte

Flecken auf große weiße Steinfliesen. Gemälde schmückten die mit dunkelrot gebeiztem Holz getäfelten Wände. Sie zeigten fast alle idealisierte Schlachtszenen und die Menge der brennenden, schreienden, flehenden Welsen hätte niederschmetternd sein können. Aber die Galerie der Vernichtung hatte den gegenteiligen Effekt auf Felt: In diesem Palast erinnerte man sich noch an die Welsen, auf diesen Bildern kamen sie vor, mehr noch, sie standen im Zentrum. Es hatte die vereinten Kräfte von vier Völkern und das größte Feuer aller Zeiten gebraucht, um ihren König Farsten zu bezwingen. Heute war Fürst Mendron von Pram der mächtigste Mann des Kontinents – aber er war nichts verglichen mit dem früheren Welsenkönig. Auch diese Pracht hier war vergänglich.

Felt lächelte, als sich die großen Flügeltüren zum Thronsaal öffneten. Sein Stolz und seine Gelassenheit waren gerade noch rechtzeitig zu ihm zurückgekehrt.

Die rechte Längsseite des ungefähr sechzig Schritte langen und zwanzig Schritte breiten Saals bestand zum Großteil aus bis zum Boden reichenden Fenstern und glühte im Abendlicht. Die linke Wand war fensterlos und schon im Halbdämmer, schemenhaft zeichneten sich in der dunklen Täfelung noch dunklere Türöffnungen ab. Neben jeder stand die Schattengestalt einer mit einem Speer bewaffneten Wache. Von der hohen Gewölbedecke hingen an langen Ketten Lichter – wie schon bei den Straßenlampen waren es rote Flammen, gefangen in geschliffenem Glas. Warmes Blutrot war auch die alles beherrschende Farbe in diesem Saal. Sie schritten über einen dunkelroten, golddurchwebten Teppich, der mit vergoldeten Nägeln auf dem glatten Steinboden festgehalten wurde. Felt hatte einen solchen Stein nie zuvor gesehen, fast schwarz war er, von roten Adern durchzogen und so glänzend poliert, dass sich die Lichter darin spiegelten. Mendron saß, ein Bein untergeschlagen, auf einem mit rotem Leder bezogenen Sessel aus kunstvoll gedrechseltem und geschnitztem Holz mit hoher, schmaler Rückenlehne. Rechts und links neben dem Thron standen zwei Bronzestatuen, die wahrscheinlich wieder die Segurin Asing darstellten: Sie hatten jeweils einen Arm erhoben und trugen gläserne Zylinder, die gänzlich mit rotem Feuer angefüllt waren. Die Flammen bewegten sich darin auf und ab, als nährten und fräßen sie sich gleichzeitig, und ihr warmes Licht floss über den wartenden Fürsten. Vier Stufen erhöhten ihn über die anderen im Saal: kostbar gekleidete Männer und Frauen, deren Köpfe sich tuschelnd einander zuneigten, während die Welsen und die Undae auf den Thron zuschritten.

»Kandor«, raunte Marken Felt zu.

Der beleibte Waffeneinkäufer, dessen Glatze rötlich glänzte, stand links vom Thronpodest und betrachtete die Welsen mit größtmöglichem Desinteresse. Ebenfalls links, aber etwas abseits der Gruppe der übrigen Höflinge, erwarteten drei in stumpfgraue Gewänder gehüllte Personen die Welsen: eine ältere Frau mit streng zurückgekämmten grauen Haaren, eine jüngere, ihr ähnlich wie eine Tochter, und ein schlanker Mann – alle drei feingliedrig und klein, mit dunklen Augen unter schweren Lidern. Das mussten Seguren sein. Rechts des Throns und dem Fürsten am nächsten stand ein Mann, der sofort Felts Interesse erregte. Verglichen mit dem in golddurchwirkte Stoffbahnen gewandeten Kandor war er schlicht gekleidet, schmalschultrig, hatte schütteres, wild abstehendes Haar, einen ungepflegten Bart und auffällig hellblaue Augen, die alles aufzusaugen schienen, was sie ansahen. Er lächelte.

Fürst Mendron war der Einzige im Saal, der den auf ihn Zukommenden keine Beachtung schenkte. Er sah zu den Fenstern und schien in Gedanken versunken. Der Fürst war nicht alt, ungefähr in Felts Alter, aber die gute Ernährung und das leichtere Leben ließen ihn jünger wirken. Das dunkelblonde Haar war kurz geschnitten, die hohe Stirn faltenlos. Er trug kein Schwert, keine Krone oder sonstige Insignien seiner Macht und war wenig fürstlich gekleidet – rote Schnürlederhosen waren nachlässig in hohe Stiefel gestopft, ein weißes, weites Hemd am Kragen nicht geschlossen. Das einzig Auffällige war ein großer goldener Ring, der am linken Zeigefinger steckte.

Das Aufblitzen dieses Rings brachte Sardes und die hinter ihm gehenden Undae und Welsen zum Stehen. Das Gemurmel erstarb und Sardes' Bariton füllte den Saal, als er das Wort an den Fürsten richtete, der ihn keines Blickes würdigte. Mit einer knappen Verbeugung beendete er seine kurze Rede und trat zu dem Schmalschultrigen, der nun noch breiter lächelte und aufgeregt an seinem Bart zupfte. Die Undae traten noch weiter vor, doch die Offiziere wurden daran gehindert, ihnen zu folgen – Sardes' Soldaten hatten die Spitzen ihrer Speere auf sie gerichtet. Marken schnaufte, Kersted leckte sich nervös die Lippen. Er sah nicht auf den Fürsten, sondern auf die junge Segurin.

Revas klare Stimme war wie ein kalter Wasserguss – alle Menschen im Saal hielten kurz den Atem an und die roten Flammen der Lichter flackerten, als wollten sie verlöschen. Der Fürst wandte den Kopf. Die Hohen Frauen schoben die Kapuzen zurück und noch in der Bewegung begannen sie, vor dem Thron in kleinen Schleifen auf und ab zu gehen. Dabei sprachen sie, abwechselnd, aber ohne Pausen. Jede schloss nahtlos an die Sätze der Vorrednerin an. Felt verstand kaum etwas von dem, was sie sagten, denn sie sprachen Pramsch. Von Quellen schien aber nicht die Rede zu sein, sondern von einer Reise. Der Vortrag der drei Undae war auch sonst sehr verschieden von dem Chor, der die große Grotte erfüllt hatte. Damals war Felt gebannt gewesen vom Klang der sich auffächernden und wieder verschmelzenden Stimme; er hatte kaum atmen können, nachdem das Grauen durch ihn hindurchgerollt war; die unfassbare Bedrohung hatte ihn und seine Kameraden gänzlich ausgefüllt. Die Worte der Botschaft hatten sich in ihrer aller Gedächtnis gegraben, dieses *Etwas geht vor* und *So soll es sein, so ist es nicht mehr*, und immer wieder das drängende *Eile!* Aber vor allem war es das Gefühl des drohenden Unheils gewesen, das sie überwältigt und zum sofortigen Aufbruch getrieben hatte.

Davon war hier, vor dem Fürsten, nichts zu spüren. Zwar waren alle Augen auf die Sprechenden gerichtet, jeder hörte aufmerksam zu, aber auf den Gesichtern zeigte sich keine Furcht, nicht einmal Sorge. Nur die roten Lichter zuckten unruhig. Es war, als verstünde das Feuer eher, um was es hier ging, als die Menschen. Das tiefrote Züngeln erschien Felt zunehmend lebendig, es war mehr als Feuer, war ein Wesen, schön, aber gefährlich, eingesperrt in Glas.

Die Undae ließen ihren Sprechstrom langsam verebben, bedeckten ihre kahlen Köpfe wieder, und als sie sich zu Sardes gesellten, beruhigten sich die roten Flammenlichter. Der alte Soldat war fast so groß wie ein Welse und stand bewegungslos da, während der schmale Mann neben ihm seine Hände nicht still halten konnte. Er verfolgte die Undae mit seinen Blicken und schien sich nicht nur jede ihrer Bewegungen, sondern auch jedes Wort ihrer Rede eingeprägt zu haben. Welche Rolle spielte er an diesem Hof?

Nachdem die Undae geendet hatten, richtete sich das allgemeine Interesse nun auf die Offiziere. Felt spürte, wie Marken neben ihm den Rücken durchdrückte und Haltung annahm. Aber wie ihnen eingetrichtert worden war, durfte er nicht sprechen, bevor der Fürst ihm nicht das Wort erteilte. Und auch wenn weder Sardes noch die Hohen Frauen sich um die Etikette geschert hatten, schien es angemessen, dass sich die Welsen daran hielten. Doch der Fürst schwieg. Er wandte wieder den Blick ab, schlug das andere Bein unter und sah zu den Fenstern. In der langen Pause, die nun entstand, füllte sich der Thronsaal mit Macht. Mit der Macht des Fürsten, in dessen Schweigen niemand mehr hineinzusprechen wagte und der alle Anwesenden zum Ausharren verdammte. Wenn es ihm gefiel, könnte er den ganzen Abend sitzen bleiben und das farbige Glas betrachten. Es gefiel ihm sehr.

Felt begann sein Bewusstsein zu teilen, es geschah wie von selbst: Der Teil, der angreifbar war, der etwas *wollte* – nämlich einen Auftrag ausführen, ein Anliegen vorbringen, die Zusammenhänge verstehen oder doch wenigstens das, was die Undae gesagt hatten –, verabschiedete sich und ging auf den Berg, den Wall entlang und in die Endlosigkeit des Bersts. Der andere Teil war die Wachsamkeit, so lange geübt, dass sie instinktiv geworden war. Sie wanderte über die angespannten Gesichter der Höflinge, registrierte Sättigung und Schwäche, nahm die Zerbrechlichkeit der Seguren wahr, sah, dass die ältere Frau den anderen beiden an Stellung und Autorität überlegen war, sah, dass ihr Alter sich wie ein feines Netz schützend über ihr Antlitz gelegt hatte und ihre Schönheit darunter noch kostbarer wurde. Bei den Seguren war keine Schwäche zu spüren, sie litten weder unter der stillen Machtdemonstration des Fürsten, noch begehrten sie auf, sie waren so neutral wie das Grau ihrer Kleider.

Als Felts Wachsamkeit sich auf Sardes richtete, stieß sie mit der des alten Soldaten zusammen. Sardes verteidigte sich gegen Felts Versuch, ihn einzuschätzen. Beide Männer rangen einen Augenblick stumm miteinander, dann musste Felt sich zurückziehen. Er konzentrierte sich nun auf den Mann mit dem wirren Haar. Dessen Ungeduld war nicht zu bezähmen und anders als die anderen Höflinge versuchte er auch nicht, sie zu verbergen. Kandor hustete.

Der Fürst veränderte seine Sitzposition, beugte sich in seinem Sessel vor und blickte auf den Waffenhändler hinab. Er wischte mit der Hand durch die Luft. Auf den Wink hin eilte ein Diener herbei und reichte Kandor einen goldenen Becher. Das Husten war nicht Folge einer trockenen Kehle gewesen, aber unter dem Blick Mendrons zwang Kandor sich, einen Schluck zu trinken. Ein weiterer Wink und der Schmalschultrige sprang die Stufen des Thronpodests hinauf wie ein Nukk, das das erste Grün des Lenderns erspäht hat. Der Fürst flüsterte ihm etwas zu. Der Mann, dessen Nervosität nun verschwand, richtete sich auf und sprach die Offiziere an – in fließendem Welsisch.

»Fürst Mendron, Erster unter den Edlen, alleiniger Herrscher von Pram, Vorstand im Rat der Hama und im Ersten Rat, Oberbefehlshaber des Heeres und Oberkommandierender des Westlichen Bündnisses ehrenhalber, erteilt Euch die Erlaubnis, vorzutreten und zu sprechen. Fasst Euch kurz.«

Auf ein kaum wahrnehmbares Nicken von Sardes hin nahmen die Wachen die Speere zurück und die Offiziere grüßten, indem sie die Faust aufs Herz legten. Marken sprach: »Edler Fürst, vor Euch stehen Pfadmeister Kersted, Offizier Felt, Meister der Wache, und Marken, meines Zeichens Waffenmeister. Wir sind gekommen in Begleitung der Hohen Frauen und auf deren ausdrücklichen Wunsch. Uns ist bewusst, dass unsere Anwesenheit gegen jede Abmachung verstößt, die zwischen Pram und Goradt besteht. Dennoch ...«, er sah zu den Undae, »... sind wir hier. Und sind niemandem verpflichtet außer den Hohen Frauen, denen wir Schutz gewähren, solange sie es wünschen, und für deren Leben wir mit dem unseren einstehen.«

Was war denn in Marken gefahren? Das war mehr als undiplomatisch. Hälse reckten sich, es wurde getuschelt, ein Lächeln kräuselte Kandors fleischige Lippen, als er in seinen

Becher schaute. Der Fürst zeigte keine Reaktion, als der Mann, offenbar ein Übersetzer, sich zu ihm beugte und ihm Markens Worte zuflüsterte. Mendron antwortete ihm leise, lehnte sich zurück.

»Fürst Mendron heißt Euch willkommen. Er hat schon viel vom welsischen Stolz gehört und hat dessen Ausdruck, dem leibhaftig beizuwohnen er gerade das Vergnügen hatte, mit Interesse zur Kenntnis genommen.«

Marken brach der Schweiß aus. Dennoch sprach er weiter, keinen Deut würde er zurückweichen, das wusste Felt.

»Es ist Euch sicher zu Ohren gekommen, edler Fürst, dass wir auf unserem Weg hierher einige Hindernisse zu überwinden hatten, die nur mit dem Einsatz von Waffen aus dem Weg geräumt werden konnten.«

Kandor schaute erwartungsvoll auf zum Fürsten, der sich aber auf die Übersetzung konzentrierte. Marken fuhr fort: »Wir bedauern sehr, dass es dazu gekommen ist, aber wir müssen jede Verantwortung von uns weisen. Wenn Ihr weitere Aufklärung der Sache wünscht, stehen wir jederzeit für eine Befragung zur Verfügung.«

Wenn Marken etwas hatte gutmachen wollen, war ihm das gründlich misslungen. Kandor, der zweifellos genug Welsisch verstand und Markens Sturheit seit Soldern aus Verhandlungen kannte, hatte mit wohligem Entsetzen gelauscht. Der Übersetzer flüsterte wieder, aber Mendron winkte ab und erhob sich. Sofort senkten sich alle Häupter, sogar Sardes schlug die Augen nieder. Die Welsen waren allein mit dem Fürsten im Lauschen des Saals.

Der Fürst war nicht sonderlich groß, aber die Art, in der er sich bewegte, ließ darauf schließen, dass er körperlich in außerordentlich guter Verfassung war. Er ging die Stufen hinunter und trat vor die Offiziere, dabei sagte er – auf Welsisch und praktisch akzentfrei: »Lass es gut sein, Wigo. Ich habe jetzt keine Zeit mehr für Förmlichkeiten. Und Euch möchte ich sagen ...«, er schaute wieder zu den Fenstern hin, das Glas war stumpf geworden, die Sonne untergegangen, »... es war ein Missverständnis, mehr nicht.«

Ein Missverständnis? Mehr nicht? Pramsche Soldaten waren erschlagen worden – von Welsen.

»Ich habe bereits Bericht erhalten von der *Sache*, wie Ihr es nennt, Marken ...«, der Fürst machte eine vage Geste nach rechts und links, Kandors gesenkter Kopf leuchtete rot im Schein der Lichter, die Gesichter der Undae waren im Schatten der weiten Kapuzen verborgen, »... von verschiedenen Seiten. Ich glaube nicht, dass weitere Aufklärung nottut, jedenfalls nicht heute, nicht jetzt, ich bin in Eile. Ich habe Verpflichtungen.«

Er trat noch einen Schritt näher zu den Welsen.

»Seid willkommen in meiner Stadt, Welsen«, sagte er leise und ernst. »Es ist eine Zeit her.«

Und zu lang ist sie gewesen. Sie sprachen es nicht aus, sie waren stumm vor Erstaunen über den Verlauf dieser Audienz. Der Fürst hatte sich bereits von ihnen abgewendet. Er gab ein paar knappe Anweisungen, der Übersetzer sprang von den Stufen, rannte aus dem Saal und war so schnell zurück, dass Kandor kaum Zeit hatte, den Kopf zu heben und den Hass in seinem Gesicht unter Kontrolle zu bringen. Er machte einen taumelnden Schritt, seine Hand krampfte sich um den Becher. Der Übersetzer hielt dem Fürsten ein paar steife Pergamentstreifen hin, in die Mendron seinen großen Ring drückte, und sagte: »Papiere. Papiere für Euch. Ihr könnt Euch frei in der Stadt bewegen, in Begleitung, versteht sich ... Es ist Kremlid!«

Kandor ließ den Becher fallen. Obwohl der Saal vollständig in rotes Licht getaucht war, wirkte sein schwammiges Gesicht bleich.

»Diese Stadt lebt von mir!«, stieß er hervor.

»Und durch mich«, sagte der Fürst kühl.

Ohne weitere Umstände, ohne ein weiteres Wort, schritt der Fürst aus dem Saal und die dunkle Täfelung verschluckte ihn.

Einen Moment lang herrschte Stille im Saal, der Abgang des Fürsten hatte ein Vakuum hinterlassen. Kandor war der Erste, der sich fasste. Er raffte die Stoffbahnen seines langen Gewands vor seinem beträchtlichen Bauch zusammen und segelte davon, ohne einen der Anwesenden eines weiteren Blickes zu würdigen. Das nervöse Kichern einer Frau war wie ein Signal zum Aufbruch für die Höflinge. Mit dem Rascheln eines Kornfeldes, durch das eine Windbö fährt, fegten sie aus dem Saal. Von dieser Audienz gab es einiges zu berichten.

Die Seguren blieben und sprachen leise miteinander. Der Übersetzer klatschte kurz in die Hände und sagte: »Nun.«

Sardes brummelte ihm etwas zu, dann wandte er sich zu den Undae. Sie umkreisten ihn mit fließenden Bewegungen, Felt hörte Utates Stimme. Wo die Undae gingen, zuckten die roten Flammen der Lichter über ihnen wie in einem Luftzug.

»Vielleicht darf ich mich kurz vorstellen«, sagte der Übersetzer und überreichte den Welsen die Papiere mit dem Siegel des Fürsten. »Ich bin Wigo, Lehrer, Schreiber, Übersetzer und so weiter … Tragt diese Dokumente immer bei Euch, nur für den Fall.«

Wigo lächelte, zupfte seinen dünnen Bart. Die Unruhe hatte wieder von ihm Besitz ergriffen, er machte den Eindruck eines Gastgebers, der sich, halb wahnsinnig in seiner Vorfreude, nun besonders zusammennahm, damit er die lang erwarteten Gäste nicht verschreckte. Mit ausladender Geste lud er die Welsen ein, ihm zu den drei Seguren zu folgen.

»Ich möchte Euch gerne bekannt machen: die ehrwürdige

Gilmen, zweite Vorsitzende im Rat der Hama und bedeutendste Gelehrte unserer Zeit. Ihre, ich darf es so sagen, liebste Schülerin Nendsing und der weit gereiste Telden, der Kartograf unserer Welt. Falls Ihr Euch mal verlaufen solltet, haltet Euch an ihn.«

Er wechselte ins Segurische und stellte die Offiziere vor. Die Seguren grüßten höflich, indem sie die Fingerspitzen gegeneinanderlegten und mit schlanken Händen einen Giebel formten, den sie kurz vor die Brust hielten, als wollten sie dem Gegenüber ein Guckloch in ihr Inneres öffnen oder doch wenigstens vom Äußeren ablenken. Denn das war betörend. Alle drei waren gleichermaßen schön, ganz besonders die ältere Frau. Das war Felt schon aus der Entfernung aufgefallen und nun, von Nahem, verschoben sich die Maßstäbe noch weiter. Die Welsen kamen sich mit einem Mal grob und ungelenk vor, ihre Füße steckten in plumpen Stiefeln und auch die Rüstung, die sie sonst wie selbstverständlich trugen und die mit ihnen verwachsen schien, war auf einmal unangemessen. Die feinen Gesichtszüge der Seguren, die zarten Finger und schmächtigen Schultern, die großen, dunklen Augen waren *richtiger*. Felt stand wie unter einem Bann und konnte sich nicht gegen den Gedanken wehren: Die segurische Erscheinungsform war die angemessene für einen Menschen, alles andere, er selbst eingeschlossen, war Tier. Kersted räusperte sich. Marken nahm die großen Hände auf den Rücken.

»Ob's ein guter Zeitpunkt ist, das kann man so oder so sehen«, wandte sich Wigo wieder an die Offiziere, »aber Ihr seid zur Kremlid in die Stadt gekommen. Mendron wird die Feierlichkeiten eröffnen, sobald die Theatervorstellung vorüber ist. Dann geht es los, alles zieht durch die Straßen. Überall werden die Feuer angezündet, man feiert, trinkt, singt. Nendsing wird erfreut sein, Herrn Offizier Kersted zu begleiten ...«, die junge

Segurin lächelte, »... Telden steht dem Herrn Waffenmeister zur Verfügung.«

Der Kartograf nickte freundlich.

»Lasst Euch die Stadt zeigen, stürzt Euch ins Getümmel – es steht Euch frei. Ich jedenfalls muss ins Theater, und da ich Euer Führer bin, Felt, wird Euch nichts anderes übrig bleiben, als mich zu begleiten. Es sei denn, Ihr wollt in Eurem Quartier bleiben.«

»Ich bin zu allem bereit«, sagte Kersted und zeigte seine weißen Zähne. Mit der jungen Segurin hatte er eine Begleitung ganz nach seinem Geschmack, um ihn musste man sich keine Sorgen mehr machen.

»Ich danke Euch, Wigo«, warf Marken mit Seitenblick auf Kersted ein, »für Eure Fürsorge und freundliche Einladung. Aber wir sind nicht zum Vergnügen hier. Wir bleiben dort, wo die Undae sind.«

»Oh«, machte der Übersetzer, »die Hohen Frauen sind bei Sardes in besten Händen.«

»Verzeiht«, sagte Marken, »aber das möchte ich schon von ihnen selber hören. Ihr entschuldigt.«

»Seid versichert«, sagte Wigo zu Felt, während Marken zu den Undae ging, »Sardes ist höchst vertrauenswürdig. Wenn Ihr Euch auf einen Menschen hier in Pram verlassen könnt, dann auf ihn. Er führt die Leibgarde des Fürsten, solange ich denken kann, er hat auch schon Mendrons Vater gedient und kannte sogar Fürst Palmon persönlich. Ich frage ihn jeden Tag, was er gegen Haarausfall macht, aber er verrät es mir nicht.«

Marken kam zurück.

»Es hat alles seine Ordnung«, sagte er, »wir sind freigestellt bis morgen früh.«

Es hätte noch einiges zu besprechen gegeben, aber als der Diener leise die Tür schloss, war Felt froh, allein zu sein. Die Welsen waren in einem Flügel des Palasts untergebracht, zu dem es nur einen Zugang gab – und dieser Zugang wurde bewacht. Den Offizieren wurden einzelne Zimmer zugewiesen; Gerder, Strommed und Fander teilten sich ein Quartier. Sie waren nicht ausgangsberechtigt, aber guter Dinge. Der beinahe ehrfürchtige Respekt der pramschen Wachen schmeichelte Gerder, und als er das Nachtmahl sah, das man ihnen bereitgestellt hatte, meinte er, in diesem Arrest könne er es aushalten.

Felt sah sich um – das Zimmer musste doppelt so groß sein wie sein Haus in Goradt. Hier war der Fußboden aus hellem Holz, das in einem kunstvollen Muster verlegt worden war. Felt nahm einen Apfel aus einer Obstschale und ging einmal um das mit weißem Leinen gedeckte Bett herum. Einen Kamin sah er nicht, war es in Pram auch im Firsten warm genug? Zurzeit jedenfalls war es das, Felt hatte den ganzen Tag geschwitzt. Er nahm den Apfel zwischen die Zähne, schob den schweren Stoff eines Vorhangs beiseite, und tatsächlich, dort war ein Durchgang. In einem mit Steinfliesen ausgelegten Raum stand ein zierliches Tischchen, darauf Krug und Waschschüssel, sogar Rasierzeug und Tücher. Und eine bronzene Wanne auf Füßen, die wie die eines Greifvogels gearbeitet waren. Felt zog sich aus und stieg ins lauwarme, milchig weiße Wasser, auf dem Blütenblätter schwammen. Er würde duften wie ein Mädchen, wenn er hier wieder rauskäme, aber das war immer noch besser als der Schafsgeruch, der in den geliehenen Kleidern hing und sich mit seinem Körperschweiß zu einem unzumutbaren Gestank verbunden hatte. Er wusch sich und ließ die langen Haare durch die Duftmilch treiben, spielte mit der Zunge an seinem losen Zahn. Dabei dachte er an den Fürsten, der gleichzeitig einen abwesenden und hellwachen Eindruck gemacht hatte, und an Kandor, dessen Welsenhass so groß war, dass er es sogar gewagt hatte, gegen Mendron zu sprechen. Ob der Waffenhändler hinter der Verzögerung am Uferposten steckte? Der Übersetzer, Wigo, schien auf der anderen Seite zu stehen. Warum? Was erfreute ihn an der Anwesenheit der Welsen in Pram? Und warum war die Ansprache der Undae vor dem Fürsten so belanglos gewesen im Vergleich mit der Botschaft, die sie den Welsen in der Grotte überbracht hatten? Wer war dieser Sardes? War es wirklich ratsam, die Hohen Frauen mit ihm allein zu lassen? Ins Theater zu gehen? Marken hatte vollkommen recht, sie waren nicht zum Vergnügen hier.

Felt stieg aus dem Wasser und ließ sich nackt und nass aufs Bett fallen. *Etwas geht vor.* Ja, und je unaufhörlicher dieser kurze, einfache Satz in seinem Kopf kreiste, desto mehr Fragen zog er nach sich. Felt schloss die Augen. Vielleicht war es die feuchte Kühle des verdunstenden Wassers auf seiner Haut, vielleicht das Liegen, wie schwerelos auf dem weichen Bett – mit einem Mal sah er Revas Gesicht über sich schweben, die hellen Augen voller Wohlwollen auf ihn gerichtet. *Ich werde dir schwimmen beibringen.*

Er musste vertrauen. Darauf, dass die Undae nicht grundlos eine Unruhe in die Welsen gepflanzt hatten. Darauf, dass die Trennung von Estrid schmerzhaft, aber nur vorübergehend war. Darauf, dass *alles einen Sinn hatte*. Und darauf, dass er heute Abend freigestellt war, dass er gehen durfte, ins Theater … oder einfach liegen bleiben auf diesem Bett, dem bequemsten Bett, auf dem Felt je gelegen hatte …

»Verzeihung.«

Felt fuhr hoch. Er musste für wenige Augenblicke weggedämmert sein. Der Diener war mit einem Stapel Kleider an das Bett getreten und schaute angestrengt an Felt vorbei.

»Herr Wigo schicken mich«, fuhr er leise und sichtlich nervös fort. »Ich soll Euch helflich sein, Euch ankleiden.«

»Ah«, machte Felt und widerstand der Versuchung, seine Blöße zu bedecken. Stattdessen erhob er sich so würdevoll wie möglich, und als er stand, war es besser – er war gut zwei Köpfe größer als der Diener. Der fand auch schnell zu seiner Professionalität zurück, als er tun konnte, weswegen er gekommen war. Er half Felt in schwarze Lederhosen, die weicher waren als jeder Stoff. Ein schwarzes, kragenloses Hemd und eine leicht wattierte Weste gehörten ebenso zur Ausstattung wie hohe Lederstiefel, die so gut passten, als hätte Felt sie schon zwei Zehnen lang eingelaufen.

»Merzleder«, sagte der Diener ehrfürchtig, »sehr gut, sehr schön. Nicht reißen, nie kaputt.«

Wigo schien nicht nur über Augenmaß und Geschmack, sondern auch über ausreichende Mittel zu verfügen. Es klopfte und der Übersetzer steckte den wirren Haarschopf ins Zimmer. Seine hellblauen Augen strahlten, er hielt Felts Schwert in der Hand.

»So ist das wohl«, sagte Wigo, »ein Welse ohne Schwert ist nicht vorstellbar – und was ist ein Vorurteil wert, das nicht bestätigt wird.«

DRITTES KAPITEL

ZWEI WAHRHEITEN

Palmon, edler Fürst von Pram, ich trete hier
vor Euch hin und bringe gute Nachricht:
Im siebten Solder schon hat der Ertrag
der Felder, Gärten, Äcker, Wiesen, Wälder
den vor'gen weit übertroffen. Und auch
der See, Spiegel des Himmels, Wiege von Pram,
hat reichlich silbrig Fische ausgespuckt.

Das freut mein Herz und macht es leicht. Jedoch
hast du, kluge Asing, noch selten frohe
Kunde überbracht, ohne im zweiten Atem
die schlechte hinten anzuhängen. Sprich:
Was gibt es noch, das Schlimme, sag's frei heraus.

»Er umwirbt sie. Und sie liebt ihn«, flüsterte Wigo Felt ins Ohr. »Habt Ihr's bemerkt?«

»Ich weiß nicht ...«, antwortete Felt. Er versuchte, die Blicke und Gesten der Schauspieler zu deuten und einen Sinn in den Wegen zu erkennen, die beide langsam schreitend auf der Bühne zurücklegten. Aber er musste sich so sehr auf den Text konzentrieren, dass er nicht auch noch die Bedeutung hinter den Worten verstehen konnte.

Wieder sprach Wigo ihn an: »Ach, es ist schlecht. Ich würde es auch nicht merken, wenn ich es nicht wüsste. Lasst uns was trinken gehen.«

»Aber«, flüsterte Felt, »ich möchte mir das hier ansehen. Es ist interessant.«

»Unsinn!«, fuhr Wigo ihn an, was ihm verärgerte Blicke einiger Zuschauer einbrachte, sodass der Übersetzer seine Stimme wieder senkte. »Ihr möchtet das nicht sehen. Es ist beleidigend, verletzend. Es ist Schund. Lasst uns was trinken gehen.«

Nun wurde Felt ärgerlich. Für Wigo mochte das alles bekannt und langweilig sein, aber Felt hatte noch niemals ein solches Schauspiel an einem solchen Ort gesehen.

Wigo hatte ihn schnellen Schrittes über den Platz ins Theater geführt, das fast ebenso groß wie der Herrscherpalast war. Sie waren durch die weitläufige Eingangshalle gehetzt, die bis auf einige andere Eilende leer war. Fünf große Deckenleuchter streuten ein magisches Licht, jeder trug auf vier Ringen mehr als hundert Kerzen und war mit unzähligen geschliffenen Obsidianplättchen behängt, welche die Kerzenflammen spiegelten und vervielfältigten. Wigo und Felt waren mit Teppich belegte Treppen hochgelaufen, einen Gang entlanggerannt – die Türen wurden bereits geschlossen – und hatten an dessen Ende noch eine gewundene, steile Steintreppe erklommen, die in einem kleinen Absatz vor einer Tür endete. Dort hatten sie einen Moment schwer atmend nah nebeneinander gestanden, dann hatte Wigo den Finger auf die Lippen gelegt und die Tür geöffnet.

Im dämmrigen Halbrund des ansteigenden Zuschauerraums saßen an die tausend Menschen. Alles Licht kam von der Bühne, an deren Rampe Fackeln brannten, die von bronzenen Schilden zum Saal hin abgeschirmt wurden. Die Loge, die Wigo und Felt betreten hatten, bot zehn Zuschauern Platz und war in Bühnennähe. In vier Etagen zogen sich die Reihen der Balkone rund um den Zuschauerraum – hier fanden noch einmal fünfhundert Menschen Platz. Die große Loge des Fürsten war beleuchtet und bot beste Sicht auf die Bühne. Sein Sessel, eine kleinere Variante seines Throns, war noch leer gewesen, als Felt und Wigo ihre Plätze eingenommen hatten. Die anderen Logengäste hatten Felt stumm taxiert und dem Übersetzer freundlich zugenickt, ein Mann klopfte ihm die Schulter, eine Dame hob ihr Glas, sie hatte wie alle anderen ein kleines Tablett auf dem Schoß, auf dem sich Häppchen türmten.

»Dazu waren wir leider zu spät«, hatte Wigo leise gesagt, »aber das ficht einen echten Welsen ja nicht an, oder?«

Felt hatte nichts geantwortet, denn Mendron war in seine Loge getreten, alle Zuschauer hatten sich erhoben und das Kinn auf die Brust gesenkt. Als sie sich auf seinen Befehl hin wieder niederließen, hatte Wigo gesagt: »So was gibt's nur im Theater. Sitzen in Anwesenheit des Fürsten.«

Dann hatte Musik eingesetzt und die Schauspieler waren aus der Kulisse getreten.

Deklamierend gingen sie nun vor einer Bühnenwand auf und ab, die Ähnlichkeit mit der Palastfront hatte. Nur dass es hier keine Tore gab – das große Mittelportal und die zwei kleineren Durchgänge gaben den Blick frei auf eine dahinterliegende Bühnenstadt. Felt war fasziniert von der Kunst der Baumeister und Maler, denn es sah so aus, als würde sich die Stadt hinter den Durchgängen bis zum Horizont erstrecken, sogar ein Streifen Himmel war zu sehen und ganz in der Ferne das Ufer des Sees.

Asing war als Segurin in Grau gekleidet, aber das Kostüm

hatte bis auf die Farbe wenig mit den Gewändern der echten Seguren gemein, die Felt heute kennengelernt hatte. Es war ärmellos, schimmerte im Fackellicht, und wenn sich die Schauspielerin bewegte, zeichnete sich ihr Körper verführerisch unter dem hauchdünnen Stoff ab. Auch Palmon war weit aufwändiger gewandet als der echte Fürst. Der Schauspieler trug eine auf Hochglanz polierte, bronzene Rüstung, die Felt an die von Sardes erinnerte. Gerade fand ein Szenenwechsel statt; Fürst Palmon und Asing traten zwischen die Durchgänge zurück und drei in Weiß gekleidete Knaben stellten farbige Glasscheiben vor die Fackeln, sodass das Szenenbild sich rot einfärbte. Die Musiker, die unsichtbar in der Kulisse saßen, begleiteten dies mit Trommelschlägen und beinahe schmerzhaft disharmonischem Flötenspiel. Ein Schauspieler mit einer flammend roten Perücke trat auf. Er trug eine schwarze Rüstung und ein übergroßes Schwert in beiden Fäusten vor sich her, was ihm zugleich ein kriegerisches und lächerliches Aussehen verlieh. Das musste Farsten sein, der Welsenkönig. Er sprach die Zuschauer direkt an:

Was wollt ihr denn, ihr Maden, wollt ihr euch
mir widersetzen? Seid ihr derart blind?
Seht ihr nicht meine Herrlichkeit und meine
Macht? –

Das Publikum lachte und buhte und übertönte den Schauspieler, der mit seinem Schwert herumfuchtelte.

»Ist das furchtbar!«, murmelte Wigo. »Felt, kommt, das geht jetzt noch ewig so weiter mit Rede und Gegenrede. Ich schwöre Euch, es wird nicht einmal gekämpft, nur mit Worten. Lasst uns was trinken gehen – ich erzähle Euch die Geschichte, wenn Ihr unbedingt wollt.«

Vereinzelt flogen Essensreste auf die Bühne, was den Schauspieler nicht zu stören schien, er stolzierte auf und ab und gab den Tyrannen. Felt war sich nicht mehr so sicher, ob er sich das ansehen wollte.

»Ich kenne die Geschichte«, sagte er stur.

Er wollte ungern zugeben, dass ihn diese Darstellung Farstens verletzte.

»Natürlich, jeder kennt die Geschichte. Oder glaubt es wenigstens. Aber ich kann Euch die *wahre* Geschichte erzählen, nicht diese Volksverdummung dort.« Wigo grinste und seine blauen Augen glänzten.

»Also gut, lasst uns etwas trinken«, sagte Felt.

»Endlich nimmt er Vernunft an«, sagte Wigo, zog Felt hinaus auf den engen Flur hinter den Logen und drehte den Türknopf. »Ich verdurste! Ich bin kein Welse, vergesst das nicht, ich kann anderen nicht gut beim Trinken zusehen.«

Zusammen stiegen sie die schmale, gewundene Treppen hinab, folgten Gängen, schlüpften mehrfach durch hinter Vorhängen verborgene Durchlässe, gingen noch mehr Treppen hinab und gelangten schließlich an eine grob gezimmerte Holztür.

»Das war eine gute Entscheidung, Felt«, sagte Wigo und öffnete die Tür. »Das Stück ist schlecht, die Verse holpern wie Karren auf einer schadhaften Straße durch die Geschichte. Da hinten in der Nische ist was frei.«

Sie traten in ein niedriges Gewölbe, anscheinend waren sie in einem Kellerraum unter dem Festspielhaus. Felt sah kwothische und welsische Soldaten an Holztischen sitzen, reden und trinken, Helme und Waffen achtlos auf den gestampften Lehmboden geworfen. Eine Gruppe von Frauen und Mädchen mit verrußten Gesichtern und in zerfetzen Kleidern, die kaum die Brüste bedeckten, kam ihnen entgegen. Sie grüßten Wigo und warfen Felt neugierige Blicke zu.

»Husch, husch!«, machte Wigo und gab einer einen Klaps aufs Hinterteil. Die Frauen quietschten und lachten. Felt begriff: Hier hielten sich die Schauspieler auf, während sie auf ihre Auftritte warteten. Kein schlechter Ort, um sich mit einem echten Welsen zu unterhalten – Felt ging einfach als Darsteller durch. Sie setzten sich.

»Wie mich dieses Kremlidtheater anwidert«, sagte Wigo und gab dem Wirt ein Zeichen. »Wusstet Ihr, dass jede Kremlid ein anderer Autor das Stück schreiben darf? Eine Art Auszeichnung. Die Geschichte bleibt selbstverständlich immer dieselbe. Seid froh, dass Ihr es nicht weiter mit anhören musstet.«

»Was ich hören konnte, fand ich nicht so schlecht«, sagte Felt, der sich immer noch etwas um seinen ersten Theaterabend betrogen fühlte.

»Es ist schlecht, der Autor ist ein Stümper, glaubt mir, ich kann das beurteilen.« Wigo unterbrach sich, als der Wirt an den Tisch trat und zwei Krüge vor sie hinstellte.

»Und, wie läuft's?«, fragte er.

»Bestens, bestens«, sagte Wigo und wandte sich wieder an Felt: »Der Autor bedient lediglich die niederen Gelüste des Publikums.«

»So?«, machte Felt.

»Ja. Ich sage Euch: Er hat sein Machwerk an einem Tag zusammengestoppelt.«

»Woher wollt Ihr das wissen?«, fragte Felt.

»Weil ich der Autor bin. Trinken wir auf die Wahrheit!«

Felt nahm einen Schluck vom schweren pramschen Wein, er musste vorsichtig sein, er war das Trinken nicht gewohnt. Und auch wenn Wigo noch so freundschaftlich tat, er war ein heller Kopf, da war es besser, auf der Hut zu sein.

»Sagt mir, Welse, was wisst Ihr von unserer Geschichte?«, fragte Wigo.

»König Farsten hat Pram den Krieg erklärt und die Allianz hat Welsien vernichtet«, sagte Felt. Wigo lachte laut auf.

»Das ist«, sagte er, »die knappste Version, die ich je gehört habe! Ihr macht nicht viele Worte, nicht wahr? Das gefällt mir, das gefällt mir wirklich. Die Worte sind meine Sache, wollt Ihr meine Version hören?«

»Nur zu«, sagte Felt und lehnte sich zurück.

»Also gut«, begann Wigo und nahm noch einen kräftigen Schluck, »fangen wir an in der Zeit vor der Schlacht, um ein paar Fakten zu klären. Erst einmal: Allen ging es bestens. Pram hatte sich vom ehemaligen Fischerdorf zum wichtigsten Handelszentrum der bekannten Welt entwickelt. Die sumpfigen Ufer des Eldrons waren sehr fruchtbar, im See wimmelte es von Fischen und das Bündnis mit Bosre, der Holzfällerstadt flussabwärts, erwies sich für beide Seiten als vorteilhaft. Ja, Bosre war damals noch eine freie Stadt und nicht das Südquartier von Pram. Auch am Ostufer herrschte eitel Sonnenschein – Welsien hatte sich zur Großmacht aufgeschwungen. Solder um Solder waren die Ernten vortrefflich, man mag es kaum glauben, aber das Volk war wohlgenährt und zufrieden und die Welsen vermehrten sich wie die Hasen. Aber sie waren nicht nur Bauern und Händler, wie die Leute in Pram und Bosre. Die Welsen hatten Kenntnis vom Stahl, ihre Waffen waren allen anderen überlegen. Die Randberge lieferten ihnen Erz in unerschöpflichen Mengen und so konnte König Farsten eine Armee aufstellen, wie sie die Welt noch nicht gesehen hatte: große, breitschultrige Männer mit heller Haut und langen, farbigen Haaren, ganz wie Ihr, Felt, und bestens ausgerüstet und ausgebildet. Aber, und hier kommt die erste Korrektur zur offiziellen Version, Farsten war kein wahnsinniger Kriegstreiber. Sondern ein großer König, ein wahrer Herrscher. Er blickte von den hohen Türmen seiner stolzen Festung und sah eine blühende Stadt und fruchtbares Land bis zum Horizont. Er sah seine Soldaten und er sah den schwarzen Stahl blinken. Was er nicht sehen konnte, war der Eldron, der die Westgrenze seines Reichs markierte. Aber er wusste, dass er da war, und das wurmte ihn. Und er dachte, was jeder wahre Herrscher denkt: ›Ich muss meinen Männern eine Beschäftigung bieten. Ich muss mein Reich vergrößern, zum Wohle meines Volkes.‹ Und er hat nicht – ich betone: nicht – zum Angriff geblasen. Er hat Truppen aufmarschieren lassen am Ostufer des großen Stroms, das schon, das gehört dazu. Dann hat er eine Abordnung hinübergeschickt mit der freundlichen Aufforderung, sich zu unterwerfen. Pram war nicht begeistert. Zähe Verhandlungen wurden geführt, einige Zehnen lang, ich überspringe das jetzt, das ist nicht besonders interessant. Interessant ist aber der Hintergrund: Die Herren von Pram verzögerten die Kapitulation, um Zeit zu gewinnen und ihrerseits Truppen zu sammeln. Sie waren nicht dumm und hatten schon lange mit Sorge die Macht am anderen Ufer wachsen sehen. Palmon, Erster unter den Edlen, hatte insgeheim Verhandlungen mit den Kwothern geführt und sie davon überzeugen können, dass, wenn Pram fällt, sie die Nächsten sein würden, die Farsten sich einverleiben würde. Denn so geht es in der Welt: Wer die Macht hat, will sie auch ausüben. Und Farsten *war* der mächtigste Mann der Welt, er empfand es als sein natürliches Recht, über diese Welt zu herrschen. Die Freiheit anderer Völker war nebensächlich und – wenn ich das anmerken darf – auch heutzutage wäre das nicht anders. *Jeder* König oder Fürst des Kontinents, der auch nur einen Bruchteil von Farstens damaliger Macht erlangen könnte, würde sofort einen Krieg anzetteln. Man wird nicht groß durch Bescheidenheit. Aber gut, zurück zur Geschichte: Da es den Kwothern nur recht war, einen Krieg von ihren Grenzen fernzuhalten, kamen sie

Palmon zur Hilfe. Nun müsst Ihr nicht glauben, dass Farsten die Bewegungen am anderen Ufer verborgen blieben. Er war verärgert, nein, mehr noch: Er wurde wild. Er tobte. Er fühlte sich betrogen, denn er hatte Pram verschont, obwohl er weit überlegen gewesen war. Er machte bereit zum Angriff. Als Pram die wievielte Abordnung schickte mit dem wievielten Schlenker im Vertrag, ließ er den Diplomaten die Köpfe abschlagen, spießte sie auf und präsentierte sie in schöner Reihe am Ufer des Flusses. Damit war dann alles klar und der Krieg hatte begonnen: Prams letzte Tage brachen an. Denn, Kwother hin oder her, die Welsen waren stärker und nur noch der breite Eldron verhinderte, dass Farsten Pram augenblicklich überrannte.«

Wigo machte eine wirkungsvolle Pause, trank und orderte einen neuen Krug für sich. Dann sprach er weiter: »Normalerweise könnte man diese Geschichte jetzt beenden, indem man die Welsen übersetzen und sie alles kurz und klein schlagen lässt. Dann malt man noch einen finalen Schwertkampf zwischen Palmon und Farsten aus, wobei der Gewinner feststeht, und Pram ist gefallen. Aber wie wir alle wissen, kam es anders. Denn Palmon besaß noch eine Waffe, die schärfer war als jedes Schwert, selbst eins aus Welsenstahl: Asing. Um diese Frau ranken sich viele Legenden – und kaum eine ist wahr. Vergesst, was Ihr über Asing wisst, und hört gut zu: Asing war eine sehr begabte Adeptin, und so jung sie war, so war sie doch hoch gebildet. Und mächtig ...«

»Das ist mir bekannt«, unterbrach Felt den Erzähler.

»Unterbrich mich nicht, wart ab, ich muss das alles ein wenig aufbauen! Wusstest du zum Beispiel, dass Palmon ihr die Ehe versprochen hatte? Wusstest du, dass die Seguren sie mit einem geheimen Auftrag nach Pram gesandt hatten?«

»Nein, das wusste ich nicht«, sagte Felt und er wusste auch

nicht, ob es ihm gefiel, dass Wigo vom Ihr aufs Du gewechselt hatte.

»Also, dann lass mich erzählen. Wo bleibt mein Wein?«

Der Wirt eilte herbei und Wigo trank den Krug in einem Zug halb leer. Er war ganz von seiner Erzählung gefangen genommen, seine Wangen und Augen glühten.

»Asing also«, begann er wieder, »schön war sie. Klug. Und Palmon vollkommen verfallen. Sie brannte für ihn, und als sie sah, wie sehr er in Bedrängnis war, entschloss sie sich, ihrem Liebsten beizustehen. Was absolut nicht zu ihren Aufgaben gehörte. Lass mich kurz ausführen: Die Seguren hatten herzlich wenig mit der ganzen Auseinandersetzung zu tun. Ihr Reich ist weit im Süden, und was Welsen, Pramer, Kwother miteinander zu verhandeln hatten, ging sie nichts an. Gut, sie trieben Handel mit Pram, aber wer tat das nicht. Sie würden auch mit den Welsen auskommen, wenn es denn so sein sollte. Sie waren neutral, sie hielten sich aus allem raus, sie waren feinsinnige Leute. Das sind sie heute noch. Wissenschaft war ihre Sache, alles, was wir heute über die Sterne wissen, ist das Verdienst der Seguren. Die Seguren haben die fähigsten Baumeister, die besten Dichter, das steht einmal fest, nun, um's kurz zu machen: Während ihr eure Waffen geschmiedet habt und wir unser Geld gezählt haben, haben sich die Seguren mit den wirklich wichtigen Dingen beschäftigt. Ja, das ist meine Meinung. Ich wünschte, ich könnte einmal ihre große Bibliothek besuchen, danach würde ich glücklich sterben.«

Felt nahm einen Schluck und starrte in seinen Krug. Er selbst konnte nicht einmal lesen.

»Aber, und das wird gern vergessen, die Seguren hatten zu der Zeit Probleme. Probleme mit Dämonen.«

»Wigo«, warf Felt ein, »ich will Euch nicht kränken, aber ...«

»... du glaubst nicht an Dämonen? Ich weiß, ich weiß. Keiner glaubt heutzutage mehr an Dämonen.« Wigo lächelte. Er hatte Felts Einwand vorausgesehen und fuhr unbeirrt fort: »Außer im Geheimen vielleicht. Das ist ganz im Sinne der Fürsten von Pram. Unsere gesamte jüngere Geschichte fußt auf dem glorreichen Sieg einer im Grunde hoffnungslos unterlegenen Armee. Das kann man sich nicht von Dämonen stehlen lassen, nicht wahr? Wenn es aber schon keine Lüge ist, so ist es doch nur die halbe Wahrheit. Die ganze geht so: Die Seguren waren weit gekommen mit ihren Forschungen und hatten sich vorgewagt in, sagen wir, Grauzonen. Sie wollten verstehen, die Dinge in ihren tiefen Zusammenhängen erfassen, und sahen sich schließlich dem Unfassbaren gegenüber. Sie wurden heimgesucht. Die fähigsten unter ihnen fielen dem Wahnsinn anheim, erzählten wirre Geschichten von dunklen, furchtbaren Wesen, die sie dazu zwängen, dies oder jenes zu tun, ein Haus anzuzünden, eine Frau zu vergewaltigen, ein Kind zu fressen. Etwas war außer Kontrolle geraten und man beschloss, eine Gruppe von Adepten, darunter auch Asing, nach Pram zu senden unter dem Vorwand, sich auszutauschen, Wissen zu teilen, eine Schule zu gründen. Nun, die Hama gibt es heute noch, du hast sie gesehen, von Weitem schon, ihre beiden Türme überragen alles. Ich selber habe die Hama besucht und ich kann sagen, in der ganzen zivilisierten Welt gibt es keinen besseren Ort, um sich den Kopf vollzustopfen. Die Seguren aber wollten ihre Besten, oder die, welche noch übrig waren, außer Landes wissen, bevor alles noch schlimmer wurde. Vordringlichste Aufgabe aber war, eine Lösung zu finden für ihr Problem, ein Heilmittel zu suchen, eine Waffe gegen die Dämonen. Sie hofften, dass primitivere Völker als sie selbst Techniken kannten oder Rituale, Tränke, Zauber, was weiß ich, um sie von der Heimsuchung der Dämonen zu erlösen. Das war ihre wahre Absicht. Deswegen waren sie nach Pram gekommen. Ich kann nicht sagen, wie weit sie damit waren, ob sie ein Mittel gefunden hatten, als sie in den Krieg hineingezogen wurden. Mit Sicherheit aber weiß ich, dass Asing einen Weg gefunden hatte, Feuer zu beherrschen, und zwar in einer Art und Weise, die weit über das hinausgeht, was einem normalen Menschen zusteht. Du meinst, die Kwother Horghad und Silhad wären große Strategen gewesen? Ich gebe zu, auch in meinem Stück sind *sie* es, die Öl in den Eldron gießen und ihre Soldaten des Nachts hinter die feindlichen Reihen schleichen lassen. Sie entfachen diesen ganzen Feuerzauber, in dem das Heer der Welsen gebraten wird. Aber mal im Ernst, Felt, wie viele Reiter, bepackt mit stinkenden Pechbällen, hättest du durchgelassen, wenn es deine Wache gewesen wäre?«

»Nicht einen«, sagte Felt, der fassungslos lauschte.

»Eben«, sagte Wigo zufrieden, »alles Lüge, alles Theater. Den brennenden Fluss mag man noch glauben, er ist träge und langsam gegen Ende des Lendern. Lass eine ganze Stadt ihre Ölvorräte opfern und bau noch ein paar Flöße und der Eldron brennt, von mir aus. Den Welsen ist der Weg verstellt – und vom anderen Ufer aus, von Pram, kann man unmöglich sehen, was drüben wirklich vor sich geht. Ganz vortrefflich! Ich denke, du und ich, wir sind uns einig, dass der Überraschungsangriff der Kwother aus dem Landesinnern, der ein Umgehen der am Ufer lagernden Welsen voraussetzt, schlichtweg unmöglich gewesen ist. Niemals hätten sie welsischen Boden betreten können, ohne dass es bemerkt worden wäre. War die Nacht auch noch so finster, war die Ablenkung durch den brennenden Fluss auch noch so groß. Ich bitte dich, es mag in Vergessenheit geraten sein beim einfachen Volk, bei den Schafen, die alles fressen, was man ihnen vor die Nase hält – aber wir zwei, wir wissen es besser: Die Welsen hatten das bestgerüstete, das wachsamste, diszipliniertste, größte Heer am Eldron in Stellung gebracht, das es je gegeben hat! Hier vorbei sollen die Kwother gekommen sein, um sie dann in die Zange zu nehmen? Geführt von den Steppenläufern! Von Eukosi! Das ist nicht mal lustig, das ist absurd – kennst du die Steppenläufer? Ein Haufen Wilder, halbe Tiere, gut zu Fuß allerdings. Aber nein! Niemand war drüben, am Ostufer bei den Welsen, als der Eldron in Flammen stand. Niemand außer Asing. Sie hat ein Feuer entfacht, so ungeheuerlich heiß, so mächtig, so hungrig. Ein Dämonenfeuer, das die Welsen verschlang. Eine andere Erklärung gibt es nicht.«

Wigos Gesicht hatte sich verfinstert, kleine Schweißperlen ließen seine hohe Stirn glänzen. Er schien vollkommen von seiner Version der Feuerschlacht überzeugt zu sein. Seltsam war nur, dass ihm seine eigenen Worte offenbar Angst machten. Er versuchte, es zu verbergen, aber Felt sah, wie sich Wigos Hände um den Weinkrug krampften. Dass sich eine ganze Armee nicht an den Welsen vorbeischleichen hatte können, wollte Felt nur allzu gern glauben. Dennoch: ein Dämonenfeuer, war das nicht zu dick aufgetragen? Dämonen mit Feuer zu verbinden, das war nicht ungewöhnlich und auch im Denken der Welsen fest verwurzelt. In ihrer Kremlidtradition wurde genau darauf Bezug genommen. Die Welsen feierten nicht die Schlacht, wenn sie Kremlid begingen, sondern den Sieg über die Dämonen, symbolisiert in der Beherrschung des Feuers durch die Menschen. Dies war die simple, ursprüngliche Bedeutung des Kremlidfestes. Das Feuer in all seinen Formen zu beherrschen war für die Welsen lebenswichtig. Felt war sich sicher, dass Wigo bestens mit dieser welsischen Tradition vertraut war. Er wollte nicht in eine Falle tappen und ihm allzu leichtgläubig zustimmen.

»Diese ganze Dämonensache spielt keine große Rolle mehr bei uns«, sagte er deshalb, und das entsprach der Wahrheit.

»Kremlid ist einfach ein Fest, ein willkommener Anlass zu feiern. Die Jungen rennen mit Fackeln durch die Gassen und rufen: ›Versteck dich oder ich fress dich!‹, und oben, beim Platz vor der Marded, der großen Rüstkammer, treffen sie dann auf die Mädchen, die sie bewaffnet mit Wasserschläuchen erwarten. Dann gibt es eine Schlacht zwischen den Kindern, und wenn alle Jungen durchnässt sind und alle Fackeln gelöscht bis auf eine, muss sich dieser Junge ergeben. Die Mädchen nehmen das Feuer und übergeben es den Ältesten, die damit den Trelled entzünden, das große Feuer, das während der ganzen Kremlid brennt. Das ist alles.«

»Das ist alles?« Wigo zog eine Augenbraue hoch und Felt nickte.

»Du glaubst wirklich, dass das alles ist?«, fragte Wigo wieder und setzte den Krug an, der aber leer war. Der Wirt war schwer beschäftigt, im Gewölbe herrschte Hochbetrieb. Felt fragte sich, wie lange das Stück wohl noch dauern würde und was dort oben auf der Bühne gerade vor sich ging.

Wigo seufzte.

»Es liegt ein tieferer Sinn in eurer Tradition, ich erzähle zu Ende und dir wird einiges klar werden. Also, ich bleibe dabei, denn so war es: Asing vernichtete das Welsenheer am Flussufer in einem Feuer, das so heiß loderte wie ihre Liebe zu Palmon. Nun erst kamen die Kwother ins Spiel. Sie haben nicht etwa über den brennenden Fluss gesetzt, wie denn auch, sie kamen über den See und fielen von Norden her ein. Asing hatte ihnen Fackeln mitgegeben und aus jeder dieser Fackeln entsprang, sobald sie welsischen Boden betraten, ein feuriges Abbild des Mannes, der sie trug. Stell es dir vor: Eine Armee aus unbesiegbaren Flammenkriegern jagte über die Ebenen, und je mehr Land sie verbrannten, je mehr Höfe, Felder, Wälder, und ja, je mehr Menschen diese Flammenkrieger verzehrten, desto größer, mächtiger und schneller wurden sie. Es war ein Inferno aus Glut und Funken, aus züngelnden Flammen, aus beißendem Rauch und aus den Schreien der Menschen, die bei lebendigem Leibe verbrannten. Das Feuer kannte keine Gnade und machte keinen Unterschied zwischen Mann oder Frau, Kind oder Greis. Von Norden raste die flammende Armee Richtung Wandt, von Westen wälzte sich Asings Feuerwand ins Landesinnere. Es gab kein Entkommen, die Welsen würden in nur einer Nacht vernichtet werden. Die Kwother brauchten nur hinterherzulaufen und ein wenig herumzubrüllen. Fragst du dich nicht, warum du lebst, Felt, wo doch dein Volk verglüht ist?«

Felt antwortete nicht. Er hatte bisher geglaubt, es sei der Gnade Palmons zu verdanken, dass die Welsen nicht vollkommen ausgerottet worden waren. Aber er hatte auch an eine Schlacht geglaubt, an eine Kriegslist und tapfere Kwother, die ihr Leben einsetzten, um den bedrängten Nachbarn beizustehen. Ein Teil von ihm wollte das auch weiterhin glauben.

»Kein Kwother hat die Axt gegen einen Welsen geschwungen in jener Nacht«, sagte Wigo. »Einige sind erstickt am Rauch oder stecken geblieben im glühenden Boden, ganz Welsien war eine einzige glimmende, rauchende, stinkende Esse. Kein noch so nobler Fürst hätte die Welsen vor der totalen Vernichtung bewahren können, dazu war es zu spät. Ist dir schon einmal aufgefallen, dass wir den siebten Tag der Zehne Asing oder Asli nennen?«

»Wie bitte?«

Die zusammenhanglose Frage verwirrte Felt.

»Ich habe mir darüber nie Gedanken gemacht«, sagte er, »außerdem geben wir im Welsischen den Tagen keine Namen. Wir zählen einfach.«

»Stimmt, das habe ich vollkommen vergessen.« Wigo versuchte vergeblich, mit dem Wirt in Augenkontakt zu treten.

»Verflucht sei der Mann, der den Freund verdursten lässt. Entschuldige mich einen Augenblick.«

Er stand auf und drängelte sich vor bis zur Theke. Im allgemeinen Lärm war es nicht möglich zu hören, was Wigo dem Wirt sagte. Was es auch war, es verfehlte seine Wirkung nicht. Das eben noch vor Anstrengung und Hektik gerötete Gesicht des Wirts verlor alle Farbe, blitzartig bekam Wigo zwei Krüge ausgehändigt. Felt versuchte zu verstehen, was an den anderen Tischen gesprochen wurde, aber das schnelle, unsauber dahingesagte Pramsch unterschied sich zu sehr von der deutlichen Aussprache der Schauspieler auf der Bühne und er gab es auf.

»Ich frage mich, wann sie diesen Trottel endlich rauswerfen. Den Wirt meine ich, Felt, sei nicht so verdammt empfindlich.« Wigo setzte sich wieder. »Ich bin auf deiner Seite, falls du das immer noch nicht begriffen hast. Ich bin ein Mann der Kunst, der Wissenschaft, ich interessiere mich für alles, ich liebe die Wahrheit. Ich mag ein lausiger Autor sein, aber ich kann gut lesen, und zwar alle Schriften – pramsch, kwothisch, segurisch, welsisch und noch ein paar andere. Ja, welsisch, du hast richtig gehört. Auch die Welsen haben einige große Autoren hervorgebracht – und alle sind mit ihren Schriften verbrannt. Was heute in der Bibliothek der Hama noch einsehbar ist, lässt ahnen, wie viel damals für immer verloren ging. Es ist eine Schande. Ich schäme mich – auch für das, was wir euch Welsen heute immer noch antun, verstehst du das? Kannst du mir verzeihen?«

Felt nickte. Wigo war bereits ziemlich angetrunken. Felt dagegen rührte seinen Wein nicht an.

Der Übersetzer fuhr fort: »Asing und Asli, genau, dort war ich stehen geblieben. Die Tage der Zehne. Benannt nach den Personen, die an der Feuerschlacht beteiligt waren, Palmon,

Horghad, Farsten und so weiter. Und natürlich Asing. Dass Asli genauso gebräuchlich ist, hält man gemeinhin für einen Dialekt, eine Lautverschiebung, eine sprachliche Schlamperei, nenn es, wie du willst. Aber Asli war genauso an der Schlacht beteiligt wie Asing. Sie waren Schwestern. Zwillingsschwestern, um genau zu sein. Sie müssen sich nicht nur äußerlich sehr ähnlich gewesen sein, sondern waren auch sonst aufs Engste verbunden. Asli war wie Asing eine Adeptin. Die beiden fanden Gefallen daran, die Leute an der Nase herumzuführen, darum traten beide als eine Person, als Asing, auf. Die meisten Legenden, die sich um Asing ranken – dass sie an zwei Orten gleichzeitig sein konnte, dass sie mit dem Wind reisen konnte, dass sie niemals schlafen musste –, sind auf das Verwirrspiel der Schwestern zurückzuführen. Deshalb wurde Asli schon zu ihren Lebzeiten vergessen, und ich muss sagen, sie hat selbst einiges dafür getan. So erinnert man sich heute nur noch als verfälschte Tagesbezeichnung an sie. Dabei war sie die wahre Heldin der Feuerschlacht. Und ihr, ihr Welsen, gedenkt ihrer bei euren Kremlidfeiern. Es ist so, glaube mir, ich komme noch dazu. Jedenfalls, so ähnlich sich Asing und Asli auch waren, in einem Punkt unterschieden sie sich: in ihrem Verhältnis zu Palmon. Asli teilte in keiner Weise die Leidenschaft ihrer Schwester für den Fürsten. Im Gegenteil, sie versuchte Asing davon zu überzeugen, dass er ihre Liebe nicht erwiderte und sie lediglich für seine Zwecke auszunutzen versuchte. Asing wollte, wie alle Verliebten, nichts davon wissen, und als Palmon ihr sogar die Ehe versprach, fühlte sie sich bestätigt. Sie überwarf sich mit Asli, von der sie glaubte, sie versuche ihr den Mann nur auszureden, weil sie ihn für sich selbst haben wolle. Palmon hätte wohl kaum den Unterschied zwischen den Schwestern bemerkt, und wenn Asing etwas nicht teilen wollte, dann war er es. Als sie dann auch noch ihre

Neutralität aufgab und ihm im Kampf gegen die Welsen beistehen wollte, trennte sich Asli von der Schwester und verließ die Stadt. Sie verschwand und niemand vermisste sie, man bemerkte es nicht einmal. Aber sie tauchte zum rechten Zeitpunkt wieder auf. Sie war es, Felt, die euch das Leben rettete, einigen wenigen. Das Flammenheer war von Norden über das Land getobt, von Westen kam Asings Feuerwalze heran und getroffen haben sie sich in Wandt. Die Stadt, die Festung und jeder, der darin war, auch eure Königin und der Prinz, verbrannten und wurden zu Asche. Nichts blieb übrig. Aber das Feuer war immer noch hungrig, noch war nicht ganz Welsien niedergebrannt. Ein kleiner Zipfel im Osten vor den Randbergen und die Minenstadt über dem Berst, Goradt, letzte Zuflucht der Welsen, waren noch unberührt. Und hier, ganz im Osten, die Randberge im Rücken, trat Asli der Feuersbrunst entgegen. Auch sie entfachte ein Feuer, ein Gegenfeuer, und die Flammen verschlangen sich gegenseitig. Aber Asli brannte nicht vor Liebe wie Asing und ihr Feuer war nicht so stark wie das ihrer Schwester. Also entschloss sie sich, bis zum Letzten zu gehen, und entzündete sich selbst. Und weil ihre Absichten edel waren und ihr Opfer selbstlos, brannte sie hell, hell und weiß, und in ihrer weißen Flamme verbrannte das Dämonenheer und Asings Feuerwalze rieb sich auf. So konnten die letzten Welsen über die Randberge flüchten und Goradt blieb unversehrt. Sag mir, Felt, welche Farbe hat der Trelled, das welsische Kremlidfeuer?«

»Weiß«, krächzte Felt, räusperte sich und sagte dann so unbeteiligt wie möglich: »Der Trelled brennt mit weißer Flamme, aber das kommt daher ...«

» ... dass ihr Grauglanzpulver hineingebt, ich weiß, ich weiß. Man kann ja wohl auch kaum alle sieben Soldern eine segurische Jungfrau verbrennen, nicht wahr?«

Wigo erwartete keine Antwort, er lehnte sich zurück, trank und prüfte die Wirkung, die seine Erzählung auf Felt hatte.

Und Felt war beeindruckt. Ein weißes Feuer. Eine weiß leuchtende Flamme, gehalten von der Hand einer Unda ... *Das Geschenk einer Freundin. Hübsch, nicht wahr?* Wigos Worten zufolge konnte diese Freundin der Hohen Frauen nur die edle Asli gewesen sein. Eine vergessene Heldin, derer die Welsen gedachten, ohne es zu wissen. Aber war eine kleine weiße Flamme der Beweis dafür, dass Wigo die Wahrheit sprach? Wie konnte jemand, der die Wahrheit nach eigenem Bekunden so liebte, gleichzeitig zwei Versionen ein und derselben Geschichte erzählen, eine beim Wein und eine auf der Bühne? Felt traute Wigo nicht. Der Übersetzer wusste viel, viel mehr als Felt, aber warum er sein Wissen weitergab, den Welsen die Schuld abnahm und aus Tätern Opfer machte, war Felt nicht klar. Also nahm er es hin, wie er alles hinnahm. Er fragte nicht nach. Stattdessen trank er seinen Krug nun in einem Zug leer und entschied sich für seine eigene Wahrheit: den Verlust seiner Familie. Was war dagegen der Untergang eines Volkes? Das eine war jetzt, das andere war Geschichte. Es hatte keinen Einfluss auf Felts Leben, denn die Undae hatten bereits die Richtung neu bestimmt – was der Übersetzer zu sagen hatte, spielte keine Rolle. Falls er einen Aufrührer gesucht hatte, hatte Wigo den falschen Mann ausgewählt. Felt ging es nicht um Vergeltung. Er fragte: »Und was wurde aus Asing? Gab es eine Hochzeit?«

»Sie ist ... nein ... ich muss ...«, stotterte Wigo, sichtlich bemüht, seine Enttäuschung zu verbergen. Er zupfte seinen Bart und sah sich um. Das Gewölbe hatte sich bereits merklich geleert. »Wir sollten wieder hochgehen, das Stück ist bald zu Ende und ich werde mich wohl oder übel verbeugen und die Huldigung der Schafe entgegennehmen müssen.« Er lachte gezwungen über den eigenen Scherz. »Ich erzähle ein anderes Mal, was aus Asing wurde, aber so viel kann ich dir schon verraten«, er erhob sich und auch Felt stand auf, »es ist herzzerreißend.«

VIERTES KAPITEL

BELENDRA

Die vorhin noch menschenleere Vorhalle des Theaters war nun erfüllt von Stimmengewirr – die Leute strömten aus dem Zuschauerraum hinaus auf den Platz, wo Mendron das Feuer entzünden würde.

»Warte auf mich. In der Halle!«, hatte Wigo ihm zugerufen, bevor er zur Bühne gelaufen war, um sich gemeinsam mit den Schauspielern zu verbeugen. Wie sollte Felt ihn in diesem Gewühl wiederfinden? Er hatte niemals zuvor solche Massen an vornehm gekleideten Menschen gesehen. Er war der Einzige, der ganz in Schwarz war, Prams Farbe war Rot. Rot und Gold.

Felt lehnte mit dem Rücken an einer Wand, ignorierte neugierige Blicke und versuchte in der Menschenmenge Wigos wirren Haarschopf auszumachen. Applaus brandete durch die Halle – am oberen Treppenabsatz war der Fürst erschienen, an seinem Arm eine Frau. Und ihr galt der Jubel, Felt erkannte in ihr die Schauspielerin der Asing. Sie hatte sich umgezogen und war nun ganz in tiefes Blutrot gekleidet, den Hals schmückte eine schwere goldene Kette. Die langen dunkelblonden Haare waren kunstvoll aufgetürmt, von Nadeln und Kämmen gehalten, auch sie aus Gold. Der Fürst trat einen Schritt zurück und klatschte ebenfalls ein paar Mal in die Hände, sie verbeugte sich lächelnd, dann nahm sie wieder seinen Arm und ließ sich von ihm die Treppe hinunterführen.

»Er umwirbt sie«, flüsterte Wigo und Felt fuhr erschrocken zusammen. »Aber sie liebt ihn nicht. Stoff für eine echte Tragödie. Komm, wir verdrücken uns.«

Wigo legte die Hand auf die Wand. Mit einem leisen Schnappen öffnete sich eine Tür, die man nur auf den zweiten Blick als solche erkennen konnte. Dahinter befand sich ein spärlich beleuchteter Gang.

»Ich sage ja, segurische Baukunst ist unerreicht. Und das ist nichts hier, verglichen mit der Hama.«

Sie folgten dem Gang und gelangten auf eine enge Gasse, die an der Rückfront des Theaters entlangführte. Ein Ende ging auf die Prachtstraße, von dort hörte man Gejohle und immer wieder den Ruf ›Angriff‹, auf Welsisch, gefolgt von Mädchengekreische. Wigo zuckte die Schultern und schlug die andere Richtung ein. Sie gingen eine Zeit lang schweigend durch leergefegte Gassen und schmale Straßen, Wigo mied den Trubel.

»Wohin führt Ihr mich?«, fragte Felt schließlich.

»Wir gehen essen, was sonst?«, sagte Wigo. »Wir sind eingeladen. Zur exklusivsten Kremlidfeier von ganz Pram.«

»Ich weiß nicht, ob das eine gute Idee ist.«

»Das ist eine fantastische Idee. Vertrau mir, Felt. Ganz kleiner Kreis, keine Probleme. Außerdem ist es unmöglich abzusagen, wenn Belendra einlädt.«

»Wer ist Belendra?«

»Du wirst sie bald kennenlernen. Sie brennt darauf, dich zu sehen.«

»Mich?«

»Ja, dich. Du bist der Ehrengast. Achtung!«

Wigo drückte Felt in einen Hauseingang. Zwei der weiß berockten Soldaten stiefelten Arm in Arm vorbei.

»Total besoffen«, flüsterte Wigo, »aber trotzdem besser, man sieht uns nicht.«

»Was meint Ihr mit Ehrengast?«, fragte Felt leise.

»Auch Welsen haben Freunde«, raunte Wigo. »Und nun komm, wir sind spät dran.«

Sie gingen weiter und Felt beschloss, über diesen Widerspruch zu schweigen. Warum war er mit Papieren ausgestattet worden und gemäß der Order in Begleitung unterwegs und musste sich dennoch verstecken? Vielleicht hatten Welsen Freunde, vielleicht war Wigo einer davon – vielleicht aber auch nicht.

An einem in eine Mauer eingelassenen niedrigen Gittertor machte Wigo halt. Er sagte etwas auf Pramsch, was eine Parole gewesen sein musste, denn es wurde ihnen geöffnet.

Der Garten, in den sie nun kamen, war wie verzaubert. Über mit feinem Kies bestreuten Wegen reichten die Zweige bizarrer Sträucher wie dürre Arme. Ihre sternförmigen Blüten verströmten einen betäubend süßen Duft. Dunkle, kleinblättrige Büsche waren zu seltsamen Formen und Figuren geschnitten, die bald Menschen, bald Tiere, bald fantastische Flugwesen darstellen sollten. Dazwischen standen auf Podesten reich verzierte Käfige, in denen Vögel gehalten wurden, einige groß wie Hühner und mit langen Schwanzfedern, wildem Kopfputz oder abstehendem Federkragen, andere klein wie Schmetterlinge. Beleuchtet wurde der Garten nicht von den in Pram üblichen roten Flammen und auch nicht von Fackeln, sondern von daumengroßen Leuchtkäfern, gefangen in dünnwandigen Glaskugeln. Die Kugeln hingen in Zweigen, lagen unter Büschen, waren auf Dreifüßen entlang der Wege aufgestellt und die Käfer schienen auf Erschütterungen zu reagieren. Sie pulsten grün in ihren Glasgefängnissen und leuchteten hell auf, sobald die Männer sich ihnen näherten. So schoben die beiden im Gehen eine Welle von blassgrünem Licht vor sich her, die hinter ihnen langsam verebbte. Aus dem Dunkel unter einem riesigen Farn sprang ein Tier hervor und blieb erschrocken mitten auf dem Weg stehen. Etwas Derartiges hatte Felt noch nie gesehen: Das Fell des Tiers war glatt und weiß, schimmerte im Leuchtkäferlicht aber grünlich, und ein zierliches, silbriges Geweih wuchs ihm aus dem schmalen Kopf, der Felt an den einer Ziege erinnerte. Die Augen aber waren rund und dunkel – und das Tier war höchstens katzengroß. Dieses eigenartige kleine Reh kam ein paar zögerliche Schritte auf die Männer zugetrippelt.

»Hast du irgendwas Essbares bei dir?«, fragte Wigo.

»Nein«, sagte Felt.

Das Katzenreh war noch näher gekommen, schnupperte an seinem Stiefel und blickte Felt mit seinen großen, kohlschwarzen Augen an. Etwas eigenartig Menschliches lag in diesem Blick und Felt hätte sich nur wenig gewundert, wenn das Tier ihn angesprochen hätte. Wigo fluchte und holte seinen Geldbeutel hervor. Er klimperte und das Tier drehte sofort den Kopf. Wigo hielt ihm eine Münze hin, es schnappte danach und sprang wieder in die Büsche.

»Gieriges kleines Biest«, sagte Wigo ihm nach. »Das war ein Sed!«

»Es frisst Geld?«

»Und ob. Hat mich schon ein halbes Vermögen gekostet, lauert jedem auf, der sich in diesen Garten wagt. Manchmal lässt es sich mit Obst oder Brot abspeisen, aber Münzen sind ihm lieber. Und wehe, du versuchst, es zu ignorieren.«

»Wieso, frisst es dich dann auf?«

Felt hatte Mühe, sein Lachen zu unterdrücken. Aber Wigo blieb ernst.

»Viel schlimmer. Es spuckt. Das Zeug kriegst du nie mehr raus. Nun denn, da wären wir.«

Das musste eines der prächtigen Häuser sein, an denen sie heute vorbeigeritten waren. Sie traten durch weit geöffnete Flügeltüren in die Empfangshalle. Hohe Kerzen in mannsgroßen Haltern erleuchteten die mit romantischen Szenen bemalten Wände. Vorhänge, weiß und fein wie Spinnweben, wehten im Abendwind vor hohen, schmalen Fenstern. Die Halle war mit schwarzen und weißen Steinplatten ausgelegt, eine imposante Treppe führte ins obere Stockwerk. Überall standen Bodenvasen mit üppigen Blumenarrangements und verbreiteten den Duft von Verschwendung und Reichtum.

Sie wurden erwartet.

»Mach einfach das, was ich mache, und vor allem: Sei unbesorgt«, sagte Wigo.

Ein nackter Knabe stand an einem bronzenen, mit Wasser und Blüten gefüllten Becken in der Mitte der Halle. Neben ihm ein zweiter an einer Kohlewanne. Die Männer traten vor sie hin und der erste Knabe fischte eines der im Blütenwasser treibenden Tücher mit einem Holzstab heraus und hielt es Wigo hin. Der nahm es, wrang es aus, wischte sich damit Gesicht und Hände. Felt tat es ihm nach. Dann gab Wigo das Tuch an den zweiten Knaben, der es sogleich auf die glühenden Kohlen warf, wo es kurz zischte, auflodert und dann augenblicklich zu Asche zerfiel. Nun kamen zwei weitere Knaben langsam die Treppe hinab, einer trug auf einem Tablett lange, mit Goldfäden bestickte Stoffstreifen. Wigo streckte die Hände vor, Felt ebenfalls. Der andere Junge fesselte erst den Übersetzer und dann Felt.

»Das gefällt mir nicht.«

»Sie hat ihre, wie soll ich sagen, Vorlieben. Und sie kann es sich leisten. Spiel einfach mit, ich bitte dich.«

»Mag sein, dass sie es sich leisten kann. Ich aber kann mir praktisch nichts leisten. Gefesselt sein jedenfalls nicht.«

»Felt, ich sagte es schon: Ich bin auf deiner Seite. Belendra ist auch auf deiner Seite, sie schützt dich, euch alle, verstehst du? Dass ihr am Uferposten aufgehalten worden seid, hat sie sehr aufgebracht.«

»Nein, Wigo, ich verstehe überhaupt nichts. Wer ist sie? Und wo sind die anderen Gäste? Ich sehe hier nur nackte Knaben.«

»Nackte stumme Knaben«, sagte Wigo und machte mit seinen gebundenen Händen eine Geste hin zu einer Flügeltür, die sich wie von selbst öffnete. »Belendra ist die Ehefrau von Kandor«, fuhr er im Gehen fort, »der es aber vorzieht, mit seinen beiden jungen Nichten zusammenzuwohnen. Es ist nicht ratsam, seinen Namen in ihrer Gegenwart zu erwähnen. Es sei denn, sie erwähnt ihn selbst – und das wird sie früher oder später. Andere Gäste siehst du keine, weil wir die einzigen sind. Ich sagte doch: kleiner Kreis.«

Felt sah auf den ersten Blick, dass Belendra weißglanzsüchtig war. Ihre dunklen Haare, die sie gescheitelt und in drei dicken Knoten hochgedreht trug, glänzten wie mit Öl bepinselt. Ihre Haut war rosig und spannte sich straff über runde Oberarme, pralle Schenkel und Brüste von einer Größe, die Felt sich nicht einmal vorzustellen gewagt hätte. Sie trug ein weich fallendes Kleid in der Farbe ihrer Haut, sodass Felt für einen Moment glaubte, sie sei nackt wie der Knabe zu ihren Füßen. Der Junge hatte ein Halsband umgelegt, von dem eine goldene Kette in Belendras Hand führte. Sie ruhte, halb sitzend, halb liegend, auf einem niedrigen Sessel, einen Teller mit Speisen vor sich. Weitere Speisen, Früchte, Fleisch, Gebäck und Süßigkeiten, türmten sich auf Platten und in Schüsseln. Sie standen auf Tischen, die im Halbkreis um Belendra herum aufgestellt waren.

Weitere Sitzgelegenheiten gab es keine – der große, achteckige Raum war, bis auf die Speiseninsel und ein paar Blumenarrangements, leer.

Sie schaute nur kurz auf, als Felt und Wigo eintraten, und widmete sich dann wieder ihrem Essen, das sie mit einer goldenen Gabel zum Mund führte. Sie kaute langsam. Dann sagte sie etwas mit warmer, wohlklingender Stimme, das Wigo zu einer zerknirschten Replik veranlasste. Felt verstand nichts, konnte sich aber denken, dass es Vorwurf und ausführliche Entschuldigung waren. Sie nahm Wigos Worte unbewegt zur Kenntnis und schwieg. Es entstand eine lange, unangenehme Pause. Dann klingelte sie mit einem Silberglöckchen, zwei Knaben betraten den Raum und nahmen an den Tischen Aufstellung.

»Wir sollten uns erst einmal etwas stärken«, sagte Wigo erleichtert, ging zu den Knaben und sperrte den Mund auf. Ein Junge spießte ein Fleischstückchen auf und legte es dem Übersetzer in den Mund, ließ ihn kauen, dann führte er einen Becher an seine Lippen. Felt rührte sich nicht.

Belendra sagte etwas.

»Hm?«, machte Wigo und wandte sich um. »Steh da nicht rum. Komm, iss was.«

»Ich habe keinen Hunger«, sagte Felt und blieb stehen, wo er stand.

»Das kann nicht sein«, sagte Wigo. »Bitte, iss was. Beleidige nicht die Gastgeberin. Außerdem ist es ganz ausgezeichnet, so was hast du noch nie gegessen.«

»Dessen bin ich mir sicher«, sagte Felt.

Belendra sprach wieder und schaute dabei Felt an. Ihre Stimme war wirklich angenehm: beruhigend, sanft und dunkel.

»Sie fragt nach deiner Leibspeise. Sie entschuldigt sich für ihren Koch.«

Felt schwieg. Hier ging es nicht ums Essen.

Belendra hob wieder ihr Glöckchen und klingelte. Ein Mann stürzte in den Raum, er musste direkt hinter der Tür gewartet haben. Er war kaum größer als die Knaben, aber wenigstens bekleidet. Er nahm seine Mütze ab und trat vor seine Herrin, wobei er sich fortlaufend tief verbeugte. Belendra sagte ein paar Sätze, der Mann drehte sich um und sah mit weiten Augen zu Felt. Dann fiel er auf die Knie und stammelte etwas.

Belendra zog an der Kette, der Knabe wandte sich zu ihr und öffnete den Mund. Sie legte ihm mit der Gabel einen Happen hinein, er kaute, ohne seinen Blick von ihr abzuwenden. Dann nickte sie und der Knabe spuckte das Essen auf den Boden.

»Es ist noch nicht lange her«, sagte Felt, »da traf ich einen Jungen. Lerd war sein Name. Ich habe ihn nicht gekannt, denn bei unserer ersten Begegnung war er bereits tot. Er ist nicht älter gewesen als du, Knabe. Und dennoch dauerst du mich mehr als er.«

»Felt!«

»Das kannst du ruhig übersetzen, Wigo. Und vielleicht fügst du noch an, dass ich für die Einladung danke, aber nun leider gehen muss. Es war ein anstrengender Tag.«

Belendra erhob wieder ihre weiche Stimme. Der schmächtige Mann wimmerte und rutschte auf den Knien herum. Wigo übersetzte und der Mann jammerte noch lauter. Belendra schloss die Augen und läutete. Zwei Knaben erschienen, packten den nun laut schluchzenden Mann bei den Ärmeln und zogen ihn über den glatten Steinboden hinaus. Belendra blieb unbeeindruckt, fütterte ihren kleinen Sklaven und sagte etwas.

»Der Koch, der dich beleidigt hat, Felt, wird bestraft werden. Bevor er entlassen wird.«

Felt hörte Schreie hinter der Tür, aber er zwang sich, den Blick nicht von Belendra abzuwenden. Hier ging es nicht um den Koch. Er versuchte die Handgelenke zu bewegen, aber in diesem Haus kannte man sich aus mit Fesseln, der Knoten war fest, das Band ließ sich nicht lockern.

»Wenn Ihr mich bitte entschuldigen wollt«, sagte Felt, »ich werde jetzt gehen. Bemüh dich nicht, Wigo, ich finde schon allein zurück.«

Felt umfasste mit beiden Händen den Schwertgriff und zog Anda ein Stück heraus. Die scharfe Klinge durchtrennte das Band, als wäre es ein Mädchenhaar. Er legte andeutungsweise die Hand aufs Herz und wandte sich zur Tür.

»Wigo!«, hörte er Belendra sagen.

»Felt, ich bitte dich, bleib. Belendra möchte mit dir sprechen.«

Er drehte sich um.

Belendra hatte sich erhoben. Sie war größer, als Felt gedacht hatte, und auch wenn stattlich für gewöhnlich kein Kompliment für eine Frau ist, so musste man in ihrem Fall eine Ausnahme machen.

Belendra streckte einen ihrer wohlgeformten Arme aus und machte eine grazile Geste, die ihre Besucher einlud, ihr zu folgen.

Das Zimmer, das sie nun betraten, war deutlich kleiner und vollgestopft mit Büchern. Achtlos waren sie in deckenhohe Regale gestopft, stapelten sich auf dem Boden, waren auf Stühle gehäuft. Auf einem Tisch lag zwischen Folianten ein flaches Holzkästchen. Belendra legte eine ihrer großen weichen Hände darauf und sprach Felt an. Sie redete nun ohne Pausen und Wigo übersetzte so schnell, dass man den Eindruck hatte, er könne Gedanken lesen.

»Sie sagt: Ich wollte schon immer wissen, ob das, was man über euch Welsen sagt, wirklich wahr ist. Ihr seid stur und stolz, heißt es, und wisst euch nicht zu benehmen. Ihr habt keine Kultur und keine Fantasie. Ihr habt nichts außer eurem Willen, was euch zu schlechten Gesellschaftern macht. So denken die Leute von euch. Und die Leute haben recht. Ihr, Felt, seid ein König unter den Spielverderbern. Aber keine Sorge, Ihr habt mich nicht beleidigt, nein, Euer Betragen passt mir ganz ausgezeichnet. Bleibt, wie Ihr seid! Schwarz und finster. Ihr müsstet Euch sehen, so ein böser, strenger Soldat!«

Sie lachte, tief. Sie fuhr fort und Wigos Stimme begleitete sie.

»Lasst mich offen mit Euch sein: Euer Volk interessiert mich nicht. Von mir aus könnt ihr alle verhungern. Dennoch werde ich alles in meiner Macht Stehende tun, damit genau das nicht passiert. Warum? Weil es Kandor missfällt. Alles kuscht, alle tanzen nach seiner Pfeife, aber ich nicht. Die Kaufleute hat er überzeugen können, seine Miliz zu finanzieren. Eine Miliz, die angeblich ihren Besitz schützen soll, ihre Häuser, ihre hübschen Töchter. Alles Lüge. Diese Miliz ist einzig und allein da, um mich in Schach zu halten. Um mich zu kontrollieren. Sie überwachen mich. Ich kann nicht aus dem Haus, ohne dass die Weißhemden Meldung machen. Immer sind sie da und beobachten mich ...«

Sie brach ab, Wigo sagte ein paar Sätze auf Pramsch zu ihr. Sie nickte und sprach weiter.

»Belendra sagt: Der Fürst ist schwach, er ist nicht bei sich, weil er einem Rock hinterherjagt, den er nicht lüpfen kann. Er geht in die Berge, tagelang, um zu meditieren. Das behauptet er, aber jedermann weiß, dass er alle möglichen Beschwörungen versucht, segurischen Schnickschnack genauso wie primitive Zauber, er lässt nichts unversucht, um dieses Flittchen, diese Schauspielerin, für sich zu gewinnen. Er kann einem leidtun. Wie auch immer: Fürst Mendron weiß, dass Kandor nicht nur Waffen für seine Soldaten kauft. Nein, er kauft gleich die Soldaten dazu! Mendron ist das bekannt, doch er unternimmt nichts dagegen. Er überlässt alles Sardes. Aber Sardes ist alt und wird jeden Tag schwächer. Er wird nicht mehr lange genug leben, um Kandor aufzuhalten.«

Sie trat nah an Felt heran, legte ihm ihre schweren Arme um den Hals. Ihre Lippen glänzten feucht und ihr Atem roch süß. Sie sprach leise. Auch Wigo kam näher und flüsterte, was sie sagte, in Felts Ohr.

»Befreit mich von diesem Mann. Niemand außer den Welsen kann das tun. Bringt ihn um. Nein, Ihr sollt ihn nicht töten, das wäre zu einfach. Das macht keinen Spaß. Ihr müsst es anders anfangen. Ihr müsst stark werden, alle. Welsien soll wiederauferstehen. Welsien *muss* wiederauferstehen. Und Kandor wird untergehen. Sein Reichtum gründet auf Eurem Leid. Ihr müsst wieder groß werden, damit er klein wird. So klein, dass ich ihn zertreten kann. Ich will es selbst tun: Ich will ihn in den Staub treten, dass er nie wieder aufsteht.«

Sie löste sich von ihm und Wigo trat einen Schritt zurück. Felt fragte sich, was Kandor ihr angetan hatte, um sich solchen Hass zu verdienen.

»Ich möchte«, sprach Wigo über Belendras Stimme, »dass Eure Mission erfolgreich ist. Ja, ich weiß, dass ihr Welsen und die Hohen Frauen nur auf der Durchreise seid – ich brauche nicht selbst am Hof des Fürsten zu sein, um zu erfahren, was bei den Audienzen geschieht. Ich weiß auch, was am Uferposten passiert ist ... Wie naiv ihr Welsen doch seid! Habt ihr geglaubt, Kandor würde nur auf dieser Seite des Flusses seine Fäden spinnen? Drei Offiziere, drei Undae! Soldaten! Das durfte der Kommandant nicht durchgehen lassen, dafür ist er zu gut bezahlt worden – Kandor hat mich überboten. Nun, ihr seid dennoch hier, in Pram, und der Kommandant ist die längste Zeit Kommandant gewesen.«

Schweigend starrte sie vor sich hin. Dann, als würde sie aus einem Traum aufwachen, hob sie den Kopf und tippte auf das Kästchen, das immer noch verschlossen auf dem Tisch lag.

»Ich habe ein Geschenk für Euch.«

Belendra klappte den Deckel auf.

Eingelegt in ein Bett aus Samt, befanden sich darin ein zusammenschiebbares Fernrohr, eine lange Nadel und ein handtellergroßes, irdenes Schälchen. In die weiße Glasur war in dunklem Blau ein achtzackiger Stern gemalt, mit vier großen und vier kleineren Segmenten. An den großen Spitzen standen Symbole, wahrscheinlich segurisch.

»Ein Fernglas werdet Ihr kennen, aber dies hier wird Euch neu sein. Es ist ein Nordweiser.«

Belendra schaute sich im Raum um, schob ein paar Bücher zur Seite, sie fielen zu Boden. Sie schien nicht zu finden, was sie suchte. Schließlich zog sie ein paar Blumen aus einem Gefäß und ließ auch sie achtlos zu Boden fallen.

»Nehmt die Schale, stellt sie auf die flache Hand.«

Felt tat es.

Belendra goss vorsichtig etwas Wasser in die Schale. Es roch faulig.

»Und nun dies hier. Verliert sie nicht, es gibt nur die eine.«

Sie nahm die Nadel aus dem Kästchen und legte sie aufs Wasser. Die Nadel zitterte und drehte sich, bis sie nach kurzer Zeit ruhig auf einer Position blieb.

»Dieses Symbol ist Norden, da Süden, Osten, Ihr versteht. Dreht Eure Hand, dass die Nadelspitze über diesem Symbol liegt. Ja, genau so. Dort ist Norden. Wenn Ihr Euch jetzt noch verlauft, seid Ihr selber schuld. Ich bitte Euch, kommt zurück – und befreit mich von Kandor. Euer ganzes Betragen heute Abend hat mir gezeigt, dass es möglich ist. Und wenn Ihr es schon nicht für mich tut, dann tut es für die Euren. Denkt an Eure Familie.«

Belendra griff schnell nach der Nadel, bevor Felts Zucken sie aus dem Schälchen schwemmen konnte.

»Was wollt Ihr damit sagen?«

»Nun, was glaubt Ihr? Dass ich Fremde in mein Haus einlade? Dass Ihr in diese Stadt kommen könnt, ohne dass ich weiß, wer Ihr seid? Habt Ihr immer noch nicht verstanden, was ich mit meinem Geld tue? Ich finanziere einen Krieg – einen Krieg gegen Kandor. Ich bezahle eine Armee von Informanten, bereits seit Soldern. Auch in die Torwache habe ich investiert, obwohl es Trottel sind – wie blind muss man sein, um sechs Welsen und drei Undae zu übersehen? Nun, Sardes war rechtzeitig zur Stelle ... und Ihr seid bis vor den Fürsten gelangt! So lange habe ich auf eine Gelegenheit gewartet und nun ist sie da: Vor mir steht ein Welsenoffizier. Ein stolzer Mann, den man zwingen muss, die eigene Größe zu erkennen.« Sie lächelte. »Erkennt Eure Stärke, ich bitte Euch, kommt zurück und befreit mich von diesem Mann. Tut es für Eure Familie, Eure Kinder.«

Felt legte den Nordweiser zurück in den Kasten. Er hatte nun eine Ahnung, woraus sich Belendras Hass auf Kandor speiste. Der Waffenhändler war nicht nur ein untreuer Ehemann, er musste ihr etwas genommen haben, das man für kein Geld der Welt kaufen konnte: eine Familie. Nicht Marken oder Kersted waren eingeladen worden, sondern er – weil Belendra von Estrid und den Kindern wusste. Felt hatte etwas, das diese Frau so sehr vermisste, dass sie den Ersatz dafür an eine Kette legte. Und weil Felt eine Familie hatte, war er erpressbar. Belendra hatte ihn in der Hand, auch wenn sie bisher nur bat und nicht drohte. Felt spürte, wie sein Herzschlag sich beschleunigte. Wie sollte er sich verhalten? Würde sie sich einfach nehmen, was sie haben wollte? Felt entschied sich, das Gegenteil von dem zu tun, was Kandor getan hatte: Er würde geben.

»Belendra«, sagte er und sie kam wieder zu sich. »Ich wäre Euch sehr dankbar, wenn Ihr Eure Hand über meine Kinder halten würdet, solange ich weg bin. Ich bin bereits jetzt mehr tot als lebendig, weil ich mich von meiner Familie trennen musste. Aber wenn ihnen während meiner Abwesenheit etwas zustößt, werde ich weder im Leben noch im Tod jemals Ruhe finden können.«

Wigo hatte diese kleine Ansprache mit hochgezogenen Augenbrauen übersetzt – aber Belendra hing an Felts Lippen. Sie lächelte, Tränen standen in ihren Augen. Sie legte ihm eine Hand auf den Arm.

»Seid unbesorgt«, sagte sie und ihre Stimme wurde noch dunkler, »es wird ihnen gut gehen. Ich kümmere mich persönlich darum, dass sie unvorstellbares Glück haben werden in Pram.«

Felt verbeugte sich tief. Sein Herz schlug immer noch heftig.

»Ihr hebt eine Last von meinen Schultern. Nehmt als Dank mein Versprechen: Ich werde zurückkommen. Kandor wird untergehen.«

Belendra packte zur Antwort das Kästchen und drückte es Felt gegen die Brust. Sie weinte jetzt tatsächlich, fasste sich aber wieder und klatschte zweimal in die Hände. Die Tür wurde geöffnet und ein Knabe forderte die Besucher mit einer Geste auf, ihm zu folgen. Belendra hatte sich abgewandt und so verließen sie ohne einen Abschied das Bücherzimmer und ihr Haus.

Sie folgten wieder dem Kiesweg durch den Garten, und bevor sie auf die Gasse traten, befreite Felt Wigo von seinen Fesseln. Dann gingen sie schweigend durch die Straßen, jeder in Gedanken noch bei der Begegnung mit der Frau des Waffenhändlers. Als sie auf den Platz vor dem Palast einbogen, wo laut gefeiert wurde, fasste Wigo Felt am Arm.

»Warte mal«, sagte er, »woher wusstest du, dass sie Kinder hat?«

»Ich wusste es nicht«, sagte Felt, »aber ich habe es geahnt. Ich habe mich an das erinnert, was mein Schwiegervater mir auf meiner Hochzeit gesagt hat: Betrüge deine Frau und du erschaffst einen Dämon, der dir den Tag vergiftet und die Nacht vereist. Nimm einer Mutter die Kinder und du erschaffst einen Dämon, der dein Leben vernichtet und deinen Tod verlängert.«

»Hm«, machte Wigo, »kein schlechter Hochzeitsspruch.«

»Ich lag richtig, oder?«

»Na und ob! Felt! Was für eine Rede. Belendra hast du für immer auf deiner Seite, so viel ist klar. Du musst wissen: Belendra ist nicht ungefährlich, aber nicht von Grund auf böse. Dieses Schwein Kandor hat sich an ihrer Seite rund gefressen, und als sie seine kleinen Geliebten nicht länger ertragen konnte, hat sie ihn rausgeworfen. Zu spät, er war längst zu groß geworden, zu mächtig und einflussreich. Der Eklat hat ihm nicht geschadet. Im Gegenteil, er hat Belendra in Verruf gebracht. Kandor hat überall verbreitet, sie sei wahnsinnig geworden. Nun ja, sie war immer schon ziemlich kapriziös. Aber wirklich irr ist sie erst geworden, als er ihr die Söhne weggenommen hat. Die Knaben, mit denen sie sich jetzt umgibt, hat sie von der Straße aufgesammelt. Es geht ihnen besser als vorher, glaub mir.«

»Das fällt mir nicht leicht. Aber es geht mich auch nichts an. Belendra sagt, mein Volk kümmere sie nicht.« Er trat nah an Wigo heran, sodass der zu ihm aufsehen musste. »Ich sage: Belendras Schicksal kümmert mich nicht.«

Nur ein kurzes Flackern in Wigos wachen Augen verriet sein Unwohlsein; er war die Anwesenheit von Stärke, von Macht, gewohnt und behielt sein Lächeln im Gesicht. Felt wusste, dass er sich genau so verhielt, wie man es von einem Welsen erwartete. Doch das scherte ihn nicht. Er verschwieg, dass ihn Belendras Schicksal sehr wohl kümmerte, denn er hatte sein eigenes in ihr gespiegelt gesehen. Er hatte eine Frau gesehen, die daran verzweifelte, dass ihre Familie auseinandergerissen worden war. Die ihre Kinder vermisste. Die daran zerbrach und nur noch von Hass notdürftig zusammengehalten wurde. Hinter dem Reichtum, der Sucht und dem Spiel hatte Felt den Schmerz gesehen – und seine Chance. Indem er Belendra das gab, wonach sie sich am meisten sehnte, nämlich eine Familie, die sie beschützen konnte, gab er sich selbst eine Hoffnung. Man hatte ihm beigebracht, dass man sich seine Verbündeten in den seltensten Fällen aussuchen konnte und dass jedes Bündnis das Risiko barg, betrogen zu werden. Aber so wahnsinnig Belendra auch sein mochte, ihr Antrieb war klar: Rache. Das konnte Felt verstehen, das konnte er einschätzen. Und er versuchte sich mit dem Gedanken zu trösten, dass er keine Wahl gehabt und dennoch das Beste aus der Situation gemacht hatte.

»Ich sollte jetzt zu Bett gehen«, sagte er.

»Und ich sollte noch ein wenig arbeiten.«

»Arbeiten? Um diese Zeit?«

»Schreiben! Jemand muss die Geschichte dieser Stadt festhalten. Das tun viele. Aber *ich* werde gut dafür bezahlt und was *ich* schreibe, das *wird* Geschichte. Ganz offiziell. Möchtest du mit einem bestimmten Satz erwähnt werden? Dann hast du jetzt die Gelegenheit, ihn zu sagen.«

Felt schaute Wigo stumm an. Der lachte laut auf.

»Das ist sehr welsisch! Das ist gut, wirklich gut.« Wigo ließ seinen Blick über den Platz wandern, auf dem der große Holzstapel hell brannte und ausgelassen gefeiert wurde. »Ein denkwürdiger Tag. Mehr als hundert Soldern hat es gedauert, bis Welsien endlich doch nach Pram gekommen ist. Nun steht es hier, vor mir, mitten im Herzen meiner Stadt. Nun passiert etwas. Etwas Großes ...«

Wigos unsteter Blick war starr geworden, er schaute in das Feuer auf dem Platz.

»Große Ereignisse werfen ihre Schatten voraus, heißt es. Eine oft gebrauchte, aber reichlich krude Formulierung – wenn man sie nur so nachplappert, noch dazu verfälscht. Denn eigentlich heißt es *zukünftige* Ereignisse ... *Zukünftige Ereignisse werfen ihre Schatten voraus.* Und das, Felt, das hat Sinn. Stell es dir vor: Die Zukunft, unbekannt und unerkennbar im Gegenlicht der Zeit, sie kommt auf dich zu, unaufhaltsam. Was dich als Allererstes trifft, ist ihr Schatten. Die dunkle Ahnung. Dann, wenn der Schatten dichter wird, größer, wenn es vollkommen finster wird – dann ist die Zukunft bei dir angelangt und durch das Tor der Gegenwart tritt das Ereignis ein ...«

Er wandte sich Felt zu, die Augen fiebrig glänzend. Dann huschte ein verlegenes Lächeln über sein Gesicht und Wigo wischte mit der Hand durch die Luft, als wollte er die Düsternis vertreiben, die er selbst herbeigeredet hatte. Er legte die Faust auf Welsenart ans Herz.

»Es tut mir aufrichtig leid, Felt, dass dein Volk so furchtbar hat leiden müssen. Aber in Zukunft wird sich vieles ändern – vielleicht ist die Zeit des einsamen Leids für die Welsen vorüber. Vielleicht bricht stattdessen für uns alle eine neue Zeit des Leidens an.«

Wigo hatte leichthin, beinahe scherzhaft gesprochen. Dennoch hatte er mit seinem letzten Satz Felts Gedanken so plötzlich von seiner Familie losgerissen und auf die Quellen gelenkt, dass Felt der Atem stockte. Wie hatte er die Bedrohung vergessen können, die über dem Kontinent lag? Wie hatte er sich so ablenken lassen können?

Der Übersetzer sah ihn aufmerksam an und Felt war bewusst,

dass Wigo den Schreck bemerkt hatte. Mehr noch – er hatte ihn provoziert. Mit einem Mal erschien ihm Wigos Lächeln bitter, und seine Hand am Herzen war kein Gruß, sondern eine Geste des Schmerzes. Wigo wusste viel, nicht nur über die Vergangenheit – und er sah der Zukunft mit Sorge entgegen.

FÜNFTES KAPITEL

MORGENDÄMMERUNG

Die Begegnung mit Felt hatte sie ein Stück weit aus ihrer Depression geholt, den Rest hatte der Weißglanz besorgt. Belendra strahlte. Sie trug ihr Haar offen, was ihr eine anziehende Mädchenhaftigkeit verlieh, und bewegte sich mit der ihr eigenen Langsamkeit. Jeder Schritt, jede Wendung des Kopfes, jedes Lächeln war ein Genuss – der Genuss, Belendra zu sein. Sie sendete Selbstsicherheit aus und versprach eine Fülle, wie nur das Leben selbst sie bieten konnte. Ihre Gegenwart machte die Welt heller und wärmer.

Wäre Wigo nicht so müde gewesen, er wäre möglicherweise selbst Belendras Zauber erlegen. Aber er hatte keinen Augenblick geschlafen und er kannte sie zu lange und zu gut, um nicht die Berechnung zu vergessen, mit der sie diesen Auftritt in der Lagerstadt durchzog. Er hatte sich kaum an seinen Schreibtisch gesetzt, als sie ihn hatte abholen lassen. Widerstand wäre zwecklos gewesen, Belendra hatte schon den süßen Duft der Rache in der Nase, sie wollte, sie musste zuschnappen, und zwar sofort. Dass ein nächtlicher Aufbruch in Pram eine Ankunft bei Sonnenaufgang zur Folge hatte, konnte nur derjenige für nicht inszeniert halten, der keine Ahnung vom Theater hatte.

Belendra blinzelte unter dichten Wimpern ins weiche, rosarote Licht. Der Morgendunst, der vom Fluss heraufkroch, umwirbelte ihre hohe Gestalt wie der allerzarteste Schleier. Der glatte, helle Stoff ihres Kleides fing die ersten Sonnenstrahlen und hüllte sie in einen magischen Glanz. Sie war ein Wunder, eine Erscheinung, der wahr gewordene Traum jedes gerade sich aus dem Schlaf kämpfenden welsischen Soldaten, und sie würde für immer der Maßstab vollkommener Weiblichkeit bleiben in der Vorstellung der Jungen, die ihr Frühstück vergaßen und die, noch bevor die Löffel aus den Händen in die Suppe gefallen waren, in Belendras Anwesenheit zu Männern geworden waren. Sie aber interessierte sich nicht für Männer. Sie war auf der Suche nach einer Frau.

Wigo und Belendra fanden sie in dem verwahrlosten Lagerraum eines ehemaligen Gasthofs. Sie war nicht bei den anderen Welsen, die sich unter der Aufsicht einiger gelangweilter pramscher Soldaten zum gemeinsamen Frühstück versammelt hatten, aber doch ganz in der Nähe. Sie hatte sich schon von den Ihren getrennt, aber noch keinen neuen Anschluss gefunden. Als Belendra und Wigo den muffig riechenden Raum betraten, half sie gerade einem Mädchen in ein ärmelloses Hemd. Ein kleiner Junge saß auf altem Sackleinen und versuchte mit ungelenken Bewegungen, abstehende Fäden zu greifen. Das Mädchen sagte etwas und sie fuhr herum, richtete sich auf. Und Wigo war augenblicklich hellwach.

Sie war dünn wie ein Halm, aber deutlich größer als er selbst. Ihre langen Haare waren stumpf und verfilzt, aber von einem so leuchtenden Rot, wie Wigo es nie zuvor gesehen hatte. Bläuliche Schatten unter großen Augen ließen die Haut des schmalen Gesichts noch weißer wirken. Die blutleeren Lippen waren fest verschlossen. Das also war Felts Frau. Das waren Felts Kinder. Wigo hätte noch Hunderte von Schriften über die Welsen, über ihren Stolz, ihr großes Reich und ihren Untergang lesen können, er hätte nicht mehr von ihrem Wesen und ihrer Geschichte verstanden, als ihm in dem einen Moment klar wurde, in dem er sie sah: Estrid. Belendra hatte ihren Namen in Erfahrung bringen können, aber wer Estrid wirklich war, darauf hatte man Wigo nicht vorbereitet. Estrid war Widerstand. Widerstand gegen sich selbst, gegen ihre Gefühle, von denen sie sich nicht überwältigen ließ, gegen die jämmerliche Einsamkeit, die sie umgab, gegen eine Schuld, die zu tragen sie sich weigerte, und gegen die frühen Besucher, von denen sie nichts wusste und doch nichts Gutes dachte. Sie tat nichts. Sie sagte nichts. Sie stand einfach da, hoch aufgerichtet in Schmutz und Staub, und schaute und wartete.

Wigo hatte sich, seitdem er denken konnte, bemüht zu verstehen. Er hatte gelesen. Weil er aber, je mehr er las, je älter er wurde, eine immer größer werdende Ungewissheit spürte, hatte er das Gespräch gesucht und die Nähe zur Macht – er hatte in endlosen Diskussionen die Ansichten der Seguren zu jedem erdenklichen Thema ergründet und es bis an den Hof geschafft. Er war bis ins Zentrum des Geschehens vorgedrungen. Indem er nun nicht mehr nur las, sondern aufschrieb, was er beobachtete, begriff er besser, wie die Vergangenheit mit der Gegenwart verknüpft war und wie weit das Jetzt in die Zukunft hineinreichte. Denn nur darum ging es. Sein Wissensdurst, seine unstillbare Neugierde, war nichts anderes als die Angst vor dem undurchdringlichen Nebel, der die Zukunft war. Er ahnte, dass alles mit allem zusammenhing, er ahnte, dass die Kette von Ursache und Wirkung unendlich lang war, und er zerrte an ihr. Er holte Glied um Glied aus dem Dunkel des Gestern, aber er wagte nicht, sich umzuwenden und dem Strang der Geschehnisse in den Nebel des Morgens zu folgen. Er fürchtete, dass der Nebel zu Rauch wurde. Zum Rauch eines Feuers, das sie alle verschlingen würde. Zum Rauch eines Feuers, das Vergangenheit war – und Zukunft.

Dann waren die Welsen und Undae in die Stadt gekommen und er hatte den Zug an der Kette gespürt, die Bewegung einer neuen, ganz und gar unberechenbaren Zukunft.

Nun stand sie vor ihm.

Diese große, schlanke, heimatlose Frau. Sie hatte sich selbst entwurzelt, sie kannte nichts von der Welt und war mittellos. Dennoch schenkte sie Wigo einen Augenblick der Klarheit. Sie vertrieb den Nebel und gab ihm den Blick auf eine Zukunft ohne Furcht frei: Er sah, dass Estrids Schönheit nicht nur ein stolzes Gesicht und ein ebenmäßiger Wuchs war. Sondern eine Unerschrockenheit und ein ernsthafter, unbeugsamer Wille zur Gerechtigkeit. Für sie selbst, für ihre Kinder und für ihr Volk. Wigo sah eine Königin.

Ob auch Belendra wahrgenommen hatte, wen sie vor sich hatte und wie gut ihr Wahnsinnsplan aufzugehen versprach, war schwer einzuschätzen. Sie stand ganz unter dem Einfluss der Droge. Und sie war hingerissen von dem kleinen Jungen. Noch bevor Wigo etwas tun oder sagen konnte, hatte sich Belendra auf das Kind gestürzt, es hochgehoben und an ihre ungeheure Brust gedrückt. Estrid machte einen Schritt. Der Junge gluckste fröhlich und griff in Belendras Haare. Dann fand er zwischen den dunklen Strähnen einen langen goldenen Ohrring und zog daran. Belendra lachte. Mit einer so tiefen, ehrlichen Freude, dass Estrid die Hand, die schon ausgestreckt war, um das Kind der Fremden zu entreißen, wieder sinken ließ. Ein Lächeln flog über ihr Gesicht.

Belendra gab das Kind zurück an die Mutter.

»Ein reizender Junge, wie heißt er denn?«
Wigo fragte.
»Strem.«
Estrid strich dem Kind über den runden Kopf. Mit dem Gespür einer Armen hatte sie begriffen, dass sie etwas besaß, das sehr kostbar war. Auch Belendra bemerkte nun, dass sie sich verraten hatte. Sie zupfte an den weiten Ärmeln ihres seidigen Umhangs und wandte sich dem Mädchen zu.
»Und du?«
Das bedurfte keiner Übersetzung.
»Ristra«, sagte die Kleine und legte eine Hand auf den Griff des kurzen Schwerts, das sie am Gürtel trug. Ganz der Vater, dachte Wigo.
»Oh, ein schönes Schwert hast du da. Beschützt du damit deinen kleinen Bruder und deine Mutter?«
Wigo übersetzte, das Mädchen runzelte die Stirn, darauf war sie anscheinend noch nicht gekommen. Dann aber nickte sie und sprach mit kindlichem Ernst: »Ich kann schon sehr gut damit umgehen und es ist auch ein sehr gutes Schwert. Mein Großvater hat es gemacht, der ist Schmied, und er ist der beste Schmied von allen.«
Unter dem kritischen Blick Ristras übersetzte Wigo. Belendra hob anerkennend eine Augenbraue.
»Dein Großvater muss außerdem ein sehr weiser Mann sein, dass er dir ein so besonders gutes Schwert gemacht hat. Eine Familie muss zusammenhalten. Eine Familie muss beschützt werden.«
Sie sah nicht zu Estrid. Sie hatte sich nun im Griff.
»Nanu, was ist das denn?« Belendra zupfte wieder an ihrem Ärmel. Zog daran. Schaute hinein. Machte *Oh* und *Ach* und schüttelte in gespielter Überraschung den Kopf.
»So was ... wer hat sich denn da versteckt?«

Sie holte ein leise fiependes Etwas hervor und setzte es sich auf die Hand, wo es sich als kleines, flauschig-graues Pelztier entpuppte. Es hatte schwarze, bewegliche Pinselöhrchen und leuchtend orangefarbene kreisrunde Augen, mit denen es erstaunt in die Runde blickte. Das Pelzknäuel gähnte herzhaft und zeigte winzig kleine, spitze Zähnchen und eine rosige Zunge. Es schloss kurz die Laternenaugen und strich sich mit den Pfötchen die silbrigen Schnurrhaare glatt. Belendra hielt es dem Mädchen hin. Das Tier sah Ristra an, schnüffelte kurz und fasste den Entschluss, die Hand zu wechseln und den dünnen Kinderarm hochzuklettern.

Belendra lächelte und erklärte: »Das ist ein Dayak, sein Name ist Tarsi – magst du ihn haben? Belendra schenkt ihn dir.«

Das Mädchen kicherte zur Antwort und zog gekitzelt die Schultern hoch, während der kleine Dayak ihr in den Nacken krabbelte und Schutz unter den weichen Kinderlocken suchte. Ristra schaute auf zu ihrer Mutter und das Flehen in ihrem Blick sagte Wigo, dass Belendra einen entscheidenden Schritt weitergekommen war.

»Was wollt Ihr?«

Estrid fragte neutral, sie erlaubte nicht einmal ihrer Stimme, Gefühle zu verraten. Aber ihr Blick wanderte über Belendra und schätzte sie ab in einer Geschwindigkeit, in der nur Frauen einander abschätzen können.

»Euch«, sagte Belendra in einer Offenheit, die Wigo Respekt abnötigte. Er folgte ihren Worten: »Ich will Euch nicht belügen. Ich gebe zu, ich hatte es vor. Aber ich sehe, dass es keinen Zweck hätte. Ich wollte Euch eine Stellung anbieten. Nun, die könnt Ihr haben, in meinem Haus gibt es genug zu tun. Aber ich sage Euch, was ich wirklich suche: Ich suche die Gesellschaft von jemandem, der mich nicht ausnutzt, weil er nicht erfassen kann, *wie* reich ich bin. In Pram ist so jemand nicht zu finden. Pram ist verdorben, korrupt und verlogen ... Pram ist kaum zu ertragen. Wir beide aber sind nicht so verschieden, wie es auf den ersten Blick scheinen mag. Glaubt Ihr, ich bemerke den Hass in Euren schönen, großen grünen Augen nicht? Ihr verachtet die Pramer, Ihr verachtet mich – und Ihr habt recht, mir geht es genauso. Dennoch: Wir haben beide keine Wahl. Ich muss nach Pram zurück. Und Ihr könnt hier auch nicht bleiben. Was hindert Euch also, mit mir zu kommen?«

Gleichzeitig die Wahrheit zu sagen und sie zu verschweigen, daran würde Estrid sich gewöhnen müssen, das war die pramsche Art, durchs Leben zu gehen.

»Warum ich?«, fragte Estrid.

»Weil Ihr einsam seid. Ich hätte nicht für möglich gehalten, dass es das gibt – einen Menschen, der noch einsamer ist als ich. Weil Ihr enttäuscht seid – noch tiefer als ich. Ich bin nicht so verrückt, mir eine Frau ins Haus zu holen, die glücklicher ist als ich.«

Belendra trat nah an Estrid heran.

»Wir beide haben uns viel zu erzählen.«

Sie wandte sich ab und lachte ihr tiefes, wohlklingendes Lachen.

»Und wir werden *keinen* Spaß haben, das verspreche ich Euch!«

Was es letztendlich war, das Estrid dazu bewog mitzugehen, wusste Wigo nicht. Vielleicht war es die Art, in der der kleine Junge Belendra anstrahlte, vielleicht das übertrieben erwachsen klingende »Tarsi, lässt du das jetzt *bitte* sein«, mit dem das Mädchen geduldig den Dayak tadelte, der ihr immer wieder seine puschelige Schwanzspitze ins Ohr ringelte. Vielleicht hatte Estrid aber auch erkannt, dass sie besser freiwillig folgte, bevor sie gezwungen wurde. Sie verabschiedete sich denkbar knapp von den anderen Welsen – keine Umarmungen, kein Handschlag, kein Wort, nur ein Blick aus den Augenwinkeln, ein Nicken – und Wigo sah, dass dies das Äußerste war, das Estrid tun konnte, ohne in Tränen auszubrechen. Sie hielt Ristra so fest an der Hand, dass das Mädchen das Gesicht verzog. Belendra ging voraus und schaukelte den freudig quiekenden Strem auf ihrer Hüfte. Das Lachen des Kindes hallte durch den frühmorgendlichen Dunst der Lagerstadt wie ein Versprechen, das zu groß war, als dass man es glauben konnte.

Der Jüngling, der Belendras eleganten Zweispänner lenkte, sprang vom Bock und half Estrid und Ristra in die Kutsche. Belendra reichte Estrid den Jungen. Dann drehte sie ihr Gesicht ins Licht der aufgehenden Sonne, schloss die Augen und sog die Morgenluft ein. Ein leiser, noch geheimer Triumph legte sich auf ihre Züge. Wie oft hatte Kandor versucht, Wigo auf seine Seite zu ziehen? Seine Angebote waren verlockend gewesen, aber Wigo war standhaft geblieben – erst aus Freundschaft zu Belendra, später aus Mitleid. Als er nun in Belendras Gesicht blickte, überkamen ihn Zweifel an seinen Beweggründen. Vielleicht hatte er zu ihr gehalten, weil sein Instinkt ihm gesagt hatte, dass in dieser Frau mehr Kraft und mehr Willensstärke verborgen waren, als ihr Benehmen vermuten ließ?

Sie lächelte ihn wissend an, sie hatte seine Gedanken erraten.

»Wigo, beeile dich. Mendron kommt nicht vor Mittag aus dem Bett, nicht, wenn Kremlid ist. Du kannst es also noch zur Audienz schaffen, und das willst du doch, oder? Du willst doch nichts verpassen, du willst den Mann dieser Frau hier nicht aus den Augen lassen. Du willst ihn begleiten, du willst immer und überall dabei sein und etwas *erleben*. Tu es. Reite. Wir kommen schon zurecht.«

SECHSTES KAPITEL

WAFFENGANG

Zum Frühstück wurden die Welsen in einen Raum geführt, der sicher nicht dazu gedacht war, Staatsgäste zu empfangen, der aber dennoch mehr als doppelt so groß war wie die Lorded daheim. Und doppelt so hell. Die Strahlen der Morgensonne sprangen durchs bunte Glas und streuten farbiges Licht über Boden, Holztische und mit Leder bezogene Stühle. Alle hatten ihre Schwerter zurückerhalten und nicht nur Felt war neu eingekleidet worden, auch Marken und Kersted trugen feines Leder, schwarz glänzendes Tuch und dunkle, wattierte Westen. Den Rangniederen hatte man zwar schlichtere Kleidung gegeben, aber die Welsen waren noch nie so gut ausgestattet gewesen.

»Was macht die Hand?«, fragte Felt.

Gerder zeigte einen frischen weißen Verband.

»Alles bestens«, sagte er, »ich kann schon wieder zwei Finger bewegen.«

Er verzog sich zu Strommed und Fander an einen anderen Tisch. Selbst wenn das hier nicht die Lorded war, gemeinsam mit Offizieren zu essen wäre keinem welsischen Soldaten je in den Sinn gekommen.

»Na, vermisst du deine Zwiebelsuppe?«, fragte Kersted und stach mit der Gabel in eine Scheibe Braten.

»Ein wenig«, sagte Felt. »Hattest du einen schönen Abend?«

»Mhm.« Kersted kaute und nickte. »Sie hat mir die Sterne gezeigt.«

»Wie romantisch«, brummte Marken. Er sah müde aus.

»Ach, nur weil du nichts von Frauen wissen willst –« Kersted unterbrach sich. »Verzeihung, so habe ich das nicht gemeint. Und es war auch nicht besonders romantisch, eher lehrreich, würde ich sagen. Nendsing ist mit mir auf einen dieser Türme gestiegen, von der Hama. Das heißt übersetzt übrigens einfach Schule – ziemlich bescheiden, diese Seguren. Sie haben dort oben alle möglichen Gerätschaften und große Ferngläser, mit denen man Berge auf dem Mond sehen kann. Wirklich! Berge und Täler. Schon beeindruckend. Stellt euch vor, die Seguren geben den Sternen Namen.«

»Was?«, machte Felt, »jedem Einzelnen? Dazu reicht ein Leben nicht aus.«

»Sie tun's aber. Sie machen Sternenkarten. Sie vermessen den ganzen Himmel, sie zeichnen auf, wie die Sterne ziehen, und daraus berechnen sie dann alles Mögliche. Fragt mich nicht, was – das habe ich schon in dem Moment vergessen, in dem Nendsing es mir erklärt hat.« Er griff nach dem Brot. »Aber was interessant war: Sie hat mir Karten gezeigt vom Himmel über Agen. Und der war vollkommen anders als unser Himmel.«

»Kersted«, sagte Marken, »ich habe nicht viel Ahnung von so was. Aber Segurien liegt weit im Süden. Es ist nichts Neues, dass die Sterne anders stehen im Süden.«

»So?« Kersted zuckte die Schultern. »Mir war das neu. Dann wisst ihr auch von dem Schweifstern?«

»Was für ein Schweifstern?«, fragte Felt.

»Also«, sagte Kersted, »sie haben ausgerechnet, dass bald ein riesengroßer Schweifstern über Agen wiederkehrt. Der kommt nur ungefähr alle hundertzwanzig Soldern. Nendsing sagte, es ist wie ein Feuer am Himmel. Hell, so hell wie eine zweite Sonne. Bei Tag ist er da und bei Nacht leuchtet er so stark, dass du im Licht des Sterns deinen Schatten sehen kannst. Der Schweif weht wie der eines himmlischen Pferdes über dem Horizont. Und schließlich wird die Welt unter dem Schweif des Sterns hindurchtauchen.«

»Und dann?«, fragte Marken.

Kersted zuckte wieder die Schultern.

»Dann geschieht etwas.«

»Aha«, sagte Felt, »und was?«

»Da hat sie sich bedeckt gehalten.« Kersted beugte sich vor, er wirkte auf einmal sehr ernst. »Mir ist klar, dass es hier um etwas geht. Die Seguren erwarten etwas. Etwas, das mit dem zusammenhängt, was die Undae uns mitgeteilt haben. *Etwas geht vor.* Ich habe also versucht, mehr aus Nendsing herauszubekommen. Nichts. Sie hat mich angesehen, mit so großen Augen, als ob ich ihre Gedanken lesen sollte. Aber gesagt hat sie nichts.«

»Hm«, machte Marken. »Die Seguren verfolgen ihre eigenen Ziele.«

»Wie kommst du darauf?«, fragte Felt.

»Nun, was Kersted gerade erzählt hat, bestätigt meinen Eindruck. Auch Telden hat mir einiges gezeigt ... aber interessant war das, was er mir nicht zeigen wollte.«

»Berichte«, sagte Kersted.

»Wir sind was essen gewesen und dann auch in die Hama gegangen. Ein unglaublicher Bau.«

»Nicht wahr?«, sagte Kersted.

»Ja«, sagte Marken, »kaum vorstellbar, dass Menschen das

gebaut haben ... Wie auch immer, wir sind nicht auf einen Turm gestiegen, sondern hinunter, ewig hinunter. Dieses Gebäude ist wirklich groß, was da alles unter der Erde ist, erinnerte mich ein wenig an zu Hause, an die Werkstätten. Ja, so kann man es sich vorstellen: Denk dir ganz Goradt und die Marded und die Werkstätten im Berg – das ist das Ausmaß von dem, was unter der Hama ist.«

»Unglaublich«, sagte Felt. »Und sind denn Menschen da unten?«

»Und ob«, sagte Marken, »fast alles Seguren. Ich sage dir, es ist wie eine eigene Stadt. Überall diese Feuerlampen. Säle, Hallen, Bücher bis zur Decke. Gerätschaften, kleine und große, manche bewegten sich wie von selbst, zu welchem Zweck, weiß ich nicht. Ich habe Dampf gesehen und Blitze, ich schwöre, sie haben entweder Blitze gefangen oder sie machen sie selbst.«

»Wie das?«, fragte Felt.

»Keine Ahnung. Telden hat es mir nicht erklärt, er hat mich nur hindurchgeführt. Er hat aber nicht besonders geheimnisvoll getan ... es schien selbstverständlich, dass sie da arbeiten. Ja, deshalb erinnerte es mich wohl an die Werkstätten. Es machte den Eindruck von Arbeit, von ganz normaler Arbeit. Telden ist wahrscheinlich nicht einmal auf die Idee gekommen, dass mir das fremd sein könnte. Oder er wusste es sehr genau und musste sich deshalb keine Gedanken machen. Wie ihr seht, kann ich euch das alles nicht einmal richtig beschreiben, geschweige denn erklären. Daher kann ich auch keine Geheimnisse ausplaudern. Leider.«

»Die Seguren versuchen, ein Problem zu lösen«, sagte Felt. »Ich erzähle es gleich. Rede du erst weiter, Marken.«

»Nun gut«, fuhr er fort, »Telden führte mich also durch all diese Gänge und Säle und Werkstätten, bis wir in seinen Arbeitsraum kamen. Ihr wisst ja, er macht Karten. Aber nicht vom Himmel, sondern von der Erde. Karten und Nachbildungen – er hat eine Nachbildung von Pram da unten, jedes Haus, alle Straßen, der Fluss, der See, sogar der Wald ist nachgebaut in Holz, winzig kleine Bäumchen ... bis zum Uferposten. Ich kam mir vor wie ein Riese, als ich es mir anschaute. Die Vorstadt, man mag es kaum glauben, wenn man so durchreitet, soll neu angelegt werden, sie haben das alles schon geplant. Pram wird noch größer werden, viel größer.«

Sie schwiegen. Eine noch größere Stadt war nicht vorstellbar. Felt spürte eine Wut in sich aufsteigen. Sie kam aus dem Gefühl, unterlegen und unwissend zu sein. Felts Welt wurde zu schnell zu groß und unübersichtlich. Ein Blick über den Berst, ein Marsch über den Wall, das hätte helfen können. Aber Goradt war fern.

»Marken«, begann Felt schließlich wieder, »du hast uns noch nicht erzählt, was der Kartograf dir nicht zeigen wollte.«

»Genau«, sagte Marken und stützte die Ellbogen auf den Tisch. »Telden hat mir also Karten in verschiedenen Maßstäben gezeigt; es hat ein wenig gedauert, bis ich das kapiert hatte, bis ich mir Entfernungen und so weiter vorstellen konnte. Und dann ist mir aufgefallen, dass er zwar ganz genaue Pläne hat von Pram, von Bosre, sogar von Goradt, stellt euch das vor, sie kennen jede unserer Gassen. Das waren uralte Pläne, aber wir haben ja praktisch nichts verändert ...«

Felt schluckte. Er fühlte sich zunehmend ohnmächtig im Gewirr der Zusammenhänge von Vergangenheit und Gegenwart, Markens Worte flossen an ihm vorbei.

» ... Ich habe auch einen Plan gesehen von Wandt. Was für eine Stadt das gewesen sein muss! Unsere Hauptstadt war uneinnehmbar. Auch Telden war dieser Meinung. Aber, und darauf wollte ich eigentlich hinaus: Er hat mir Agen nicht gezeigt. Ich habe ihn natürlich gefragt, ich habe mir überhaupt nichts dabei gedacht. Doch da wich er mir aus, behauptete, er sei niemals da gewesen. Und er hätte auch keinen Plan von Agen.«

»Er, der angeblich den ganzen Kontinent bereist hat? Kennt seine eigene Heimatstadt nicht?«, fragte Kersted.

Marken nickte.

»Hm«, machte Kersted. »Erinnert euch an das, was die Undae uns sagten: *Aus dem fernen Süden Zorn. Wütendes Brodeln und Kreischen in Gefangenschaft …*«

»… *Ein schwaches Echo nur, das sich in Wind zerstäubt, unverständlich und fremd*«, komplettierte Marken die Passage und sprach dann weiter. »Der ferne Süden ist Segurien. So wenigstens kann man das verstehen. Nendsing erwartet die Ankunft eines besonderen Sterns über Agen, sagt aber nicht, was das zu bedeuten hat. Telden verheimlicht im Grunde alles, was mit seinem Heimatland zusammenhängt … Gibt es eine Quelle in Agen? Wird einer von uns nach Agen gehen?«

»Woher soll ich das wissen?«, sagte Felt. »Je länger ich hier in dieser Stadt bin und je mehr ich erfahre, desto weniger weiß ich!«

Die beiden blickten ihn aufmerksam an. Die Ungeduld, die aus Felt gesprochen hatte, war untypisch für ihn. Er kämpfte. Er wollte sich von nichts mehr ablenken lassen, sondern endlich weitergehen – damit er zurückkehren konnte. Felt wehrte sich verbissen gegen die Eindrücke, die auf ihn einstürzten. Gegen eine Stadt unter der Stadt. Gegen Berge auf dem Mond und Schweifsterne. Gegen die Vermutungen der Kameraden, die an seinen Nerven zerrten, weil sie Felt das Gefühl gaben, er müsse die Antwort kennen. Aber mehr noch als diese unausgesprochene Erwartung, er habe die Führung und nicht Marken, machte Felt Belendras Forderung zu schaffen: *Welsien soll wiederauferstehen*. Denn was sie ausgesprochen hatte, entsprach seinem Wunsch. Einem geheimen, weder vor anderen noch vor sich selbst eingestandenen Wunsch, der sich aus nichts anderem speiste als aus einem im Mondlicht glitzernden Rinnsal, das durch Asche lief. So dünn, so fein, so winzig. So lebendig. So beschützenswert.

Er riss sich zusammen.

Er konzentrierte sich auf das, was war, jetzt, in diesem Raum.

Er berichtete von Wigos Version der Feuerschlacht. Er erzählte von den Schwestern Asing und Asli, vom Dämonenfeuer und vom Opfertod Aslis. Und davon, dass die Seguren angeblich schon vor langer Zeit Probleme mit Dämonen gehabt hatten.

Kersted aß drei Bratenscheiben, während Felt redete, und Marken nickte immer wieder. Die neue Fassung schien ihn nicht sehr zu überraschen.

»Es gab schon immer Leute«, sagte Marken, »die ihre Zweifel hatten, was die Geschehnisse jener Nacht angeht. Immerhin, es ist eine Leistung, ein ganzes Land niederzubrennen – in einer einzigen Nacht. Das kann nicht mit rechten Dingen zugehen. Ich weiß, dass du nichts von Dämonen hältst, Felt. Und ich weiß auch, dass du dich nie besonders für die Vergangenheit interessiert hast. Aber selbst du musst zugeben: Es wäre eine Erklärung. Nicht einmal die schlechteste, wenn du mich fragst.«

»Mag sein. Aber diese Vermutungen führen zu nichts. Wir sollten uns nicht um die Vergangenheit kümmern, sondern um das, was hier und jetzt vor sich geht. Gerder! Kommt mal her, alle drei, das geht auch euch an.«

Die Soldaten setzten sich zu ihnen.

»Folgendes«, begann Felt wieder, »es ist gut möglich, dass nicht alle Soldaten von Pram dem Fürsten treu ergeben sind. Kandor verfolgt eigene Interessen, es heißt, er kauft nicht nur Waffen, er kauft auch Soldaten. Wir müssen uns vorsehen, mit wem wir sprechen und was wir sagen. Am besten gar nichts. Kandor hat wahrscheinlich den Kommandanten des Postens gekauft, er wollte uns nicht in der Stadt haben. Er will nicht, dass Welsen und Pramer sich näherkommen. Das ist schlecht für sein Geschäft. Alles, was die Situation verändert, ist schlecht für ihn. Er hat außerdem eine eigene Miliz, diese Soldaten in Weiß sind seine Privatarmee.«

»Die sind nicht gerade zum Fürchten«, sagte Gerder.

»Meinst du?«, fragte Felt. »Sie sind leicht bewaffnet, das ist wahr. Aber wir wissen nicht, wie gut sie ausgebildet sind. Seid auf der Hut. Für einen Hinterhalt braucht man nicht viel mehr als eine dunkle Gasse und ein Messer.«

»Verstanden, Herr Offizier.«

Die Soldaten erhoben sich, grüßten und setzten sich wieder an ihren Tisch. Marken strich sich seinen Bart.

»Bist du so sehr in Sorge?«, fragte Kersted.

»Ja«, sagte Felt, »denn wir blicken nicht durch. Es scheint alles ganz friedlich zu sein, wir können ausgehen, wir sitzen gemütlich beim Frühstück und niemand stört uns ... aber wir sind Welsen. Draußen, vor dieser Tür dort, stehen Wachen. Bloß weil wir nicht gleich erschlagen werden, heißt das nicht, dass wir geliebt werden.«

»Und das Lager«, sagte Marken. »Glaubst du, unsere Leute sind in Gefahr?«

Felt schüttelte den Kopf. Ob Estrid noch dort war?

»Nein. Das wäre nicht in Kandors Interesse. Er hätte nichts davon, unseren Leuten etwas anzutun. Ich habe die halbe Nacht über Kandor nachgedacht ... Er ist hungrig, egal wie fett er ist, er hat einen unstillbaren Hunger, einen Hunger nach Macht. Wir wissen, was der Hunger aus einem Menschen machen kann. Kandor wagt sich weit vor, er blickt schon auf den Thron ... und den Weg dahin, den bereitet das Geld. Wenn ich auch sonst nichts von dem verstehe, was in dieser Stadt vor sich geht – Geld ist entscheidend hier, Geld ist die Macht. Sein Geld verdient Kandor mit uns, mit unserem Können und unserem Stahl. Insofern: Nein, Marken. Er will uns nicht umbringen. Er will uns nur klein halten.«

Aber Welsien sollte wieder groß werden. Es war absurd. Es war unmöglich. Das Land war tot. Eine einzige dünne Ader konnte es nicht wieder zum Leben erwecken – wenn Felt daran glaubte, war er kaum weniger wahnsinnig als Belendra. Die Begegnung mit ihr erschien ihm im Licht dieses strahlenden Morgens noch dunkler, als sie es ohnehin gewesen war. Der kleine Rest von Logik, der ihn gestern dazu veranlasst hatte, seine Familie in die Obhut dieser Frau zu geben, war in der hellen Morgensonne verdampft.

Felts Hand wanderte zum Schwertgriff, umfasste ihn, fühlte die kalte Silberschnur.

»Kersted?«

»Hm?«

»Wie wär's?«

»Aber immer!« Kersted sprang auf und zog sich die Handschuhe an.

Marken seufzte.

»Her mit euren Schwertern.«

Kersted stutzte.

»Was denn?«, fragte Marken leise. »Ihr könnt nicht vergessen haben, welche Klingen ihr da an den Gürteln tragt. Wollt ihr euch umbringen?« Er hob die Stimme. »Fander, Strommed! Die Herren Offiziere brauchen Bewegung. Wenn ihr so freundlich wärt, ihnen eure Waffen zu borgen.«

Felt und Kersted nahmen Aufstellung. Kersted hob das Schwert hoch über den Kopf und ließ die Spitze Richtung Felt hängen.

Seine rechte Hand umfasste den Griff direkt unterhalb der Parierstange, den Daumen legte er darüber auf die flache Seite der Klinge. Die linke Hand griff den Knauf, sodass die Arme sich überkreuzten. Dazu machte er ein grimmiges Gesicht. Gerder rief: »Ho!«, und Felt musste lächeln. Er fasste das Schwert ebenfalls mit beiden Händen, hob es aber nur bis zur Brust und ließ die Schneide gemütlich gegen die rechte Schulter lehnen.

Kersted fackelte nicht lange. Begleitet von einem kehligen Schrei rannte er auf seinen Gegner zu, als wolle er, einem brünftigen Nukkbock gleich, den unbewegt stehenden Felt aufspießen. Was er nicht tat. Im letzten Moment sprang Kersted zur Seite und neben den Gegner. Er holte nicht aus, sondern drehte seinen ganzen Körper und zog am Griff, sodass die eben noch überkreuzten Hände nun parallel waren – dieser Hebel und der Schwung seiner Drehung gaben seinem Hieb eine unglaubliche Wucht und Geschwindigkeit, die Klinge des Schwerts würde Felt das Schädeldach von Schläfe zu Schläfe abrasieren. Indes, er wollte seinen ganzen Kopf behalten. Er parierte den Schlag, indem er das Schwert erst von der Schulter zur Seite fallen ließ – die Spitze schlug eine Kerbe ins Parkett – und dann wieder aufwärts in einem Halbkreis vor seinem Körper führte, als würde er einen großen Fächer aufschlagen, und zwar blitzschnell. Felt trat aus Kersteds Schlaglinie und wischte den Angriff weg, mit so wenig Aufwand wie möglich.

Schon diese einfache Parade hob Felts Laune. Er hatte oft mit Kersted gefochten, er kannte den ungestümen Stil des Jüngeren gut. Felt lehnte abermals die Klinge gegen die Schulter.

»Fällt dir nichts Besseres ein?«, rief Kersted und nahm seinen Griff diesmal auf Hüfthöhe. Sie schlugen gleichzeitig, die Klingen kreuzten sich zwischen ihnen mit kurzem, kaltem, hohem Ton. Felts Brust wurde weiter, das war der Klang der Heimat, Stahl auf Stahl. Ohne die Schwerter voneinander zu lösen, bewegten sie sich aufeinander zu, dann, schnell, hob Kersted das Schwert, um Felt von oben auf den Kopf zu schlagen. Das hatte er geahnt. Mit einer Hand griff Felt nach Kerteds Ellbogen und drückte ihn hoch, noch höher, mit der anderen hieb er dem Pfadmeister den Knauf seines Schwerts ins Gesicht. Kersted verlor das Gleichgewicht, fiel nach hinten, landete rücklings auf dem Tisch und in den Resten des Frühstücks. Die Soldaten lachten, riefen Kersteds Namen. Der rappelte sich wieder auf, Blut schoss ihm aus der Nase, er schnäuzte sich ins Tischtuch, grinste: »Damit kriegst du mich jedes Mal.«

Felt ließ das Schwert sinken, legte die Hand aufs Herz, machte eine Verbeugung. Zeit, die Kersted nutzte, um auf den Tisch und dann gegen Felt zu springen. Kersted war schnell, Felt gelang nur noch eine notdürftige Parade und Kersted überraschte ihn abermals: Er ließ sein Schwert fallen, griff Felts Ellbogen und Handgelenk und hebelte. Felt war in die Falle getappt, es riss in der Schulter, er musste das Schwert ebenfalls loslassen und in die Knie gehen. Kersted gab ihm noch einen Tritt und Felt fiel mit dem Gesicht in die Scherben des Frühstücksgeschirrs.

»Was denn«, rief Marken lachend, »wollt ihr heute ringen statt fechten?«

»Nur Geduld, mein Freund«, sagte Felt und kam auf die Füße. »Das war bloß Geplänkel, das Vorspiel, ein bisschen warm werden, du verstehst?«

Er kniff kurz die Augen zu, wischte sich das Blut ab, das aus einem Augenbrauenschnitt quoll.

Beide sahen sie auf die am Boden liegenden Schwerter.

»Also, was ist?«, sagte Felt. »Unsere Zuschauer wollen was geboten bekommen, meinst du, du bekommst das hin?«

»An mir soll's nicht liegen«, antwortete Kersted.

Und sie stürzten sich auf ihre Schwerter und aufeinander. Jetzt nahmen sie sich den ganzen Raum – ohne Rücksicht auf

Mobiliar oder die anderen Männer, die in Bewegung bleiben mussten, um ihren schwingenden, klingenden, kreischenden Schwertern nicht in die Quere zu kommen. Aber auch wenn der kraftvolle, schnelle Tanz nun viel gefährlicher, viel spektakulärer aussah, wussten alle Anwesenden, dass dem nicht so war. Felt ließ den Blick nicht von seinem Fechtpartner. Kersted gab ihm Zeichen; eine Drehung des Kopfes, ein Heben des Kinns, dorthin wird mein nächster Schlag gehen. Felt antwortete: ein Vorschieben der Schulter, ein Schwung mit der Hüfte, sieh hin, eine Blöße, schlag, denn ich habe mir schon etwas ausgedacht. Es war ein Spaß, es war genau das, was Felt gebraucht hatte. Einer, der nur wenig vom Schwertkampf verstand, musste die Vorstellung allerdings für bitteren, tödlichen Ernst halten.

So auch die Wachen, die, vom Lärm der Fechter, von brechendem Porzellan und splitterndem Holz aufgeschreckt, in der Türöffnung erschienen. Reflexartig griffen sie nach ihren eigenen Schwertern, aber es dauerte nur einen Wimpernschlag und sie besonnen sich. Felt nahm im Augenwinkel wahr, wie Marken die Wachen freundlich grüßte und dann zur Seite sprang – Felt musste rückwärts laufen und parierte die rhythmischen Hiebe Kersteds. Auch sein Gegner hatte einen Teil seiner Aufmerksamkeit auf die Tür gerichtet, er erhöhte das Tempo, dann formten seine Lippen ein stummes: Jetzt!

Felt fiel rücklings über einen umgestürzten Stuhl. Kersted stand schwer atmend über ihm und gab Felt Gelegenheit wahrzunehmen, dass mittlerweile nicht nur Sardes, sondern auch die Undae den Raum betreten hatten. Zeit fürs Finale.

Kersted ging rückwärts, langsam, mit ausgebreiteten Armen, schwitzend, lächelnd, außer Atem. Felt wischte sich Blut aus dem Auge und stand auf, Kersted stoppte. Und dann rannte er los und packte das Schwert mit beiden Händen und sprang gegen Felt. Der riss sein Schwert hoch, Griff oben, Spitze unten, und wie mit einem Schrei glitt Kersteds Klinge daran ab, Felt griff nach ihr, packte fest zu, führte seinen Arm über die Klinge, klemmte sie sich unter die Achsel, bekam die Parierstange zu fassen und entwaffnete Kersted. Der ließ es zu. Entwaffnung und der anschließende Händeschlag erfolgten rasch und übergangslos – die Zuschauer begriffen kaum, dass der Kampf beendet war. Solder um Solder hatten sie trainiert. Es war nicht umsonst gewesen.

»Ach, verdammt«, japste Kersted und schlug Felt mit der Linken auf die Schulter, »das hat gutgetan.«

»Ja«, sagte Felt schwer atmend und fuhr sich mit dem Ärmel durchs Gesicht; er blutete immer noch. »Ein Waffengang am Morgen und man fühlt sich wie neu geboren.«

Es stimmte, er hatte sich, genau wie erhofft, allen Missmut und Zweifel aus dem Körper gefochten. Er gab dem feixenden Strommed das Schwert zurück, was Sardes aufmerksam beobachtete.

»Hohe Frauen.« Marken verbeugte sich. »Es freut mich, Euch wohlbehalten wiederzusehen.«

Felt hustete.

»Uns geht es ebenso«, sagte Reva und berührte Felts Augenbraue mit den Fingerspitzen, leicht, schnell, eine Bewegung wie ein Flügelschlag. Aber ein Dorn bohrte sich in seine Stirn, dann wurde die Gesichtshälfte taub. Felt tastete. Die Blutung war gestillt.

»Bevor wir zum Fürsten gehen«, sprach Reva weiter, »würde Sardes uns gerne etwas zeigen. Wenn ihr Zeit habt.«

Felt schaute sich im verwüsteten Raum um. Was war ein Vorurteil wert, das nicht bestätigt wurde.

»Ich meine«, sagte er, »es gibt hier nichts mehr für uns zu tun.«

SIEBENTES KAPITEL

SEHT DEN ANFANG UND DAS ENDE

Sardes wirkte angespannt, er ging mit steifen, raschen Schritten voran, die Undae mussten laufen, um mitzuhalten. Obwohl Sardes sich schnell bewegte, schien er gegen einen unsichtbaren Widerstand anzugehen und Felt überlegte, ob er Schmerzen hatte. Wie bei ihrem ersten Zusammentreffen flößte der große alte Mann ihm auch heute Respekt ein. Er war nicht so aufwändig gerüstet wie bei der Audienz, trug keine Panzerung, keinen Helm, aber das lange Schwert im reich verzierten Futteral. Und wieder umwehte ihn eine Altertümlichkeit. Aber auch wenn der lange Umhang, die hohen Stulpenstiefel, engen Hosen und die bestickte Weste einer anderen Zeit oder sogar der Fantasie entsprungen sein mochten – Felt hätte sich gescheut, gegen Sardes anzutreten. Eine Aura der Unverletzlichkeit umgab ihn, eine geheimnisvolle Kraft, die mehr war als nur eine Stimme, donnernd wie ein Wasserfall. Solange dieser Mann sich zwischen den Fürsten und Kandor stellte, würde nichts geschehen. Kandor konnte Sardes nicht umgehen und nicht überwinden, niemand konnte das. Aber was, wenn Sardes fiel?

Felt hatte in Pram nie einen Gegner oder gar Feind gesehen. Pram unterdrückte die Welsen, nutzte sie aus – das war das Gesetz des Stärkeren, das war der Lauf der Welt und in diesen Lauf hinein war Felt geboren worden. Er kannte es nicht anders. Und es war vor allem Kandor in seinem Streben nach Macht, der die Welsen mit seiner gnadenlosen Rücksichtslosigkeit klein hielt. Aber Fürst Mendron war kein grausamer Despot, er überzog seine Nachbarn nicht mit Krieg, er war nicht gierig – er diente seinem Volk, sonst nichts. Felt konnte das nachvollziehen. Er konnte respektieren, dass der Fürst nicht das Wohl anderer im Sinn hatte, sondern das der Bürger von Pram. Diese Stadt lebte durch ihn. Sie existierte, weil der Fürst existierte. Und Sardes war der Schild, der ihn schützte. Was würde mit Pram geschehen, wenn dieser Schild brach?

Etwas geht vor. Der Lauf der Welt wechselte seine Richtung, das war deutlich zu spüren. Ihnen allen standen große Veränderungen bevor, und dass es welche zum Guten sein würden, konnte nur noch der glauben, der sich Augen und Ohren zuhielt.

Sie gingen eine breite, sich in großzügigen Windungen in die Tiefe schraubende Treppe hinab, die in eine säulengestützte kleine Halle führte. Das Licht rotflammiger Fackeln floss über das Mauerwerk wie Blut. Sardes blieb stehen und wandte sich an die Undae. Er sprach auf Pramsch zu ihnen, sein Bariton hallte im Gewölbe wieder und es war Felt unmöglich, auch nur ein Wort von dem zu verstehen, was er sagte. Er endete, der Klang seiner Stimme wogte noch einige Augenblicke durch die Halle, dann war es still. Still wie in einer Gruft. Kersted wechselte das Standbein, und das Geräusch, das diese kleine Bewegung verursachte, schien unangemessen laut. Die Undae entzündeten ihre weißen Lichter, deren helles, geisterhaftes Leuchten sogleich die roten Flammen der Fackeln erstickte, ganz so, als habe man eine nasse Decke über ein Feuer geworfen. Der

Raum schien sich abzukühlen. Die Frauen schoben ihre Kapuzen zurück, ihre Gewänder glänzten jetzt wie Quecksilber und die Narbenornamente auf ihrer Haut glimmten. Sardes schloss die Augen, senkte sein weißes Haupt und legte zwei Finger an die Stirn. Einen Atemzug lang war er wieder jung und alles stimmte: Seine Kleidung war die richtige für diesen Mann und diesen Ort und sein Schwert war das eines Herrschers über ein Reich, das zwar unsichtbar blieb, aber dennoch bestand. Felt hatte das Gefühl, einer erhabenen Autorität gegenüberzustehen, deren Wirkkreis weiter reichte als der von Mendron oder jedes anderen Fürsten. Dann war der Augenblick vorüber und zurück blieb nur ein Hauch der Alten Zeit.

Sardes öffnete ein schmiedeeisernes Tor. Was dahinter war, lag in völliger Dunkelheit.

»Kommt, Welsen. Seht die Zukunft. Seht den Anfang und das Ende.«

Sie traten durch die Pforte in die Finsternis. Dann hoben die Undae die Arme und ihr Licht floss in einen Raum, wie Felt noch niemals zuvor einen gesehen hatte.

Das hohe Gewölbe der Halle ruhte auf einer Vielzahl von Säulen, die nicht nur eine umlaufende Empore trugen, sondern in regelmäßigen Abständen über die gesamte Fläche verteilt waren. Ihre Höhe war schwer abzuschätzen, der Boden der großen Halle war glatt wie ein Spiegel, die Säulen schienen in eine unermessliche Tiefe hinabzureichen. Wo die Gruppe stand, verbreiterte sich die Empore in einem Halbrund, zu beiden Seiten gingen breite steinerne Treppen hinab. In der Mitte führte eine weitere Treppe, viel steiler und schmaler als die anderen, auf einen Steg, der unten durch die gesamte Länge der Halle auf die entfernte Schmalseite zulief. Bis dorthin reichte das Licht der Undae nicht.

Sardes sprach die Hohen Frauen wieder an, der Tonfall war

der einer Bitte. Als seine Stimme verklungen war, meinte Felt, das leise Geräusch fließenden Wassers zu hören – sehr schwach nur und weit entfernt, aber er war sich sicher: Wasser, das über Stein rinnt.

Utate ging die mittlere Treppe hinab, sie war gerade breit genug für eine Person, ein Geländer gab es nicht. Reva und Smirn nahmen die Treppen rechts und links. Sardes trat ein paar Schritte vor, die Welsen folgten. Sie beobachteten, wie Utate den Mittelsteg erreichte und wie die beiden anderen am Fuß der Treppen bis zur Hüfte im Boden versanken. Das war es also, deshalb der Spiegeleffekt – der Boden der Halle war in Wirklichkeit eine Wasseroberfläche.

Die Frauen begannen zu sprechen, während sie langsam durch die Halle gingen, auf dem Steg oder im dunklen Wasser, das weiße Leuchten in den Händen. Ihre Stimmen blieben einzeln und vereinigten sich dennoch wie zu einer vierten, anderen, die hoch und hell über ihnen schwebte – ähnlich wie in der Grotte unter dem Berg und doch ganz anders: Diesmal zogen die Undae kein Grauen mit sich und dieses Mal blieb das, was sie sagten, unverständlich. Ihre Botschaft war nicht für die Welsen bestimmt. Sardes hob das Kinn. Er hatte die Augen geschlossen und lauschte. Verstand. Felt sah im Halbdunkel, wie ein Ausdruck von Zufriedenheit die Furchen in seinem Gesicht glättete, Tränen liefen Sardes über die Wangen in den weißen Bart. Er war dankbar. Und er war alt, uralt.

Nun senkten die Undae ihre Stimmen zu einem Flüstern, das wie ein flacher Atem um die Säulen strich und der vierten Stimme Raum gab: einem lauten, kristallklaren Klang. Utate hob die Hände hoch über den Kopf, Reva und Smirn legten die ihren aufs Wasser. Das sich augenblicklich entzündete. Auch aus Utates Händekelch sprang eine weiße Flamme hoch; wie ein aufliegender Vogel stieg sie höher und höher, bis sie die

Decke des Gewölbes erreichte. Der Klang schwoll an, war wie ein langer Ruf. Eine Stimme aus Licht. Denn beides geschah gleichzeitig: So wie sich die Halle mit Klang füllte, so breitete sich das weiße Feuer über dem Wasserspiegel aus und raste oben über die Gewölbedecke. Licht und Ton, laut und hell, alles verschmolz miteinander zu der gleißenden, strahlenden Stimme eines explodierenden Sterns.

Felt fiel der Kopf in den Nacken, er war geblendet und taub – und er hatte sich nie so befreit gefühlt. Das war mehr als ein besänftigender Hauch, mehr als eine kühle, beruhigende Hand auf der verbrannten Schulter – es war vollkommene Erleichterung. Im hellen Ruf verflüchtigte sich nicht nur all das, wovon sie eben noch beim Frühstück gesprochen hatten. Der Klang des Lichts löste Felt von sich selbst, hob für einen Moment das Gewicht seiner Existenz an und ließ ihn schwerelos in der Gnade des Vergessens treiben.

Der Klang verwehte. Die Helligkeit verlosch. Nur Lichtkränze blieben zurück; um jede Säule lag ein Kragen aus kaltem weißem Feuer.

Felts Selbst sackte wieder in sein Bewusstsein.

Reva lachte.

Smirn stimmte ein, ihr kehliges, glucksendes Lachen war wie das Blubbern von aufsteigenden Blasen, die an der Wasseroberfläche zerplatzen.

Utate klatschte in die Hände, rief etwas, wandte sich um und sah auf zu den Männern.

Sie streckte die Hand aus.

Sardes stieg vorsichtig hinab, sie nahm seine Hand und fuhr ihm mit der anderen sanft über das Gesicht. Er schauderte nicht unter der Berührung. Sardes stand still, während Utate ihm die Tränen abwischte.

Nach der Schwerelosigkeit, der Befreitheit lag nun eine Last auf Felts Schultern, so schwer, dass er meinte, seine Knochen brechen zu hören. Es war nur sein Leben. Es war alles, was er bisher ertragen hatte, es waren der Hunger und die Kälte, die Sorge um die Kinder und um Estrid, es war der Tod von so vielen, die er gekannt hatte, gut und weniger gut. Alles, was er im Verlauf von vierzig Soldern auf sich geladen hatte, war in einem Augenblick wieder auf ihn gefallen.

Er schloss die Augen. Er dachte sich zurück auf den Wall, in den Wind, in das Morgenlicht und er sah über die Wolkenwirbel ins Nichts des Bersts. Er versuchte einen Schritt, dann noch einen, dann ging er in Gedanken über den Wall, machte seine Runde, und während er ging, rutschte das Leben wieder an seinen Platz und die Last verteilte sich so, dass sie erträglich war.

»Ihr auch, Welsen!«

Revas Stimme. Felt öffnete die Augen. Sie stand im Wasser und winkte. »Nun kommt schon!«

Die Offiziere sahen sich an, Marken lächelte schwach. Sie hatten ihn alle drei erlebt, den kurzen Augenblick der Gnade. Nun waren sie wieder hier, in ihren Körpern, in ihren Leben, in ihrer Welt. Einer Welt, die bedroht war und die sie noch nicht verlassen durften. Sie stiegen hintereinander die steile Treppe hinab.

Unten angekommen konnte Felt erkennen, dass die Basis jeder einzelnen Säule wie ein Kopf gearbeitet war. Große, steinerne Gesichter lagen seitwärts, wie schlafend, mit einer algenbeschlagenen Wange im Wasser und trugen ruhend das hohe Gewölbe der Halle. Was war dagegen das Gewicht eines einzelnen Lebens?

»Seht mal rechts«, sagte Kersted, der als Letzter ging.

Felt stutzte. Das war ganz zweifellos Revas Gesicht. Und nicht nur das, bei näherer Betrachtung konnte man feststellen, dass jedes Gesicht anders war. Jede dieser vielen hundert Säulen stand auf dem Kopf einer anderen Frau. Einer anderen Unda. Es schien Felt, als stütze sich der gesamte Kontinent auf die Hohen Frauen, und sie nahmen es gelassen hin. So viele? Achtzig waren in der Grotte, wo waren die anderen? Waren sie tot? Konnten sie überhaupt sterben? Der Gedanke durchzuckte Felt und er wunderte sich, dass er sich das nicht schon viel früher gefragt hatte. Diese Halle hier war nicht neu. Revas in Stein gemeißeltes Gesicht lag bereits viele Soldern in diesem Wasser.

»Geh weiter, Felt«, sagte Marken hinter ihm.

Ein Podest am anderen Ende der Halle war das Gegenstück zum halbrunden Vorbau der Empore, aber es lag tiefer, nur wenig über dem Wasserspiegel. Die hintere Wand der langen Halle, vor der sie nun standen, ragte hoch auf. Sie war aus rauem, unbehauenem Felsgestein. Aus einer Spalte über ihren Köpfen trat Wasser aus dem Felsen und floss in einem schmalen Gerinne hinab auf einen großen Steinquader, aus dem ein Relief herausgearbeitet war. Es stellte einen Krieger in voller Rüstung dar, gestützt auf sein Schwert. Das Wasser tropfte ihm auf Helm und Brust, auf der dunkle Algen blühten, es rann über seine Stiefelspitzen, sammelte sich zu seinen Füßen in einer Lache und lief von dort ins große Wasserbecken.

»Ihr habt gut vorgesorgt«, sagte Utate.

»Ich danke Euch, dass Ihr das Licht an diesen Ort getragen habt.« Auch Sardes sprach freundlicherweise Welsisch.

Kersted traute sich zu fragen: »Und was ist dies für ein Ort?«

»Der Quellsee von Pram«, sagte Reva.

»Ein Quellsee?«, fragte Kersted ungläubig. Das hier unterschied sich sehr von dem insektenumschwirrten natürlichen Felsbecken im Wald, das sie vor ein paar Tagen gesehen hatten.

»Aber sicher«, sagte Reva. »Als Sardes spürte, dass die

Quelle versiegen würde, ließ er diese Halle bauen, um das Wasser aufzufangen.«

»Wann war das?«, fragte Felt vorsichtig.

»Oh«, machte Reva, »das ist über hundert Soldern her. Ich bin heute auch zum ersten Mal hier. Ich finde, es ist sehr hübsch geworden.«

Marken räusperte sich.

Utate legte den Kopf schief: »Mir gefällt es auch sehr. Und die Säulen! Ihr habt Euch so viel Arbeit gemacht. Wir fühlen uns sehr geehrt.«

Die drei strahlten Sardes an und der wurde verlegen. Die Undae hatten eine Art, die jeden aus der Fassung bringen konnte, selbst ihn.

»Die Quelle versiegt?«, fragte Felt und registrierte die Aufgeregtheit in seiner Stimme. »Aber ... müsstest ihr nicht etwas dagegen unternehmen?«

»Ach nein«, sagte Reva leichthin, »da hätten wir viel früher kommen müssen. Doch dazu gab es keinen Anlass.«

»Das ist der Lauf der Welt«, sagte Smirn. »Quellen entstehen und versiegen.«

Sie war ernst geblieben, und obwohl sie nur eine Tatsache aussprach, hörte Felt eine Kritik heraus. An was? An wem?

»Ich verstehe es nicht. Was unterscheidet diese Quelle von den anderen? Warum darf die Quelle von diesem ... Torvik niemals versiegen, diese hier aber schon? Verzeiht mir meine Unwissenheit, aber ich begreife es einfach nicht. Was ist dann der Sinn von allem ... von unserer Mission?«

»Ach«, brummte Sardes, »Ihr habt Torvik getroffen?«

»Ja«, sagte Utate, »er lässt herzlich grüßen. Er hat ebenfalls gute Arbeit geleistet.«

»Das glaube ich gern«, gab Sardes zur Antwort. »Von Torvik können wir alle lernen.«

»Reva?«, fragte Felt und fühlte sich wie ein kleiner Junge, der versucht, sich unter Erwachsenen Gehör zu verschaffen.

»Ich erkläre es dir, euch allen«, sagte Reva. »Ich will es wenigstens versuchen. Verzeiht, ich bin, wir alle sind, etwas ... aufgewühlt.«

Sie machte nicht den Eindruck. Sie ließ ihren Blick durch die Halle schweifen, lächelte, dann sah sie die Offiziere an. Felt fröstelte.

»Nun, jede Quelle ist verschieden. Manche sind sehr alt, so alt wie die Welt selbst. Eine solche Quelle ist die von Torvik. Vielleicht könnt ihr es euch so vorstellen: Sie ist der Ursprung des Lebens, das sich fortwährend selbst befruchtet. Sie spendet mehr als Wasser, viel mehr. Sie ist die Kraft der Jugend, der ein unerschütterlicher Glaube an die eigene Zukunft innewohnt.«

»Sie ist die Hoffnung«, sagte Kersted unvermittelt.

Im selben Moment, in dem Felt die Erinnerung an den in magisches Licht getauchten Quellsee auf dem Gesicht des Kameraden aufleuchten sah, begriff er es selbst endlich ganz: Ja, Torviks Quelle spendete mehr als Wasser, viel mehr – sie spendete Hoffnung. Würde Torviks Quelle versiegen, verschwände die Hoffnung aus der Welt.

Felt verstand zwar nicht, was vorging, was die Welt bedrohte oder was sie zusammenhielt, aber er begriff in diesem Moment, was *ihn* zusammenhielt: die Liebe zu Estrid, grundlos und unerschütterlich. Die Verbundenheit mit seinen Kameraden, das Vertrauen, das er ihnen entgegenbrachte. Die Disziplin, mit der er jeden Tag auf den Wall gestiegen war und mit der er ein weithin sichtbares Zeichen gegen die Verzweiflung gesetzt hatte. Felt begriff, dass er *Fähigkeiten* hatte. Er begriff, dass er *ein Mensch* war. Und dass seine Menschlichkeit, die Summe seiner Fähigkeiten, in dieser Welt untrennbar mit den Quellen verbunden war. Wenn ihm seine Fähigkeiten genommen würden, wenn die Verbundenheit sich löste, das Vertrauen schwand, die Liebe aufgab, die Hoffnung starb – dann wäre er kein Mensch mehr.

»*Zwölf Wasser sollen fließen*«, Marken flüsterte, »*zwölf Quellen sollen stillen der Menschen Durst nach Menschlichkeit.*«
So soll es sein, so ist es nicht mehr.
Wasser sinkt. Wasser steht. Wasser schweigt.
Menschlichkeit versiegt und Bitternis steigt
auf in den Seelen, dunkel und schwer.

Felt sprach es nicht aus. Aber er sah seinen Kameraden an, dass ihnen ebenfalls die Worte der Undae im Gedächtnis standen. Die Hohen Frauen hatten es ihnen längst gesagt und hatten es sie spüren lassen in dem Grauen, das in der Grotte über sie hereingebrochen war: Die Quellen versiegten. Die Menschheit verlor ihre Menschlichkeit.

»Nichts ist ewig.«

Das war Utate, die nun sprach. Ihr Blick ruhte auf Sardes, aber sie richtete sich an Felt: »Du bist besorgt, das ist menschlich. Du siehst eine sterbende Quelle. Und nicht nur das, du siehst ihr Grab. Ihr alle seht es, ihr steht mitten drin. Ihr seht, wie sie sich zur Ruhe begibt und ihr Grab mit sich selbst anfüllt. Und es gibt nichts, was ihr tun könntet. Ihr könnt sie nicht retten. Ihr seht den Anfang und das Ende.«

»Aber *ihr* könntet es«, sagte Kersted trotzig, »ihr könntet sie retten! Ihr wolltet doch das Wasser zu den Anfängen tragen, oder? Darum geht es doch!« Er war laut geworden und Tränen der Wut standen ihm in den Augen.

»Ganz recht«, sagte Reva ruhig und legte die Hand auf die kleine Phiole, die ihr um den Hals hing. »Zwölf Wasser sollen fließen. Zwölf Quellen sollen sprechen. Und, ja, zwölf Quellen sollen den Durst der Menschen stillen: nach dem, was ein Mensch sein kann, was ihn ausmacht, was ihn erhebt und was ihn bindet – nach Menschlichkeit. So soll es sein.«

»So ist es nicht mehr«, ergänzte Smirn. Wieder sprach sie neutral und ohne Emotion. Und wieder hörte Felt etwas anderes heraus: die Dringlichkeit, die Aufforderung zur Eile. Marken strich sich den Bart und Felt sah, dass seine Hand zitterte. Kersted atmete stoßweise, versuchte sich im Griff zu behalten. Aber Felt wusste, dass es seinen Kameraden nicht anders ging als ihm selbst: Sie hatten Angst, alle.

Es war nun nicht mehr die unbestimmbare Furcht aus der Grotte, das namenlose Grauen. Die Angst hatte Gestalt angenommen, sie hieß: Verlust. Verlust aller Fähigkeiten. Verlust der Fähigkeit, zu lieben, zu hoffen, zu vertrauen, Freundschaft zu schließen oder eine gerechte Sache zu erkennen. Sie alle hatten Angst vor dem Verlust der Möglichkeit, ein Mensch zu sein.

Utates Stimme war sanft, als sie nach einer langen Pause zu sprechen begann: »Alles Wasser ist in Bewegung, es ist das Blut der Erde, es kommt aus ihr und kehrt zu ihr zurück, auf Wegen, die wir nicht bestimmen können. Zu Zeiten, die wir nicht bestimmen sollten. Die Welt wandelt sich beständig und die Menschen wandeln sich mit. Quellen entstehen, Quellen versiegen. Ein Volk schwingt sich auf, ein anderes geht unter. Ein Mensch erreicht Größe, ein anderer fällt tief. Leben entsteht, Leben vergeht, durchströmt vom Wasser. Und solange die Zwölf Wasser fließen, kann die Welt sich wandeln und ihre Menschlichkeit bewahren – zu allen Zeiten. Ihr Welsen wisst, wovon ich spreche, für euch war die Zeit dunkel. Aber ihr habt die Hoffnung nicht aufgegeben, denn Torviks Quelle lebt und sprudelt im Verborgenen.«

Sie lächelte, legte dem Steinkrieger die Hand auf die bealgte Brust, ließ sich das Wasser über die Finger rinnen und sprach weiter: »Sardes hingegen hat schon vor langer Zeit entschieden, sich in den Dienst der Menschen von Pram zu stellen. Er hat unter den ersten Fischern, die sich am See niederließen, den ausgesucht, der fähig war, sie zu führen, eine Stadt zu gründen, eine Gemeinschaft zusammenzuhalten.« Utate hob den Arm und wies auf das Rinnsal, das aus dem Fels lief. »Er hat ihn trinken lassen aus dieser Quelle und ihn bereit gemacht für die großen Aufgaben, die vor ihm lagen. Er und alle Fürsten, die ihm nachfolgten, tranken dieses Wasser und heute ist es Mendrons Durst, den es stillt. Diese Quelle gibt nur und nimmt nichts. Ganz so wie ihr Hüter.«

Sie nickte Sardes zu, der sich leicht verbeugte. Er war der Quellhüter, natürlich, darauf hätte man kommen können. Nur war er so anders als der bewegliche, beständig vor sich hin plappernde Junge.

»Sardes' Zeit ist vorüber«, fuhr Utate fort. »Er kann abtreten. Bald schon wird er hinter den Stein gehen und in der Stille bleiben, bis der letzte Tropfen dieses Wassers hier verbraucht ist.«

Felt starrte den alten Soldaten an, der gelassen Utates Worten folgte.

»Wenn die Quelle versiegt, stirbt auch ihr Hüter«, sagte Marken, die Stimme belegt, ebenfalls mit Blick auf Sardes.

Der nickte zustimmend. Sein bevorstehender Tod schien ihn nicht zu bekümmern, was Marken ermutigte weiterzusprechen: »... und somit gebt Ihr gewissermaßen einen Platz frei, es kann etwas Neues entstehen ... Ist das so? Ist das der Wandel? Ist das die Zukunft, die Ihr meintet?«

»Genau so habe ich es gemeint«, sagte Sardes. »Meine Aufgabe war es, zu bewahren und zu geben. Ich kann nichts nehmen, niemals. Ich kann dem Neuen nicht die Möglichkeit nehmen zu wachsen.«

»Ihr wart es, der Pram groß gemacht hat«, sagte Kersted. Und nun war Prams Aufstieg vorüber, dachte Felt. Der Schild brach.

Sardes lachte leise. Es hörte sich an wie ein Stein, der einen felsigen Abhang hinunterrollt.

»Zu viel der Ehre«, sagte er.

»Erlaubt, dass ich Euch widerspreche«, sagte Kersted, »vorausgesetzt, ich habe alles soweit richtig verstanden. Pram wäre ohne Euer Zutun heute nicht das, was es ist.«

Sardes senkte den Kopf, aber Felt hatte einen Schmerz über das zerklüftete Gesicht huschen sehen. Dies war keine Geste der Bescheidenheit, sondern der Scham. Der alte Mann hatte viel von sich preisgegeben, er hatte sie sogar seinen eigenen Tod sehen lassen – aber es gab etwas, das er zurückhielt. Etwas, das ihn weit mehr bedrückte als sein eigener Tod.

»Diese Quelle stirbt seit über hundert Soldern«, sagte Smirn. »Und auch wenn sich die Welt beständig wandelt, ist es kein Moment des Glücks, ein Quellsterben zu sehen. Das war es nie. Das kann es niemals sein. Es ist ein Moment des Umbruchs, nicht mehr und nicht weniger. Wohin das Neue geht, ob der Verlust des Alten schmerzt, das wird die Zukunft zeigen.«

Den letzten Satz hatte sie direkt an Felt gerichtet. Es war das erste Mal, dass er die Undae nicht als Einheit wahrnahm, als von einem gemeinsamen Wissen, von einer gemeinsamen Haltung getragen. Smirn war die Schweigsamste der drei. Vielleicht nicht nur, weil das ihre Natur war. Sondern vielleicht auch, weil sie die Meinung der anderen nicht immer teilte. Die Selbstverständlichkeit, mit der eben noch über den Tod gesprochen worden war, hatte sich in Smirns Worten aufgelöst. Dass die Quelle starb, dass Sardes starb, war nichts Gutes.

Felt spürte die Trauer über den Tod dieses großen alten Mannes in sich aufsteigen. Sardes hatte sich in den Dienst der Menschen von Pram und ihrer Fürsten gestellt. Mit ihm würde die Selbstlosigkeit den Kontinent verlassen. Dem Eigennutz, der Gier stand nichts mehr im Wege. Sardes fiel und Kandor hatte freie Bahn. Es war ein Verlust, einer, der schmerzte. Wie groß würde der Schmerz erst sein, wenn mehr Quellen versiegten, wenn mehr Quellhüter starben. *Menschlichkeit versiegt und Bitternis steigt auf in den Seelen, dunkel und schwer.* Sie alle würden erdrückt werden von dieser dunklen, schweren Last. Nichts und niemand könnte das mehr ertragen.

»Der Fürst erwartet uns«, murmelte Sardes ins finstere Schweigen, und als er den Kopf wieder hob, hatte militärische Strenge seine Züge erstarren lassen. Die Welsen verstanden unmittelbar, dass diese Unterhaltung beendet war.

»Wir warten oben«, sagte Smirn mit Blick auf Utate. Sie ging voraus auf den steinernen Steg, Reva folgte ihr und so schlossen auch Marken und Felt sich an. Kersted zögerte, denn Utate machte keine Anstalten, die Plattform unter der Quelle zu verlassen, und auch Sardes blieb.

»Komm mit uns«, sagte Smirn im Gehen, ohne sich umzuwenden, und Kersted tat es.

Auf der Empore angekommen, blickten sie zurück. Utate und Sardes standen sich gegenüber und hielten sich an den Händen.

»Ich möchte wissen, was sie da noch zu bereden haben«, sagte Kersted. Die Eifersucht in seiner Stimme war für keinen der Wartenden zu überhören.

Smirn trat neben ihn.

»Sie haben sich lange Zeit nicht gesehen und dieses Wiedersehen ist zugleich ein Abschied. Utate wird nicht wiederkommen an diesen Ort. Aber nun ist sie hier. Und kann das Grab ihres Vaters noch zu dessen Lebzeiten ehren.«

»Ihr meint«, sagte Kersted überrascht, »Sardes ist ihr Vater?«

»Das ist er.«

Er schwieg und schaute zu den beiden, die sich jetzt voneinander lösten und dicht hintereinander langsam über den Steg schritten.

»Wie kann sie dann so ... gelassen sein?«, fragte Kersted. »Wie kann sie einfach über den Tod ihres Vaters hinweggehen?«

Smirns Stimme war wie Stahl: »Wie kommst du darauf, Kersted, dass sie darüber hinweggeht? Weil sie nicht klagt? Nicht weint? Glaub mir, Utate weiß sehr wohl: Der Tod ist groß. Kein Mensch kann über ihn hinweggehen. Du bist jung. Du liebst das Leben. Pfadmeister Kersted, lerne auch den Tod lieben und lerne es schnell. Werde dir seiner wahren Größe bewusst, du wirst ihm gegenübertreten. Ich rate dir: Bereite dich beizeiten auf diesen Moment vor. Es ist die wichtigste Verabredung deines Lebens, und die willst du doch nicht verderben, oder?«

ACHTES KAPITEL

LUCHER

Die Gegend im Norden des Pramsees war wie von einem gut gelaunten Kind gemalt: An einem endlos blauen Lendernhimmel hingen einzelne, scharf umrissene weiße Wolken in regelmäßigen Abständen; das Land erstreckte sich gleichmäßig nach allen Seiten und war ausgelegt mit dicken Blütenkissen in Rosa, Weiß und Gelb. Zwischen den niedrigen bunten Blütenpuscheln glitzerte dunkles Wasser in der Sonne, vereinzelt wuchsen schlanke Bäume kerzengrade ins Blau. Ein Bild, über das sich jede Mutter gefreut hätte und das ihr die Gewissheit gegeben hätte, ihr Kind sei fröhlich und ausgeglichen.

Eine Täuschung, denn hinter dieser Schönheit verbarg sich eine Moorlandschaft, die an Grausamkeit kaum zu überbieten war. Die farbigen Pflanzenkissen saßen auf harten, struppigen Polstern und um sie herum war der Boden, selbst wenn das Wasser nicht darauf stand, nass und nachgiebig wie ein vollgesogener Schwamm – es war unmöglich, beim Gehen zwischen Huckeln und Senken in einen Rhythmus zu kommen, es war ein einziges Vertreten, Stolpern und Straucheln. An Reiten war nicht zu denken, sie mussten die Pferde führen. Die armen Tiere waren aber nicht nur verstört vom unebenen, schwankenden Boden, sie wurden auch noch ärger als die Menschen von all dem saugenden und stechenden Getier angegriffen, das die feuchtwarme Luft mit einem feindseligen Flirren anfüllte, der schrillen Stimme dieses tückischen Landes.

Felt hatte sich längst daran gewöhnt, sie waren seit Tagen unterwegs. Er schwitzte unentwegt, Kniegelenke und Hüften schmerzten, die Stiefel waren schwer vom Wasser, die Füße darin aufgequollen und wund. Aber das war nichts, was ihn am Marschieren hätte hindern können. Er ging voraus, Belendras Richtungsweiser leistete unverzichtbaren Dienst, aber er musste immer wieder warten, bis der Rest der Gruppe aufgeschlossen hatte: weit mehr Menschen, als Felt lieb war.

Die von Pram erhoffte Unterstützung war zur Belastung geworden. Zwanzig pramsche Soldaten, Diener für ihn und Reva sowie ein Koch mit seinen Gehilfen waren mitgeschickt worden. Zwei unternehmungslustige junge Kaufleute hatten sich ebenfalls angeschlossen. Angeblich wollten sie neue Handelswege erkunden, und vielleicht war dem auch so. In erster Linie aber waren es verwöhnte Söhne reicher Väter, die sich zu Tode langweilten und auf ein Abenteuer aus waren. Auch sie hatten eigenes Personal dabei. Außerdem war auch Wigo nicht davon abzuhalten gewesen, mit auf die Reise zu gehen. Er war der Einzige, von den Undae abgesehen, der die wahre Dimension dieser Unternehmung einzuschätzen vermochte. Während der abschließenden Besprechung vor dem Fürsten und dem Ersten Rat hatte er zwar blass und übernächtigt gewirkt, sich aber von den Mächtigen nicht beeindrucken lassen. Wigo hatte das Wort geführt, während der Fürst vor sich hin brütete, Kandor vor Machtgier und Hass brodelte und den Mitgliedern des Ersten Rats, denen übermäßiger Weinkonsum zu schaffen gemacht hatte, beinah die Augen zufielen. Die Welsen waren zur Kremlid in die Stadt gekommen – und das war ein guter

Zeitpunkt gewesen. Felt hatte es bereits bei der ersten Audienz bemerkt und bei der zweiten war es nicht anders gewesen: Die Undae wollten die Menschen von Pram nicht in Sorge stürzen. Sie teilten den Pramern nicht das mit, was sie den Welsen mitgeteilt hatten, und sie wollten nicht mehr Aufmerksamkeit als die, die sie durch ihre Anwesenheit ohnehin bekamen. Wobei die Ehrfurcht, die ihnen in Pram entgegengebracht worden war, aus einer Tradition kam, deren Ursprung längst vergessen war. Auch Sardes, der Hüter, war noch da, wie er immer da gewesen war, aber in welcher Funktion, darüber machte sich kaum einer mehr Gedanken. Sein Hinscheiden war ein großes Drama auf offener Bühne – aber es dauerte zu lange, um die Zuschauer noch zu fesseln. In über hundert Soldern konnte sich ein Volk an alles gewöhnen. Die Welsen hatten gelernt, mit der täglichen Bedrohung durch den Hungertod umzugehen. Wie leicht musste es sein, den langsamen Tod der Selbstlosigkeit hinzunehmen? Das Auf und Ab des täglichen Lebens, die Geschäfte, die Bauvorhaben, Beziehungen und Vergnügungen, hatten Sardes und die tiefe Bedeutung der Quellen für das Leben aller überwachsen. Auch Felt hatte von dieser Bedeutung nichts gewusst, auch er war mit dem Leben beschäftigt gewesen, mit dem Überleben im Jetzt – nicht mit der Vergangenheit, mit Geschichte.

Für Wigo aber war die Geschichte nicht tot, er war am Gestern so interessiert wie am Heute und sein Geist schien sich zu einem großen Teil schon im Morgen zu bewegen. Er *wusste,* um was es ging. Er *wusste* von der Bedeutung der Quellen für die Menschen des Kontinents – und er *wusste*, was passieren würde, wenn diese Quellen versiegten. Felt hingegen konnte sich das nicht einmal vorstellen. Was genau würde mit ihm geschehen, wenn seine Menschlichkeit sich nach und nach von ihm entfernte? Würde er es überhaupt bemerken? Oder würde er sich auch daran gewöhnen? Daran, ein Tier zu sein, nein, schlimmer noch: eine Kreatur, gierig und rücksichtslos.

Während der Audienz hatte Felt Wigo aufmerksam beobachtet. Der Übersetzer hatte zum Aufbruch gedrängt, ohne es direkt auszusprechen. Er hatte die knappen Anweisungen der Undae rasch aufgegriffen, war mit schwungvollen Gesten über die ausgebreiteten Pläne des Kartografen Telden gefahren, hatte dem Fürsten mehrfach ein Nicken abgenötigt – und schon war es beschlossene Sache gewesen: Marken sollte den Eldron hinab nach Süden fahren, Kersted machte sich auf nach Westen und Felt ging nach Norden. Der Moment der Trennung von den Kameraden war gekommen, lang erwartet und dennoch seltsam plötzlich. Felt hatte einsehen müssen, dass Prams Herz schneller schlug als das von Goradt. Sie hatten an dieser Stadt nicht vorbeigehen können. Aber der Gedanke, Pram von sich selbst abzulenken, es aufzurütteln durch die Nachricht von einer nicht näher bestimmbaren Bedrohung, war naiv gewesen. Und je länger Felt darüber nachdachte, desto klarer wurde es ihm: Das war nie die Absicht der Undae gewesen. Sie hatten die pramschen Quellen und ihre Hüter aufsuchen wollen, Torvik und Sardes. Das Erscheinen der Welsen hatte für mehr Gesprächsstoff gesorgt als das Erscheinen der Undae. Die Welsen hatten große Schatten geworfen, in denen die Undae ungestört wandeln konnten.

Sie bewegten sich in anderen Dimensionen, die Zeit der Undae war nicht die Zeit der Menschen. So war es am Uferposten gewesen, als das Warten an den Nerven der Welsen gezerrt hatte. So war es jetzt, beim mühsamen Marsch durchs Moor. Es drängte Felt, vorwärtszukommen, die Sache zu erledigen – dabei wusste er weder, wohin genau die Reise ging, noch, wie die Sache wirklich zu erledigen war. Die Quellen aufsuchen.

Das Wasser des Sees zu den Anfängen tragen. Aber: Die Reise war lang und der Ausgang war ungewiss. Er erinnerte sich an das, was er in der Hadred gesagt hatte, kurz nachdem ihm sein Schwert übergeben worden war: *Wir ziehen nicht in den Krieg.* Nein, das taten sie nicht. Das wäre einfach gewesen. Das wäre zu verstehen gewesen. Sie aber zogen mit knapp vierzig Personen und ihren Reit- und Lasttieren durch ein blühendes Moor. Und während sie stolperten, schwitzten und zerstochen wurden, versiegte irgendwo auf dem Kontinent eine Quelle und ihnen allen kam ein Stück ihrer Menschlichkeit abhanden.

Es war beängstigend. Und es war einfach nicht zu begreifen.

Felts Blick suchte Reva, sie ging nicht weit von ihm mit gesenktem Kopf und weit übers Gesicht gezogener Kapuze durch knöcheltiefes Wasser. Sie führte ihr Pferd nicht, es trottete vertrauensvoll hinter ihr her. Es wusste, dass seine Herrin nicht plötzlich durch den schwingenden, filzigen Moosteppich brach, bis zur Hüfte oder gar Brust feststeckte und befreit werden musste, wie es fast jedem anderen schon ergangen war. Diese Gegend zwischen Wasser und Land war wie für Reva gemacht, sie wurde nicht müde, sie war die Einzige, die mit Felt Schritt halten konnte – umso mehr ärgerte er sich darüber, dass sie all die anderen mitziehen mussten. Er ertappte sich bei dem Wunsch, alle mögen einem Fieber erliegen, damit er endlich vorankam. Er schaute auf, suchte die Sonne, drei, vier Stunden noch, dann käme der Nebel aus den Mulden gekrochen und sie würden lagern müssen. Ein aufwändiges Unterfangen, denn eine halbwegs trockene Stelle zu finden, die auch noch groß genug war, dass ein Mann sich ausstrecken konnte, war schwierig. Und sie mussten jede Nacht viele solcher Stellen finden. Das Lager war weit auseinandergezogen, es zu bewachen so gut wie unmöglich; Felt bestand trotzdem darauf. Er hatte zwar außer den Insektenschwärmen und kleinen, glitschigen Wesen, die ins dunkle Wasser sprangen, wenn man vorüberstolperte, bisher nur Vögel gesehen – ganze Kolonien brüteten in den Sümpfen, die Versorgung des Reisetrupps war das einzige Problem, das sie nicht hatten –, aber es war für ihn schlicht nicht vorstellbar, ein Lager unbewacht zu lassen.

Und seit dem heutigen Morgen hatte er das ungute Gefühl, beobachtet zu werden. Als er in der Früh darauf gewartet hatte, dass der Nebel sich verzog, hatte es ihn angesprungen und seitdem war er es nicht mehr losgeworden. Immer wieder wandte er schnell den Kopf, weil er meinte, im Augenwinkel etwas wahrgenommen zu haben. Aber jedes Mal sah er nur die blühende Landschaft und die darin verteilten, immer gleichen geraden Bäume. Er hatte auf jedes Platschen gelauscht, das durch das Insektensirren zu ihm drang, aber jedes Mal war es nur ein ausrutschender Mann oder ein strauchelndes Pferd gewesen. Dennoch. Er wollte heute Abend Gerder befragen, der die Nachhut bildete und der nun, da Kersted und Marken in andere Weltgegenden zogen, der einzige Mensch war, dem Felt voll und ganz vertraute.

»Mach mehr Licht.«

Gerder schüttelte das kleine Leinensäckchen und die Käfer darin begannen zu glühen. Hier aus dem Moor hatte Belendra ihre Leuchtkäfer her – aber was in ihrem Garten magisch gewirkt hatte, war im nächtlichen Sumpfland gespenstisch. Blassgrüne Lichter tanzten wie verirrte Seelen durch die dunstige Finsternis. Jeder trug ein Säckchen als Lampe bei sich; ein Feuer machte nur der Koch, Brennmaterial war knapp, und das, was sie fanden, war feucht. Der Koch hantierte mehr oder weniger blind in Rauch und Nebel, aber was er zustande brachte, war immer noch erstaunlich.

»Melde gehorsamst: Essensausgabe beendet, Wachen eingeteilt. Ein lahmes Packpferd, möglicherweise Ausfall. Keine weiteren Vorkommnisse.«

»Rühren, Gerder.«

Gerder ging auf Einladung von Felt in die Hocke – auf dem krautigen Mooskissen war nur Platz für Felt und Wigo, der gegen einen Baumstamm gelehnt im Leuchtkäferlicht in eine Kladde kritzelte. Wigo ging ganz in seiner Rolle als Chronist auf, wobei Felt sich fragte, wo er die vielen Worte hernahm, um derart ereignislose Tage zu beschreiben. Felts Diener hatte die nassen Stiefel mit faserigem Moos ausgestopft, so würden sie wenigstens im Moment des Anziehens trocken sein. Viel mehr blieb nicht zu tun. Die Moral der Mitreisenden sank jeden Tag ein Stück tiefer ins Moor; die junge Frau, die Reva zugeteilt war, war bereits trübsinnig geworden. Denn der Unda musste man weder ein Lager bereiten noch die Kleider trocknen noch Essen bringen. Das überflüssige Mädchen würde bald von den Soldaten vereinnahmt werden, Felt würde nichts dagegen unternehmen, die Rechnung war einfach: lieber ein unglückliches Mädchen als zwanzig unzufriedene Männer. Auch Gerder würde so denken, Felt musste es nicht einmal erwähnen.

Er streckte die Beine aus, rieb sich die Knie und kam zu Wesentlicherem: »Gerder, sag mir, ist dir heute irgendetwas aufgefallen?«

Gerder warf einen kurzen Blick auf Wigo. Seit dem Vorfall am Posten hatten sich seine Vorurteile verfestigt, er war gegenüber jedem Pramer misstrauisch und hatte sich auch von guter Verpflegung nicht beeinflussen lassen. Die Pramer hingegen trauten Gerder alles zu. Insbesondere die Soldaten hatten Respekt vor ihm; das Gerücht ging, er habe mit bloßen Händen und ganz allein fünfzig Mann umgebracht.

Gerder antwortete mit gesenkter Stimme. Unmöglich, ihn

zu verstehen, denn bei Nacht dröhnte es im Sumpfland aus jedem Tümpel.

»Ich hatte so ein Gefühl«, wiederholte er lauter.

»Genauer«, sagte Felt.

»Wie wenn uns einer auf den Fersen wär, war aber nicht.«

»Seit wann?«

»Heute früh, Herr Offizier, vor Abmarsch.«

»Lucher«, sagte Wigo.

»Wie bitte?«, fragte Felt.

»Lucher«, wiederholte Wigo und klappte die Kladde zu. »Das sind Lucher, die uns beobachten.«

»Also hast du es auch bemerkt. Bei so was ist Meldung zu machen!«

»Jawohl, Herr Offizier«, sagte Wigo. »Wenn der Herr Offizier mich in seine Gespräche einbeziehen würde – von seinen Überlegungen wollen wir gar nicht reden –, dann fiele es mir leichter, mich einzubringen.«

»Wer oder was sind Lucher?«, fragte Felt grimmig.

»Eine erstaunlich präzise Frage, auf die es logischerweise keine eindeutige Antwort gibt.«

»Ich warne dich, Wigo.«

»Schon gut! Aber die Lucher sind eben genau zwischen dem Wer und dem Was. Die Legende sagt …«

»Fass dich kurz«, unterbrach Felt. »Gefahr oder nicht?«

»Das kommt darauf an! Willst du nun zuhören?«

Felt machte eine Handbewegung, mit der er seine Kapitulation erklärte. Er zog die Beine an und Gerder quetschte sich zu ihnen.

Wigo schüttelte seine Käfer und begann zu erzählen.

»Eins vorweg: Ich habe sie nur bemerkt, weil ich nach ihnen Ausschau gehalten habe. Wirklich gesehen habe ich sie aber auch nicht, denn da liegt das Problem. Sie fürchten unsere Blicke, die

Blicke von Menschen, dennoch werden sie von uns angezogen. Sie suchen unsere Nähe, weil wir sie an etwas erinnern. Wir wecken eine Sehnsucht in ihnen. Die Legende sagt – keine Sorge, ich fasse mich kurz, allerdings ungern, denn es ist eine gute Geschichte –, also, es heißt, dass unter den ersten Fischern am See einer war, der so wenig von seinem Beruf verstand, dass sein Netz fast immer leer blieb. Die anderen verspotteten ihn und er begann, ihre Gesellschaft zu meiden. Er fuhr allein mit seinem Boot über den See und war voller Groll. Ein Mal nur wollte er einen richtig großen Fang machen, ein Mal es allen zeigen, irgendetwas musste ihm doch ins Netz gehen, egal was. Also warf er sein Netz im Sumpf aus und siehe da, es war voll. Voll mit glitschigen, krabbelnden, zuckenden Viechern. Stolz fuhr er wieder über den See und kippte den Fischern seinen Fang vor die Füße. Großes Gelächter, noch mehr Spott und Hohn. Zutiefst gekränkt verließ der glücklose Fischer das Dorf – für immer.«

»Und weiter?«, fragte Gerder, der Wigos Kunstpausen noch nicht kannte.

»Nun«, sagte Wigo, »dem Fischer blieb nichts anderes übrig, als zum Ort seines größten Triumphes zurückzukehren, der zugleich der Ort seiner größten Niederlage war: in den Sumpf. Hierher. Er war einsam, also redete er mit sich selbst. Und irgendwann glaubte er, in diesem schauerlichen Konzert, diesem Gequake und Gerülpse, eine Stimme zu hören, die ihm antwortete. Er wanderte durch den Nebel, die Dunkelheit, suchte die Stimme, die zu ihm sprach ...«

»Wolltest du dich nicht kurz fassen?«

»Ich geb's auf, Felt, von Spannung, von Atmosphäre, hast du wirklich keine Ahnung. Also: Der Fischer ging eine Verbindung mit einer Kröte ein, sie bekamen viele Kinder und hassten sich bis an ihr Lebensende, weil ihre beiden Völker sich im Ekel von ihnen abgewandt hatten. Ende der Geschichte.«

»Und diese Lucher sind nun die Kinder von denen?«, fragte Gerder mit einer Mischung aus Faszination und Abscheu.

Wigo nickte wissend: »Ihre Kinder und Kindeskinder. Sie leben nicht lang, aber dafür vermehren sie sich ordentlich.«

Gerder stand der Mund offen.

»Dann ist ja alles klar«, sagte Felt. »Gerder: keine Gefahr, wegtreten. Wigo, du hast die erste Wache.«

Gerder stand auf, Felt streckte sich aus und schloss die Augen. Wigo seufzte, legte sich das Käfersäckchen auf den Kopf, klappte seine Kladde auf und schrieb weiter.

Felt fuhr hoch. Etwas hatte sich an seinen nackten Füßen festgesaugt. Er riss sich die kurzen schwarzen Würmer von der Haut, zurück blieben kleine, kreisrunde Blutungen. Wigo saß immer noch aufrecht, aber das Lichtsäckchen glomm nur noch matt in seinem Schoß – er schlief. Felt sah sich um. Hier und da ein milchig-grünes Aufleuchten im Dunkel, immerhin, also vernachlässigte nicht jeder im Lager seine Pflichten. Die Luchergeschichte war den Pramern sicher bekannt. Gut so, denn nichts erhöht die Wachsamkeit mehr als Furcht. Sollten sie sich ruhig ihre Ängste zuflüstern, das hielt den Geist in Bewegung und war das beste Mittel gegen den drückenden Stumpfsinn dieser gleichförmigen Sumpftage und -nächte. Felt hatte nicht einen Moment an die Krötenmenschen geglaubt, und dass Wigo nun selbst selig schlummerte, war wohl Beweis genug. Doch eine zufriedenstellende Erklärung für das Gefühl, beobachtet zu werden, hatte er damit immer noch nicht. Er war unruhig. Er spürte eine Sehnsucht nach Reva, er wollte sie sehen, jetzt gleich. Man konnte sie nicht auf ein Mooskissen zwingen, sie wanderte auch nachts. Doch sie entfernte sich nie weit von Felt, eine stille Abmachung, die ihm wenigstens ein paar Stunden Schlaf ermöglichte. Felt suchte, während er seine Stiefel anzog, nach ihrem weißen Strahlen. Er fand es nicht und wurde noch unruhiger. Dieser dämliche Diener hatte Unmengen Moos in die Stiefel gestopft. Wo war Reva?

Die Nervosität im Lager war größer, als Felt vermutet hatte. Keiner der Soldaten schlief, alle saßen oder standen in Inseln aus grünem Licht und starrten ins Dunkel, Speere in den Händen. Felts Sorge wuchs, er fand Reva nicht. Ihre Dienerin hockte, die Arme um die Knie geschlungen, allein auf einem kleinen Mooshügel und blickte ins sie umgebende schwarze Wasser. Sie reagierte nicht auf Felts Fragen. Es half nichts, er musste die Suche ausweiten.

Er beorderte zwei Soldaten zu sich und befahl ihnen, die Käfer wegzustecken. Im Nebel streute das Licht, man konnte zwar sehen, wohin man trat, aber man ging in einer leuchtenden Glocke – Felt wollte Revas Licht sehen, nicht sein eigenes. Also mussten sie sprechen, um sich in der Dunkelheit nicht zu verlieren. Felt begann mit »Palmon«, dem ersten Tag der Zehne, von rechts kam ein »Deller«, dem zweiten Tag, gefolgt von einem »Iller« von links. So tappten sie mit weit geöffneten Augen durchs Schwarz und riefen sich die Tage der Zehne zu. Bereits nach sieben so aufgesagten Zehnen war das Lager nur noch ein schwaches Glimmen. Aber kein weißes Licht, keine Reva. Felt ließ einen Soldaten zurück – er musste ihm nicht erst befehlen, anständig Licht zu machen, der Mann schüttelte das Käfersäckchen ohne Unterlass. Fünf Zehnen weiter musste der zweite Pramer als Lichtanker im Dunkel stehen bleiben und Felt ging allein weiter. Er stolperte, er fiel, er stand wieder auf und ging weiter. Er hatte das deutliche Gefühl, Reva näher zu kommen, aber gleichzeitig saß ihm eine Angst im Nacken – ihm war, als bewege er sich geradewegs auf ein ausgebranntes Haus zu, dessen Bewohner es nicht nach draußen geschafft hatten. Er hatte im Geiste weitergezählt, und als er bei der zwölften Zehne war, blickte er sich um: lärmendes, schwarzes Nichts, das Licht des letzten Soldaten nicht einmal mehr eine Ahnung. Felt erinnerte sich schlagartig.

Wie damals stand er allein und orientierungslos im Dunkeln.

Er griff nach seinem Schwert.

Und es war da. Erleichterung. Er griff sich an die Brust und spürte den kalten Stahl der Panzerung. Er war nicht nackt und hier war kein Wald. Kein Wolf.

Wie soll ich dich finden, wenn du mich nicht rufst?

Felt sagte leise: »Reva, wo bist du?«

Ein weißer Schimmer, nicht weit, und nicht das Licht des Mondes, dieser Sumpf kannte keinen Mond.

Felt stolperte auf den Lichtkreis zu, bis sich endlich Revas Gestalt hinter den Dunstschleiern abzeichnete. Sie stand bis zur Hüfte im Wasser eines kreisrunden Tümpels. Und – Felt erstarrte – sie war nicht allein. Ihr gegenüber bewegte sich eine Gestalt, genauso kahlköpfig wie die Unda und nicht größer als sie, aber mit geblähtem Leib und stockdürren Armen. Felt zog sein Schwert, der hohe Ton war ein Riss im dumpfen Klangteppich. Reva hob die Hand und mit ihr die weiße Flamme – noch mehr Gestalten, im Wasser, in Moos und Gestrüpp hockend, unbewegt, das mussten Hunderte sein. Plötzlich dicht vor Felt eine Fratze, ein starrer Blick aus großen, weit auseinanderstehenden gelben Augen. Keine Nase. Keine Ohren. Kein Hals. Ein tiefer Ton, ein sich wölbender Hautsack, ein schneller Sprung, verschwunden.

»Felt, da bist du ja endlich«, sagte Reva. »Wir haben gerade von dir gesprochen.«

Sie brachte es fertig, hier in diesem Moor, umgeben von Ungeheuern, einen Ton anzuschlagen, als seien sie auf einer Abendveranstaltung.

»Sei nicht unhöflich. Steck das Schwert weg und komm her.«

Das klang schon weniger leichthin und Felt folgte der Anweisung. Er stieg ins Wasser, kam dem Lucher dabei aber nicht näher, denn der wich in dem Maß zurück, in dem Felt sich auf ihn zubewegte. Er hatte in seinem Leben schon viele entstellte Menschen gesehen, Verletzungen entzünden sich, Körperteile erfrieren, schlecht ernährte Mütter bringen missgebildete Kinder zur Welt – aber diese Wesen hier waren so abstoßend hässlich, dass er wegsehen musste. Er stand neben Reva, die ihr kaltes Licht auf fleckige, feucht glänzende Haut scheinen ließ, und betrachtete die Nähte seines Handschuhs.

»Ich habe ihnen erzählt, dass die Menschen sich geändert haben«, sagte Reva und hob sanft Felts Kinn. »Aber sie wollen mir nicht recht glauben. Du wirst es ihnen beweisen müssen.«

Felt rieb sich das Kinn und versuchte in Revas Lächeln zu lesen. Was verlangte sie von ihm?

»Du bist der Führer der Menschen, das wissen sie, das haben sie gesehen. Was du tust, tun alle Menschen, was du sagst, ist Gesetz – alle müssen dir folgen.«

Die Lucher schienen nicht besonders klug zu sein, wenn sie ihn für den Herrscher aller Menschen hielten, bloß weil er einen Trupp durchs Moor führte. Andererseits war das hier ihre Welt, von dem Rest kannten sie nichts – sie kannten nur die Sehnsucht, wenn man Wigo glauben wollte.

Felt löste seinen Blick von Reva und schaute auf die Lucher, was ein sofortiges Anschwellen des tiefen Gedröhns zur Folge hatte.

Der Anblick war entsetzlich. Aber es war nicht die Masse absurd gewinkelter Gliedmaßen, aufgeblähter Leiber, hervortretender Augen, die so verstörend war – es war das Menschliche in der Fremdartigkeit. Und das Verlangen, das sich auf ihn, Felt, richtete. Er war sich mit einem Mal seiner Größe bewusst, seiner Stärke, seines Körpers, den er trainiert hatte und der ihm zuverlässig diente, was auch immer er von ihm forderte.

Felt zog die Handschuhe aus und löste die Schnallen des Brustpanzers. Er zog auch Wams und Hemd aus und gab alles an Reva, die das Bündel ans Ufer brachte. Dann stand Felt allein im Tümpel, mit nacktem Oberkörper, und breitete die Arme aus.

Und dann kamen sie.

Zögerlich erst, aber als sie merkten, dass der Mensch sich nicht rührte, dass er die Augen offen hielt und stehen blieb, gab es kein Halten mehr. Von allen Seiten kamen die Kreaturen auf ihn zu. Sie sprangen ihn an. Sie fuhren ihm mit langen Fingern durch die Haare. Sie leckten ihm mit klebrigen Zungen das Gesicht. Sie hingen an ihm und befühlten ihn, pressten die kalte, schleimige Haut auf seine, tasteten in seine Ohren, seinen Mund. Hauchten ihn an mit fauligem Atem, stöhnten mit tiefen, vibrierenden Stimmen. Stiegen auf- und übereinander, um ihn zu erreichen, zu berühren, hängten sich ihm an den Hals und rissen sich gegenseitig von ihm los. Das Wasser des Tümpels kochte vom Begehren der Lucher, den Menschen anzufassen.

Bis zum Morgengrauen hatte Felt Welle um Welle des Ekels an sich hochschwappen lassen, dann war es vorbei und Stille legte sich über das Moor. Felt ließ sich auf ein weiß blühendes Mooskissen fallen und schloss die Augen. Er ließ sich von Reva den Schleim abwaschen. Er ließ sich von ihr zu trinken geben und sich ankleiden. Er wartete, bis der Dunst sich in die Mulden legte, und kehrte mit Reva zum Lager zurück.

Mit ihrem Erscheinen verging die allgemeine Unruhe, der Suchtrupp, den Gerder bereits losgeschickt hatte, wurde zurückgerufen und beim Frühstück herrschte eine beinahe gelöste Atmosphäre. Auch Felt ging es überraschend gut. Die Begegnung mit den Luchern war erschütternd gewesen, aber nun fühlte er sich zurechtgerückt, als habe ihm ein Kamerad mit einem beherzten Griff den Wirbel wieder eingerenkt, den er sich beim Training durch einen missglückten Hieb verdreht hatte. Reva hatte ihn nicht wegen der Lucher ins nächtliche Moor gelockt, sondern um seiner selbst willen. Es ging nicht um die Unmenschlichkeit der Kreaturen. Sondern um seine eigene.

Felt verzichtete darauf, seine und Revas nächtliche Abwesenheit zu erklären. Und keiner fragte, keiner hatte das Recht dazu. Felt war die Autorität, die niemand, nicht einmal Wigo, anzuzweifeln wagte. Diese Menschen würden ihm folgen, wohin auch immer er sie führte. Das war ihm klar gewesen, aber erst jetzt, an diesem nebligen Morgen im Moor, wurde Felt bewusst, was das wirklich bedeutete. Er war verantwortlich für das Leben, für das Wohl jedes Einzelnen. Jeder Einzelne war wichtig und kein Ballast, sondern ein Mensch. Er winkte seinen Diener zu sich, der mit einer Schale dampfender Geflügelbrühe zu ihm gestolpert kam. Felt nahm sie, sagte: »Wo ist das Mädchen? Bring mir Revas Dienerin her.«

Der Mann schaute skeptisch, ging aber, sie suchen.

»Wie alt bist du?«

»Fünfzehn Soldern, mein Herr.«

»Du sprichst Welsisch?«

»Ja, mein Herr, Welsisch, Kwothisch und Segurisch – aber auch Pramsch natürlich, wenn Ihr lieber ...« Sie brach ab unter dem eisigen Blick, den Felts Diener ihr zugeworfen hatte.

»Verzeihung, ich wollte nicht vorlaut sein.«

Sie war hübsch, auf eine sanfte, rundliche und typisch pramsche Art und Weise, die Felt noch nicht verinnerlicht hatte –

er sah Schönheit in knochigen Hüften und hohlen Wangen, in Zähigkeit und Trotz. Er sah immer nur Estrid.

»Wie heißt du?«

»Alba, mein Herr.«

Ein halbes Kind noch. Aber mit einer großen Hoffnung auf dem Gesicht, dem leuchtenden Gegenpart zur stumpfen Verzweiflung der vorigen Nacht.

»Alba, du wirst ab sofort mir dienen, die Unda braucht dich nicht. Und du«, er wandte sich an den Diener, dem sich urplötzlich die Wangen gerötet hatten, »du dienst Gerder. Und zwar gewissenhaft.«

Der Diener öffnete den Mund. Schloss ihn wieder. Schluckte. Dann sagte er: »Jawohl, mein Herr.«

Er fühlte sich degradiert, bestraft und sah den Sinn nicht ein. Aber heute war die Rechnung eine andere, allerdings immer noch einfach: lieber ein enttäuschter Mann als ein zerstörtes Mädchen.

NEUNTES KAPITEL

ASING IST NICHT MEHR

Das Moor war so allmählich in ein welliges Grasland übergegangen, dass sie es erst bemerkten, als Reva aufsaß. Es war eine leichte Bewegung in die vielen Tümpel gekommen – sie wuchsen zusammen und wurden zu einem grobmaschigen Netz aus Bächen. Felt überließ Reva die Führung durch das unübersichtliche Wasserlabyrinth, und sie hatte es eilig. Die Unda stand in den Steigbügeln, war weit über den Hals ihres Pferdes gelehnt, ihr Mund beinah bei seinen Ohren. Sie sprach mit dem Tier, sie lenkte es nicht mit den Zügeln, sondern mit Worten, und es streckte sich noch mehr unter ihr und galoppierte über das feuchte, saftige Gras. Reva nahm keine Rücksicht auf den Reisetrupp, der nicht hinterherkam – Felt sah die Unda davonpreschen; die Packpferde, der Koch, die Kaufleute und die Dienerschaft dagegen fielen immer mehr zurück. Aber Gerder schloss zu ihm auf.

»Ich reite ihr nach, du folgst!«

»Jawohl, Herr Offizier!«

»Und halt die Leute zusammen!«

Felt wartete Gerders Bestätigung nicht mehr ab, denn Reva war bereits weit voraus.

Jetzt sah er, worauf sie zuhielt. Der seit ihrem Aufbruch stets blaue Lendernhimmel zog sich zu. Am Horizont ballten sich massige, dunkle Wolken: eine Gewitterfront. Und Reva wollte hinein. Felt trieb sein Pferd noch schärfer an. Wind kam auf und große Schatten zogen rasch über die grasige Ebene, es wurde merklich kühler und vereinzelt leuchtete es in den schwarzen Wolken hell auf. Fernes Grollen. Felt war groß, er saß auf einem Pferd und hatte einen stählernen Helm auf dem Kopf. Es war alles andere als klug, in diese Front zu reiten. Er tat es dennoch.

Erste, schwere Tropfen fielen. Im Wind, im schnellen Ritt waren sie wie Kieselsteine, die ihm gegen Brustschutz und Helm geworfen wurden. Das kleine, verschwommene Glänzen von Revas Gestalt entfernte sich weiter, war kaum noch zu sehen, denn es wurde immer dunkler. Dann ein gleißendes Licht und unmittelbar ein Donner, ein nasses Reißen der Luft, gefolgt von einem langen, tiefen, ohrenbetäubenden Schlag. Jäh keinerlei Sicht mehr, der Blick verhangen vom dichten Regenschleier. Felt riss sich den Helm vom Kopf, zügelte das Pferd, wischte sich das Gesicht.

»Reva!«

Der Sturm brüllte zurück, lauter als der Mann. Wieder ein Blitz, wieder ein Donnerschlag. Dort war sie. Ihre helle Silhouette brannte sich beim Aufzucken des Lichts in Felts Netzhaut. Sein Pferd scheute, wieherte in Panik, stieg. Er konnte sich halten. Er verlor seinen Helm. Er zwang das Tier weiter.

Reva hatte angehalten. Ihr Pferd stand, mit zitternden Flanken, hängendem Kopf, das Maul schaumbedeckt, und war zu erschöpft, um noch Angst zu empfinden. Die Unda hatte sich im Sattel weit zurückgelehnt, die Arme ausgebreitet, das Gesicht zum tobenden Himmel gewandt. Der hatte alle Schleusen geöffnet und strömte ihr entgegen.

»Reva!«

Eine seltsame Bewegung, als ginge eine Welle durch ihren schmächtigen Körper, kaum erkennbar im dichten Regen. Sie fiel. Glitt aus dem Sattel, wie ein Tautropfen vom Blatt rutscht. Ihr Pferd hob den Kopf und stürmte davon. Felt sprang ab, die Zügel fest gepackt, und beugte sich zu Reva. Sie hatte die Augen in tiefer Ohnmacht geschlossen. Felt versuchte sie aufzurichten, sein Pferd zerrte am Zaumzeug, an seinem Arm. Wasser floss über das Gesicht und den kahlen Kopf der Unda. Es schien die verschlungenen Narben abzuwaschen, nur noch feinste Linien waren zu erkennen. Felt hob Reva hoch, sie mussten heraus aus diesem Gewitter. Er versuchte sie über den Sattel zu legen, doch das Pferd tänzelte, hatte die Ohren flach angelegt, Felt sah das Weiß in den aufgerissenen Augen. Er schrie es an. Schrie gegen den rauschenden Wind, den prasselnden Regen, das Donnergrollen und die Angst des Tiers. Da ging es endgültig durch. Warf den Kopf hoch und riss ihm die Zügel aus der Hand und war fast augenblicklich verschwunden hinter den Wassermassen, die aus dem tiefen, finsteren Himmel fielen. Felt sank auf die Knie, zog Reva zu sich, lehnte ihren Kopf an seine Brust und hielt sie fest.

Und genau so fand Gerder die beiden, als die Front vorübergezogen war, wobei rätselhafterweise immer noch vereinzelt dicke Tropfen aus dem nun wieder strahlend blauen Himmel fielen: Im überschwemmten Gras kniete zusammengesunken ein großer, schwarz gerüsteter Mann, dessen lange, nasse Haare wie ein Vorhang schützend über der schmalen Gestalt in seinen Armen hingen.

Reva war wieder zu sich gekommen, kaum dass alle getrocknet waren und das Grasland unter der Sonne dampfte. Aber sie schien in sich gekehrt wie nach einem schlechten Traum, der sie noch umfangen hielt. Ihre Ohnmacht hatte Felt erschüttert – sie, die niemals schlief, die immer in rastloser Bewegung auf und ab ging, war schlaff und willenlos gewesen. Wie tot.

Aber nun stieg sie wieder auf. Ihr Pferd war, seinem Instinkt folgend, aus dem abziehenden Gewitter heraus und direkt in die nachfolgende Reisegruppe gerannt. Felts Pferd blieb verschwunden, sie hatten umpacken müssen. Reva sprach nicht und antwortete nicht auf Felts Fragen. Er wollte wissen, was geschehen war. Wie es ihr ging. Was sie bedrückte. Sie schwieg und ritt wieder voraus.

»Lass uns ihr einfach folgen«, schlug Wigo vor und zuckte die Schultern. Auch er wusste nicht, was die Unda veranlasst haben konnte, in den Gewittersturm hineinzureiten. Oder was der Regen ihr erzählt hatte. Dass die Quelle, die sie suchten, in Gefahr war, ahnten sie beide. Aber sie wollten es nicht aussprechen.

Sie erreichten den Scheitelpunkt des weit über das Grasland gelegten Gewässerfächers und folgten dem Flusslauf stromaufwärts, die Nachmittagssonne im Rücken. Der Grund wurde felsiger, der Fluss schmaler und schneller. Er blieb aber recht flach, nicht mehr als knietief. Rechts und links des kiesigen Flussbetts stieg das Land an, die ersten Ausläufer der langen Kette der Randberge, die den Kontinent davor bewahrten, in den endlosen Berst zu stürzen. Dann, nach einer Schleife, verschwand der Fluss im Dunkel einer Höhle.

Reva stieg ab und strebte wortlos durch das Wasser dem Eingang zu, Felt hechtete ihr hinterher. Er fasste sie bei den Schultern, drehte sie um.

»Reva, bitte. Gib mir einen Moment und ich komme mit dir.«

Sie sah zu ihm auf. Sah ihn an, irritiert. Dann huschten ihre

Augen über die anderen, die Soldaten, die von ihren Pferden sprangen, den schwitzenden Koch, dem der Tagesritt mit Gewitterschauer sichtlich zugesetzt hatte. Über Alba, das Mädchen, das ein Lächeln in Felts Richtung schickte, über die jungen Kaufleute, deren Laune durch nichts zu verderben war und die laut ein wahrscheinlich schmutziges Lied sangen, einige pramsche Soldaten lachten. Sie alle kamen nach und nach zum steinigen Rund vor der Höhle, der umgeben und geschützt war von grasigen, felsdurchsetzten Hügeln. Reva nickte.

»Ich warte. Aber beeil dich.«

Sie wanderte ungeduldig im Fluss auf und ab, während Felt Gerder mit der Organisation des Lagers beauftragte und hastig zwei Fackeln präparierte – Wigo wollte unbedingt mitkommen und Felt war zu oft unter Stein gewesen, um sich auf das Licht eines anderen zu verlassen; jeder sollte sein eigenes tragen. Endlich hatte er die Fackeln entzündet und Wigo und er folgten Reva in die Kühle des Bergs.

Die Höhle war wenig eindrucksvoll, kaum mehr als ein geräumiger Tunnel, den der Fluss sich über die Zeit in den Fels gegraben hatte. Die Männer konnten aufrecht gehen, wieder aus dem Wasser heraustreten und über glattgewaschenen Stein laufen. Dieser Fluss war einmal deutlich mächtiger gewesen oder aber er führte nur zur Schmelze größere Wassermassen – jetzt war er bloß ein flinker Bach, der um die Steine plätscherte.

Und mit einem Mal waren sie an seinem Ende. Beziehungsweise am Anfang: In einem schaumigen Strudel brach der Fluss aus dem Felsboden. War das die Quelle? War sie also nicht versiegt, sondern gerettet?

»Ab hier gehe ich allein«, sagte Reva. »Ihr würdet länger tauchen müssen, als euch guttut.«

Ohne eine Antwort abzuwarten, stellte sie sich in den Strudel und war verschwunden.

Die Männer waren verblüfft – und enttäuscht. Gerne wären sie mit bis zur Quelle gegangen. Aber Felt war auch erleichtert: Das Wasser sprudelte. Reva sprach wieder. So schlimm konnte es nicht sein.

»Bleibt uns wohl nichts anderes übrig, als hier zu warten«, sagte er und ließ sich auf dem glatten Tunnelboden nieder. Wigo setzte sich zu ihm, sie schwiegen eine Weile vor sich hin und lauschten dem beruhigenden Blubbern des Wassers. Dann sagte Felt: »Du wolltest mir noch das Ende von Asing erzählen. Was aus ihr geworden ist, nach der Feuerschlacht. Nachdem Asli sich geopfert hatte für ... uns.«

»Ach, habe ich das noch nicht erzählt?«

Felt verneinte. Wigo verschränkte die Arme und lehnte sich zurück gegen die Felswand.

»Nun«, sagte er, »es ist so ...« Lächelnd schaute er Felt an, der sich auf eine weitschweifige Einleitung gefasst machte. »Ich habe keine Lust mehr, dir Geschichten zu erzählen. Du bist ein lausiger Zuhörer.«

Felt war perplex.

Wigo lachte, er platzte förmlich, das Lachen sprang aus ihm heraus und gegen die Höhlenwände, er konnte sich überhaupt nicht beruhigen und schließlich war es auch mit Felts Beherrschung vorbei und er fiel ein.

»Das war es wert«, sagte Wigo heiser und wischte sich die Tränen ab. »Felt, dein Gesicht!«

Er legte Felt einen Arm über die Schultern.

»Das muss ich mir notieren: gelacht mit einem Welsen. Man wird meinen Bericht für ein Werk der Fantasie halten.«

Felt sagte nichts, aber er lächelte immer noch. Lange war er misstrauisch gewesen. Er hatte Wigo alle möglichen Absichten und Hintergedanken unterstellt, als sie beim Wein im Keller unter dem Theater gesessen hatten und Wigo ihn über die wahren Opfer und Täter in der großen Feuerschlacht aufgeklärt hatte. Wigo hatte um Verzeihung gebeten – für das, was damals geschehen war, und für das, was Pram den Welsen bis heute antat. Felt hatte gedacht, er sei betrunken. Nun saßen sie wieder beisammen, nicht beim Wein, sondern im fröhlichen Glucksen und Rauschen des Wasserstrudels, und Felt war nicht nur bereit, Wigo zu glauben, sondern auch, ihm zu verzeihen. Felts Leben hatte ihn gelehrt, Ablehnung auszuhalten – aber davon, wie man ein Freundschaftsangebot annahm, wusste er nichts. Dabei musste er nur das Misstrauen überwinden. So wie das Wasser, lebhaft und schäumend, durch den Stein brach, so hatte ihr gemeinsames Lachen endlich Felts Mauer des Misstrauens durchbrochen.

»Also gut.« Wigo nahm den Arm weg und beugte sich vor. »Wenn ich mich recht erinnere, hatte ich etwas Herzzerreißendes versprochen.«

Felt nickte. »Das waren deine Worte.«

»Ja«, Wigo nickte ebenfalls, »es war leider so: Welsien war zerstört, Welsien war in Rauch aufgegangen, das fruchtbare Land glühte, die Luft war heiß und es regnete Asche. Das kwothische Heer kehrte in nahezu voller Stärke nach Pram zurück, die Menschen jubelten und in ihrem Siegestaumel sahen sie die Angst auf den geschwärzten Gesichtern der Soldaten nicht. Die Männer hatten etwas Ungeheures erlebt, durch sie waren Dämonen gesprungen, von so etwas erholt man sich nicht so schnell. Sie bezogen nicht einmal mehr Quartier – sie marschierten durch Pram hindurch und strebten heimwärts. Die Steppenläufer tauchten überhaupt nicht mehr auf. Man dachte, sie seien mit den Welsen verbrannt, aber ich habe Schriften gefunden, die anderes bezeugen. Es ist alles ziemlich widersprüchlich. Wie auch immer: Ich bin zu dem Schluss gekommen, dass die Steppenläufer ziemlich viel mitbekommen haben und sich so schnell wie möglich von dem ganzen bösen Zauber entfernen wollten. Und wenn ein Steppenläufer schnell weg will, dann ist er schnell weg – und zwar ohne dass es jemand mitbekommt. Wer aber zurückkam, das ist eindeutig belegt, war Asing. Sie trat vor Palmon und ihr Anblick war furchtbar: Ihre langen Haare standen in Flammen, ihre Füße waren verkohlt, aus den schwarzen Klumpen stieg noch der Rauch. Sie stank nach Tod und in ihren Augen glänzte Wahnsinn. Sie sagte: ›Mein Fürst, Eure Braut ist zu Euch zurückgekehrt. Welsien ist nicht mehr.‹ Palmon war entsetzt, er hatte einen König besiegen wollen, ein Heer, aber er hatte nicht ein ganzes Volk ausrotten wollen – selbst wenn das in seiner berühmten Rede so überliefert ist. Aber eine Rede ist eine Sache, ein derart verwüstetes Land eine andere. Es nützte ihm nichts. Im Grunde war das kein Sieg, sondern eine gewaltige Niederlage. Du kannst dir vorstellen, dass ihn die Kwother ein Vermögen gekostet hatten, aber das nur am Rande. Er weigerte sich, Asing auch nur einen Moment länger anzuhören, und sagte sich von ihr los. Sie sei kein Mensch mehr, denn kein Mensch sei zu einer derart monströsen Tat fähig, sie sei ein Dämon. Mit den Worten: ›Asing ist nicht mehr‹ verwies er sie der Stadt.«

»Das kann man nachvollziehen«, meinte Felt.

»Allerdings. Kein Mann möchte gerne eine kokelnde Frau ohne Füße und Haare heiraten. Aber sie sah das natürlich etwas anders. Sie hatte Welsien vernichtet – für ihn. Sie hatte ihre eigene Schwester vernichtet – für ihn. Sie hatte sich weitestgehend selbst vernichtet, auch das nur für ihn. Sie hatte an sein Eheversprechen geglaubt und an seine Liebe. Und nun brach er sein Versprechen, wies sie zurück, ja, er verleugnete sie, erklärte sie für tot mit seinem ›Asing ist nicht mehr‹.«

»Was hat sie geantwortet?«

»Sie hat es nicht gut aufgenommen«, Wigo lächelte matt, in seinen Worten schwang Bedauern mit, »gar nicht gut. Sie ist daran zerbrochen – im wahrsten Sinne des Wortes. Sie hat wortlos den Thronsaal verlassen, ist auf ihren Stümpfen durch den Palast gewandert und hat eine grausige Spur aus Blut und Asche hinter sich hergezogen. Keiner hat es gewagt, sie aufzuhalten, sich ihr auch nur zu nähern, der Anblick war furchterregend. Dann ist sie auf den Platz gelangt und die jubelnde Menge verstummte. Alle wichen vor ihr zurück. Der Wahnsinn in ihren Augen hatte einem Schmerz Platz gemacht, einer Qual, die die menschliche Vorstellungskraft überstieg. Ich sage dir, das Leid aller Welsen, die in jener Nacht zu Tode kamen, das Leid Aslis, ihrer ehemals so geliebten Zwillingsschwester, und ihr eigenes Leid lasteten in jenem Augenblick auf ihr. Asing hatte eine gewaltige Schuld auf sich geladen und unter der ist sie schließlich zerbrochen. Mitten auf dem Platz, mitten in Pram. Die verbrannte Haut platzte auf und fiel ihr in Fetzen vom Körper. Das Fleisch darunter dampfte, als sei es gekocht worden, und löste sich von den Knochen. Vor den Augen der schockierten Bürger Prams zerfiel die schöne Segurin, die mächtige Adeptin, und wurde zu einem Haufen Aas. Mit ihrer ungeheuerlichen Tat hatte Asing ihre Menschlichkeit aufgegeben und nun konnte sie auch ihre menschliche Form nicht mehr behalten.«

Wigo schwieg. Aber dieses Mal ohne Effekt – er blickte ins Flackern seiner neben ihm liegenden Fackel und sann nach über das, was er erzählt hatte. Auch Felt war betroffen vom Schicksal Asings, er verspürte keine Wut auf die Mörderin seines Volkes. Es spielte auch keine Rolle, ob sich das alles wirklich so zugetragen hatte. Etwas in dieser Geschichte wirkte. Es lag eine Wahrheit darin, die sich wie eine Hand aus der Vergangenheit emporreckte und nach der Gegenwart griff. Asing hatte ihre Menschlichkeit aufgegeben? Felt veränderte seine Sitzposition. Der Stein war kalt.

»Aber«, begann Wigo wieder, »das war noch nicht das Ende. Denn Asing war nicht mehr, aber ihr Herz brannte immer noch. Da lag es, entblößt von der schützenden Hülle, und zuckte und loderte vor aller Augen. Ganz Pram konnte Asings Innerstes sehen – ihre Liebe. Und ihren Zorn. Zu groß, zu viel für ein einzelnes Herz. Es zerbarst und heraus stoben glühende Funken, eine leuchtende Fontäne. Die Funken sprangen über das Pflaster des Platzes, und wo sie einen der Schaulustigen trafen, ging er in Flammen auf wie Zunder. In Panik rannten die Menschen davon, schon brannten die ersten Gebäude, unablässig sprudelte die glühende Quelle. Der heiße Funkenstrom würde ganz Pram entzünden und niederbrennen. Ja, Felt, so war es: Pram stand vor seinem Untergang. Welsien war in Asings Liebe verglüht und nun sollte Pram ihrem flammenden Zorn zum Opfer fallen.«

»Aber das ist nicht geschehen«, sagte Felt. »Pram steht heute noch.«

»Ja«, antwortete Wigo, »denn Pram hat einen mächtigen Beschützer. Einen, der es mit Asing aufnehmen konnte.«

»Sardes«, sagte Felt.

Wigo nickte: »Genau. Sardes. Er war derjenige, der –«

»Was war das?« Felt war aufgesprungen.

»Ein Schrei?« Auch Wigo kam auf die Füße. Sie lauschten. Starrten Richtung Höhlenausgang.

»Wo ist Reva?«, fragte Felt und schaute sich um.

»Ich bin hier«, sagte sie. Sie stand im steinernen Flussbett, das Wasser wirbelte ihr um die Knöchel. Die Narben auf Schädel und Armen waren gleißend helle Linien und ihr Gesicht spiegelte ein Gefühl, das Felt bei ihr niemals für möglich gehalten hätte: Angst.

Wieder drang Lärm von draußen herein – das waren eindeutig Schreie, das war Kampfeslärm, das Lager wurde angegriffen.

»Nicht«, sagte Reva und bewegte sich schnell auf die Männer zu. Sie packte Felts Hand, der im Begriff war, sein Schwert zu ziehen. Ein eisiger Stachel bohrte sich in seinen Arm. Sie schaute ihn an, tiefste Besorgnis hatte die hellen Augen schwarz verfärbt, Felt konnte sich nicht rühren, dem Blick nicht ausweichen, er konnte nur stumm sein eigenes, doppeltes Spiegelbild bitten, ihn loszulassen. Und Reva tat es.

»Du bleibst hier«, sagte Felt und krampfte die klammen Finger um den Schwertgriff. »Wigo, die Fackeln – los!«

Die Männer rannten. Reva stieg wieder ins Wasser, blieb im flachen Flussbett stehen, mit hängenden Armen und gesenktem Kopf. Sie schloss die Augen.

ZEHNTES KAPITEL

ETWAS FÄLLT VOM HIMMEL

Draußen herrschte graues Zwielicht, die Sonne war untergegangen und die heraufziehende Nacht machte den wolkenlosen Himmel stumpf, ein Licht wie im Traum.

Die Szene wie aus einem Albtraum.

Felt sog Luft ein, der Mund wurde ihm trocken, der Magen krampfte, er sah:

Einen Soldaten, kniend, zitternde Speerspitze gerichtet auf einen Wolf. Ein Untier. Übergroß. Schwarz. Ein Sprung, ein losgelassener Speer. Ein durchbrochener Panzer, ein geöffneter Brustkorb, eine bluttriefende Schnauze.

Zwei junge Männer, Kaufleute, Söhne reicher Väter, stehend, Rücken an Rücken, sich an den Händen haltend, Augen und Münder aufgerissen, Entsetzen, stumme Schreie. Zwei Wölfe, ein Angriff. Zwei Körper, stehend. Keine Köpfe, nur sprudelndes Blut.

Ein hübsches Mädchen, gelähmt, zitternd, auf den Wolf starrend, sie weint, schlägt die Hände vor den Mund, ein Schluchzer. Sie sackt zusammen, gibt auf, noch bevor der Wolf ihr die Fänge in die Schulter schlägt.

Felt riss den Blick los von der Verstümmelten, sah all die, die vorher aufgegeben hatten, die nur noch blutige Masse am Boden waren. Wie hatte das passieren können? Wie hatten sie so schnell, so gründlich vernichtet werden können?

Das waren keine Wölfe.

Das war *der* Wolf.

Und er hatte sich vervielfacht. Lähmende Angst ergriff Felt.

Aber da blitzte ein erhobenes Schwert. Schwarzer Stahl über schwarzem Fell. Ein wilder Blick. Einer widersetzte sich dem Grauen, einer gab nicht auf. Gerder.

Ein Schrei – Felt selbst.

Drei der großen Bestien umschlichen den Kameraden, Gerder drehte sich in ihrer Mitte wie ein langsamer Kreisel. Die Wölfe hielten Distanz zum Schwert, einem klaffte eine Wunde in der Flanke. Sie knurrten, legten die Ohren an, zogen die Lefzen hoch, schnappten nach Gerders Beinen. Felt umfasste den Schwertgriff mit beiden Händen, holte aus, der Wolf wandte den Kopf, diese glimmenden Augen, flammende Lanzen, die sich in die Seele bohrten.

Das Schwert durchtrennte die Wirbelsäule des Untiers, Felt schlug ihm die Hinterläufe ab, mit nur einem Hieb. Wie Stiche von glühenden Nadeln spürte Felt die Blutspritzer auf seinem Gesicht. Gerder bleckte die Zähne, ein irres Grinsen, rief: »Ein gutes Schwert!«

Gerder hieb gegen einen Wolf, er traf die Brust, aber nur, weil der Wolf ihn angesprungen hatte, beide gingen zu Boden, der Mann unter dem Tier. Gerder schrie auf. Der Schwertarm gebrochen vom Kiefer des Wolfs, Felt sah den Knochen, unwirklich weiß im Dunkel aus Blut und Fell und schwarzer Rüstung. Er rammte Anda dem Wolf in die Seite, Widerstand, eine Rippe, dann schnell und leicht die Lunge, raus mit dem Schwert. Felt trat dem Wolf gegen den Brustkorb, ein tiefes Gurgeln, und zog das Schwert heraus, ein dampfender, schwarzer Blutschwall. Er ließ Anda fallen, griff dem Wolf ins Maul, Kiefer wie Eisen, im Todeskampf in Gerders Arm verbissen. Gerder wand sich, brüllte vor Schmerz, Handgelenk zwischen scharfen Zähnen eingeklemmt, kochendes Blut auf Brust und Leib, erstickend die Last des sterbenden Biests.

»Gerder!« Felt war ganz nah, sah die Tränen in den aufgerissenen Augen des anderen, brachte die Kiefer des Wolfs nicht auseinander. »Halt still! Halt still!«

Aber das konnte er nicht. Gerder warf sich herum, er musste unter dem Tier weg oder verbrennen, und so riss er sich die Hand ab. Kalte Wut flutete Felt, er packte ins dichte, harte Wolfsfell, er hievte den Kadaver hoch, weg von seinem Kameraden, der mit der anderen Hand den blutenden Stumpf umklammert hielt und nicht aufhören konnte zu schreien. Im Augenwinkel ein Schatten, geduckt, bereit zum Angriff. Keine Zeit für Trost. Nur überleben, irgendwie. Das Schwert aufheben. Sich vor den Verletzten stellen. Die Lage? Zwei Bestien tot. Und drei neue hinzugekommen. Vier Wölfe, riesige schwarze Schatten der Verzweiflung. Vier zu eins, unmöglich, eingekreist. Einziger Gedanke: Ende der Reise.

Dann ein lautes Rauschen.

Etwas fiel vom Himmel. Ein Luftzug, ein Aufheulen. Mächtige Schwingen rührten die Luft, große Klauen gruben sich in Stirn und Genick des Wolfs, ein scharfer, gebogener Schnabel hackte nach den Augen. Der Attackierte machte sich lang, winselte, das Rudel kläffte, knurrte, wich zurück, Schwänze eingezogen. Ein Pfeil sirrte heran, traf den lang gestreckten Hals des Wolfs. Wo war der hergekommen? Ein zweiter, ein dritter Treffer, der gewaltige Vogel ließ den toten Wolf los, flog wieder auf – das alles hatte nur einen Atemzug lang gedauert.

Babu hatte im Laufen geschossen und er lief weiter, griff sich auf den Rücken, um den nächsten Pfeil zu ziehen. Juhut war noch im Aufwärtsflug, ein paar Augenblicke noch, dann würde er wieder herabstürzen. Der Mann mit dem langen Schwert war noch von drei Wölfen umringt. Babu hetzte den Hügel hinauf, er brauchte eine bessere Schussposition, das Licht nahm immer mehr ab, die Gefahr, danebenzuschießen, wurde größer. Babu sah den Höhleneingang, ein schwarzes Loch, davor eine Gestalt, die aus sich heraus zu leuchten schien. Er sah Pferde, große, richtige Pferde, die in Panik durch das flache Wasser galoppierten. Und er sah die Körper – niemand stand, niemand kämpfte mehr außer dem einen Mann. Zu seinen Füßen krümmte sich ein zweiter, leichte Beute, welche die Wölfe nicht aufgeben würden. Babu konnte beobachten, wie sie an der Qual des Verletzten wuchsen, wie sie neuen Mut fassten, wie sie sich unter dem wirbelnden Schwert duckten und nach den Beinen des Liegenden schnappten. Babu blieb stehen, schaute auf, Juhut legte die Schwingen an, Babu versuchte seinen Atem zu beruhigen, spannte den Bogen, konzentrierte sich auf das Geschehen am Boden. Dieser Mann war groß, sehr groß, Babu hatte noch nie einen solchen Kämpfer gesehen, er führte sein Schwert mal mit einer, mal mit beiden Händen, er drehte sich, er hielt drei Wölfe auf Distanz. Und er lernte schnell – als Juhut herabstürzte und Babu seinen Pfeil losschickte, nutzte er die Gelegenheit. Er vertraute auf die unbekannten Verbündeten und wirbelte herum, versetzte dem sprungbereit in seinem Rücken lauernden Wolf einen mächtigen Hieb, der dem Tier den Schädel spaltete.

Babu legte erneut an, das war der letzte Pfeil.

Er konnte ihn noch einen Moment aufsparen, denn das

Schwert des Kämpfers steckte bereits tief im zuckenden Leib des Wolfs, den Juhut im Griff hielt und der Babus Ziel gewesen war.

Jetzt waren sie drei gegen einen.

Juhut schwang sich hoch in den Himmel. Der Mann und der letzte Wolf standen sich gegenüber, jeder Muskel gespannt, alle beide nur noch aufrecht gehalten von purem Überlebenstrieb. Wer jetzt aufgab, wessen Wille brach, wer dem Feind den Rücken zuwandte und flüchten wollte, wäre als Erster tot. Babu sah, welch gewaltige Anstrengung es den Mann kostete, stehen zu bleiben und dem Wolf in die Augen zu sehen, er konnte das Schwert nicht mehr heben, alle Kraft ging ins Stehen. Babu hatte nur einen Versuch, nur einen Pfeil, um den Mann zu retten. Ein einziger Schuss musste tödlich sein. Juhuts Krallen schlugen mit Wucht ein, er riss den Kopf des Wolfes zurück, Babus Pfeil traf die Kehle, aber Juhut hatte ihm bereits das Genick gebrochen.

Der Schwertkämpfer sank auf die Knie, beugte sich schwer atmend über den Mann am Boden. Babu hängte sich den Bogen um und lief den Hügel hinab.

Gerders Atem ging flach, jeder schnelle Zug begleitet von einem pfeifenden Seufzen. Felt riss ihm den Brustschutz herunter, aber das Wolfsblut hatte Wams und Hemd durchtränkt, war auf Brust und Bauch zu einem zweiten, steinharten Panzer verkrustet, der Gerder die Luft nahm. Seine weit geöffneten Augen schwammen in Tränen, rollten unkontrolliert, das Gesicht war schneeweiß. Felt griff nach Gerders unverletzter Hand und drückte sie fest, damit er spürte, dass er nicht allein war, sehen konnte er nichts mehr. Zwei, drei quälende Versuche noch, Luft in die gequetschten Lungen zu pressen, dann war es vorbei, Gerder war erstickt.

Juhut landete auf Babus Arm und schüttelte das Gefieder. Während des Kampfes war der Kopfschmerz verschwunden gewesen, Babu bemerkte es erst jetzt, da er zurückkam. Er lächelte bitter und sagte leise: »Willkommen zurück, mein Freund.« Der Schmerz war auszuhalten.

Er versuchte die Situation einzuschätzen – der Angriff der Wölfe war verheerend gewesen, der felsige Boden glänzte vom Blut der Überfallenen, ungefähr die Hälfte schienen Soldaten gewesen zu sein. Was hatten diese Menschen hier gemacht? Babu ging langsam zwischen den Körpern umher, aber er fand keine Überlebenden, sondern nur immer denselben Ausdruck tiefsten Entsetzens auf den Gesichtern. Er wusste, welch grauenvollen Tod sie erlitten hatten: Jeder Einzelne hatte in den dunklen Abgrund der eigenen Seele geblickt, bevor er starb. Nur der eine Mann hatte das überstanden. Aber wie gut, ob er noch bei Sinnen war, das wusste Babu nicht und blieb daher auf Abstand. Er selbst hatte es geschafft, dem Wolf zu widerstehen, er hatte es geschafft, dem Rudel bis hierher zu folgen – Juhut hatte ihn geführt und ein halbes Solder hatte die Jagd gedauert. Er würde sich nicht jetzt von einem fremden Kämpfer umbringen lassen, der den Verstand verloren hatte. Babu sah, wie sich der Mann mühsam erhob, er blickte immer noch auf den, der am Boden lag und sich nicht mehr rührte. Er nahm sein Schwert, wischte es ab und steckte es weg. Dann blickte er um sich wie einer, der gerade aus dem Schlaf gerissen worden ist. Sein Blick traf Babus, aber noch verstand der Mann nicht, wo er war, was geschehen war. Dann zuckte er zusammen, wie von einer unsichtbaren Faust getroffen. Er rannte zum schwarzen Loch des Höhleneingangs, wo Babu ein Schimmern wahrnahm. Es gab noch einen Überlebenden.

Reva war unversehrt. Sie hockte bei Wigo, der auf dem Rücken lag und immer noch eine Fackel in der Hand hielt, obwohl sie längst erloschen war. Auf den ersten Blick hatte er nicht viel abbekommen, der linke Ärmel seines Hemds war dunkel verfärbt. Felt riss ihn ab. Ein Biss in die Achselhöhle, nicht besonders tief, dennoch durfte man das nicht unterschätzen. Felt stand auf, sie brauchten Licht, Feuer, Wasser, Tücher, sie mussten die Wunde reinigen, er sah sich um.

Und wurde überrollt von einer Woge der Verzweiflung. Er spürte, wie ihm das Blut in die Beine sackte, er taumelte, er sah die dunkle Masse am Boden, er begriff, dass es Menschen waren, Leichen, dass sie *alle wirklich tot waren*, ihm wurde schwarz vor Augen, er griff hinter sich, er musste sich setzen.

»Das«, sagte Wigo, »waren keine Wölfe.«

»Ja«, antwortete Felt matt, »das waren keine Wölfe.«

Eine Erinnerung stieg in ihm auf. Ein Bild, das ihm den Arm so schwer gemacht hatte, dass er das Schwert nicht mehr hatte heben können. Nein. Er weigerte sich, er schaute Reva an, schob ihr Gesicht vor das Bild, er sagte: »Ich kümmere mich um Feuer.«

ELFTES KAPITEL

WIGO

Sie hatten sich in die Höhle zurückgezogen. Felt hatte Feuer gemacht und ein paar Vorräte herangeschafft. Er war langsam zwischen den Leichen umhergegangen, er hatte jedem Einzelnen mit der Fackel ins Gesicht geleuchtet, so es noch ein Gesicht gab. Kein Leben mehr. Nur Entsetzen.

Sie hatten die Wunde versorgt und Wigo hatte sogar ein wenig gegessen und dabei einen müden Witz über den Koch gemacht, der zu früh den Löffel abgegeben habe.

Dann hatten sie lange geschwiegen.

Alle, alle waren tot.

Reva war wieder in ihre innere Abgeschiedenheit gefallen und ging langsam im Wasser auf und ab. Felt hatte sie noch nicht nach der Quelle und dem Hüter fragen können, morgen, dachte er und massierte sich mit der Linken den Schwertarm, morgen. Ihm tat alles weh, er war vollkommen erschöpft, körperlich und seelisch. Er wollte ausruhen, aber er fürchtete sich vor dem, was er sehen würde, wenn er die Augen schloss. Er wollte nicht reden, es war unmöglich zu reden, denn dazu hätte er denken müssen. Wenn Felt aber denken würde, müsste er sich erinnern an das, was er gesehen hatte, als er dem Wolf gegenüberstand. Und das war heute noch unmöglicher als damals im Wald.

Aber es war genauso unmöglich zu schweigen. Felt war sich bewusst, wie erschüttert er war. So tief wie nie zuvor in seinem Leben. So tief, dass ein Teil seiner selbst sich von ihm abgewandt hatte, mit dem Rücken zu ihm stand und das Gesicht in den Händen verbarg. Er konnte nichts dagegen tun. Er musste sich mit der einen Hälfte begnügen, die in der Höhle saß – bei einem verletzten Mann.

Er warf einen Blick auf Wigo. Auch der schlief nicht. Er ruhte, halb sitzend, halb liegend, auf einem Bündel Decken und starrte ins Feuer.

»Wigo«, sagte Felt und bemühte sich um einen leichten Ton, »erzähl mir doch, wie Sardes Pram gerettet hat.«

»Sardes«, sagte Wigo, als hörte er den Namen zum ersten Mal. Dann sprang sein Geist zurück an die Stelle, an der sie unterbrochen worden waren – und übersprang dabei alles, was inzwischen geschehen war. Er erzählte, er flüchtete in die Erzählung wie ein Kind unter die Bettdecke.

»Sardes, Beschützer von Pram, Hüter der Quelle, erschien auf den Stufen des Palasts und schaute ins Chaos. Er stand ganz ruhig, in seiner glänzenden Rüstung spiegelten sich die Flammen. Ein erhabener Anblick, er war jünger, viel jünger als heute, seine Haare waren noch pechschwarz – sie waren immer pechschwarz gewesen und er war immer jung gewesen. Nun ja, nicht wirklich *jung*«, er lächelte Felt an, feine Schweißtröpfchen glitzerten auf seiner Oberlippe, »aber er hat gut ausgesehen, mit Sicherheit besser als du. Er schritt die Stufen hinab. Er zog sein Schwert, langsam. Vorsichtig setzte er die Schwertspitze aufs Pflaster, dann stützte er sich auf seine Waffe und schloss die Augen. Unbewegt, wie eine Statue, stand er da und um ihn herum tobten die Flammen und die glühenden Funken rollten durch die Gassen, als hätten sie ein eigenes Bewusstsein, als wären es kleine, böse Tiere auf der Suche nach Beute. Und die fanden sie im Überfluss. Sie hüpften gegen hölzerne Türen, sprangen durch geöffnete Fenster und hängten sich in Vorhänge, Teppiche, Decken. Sie fanden jeden Spalt und jede Ritze und drangen in jedes Haus ... Ich habe Durst.«

Felt reichte ihm einen Becher. Wigos Augen glänzten, Felt wollte gerade fragen, ob ihn das Erzählen zu sehr anstrengte, als Wigo weitersprach: »Aber dann kam das Wasser. Es quoll aus den Fugen zwischen den Pflastersteinen der Straßen, überall, in der ganzen Stadt. Und dann floss es die Stufen hinauf, die Mauern. Ja, du hast richtig gehört: Das Wasser floss die Wände hoch, in feinen Rinnsalen benetzte es jedes Gebäude, jede Säule, jeden Torbogen, es tropfte auf Zimmerdecken, durchtränkte Stoff, befeuchtete Holz. Es löschte die Brände, es floss immer höher, Stockwerk um Stockwerk trieb es die Funken vor sich her, die nirgendwo mehr Halt fanden, bis sich schließlich ein glühender Schauer in den Himmel über Pram entlud. Es war, als wäre die Welt auf den Kopf gestellt: Aus der hellen, heißen Wolke, die über der Stadt schwebte, fielen die Funken wie glühender Regen in den Nachthimmel, bis sie von den Sternen nicht mehr zu unterscheiden waren.«

Felt war irgendwann doch eingeschlafen, das Plätschern des Bachs und die Wärme des Feuers hatten ihm die Lider schwer gemacht. Er wachte auf, als Wigo nach ihm schlug. Nach einem kurzen, glücklichen Augenblick des Vergessens kam die Erinnerung an die Geschehnisse zurück und Felt richtete sich ruckartig auf. Reva stand still im Wasser und schaute ihn an – er glaubte es wenigstens, denn das Feuer war heruntergebrannt, es war dunkel in der Höhle. Wigo schlug wieder um sich, er träumte. Felt legte Holz nach. Wigos Stirn glänzte schweißnass.

Er wischte mit der Hand darüber. Heiß. Jetzt war Felt hellwach – Fieber, das war nicht gut.

»Reva«, sagte Felt, »ich brauche mehr Licht.«

Sofort strahlte die weiße Flamme. Felt entfernte den Verband. Die Wundränder waren gerötet, die Wunde nässte. Felt legte die Fingerspitzen auf Wigos Hals, das Klopfen war normal, eher etwas zu langsam als schnell. In Revas kaltem Licht überprüfte Felt die Hautfarbe, aber auch die schien in Ordnung zu sein – der Chronist wirkte weder besonders bleich noch war sein Gesicht gerötet. Felt seufzte, er war kein Arzt, er war einfach nur in Sorge. Er fühlte sich verantwortlich für den Tod all dieser Menschen. Er hatte versagt. Das Mädchen, Alba. Er sah noch die Erleichterung auf ihrem runden Gesicht, als ihr klar wurde, dass sie in der Nähe des Welsenoffiziers für die Soldaten unerreichbar wäre. Und Gerder. Gerder. Felt sah noch sein wissendes Grinsen, mit dem er den übergroßen Respekt der pramschen Soldaten quittierte, und er sah den echten Respekt in Gerders Augen, wenn er mit einem knappen Gruß Felts Anweisungen entgegennahm. Gerder hatte ihm vertraut. Gerder war sein bester Mann gewesen. Er hatte Torviks Quelle nicht gesehen, er hatte nicht gewusst, wofür er sterben musste.

Aber verstand Felt denn, wofür Gerder sterben musste? Wofür sie alle hatten sterben müssen, unter Qualen und Schmerzen? Etwas in Felt sträubte sich immer noch, die Zusammenhänge zu erkennen. Er wollte nicht an Dämonen glauben. Er nahm lieber die Schuld auf sich, glaubte lieber an seine Fahrlässigkeit – er hätte nicht so überstürzt mit Reva gehen sollen, er selbst hätte Wachposten aufstellen müssen –, als anzuerkennen, dass es da draußen etwas gab, eine Macht, so unerklärlich und so finster, dass kein Licht sie enthüllen konnte.

»Wir sollten das Fieber senken«, sagte Felt halblaut, »damit er besser schlafen kann. Reva, kannst du ihn kühlen? Nur ein wenig.«

Reva löschte ihr Licht und strich Wigo über die Beine, die Arme, die Stirn. Sie berührte ihn nicht, ihre Hände schwebten über seinem Körper und er beruhigte sich.

Felt war erleichtert. Der Gedanke, dass auch Wigo sterben könnte, war ihm unerträglich. Er würde nun wach bleiben, er würde ihn nicht aus den Augen lassen. Er bedeckte den Schlafenden mit einem dünnen Tuch und warf noch ein paar Zweige ins Feuer.

»Reva«, begann er, »wir hatten noch keine Gelegenheit, über die Quelle zu sprechen.«

Sie schwieg. Sie war nicht zum Reden aufgelegt, aber Felt schon. Er wollte wach bleiben.

»Was hat der Hüter gesagt?«, fragte er. »Bleibt er immer verborgen, hinter diesem Strudel?«

Darauf musste sie etwas antworten.

»Nichts«, sagte sie.

»Was?«, fragte Felt.

»Der Hüter hat nichts gesagt. Die Quelle ist verwaist. Er wäre hier, bei uns – wenn es ihn noch geben würde. Er war immer sehr freundlich. Er freute sich über Besucher.«

»Was hat das zu bedeuten? Was ist geschehen?«

»Ich weiß es nicht«, sagte Reva und machte eine Geste zum Bach hin. »Das Wasser spricht nicht zu mir. Ich habe es versucht. Es schweigt. Und der Hüter ist fort.«

Sie zog ihren Umhang fest um den schmächtigen Körper.

»Felt, die Quelle stirbt. Ich konnte nichts mehr tun. Wir waren zu spät.«

»Was geht hier vor?«, fragte Felt, aber diesmal erwartete er keine Antwort. *Etwas geht vor.* Warum war Reva in den Gewittersturm geritten? War ihre Ohnmacht der Moment gewesen, in dem der Hüter dieser Quelle verschwunden war und ihr Sterben begann? Felt kam ein erschreckender Gedanke.

»Wenn die Quelle versiegt, stirbt der Hüter … Das gilt auch andersherum, richtig?«

»Ja«, sagte Reva schlicht.

»Dann müsste man nur alle Hüter umbringen und alle Quellen würden versiegen? Einfach so? Einfach umbringen und wir verlieren … alles?«

»Ja«, sagte sie wieder und kam einen Schritt auf Felt zu. »Wenn die Hüter die Quellen verlassen, wenn sie diese Welt verlassen, dann ist es vorbei. Die Welt würde dann weiter bestehen, aber es wäre keine Welt mehr für die Menschen.«

Felt holte tief Luft. Das Flackern des Feuers ließ ihre langgezogenen Schatten an den Höhlenwänden zucken.

»Felt, das Wasser wird einen Weg finden, so wie es immer einen gefunden hat. Es braucht dich nicht, es braucht niemanden, aber du brauchst das Wasser. Weil du ein Mensch bist. Du kannst viel erreichen, du kannst viel ertragen. Aber du kannst keine vier Tage ohne Wasser überleben. Weil du ein Mensch bist. Aber gerade *weil* du einer bist, willst du mehr als einfach nur überleben. Heute hast du überlebt. Reicht das? Bist du zufrieden? Nein. Deine Gedanken kreisen um Wigo, du hoffst, dass auch er überlebt. Du trauerst um die, die es nicht geschafft haben. In dir sind Hoffnung und Mitleiden. Du hast Gerder sterben sehen und wahre Loyalität erkannt. Dir ist Dankbarkeit entgegengebracht worden. Jetzt ist Alba tot. Aber, Felt, die Dankbarkeit und die Loyalität, sie sind nicht aus der Welt, noch nicht. Du kannst diese dunkle Nacht hier überstehen, du hast die Fähigkeiten dazu. Erst wenn die Liebe, die Hoffnung, die Möglichkeit, sich selbst und die großen Zusammenhänge zu erkennen, *für immer* und *für jeden* unauffindbar bleiben, dann sind alle von einer Finsternis bedroht, die zu tief ist und zu lange dauert, als dass ein Mensch sie überstehen könnte.«

»Und wie ... wie wird das sein? Werden wir dann alle sterben? Alle, die ganze Menschheit?«

»Das wäre zu hoffen, nicht wahr?«

»Reva, ich ... ich kann es mir einfach nicht vorstellen. Ich ... ich kann nicht mehr denken.«

Er setzte sich. Er griff nach Anda. Umfasste den Griff, spürte die kühle Silberschnur, zog das Schwert ein Stück aus der Scheide und wartete auf den Trost, die Sicherheit, die ihm die Waffe geben konnte, immer. Er sah sein Spiegelbild im glänzenden schwarzen Stahl. Felt erkannte den Mann, die Augen, die ihn anblickten. Aber er war sich fremd, einen Atemzug lang glaubte er, seinen eigenen Namen vergessen zu haben.

»Ich werde es nicht einmal bemerken«, sagte sein Abbild im Stahl. »Ich werde es hinnehmen, so wie ich immer alles hingenommen habe ... Ich werde nicht sterben und dennoch werde ich tot sein.«

Das Bild wurde undeutlich. Sein Atem hatte sich auf dem kalten Stahl niedergeschlagen.

Ein Junge, höchstens acht Soldern alt. Sein Name war Lerd gewesen. Er war in seinem eigenen Bett verhungert.

»Reva, in meiner Welt hat es nie besonders viel Menschlichkeit gegeben.«

»Du willst schon jetzt aufgeben? Felt! Du bist streng, vor allem mit dir selbst. Aber du bist nicht grausam. Du bist geduldig. Aber du bist nicht gleichgültig. Du hast deine Fehler, du bist ein Mensch! Solange die *Möglichkeit* in der Welt besteht, dass deine Fehler dir verziehen werden, kannst du ein Mensch bleiben.«

Sie trat näher. Blickte auf ihn hinab, Felt konnte ihre Kühle spüren. Und ihre Überlegenheit. Sie brauchte kein Schwert.

»Du willst wissen, wie es sein wird? Ob du bemerken wirst, wenn deine Menschlichkeit dich verlässt? Du ahnst es bereits und du liegst richtig. Du wirst dich daran gewöhnen. Denn eine Quelle stirbt nicht von heute auf morgen. Sie versiegt. Und mit ihrem allmählichen Versickern kommt der Menschheit etwas abhanden. Langsam. Unmerklich. Es gibt niemanden, der für den Verlust verantwortlich zu machen wäre, und deshalb gibt es auch keinen Protest, kein Aufbegehren. Im Gegenteil. Wer etwas einfordert, sich auf etwas beruft, das es nicht mehr gibt, der macht sich lächerlich.«

»Lächerlich?«

»Geh zurück nach Pram, stell dich vor Kandor, arm, wie du bist, ohne Haus, ohne Besitz. Und fordere sein Geld. Glaubst du, er wird es dir geben? Glaubst du nicht viel eher, er wird dich auslachen – bevor er dich abführen lässt? Dich, den Räuber, der ihm seinen Besitz nehmen will?«

»Das würde er, mit Sicherheit. Und er wäre im Recht.«

»Ja, heute wäre er im Recht. Denn die Quelle versiegt und Sardes stirbt. Es gab in Pram eine Zeit, da wäre Kandor angeklagt worden – weil er alles hat. Nicht du, der du nichts hast. Es war einmal Unrecht, zu behalten im Angesicht von Armut. Diese Zeiten sind vorüber.«

Sie wandte sich ab und stieg wieder in den flachen Bach. Felt legte Anda beiseite.

»Worauf werde ich, werden wir, verzichten müssen, wenn diese Quelle hier versiegt ist?«

Sie antwortete nicht gleich. Sie beugte sich vor und nahm eine Handvoll Wasser aus dem Bach.

»Bündnisse werden brüchig, auf Nachbarn ist kein Verlass mehr. Männer, Vertraute seit Kindertagen, wenden sich voneinander ab und erheben die Waffen. Die Freundschaft verlässt den Kontinent.«

Sie drehte die Hand, ließ das Wasser herausrinnen und sah ihn an.

»Felt, kannst du dir vorstellen, dass Marken dich hintergeht? Dass er etwas tun würde, um dir zu schaden? Kannst du dir Marken als deinen *Feind* denken?«

»Niemals«, sagte Felt ohne Zögern, »Marken, niemals.«

»Dann vergiss diese Antwort nicht. Erinnere dich an das, was du gerade gesagt hast, wenn die Zeit kommt.«

»Notfalls erinnere ich ihn daran.« Das war Wigo. »Könnte ich jetzt aber vielleicht etwas Wasser bekommen? Einfach nur einen Schluck Wasser, sonst nichts, danke.«

Wigo trank drei Becher, sein Durst war kaum zu stillen. Er erschien Felt jetzt doch blasser, die Augen, sonst unstet und alles aufsaugend, waren glasig und seltsam starr. Wigo atmete mit weit geöffnetem Mund. Er bat um eine wärmere Decke. Felt bemerkte, dass Wigo bemüht war, den linken Arm nicht zu bewegen.

»Hast du Schmerzen?«

»Was denkst du«, sagte Wigo, »mich hat so ein Biest gebissen, natürlich habe ich Schmerzen. Aber Reva, die Geheimnisvolle, hat mich gerettet ...«, er schaute an Felt vorbei zur Unda, »... dieses Strahlen, ich kann es sehen, sie leuchtet, sie ist wunderschön ...« Er legte sich vorsichtig zurück. »Aber so etwas bemerkst du ja nicht. Du bist ein Klotz, Felt.«

Wigo schloss die Augen. Er sprach jetzt leise mit sich selbst – auf Pramsch, Felt verstand ihn nicht. Diese Sache nahm keinen guten Verlauf.

»Reva, was können wir tun?«

Sie schwieg.

Felt sprang auf.

»Wir müssen irgendetwas tun! Wir brauchen ... eine Medizin!«

Reva schaute auf Wigo, dessen Körper unter den Decken heftig zitterte und der immer noch halblaut redete.

»Felt, du kannst etwas tun, siehst du das nicht? Du kannst – und du wirst – bei ihm bleiben. Er wird nicht allein und im Schrecken sterben wie die anderen, denn du wirst ihn begleiten. Du wirst das tun, was ein *Freund* tut. Hast du das begriffen?«

Das Rauschen des Wassers war nicht zu unterscheiden vom Rauschen seines eigenen Bluts in den Ohren. Die Freundschaft verließ den Kontinent. Aber noch war die Quelle nicht tot. Sie starb. Und sie hatte ihm einen sterbenden Freund geschenkt.

»Es gibt also keine Heilung?«

»Nein«, sagte Reva.

Und es hat nie auch nur die Aussicht darauf gegeben, ergänzte Felt in Gedanken. Das waren keine Wölfe gewesen.

Das Zittern ließ nach, der Anfall ging vorüber.

»Decke weg«, sagte Wigo wieder auf Welsisch. »Oder willst du mich ersticken?«

Felt deckte ihn auf, das Tuch darunter klebte an Wigos Körper.

»Durst?«, fragte Felt.

»Geht so«, sagte Wigo. Felt reichte ihm den Becher, er nahm einen Schluck.

»Es ist stickig hier«, sagte Wigo und legte den Kopf zurück. Die Luft in der Höhle war angenehm kühl.

»Versuch zu schlafen«, sagte Felt.

»Ich will aber nicht schlafen«, sagte Wigo mit einem derart kindlichen Trotz, dass Felt lächeln musste. »Ich muss arbeiten. Wo ist mein Schreibzeug?«

»Du musst dich ausruhen.«

»Sag du mir nicht, was ich tun muss! Gib mir mein Schreibzeug.«

Felt wühlte in den Sachen, die er Wigo ausgezogen hatte. Der Chronist trug die in weiches Leder gebundene Kladde immer bei sich, unters Wams geklemmt.

Wigo richtete sich mühsam auf und legte sich die Kladde auf den schweißnassen Bauch, blätterte darin herum. Mit einer Hand. Den linken Arm bewegte er nicht. Er wurde fahriger, eine Seite riss ein.

Dann zog er den mit Wachs überzogenen Kohlestift aus der Schlaufe, doch er fiel ihm aus der Hand.

»Licht!«, krächzte Wigo, räusperte sich, sagte, ohne aufzusehen: »Etwas Licht, bitte. Ich danke, Hohe Frau.«

Felt gab ihm den Stift zurück. Wigo presste die Spitze aufs Pergament. Sie krümelte.

»Ich habe alles begriffen«, sagte er in einem sachlichen Ton, »ich habe alles durchschaut. Alles. Ich weiß jetzt, wie alles mit allem zusammenhängt.« Er blickte Felt mit riesigen Augen an. »Es ist ganz einfach, ganz erstaunlich einfach, man kann das in einem Satz sagen. Zusammenfassen. Ich muss das aufschreiben. Nur ein Satz.«

Der Stift fiel ihm wieder aus der Hand.

»Wigo«, sagte Felt.

Wigo packte ihn, drückte Felts Handgelenk so fest, dass es schmerzte.

»Gib mir den verdammten Stift.«

Felt tat es. Wigo rammte ihn auf die Seite, als wollte er das Buch erstechen. Unter größter Anstrengung gelang es ihm, eine zittrige Line zu ziehen. Dann brach der Stift. Wigo ignorierte es und versuchte mit den Kohlebröckchen zu schreiben. Seine schweißnassen Finger fuhren über das Pergament. Das Ergebnis seiner Bemühungen war ein wirres Geschmiere, sonst nichts.

»Wigo, bitte ... «

Felt griff nach dem Buch, aber Wigo riss es an sich, drückte es sich gegen die Brust.

»Meins«, sagte er scharf, »mein Buch. Mein Werk ...« Er atmete schwer. »Es ist noch nicht fertig.«

»Ich verstehe«, sagte Felt.

»Nichts verstehst du«, ächzte Wigo und schloss die Augen. »Es ist ... nicht ... fertig.« Er verstummte. Felt wischte sich durchs Gesicht. Reva stand im Wasser und hielt ihr Licht.

»Wigo. Hörst du mich?«

Wigo antwortete nicht. Seine Hand nestelte ohne Unterlass an der Kladde auf seiner schmalen Brust, die sich unregelmäßig und ruckartig hob und senkte. Felt legte ihm vorsichtig die Hand auf die Stirn. Feuchtkalt.

»Ich decke dich wieder zu. Hörst du, Wigo? Dir ist kalt.«

Er sträubte sich nicht. Er schlug die Augen auf und starrte an die Höhlendecke.

»Ich«, sagte er leise, »habe Angst.«

»Ich bin hier«, sagte Felt. Ihm fiel nichts anderes ein.

»Ich«, sagte Wigo wieder, als habe er Felts Einwurf nicht gehört, »will nicht sterben.«

Er ließ den Kopf zur Seite fallen und blickte Felt trübe an. »Ich will nicht. Ich will nicht. Ich will ...«

Er schluckte.

»Oh«, sagte er rau, »ich habe noch nicht erzählt, wie alles ausging.« Ein schiefes Grinsen.

Felt zwang sich, Wigos Blick nicht auszuweichen.

»Doch. Du hast es erzählt. Du hast zu Ende erzählt. Sardes hat Asing aus Pram vertrieben. Sie ist als glühender Regen in den Himmel gefallen.«

Wigo zog zweifelnd die Augenbrauen zusammen. Dann, wie aus dem Nichts, wurde er von einem heftigen Schüttelkrampf überfallen. Felt hielt ihm den Kopf mit beiden Händen fest.

Der Anfall ging vorbei, aber Wigo erlangte sein Bewusstsein nicht mehr wieder. Felt saß neben ihm und redete, erzählte ihm von Goradt, von Estrid und den Kindern, vom Schnee, vom Berg und vom Wind, bis Wigo aufhörte zu atmen.

ZWÖLFTES KAPITEL

DAS ENDE DER JAGD

Er wollte das Pferd gern haben, aber er konnte es nicht einfach nehmen. Für Juhut war es ein Leichtes gewesen, die verirrte Herde ausfindig zu machen, und für Babu wie eine schöne Erinnerung aus Kindertagen, den Rücken des großen Braunen zu erklimmen. Als er endlich oben saß, war er so froh, fühlte sich so vollständig, dass er das Pferd nicht mehr hergeben konnte. Ein richtiges Pferd. Nicht so wendig und fürs Erste auch nicht so schlau, wie es sein Pony gewesen war, aber wenn es sich erst einmal an ihn gewöhnt hätte, würden sie gut miteinander auskommen, da war Babu sich sicher. Die Pferde ließen sich ohne Weiteres zusammentreiben, sie waren zahm, sie wollten geführt werden. Und genau das hatte Babu getan, als der Tag graute. Jetzt wartete er am Rand des Leichenfelds darauf, dass die Sonne über die Berge stieg – und dass der Mann endlich aus der Höhle kam. Die Aasfresser hatten sich bereits versammelt, nur das Kreisen des großen Falken hinderte sie noch daran, sich auf dieses Festmahl zu stürzen. Lange würden sie sich nicht mehr beherrschen können und die Gier würde über die Vorsicht siegen.

Babu war überzeugt davon, dass der Kämpfer die Toten nicht

einfach hatte liegen lassen und zu Fuß geflüchtet war – dafür brauchte er nicht einmal Juhuts Bestätigung. Der Falke sprach nicht mit ihm; der Weckruf, der Babu aus dem Zwischenreich, aus der Begegnung mit dem Wolfs-Thon geholt hatte, war einmalig geblieben. Aber in den langen Zehnen ihrer gemeinsamen Wanderung hatte sich das Band zwischen dem Falken und dem Menschen verfestigt. Babu fand Gedanken in seinem verstörten Geist, einzelne Strauchbeerenbäume im endlos wogenden Gräsermeer, die Juhut dorthin gepflanzt haben musste. Juhut leitete ihn, führte ihn von Gedanken zu Gedanken, von Baum zu Baum. Juhuts Wille war für Babu jederzeit spürbar, der Falke traf Entscheidungen. Besonders dann, wenn Babu sich dazu nicht mehr in der Lage sah. Eine so lange Zeit hatten sie das Rudel verfolgt, dass Babu das eigentliche Ziel fast vergessen hatte. Die Jagd war ein allgegenwärtiger Traum gewesen, in dem die Wölfe manchmal auftauchten, manchmal unsichtbar blieben, aber immer da waren. Sie waren halb wirklich, Albtraumgestalten, und Babu hatte oft an seinem Verstand gezweifelt. Dann hatte er sich an Juhuts Willen gehängt und sich von ihm weiterziehen lassen, von Baum zu Baum.

Mit einem echten Wolfsrudel hätte Babu niemals Schritt halten können, das wusste er, eine Verfolgung zu Fuß war unmöglich. Mehr als ein Mal hatte Babu den Eindruck, das Rudel war überhaupt nur da, *weil* er es jagte. Dass er am Gedanken dieser Jagd festhielt, hatte einen seltsam verstärkenden Einfluss auf die Wirklichkeit der Wölfe. Aber er konnte sich nicht lösen. Er war mit einem Hass im Schnee der Bergwelt aufgewacht, der Vergessen unmöglich machte. Jeden Tag dachte Babu an den Thon, den Brudermörder, den Vaterdieb, und an Jator, den Verräter, der sein Freund gewesen war – in einer fernen Vergangenheit, als Babu noch Kafurhirte gewesen war und kein Jäger, der die Ausgeburten seiner eigenen, finsteren und einsamen Seele verfolgte. Irgendetwas war passiert, während er sich zwischen Leben und Tod befunden hatte. Irgendetwas hatte ihn benutzt und war aus jenem Zwischenreich durch Babu hindurch in die Wirklichkeit geschlüpft und zum Rudel geworden.

Nun brauchte er sich nicht mehr den Kopf zu zerbrechen, die Jagd war zu Ende. Er war frei, er konnte nach Norden ziehen und die Clans suchen. Er musste nur vorher noch fragen, ob er das Pferd nehmen durfte. Würde der Kämpfer es ihm geben? Einfach so, ohne Bezahlung? Er war jetzt ein reicher Mann, er hatte eine ganze Herde. Und er war kein Merzer, bei einem Merzer hätte Babu sich keine Hoffnungen gemacht, da hätte er einen ganzen Clan retten können und hätte zum Dank eher ein hübsches Mädchen zur Frau bekommen als ein echtes Pferd. Babu wurde ungeduldig. Was, wenn es bei dem Fremden Sitte war, die Pferde mit den Reitern zu bestatten? Er hatte von solch schrecklichen Ritualen gehört. Babu strich dem Braunen über den Hals. Ein Sattel wäre gut gewesen, aber es ging auch ohne.

Der große Mann trat aus dem Dunkel der Höhle. Er kniff geblendet die Augen zusammen, aber er sah Babu sofort, angestrahlt von der aufgehenden Sonne. Er hob die Hand zum Gruß.

Der Bogenschütze war jünger, als Felt vermutet hatte. Ein schwarzer Flaum zeichnete die Oberlippe nach, schwarze Haare wurden von einem ledernen Stirnband gebändigt, die Augen waren hellbraun und schauten ihn so skeptisch an, dass Felt sich zu einem Lächeln zwang. Der junge Mann erwiderte es nicht. Seine Hand krallte sich in die Mähne des Pferdes, von dem er abgesprungen war, als Felt die Höhle verlassen hatte. Die anderen Tiere grasten flussabwärts, Felt hatte nicht einen Gedanken an sie verschwendet, aber nun war er erleichtert. Das wäre ein langer Marsch geworden.

»Ich danke dir«, sagte Felt, »für die Pferde und für das, was du gestern getan hast. Ohne dich hätte ich es nicht geschafft. Du hast mir das Leben gerettet.«

Der Bogenschütze antwortete. Felt verstand kein Wort. Der Gedanke an Wigo versetzte ihm einen Stich.

Felt zeigte auf seine Brust, sagte: »Felt.«

Der andere nickte, deutete auf sich und sagte etwas, das Felt wieder nicht verstand, er wiederholte, langsamer, dann besann er sich und sagte kurz: »Babu.«

Babu also. Dieser Babu musterte Felt, immer wieder schaute er auf das Schwert, aber das konnte Felt ihm nicht geben. Erkenntlich zeigen wollte er sich jedoch. Er wies auf das Pferd, dann auf Babu.

»Du kannst es haben. Brauchst du einen Sattel?«

Der Junge schaute ungläubig. Felt strich dem Pferd über den Rücken.

»Sattel?«

Jetzt lächelte er, nickte so heftig, dass die langen schwarzen Haare flogen. Das schien das richtige Geschenk zu sein. Felt zeigte auf die grasende Herde, dann hob er vier Finger: »Vier für uns – die anderen kannst du auch haben, wenn du willst. Ich brauche sie nicht mehr.«

Babu verstand nicht. Oder er konnte es nicht glauben. Felt wiederholte und untermalte seine Worte mit Gesten. Staunen. Dann ein begeisterter Wortschwall, der abrupt abriss. Felt schaute sich um.

Reva war aus der Höhle getreten. Sie ging im Wasser und führte den in Tücher gewickelten Körper Wigos mit sich. Er trieb neben ihr, sie dirigierte ihn ohne Berührung durch die Todeszone vor der Höhle und legte ihn mithilfe einer kleinen Welle am Ufer ab. Dann wandte sie sich den Männern zu. Als Erstes sprach sie den Bogenschützen an. Der zuckte zusammen, antwortete dann aber.

Nach einem kurzen Dialog wandte Reva sich an Felt: »Eines vorweg: Ich werde nicht den Übersetzer machen. Es ist euer Problem. Entweder du lernst die Sprache der Merzer oder Badak-An-Bughar Bator lernt Welsisch. Wenn du mich fragst, könnte es euch beiden nicht schaden, eine Fremdsprache zu lernen, eure Bildung ist mehr als dürftig. Ich habe ihm gesagt, dass er die Pferde bekommt, ich denke, das war in deinem Sinn. Ein größeres Geschenk kannst du einem Merzer nicht machen.«

»Ja, er hat es sich verdient«, sagte Felt. »Aber, Reva, könntest du ihn nur eines fragen? Was ist das für ein Vogel, den er da hat?«

Reva sprach mit Babu, der seinen Arm hob. Der große Vogel rauschte heran und landete auf dem Handschuh des jungen Mannes. Das Pferd scheute, aber er bekam es in den Griff. Er klopfte und strich das bebende Tier und redete beruhigend auf es ein.

»Ich habe noch niemals einen so großen Raubvogel gesehen«, sagte Felt.

»Eine Szasla ... Fliegen sie also wieder.« Revas Augen ruhten auf dem eindrucksvollen Vogel, dann wandte sie sich mit einem Lächeln an Felt: »Das ist bemerkenswert. Sehr bemerkenswert. Verdirb es dir nicht mit dem jungen Merzer.«

»Was macht er eigentlich hier?«, fragte Felt. »Siedeln die Merzer nicht viel weiter westlich? Ist er allein?«

»Frag ihn selbst«, sagte Reva.

Das war Felt zu mühsam. Er hatte noch viel zu tun. Er würde diesem Babu, oder wie er hieß, jetzt einen Sattel geben und sich vier Pferde aussuchen, dann musste er endlich das tun, wovor ihm graute: sich der Toten annehmen.

Der Merzer war nicht davongeritten. Ohne groß zu fragen, hatte er Felt geholfen, Leichen und Leichenteile einzusammeln, die Toten zu bedecken und sie am Flussufer aufzureihen. Es war eine deprimierend lange Reihe und sie brauchten bis zum Nachmittag, bis sie genug Brennmaterial beisammen hatten. Sie sammelten Waffen ein, packten Taschen, beluden Pferde. Vieles ließen sie zurück, doch das Geld der Kaufleute nahm Felt an sich. Gerders Körper war nicht vom Boden zu lösen, graben war unmöglich im felsigen Grund. Die ihn umgebenden Wolfskadaver waren ebenfalls mit steinharten, schwarzen Blutkrusten am Boden angewachsen. Felt entschied sich, einen Kreis aus Steinen um den Kameraden zu legen. Er sollte nicht im selben Feuer brennen wie die Wölfe. Die sollten liegen bleiben für die Aasfresser.

Felt nahm Gerder vorsichtig den Helm ab und setzte ihn sich auf.

»Nur geliehen, Kamerad. Ich gebe ihn dir zurück, wenn wir uns wiedersehen.«

Ihn entzündete Felt als Ersten, dann ging er langsam die Reihe am Flussufer entlang. Als Letzter brannte Wigo. Felt stand noch eine Weile im Rauch, dankbar für einen Vorwand, um weinen zu können.

TEIL VIER

ERSTES KAPITEL

NOGAIYER

»Nuru! Wo ist Nuru?«

Die zahnlose Alte machte eine vage Handbewegung. Babu stapfte Richtung Wasserfall und stolperte dabei über einen Topf. Dieses Lager war das reinste Chaos – nur noch acht Zelte, die anderen Familien waren weitergezogen, trotzdem herrschte ein Durcheinander wie nach einem tagelangen Trinkgelage. Ein paar Hunde stürzten sich auf die verschüttete Suppe, Babu hörte Fluchen, dann Kläffen, er drehte sich nicht um. Er ging weiter und erreichte das kleine Wäldchen. Der See funkelte in der Frühsonne, und unter dem Wasserfall, im Rauschen und im feinen Nebel, stand das Mädchen. Babu hielt inne, trat hinter einen Stamm, spähte. Die glatten braunen Haare waren nass und glänzten fast schwarz. Die Haut milchweiß, die Brüste spitz. Babu kniff die Augen zusammen. Im bewegten Wasser war das dunkle Dreieck ihrer Scham schwer zu sehen. Doch, da war es. Babu spürte, wie seine Wut umschlug. Er schaute weg, rief: »Nuru, es sind schon wieder zwei verschwunden!«

Er ließ sich auf den weichen, kühlen Waldboden fallen und schlang die Arme um die Knie. Das hatte nicht vorwurfsvoll, sondern hilflos geklungen. Hatte sie denn unbedingt nackt sein müssen? Ja, hatte sie, man badete selten in Kleidern – und war er nicht besonders schnell gegangen, um genau das zu sehen, was er gesehen hatte?

»Und?«, fragte Nuru. An ihren Füßen klebten welke Blätter, an ihrer nassen Haut ein Lederhemd.

»Die Hunde taugen nichts und der Falke ist ein Jäger, er kann nicht die ganze Nacht Wache halten. Er hat einfach keine Lust dazu.«

»Und?«, fragte Nuru wieder. Sie setzte sich neben Babu. Er spürte noch die Kühle des Bads. Zwischen ihren Wimpern hingen Wasserperlen.

»Wie, *und*? So geht das nicht. Es sind *meine* Pferde! Es kann doch nicht einfach jeder daherkommen und meine Pferde nehmen!«

»Du hast doch nur einen Hintern. Oder etwa nicht?«

»Begreifst du nicht? Meine Pferde werden gestohlen. Fünf sind schon weg. Verschwunden. Ich werde mit Nogaiyer Thon sprechen.«

Nuru legte sich zurück, schloss die Augen. Ihr Gesicht war rund und glatt wie ein Kiesel, ihre Augenbrauen sahen aus wie zwei kleine, gespannte Bögen. Beim Sprechen verzog sich ihr Mund immer auf eine Gesichtshälfte, nur etwas, nur gerade so weit, dass man nichts anderes mehr ansehen konnte als diese Lippen. Babu riss sich zusammen, aber wütend war er nicht mehr. Ganz und gar nicht.

»Babu«, sagte sie, ihr Akzent war dunkel und hart, »du bist der, der nichts begreift. Dein Brauner ist noch da, stimmt's?« Sie öffnete ein Auge. Babu nickte. Sie schloss das Auge wieder.

»Weißt du, was mein Vater dir sagen wird, wenn du deine Klage vorbringst – falls du ihn findest?« Sie wartete Babus Antwort nicht ab. »Er wird sagen: Sei froh.«

»Wie? Wie soll ich froh sein, wenn man meine Pferde

stiehlt? Mein Leben lang habe ich von einem Pferd geträumt – und jetzt habe ich welche und sie werden mir gestohlen!«

»Babu, du hast doch ein Pferd! Und du hast ein Zelt. Du bekommst zu essen, du hast ein Hemd und einen Mantel.«

»Ja. Und ich habe dafür bezahlt – habt ihr jemals solche Speere gehabt? Solche Messer? Echter Welsenstahl!«

Sie stützte sich auf die Ellbogen.

»*Wir*. *Wir* hatten nie bessere Speere. Du gehörst zu uns, Babu. Wenn du ein Pferd brauchst, wirst du eins bekommen. Wenn du Hunger hast, wird jemand sein Essen mit dir teilen.«

Und wenn er, Babu, nicht teilen wollte, dann würde er eben bestohlen werden. Er verstand, aber er kam nicht damit zurecht.

Er war erst eine Zehne bei den Nogaiyern. Felt und Reva waren bald nach ihrer Begegnung mit dem Reitervolk weitergezogen. Babu hatte den freien Clan nicht gefunden, sondern der Clan ihn. Er war mit seinen Pferden durchs wellige Grasland gestreift, in der Ferne hatten die Gipfel der Berge geleuchtet und Juhut hatte seine Aufmerksamkeit auf ein Waldstück gelenkt, von dessen Saum sich bald zwei Reiter lösten, ein Mann und eine Frau. Schon von Weitem hatten sie die Hände zum Gruß gehoben und Babus Herz hatte einen Sprung gemacht.

»Das sind sie«, hatte er zu Felt gesagt, der zu ihm aufgeschlossen hatte, »das sind die, die ich gesucht habe.«

Nuru schlug die Augen auf. Hellbraun, wie seine. Rund, wie seine. Dasselbe Erbe in ihnen beiden. Derselbe Ursprung. Sie lächelte.

»Komm, Babu. Wir wecken Timok und dann gehen wir auf die Jagd. Nun komm schon.«

Sie war aufgesprungen, reichte ihm die Hand. Er ließ sich

von ihr hochziehen. Sie war fast so groß wie er. Genau richtig. Sie rannte los, rief: »Wer Erster ist, hat den ersten Schuss!«

Babu lief hinter Nuru her, das Licht der aufsteigenden Sonne sprenkelte den Waldboden, er lief nicht schnell, er wollte sie nicht einholen. Er wollte einfach nur hinter ihr herlaufen.

Auch vor Timoks Zelt lag noch das schmutzige Essgeschirr des Vorabends, nicht weit davon dampften frische Pferdeäpfel. Timoks grauer Falbe war an einer langen Leine angepflockt und kam herangetrottet, als Nuru und Babu sich dem Zelt näherten. Babu strich dem Pferd über die weiche Schnauze, die aussah wie in Mehl getunkt. Die Pferde der Nogaiyer waren etwas kompakter als die, die Babu mitgebracht hatte, aber deutlich größer als die Ponys der Merzer. Und es waren ausnahmslos Falben, Pferde, deren Fell wie in der Sonne ausgeblichen war. Im Gegensatz dazu leuchteten Babus Tiere in klaren Farben. Sie wären leicht wiederzuerkennen. Aber nicht leicht wiederzufinden, denn die Nogaiyer-Horde war riesig. Dem Clan gehörten drei- oder vierhundert Familien an, so genau wusste das niemand. Nuru hatte erzählt, es gäbe noch weitere Clans außer dem ihren, aber sie alle würden sich Nogaiyer nennen, er könne sich jetzt auch Badak-An-Bughar Nogaiyer nennen. Wer hier leben würde, sei Nogaiyer, egal, woher er käme. Wenn er das nicht glauben wolle, könne er ihren Vater, den Nogaiyer Thon, fragen – wenn er ihn finden würde.

Nuru schaute Babu an, legte lächelnd einen Finger auf die Lippen, dann tauchte sie ins Zelt. Ein spitzer Schrei, dann Kreischen, dann zog Nuru ein nacktes Mädchen an den Haaren aus Timoks Zelt. Das Mädchen schlug um sich, Nuru gab ihr einen lauten Klatscher auf den prallen Hintern, sie schrie noch einmal empört auf, lächelte dann aber Babu an und sprang davon.

Jetzt kam auch Timok, sich die Hose zubindend, aus dem Zelt.

»O Bruder, du stinkst!«, begrüßte ihn Nuru.

Timok schnüffelte kurz an sich selbst, dann schüttelte er sich die langen, wirren Haare aus dem Gesicht und grinste seine Schwester an: »Ah! Der Duft der Liebe! Und wie läuft es bei dir?«

Sie schlug ihm auf die nackte Brust und kicherte. Babu kraulte den Falben besonders gründlich zwischen den Ohren.

»Babu ist schlecht gelaunt«, sagte Nuru. »Seine Herde ist wieder kleiner geworden.«

»Na, sei froh«, sagte Timok zu Babu. Nuru legte den Kopf schief und verzog den Mund. »Eine große Herde macht doch nur Arbeit. Was wollt ihr eigentlich? Jagen gehen?«

»Ja«, sagte Nuru, »ich habe den ersten Schuss und du darfst einsammeln.«

Timok stöhnte auf.

»Kann das nicht der Falke machen? Babu, der Falke kommt doch mit? Babu? Was ist mit dir, was hast du?«

Babu hing schwer atmend am Hals des Pferdes, die Finger in die Mähne gekrallt. Tränen waren ihm in die Augen geschossen, er war blind und stumm vor Schmerz.

Und so konnte er Juhuts Warnruf nicht mehr an die Freunde weitergeben. Ein Pfeil traf das Pferd in den Hals, direkt neben Babus Hand. Es wieherte schrill, stieg, Babu ging zu Boden, Arme schützend über dem Kopf. Wieder sirrte es, Timok fluchte, Nuru schrie. Babu bekam einen Tritt in die Seite, sodass ihm endgültig die Luft wegblieb. Er riss die Augen auf, sah die Geschwister beide geduckt, Timok hielt sich den Oberarm, Blut quoll zwischen seinen Fingern hervor. Nuru hockte hinter ihm, war sie verletzt? Sie starrte Babu mit weit geöffneten Augen an, sie schüttelte den Kopf. Timok robbte in sein Zelt, kam wieder hervor, mit Bogen und Pfeilen. Wo waren die Angreifer? Von überall aus dem Lager kamen nun Schreie, sie wurden von verschiedenen Seiten attackiert. Timok richtete sich auf, zielte, schickte seinen Pfeil auf die Reise. Die Antwort kam prompt. Aber dieses Mal kein Streifschuss, Timok ging in die Knie, ein Geschoss steckte in seiner Wade. Nuru griff nach dem Bogen, Babu hielt sie zurück.

»Hier geht es nur um mich«, sagte er.

Man musste ein schlechter Schütze sein, um den aufrecht stehenden Timok nicht in die Brust, sondern in die Wade zu treffen. Oder ein sehr guter. Babu stand auf, hob den Arm, wartete einen Augenblick, bis Juhut gelandet war. Dann ging er den Reitern, die sich mit gespannten Bögen hinter ihrem Anführer versammelten, mit schnellen, festen Schritten und pochenden Schläfen entgegen.

»So sieht man sich wieder, mein Freund«, sagte Jator. Er saß sehr aufrecht auf dem Rücken seines Ponys, seine gefettete Lederrüstung glänzte in der Morgensonne. Er war hager geworden. Auch die anderen drei Männer waren gerüstet. Auf den ledernen Brustplatten leuchtete rot das Abbild eines Steppenwolfs, das Zeichen ihres Clans. Es waren Kalbaken, entfernte Vettern von Jator, Babu kannte sie vom Sehen. Seit wann zeigten die einzelnen Clans wieder so offen ihre Farben? Die Kalbaken waren nach den Bator der zweitgrößte der zehn Clans und seit jeher deren Verbündete gewesen. Bis auf Jator. Jator war Kalbake, aber er war ein Verräter. Er schien unbewaffnet zu sein, seine Hände ruhten auf den Schenkeln. Aber er wies seine Vettern nicht an, die Bögen herunterzunehmen.

»Was willst du hier?«, fragte Babu, als ob er die Antwort nicht wusste.

Jator schaute an Babu vorbei.

»Gefällt es dir bei diesen Wilden?«

Babu antwortete nicht. Jator sog Luft ein. »Ich rieche den Gestank bis hierher.«

»Ich schieß dich von deinem Pony, Winzling!«, hörte Babu Nurus zorniges Kreischen ein paar Schritte hinter sich. Lass!, wollte er sagen, aber schon hatte einer der Reiter geschossen. Ein Flügelschlag nur, ein leises Knacken, ein Pfeil im Gras. Als sich Verwunderung auf Nurus Gesicht abzuzeichnen begann, landete Juhut bereits wieder auf Babus Arm. Sie ließ ihren Bogen sinken. Auch die Vettern wurden unsicher. Nur Jator ließ sich nichts anmerken.

»Wenn ich es gewollt hätte, wärt ihr alle tot. Selbst dein Vogel kann nicht alle Pfeile fangen. Aber diese Leute da gehen mich nichts an. Nur du gehst mich etwas an, Babu.«

»Das weiß ich leider allzu gut«, sagte Babu bitter.

Nuru war neben ihn getreten, er spürte ihre Hand in seiner. Er hatte niemandem vom Thon und vom Verrat erzählt und die Nogaiyer hatten nicht gefragt. Sie hatten ihn ohne Weiteres aufgenommen, es war alles so einfach gewesen, so unglaublich einfach, und Babu hatte sich fallen lassen in die Gastfreundschaft dieser Leute, die sich um Besitz nicht scherten. Das würde er auch noch lernen. Er würde teilen lernen und leben und frei sein. Mit dem Mädchen. Das Mädchen ... So nah war sie ihm geworden in so kurzer Zeit, er spürte sie zu seiner Rechten, er spürte Juhuts Gewicht auf seinem linken Arm, er fühlte sich angekommen am richtigen Ort, im richtigen Leben.

Aber nun war Jator da, ausgerechnet Jator.

Babu hatte nicht mehr an ihn gedacht, nicht mehr an ihn denken können. Das Neue hatte die Erinnerung überdeckt und erst, wenn es nicht mehr neu gewesen wäre, hätte Babu wieder an Jator denken müssen. Die Zeit hatte er nun nicht mehr, Jator hatte ihn eingeholt und mit ihm war auch alles andere zurückgekehrt: die Abende am Feuer, wenn Jator die Spieße drehte, wenn er sagte, wie gut das Land für sie sorgte. Wenn er sagte, er wolle mit Babu kommen, bis an sein Lebensende, weil er sein Freund sei. Babu müsse sich nur anpassen, nur ein wenig dankbar sein und die Vergangenheit ruhen lassen. Die Erinnerung an Jators glänzende Augen kam zurück, Augen voller Tränen. Der Vorwurf war wieder da, Babu wolle das Lange Tal, wolle ihn, Jator, verlassen. Und genau so war es gekommen. Warum? Weil Jator selbst ihn vertrieben hatte mit seinem furchtbaren, unerklärlichen Verrat. Weil Jator sein Freund gewesen war. Und nun war er sein Feind.

Jator sah schweigend auf Babu. Er musterte Nuru. Dann machte er ein Zeichen, die Männer nahmen die Bögen herunter und er stieg ab.

»Lass uns reden«, sagte er, »allein.«

Babu schickte den Falken in die Luft und löste sich von Nuru. Ihr Gesicht war eine einzige große Frage. Er strich ihr über die Wange. Babu hatte sich auf den ersten Blick in sie verliebt, aber bis jetzt hatte er es sich nicht eingestehen können. Dabei war auch das eigentlich ganz einfach.

»Alles gut«, sagte er. »Wir gehen auf die Jagd, später.«

ZWEITES KAPITEL

VERRÄTER UND FREUND

Babu und Jator entfernten sich ein Stück von den Reitern und den Zelten. Als sie schweigend nebeneinander hergingen, wurde Babu wehmütig. Nichts konnte den tiefen Graben zwischen ihnen wieder zuschütten, kein Wort, keine Tat. Aber es war immer noch Jator, der Filzkopf, der Nichtsnutz. Der Mensch, mit dem er mehr Zeit verbracht hatte als mit jedem anderen. Er hatte Jator vermisst. Den früheren Jator. Den, der sein Freund gewesen war. In der Erinnerung gab es ihn immer noch.

Als sie außer Hörweite waren, blieb Jator stehen.

»Du hättest die Vergangenheit ruhen lassen sollen, Babu. Du hättest auf mich hören sollen.«

Der frühere Jator verschwand. Hier stand Jator der Verräter.

»Was? Ich habe viel zu lange auf dich gehört! Du hast mich getäuscht. Du hast mich verraten!«

»Ich habe dich *geschützt*«, sagte Jator. »Nur darum ging es mir ... Ich habe es versucht.«

»Geschützt? Du kanntest die Wahrheit! Du hast mich belogen und ... *vertrieben*!«

Babu spürte die Wut. Sie hatte lange geruht, aber nun erhob sie sich in ihm wie ein hungriges Tier.

»Babu«, sagte Jator ernst, »ich wollte dich nicht vertreiben, ich wollte immer nur, dass du *bleibst*!«

»Dann hättest du dich besser nicht mit dem Mörder meines Vaters eingelassen!«

Babu funkelte Jator zornig an. Seine Wut setzte an zum Sprung, sie wollte Beute machen. Aber Babu musste sie bezähmen, denn er wollte noch eines wissen: »Was ist mit Dant? Wie geht es ihm?«

»Der Gerber?« Jator wich seinem Blick aus. »Keine Ahnung, wie es ihm geht.«

»Was soll das heißen, *keine Ahnung*? Tu nicht so. So ... unschuldig. Du wusstest doch alles! Lange schon! *Du* bist zum Thon gerannt. Zu diesem Mörder!« Er packte Jator bei den Schultern. »Ich frage dich noch einmal: Wie geht es Dant?«

»Er ist tot. Er und seine ganze Sippe.«

»Was?«

»*Er ist tot!*«, brüllte Jator ihm ins Gesicht. »Dant und seine Söhne und seine Vettern und der ganze verdammte Tartor-Clan! Tot! Ausgerottet! Gestorben und vergessen! Alle!«

Er schlug Babus Arme weg, drehte sich um und ging ein paar Schritte.

»Das ist nicht wahr«, sagte Babu ins Gras.

Jator fuhr herum.

»Es *ist* wahr! Babu, du kapierst nichts, gar nichts! Bator Thon hat demjenigen, der dich nach Hause bringt, tot oder lebendig, seinen Platz angeboten. Verstehst du? Wer dich ihm bringt, wird der nächste Thon sein.«

Er ging wieder auf Babu zu.

»Und glaube nicht, dass auch nur einer das Wort gegen ihn erhoben hat. Nicht, nachdem die Tartor ausgerottet sind. Nein! Jeder gegen jeden, nur die Angst eint die Clans. Und die Gier.« Er lachte. »Jeder Mann, der reiten kann, ist hinter dir her – alle träumen sie davon, groß und mächtig zu sein! Jeder der neue Thon!« Er konnte kaum sprechen vor Lachen, Babu schwieg fassungslos. »Allen voran die Söhne des Thons ... die sehen ihre Felle wegschwimmen ... Ha! Haha! Und wer hat dich als Erster gefunden? Ich! Der Nichtsnutz!«

Babu schlug ihm mit der Faust ins Gesicht.

Jator taumelte zurück, aber Babu sah, wie er schnell etwas aus dem Ärmel in die Hand fallen ließ. Ein Messer. Babu griff nach seinem Dolch.

Und als Jator sich auf ihn stürzte, noch benommen vom Schlag, und unbeholfen nach ihm ausholte, stach Babu zu.

Jator klappte über Babus Faust zusammen. Sie gingen beide in die Knie, Babu ließ den Dolch los, Jator kippte nach hinten. Lag auf dem Rücken, schaute in den Himmel. Und lächelte.

Bis zum Griff steckte der schwarze Dolch in Jators Bauch, er war durch die lederne Rüstung gegangen wie durch leichten Stoff.

»Jator ... «

»Babu, sieh zu, dass du hier wegkommst ... « Seine Stimme brach und Babu beugte sich zu ihm. »Sie sind mir dicht auf den Fersen. Und es sind viele, sehr viele.«

»Jator, ich ... « Babu sah, wie sich das Gras dunkel färbte.

Jator lächelte immer noch. Er sah Babu in die Augen.

»Ich will kein Thon sein. Ich wollte immer nur dein Freund sein, Babu, nichts anderes. Verraten habe ich dich trotzdem. Schon vor vielen Soldern hat der Thon mich rufen lassen. Ob ... ob ich dein Freund sei. Ja, habe ich gesagt, dein einziger, dein bester Freund – und du ... hast nie verstanden, nie wirklich verstanden ... « Er schluckte und Babu sah den Schmerz in Jators Gesicht. Der sprach flüsternd weiter: »Er hat gesagt ... Bator Thon sagte, ich soll ein Auge auf dich haben ... und dass ich das nicht bereuen würde. Und ... und das war gelogen!«

Er krallte sich in Babus Weste, versuchte sich aufzurichten.

»Babu! Ich bereue. Es tut mir so leid ... er hat sie alle umbringen lassen, alle ... und du warst fort. Das wollte ich nicht.«

Jators Lider flatterten. Sein Gesicht war weiß wie Schnee.

»Babu, ich muss dich warnen ... es sind Hunderte, alle hinter dir her ... weg. Ich hab dich gefunden, sie werden dich finden. Du musst weg. Weg von den Leuten. Versteck dich.«

Sein Mund füllte sich mit Blut. Babu versuchte, ihn etwas aufzurichten. Jator spuckte, dann fiel sein Kopf zur Seite, er war ohnmächtig geworden. Babu blickte sich hilfesuchend um. Die anderen Kalbaken beobachteten sie vom Rücken ihrer Ponys aus. Aber sie griffen nicht ein. Auch Nuru stand wie angewurzelt und schaute zu ihnen herüber.

»Babu ... « Jator hatte die Augen wieder geöffnet, aber sein Blick entfernte sich bereits.

»Jator, hör mir zu: Press die Fäuste auf deinen Bauch, so fest du kannst, ich werde jetzt den Dolch –«

»Lass«, sagte Jator, »ich sterbe.«

»Nein.«

»Es ist gut«, sagte Jator, seine Stimme war rau. »Ich wollte dich schützen, wollte ... dass du nichts erfährst. Dass alles so bleibt, wie es ... war. Ging nicht. Nichtsnutz.«

»Jator, du musst nicht sterben, aber du darfst nicht sprechen.«

Jator schüttelte den Kopf. Er spuckte wieder Blut – er lachte.

»Ohne dich hat es keinen Sinn. Du *musst* mein Freund sein. Wenn nicht, musst du sterben. Oder ich. Besser ich.«

Endlich begann Babu zu begreifen. Jator hatte sich von dem Dämon, der in Bator Thon wohnte, verführen lassen – so wie Kank sich hatte verführen lassen. Was mochte der Thon ihm gesagt, was ihm versprochen haben? Dass er ein Geheimnis über seinen besten Freund Babu erfährt? Vielleicht. Vielleicht war das schon genug gewesen für einen Jungen von zehn oder zwölf Soldern ...

»Jetzt kannst du mich nie vergessen«, sagte Jator. »Man vergisst den Mann nicht ... den man getötet hat, oder?«

Babu schüttelte den Kopf.

»Gut«, sagte Jator in geschäftsmäßigem Ton, so als hätte er gerade ein Stück Leder geprüft, das er kaufen wollte. »Das ist sehr gut.«

Jator hatte schon immer weiter als Babu denken können. Er hatte in die Zukunft gedacht, während Babu am Gestern hing. Als der sterbende Kank nach Babu hatte schicken lassen, hatte Jator erkannt, dass das Ende ihrer Freundschaft gekommen war. Der Thon hatte ihn mit einem Geheimnis belastet, von dem er wusste, es würde zu schwer sein, als dass Jator es weiterreichen konnte. Also hatte Jator geschwiegen, all die Soldern. Hatte Babu beschützt. Und gehofft, es würde nie herauskommen. Gehofft, es würde alles bleiben, wie es war.

Unverwandt schaute Jator Babu an, er weinte nicht und er lächelte nicht. Er schaute nur mit großem Ernst in das Gesicht des Menschen, um den sich sein ganzes Leben gedreht hatte, und sein Blick entfernte sich weiter und kam nicht mehr zurück.

Babu nahm Jators Tod ohne weitere Gefühlsregung zur Kenntnis. Er wunderte sich über sich selbst, aber es war so: Die Sonne geht auf, die Sonne geht unter – Jator hatte gelebt, Jator war tot. Nichts ließ sich daran ändern. Wer trug die Schuld? Sie alle. Am wenigsten noch Jator, er war verführt worden. Er war ein Kind gewesen. Ein Junge, der etwas wusste, was er nicht hätte wissen dürfen. Hatte er dem Thon

Bericht erstattet über ihre Gespräche beim Feuer, über Babus Zweifel, seine Fragen, seinen wachsenden Unmut? Oder hatte sich Jator gewehrt, so lange, bis es nicht mehr ging? Bis es so oder so herauskommen musste, bis Babu nicht nur erfuhr, dass der Vater verraten worden war, sondern er selbst auch? Es war nicht mehr wichtig, denn jetzt war der Verräter tot – und der Freund auch.

Jators schwarze Augen waren immer noch auf Babu gerichtet. Babu griff den Dolch, zog ihn langsam aus Jators Bauch. Er hatte ihn getötet. Er hatte es nicht gewollt. Spielte es wirklich keine Rolle, wer das Messer führte? Kam es nur auf die innere Ausrichtung an? Bator Thon hatte den Bruder nicht erstochen, das hatte Kank getan. Aber Babu hatte Jator erstochen, er hatte es selbst getan. Er stand auf.

»Wer ist das?«, fragte Nuru.

»Mein Freund«, sagte Babu, »aus Kindertagen.«

Das konnte sie nicht verstehen. Und Babu konnte es nicht erklären.

»Es tut mir leid«, sagte Babu, »es wird nichts mit unserer Jagd. Ich muss fort. Und ihr verlasst diesen Ort besser auch.«

Nuru kniff die Augen zusammen.

»Kommen noch mehr?«

»Ja. Viel mehr. Aber das hat alles nichts mit euch zu tun. Wirst du auf meine Pferde aufpassen, bis ich zurück bin?«

»Kein einziges wird mehr da sein«, sagte Nuru verstockt.

Babu musste lachen. Er spürte den Irrsinn in diesem Lachen, und weil er fürchtete, dass es nur ein maskiertes Weinen war, griff er nach Nuru. Nahm das Gesicht des Mädchens in beide Hände und konzentrierte sich auf ihre runden Augen.

»Nuru, versteh doch: Erstens ist es das einzig Richtige, wenn ich eine Zeit lang verschwinde. Ich habe Juhut, mir wird nichts geschehen. Und zweitens muss ich ein Mal, nur ein einziges Mal, das tun, was Jator will.«

Die drei Kalbaken hatten sich genähert, jetzt saßen sie ab. Einer führte Jators Pony am Zügel. Nuru schaute auf den Toten, dann nickte sie kaum merklich. Babu war ihr dankbar – dass sie keine Fragen stellte, dass sie ihm kein Versprechen abnötigte. Noch mehr Gründe, am Leben zu bleiben und zurückzukehren. Zu ihr.

Aber dazu musste er erst weg. Und davor musste er sich noch mit Jators Vettern auseinandersetzen. Babu straffte die Schultern. Es war nicht nötig, in den Himmel zu schauen, um Juhut zu sehen. Sein Schatten glitt über das Gras, den Toten, die Gesichter der drei Männer.

»Hat er dir gesagt, dass unser Vorsprung gering ist?«, fragte einer.

»Das hat er.«

»Worauf wartest du dann? Sieh zu, dass du wegkommst.«

Babu war erstaunt. Er zögerte. Kein Angriff, kein Racheschwur, nicht einmal ein Vorwurf?

»Wir sind nur hier, um ihn nach Hause zu bringen.« Die Männer tauschten Blicke.

»Die Tartor waren schon immer Verräter«, fuhr der eine fort. »Dant hätte besser geschwiegen, man redet nicht gegen seinen Thon. Aber …«, er stockte, dann sah er Babu geradeheraus an. »Aber die Kinder zu töten, das war nicht recht. Sie alle zu töten, das war … unmenschlich. Der Thon hat ein Gesicht gezeigt, das –«

Er brach ab. Man redet nicht gegen seinen Thon. Auch wenn dieser Thon kein Gesicht hat, sondern eine Wolfsfratze. Auch wenn in diesem Thon ein Dämon steckt, der ihn dazu getrieben hat, den eigenen Bruder zu töten und einen ganzen Clan auszurotten. Und einen Freund zum Verräter zu machen.

Der Kalbake kniete sich zu dem Toten.

»Auch Jator hätte schweigen müssen, er trägt eine Mitschuld. Die musste er sühnen. Das hat er selbst so gesehen.«

Der Kalbake richtete Jator auf, der Kopf fiel ihm in den Nacken, die Hände öffneten sich. Ein Stein rollte ins Gras.

Kein Messer.

Ein Stein, ein einfacher, länglicher Stein, irgendwo aufgelesen.

Babus Magen krampfte sich zusammen. Jator hatte ihn besser gekannt als er sich selbst. Er hatte Babus Wut gekannt, mit seiner Enttäuschung gerechnet – und er hatte von dem Dolch gewusst, der nie stumpf wurde. *Du musst mein Freund sein. Wenn nicht, musst du sterben. Oder ich. Besser ich.*

Über ein halbes Solder hatte er Babu verfolgt mit dem Ziel, ihn zu warnen und sich von ihm töten zu lassen. Am Ende wollte er als Freund erinnert werden, nicht als Verräter. Diese Erinnerung war ihm nun sicher.

Jators Vettern hoben den Leichnam auf das Pony. Babu war davon überzeugt, dass diese Männer nicht reden würden. Sie würden sich niemals gegen den Thon stellen, aber sie würden Babu auch nicht verraten. Sie würden das tun, was Jator ihnen aufgetragen, wofür er sie wahrscheinlich bezahlt hatte: ihn nach Hause bringen.

Babu ritt mit Timok, der sein verletztes Bein nach vorn über den Widerrist eines großen Rotfuchses gelegt hatte. Babu hatte ihm den Wallach ganz offiziell geschenkt, denn Timoks Falbe war durch den Pfeilschuss zu schwer verwundet worden. Sie trieben zehn Pferde vor sich her Richtung Norden. Nuru führte, gemeinsam mit zwei Familien, den Rest der Herde nach Westen. Sie vermutete ihren Vater, den Nogaiyer Thon, dort in der Nähe eines Waldgebietes und wollte ihn vor einem möglichen Einfall der Merzer warnen. Selbst wenn Babu nicht zu finden wäre, so hatten ihn doch viele gesehen; der große Vogel, seine schönen Pferde, die schwarzen Speere und Messer hatten ihn schnell bekannt gemacht. Man musste sich auf eine Haltung gegenüber den Merzern einigen. Eine dritte Gruppe war, nachdem sie das Lager in aller Eile abgebaut hatten, nach Osten aufgebrochen. Der Tote schließlich zog mit seiner Eskorte südwärts, den Verfolgern entgegen. An einem im Kampf gefallenen Mitglied seines Volkes konnte kein Merzer einfach vorbeigaloppieren. Viele Soldern hatten sie es nicht mehr getan, aber nun würden sie Jator grüßen müssen und die Floskeln aufsagen, mit denen der Tote geehrt, die Familie bedauert und der Feind verflucht wurde. Erst dann konnten sie weiter der Spur durchs Gras folgen und würden den Lagerplatz finden. Und weitere Spuren, alle gleich breit, die in drei Richtungen wiesen. Welche war die vielversprechendste? Babu vertraute auf die tief sitzende Uneinigkeit seiner Landsleute, die in diesen Tagen wieder zum Vorschein kam. Sie würden lange streiten und schließlich würden sie sich trennen – und dann wären im Land der Nogaiyer nicht mehr die Merzer auf Kriegszug, sondern die alten Clans, die sich gegenseitig einen Misserfolg wünschten bei der Jagd nach Babu. Bei der Jagd auf den Platz des Thons. Jetzt verstand Babu, was Dant gemeint hatte, als er sagte, er sei die größte Gefahr, welcher der Thon sich je gegenübergesehen hätte. Babu war kein Sohn des Friedens. Sein Verschwinden hatte einen Clan ausgelöscht. Seine Existenz säte Zwietracht unter den anderen. Was würde erst geschehen, wenn er nach Bator Ban zurückkehren würde?

Denn das wollte er. Die Begegnung mit Nuru hatte den Gedanken an Rache betäubt. Der Tod Jators hatte ihn wieder angefacht. Babu fühlte den Splitter in seiner Stirn brennen und der Kopfschmerz, der dahinter lag, immer, Tag und Nacht, war wieder schärfer geworden. *Tod dem Thon.* Mit diesem Gedanken war Babu aus dem Zwischenreich in den Schnee dieser Welt zurückgekehrt. Dann war er in die Spur getreten und die Jagd hatte begonnen. Die Jagd auf die Wölfe, die Ausgeburten seiner gequälten Seele, die von seiner eigenen dunklen Seite in die Wirklichkeit, ins blendend helle Weiß der Bergwelt hinübergewechselt waren. Mit seinem Hass und seiner Wut hatte Babu den dämonischen Wölfen diesen Wechsel ermöglicht, so musste es gewesen sein: Er war der Riss gewesen, durch den sie schlüpfen konnten. Aber wer war es denn gewesen, der ihn so gequält, so zerrissen hatte? Bator Thon. An der Grenze zwischen Leben und Tod hatte Babu nicht vergeben können. Er hatte dem Wolfs-Thon den Vatermord nicht verzeihen können. Es war zu schwer gewesen, es war unmöglich gewesen. Babu hatte ihm sein Nein entgegengeschleudert.

Er begriff, dass die Jagd noch nicht zu Ende war. Das Rudel war besiegt – und viele Menschen waren gestorben. Noch mehr würden sterben, denn Babu musste weitergehen, *bis zum Ende, wo der Kreis sich schließt.*

Er musste zurück. Er musste die Herrschaft Bator Thons, die auf Mord und Verrat gegründet war, beenden. Er musste den Dämon besiegen. Dann erst wäre der Kreis geschlossen, dann wären die Morde gesühnt. Dann konnte er frei sein und Badak-An-Bughar Nogaiyer werden.

Ich werde nach Hause kommen, versprach er Jator in Gedanken. Es dauerte nur noch ein wenig, denn erst einmal musste er sich verstecken.

»Weiter kann ich dich nicht begleiten«, sagte Timok. Sie hielten die Pferde an unter den weit ausladenden Ästen eines großen, einzeln stehenden Baums. Die Rinde war rissig und grau, wie versteinert. Es war kaum vorstellbar, dass dieser Baum einmal ein junges, biegsames Pflänzchen gewesen war, er schien seit Anbeginn der Zeit hier verwurzelt zu sein. Nebelschwaden krochen durchs feuchte Gras wie körperlose Schlangen. Die Pferde der kleinen Herde schnaubten, drehten die Ohren und kein einziges senkte den Kopf, um zu grasen. Juhut saß regungslos auf Babus Faust. Die Geräusche der Natur, das Zirpen zwischen den Halmen, das Singen in der Luft, waren nach und nach verstummt. Nun, an der Grenze zum Boirad, zum Nebelwald, war es still geworden. Timok schaute in Richtung der grauen Stämme, zwischen denen der Nebel so dicht hing, dass es aussah, als stünden die Bäume in Milch.

»Ein gutes Versteck«, sagte Timok. »In den Boirad geht keiner rein. Und es kommt auch keiner raus.« Er versuchte ein Lächeln, aber der Scherz war misslungen. »Was ist nur los mit euch Leuten, dass ihr alle da hinwollt?«

Babu zuckte die Schultern. »Was Felt und die Unda wollten, weiß ich nicht. Ich will unsichtbar sein, und das scheint mir der richtige Ort dafür. Der Falke wird mich führen. Eine Szasla sieht viel.«

Timok sah skeptisch auf Juhut, schwieg aber.

»Timok, bitte sag deiner Schwester ...« Babu brach ab.

»Ich werde ihr sagen, dass sie das schönste Mädchen ist, das du je gesehen hast, dass du bald zurück sein wirst und dass du in der Zwischenzeit vor Kummer nicht essen und trinken wirst – so etwas in der Art. Lass mich nur machen, ich weiß, was sie hören will.«

Babu schaute in die Nebelmilch und versuchte zu verhindern, dass das Blut ihm ins Gesicht stieg.

»Ist es dir ernst, Babu?«

»Das ist es.«

Timok schaute ihn an und Babu hielt seinem Blick stand.

»Gut.« Timok nickte. »Dann kann ich dir nur raten, dich nicht zu verirren. Enttäusche Nuru nicht. Ich würde dir keine Gelegenheit geben, deinen Dolch zu ziehen.«

»Das wird nicht nötig sein.«

Timok streckte Babu seinen Arm entgegen, sie umfassten die Handgelenke, so lange, bis das Blut des Gegenübers in den eigenen Ohren klopfte.

»Wenn die Jagd nach dir vorüber ist, wirst du einen Hasenschädel finden«, sagte Timok und wendete sein Pferd, »hier, zwischen den Wurzeln.«

»Ich danke dir«, sagte Babu, aber Timok hatte dem Fuchs bereits die Zügel freigegeben und das Tier fiel sogleich in einen gestreckten Galopp und zog die Herde mit sich. Nur mit Mühe und viel gutem Zureden konnte Babu den Braunen daran hindern, hinterherzulaufen. Schließlich beugte sich das Pferd Babus Willen und ging in die entgegengesetzte Richtung. Sobald Babu den Saum des Waldes erreicht hatte, war er so rasch und vollständig verschwunden, als habe er einen Vorhang hinter sich zugezogen.

DRITTES KAPITEL

DIE WIRKUNG DES WALDES

Felt saß mit ausgestreckten Beinen an einen Baumstamm gelehnt und beobachtete einen großen, schwarz schimmernden Käfer beim siebten oder achten Versuch, seinen Stiefel zu erklimmen. Das knapp handtellergroße Insekt krabbelte auf kurzen Beinen, trug aber ein absurd großes Horngebilde auf dem Kopf. Was für eine Belastung, dachte Felt, nahm den Käfer und setzte ihn sich aufs Schienbein. Das Insekt verharrte regungslos und wirkte nun wie eine martialische, aber doch elegante Verzierung. Vielleicht sollte er den Käfer knacken und sich den Panzer auf den Stiefel binden. Felt nahm den Käfer wieder auf und besah sich die Unterseite. Hell, fast hautfarben. Sechs gelenkige, haarige Beine, die Halt suchend paddelten, kleine Beißzangen, die auf- und zuschnappten, ein daumendicker Hinterleib, der sich krümmte. Schlecht gerüstet, dachte Felt, und drückte mit dem Zeigefinger auf den verletzlichen Leib, dann warf er den Käfer in den Nebel. Er schaute zu Reva, die ein paar Schritte entfernt stand und deren silbern schimmernder Umhang in dieser trüben Welt allen Glanz verloren hatte. Sie sah selber aus wie ein Baum, grau, reglos, stumm.

Auch die Nogaiyer waren verstummt, als Felt seinen Nordweiser hervorgeholt und in die Richtung gedeutet hatte, in die sie ziehen wollten. Dann hatten alle durcheinandergeredet und Babu hatte übersetzt: »Da ist die Welt zu Ende, sagen sie, da ist der Boirad, ein Wald im Nebel. Die Toten wohnen dort, sagen sie, die Lebenden kommen nicht wieder, wenn sie dorthin gehen.«

Reva hatte gelächelt und Felt hatte gemeint, so schlimm würde es schon nicht sein. Außerdem wollte die Unda nicht wiederkommen. Felt und sie mussten weitergehen und nicht zurück.

Ein Irrtum. Toten war er nicht begegnet, aber weiter kam er auch nicht. Falls doch, wusste er es nicht. Wieder und wieder hatte Felt die flache Schale befüllt und die Nadel aufgesetzt – sie drehte sich langsam um sich selbst und kam nicht zum Stillstand. Im Gegensatz zu Reva. Die sonst unaufhörlich sich bewegende Unda war erstarrt. Sie sprach nicht mehr. Sie ging nicht mehr. Felt musste sie tragen, und wo immer er sie abstellte, blieb sie stehen, mit matten Augen, den Blick nach innen gekehrt. Felt zweifelte, ob es das Richtige war, sich in die eigenen Gedanken zu flüchten, aber er bemerkte, dass er selbst immer öfter und immer tiefer in Erinnerungen versank. Es war zu verführerisch. Er legte den Kopf zurück an den Stamm und schloss die Augen.

Da waren das warme Leuchten eines Lagerfeuers und Babu, der mit angewinkelten Beinen dasaß und den Rest Fleisch vom Knochen eines Schweinefußes nagte. Das mit Wäldern durchsetzte Grasland war reich an Wild und die flinken, borstigen Schweine waren besonders schmackhaft. Sie hatten bald festgestellt, dass sie alle drei nordwärts ziehen wollten, und was lag näher, als ein Stück gemeinsam zu reisen. Der Junge lernte rasch Welsisch – viel schneller, als Felt in der Lage war, Babus

Sprache zu lernen. Sie führten keine tiefsinnigen Gespräche, dazu reichte es nicht, Felt erzählte nichts von den Quellen, von ihrem Sterben und der unfassbaren Bedrohung für die Menschen des Kontinents. Und Babu erklärte nicht, warum er allein unterwegs war. Nur dass er auf der Suche war nach bestimmten Leuten, einem Clan, der mit seinem entfernt verwandt war. Sie sprachen nicht über die Zukunft oder die Vergangenheit, nicht einmal über die Wölfe. Felt konnte nicht darüber sprechen – dieser junge Mann war ein Fremder. Kein Freund. *Die Freundschaft verlässt den Kontinent.* Felt hatte Revas Worte im Ohr. Auch dass sie gesagt hatte, er würde sich an diesen Verlust gewöhnen, hatte er nicht vergessen. Aber er war ein Welse, er war nicht geübt darin, Freundschaften zu schließen. Selbst Wigo hatte lange gebraucht, bis er Felts Misstrauen hatte überwinden können. Felt konnte es noch so sehr wollen, konnte noch so sehr versuchen, Babu als seinen Lebensretter, als seinen Verbündeten im Kampf gegen die Bestien, als seinen Freund anzusehen – es gelang ihm nicht. Unentwegt kreisten Felts Gedanken um die Frage, ob es schlicht an seinem Charakter und seinem bisherigen Leben lag, dass Babu ihm fremd blieb, oder ob sein Unvermögen eine direkte Folge des Quellsterbens war. Früher hätte er sich diese Gedanken nicht gemacht. Nun aber wusste er vom Versiegen der Freundschaft. Dass er sich nicht willentlich darüber hinwegsetzen konnte, verunsicherte ihn zutiefst.

So wurden sie einander nicht vertraut und sprachen nicht über das Wesentliche, sondern über das Naheliegende: über das Essen, das Wetter, das schöne Land, das sie durchquerten. Felt fragte nicht nach dem großen Vogel, dieser wirkungsvollen Waffe im Kampf gegen die Bestien, aber er hatte das Gefühl, dass der Falke ihren knappen Gesprächen, den Zweiwortsätzen und mit Handzeichen bebilderten Fragen folgte und Babu half, Felt zu verstehen. Der Junge lernte nur deshalb so schnell Welsisch, weil er den Falken hatte.

Einmal fragte Babu nach Reva: »Wer ist sie? Sie sitzt nicht mit uns. Sie isst nicht.«

»Sie braucht nichts essen. Sie ist eine Unda. Eine Hohe Frau.«

Babu fuhr mit einem Finger unter sein Stirnband und kratzte sich.

»Eine hohe Frau?« Er zuckte mit den Achseln. »Frauen immer mehr hoch als Männer. Auch bei uns. Frau kann machen, was sie will. Frau kann Männer haben, so viele sie will. Frauen sind reich. Nichts essen? Gut, dann nicht. Kann man nichts machen.«

Felt lachte und wollte schon erzählen, dass es bei den Welsen etwas anders zuging. Dann dachte er an Estrid und schwieg.

Felt öffnete wieder die Augen: graue Stämme, lautlos zu Boden trudelnde Blätter, knorrige Äste, hängende Moose, Flechten und schwere Schlingpflanzen, von denen es tropfte. Reva, unbeweglich im weißen Dunst, gefangen im Zwischenzustand, im Gemisch aus Wasser und Luft. Wo waren eigentlich die Pferde? Felt dachte angestrengt nach, er erinnerte sich, dass sie Pferde gehabt hatten, aber wo sie jetzt waren, ob sie davongelaufen waren, ob sie tot waren, was mit ihnen geschehen war – er hatte keine Ahnung. Er erinnerte sich ans Reiten und er erinnerte sich ans Laufen. Was dazwischen gewesen sein musste, war ihm entfallen. Er erinnerte sich an den Fetzen einer Erinnerung, einen Traum im Traum oder eher einen Albtraum in einem Traum, von dem er geträumt hatte, und er konnte nicht weiter darüber nachsinnen, denn er spürte deutlich, dass er an die Grenzen seines Denkens stieß.

Er wusste: Das war die Wirkung des Waldes. Dieser Wald

war alt, so alt, dass er nicht gewachsen zu sein schien, sondern übrig geblieben aus einer Zeit vor der Zeit. Felt freute sich über diese Idee eines vorzeitlichen Waldes und hing ihr weiter nach. Es wäre nur folgerichtig, dass sich an einem solchen Ort Zeit und Raum verwischten, oder nicht? Wenn man von außen hereinkam, brachte man seine eigene Zeit mit, sein Leben, seine Erfahrungen, aber dann änderte sich die Ordnung: Die Dinge, die Erlebnisse und Gedanken folgten einander nicht mehr, standen nicht mehr in einer Reihe hintereinander. Alles war gleich wichtig oder gleich unwichtig, passiert oder nicht passiert, gedacht und vergessen und wieder neu gedacht und wieder vergessen. Ja, genau so war es: In diesem Wald verwischten Zeit und Raum.

Felt versuchte zu erspüren, ob ihm diese Erkenntnis Angst machte. Nein, das tat sie nicht. Doch er freute sich auch nicht mehr an der Idee, er war dem Wald gegenüber jetzt vollkommen neutral eingestellt. War diese Gleichgültigkeit nun aber etwas, was ihm Sorge bereiten sollte? War es so, wenn man den Verstand verlor? Dass man sich außerordentlich scharfsinnig vorkam bei der Beobachtung der eigenen Gedankengänge, die sich, hätte man sie jemandem mitteilen können, aber als gänzlich stumpf herausgestellt hätten?

Felt entschied sich, noch einen Augenblick sitzen zu bleiben und über diese Frage nachzudenken.

Dann wurde er abgelenkt, denn der Käfer war zurück. Und hatte seine Artgenossen mitgebracht. Fasziniert beobachtete Felt, wie zwei von ihnen mit ihren Körpern eine Brücke bauten – sie hakten sich mit ihren Horngeweihen ineinander –, über die die anderen dann vom Waldboden bequem auf den Stiefel krabbeln konnten. Von da aus ging es weiter. Sie liefen das Bein entlang, dann seitlich über die Schnallen des Brustschutzes bis zum Schulterstück. Dort fanden sie Halt in Felts langen Haaren und liefen ihm über den Kopf und schließlich wohl den Stamm des Baumes hoch. Felt schaute nicht nach, er rührte sich nicht, es spürte nur die harten Insektenbeine auf seiner Kopfhaut. Was suchten die Käfer dort oben? Die Kronen der Bäume waren verborgen hinter dem Nebel, man konnte immer nur fünf, sechs Stämme weit sehen. Aber die waren so dick, dass man sich ausrechnen konnte, wie hoch die Bäume sein mussten. Felt überlegte.

Hatte er nicht genau diese Berechnung schon angestellt? Zu welchem Ergebnis war er gekommen? Er wusste es nicht mehr, also müsste er noch einmal nachrechnen. Er schloss die Augen, um sich besser konzentrieren zu können.

Zwei Reiter. Ein Mann, eine Frau, die Hand zum Gruß erhoben. Im roten Licht der untergehenden Sonne werfen die Körper der grasenden Pferde lange Schatten. Babu rutscht aufgeregt im Sattel hin und her, stellt sich in die Steigbügel, schaut. Die Reiter sind da, ein kurzer Wortwechsel, Lachen. Ist das möglich, dass Fremde sich so freundlich begegnen? Felt kann es nicht glauben, aber er muss den Schwertgriff loslassen, als der Reiter ihm die Hand reichen will. Ein unverständlicher Wortschwall, der sich über ihn und Reva ergießt. Babu ist verstummt und bemerkt nicht, dass er das Mädchen anstarrt.

»Was hat er gesagt?«

»Er hat sich vorgestellt«, sagt Reva. »Das sind Timur-Din-Okaz Nogaiyer und Nurda-Ad-Uruz Nogaiyer, seine Schwester.«

Das Mädchen nickt, lächelt, sagt: »Nuru.«

Der junge Mann tippt sich an die Brust: »Timok.«

Felt legt die Hand aufs Herz: »Felt.« Dann sagt er zu Reva: »Ich frage mich, warum sich diese Leute erst komplizierte Namen geben, um sie dann doch abzukürzen.«

»Diese Leute«, sagt sie mit Blick auf die drei, die sich angeregt über Babus Pferde unterhalten, »können auf eine lange Reihe mächtiger Ahnen zurückblicken. Du siehst hier drei Königskinder, die nicht viel Wert auf ihre Titel legen.«

Felt ist kein Königssohn. Er ist ein Wachsoldat. Er kennt keine Unbeschwertheit, sondern den Argwohn. Für ihn ist die Möglichkeit, Freundschaft zu schließen, bereits aus der Welt verschwunden.

War es dunkler geworden? Nein, das war eine Sinnestäuschung. Eben saß er noch auf dem Rücken eines Pferdes und die Welt war beleuchtet. Nun saß er mit ausgestreckten Beinen auf dem Boden eines Waldes und die Welt war verhüllt. Dunkel war es nicht, nur entfärbt. Felt beobachtete zwei Käfer, die sich bekämpften. Sie waren recht groß, die Panzer glänzten schwarz und beide trugen ein verästeltes Horngebilde auf dem Kopf. Einer stemmte sich mit Hinterteil und kurzen Beinen gegen den Stiefelschaft und versuchte den anderen daran zu hindern, sich dem Stiefel zu nähern. Felt zog die Beine an, er wollte es nicht, aber sein Körper wollte es. Er war steif, er musste sich bewegen. Die Käfer torkelten durchs nasse Laub und konnten nicht voneinander lassen. Felt kippte zur Seite, war auf allen vieren, erhob sich zum Stehen, bekam aber den Rücken nicht gerade. Er machte einen Schritt, stechende Schmerzen, er rieb sich die Knie und humpelte weiter, hatte wohl zu lange gesessen. Laufen würde helfen, Laufen half immer. Er bückte sich nach seinem Helm, ein Reißen im Rücken. Langsam machen, dachte Felt. Er ging vorsichtig in die Knie, stützte sich am Baumstamm ab, angelte sich den Helm, setzte ihn auf und schloss mit steifen Fingern den Kinnriemen. Er langte nach der Tasche, ohne zu wissen, was darin war. Aber wenn sie da lag, würde sie wohl ihm gehören und dann wäre es ratsam, sie mitzunehmen. Sich am Stamm festhaltend, richtete er sich wieder auf. Irgendetwas war gewesen mit diesem Stamm. Er schaute nach oben. Die rissige Borke glich einer zerklüfteten Felslandschaft, der Horizont verschwand im Dunst. Was für eine Aussicht, was für ein Überblick. Felt sah tiefe Schluchten und schartige Gipfelketten, so hoch oben war er noch nie gewesen, so weit hatte er noch nie schauen können. Ihm wurde schwindelig, sein Nacken tat weh. Er senkte den Kopf und begriff: von wegen oben, er stand unten, zwischen Wurzeln.

Und da drüben stand noch jemand.

»Verzeihung«, sagte Felt. »Kann ich Euch helfen?«

Die Gestalt rührte sich nicht, antwortete nicht, ein verängstigtes Kind, das sich im Wald verirrt hatte. Nein, eine Frau, in Gedanken versunken. Aus einem Impuls heraus wollte Felt sie aufheben, aber er hielt sich zurück; er war kein Mann, der sich an einer Frau vergreift.

»Braucht Ihr etwas? Habt Ihr Euch verirrt?«

Keine Regung.

Ihm kam ein Gedanke.

»Ist das hier vielleicht Eure Tasche?«

Keine Antwort. Ihm selbst kam die Tasche mit einem Mal so fremd vor, dass er sicher war, sie konnte nicht ihm gehören. Er wusste ja nicht einmal, was darin war, das war der Beweis. Er hing der Frau die Tasche um, doch sie zeigte keine Reaktion.

»Ich werde jetzt gehen«, sagte er, und als auch diese Ankündigung ungehört verklang, wandte er sich ab, ließ die Fremde stehen und ging.

Felt marschierte und eine Zeit lang ließen alle Schmerzen nach. Dann aber spürte er eine Unsicherheit in den Knien, eine Müdigkeit im Rücken. Er fühlte sich beklommen, wie halb unter Wasser, der Nebel drückte ihm auf die Brust. Er wollte gern einen Augenblick verschnaufen. Dort kam er ohnehin nicht weiter, dort standen die Bäume zu dicht. Aber nein, das waren keine Stämme: Aus dem Nebel formte sich ein Haus, die Mauern im gleichen Grau wie die Bäume. Ohne anzuklopfen, öffnete Felt die schwere Tür und trat ein.

Mitten in der dunklen, nur von einem Herdfeuer erhellten Stube stand eine Frau. Ihr schlichtes Kleid reichte bis zu den Knöcheln, sie hatte ein Tuch über die Schultern gelegt. Ihre Haare waren lang und gewellt und schimmerten rötlich. Sie war groß und schlank, aber unter dem Stoff des Kleides zeichnete sich deutlich ein runder Bauch ab.

»Felt!«, sagte sie und lächelte ihn an. »Da bist du ja endlich.«

»Da bin ich ja«, sagte Felt.

»Komm, setz dich. Du bist ganz durchgefroren.«

»Ganz durchgefroren«, sagte Felt.

Sie trat zu ihm, löste den Kinnriemen, nahm ihm den Helm ab. Er setzte sich auf die aus glatten Steinen gemauerte Bank am Ofen. Mit einem Mal war er sehr hungrig.

»Hier«, sagte die Frau und reichte ihm eine Schale, aus der es dampfte. »Aber trink nicht so hastig.«

Felt hielt die heiße Schale in beiden Händen, pustete. Die Frau stocherte im Ofen und legte ein Holzscheit nach, dann setzte sie sich neben ihn und faltete die Hände über ihrem Kugelbauch.

»Ristra legt ihr Schwert nicht mehr aus der Hand. Stell dir vor, sie hat gesagt, sie will Soldat werden – wie ihr Vater.«

»Wie ihr Vater.«

»Aber dann hat sie gesagt«, die Frau strich sich eine Haarsträhne hinters Ohr, »sie will vielleicht doch lieber Prinzessin sein und dann Königin, wenn sie groß ist.«

Sie lachte. Felt pustete in die Schale.

»Oh!« Sie richtete sich auf, fühlte den Bauch. »Felt, er bewegt sich, er tritt, fühl mal.«

Er stellte die Schale ab, sie nahm seine Hand, legte sie sich auf den Bauch. Ein kleines Beben und dann, ganz deutlich, zwei Stöße, dann ein dritter, dann nichts mehr.

»Das war's«, sagte sie und lehnte sich zurück. »Jetzt ist wieder Ruhe. Das wird ein Junge, ich bin mir ganz sicher.«

»Ein Junge.«

»Ein großer, starker Junge«, sagte sie müde. Dann, nach einer Pause: »Freust du dich?«

»Freust du dich?«

»Ja«, sagte sie, »ich freue mich sehr.«

Ein blasser Lichtschein fiel durch ein Fenster und malte ein Rechteck auf den Steinfußboden.

»Deine Wache beginnt«, sagte die Frau, stand auf, stemmte die Hände in den Rücken und drückte ihn etwas durch.

Felt erhob sich ebenfalls. Sie setzte ihm den Helm auf, schloss den Riemen. Schaute ihn an. Sie strich ihm über die Wange, er griff nach ihrer Hand, hielt sie fest, legte sein Gesicht hinein. Er wollte noch ein wenig bleiben. Aber dann käme er zu spät. Er ließ sie los, öffnete die Tür und ging wieder in den Wald. Nach ein paar Schritten drehte er sich um, sie stand in der Tür, winkte, eine Hand hatte sie unter den Bauch gelegt.

Die hängenden Moose schwangen kaum merklich. Da war ein Hauch, ein leiser Wind. Felt fiel ein, dass er dort Wache halten musste, wo der Wind war. Er drehte den Kopf, versuchte die Richtung zu finden. Er ging, schneller jetzt, fast lief er, der Luftzug verstärkte sich, der Nebel zerriss, hing nur noch in Fetzen am Boden, der Wald wurde lichter.

Dann war Felt hinaus und stand mitten im Wind, der so stark war, dass er sich nach vorn lehnen musste, um nicht umzukippen. Über ihm spannte sich ein gewaltiger steinerner Bogen, ein Durchgang, ein Tor, gebaut für einen Riesen. Unmöglich, dass Menschen das errichtet hatten, und unmöglich, dass etwas anderes als Wind hindurchgehen konnte. Denn hinter dem Torbogen war nichts, Felt stand an der Bruchkante der Welt, das Land stürzte ab in ein endloses Meer aus Nebel. Felt nahm einen Atemzug, er musste nur den Mund öffnen und der Wind fuhr in ihn und füllte seine Lungen, er hatte den Eindruck, niemals zuvor so tief, so gründlich, so vollkommen geatmet zu haben. Als hätte er gerade eben zum ersten Mal in seinem Leben wirklich Luft geholt. Er stand, breitbeinig, gegen den Wind gelegt, die Arme abgespreizt, mit fliegenden Haaren und einem Tosen in den Ohren und glaubte, er stünde mitten im weit geöffneten Mund der Welt, durch den der gesamte Kontinent beatmet wurde.

Eine Bewegung über ihm, dann vor ihm: weit gefächerte Schwanzfedern und ausgebreitete Schwingen. Ein riesiger Vogel schaufelte sich mit kraftvollen Flügelschlägen durch den Luftstrom. Felt kannte den Vogel. Das war Babus Falke. Als er ihn sah, als er ihn erkannte, als Juhut sich bereits entfernte, gegen den ungeheuren Wind flog wie gegen eine Unmöglichkeit und dennoch hindurch, fiel ihm alles wieder ein.

VIERTES KAPITEL

VERLOREN

Der Wind riss Babu den Schrei von den Lippen und drückte ihm die Tränen in die Augenwinkel. Felt hielt ihn fest, hinderte ihn daran, sich dem Vogel hinterher und in den Berst zu stürzen. Babu wehrte sich, aber er hatte keine Chance, denn Felt war stärker und hatte den Wind auf seiner Seite. Felt zog Babu mit sich und drückte ihn auf den Boden hinter einer der mächtigen Säulen des Steinbogens. Hier, im Windschatten, war es still, der Atem des Bersts ging durch einen unsichtbaren Korridor hinter dem Bogen und blies in den Wald. Felt hatte sein halbes Leben damit verbracht, in den Berst zu schauen, es gab keinen Zweifel: Sie waren dem Abgrund ganz nah. Nah wie nie zuvor, denn hier schützten keine Berge das Land, hier schwappten, vom Wind getrieben, die Wolken über den Erdsaum und füllten den Wald mit Nebel, der sich festhielt an den Stämmen, Ästen, Moosen und Schlingpflanzen.

»Wie bist du hierhergekommen? Wie hast du mich gefunden?«

Babu konnte nicht sprechen, er schluchzte hemmungslos wie ein kleines Kind, dem die Mutter abhanden gekommen war. Felt verstand, denn auch wenn er nicht weinte, fühlte er dasselbe wie Babu: Er hatte etwas Wichtiges verloren, das Wertvollste – Reva. Seine Aufgabe hatte allein darin bestanden, sie zu begleiten, und er hatte versagt. Er setzte sich neben Babu, er musste nachdenken, er durfte jetzt nicht die Nerven verlieren.

Er wusste nicht, wo sein Gepäck war, er wusste nicht, wo sein Pferd war – er wusste nicht, wo Reva war. Nur sein Schwert war noch an seiner Seite und die Aufgabe in seinem Kopf. Was geschehen war, nachdem sie in den Wald geritten waren, hatte er vergessen.

»Babu, sag mir: Wo ist dein Pferd?«

Babu zuckte hilflos mit den Achseln, sah ihn an mit verheulten Augen, dann vergrub er sein Gesicht in der Armbeuge und flennte weiter. Von ihm war vorerst keine Hilfe zu erwarten. Felt sah den Wald – dreißig, höchstens vierzig Schritte von ihm entfernt wuchsen die ersten Stämme, die dahinterstehenden verschwanden bald im weißen Dunst. Rechts und links des Bogens war der Übergang von Wolkenmeer und Land kaum auszumachen. Allein die große Düse, durch die der Wind hier blies, verschaffte ihm einen etwas weiteren Blick. Sobald er diesen Ort verlassen würde, sobald er in den Wald zurückgehen würde, wäre Felt wieder blind und würde das, was er sich vorgenommen hatte, aus dem Sinn verlieren. Reva musste irgendwo in diesem Wald sein, aber wie sollte er sie finden, wenn er vergessen würde, dass er nach ihr suchte? Er konnte sich nicht einmal selbst eine Botschaft schreiben. Er konnte sich kein Seil umbinden, keine Rettungsleine, denn erstens war sein Seil mit seinem Gepäck verloren und zweitens würde er wohl auch den Zweck des Seils vergessen. Ohnehin wäre es zu kurz. Wie groß war dieser Wald? Die Nogaiyer hatten nichts darüber gesagt, nichts darüber sagen können. Wer hineinging, kam nicht zurück. Reva hatte hineingewollt und Felt hatte ihren Wunsch nicht infrage gestellt. Über den Punkt, die Handlungen der Unda anzuzweifeln, war er spätestens seit Wigos Tod hinaus. Aber warum war Babu ebenfalls in den Wald gegangen? Hatte am Ende sein Vogel ihn hierhergeführt? Babu zog die Nase hoch, er hatte sich etwas beruhigt.

»Er kommt bestimmt zurück«, sagte Felt.

Babu schüttelte den Kopf, drückte die Fingerspitzen auf sein Stirnband. »Weg. Verloren. Ganz weg.« Er kämpfte gegen die Tränen an, suchte nach Worten. »Abschied. Fliegt nach Stadt.«

Also doch. Babu hatte es auch gesehen. Felt erhob sich, trat aus dem Schatten der Säule wieder unter den Bogen in den Wind. Er hatte es sich nicht eingebildet: Da war sie, fern, die bläulich schimmernde Silhouette in den Wolken. Da schwebte er, der Glaube, der Mythos:

Wiatraïn, die Stadt im Wind.

Felt schaffte es gerade noch, Babus Mantelsaum zu greifen. So sehr war er an den Falken gebunden, dass er ihm hinterherfliegen wollte.

»Wir werden ihn wiederfinden«, brüllte Felt gegen den Wind an. Doch er glaubte seinen Worten genauso wenig wie Babu, der nun aufgab. Schlaff hing er in Felts Armen und ließ sich von ihm wieder hinter die Säule schleifen und dort ablegen. Die Probleme wurden nicht weniger. Wenn er Babu allein ließe, um nach Reva zu suchen, würde der Junge sich in den Berst stürzen. Wenn er ihn aber irgendwie hier festsetzen könnte, ihn mit einer Schlingpflanze an einen Baum band, würde er ihn ebenfalls dem Tod ausliefern, weil er ihn vergessen würde. Wenn er ihn mitnahm ... wenn er ihn mitnahm, dann hätten sie vielleicht eine Chance.

Felt zog Babu den Dolch aus dem Gürtel – und stutzte. Ein Welsenmesser, kein Zweifel. Eine schöne Arbeit, der Dolch lag gut in der Hand, den Griff zierte eine Einlage: ein kleiner weißer Stern.

»Woher hast du den?«

Babu antwortete nicht, er war tief in sein Unglück versunken.

Felt schnitt einen Streifen Leder aus Babus Mantel, steckte den Dolch zurück und band sein linkes Handgelenk an Babus rechtes. Dann schlug er ihm kräftig mit der flachen Hand ins Gesicht. Erschrocken schaute Babu auf.

»Hör mir gut zu: Ich will nicht sterben. Ich will nicht, dass du stirbst. Ich will nur eins: Reva finden. Es ist für uns alle sehr wichtig, dass ich sie finde. Verstehst du mich?«

Babu drehte die Augen nach oben, hob den linken Arm mit dem Falknerhandschuh, ließ ihn wieder sinken, legte den Kopf zurück gegen die Steinsäule. Schluckte. Nickte.

»Wenn jemand weiß, wie wir deinen Falken wiederfinden können, dann ist es Reva. Die Unda weiß es, die Unda weiß alles. Also müssen wir erst sie finden, dann den Falken.«

Babu schwieg immer noch. Felt war sich keineswegs sicher, dass Reva einen Weg nach Wiatraïn kannte. Sie hatte erstaunliche Fähigkeiten, aber Fliegen gehörte seines Wissens nicht dazu. Doch er wollte, dass Babu seine ganze Hoffnung, sein Fühlen und Denken, sein ganzes Wesen auf Reva ausrichtete. Babu war die einzige Gedankenstütze, die Felt hatte, und er würde ihn benutzen.

»Schau mich an, Babu, und hör mir zu. Du kennst Reva, du hast sie gesehen. Sie hat mit dir gesprochen. Erinnere dich: Wie klein sie ist. Die hellen Augen. Der runde Kopf, kahl. Die Linien auf ihrer Haut, ihrer Stirn, um die Augen. Erinnerst du dich? Siehst du sie vor dir?«

Babu nickte.

»Dann beschreib sie! Sag es!«, fuhr Felt ihn an. »Sag ihren Namen!«

»Reva«, sagte Babu. »Helle Augen, ganz helle Augen. Runder Kopf und klein, klein wie Merzer. Reva.«

Sie standen auf. Felt umfasste Babus Hand, drückte fest zu. Babu bemerkte erst jetzt, dass Felt sie gefesselt hatte.

»Wir sind gebunden. Wir gehören zusammen.«

»Zusammen«, wiederholte Babu. Er konzentrierte sich, er versuchte es, er hatte begriffen, was Felt wollte und worauf es ankam.

»Was will ich?«, fragte Felt.

»Reva«, sagte Babu.

»Was willst du?«, fragte Felt.

»Reva«, sagte Babu.

Ununterbrochen fragend und antwortend verließen sie die Stille hinter der Steinsäule, traten wieder in den Wind und ließen sich von ihm zurück in den Wald schieben.

Das Tempo, das Felt vorlegte, wurde Babu auf Dauer zu hoch. Damals, zu einer anderen Zeit, als Felt für ihn noch der fremde Kämpfer gewesen war und dem Wolf gegenübergestanden hatte, hatte sein Wille dafür gesorgt, dass er nicht weglief – jetzt ließ er ihn marschieren. Babu sah das scharfe Profil, den strengen Zug um den schmalen Mund, die verhärmten Wangen. Dieser Mann bestand aus nichts als seinem Willen. Was wollte er?

»Reva«, sagte Babu. Dann stolperte er über eine Wurzel und sie schlugen beide hin.

Felt kam schnell wieder auf die Füße. Babu wollte liegen bleiben. Gebückt über Babu stehend, fragte Felt: »Was willst du?«

»Ausruhen«, sagte Babu.

Felt packte ihn beim Kragen, zog ihn hoch.

»Nein. Du willst *Reva*. Sag es. Was willst du?«

»Reva.«

Er ging wieder los und Babu ging mit. Felt hatte die Fessel zu eng gebunden, Babus Hand war taub. Genauso gefühllos wie sein Kopf. Seit Juhut sich verabschiedet hatte, war der Kopfschmerz verschwunden – ein untrügliches Zeichen für die Abwesenheit des Falken. Zurückgeblieben war eine Leere, ein Hohlraum, der sich mit Bitternis füllte. Babu war sich so sicher gewesen, dass Juhut ihn niemals verlassen würde. Er hatte den Schmerz ertragen, die Bürde, die Asshan ihm auferlegt hatte, als er ihm das Ei überreichte, und das war nur möglich gewesen, weil die Last durch Vertrauen erleichtert worden war. Ein Vertrauen, unermesslich und unerschütterlich, ein aus Stein gemauertes Gewölbe in seinem Innern, das sich hoch über der lodernden Kugel des Schmerzes spannte und Babu aufrecht hielt. Jetzt war der Schmerz weg, jetzt war Babu verlassen und der Bau geriet ins Wanken, die Säulen bekamen Risse, die Steine bröckelten.

Wieder stürzte Babu und dieses Mal blieb er liegen.

Nuru weint nicht, sie verbirgt ihren Kummer hinter Patzigkeit. Gerade deshalb, gerade weil sie nur den Mund verzieht und sonst nichts, will Babu sie trösten und alles erklären.

»Ich will nichts hören«, sagt sie. »Wer so dumm ist, in den Boirad zu gehen, ist kein Mann für mich.«

»Wie meinst du das? Dass ich kein Mann bin? Oder dass ich einer bin, den du nicht willst?«

»Weder noch. Nein. Beides.«

»Nuru, liebst du mich?«

»Nein.«

»Gut. Ich dich auch nicht.«

Sie zuckt nicht einmal mit der Wimper. Sie sagt: »Wir müssen uns aufteilen. Wir müssen auch die Herde teilen. Oder sind die, die hinter dir her sind, genauso dumm wie du?«

Der große Mann hielt Babus Hand umklammert und zog ihn mit sich. Er ging viel zu schnell. Babu versuchte seine Finger zu lösen, aber der Mann fasste nach. Blieb stehen. Sah Babu an. Sah auf ihre Hände. Sie waren gefesselt.

»Wer seid Ihr?«, fragte Babu. »Und warum sind wir gefesselt?«

Der Mann zog die Augenbrauen zusammen und sagte etwas in einer Sprache, die Babu nicht kannte. Babu wollte mit der Linken seinen Dolch aus dem Gürtel ziehen, es wäre ein Leichtes, damit die Fessel zu durchtrennen. Wer auch immer sie aneinandergebunden hatte, war dumm genug gewesen, ihm die Waffe zu lassen.

Der Mann hatte auch eine Waffe, und was für eine. Die Spitze des langen schwarzen Schwerts war auf Babu gerichtet, aber der Ausdruck im Gesicht des Mannes war keine Drohung. Eher eine Frage. Oder sogar eine Bitte. Er sagte wieder etwas.

»Ich verstehe Euch nicht«, sagte Babu.

Der Mann ließ sein Schwert sinken, steckte es aber nicht weg. Er sah sich um, wollte er wieder weiterrennen? Dann entdeckte der Mann etwas am Waldboden, machte einen Schritt, zog Babu mit. Stocherte im Laub, hob mit der Schwertspitze vorsichtig etwas hoch. Einen Käfer, genauso schwarz glänzend wie die Klinge. Das Insekt trug ein Geweih, das größer war als es selbst. Es verharrte einen Augenblick, dann krabbelte es erstaunlich schnell über die flache Seite der Klinge und über die Griffstange den Arm des Mannes entlang und erklomm das Schulterstück. Dort blieb der Käfer wieder sitzen, fühlerte ein wenig herum. Wenn man ihn nicht gerade eben hätte laufen sehen, hätte man glauben können, er sei ein Teil der Rüstung, so gut passten die Panzerung des Mannes und des Käfers zueinander. Dann aber öffnete er die schwarzen Deckflügel, flog mit einem tiefen Brummen ein kurzes Stück und landete wieder im Laub. Der Mann ging zu der Stelle und Babu ging mit; die Fesseln waren vergessen. Durch das graue, feucht glänzende Laub am Waldboden krabbelten noch mehr Käfer, viel mehr Käfer. Sie formierten sich, liefen in einer Reihe. Die Männer folgten ihnen. Als wären sie aufgefädelt und als zöge jemand, verborgen im Nebel, am entfernten Ende der Schnur, folgten die Käfer einander über Wurzeln, in engen Schlingen um Baumstämme herum und in gerader Linie über freiere Flächen. Bis sie schließlich – und mit ihnen die Männer – zu einer kahlköpfigen Frau gelangten, die stumm und bewegungslos in einem schwarzen Käferwall stand. Bei ihr angekommen, kletterten die Käfer über die, die bereits da waren, und versuchten am langen Gewand der Stehenden weiter hochzukrabbeln. Doch keiner kam weit. Sie fielen von ihr ab und wurden sofort von den nachfolgenden überkrabbelt. Babu nahm einen der abgefallenen Käfer auf – er rührte sich nicht, nicht einmal die langen Fühler zitterten. Babu drehte ihn um. Die helle Unterseite war mit Reif bedeckt, zwischen den Haaren der kurzen Beine hingen winzige Eiskristalle. Und jetzt spürte er es auch: Von der Frau ging eine eisige Kälte aus; die Käfer waren erfroren beim Versuch, die Frau zu erklettern. Was die anderen aber nicht abhielt, es trotzdem zu versuchen.

»Was wollen die von ihr?«, fragte Babu. Der Mann antwortete nicht, er hatte ihn ohnehin nicht verstanden. Sie umkreisten die Frau. War sie tot? Der Mann sah der Frau lange in ihr starres Gesicht. Sie hatte die Augen geöffnet, aber auch die bewegten sich nicht. Dann sah er Babu an, mit einem Ausdruck äußersten Befremdens. Kurz darauf spiegelte sich Ratlosigkeit in seinen Zügen, dann wieder etwas anderes – war das Feindseligkeit? Er rang stumm mit sich. Babu blieb still, erwartete, dass der andere das Schwert hob und ihn erschlug. Aber dann steckte der Krieger das Schwert zurück in die Scheide. Trat in die gefrorenen Käfer, die knackten wie trockenes Unterholz. Fuhr der Frau leicht, sanft, mit den Fingerspitzen über die hellen, verschlungenen Linien über den Augen. Zeichnete jede einzelne mit einer Hingabe nach, die Babu seltsam berührte. Er holte tief Luft und spürte die Kälte in der Nähe der Frau, der eigene Atem gefror ihm im Mund. Dann, unerwartet, ging der große Mann leicht in die Knie, packte die Eisfrau und legte sie sich über die Schulter. Babu dachte, sie müsse zersplittern, aber im Aufheben hatte sie ihre Steifheit verloren, sie hing nun wie ein nasses Tuch über der Schulter des Mannes, die weite Kapuze ihres Umhangs war ihr über den Kopf gerutscht. Der Mann wollte gehen, bemerkte den Zug an seiner Hand, wandte sich zu Babu um. Sie standen sich auf doppelter Armeslänge gegenüber, Babu sah zarte Eisblumen auf dem dunklen Brustschutz blühen, Haare sich weiß überkrusten. Einen langen Moment dachte er, der Mann sei nun ebenfalls erstarrt, da wurde der Belag durchsichtig, die Eisblumen verschwanden und aus den Haaren tropfte es. Babu machte einen Schritt auf den Mann zu, und als der sich zum Gehen wandte, ging Babu ohne zu zögern mit ihm mit.

FÜNFTES KAPITEL

DER VERGESSENE STEIG

Felt war eine Hülle um eine Leere. Da waren kein Gefühl, kein Gedanke und kein Wille mehr. Von ihm selbst war nichts übrig als ein allerletzter Rest, der eine verlorene Handschuh nach dem Aufbruch des Heeres, und dieser Rest war der Marsch. Er erinnerte sich an nichts, er dachte an nichts, er war nur noch Bewegung. Er war ein Körper, der zwei Körper trug. Der eine kaum spürbar, der andere schwerer. Der eine kalt, der andere wärmer. Selten blieb er stehen, um die Last neu zu verteilen. Er ging nicht schnell, er ging in einem Rhythmus, der jeden Ärger, jeden Schmerz und jede Trauer zunichtemachte. Und ohne es zu wissen, ging er im Kreis – wie er immer gegangen war, auf dem Wall jener Stadt, die einmal seine Heimat gewesen war. Er ging und ging und sah nach einer Zeit keinen Wald mehr, keine sich rankenden Pflanzen, keine fallenden Blätter und keinen Nebel. Irgendwann trat sein Stiefel nicht mehr auf feuchtes Laub, sondern auf Stein. Und er ging weiter, denn es war ihm immer schon genug gewesen, den großen Steinkreis zu begehen, in ewiger Bewegung ohne Richtung, ohne Ziel, ohne Fortschritt. Er brauchte kein Gespräch, keine Gesellschaft. Nicht einmal die Liebe, die sonst jeder Mensch braucht, wenigstens ein Mal im Leben, um sich als Mensch unter Menschen zu fühlen, um der Angst etwas entgegenzusetzen, um sagen zu können: Ich habe gelebt, bevor ich sterben musste. Felt hatte die Angst längst überwunden und kannte die Sehnsucht nicht mehr. Als ihm die Liebe begegnet war, hatte er sich von ihr mitnehmen lassen wie ein herrenloser Hund, der spürt, dass es ihm unter Menschen gut geht, besser als zuvor. Der leidet, wenn er von den Menschen, denen er treu ergeben ist, verlassen wird. Und der bei alldem dennoch ein Hund bleibt. Dem es wieder schlechter geht und der wieder weiterläuft.

Felt ging auf Stein, wie immer. Neben ihm ragte Felsen auf, wie immer.

Irgendwann brach der Berg ab und gab die Sicht frei auf den Berst. Felt schaute weit über die sich kräuselnden Wellen des Wolkenmeers, sah die Schatten in den Tälern und das Licht auf den Kämmen, sah Helles und Dunkleres sich ablösen in endloser Wiederholung, spürte den Wind im Gesicht, roch die Kälte und schloss die Augen.

Und dann war er ein Körper, der unter der Last zweier anderer Körper zusammengebrochen war und sich nicht mehr bewegte, weil er die Grenze, bis zu der er gehen konnte, erreicht und schließlich überschritten hatte.

SECHSTES KAPITEL

HORN UNTER HAUT

Das Erste, was Babu gesehen hatte, als er wieder zu sich gekommen war, waren helle Lichter gewesen. Er hatte sich an ihnen festgehalten, voller Hoffnung. Es gab keinen Gedanken an Rache, keine niederschmetternde Enttäuschung, keine verlorene Liebe und keinen ermordeten Freund. Die Lichter waren Augen geworden, Revas Augen, sie hatte ihn aufgeweckt. Sie hatte seine Hand aus Felts Hand gelöst, die eiskalt und starr war und die ihn umklammert hielt wie die Hand eines Toten.

Reva hatte die Fessel durchtrennt und gesagt: »Nein, er ist nicht tot. Aber er ist weit gegangen, vielleicht zu weit. Es war die einzige Möglichkeit. Du hast diesen Weg nicht gehen können und ich auch nicht. Nur wenige finden den Steig und kaum jemand kann ihn begehen. Es ist sehr wahrscheinlich, dass unter allen lebenden Menschen auf dem Kontinent Felt der Einzige ist, der den Vergessenen Steig finden konnte. Deshalb habe ich ihn ausgesucht. Aber es war ein großes Wagnis, ihm diese Aufgabe zu überlassen. Und es war nicht geplant, dass er auch dich tragen musste. Ich weiß nicht, wie lange er gebraucht hat, um uns hierher zu bringen. Ich habe vieles gesehen im Nebel, aber dich nicht und ihn auch nicht. Ich habe keine Erinnerung an das, was mit uns geschehen ist oder was ihr getan habt. Der Boirad Fotra, der Alte Wald oder der Nebelwald, wie er heute meist genannt wird, deckt alles Wissen und jeden Gedanken mit den seltsamsten Empfindungen zu ... Aber ich weiß: Felt hat getan, was eigentlich nicht möglich ist. Er hat uns herausgebracht. Wir müssen jetzt warten, ob er zu uns zurückkommt.«

Felt lag auf nacktem Stein – alles, was sie an Decken, Kochgeschirr, Wasserbeuteln, Vorräten gehabt hatten, war mit den Pferden verschwunden. Auch der Braune, der schöne, große Braune war weg, nichts war Babu geblieben. Er hatte nicht einmal mehr seinen Bogen, er trug nur noch den leeren Köcher auf dem Rücken und den Dolch im Gürtel. Aber Reva hatte Felts Tasche umhängen, die sie nun Babu reichte. Dann wandte sie sich ab und trat vor bis an den Rand des Felsvorsprungs, auf dem sie sich befanden. Hinter ihnen ragte eine zerklüftete Felswand hoch auf, an der sich ein schmaler Pfad entlangschlängelte. Er verschwand unten im Dunst, aus dem sie gekommen sein mussten. Der Wald war genau wie alles andere Land unter dem dichten Wolkenmeer verborgen, durch das dieser hohe Berg hindurchstieß wie eine einsame Insel. Babu konnte weder den Gipfel ausmachen noch den Fuß. Er sah nichts außer rissigem Gestein, einem klaren Himmel – und der Stadt, die unerreichbar am Horizont schwebte.

Ohne den Blick von der hellblau leuchtenden Silhouette in der Ferne abzuwenden, sagte Reva: »Sieh nach, was drin ist.«

Babu hockte sich neben den ohnmächtigen Felt und öffnete die Tasche.

»Ein Seil, eher ein Strick. Ein lederner Beutel, fühlt sich an wie Geld. Dieser kleine Kasten, da ist der Nordweiser drin. Ein großer Becher aus Metall. Verbeult. Das hier ist ... ein Buch?«

»Ja«, nickte Reva, nachdem sie sich kurz umgedreht und einen Blick darauf geworfen hatte. »Wigos Buch. Ich wusste nicht, dass Felt es mitgenommen hat. Noch was?«

»Nein, oh, doch, hier ist noch was, Feuersteine und Zunder und so ein Päckchen, da sind ... Haare drin.«

Reva verließ ihren Aussichtsposten und trat zu Babu.

»Ristra«, sagte sie. »Das ist eine Locke von Ristras Haaren.«

»Seine Frau?«

»Nein, seine Tochter.«

»Ich wusste nicht, dass er ein Kind hat.«

»Sogar zwei. Eine Tochter und einen Sohn.«

Babu schwieg. Er hatte die Vorstellung gehabt, Felt sei ein einsamer Mann, ein Kämpfer, dem allein sein Schwert etwas bedeutete. Dass er auch ein Ehemann und ein Vater war, überraschte ihn. Er zwang sich, nicht auf das blasse, reglose Gesicht zu sehen aus Furcht, auch in Felts strengen Zügen die Spuren eines Verlustes zu entdecken. Seitdem Juhut fort war, sah Babu überall nur Trauer und Verzweiflung, schon die weichen, hellen Kinderhaare erzählten eine Geschichte, die er auf keinen Fall hören wollte. Er packte sie zurück in die Tasche, griff sich den Becher und erhob sich.

»Ich werde Wasser suchen.«

»Wenn du den Pfad weiter bergauf gehst, wirst du welches finden. Und such auch Holz. Er braucht Wärme.«

Babu hatte viele Fragen, er wollte wissen, wo sie waren, wohin der Pfad führte, den Reva den Vergessenen Steig nannte; er wollte wissen, wo Reva und Felt hinwollten, und vor allem wollte er wissen, wie er Juhut wiederfinden konnte. Der Falke war in die ferne Stadt geflogen, da war Babu sich sicher. Aber wie dorthin gelangen? Von ihrem Aufenthaltsort aus, einem breiten, fast vollkommen planen Vorsprung über das Nichts, konnte man keine Verbindung zur Stadt erkennen. Wo waren sie bloß? Babu hatte keine Orientierung und kein Zeitgefühl mehr, er erinnerte sich nur noch an den Abschied von Timok, was er ihm geschworen hatte in Bezug auf Nuru, und an den Abschied von Juhut, das Ziehen in seinen Eingeweiden, als der Vogel durch den großen Steinbogen, durch den Wind, davongeflogen war. Warum hatte Felt ihn diesen Bergsteig hinaufgeschleppt? Warum hatte er ihn nicht einfach zurückgelassen, ihn in das weiße Meer stürzen lassen? Er hatte nicht darum gebeten, gerettet zu werden. Nun war Babu hier, auf einem trostlosen Berg über den Wolken, abgeschnitten von allem, was er liebte, und seinen Zielen ferner denn je. Er hatte die Spur verloren, er konnte den Kreis nicht vollenden.

Zorn stieg in ihm auf, ein vertrautes Gefühl und besser als die Wehleidigkeit, die lähmend war. Er würde seine Fragen nicht fragen, noch nicht. Er würde erst Wasser holen – das war er dem Ohnmächtigen schuldig – und danach würde er fragen. Diese Frau würde ihm antworten müssen, ihm sagen müssen, wie er zu der Stadt im Wind gelangen konnte. Und wenn sie es nicht wusste oder ihm nicht sagen wollte, dann würde er erst sie in den Abgrund stürzen und danach sich selbst.

Das Wasser lief in einem Rinnsal und ohne Geräusch über den rauen Stein und färbte ihn dunkel. In einer mit leuchtend grünem Moos bewachsenen Mulde, nur wenig größer als eine Waschschüssel, sammelte es sich und schien dann in einem verborgenen Abfluss zu versickern. Babu kniete sich, beugte sich über das stille Wasser, um zu schöpfen – und sah sein Gesicht. Die langen Haare, die er nicht mehr zu Zöpfen flocht, hingen ins Wasser, die echten Haarspitzen berührten die gespiegelten und sein Gesicht begann zu zittern, sodass er keine Gelegenheit hatte, den eigenen Ausdruck genauer zu betrachten. Er richtete sich wieder auf, warf die Haare auf den Rücken, löste vorsichtig das lederne Stirnband. Seit der ersten Begegnung mit den Wölfen im Hochgebirge der Galaten – wie lange war das her, ein dreiviertel Solder? – hatte er es nicht mehr abgenommen aus Angst, der Kopfschmerz könnte aus ihm herausbrechen und ihm den Schädel zertrümmern. Das blieb nun aus, denn da war kein Schmerz mehr, Juhut hatte ihn mitgenommen. Es war ein seltsames Gefühl ohne den festen Streifen um den Kopf – freier zwar, aber auch ungeschützt, verletzlich. Vorsichtig betastete Babu seine Stirn, er wollte den Splitter abnehmen, er brauchte ihn nicht mehr. Aber was es auch war, steinhartes Wolfsblut, ein Stück vom Bösen, es ließ sich nicht so einfach abnehmen. Babu spürte nur Krümel, altes Blut und tote Haut. Und jetzt, da das Stirnband herunter war, roch er auch den Gestank. Er ließ sich vornüberkippen, tunkte den ganzen Kopf unter Wasser, rieb sich das Gesicht, kratzte sich die Stirn, wühlte in seinen Haaren, bis er wieder Luft holen musste.

Ihm saß ein Horn unter der Haut.

Wie bei einem Kälbchen, dachte Babu, nur umgekehrt. Während bei einem kleinen Kafur die Hörner zwei bis drei Zehnen nach der Geburt aus dem Kopf zu brechen begannen, war der Splitter Babu unter die Haut gewachsen. Er fühlte die Beule, die zwischen den Augenbrauen, an der Nasenwurzel, begann und sich dann nach oben verjüngte bis zum Haaransatz. Ob es so abstoßend aussah, wie es sich anfühlte? Das Wasser in der Mulde war jetzt trüb und Babu war froh, dass er sich darin nicht recht erkennen konnte. Er band sich den Lederstreifen wieder um und schöpfte das schmutzige Wasser ab. Bis sich das kleine Becken wieder gefüllt hatte, würde er Holz suchen.

Als er den Pfad weiter bergauf ging, war Babu in einer eigenartigen Stimmung: Er fühlte sich entstellt, aber stolz. Er trug ein Mal, ein geheimes Zeichen der Leidensfähigkeit, der Treue. Er hatte sich den Splitter als Gegengewicht zum Kopfschmerz auf die Stirn gedrückt, nun war er ein Teil von ihm geworden und Beweis seiner Verbundenheit mit Juhut. Die einseitig war. Ohne den Falken konnte Babu den Kreis nicht vollenden, den Dämon nicht besiegen. Ohne Juhut war er gescheitert.

Was auch immer passiert war, wie auch immer das Band zwischen ihm und dem Vogel gewebt war – es war zu stark. Es war zu tief in Babu verankert gewesen, und als der Falke ihn verlassen hatte, hatte er mit dem Band etwas Lebenswichtiges aus Babu herausgerissen. Ohne sein zweites Herz konnte auch das erste nicht mehr schlagen.

Wie sollte er auf diesem Berg – der nichts war als ein zerklüfteter Steilhang und einige über den Abgrund ragende steinerne Auswüchse – so etwas wie Brennholz finden? Babu war erschöpft und enttäuscht, er wollte sein Leben beenden. Aber das ging nicht, denn es gelang ihm nicht, sich Revas Wunsch, nein, ihrem Befehl zu widersetzen. Er *musste* erst Holz suchen. Also beschleunigte Babu seine Schritte, fing an zu laufen, schließlich rannte er den Berg hoch, als sei ein wütender Bulle hinter ihm her. Als er völlig außer Atem war und es ihm in den Seiten stach, sah er die Bäume am Ende eines langen, wie ein Finger in die Ferne weisenden Felsvorsprungs.

Es gab keine Erde, die Bäume waren entlaubt und vertrocknet. Die Rinde war kaum vom Fels zu unterscheiden – sie war genauso hart, grau und rissig wie der Stein, aus dem die Bäume herausgewachsen waren. Babu reckte sich nach einem toten Zweig, der sofort brach. Dieses Holz war so trocken, er musste achtgeben, dass es ihm nicht in der Hand zerkrümelte. Es dürfte nicht schwer sein, ein schönes Feuer daraus zu machen. Babu nahm den Saum seines inzwischen reichlich mitgenommenen Mantels auf, brach die dürren Zweige, bis er genug Holz beisammen hatte, und machte sich auf den Rückweg.

SIEBENTES KAPITEL

DIE ALTE ZEIT

Er fand die anderen vor, wie er sie verlassen hatte: Felt blass und wie tot am Boden liegend, Reva am Rand des Vorsprungs auf und ab gehend, den Blick auf die ferne Stadt gerichtet. Wie dort hinkommen? Babu glaubte nicht mehr daran. Einmal noch fragen und dann Schluss. Er stellte den großen Becher ab, ließ das Holz aus dem Mantel zu Boden fallen.

»Hier habt Ihr, was Ihr wolltet.«

Reva sah ihn prüfend an und Babu fürchtete schon, sein Vorhaben wäre ihm ins Gesicht geschrieben. Aber sie sagte nur: »Mach Feuer.«

»Erst will ich wissen, wie ich zu der Stadt kommen kann.«

»Erst wirst du Feuer machen.«

Babu rührte sich nicht. Es war klar: Sie wusste es nicht, deshalb zögerte sie, hielt ihn beschäftigt. Es gab keine Möglichkeit.

»Badak-An-Bughar Bator, du wirst jetzt ein Feuer machen. Ich bitte dich darum, denn ich kann es nicht.«

Wie in Trance schichtete Babu die Zweige, riss ein wenig Zunder ab, nahm die Feuersteine, schlug sie zusammen und nicht nur der Zunder, sondern auch das Holz fing sofort Feuer und brannte rauchlos.

Das war nun seine letzte Tat gewesen.

Keine große Leistung und unerklärlich, warum Reva behauptete, das nicht zu können. Die Unda weiß alles, echoten Felts Worte in Babus Kopf. Eine Lüge, diese seltsame Frau konnte nicht einmal ein Feuer machen. Wie sollte sie einen Weg über die Wolken finden? Es würde nicht gelingen, Juhut blieb unerreichbar. Babu wunderte sich über sich selbst, denn er war nun nicht mehr zornig auf Reva oder auf Felt, der ihn bisher jedes Mal von dem abgehalten hatte, was er jetzt tun würde. Im Gegenteil: Eine stille Freude erfüllte Babu. Die Freude, Jator wiederzusehen. Sie könnten wieder Freunde sein, jetzt, da sie beide das gleiche Schicksal teilten, da sie beide verraten und verlassen worden waren. Babu schloss die Augen, stellte sich vor, wie er Jator die Hand reichte, wie der zupacken würde, so wie beim ersten Mal, als sie noch Kinder waren, die nichts wussten, aber so taten, als wären sie Männer. Und mit geschlossenen Augen, die Hand ausgestreckt, rannte Babu auf den Rand des Vorsprungs zu, nur drei, zwei Schritte noch – und ein Ruck ging durch seinen ganzen Körper, als sei er gegen ein Hindernis geprallt.

Er riss die Augen auf, instinktiv, seine Hände klatschten auf den Felsboden, ein stechender Schmerz fuhr in Knöchel und Knie. War die Fallhöhe so gering gewesen, dass er sich die Beine gebrochen hatte und sonst nichts?

Nein. Denn er war zwar gelaufen, aber nicht gesprungen und auch nicht gefallen. Nur auf seine Hände, gerade so, als sei er in vollem Lauf in einen Wühlhasenbau getreten und hingeschlagen, nicht ohne noch schnell die Arme vorzustrecken und sich die Handgelenke zu verstauchen. Aber hier war kein Loch. Hier war Eis. Zwischen seinen aufgestützten Armen schaute Babu zurück auf seine Füße. Sie waren mit einer dicken Schicht aus klarem Eis überzogen. Bis zu den Knien war Babu eingefroren, mitten in einem großen Schritt, weiter hinten lag der umgestürzte Becher.

Er schaute auf, musste aber auf brennend schmerzenden Händen und weit auseinanderstehenden, festgeeisten Füßen geduckt bleiben wie ein Tier, das zwar zum Sprung ansetzte, aber nicht angriff. Reva stand über ihm. Sie atmete schwer, Babu sah den kleinen, glitzernden Anhänger einer Kette sich heben und senken.

»Babu, das kann ich nicht zulassen.«

Ihre Stimme, sonst klar und beinah frei von Gefühl, war belegt, als hätte sie sehr laut geschrien oder lange geweint. Sie ging in die Hocke, Erschöpfung verschleierte ihr Gesicht und ließ sie älter aussehen als eine greise Gerberin, die ihr Leben lang in einem Bottich mit giftiger Brühe gerührt hat.

Aber als Reva dann wieder sprach, ganz nah bei ihm, hatten ihre Augen die irritierende Strahlkraft zurückgewonnen und ihre Stimme war gelassen wie immer.

»Ich möchte dir etwas erzählen, Babu. Es gab eine Zeit vor deiner Zeit, vor der Zeit der Zehn Horden, vor der Zeit deines Volkes, vor der Zeit aller Völker. In dieser Alten Zeit gab es keinen Zweifel. Die wenigen Menschen, die in der Alten Zeit über den Kontinent wanderten, hörten die Stimmen der Flüsse, das Ächzen der Berge, das Wispern in den Bäumen – und sie verstanden. Die Alte Zeit war schön. Aber nicht vollkommen. Das Gute war in der Welt und es war groß und stark, aber das Böse ebenso. Es schuf sich monströse Erscheinungsformen: Ausgeburten der Gier, Bestien, von purem Hass belebt, Ungeheuer, gewachsen in den tiefsten Abgründen der Furcht. Sie waren der Schrecken der Alten Zeit. Aber jeder Mensch, der einem solchen Monster gegenübertrat, konnte nicht anders, als es als Ungeheuer, als böse zu erkennen. *Es gab keinen Zweifel.* Das Böse hatte eine Gestalt.«

Sie erhob sich. Babu musste gebückt bleiben, die Stiefel aus Eis hielten ihn fest.

»Aber die Alte Zeit ist vorüber«, fuhr Reva mit ihrer Rede fort, »und du bist voller Zweifel, Babu. Wenn du über das Gras schaust, wenn du die Berge in der Ferne blau schimmern siehst oder wenn sich der Himmel unendlich weit über dir spannt und sich die Nacht in Sterne kleidet – dann kann es sein, dass du ein tiefes Glück empfindest. Das ist das Echo der Alten Zeit. Aber diese Momente sind selten und sie sind immer seltener geworden, nicht wahr? Das Glück scheint verloren. Viel öfter kann es passieren, dass der Zweifel dich packt ... Wusstest du, dass es die Szaslas waren, die den Zweifel in die Welt getragen haben? Willst du wissen, warum? Oder willst du dich immer noch ins Vergessen stürzen?«

Ja! Denn er hatte abgeschlossen mit allem, das zweite Herz hatte das erste herausgerissen, es war genug.

Das dachte er. Aber er schüttelte den Kopf. Nein, er wollte wissen. Wollte alles wissen über die Falken aus der Alten Zeit. Über Juhut, dem er so eng verbunden war, dass seine Anwesenheit ihn schmerzte. Und dessen Abwesenheit er dennoch kaum ertragen konnte.

Reva lächelte. Sie wandte sich ab, schaute in die Ferne und das Eis begann zu schmelzen, als hielte jemand eine unsichtbare Fackel daran. Babu konnte sich aus der unbequemen, erniedrigenden Stellung erheben. Er rieb sich die schmerzenden Handgelenke; die Haut an den Handballen war abgeschürft. Er schwankte, stand unsicher, seine Füße waren noch taub.

»Setz dich ans Feuer«, sagte Reva, ohne den Blick von der Stadt in den Wolken zu nehmen. »Wärm dich auf.«

Babu humpelte zum Feuer, ließ sich neben dem bleichen, reglosen Felt nieder, auf den die Wärme bisher noch keine Wirkung zu haben schien.

»Ich habe das Wasser verschüttet«, sagte Reva, die ihm ein paar Schritte gefolgt war und nun in ihrer ruhelosen Art vor den beiden Männern auf und ab ging. »Du wirst noch einmal welches holen müssen.«

Der Becher lag in einer Pfütze, das Wasser verschwand bereits, sickerte in den zerfurchten Stein. Nur eine dunkle Spur führte noch bis zu der Stelle, an der Babu von den Eisstiefeln festgehalten worden war. Reva beherrschte eine Magie, von der Babu noch nie gehört hatte. Sie konnte mehr, als aufs Essen zu verzichten. Das hätte ihm auffallen müssen. Aber sie hatte sich immer im Hintergrund gehalten während der paar Tage, die sie zusammen gereist waren, und als dann Nuru erschienen war, hatte Babu ohnehin alles andere vergessen. Aber nun, als er da saß, mit kalten, nassen Füßen und aufgewühlt vom misslungenen Selbstmordversuch, spürte er ihre Anwesenheit so deutlich, als sei sie aus einem Schatten getreten. Babus Beine begannen zu kribbeln.

»Also gut«, sagte Reva und blieb kurz stehen. »Eins vorweg: Es gibt kein Wesen auf dem Kontinent, von dem die Undae weniger wissen als von den Szaslas. Aber ich denke, das ist immer noch weit mehr, als du weißt.«

Sie ging weiter, Babus Augen folgten ihr und die Linien auf ihrer Haut erschienen ihm sehr weiß.

»Ich will dir sagen, warum das so ist, aber ich muss ein wenig ausholen, damit du begreifst: Alles Leben ist mit dem Wasser verbunden und durch jede Unda, auch durch mich, strömt der ewige Kreislauf vom Werden und Vergehen in unserer Welt. Nichts ist uns zu gering, um es zu bemerken, wir achten sein Wachsen genauso wie sein Sterben. Denn wir sind die Wächterinnen, wir lesen das Wasser und das Wasser macht keinen Unterschied: Die Merz stillt deinen Durst und den deiner Kafur. Der Regen fällt auf deine Schultern und auf die Rücken deiner Kafur, ins Gras der Steppe, auf die Blätter der Bäume, auf Stein – es ist gleich, der Regen macht keinen Unterschied, er fällt, ob du ihn brauchst oder nicht. Und wenn du jetzt sagst, es gibt eine Wüste, in der kein Wasser ist, kein Regen, kein Fluss, dann muss ich fragen: War das immer so? Bloß weil du es nicht anders *kennst*, heißt das nicht, dass es nicht anders *war*. Und wieder anders sein wird. Was auch geschieht, die Undae werden es erfahren, früher oder später. Die Undae wissen auch von dir, Babu, ich weiß von dir, ich wusste von dir, bevor wir uns begegnet sind.«

Bevor sie sich begegnet waren? Er machte den Mund schnell wieder zu, aber sie hatte es trotzdem gesehen.

»Aber: Ich weiß nicht, was du denkst. Ich kann nicht voraussagen, wie du handelst. Du bist mir nicht nah – ich kenne dich nicht, ich weiß nur von dir.«

Babu hatte keine Zeit, sich zu wundern, denn Reva sprach weiter.

»Du bist nun einmal in dieser Welt und kannst dem Kreislauf, dem Strom, dem Werden und Vergehen nicht entkommen. Nicht hier. Aber, und das wird dich interessieren: Die Szaslas sind nicht von dieser Welt. Sie kommen aus Wiatraïn, aus der Stadt im Wind, der Stadt über den Wolken. Sie sind nicht eingebunden in den Kreislauf, sie fliegen einfach darüber hinweg, sie folgen den Wegen des Windes. Und das sind Wege, die eine Unda nicht gehen kann ... « Sie verstummte und ihr Blick richtete sich wieder auf die Stadt – Wiatraïn. Ob immer noch Szaslas dort waren? War Juhut deshalb dorthin geflogen? Eine leise Hoffnung keimte in Babu auf.

Reva fuhr fort: »In der Alten Zeit nun, als die Menschen zahlreicher wurden, als sie ihre eigenen Sprachen fanden, übertönten sie damit allmählich die Stimmen der Natur. Sie hörten lieber einander zu, als auf das Flüstern des Wassers oder das

Rauschen des Windes zu lauschen. Sie suchten ihresgleichen, sie schlossen sich zu Gemeinschaften zusammen. Und so wurden die Menschen stärker, sie konnten dem Bösen gemeinsam gegenübertreten. Sie begannen, die Ungeheuer vom Angesicht des Kontinents zu vertreiben. Aber was sich nach einem guten Ende anhört, war der Beginn eines großen Unglücks, denn das Böse lässt sich nicht so einfach ausrotten. Es wandelte sich. Es gab seine Gestalt auf. Die Ungeheuer verschwanden, aber das Böse blieb. Es begann sich zu verschleiern, Masken zu tragen. Und schließlich gelang es ihm, sich ein menschliches Antlitz zu geben. Das Böse war vom Guten nicht mehr zu unterscheiden. Die Menschheit war noch jung. Aber sie stand bereits vor ihrem Untergang.«

Babu hörte gebannt zu. Kam sie nun zurück zu den Falken? Waren die Szaslas die Rettung? Reva blieb kurz stehen und sah ihn mit ihren hellen, kühlen Augen so wohlwollend an, dass er unwillkürlich tief Luft holte. Eine solch schlichte und bedingungslose Zuneigung hatte er lange nicht gespürt. Sie wandte sich ab, ging wieder weiter und sprach: »Das Böse hatte also seine klare Form, seine erkennbare Gestalt verloren und war in die Menschen geschlüpft. Sie konnten nicht mehr dagegen kämpfen, ohne gegen sich selbst zu kämpfen. Sie konnten es nicht mehr vertreiben, ohne sich selbst zu vertreiben. Sie konnten zwischen Gut und Böse nicht mehr unterscheiden. Und so begannen sie, sich gegenseitig zu quälen. Sich zu töten. Sich zu vernichten ... Schreie der Verzweiflung und des Leids erfüllten die Lüfte über dem Kontinent und der Wind trug sie schließlich bis nach Wiatraïn. Und diese Schreie weckten die Szaslas aus ihrem ewigen Schlaf. Sie kamen. Sie flogen über den Berst, den großen Abgrund, aus dem der Kontinent sich erhoben hatte und in den er wieder hineinstürzen wird, wenn alle Zeitalter vollendet sind. Die Szaslas kamen und brachten den Menschen etwas Ungeheuerliches und zutiefst Rätselhaftes: Sie brachten den Menschen ihr *Bewusstsein*. Mit allen Folgen, die das hatte. Die Menschen hatten nun die Möglichkeit, zu erkennen und zu entscheiden. Sie konnten sich selbst erkennen und sie konnten im andern das Gute oder das Böse sehen. Sie hatten die Möglichkeit, hinter die Maske zu schauen. Sie konnten *zweifeln*, ob das, was ihnen vor Augen stand, wahr und wirklich war.«

»Es ist nicht leicht, hinter die Maske zu schauen ... das wahre Gesicht eines Menschen zu erkennen«, sagte Babu gepresst. Auch in der Erinnerung brannten sich die glühenden Augen des Wolfs-Thons noch unvermindert heiß in Babus Seele.

»Das habe ich auch nicht behauptet. Es kann überaus schmerzhaft sein, dem Zweifel zu folgen, der Ursache auf den Grund zu gehen. Viele Menschen tun es nicht. Aber alle haben dank der Szaslas die *Möglichkeit* dazu.«

»Die *Möglichkeit*!« Babu schnaubte verächtlich. »Was hilft das schon groß? Ich *habe* hinter die Maske geblickt ... und nun? Nun sitze ich hier, im Nichts, ohne Waffe, ohne Hilfe ... ohne Juhut.«

Reva richtete die hellen Augen auf Babu.

»Es ist erstaunlich, wie wenig du weißt, wie schwer du begreifst – dafür, dass du ein Szasran bist.«

»Ein was?«

»Ein Szasran, einer, durch den die Alte Zeit spricht. Manche sagen auch einfach Falkner – aber das greift wirklich zu kurz.«

Einer, *durch den* die Alte Zeit spricht? Babu schluckte. Er hatte Juhut gebeten, nicht zu sprechen, weil jedes einzelne Wort einen Schmerz verursachte, der ihm beinah die Sinne raubte. Juhut hatte sich nur selten über Babus Bitte hinweggesetzt. Nur dann, wenn er ihn warnen wollte. Und selbst das Schweigen des Falken war schmerzhaft gewesen, ein ständiger, dumpfer Kopfschmerz – bis der Falke ihn verlassen hatte. Warum? Weil Babu zu schwach war. Weil er ein Irrtum war. Weil die Alte Zeit durch ihn nicht sprechen konnte. Weil er *kein* Szasran war. Gegen seinen Willen stiegen Babu Tränen in die Augen.

»Babu, der Falke spricht nicht zu dir, nicht wahr?«

»Nein«, sagte Babu mit erstickter Stimme. »Ich ... ich habe ihn gebeten, es nicht zu tun. Es sind ... es ist schmerzhaft. Jedes Wort. Ich habe das nicht ausgehalten.«

»Wie ist der Falke dir begegnet?«

»Ich habe ... ein Ei ... im Ei. Ich habe ein Ei geschenkt bekommen.«

»*Ein Ei?*«

Für Babu war es bis zu diesem Augenblick das Natürlichste der Welt gewesen, dass Vögel aus Eiern schlüpfen. Aber Revas Reaktion sagte ihm, dass er sich irren musste. Sie ging schnell auf und ab, schaute auf ihn, schaute zur Stadt, sprach mit sich selbst, aber nicht mehr in seiner Sprache, und so konnte Babu sie nicht verstehen.

»Kann ich ihn wiederbekommen?«

Er hatte sehr leise gefragt, beinah nur sich selbst, aber Reva blieb so abrupt stehen, als habe er sie angebrüllt.

»Du ihn wiederbekommen? Du hast tatsächlich nicht die Spur einer Ahnung! Wer hat dir das Ei gegeben – ich nehme doch an, dass es tatsächlich ein Geschenk war? Oder hast du es gestohlen?«

Babu schüttelte den Kopf.

»Nein, nein, es war ein Geschenk. Von Asshan.«

»Von Asshan? *Unsinn!*«

»Doch, ein Falkner mit Namen Asshan ist zu uns gekommen, mit noch zwei anderen, aber deren Namen kenne ich nicht. Asshan, ich bin sicher – kennt Ihr ihn?«

»Ich weiß von ihm. Aber das ist unwichtig. Jetzt erinnere dich, Babu, erinnere dich und erzähl mir ganz genau, was er dir gesagt hat, als er dir das Ei gegeben hat.«

»Eigentlich nichts Besonderes ... nur, dass es eine große Ehre wäre. Oh, und er hat *sie* gesagt, dass *sie* mir ein Ei schenken will ... eins von dreien.« Er schaute zu Reva auf.

Reva legte die Hände zusammen und senkte den Kopf. So stand sie, die Fingerspitzen zwischen die narbenumrankten, geschlossenen Augen gelegt, und dachte nach. Lange. Babu begann sich zwischen den beiden bewegungslosen Gestalten unwohl zu fühlen.

Reva hob den Kopf, ließ die Arme sinken.

»Ich komme zu keinem Ergebnis. Ich kann die Zeichen nicht deuten. Wir müssen nach Wiatraïn – und zwar so schnell wie möglich.«

Babu sprang auf.

»Also gibt es einen Weg? Ich werde Juhut wiederbekommen?«

»Was denkst du dir eigentlich?«, fuhr sie ihn an, eine Welle der Entrüstung, hoch und urplötzlich. »Dass man den Falken einfangen kann wie einen entlaufenen Hund? Du kannst ihn nicht wiederbekommen – er hat dir nie gehört. *Sondern du ihm!*«

Babu wusste sofort, dass das die Wahrheit war. Er musste sich wieder setzen.

»Babu, nicht Asshan hat dir das Ei gegeben, sondern die Szasla, die ihn führt. Es war ihr Wille, ihre Entscheidung. Es ist nie anders gewesen – oder kennst du einen Schüler, der seinen Meister lehrt? Ein Szasran, der Falkner einer Szasla, ist ein *Werkzeug*, ein Sprachrohr. Ein mächtiges Werkzeug jedoch, und was ein Szasran ausspricht, kann weltbewegend sein. Aber ein *Ei* ... das ist ungeheuerlich.«

Die Welle verebbte, Reva wurde wieder ruhig.

In Babus Kopf rannten Erinnerungen, Gedanken, Gesprächsfetzen durcheinander wie panische Kafur. *Schleier werden fallen, der Jäger wird der Beute folgen, nichts ist ohne Sinn, hüte es gut, ein ungeheuerliches Geschenk.* Der bohrende Blick aus goldenem, lidlosem Auge. Der erste Flug, ein zitterndes Pony. Ein Ruf, eine Antwort, ein wolkenverhangener Himmel, eine Sehnsucht. Dunkelheit und Regen, das Gefühl warmer, weicher Daunen zwischen den Fingern, Trost. Ein hoher Bogen aus Stein, ein Wind, ein Abschied ... Babu war nicht verlassen, er war *zurückgelassen* worden. Weil er zu schwach war. Weil er ein nutzloses Werkzeug war.

Dem inneren Chaos stand eine äußere Lähmung gegenüber. Babu war kaum fähig zu atmen, geschweige denn zu sprechen oder Fragen zu stellen. Das tat Reva: »Warum, glaubst du, mache ich mir die Mühe, dir, einem unreifen, von seinen Gefühlen hin und her gerissenen Rinderhirten, die Welt zu erklären?«

Babu zuckte die Achseln, zu mehr war er nicht in der Lage.

»Weil jemand, der einen besseren Überblick hat als ich, der versteht, *wirklich* versteht, was hier vor sich geht, offensichtlich entschieden hat, dass du es wert bist, Babu.«

Sie lächelte und Erleichterung überflutete ihn. Er war in zu kurzer Zeit von zu vielen sich widerstreitenden Gefühlen überwältigt worden und fühlte sich zerschunden. Revas Lächeln war wie ein Bad, das Linderung versprach.

»Ich muss dich um Verzeihung bitten, Babu, ich bin von falschen Voraussetzungen ausgegangen. Ich wusste nicht, dass diese Szasla, dass Juhut *nicht* aus Wiatraïn stammt. Sondern dass er hier, zwischen den Menschen, auf dem Kontinent, zur Welt gekommen ist. Er ist nicht erwacht, denn er hat nie geschlafen ... Das konnte ich nicht ahnen. Etwas Derartiges ist nie zuvor geschehen, denn ich kann mich nicht daran erinnern und meine Erinnerung reicht weit ... Das ist wahrhaftig eine Zeitenwende.«

»Wie meint Ihr das?«

»Ich meine, dass die Menschheit abermals vor dem Abgrund steht. Und zwar näher, viel näher als befürchtet.« Sie legte eine Hand auf den gläsernen Anhänger der Kette um ihren Hals. »*Wasser sinkt. Wasser steht. Wasser schweigt*«, murmelte sie und ihr Blick wurde trüb, die hellen Augen dunkler. Sie ließ die Hand sinken und fuhr fort: »Die Szaslas sind geflogen, damals, als die Alte Zeit sich dem Ende zuneigte und die Menschheit kurz davor stand, sich selbst auszulöschen. Sie haben der Menschheit einen Ausweg aus der Katastrophe gezeigt. Die Szaslas haben den Menschen ihr Bewusstsein gebracht und somit die Fähigkeit, zu erkennen, zu bewerten, Entscheidungen zu treffen. *Denken zu können* ist nicht nur ein Geschenk – du, der du so viel grübelst und zweifelst, weißt, wovon ich rede. Aber damals haben genug Menschen diese neue Fähigkeit genutzt und das blindwütige Morden fand ein Ende. Aus der Alten Zeit wurde diese Zeit: die Zeit der neuen Menschen. Ich nahm es als gutes Zeichen, als ich dich und die Szasla sah. Ich sah die Wölfe, sah das furchtbare Massaker und ich sah die Szasla – ich sah Rettung und Hilfe in der Bedrängnis. Wenn die Szaslas fliegen, steht es nicht gut um den Kontinent. Das ist immer so, das wusste ich bereits. Aber *dass* sie fliegen, nahm ich als Zeichen der Hoffnung. Nun erfahre ich, dass diese Szasla nicht aus Wiatraïn stammt, sondern aus unserer Welt. Ich höre von drei Eiern. Ich begegne einem Szasran, der von seiner Szasla verlassen wurde und der von nichts eine Ahnung hat ... Babu, es mag dir so vorkommen, als ob ich viel wüsste. Aber in Wahrheit weiß ich immer weniger von dem, was in dieser Welt vor sich geht. Das bereitet mir Sorgen. Sehr große Sorgen.«

ACHTES KAPITEL

HINTER DER MASKE

Die Wärme des Feuers hatte schließlich doch geholfen und Felt hatte die Augen aufgeschlagen. Aber wirklich zu ihnen zurückgekehrt war er nicht. Er sprach nicht. Reva stellte ihm ein paar Fragen – nach seinem Dienstrang, seinem Namen, dem Namen seines Vaters, seiner Frau, seiner Kinder. Felt antwortete nicht, er schaute sie nur an, versunken in den Anblick, doch ohne ein Zeichen des Erkennens. Eher wie ein Kleinkind, das zwar sein Schläfchen beendet hat, aber noch still und zufrieden auf dem Rücken liegt und die Bewegung in den aufgefädelten Federn und Knöchelchen beobachtet, die die Mutter an der Zeltstange befestigt hat. Und wie das Kind hob Felt einen Arm, um zu greifen, was er da sah – und Reva zuckte zurück. Mittel- und Ringfinger der rechten Hand waren verformt, mit dicken Blasen überzogen, offenbar blutgefüllt, denn sie waren dunkelrot, fast blau. Revas Augen waren wie ausgepustet, als sie sprach: »Erfroren. Beide Finger. Wann ist das passiert? Hat er keine Handschuhe getragen? Er trägt *immer* Handschuhe, darauf habe ich mich verlassen.«

Babu konnte sich nicht erinnern. Und er konnte sich auch nicht erklären, wie Felt sich diese Erfrierung zugezogen haben sollte. Hier war es nicht kalt. Selbst der Stein, auf dem Felt lag, war nicht so kalt, wie er es in solch einer Höhe hätte sein können. Erst jetzt fiel Babu auf, wie hoch sie sein mussten, über den Wolken, und wie wenig ihm das ausmachte. Babu konnte atmen, konnte sich bewegen, fror nicht und hatte keine Kopfschmerzen. Körperlich war es ihm lange nicht so gut gegangen wie gerade jetzt. Wenn ihm nur die Seele nicht so entsetzlich wehgetan hätte ... Seine Augen wurden feucht, er schluckte.

»Babu, reiß dich zusammen. Wir können später weiterreden. Aber jetzt sag mir, ob die Hand noch kalt ist.«

Babu nahm vorsichtig Felts verunstaltete Hand, der ließ es zu und schaute Babu nun genauso versonnen an wie vorher Reva.

»Die Hand ist kühl, aber nicht kalt. Die Finger sind – tut ihm das nicht weh?«

»Ich fürchte nicht.«

Babu strich über die zum Platzen gespannte verfärbte Haut.

»Kalt. Wie tot. Und was jetzt?«

»Nichts. Es ist zu spät. Entweder die Hand rettet sich selbst oder die Finger müssen abgenommen werden. Was wahrscheinlicher ist.« Als Reva Babus erschrockenes Gesicht sah, fügte sie hinzu: »Aber nicht sofort. Es ist seine Schwerthand, wir warten ab. So oder so wird er sie lange Zeit nicht benutzen können. Er wird die linke nehmen müssen.«

Babu schaute sie so verstört an, dass Reva weiter erklärte: »Felt ist Soldat, Babu, und er ist Welse. Er kennt nichts besser als das Schwert und die Kälte. Wenn es denn so kommen sollte, wird er den Verlust zweier Finger verkraften. Es ist weder schön noch wird es leicht sein. Aber er wird sich damit abfinden und sich anpassen. Er ist nichts anderes gewohnt.«

Sie begann wieder auf und ab zu gehen. Es war seltsam, aber Revas Ruhelosigkeit übertrug sich nicht auf Babu – es war eher angenehm, ihr beim Wandern zuzuschauen. Man tat selbst nichts, aber die Dinge ordneten sich. Langsam hörten Babus Gedanken auf, um ihn selbst zu kreisen. Er sah Reva gehen, nachdenken, und erfasste endlich die Situation, in der sie waren: ohne Nahrung und ohne Medizin auf einem Berg im Nichts mit einem Verletzten, der nicht bei Sinnen war. Babu hielt immer noch Felts Hand und sah auf den großen Mann, der ihn so beeindruckt hatte beim Kampf gegen die Wölfe mit seinem langen schwarzen Schwert. Und der nun ausgestreckt dalag in einem seligen Vergessen, um das ihn Babu vor Kurzem noch beneidet hätte. Jetzt aber sah Babu einen Schwertkämpfer, der nicht wusste, dass er seine Schwerthand verlieren würde. Nicht schön. Nicht leicht. Gab es denn keine Möglichkeit, das zu verhindern?

»Die Hand braucht Schutz«, sagte Reva und Babu glaubte, laut gedacht zu haben. »Er hat kein Gefühl darin. Die Gefahr, dass er sich noch weiter verletzt, dass er irgendwo anschlägt, die Blasen sich öffnen, ist groß. Eine Entzündung ist das Letzte, was Felt brauchen kann.«

»Ich bin gleich zurück«, sagte Babu, legte Felt die Hand auf den Bauch und stand auf.

Er hatte seinen Mantel ausgezogen – oder das, was davon noch übrig war – und zerschnitt ihn endgültig. Erst hatte Meister Balk die Ärmel abgetrennt, damit er ihn auch über Falknerweste und -handschuh tragen konnte. Dann hatte Babu sein Stirnband herausgeschnitten, später Felt die Fessel. Und nun zerfiel der Mantel vollends in schmale Streifen, mit denen Babu Felts in Moos eingepackte Hand umwickelte. Er hatte das Moos aus dem Wasserbecken gelöst und ausgedrückt; die Pflanzenfasern waren weich wie Flaum. Babu machte noch eine Schlinge und band Felt den Arm auf den Bauch, dann war das Leder aufgebraucht. Übrig blieben nur der Kragen, das Innenleben der Taschen und die harten Nähte – der nutzlos gewordene Rest von Babus altem Leben. Felt ließ alles mit sich geschehen, er half nicht mit, sträubte sich aber auch nicht. Babu betrachtete sein Werk: nicht schön. Aber das Beste, was unter diesen Umständen möglich war.

»Und nun?«

»Gib ihm zu trinken. Aber mach das Wasser warm.«

»Wie? Wir haben keinen Kessel.«

Reva schob sich den weiten Ärmel ihres Gewands hoch, griff den Becher und hielt ihn in die Flammen des Lagerfeuers, schwenkte ihn leicht hin und her. Die Flammenzungen leckten am Metall. Und an ihrer narbenverzierten Haut.

»Eine schöne Weste hast du da, Babu.«

»Was?«, machte Babu und starrte auf Revas Hand.

Reva wies kurz mit dem Kinn auf ihn und drehte dabei weiter das Wasser im Becher, damit es sich gleichmäßig erwärmte. Jetzt, da er keinen Mantel mehr trug, konnte man Meister Balks Arbeit wieder in Gänze bewundern: den verbrämten kurzen Stehkragen, den bestickten Rücken, die Ärmel mit den beweglichen Lederplatten ... Aber all das brauchte er wohl nicht mehr, genauso wenig wie den Falknerhandschuh. Handschuh! Babu streifte ihn schnell über und riss Reva den glühend heißen Becher aus der Hand. Sie lachte auf.

»Schon gut, Babu, mir macht so ein kleines Feuer nichts aus. Dir auch nicht, wie es scheint. Der Mann, der dieses Leder gefertigt hat, kennt ein paar Geheimnisse.«

Babu hielt den Becher genau wie zuvor Reva mitten in die Flammen. Das Leder des Handschuhs blieb unbeschädigt und er spürte die Hitze nicht. Aber er sah sich zittern. Heftiger. So heftig schließlich, dass er den Becher absetzen musste, um nicht alles zu verschütten.

»Der Mann, der dieses Leder gefertigt hat, ist tot.«

Als habe dieser Satz ein Wehr geöffnet, strömte nun alles, was Babu so lange in sich zurückgehalten hatte, aus ihm heraus. Er erzählte von Dant, dem Gerber. Vom Thon, der ihn hatte umbringen lassen und dazu den ganzen Clan, auch die Kinder. Vom Thon, der sein Onkel war. Der eine Blutspur durchs Lange Tal zog und sie mit der Idee des Friedens und mit Wohlstand überdeckte. Der ihm den Vater genommen und Babu zu einem Sohn des Friedens gemacht hatte. Dessen Betrug und Verräterei so groß, so umfassend war, dass er sogar Jator damit angesteckt hatte. Reva hörte ihm zu, bedeutete ihm nur ein Mal, Felt zu trinken zu geben. Babu tat es, immer noch vor Erregung zitternd und ohne seine Rede zu unterbrechen. Er ließ nichts aus, er gestand alles. Wie er Jator, den besten und einzigen Freund, erstochen hatte. Wie er nur den Verräter in ihm gesehen hatte und nicht erkannt hatte, wie sehr Jator an ihm hing. Wie furchtbar, wie groß die Schuld war, so groß, dass Babu sie zuerst nicht wahrgenommen hatte, nicht überblicken konnte. Reva fasste kurz an den Anhänger der Kette und schloss die Augen, sagte aber nichts. Also erzählte Babu weiter: von den Fremden, die zu ihnen gekommen waren mit ihren großen Falken. Reva lächelte, als Babu von der Hasenplage berichtete, genau wie er selbst, denn nun war ihm klar, welch lächerlicher Vorwand das gewesen war. Alles, was Juhut betraf, stand Babu so klar im Gedächtnis, als wäre es gerade erst passiert. Nur als er mit seiner Erzählung in die Galaten, ins Hochgebirge, gelangte, geriet er ins Stocken. Vor dem blendenden Weiß sah er sich selbst nur noch schemenhaft, der Kampf mit dem Wolfs-Thon und dem Rudel war ein verblassender Traum. Er sah die Fratze, das dämonische Antlitz, das wahre Gesicht seines Onkels, aber in Babus Erinnerung stiegen so viel Schmerz und Hass auf und beides brannte so heiß, dass es schwer in Worte zu fassen war.

Er versuchte es dennoch. Revas Augen leuchteten ihn an wie ein helles Gegenfeuer zum finsteren Brand in seinem Innern, zugleich aber kaum auszuhalten. Und Babu hastete weiter, übersprang den Splitter in seiner Stirn, fasste die langen Tage der Jagd in einem Satz zusammen und gelangte vor die Höhle, wo er seinen letzten Pfeil verschoss, um den Kämpfer mit dem langen Schwert zu retten. Und wo er Reva das erste Mal gesehen hatte, als einen Schimmer nur, vor dem Dunkel.

Babu musste auch noch sagen, dass er das Gefühl habe, in einem Gewirr aus Verrat, Enttäuschung und Schuld gefangen zu sein, in vielen Schlingen. Manche Enden hielt er selbst in der Hand, andere der Thon, wieder andere Jator. Er sprach von seiner Mutter und darüber, dass sie sich von ihm abgewendet hatte, weil er dem Vater nicht ähnlich geworden war, dass sie nie wirklich vom Vater erzählt und so Babus Zweifel geschürt hatte.

»Ich weiß nicht, wer ich bin. Ich bin kein Sohn, kein Hirte, kein Freund und ich bin auch kein … Szasran. Ich bin schuldig und ich bin schwach. Ich bin gefesselt mit … unsichtbaren Fesseln der Schuld und Scham. Wie Dant, wie die Tartor es waren … Ich wollte immer frei sein und nun bin ich einfach nur allein. Und ich kann Nuru nicht vergessen.«

Reva sagte nichts dazu und Babu sah ein, dass es weise war, zu schweigen und keinen falschen Trost zu spenden. Wie es sich wohl anfühlen mochte, von allem zu wissen, aber nichts und niemandem nah zu sein? Anteil zu haben an allem, selbst dem Geringsten, und gerade deshalb nicht wirklich anteilnehmen zu können? Konnte ein Mensch das aushalten? War Reva überhaupt ein Mensch? Babu sah die schmächtige Gestalt, klein wie eine Merzerin, aber feingliedriger. Eine Frau, aber fast aller weiblichen Attribute beraubt, ohne Haare, ohne Wimpern und Augenbrauen, flachbrüstig wie ein Kind, die Haut, soweit sichtbar, von einem Narbengeflecht überwachsen. Und er stellte fest, dass ihm ihre Fremdartigkeit nicht fremd erschien. Er konnte ihr alles erzählen, mehr, als er je jemandem offenbart hatte, mehr, als er sich selbst lange hatte eingestehen können – und war nicht enttäuscht, dass sie auf seine lange Rede nicht mit einem Satz antwortete. Es war einfach so, als habe er etwas aus sich herausgeschüttet, seine Geschichte, und Reva hatte sie aufgenommen wie ein Gefäß, das unendlich viel fassen konnte und jeden Inhalt sicher verwahrte, denn es war aus einem Material gemacht, das niemals zerspringen würde.

Nun schwieg er und betrachtete Reva. Und mit einem Mal erschien es ihm, als sei sie in ein strahlendes Licht getreten. Er sah sie am Saum eines Wassers stehen. Als sie sich bückte und ihre Hand ins Wasser tauchte, fielen ihr lange Haare vors Gesicht. Sie neigte den Kopf und lauschte. Dann hob sie den Blick – dunkle Augen unter langen Wimpern in einem fein geschnittenen, makellosen Gesicht – und schaute in den Himmel, an dem sich schwere Wolken zu einem Unwetter ballten. Und an dem Vögel kreisten. Hunderte großer Vögel – Szaslas. Sie richtete sich auf, warf dabei eine Handvoll Wasser hoch in die Luft, ein hell glitzernder Bogen stand vor drohendem Schwarz. Sie rief etwas.

»Babu? Babu, bist du so weit? Wir sollten gehen.«

Sie lächelte ihn an. Mit blassen, wimpernlosen und narbenumrankten Augen. Und Babu wusste: Sie war ein Mensch – gewesen. Sie war ein Mensch der Alten Zeit. Sie verstand noch die Sprache des Wassers und sie war eine Wächterin. Sie wachte über diese Welt durch alle Zeiten. Sie hatte nichts gesagt, als Babu vor ihr sein Innerstes nach außen gekehrt hatte. Sie hatte ihm keinen falschen, sondern wahren Trost gespendet: Sie hatte ihn hinter ihre Maske schauen lassen.

Ohne Sorge, Sohn des Friedens. Nichts ist ohne Grund. Schleier werden fallen.

»Babu, wir müssen gehen. Die Sonne steht schon hoch.«

»Was? Ja. Aber wie … und Felt?«

Er lag da, mit seiner verbundenen Hand, und träumte vor sich hin.

»Ich nehme ihn«, sagte Reva und hockte sich zu Felt. Sah ihn an. Sprach leise mit ihm. Ob Felt den Sinn der Worte begriff, war nicht ersichtlich, aber als Reva sich langsam erhob, kam auch Felt schwerfällig auf die Füße. Als er endlich stand, wirkte Reva noch kleiner. Sie machte einen Schritt rückwärts, ohne Felt aus den Augen zu lassen. Er folgte. Zwei Schritte, er folgte, gehalten und gezogen von ihrem Blick. Sie lächelte und begann rückwärts den Pfad hinaufzugehen.

»Du wirst selber laufen müssen, Babu«, rief sie, die hellen Augen fest auf Felt gerichtet. »Ich kann nur einen führen. Aber ich wäre dir dankbar, wenn du achtgibst, dass ich nicht in den Berst falle.«

Babu raffte Felts wenige Habseligkeiten zusammen und warf sie in die Tasche, trat das Feuer aus und nahm auch noch mit, was vom Holz übrig war, für alle Fälle. Dann lief er den beiden hinterher.

»Gehen wir nun zur Stadt?«

»Was dachtest du, wohin dieser Pfad führt? Natürlich gehen wir nach Wiatraïn. Nur etwas langsamer als gedacht.«

TEIL FÜNF

ERSTES KAPITEL

WUNDERT EUCH

Felt kam aus dem Tritt. Er sah nichts, hatte aber das Gefühl, gleichzeitig vorwärts und rückwärts zu gehen. Er strauchelte.
 Er wurde gestützt. Aufgefangen.
 Er hörte eine Stimme: »Felt!«
 Er hörte eine andere Stimme: »Ist er wach? Ist er zurück? Er ist schwer!«
 Er versuchte sich zu bewegen. War er gefesselt? Nein. Doch. Halb. Er konnte sein Schwert nicht greifen. Er tastete mit der Linken, da war es.
 »Was hast du vor? Bist du verrückt? Lass das Schwert stecken!«
 »Felt, komm zu dir!«
 »Wo bin ich? Ich sehe nichts.«
 »Du hängst in meinen Armen. Aber nicht mehr lange.«
 Er wurde geschoben, er spürte Hände im Rücken.
 Er stand.
 Revas Gesicht tauchte aus dem Dunkel auf, blieb noch schemenhaft, aber Felt konnte erkennen, wie sie zu ihm aufschaute. Er drehte sich um.
 Hinter ihm stand Babu und keuchte. Seine verschwommene

Gestalt nahm mehr und mehr Kontur an und allmählich verzog sich die Dunkelheit vor Felts Augen. Aber als er schließlich sehen konnte, was hinter Babu war, weit hinter ihm, warf es Felt beinahe wieder aus dem gerade zurückgewonnenen Gleichgewicht.

Aus einem dunstigen Weiß erhob sich auf einem mächtigen Stamm die entlaubte Krone eines Baums. Eines Baums von solch gigantischem Ausmaß, dass Felt glaubte, sein Gefühl für Entfernungen, für Größenverhältnisse habe ihn verlassen. Denn wenn nicht, dann musste dieser Baumriese hoch wie die Randberge sein, und die knorrigen Äste, die sich teils weit hinauf in ein unendliches Blau streckten und teils bis hinab auf den gleißend hellen Grund reichten, mussten länger sein als …

Er gab es auf. Es gab nichts in Felts Welt, das einem Vergleich standgehalten hätte.

»Beeindruckt?«, fragte Babu mit einem Lächeln. »Ich hatte schon Zeit, mich an diesen Anblick zu gewöhnen. Von dort sind wir gekommen. Erst dachte ich, wir wären auf einem Berg.«

»Was?«

»Du hast den Steig gefunden, Felt. Den Vergessenen Steig. Den man nur finden kann, wenn man nichts von ihm weiß. Nicht einmal dann, man muss *sich selbst vergessen*, dann findet einen der Weg … Reva hat es mir erklärt, sie durfte dir vorher nichts sagen, sonst hätte es nie geklappt. So oder so hast du etwas Unmögliches geschafft. Du hast uns aus dem Nebelwald heraus- und ein gutes Stück diesen steinernen Baum hinaufgetragen, aber daran erinnere ich mich nicht. Als ich aufwachte, waren wir bereits dort, auf diesem gewaltigen Stamm, und alles Land war verschwunden.«

Felt schwankte, denn nun glaubte er zu erkennen, worauf er stand …

»Jedenfalls«, sprach Babu weiter, »sind wir dann über einen mächtigen Ast weitergegangen, der wie eine lange, gebogene Brücke war. Bis wir hierhergelangten, auf die ...«

»... Wolken«, vervollständigte Felt. Sie standen auf Wolken. Er hatte das Gefühl, ins Bodenlose zu fallen. Felt schnappte nach Luft. Er stand im Nichts. Oder im Berst. Aber das Nichts und der Berst, das war eins.

Babu wollte gerade noch etwas sagen, als sich eine heftige Bö auf die drei stürzte. Felt machte instinktiv einen Ausfallschritt, um einen besseren Stand zu haben, Reva duckte sich. Der Windstoß tobte einmal um die Gruppe herum, warf Haare hoch, zog Reva die Kapuze vom Kopf und tauchte dann in die Wolken – wobei er ein gutes Stück des Weges freiblies. Unter der dichten, schier endlos ausgebreiteten Wolkendecke lag ein verzweigtes Netz aus wulstigen Steinsträngen, die sich auch in die Tiefe zu verästeln schienen. Wie tief, war nicht auszumachen, denn der weiße Dunst waberte zurück und umfloss Felts Stiefel auf Knöchelhöhe. Babu strich sich die langen Haare aus dem Gesicht und Reva richtete sich auf.

»Du stehst auf den Wurzeln der Welt«, sagte sie, »aber das musst du jetzt nicht begreifen, Felt. Fürs Erste bin ich einfach froh, dass du wieder bei uns bist.«

Der Windstoß hatte Felt endgültig aufgeweckt und den letzten Rest Dunkelheit aus seinem Geist vertrieben. Im Berst zu stehen – auf Wolken – war seltsam genug, aber ein Berst ohne Wind, das wäre dann doch eine Seltsamkeit zu viel gewesen. Reva war hier. Babu war hier. Ihm fiel ein, dass er sie verloren hatte, und ihm fiel auch ein, dass Babu Juhut verloren hatte. Wie er Reva wiedergefunden hatte, daran hatte er keine Erinnerung. Aber der ganze Rest – die Reise, die Quellen, die Wölfe, Wigo – rutschte wie eine Lawine in sein Gedächtnis.

»Gehen wir weiter?«, fragte Babu.

»Wohin?«, fragte Felt.

»Nach Wiatraïn«, antwortete Reva und wies über seine Schulter. Felt wandte sich um. Zwar immer noch fern, aber deutlicher zu erkennen als unter dem großen Steinbogen, jenem Einfallstor des Windes, schwamm die Stadt im ruhigen Wolkenmeer. Eine Unzahl bizarr geformter Türme schraubte sich aus einem großen, komplizierten Gebäudegebilde. Viele der Türme schienen wie um sich selbst gedreht zu sein, hatten Balkone, die an Auswüchse erinnerten, durchbrochene Spitzen, durch die der Himmel blinkte. Sie waren unterschiedlich hoch, verschieden dick und ragten nach keinem erkennbaren Muster aus dem, was ein wahnsinniger Baumeister dort in die Wolken geworfen hatte: Die Bauten fielen übereinander, Brücken schwangen sich in hohen Bögen ins Nichts, große Terrassen wurden von hohen, steilen Wänden gerahmt, für niemanden zugänglich. Die Stadt schien wie in ihrem Einsturz eingefroren, wirkte aber dennoch nicht zerstört. Ganz im Gegenteil, sie war wie aus einem Stück, wie gewachsen. Felt erkannte keine geraden Mauern, keine spitzen Giebel, keine rechtwinkligen Fensteröffnungen, alles schien gerundet.

»Wollen wir nun gehen?«, fragte Babu. »Es ist noch ein ganzes Stück.«

»Du hast es eilig?«

»Ich gehe voraus«, sagte Babu knapp und ging an Felt vorbei. Ohne besondere Vorsicht schritt er aus, ganz so, als ginge er in flachem Wasser und nicht auf Wolken. Oder auf den darunter verborgenen Wurzeln der Welt ...

»Es zieht ihn zum Falken«, sagte Reva.

Felt wagte einen Schritt. Beim Gehen verzog sich der Dunst etwas. »Was, wenn ich danebentrete?«, fragte er.

»Ich glaube nicht, dass es ratsam wäre, das auszuprobieren«, sagte Reva und folgte Babu.

Felt brauchte nicht lange, um sich zu gewöhnen. Er ging und das half. Tag für Tag hatte er in den Berst geschaut – nun marschierte er hindurch. Außer der Stadt, die immer höher und absurder vor ihnen aufragte, und dem Baumriesen, der nun doch kleiner wurde und hinter ihnen im sanft gewellten Wolkenhorizont versank, war weit und breit nichts zu sehen. Die Sonne, die Felt deutlich größer erschien als gewohnt, konnte ungehindert ihren Bogen über einen Himmel ziehen, der von einer außerordentlichen Klarheit war. Ihren Aufgang hatte Felt nicht gesehen, aber untergehen würde sie bald: Merkwürdig langsam senkte sich die strahlende Scheibe in den Wolkenteppich und verfärbte ihn ins Rötliche. Der Mond war sichtbar geworden, auch er schien besonders nah und fast voll zu sein. In seinem Gefolge glänzten die ersten Sterne auf. Es wäre gut, wenn sie die Stadt vor Einbruch der Dunkelheit erreichten. Felt beschleunigte seine Schritte, ging an der in sich gekehrten Reva vorbei und schloss zu Babu auf.

»Was ist mit meiner Hand? Ich spüre sie kaum.«

»Du hast sie dir verletzt.« Babu warf ihm einen kurzen Seitenblick zu.

»Aha, und wie?«

»Das wissen wir nicht. Nein, nicht nachschauen!«

»Und warum nicht?«

»Weil … weil die Hand geschützt bleiben muss.« Babu blieb stehen. »Ich habe sie dir verbunden, so gut es ging. Wir haben so ziemlich alles verloren. Ach, hier, deine Tasche.«

Felt ignorierte sie. »Babu, was für eine Verletzung ist das?«

»Erfrierung. Zwei Finger.«

Felt nahm wortlos die Tasche, hängte sie sich um und ging weiter. Blieb stehen. Drehte sich zu Babu und Reva um.

»Seit wann sprichst du Welsisch?«

Babu schaute ihn entgeistert an. »Aber das tue ich nicht!«

»Natürlich tust du das, willst du mich auf den Arm nehmen? Ich verstehe jedes Wort.«

»Ich ... nein!«

»Hast du dich verstellt? Dieses ganze Gestotter ... wenn wir beim Feuer saßen ... Wolltest du mich demütigen?«

»Felt, ich schwöre ... ich weiß auch nicht – Reva!«

Sie lachte ihr übermütiges Kinderlachen. »Ich habe mich schon gefragt, wann ihr es endlich bemerkt.«

Die beiden Männer schauten sie verwundert an.

»Ja, wundert euch ruhig. Ihr seid durch den Nebelwald gegangen, der jedem lebenden Wesen die Seele ausfranst, selbst mir; ihr seid den Vergessenen Steig emporgewandert, den seit Beginn der Zeit kein Mensch mehr gegangen ist; ihr überquert den Berst, den Abgrund, der ganze Welten verschlingt – wundert euch! Ich *verlange* es von euch. Werdet euch bewusst, wer ihr seid und was ihr tut. Ihr habt den Kontinent verlassen. Ihr seid hier nicht mehr zu Hause. Hier gelten andere Gesetze.«

Sie war freundlich geblieben, aber ihre Worte verfehlten ihre Wirkung nicht. Felt erkannte, dass er immer noch nicht wirklich weitergekommen war, immer noch nicht verstand. Die Unda zog sich regelmäßig aus seinem Bewusstsein zurück. Er vergaß sie zwar nicht, aber sie wurde unscheinbar. Als ob sie Platz in seinem Denken machte, damit er selbst die Zusammenhänge erfassen konnte. Und regelmäßig nutzte er diesen Freiraum nicht. Er dachte daran, ein Lager einzurichten, Wachen aufzustellen. Er dachte an Estrid, an die Kinder. Er dachte an Goradt, er wünschte sich zurück nach Hause. Er überlegte, was mit seiner Hand passiert sein könnte, er glaubte, Babu wolle ihn demütigen. Er vergaß, was Reva ihm über Babu gesagt hatte: *Verdirb es dir nicht mit dem jungen Merzer.* Er hatte nicht darüber nachgedacht, *warum* er sich mit Babu gut stellen sollte. Jetzt hatte er ihn beschuldigt und beleidigt ... Felt hatte auf so vieles nicht geachtet, so vieles verdrängt. Er hatte die Wölfe gesehen, er hatte gekämpft, er hatte bis zum Hals in seinem eigenen Entsetzen gestanden – und war immer noch nicht in der Lage, über seine persönliche Schuld, seine eingebildete Verantwortung hinwegzusteigen und in die Finsternis zu gehen, aus der diese Kreaturen wirklich kamen.

Etwas geht vor. Und Felt trottete nebenher.

Die Quellen versiegten, verwaisten, der Menschheit kam die Menschlichkeit abhanden? Es war furchtbar, es war unbegreiflich, aber er würde sich daran gewöhnen. Was konnte er schon dagegen tun?

Felt sah in die unendliche Weite des Bersts. Er hatte das schon oft getan. Aber er hatte sich umdrehen können und hinter ihm waren Berge, war seine Heimatstadt gewesen. Jetzt stand er mitten in der Unendlichkeit und die unmögliche Stadt, der Mythos, Wiatraïn, lag vor ihm. Er hatte sich gewundert. Aber nicht genug. Er hatte sich wie immer auf das Naheliegendste konzentriert: Er wollte vor allem einen sicheren Pfad finden. Er wollte nicht stürzen. Er hatte Angst. Angst vor der Größe der Aufgabe und Angst davor, dass sein Geist nicht imstande sein würde, diese Dimension auszumessen. Er wollte im Kreis gehen, wie immer, und nach Hause, zu Estrid, zurückkehren. Er wollte der Begleiter der Unda bleiben, nicht mehr, er wollte nicht vorangehen, er wollte nicht führen, er wollte nicht nach oben – denn er wollte nicht fallen.

Revas Blick ruhte auf ihm. Stumm bat Felt sie, nicht zu viel von ihm zu verlangen. Er hatte nicht das Gefühl, dass seine Bitte erhört wurde.

»Ihr könntet euch ein wenig unterhalten«, sagte sie und ging an den Männern vorbei. »Die Gelegenheit ist günstig.«

Wahrscheinlich hatte sie recht. Aber Felt war nicht nach Reden zumute und auch Babu schwieg. Er war gekränkt, das war ihm deutlich anzusehen. Und er litt unter dem Verlust des Falken. Wer außer Felt hätte Babus Leid besser nachvollziehen können? Dennoch, und obwohl ihm Babu das Leben gerettet hatte: Felt konnte keine Freundschaft für Babu empfinden. Also gingen sie hintereinander, jeder für sich, auf die Stadt zu, die von der sinkenden Sonne angestrahlt wurde und einen langen Schatten auf die Wolken legte. Wie unsichtbarer Steinschlag fuhren immer wieder Windstöße in den hellen Grund, der keiner war, und legten die verschlungenen Pfade frei. Aber je weiter sie sich vom Baumriesen entfernten, desto lichter wurde das Gewirr. Auf welche Weise nun diese Wurzeln der Welt den Kontinent festhielten und davor bewahrten, in den unermesslichen Berst zu stürzen, war Felt im Grunde gleichgültig. Wichtiger war, ob sie bis zur Stadt reichten.

Felt blickte auf die schmalen Schultern der vor ihnen gehenden Unda. Sie hatte die Kapuze wieder übergezogen und steuerte unbeirrt auf die Stadt zu. Mit einem Mal war sie ihm so fremd, wie sie es ganz zu Beginn ihrer Reise gewesen war.

Felts Gemüt verfinsterte sich zusehends, während sich der Abend über den Berst legte. Um sich aus dem Trübsinn zu befreien, hielt er Ausschau nach einem Tor, überlegte, wie und wo sie in die Stadt gelangen konnten und welchen Empfang sie von den Bewohnern zu erwarten hatten. Im Geiste ging er alle Hiebe und Paraden durch, die er mit links ausführen konnte. Er wusste genau, dass er sich über das Falsche Gedanken machte, aber er konnte nicht anders.

ZWEITES KAPITEL

KLETTERN

Es gab kein Tor. Es gab auch keine Stadtmauer. Jedenfalls keine, die wie üblich aus einzelnen Steinen gebaut war. Sie standen im blassen Licht des hoch über der Stadt hängenden Mondes auf einer sanft gerundeten Terrasse. Und vor einem Rätsel.

Reva hatte sie mit traumwandlerischer Sicherheit über einen der wenigen letzten Pfade hierhergeführt. Nun kamen sie nicht weiter. Vor ihnen erhob sich eine Wand, die sich über sie hinauswölbte. Felt dachte an eine große Schneewehe, Babu sagte: »Als ob man im leeren Brustkorb eines Riesenkafurs steht.«

Felt strich über die glatt geschmirgelten Steinrippen, bückte sich, fuhr durch den körnigen Sand, mit dem die Terrasse bedeckt war. Nahm eine Handvoll.

»Jetzt verstehe ich, was ›Stadt im Wind‹ bedeutet. Der Wind hat Wiatraïn gebaut. Herausgeschliffen aus dem Stein.«

Er ließ den Sand zu Boden rieseln, ein Luftzug griff danach und warf ihn gegen die Wand. Der Wind verstärkte sich, es staubte, Babu und Felt traten zurück in den Schutz der Wölbung, die Hände vor den Augen. Reva rührte sich nicht. Die Kapuze bedeckte ihr Gesicht bis über die Nase, der Wind drückte sie noch tiefer, zerrte an ihrem Gewand. Es machte ihr nichts, sie blieb stehen, ganz in sich selbst versunken. Langsam wurde es gefährlich, denn das waren keine Böen mehr, das war ein kräftiger, unangenehmer Luftstrom, der stetig weiter anschwoll. Es war schwer, eine Richtung auszumachen. Der Wind griff die Männer seitlich an, dann wieder stürzte er sich von oben über die vorspringende Kante der Steinwelle auf sie, im nächsten Moment fuhr er über den Boden, warf ihnen Sand gegen die Stiefel, drückte sie noch fester gegen die Wand und raste aufwärts über sie hinweg. Dies alles geschah in so raschem Wechsel, dass Felt den Eindruck hatte, inmitten einer wütenden Menschenmenge zu stehen, die von allen Seiten auf ihn einschlug. Sprechen war nicht möglich, denn der Wind tobte nicht nur, er lärmte auch. Er dröhnte über die steinernen Rippen, er knirschte durch den Sand, er heulte über die Kante, er griff die Köpfe der Männer und brüllte ihnen in die Ohren. Reva schwankte bedrohlich. Wenn der Wind sich für eine Richtung entschied und es wäre die falsche, würde er die Unda einfach von der Steinterrasse wehen und in den Berst stoßen. Felt kniff die Lider zusammen – Revas Silhouette zitterte verschwommen hinter dem Tränenschleier, der sich über seine Augen gelegt hatte. Er musste sie da wegholen. Er versuchte auf die Knie zu gehen, um zu ihr zu kriechen. Doch der Wind drückte ihn hoch, stemmte sich mit vielen Händen gegen ihn, presste ihn mit dem Rücken gegen die Wand. Hilflos mussten Babu und Felt mit ansehen, wie der Wind Reva die Kapuze vom Kopf zerrte und die Unda ins Hohlkreuz bog, damit er sie durchbrechen konnte. Ihre Füße waren wie festgenagelt, die Beine steif im Schraubstock der Luft, der Oberkörper weit nach hinten gelegt. Ein wenig weiter noch und ihr Rückgrat würde knicken wie ein Trieb, den man zu unvorsichtig zurückgebunden hatte. Mit einem Schrei sammelte Felt alle seine Kräfte, warf sich gegen den Wind.

Und landete unsanft auf Stein. Der Luftstrom war abgerissen, so vollständig, so unerwartet, dass Babu ein erschrecktes Stöhnen entfuhr. Felt rappelte sich auf. Die plötzliche Stille machte ihn glauben, er sei taub geworden. Dann hörte er ein Wispern. Ein gehauchtes Wort an seinem Ohr, eine federweiche Berührung im Nacken, die ihm die Haare aufstellte. Was war das? Babus Augen waren weit geöffnet, er starrte auf Reva.

Sie war nicht gebrochen und auch nicht gestürzt. Ihr Oberkörper war nun leicht nach vorne gebeugt, sie stand da, mit hängenden Armen und Schultern, Kinn auf die Brust gesenkt. Die Narben auf ihrem kahlen Schädel glühten weiß. Dann, mit einer schnellen, fließenden Bewegung, sackte sie zusammen. Aber sie bewegte sich nicht selbst, sie wurde rasch, aber sanft gefaltet: die Hände gegeneinander, an die Schulter, Wange darauf. Knie geknickt, Beine angezogen, Füße weg vom Boden, Körper gekippt. Innerhalb eines Atemzugs lag sie zusammengerollt wie ein schlafendes Kätzchen auf der Seite und schwebte dabei in der Luft.

Felt machte einen Satz nach vorn. Aber er bekam sie nicht mehr zu fassen, sie wurde aus seiner Reichweite gehoben. Mit einem langsamen Drehen, wie gefangen in einer unsichtbaren Kugel, stieg Reva auf in den Nachthimmel über Wiatraïn und ließ ihre entgeisterten Begleiter unter der Steinwelle zurück.

Felt maß mit schnellen Schritten ihr Gefängnis ab. Trat bis an den Rand der Steinzunge, blickte in den Berst. Drehte sich um, blickte auf die Wand. Ungefähr fünf Mann hoch. Ging weiter, blieb dicht vor der Wand stehen, fuhr mit den Fingern über den Stein. Legte den Kopf in den Nacken, sagte: »Wir müssen klettern.«

»Klettern?«

»Ja, klettern. Der Überhang ist nicht besonders groß und

dort oben scheint mir der Stein weniger glatt zu sein. Soweit ich das bei diesem Licht erkennen kann. Es wird gehen, ich habe schon Schlimmeres gesehen.«

»Felt, ich kann nicht klettern. Ich bin in meinem Leben noch nicht geklettert. Nicht richtig. Nicht so.«

Er packte Babu beim Kragen. »Dann ist es heute das erste Mal. Reva ist irgendwo dort oben. Und dein Falke auch, oder? Ich werde mich von dieser Wand nicht aufhalten lassen.« Er ließ ihn los. Babu zog an seiner Weste, schaute auf.

»Da können wir nicht raufkommen.«

»O doch«, sagte Felt grimmig und versuchte sein Schwert zu ziehen. Er trug es noch wie gewohnt links und mit der linken Hand bekam er es kaum aus der Scheide. Babu half ihm.

»Was hast du vor?«

Felt versetzte einer Steinrippe einen kräftigen Hieb. Der Stahl schrie auf, Steinsplitter spritzten ihm gegen den Brustschutz. Felt klemmte sich Anda unter die Achsel, prüfte die Kerbe, krallte seine Finger hinein. Dann nahm er erneut Maß. Diesmal schlug er höher.

»Jetzt du. Los, auf meine Schultern. Und schlag versetzt, dort, und so fest du kannst. Warte. Bind mir erst diese verdammte Hand los.«

Babu löste Felts Arm aus der Schlinge, kletterte ihm auf die Schultern, saß schließlich, schlug mit dem Schwert gegen den Fels. Steinbröckchen rieselten Felt auf den Helm. Er machte einen Schritt, Babu schlug nochmals. Dann stellte er sich – die Schulterstücke drückten sich schmerzhaft in Felts Fleisch –, hieb noch ein paar Mal und sprang dann herunter. Felt atmete auf.

»Ein fantastisches Schwert«, sagte Babu ehrfürchtig.

»Ich weiß. Steck es zurück.«

»Ich habe immer noch keine Ahnung, wie ich da hochkommen soll.«

»Babu, als ich in deinem Alter war, bin ich solche Wände raufgerannt, das war Teil meiner Ausbildung. Es war als Schinderei gedacht, man hat uns die Berge hochgehetzt, wir mussten springen wie die Nukks. Nun, das ist eine Zeit her. Und ich hatte zwei Hände. Das wird auch für mich nicht leicht. Du kannst das schaffen, du musst mir nur vertrauen.«

Babu nickte kurz. Er schien nicht überzeugt. Eine einzelne lange Haarsträhne löste sich, stand Babu waagrecht vom Kopf ab und wurde gezwirbelt, um einen unsichtbaren, aber sehr langen Finger gewickelt. Felt erstarrte. Auch Babu rührte sich nicht, doch seine Hand tastete nach dem Dolch im Gürtel. In einer blitzschnellen Drehung zog er gleichzeitig den Kopf weg und fuhr mit dem Dolch durch die Luft. Seine abgeschnittenen Haare fielen zu Boden.

Das Echo eines leisen Lachens umwehte sie.

»Das gefällt mir nicht«, flüsterte Felt, dann rief er laut: »Wer bist du?«

Keine Antwort, aber das Gefühl einer Anwesenheit, die zwischen den Männern hindurchhuschte. Beide spähten angestrengt in die mondhelle Nacht.

»Was auch immer uns hier umschleicht«, sagte Babu leise und schluckte, »ich will nicht, dass es mich auch mitnimmt.«

»Dann sollten wir uns beeilen. Stiefel aus. Los, mach schon, zieh deine Stiefel aus. Und auch den Handschuh.«

Felt wühlte in der Tasche.

»Hoffen wir, dass es lang genug ist.« Er zog das Seil heraus, warf es aus. »Glück im Unglück, das dürfte reichen.«

Er fingerte an den Schnallen seines Brustpanzers, stöhnte auf vor Ärger, zerrte an den Lederbinden, bis er Daumen und Zeigefinger frei hatte. »Du hast wohl in deinem Leben nur Bandagen für Pferde gemacht, was?«

»Ponys«, sagte Babu.

Felt versuchte, die freigelegten Finger zu bewegen. Viel Kraft hatte er nicht darin. Er rollte das Seil auf, hing es Babu um.

»Und jetzt rauf da. Ich sage dir, wie du greifen sollst. Das Wichtigste ist, dass du deinen ganzen Körper in Spannung hältst. Und schmieg dich an die Wand wie an dein Mädchen, fest, verstehst du?«

Babu nickte.

»Gib mir die Hand. Die linke!«

Babu schlug ein.

»Drück zu. Gut so. Denk an das, was Reva gesagt hat: Wir sollen uns bewusst werden, wer wir sind ... «

» ... und was wir tun«, vervollständigte Babu.

Sie spürten beide die Berührung: als würde sich eine dritte Hand auf die ihren legen. Felt biss die Zähne zusammen.

»Los jetzt. Denk nicht nach, tu, was ich sage. Nimm die Kraft aus den Beinen.«

Es war so, wie Felt es sich erhofft hatte. Babu war zwar nicht der geborene Kletterer, aber er war ein Reiter, er hatte Kraft in den Schenkeln und ein gutes Gleichgewicht. Und er hatte ein Ziel – Reva hatte recht gehabt: Es zog Babu zum Falken. Am Beginn des Überhangs bekam er aber doch Probleme.

»Ich sehe es von hier«, rief Felt. »Voraus, über der linken Schulter.«

»Da komm ich nicht hin!«

»Doch. Du musst dich kräftig abstoßen. Du musst dich lösen. Kurz. Du musst dich hochbringen. Und zupacken genau in dem Moment, bevor es dich wieder runterzieht.«

Im toten Punkt zu klettern war nicht gerade eine Anfängerübung. Es kostete Überwindung. Babu versuchte es. Er fand den Griff, aber nun hing er an einem Arm und pendelte.

»Kneif deinen verdammten Hintern zusammen! Schwing dich drunter! Hak dich mit den Fersen ein! Na also!«

Babu klebte unter dem Überhang wie eine Fliege an der Decke. Im Schatten des Vorsprungs konnte Felt keine Griffmöglichkeiten für Babu mehr erkennen, das musste er nun allein machen. Er konnte ihm nur noch Mut zusprechen, zurück ging es nicht mehr, entweder weiter oder fallen.

»Babu, glaub an deine Hände. Deine Finger halten dich!«

Es war nicht der beste Rat gewesen, denn Babu versuchte nun nicht einmal mehr, mit den Füßen Halt zu finden, er hangelte. Das konnte man machen, aber in einem Geäst, nicht unter Stein. Felt hielt den Atem an, Babu hatte die Kante erreicht. Aber nun würde er übergreifen müssen. Diese Kraft hatte er nicht. *Tothängen*, schoss es Felt durch den Kopf. Babus Arme waren lang ausgestreckt, er trat die Luft.

Aber die Luft bot ihm Widerstand. Es sah zumindest so aus. Babus Fuß fand Halt in einem unsichtbaren Steigbügel, mit Schwung warf er sich über die Kante und war aus Felts Blickfeld verschwunden.

»Alles klar?«, rief Felt nach oben.

Zur Antwort kam das Seil. Dann Babus Kopf.

»Kannst du es festmachen?«

Babus Kopf verschwand kurz. »Dann reicht es nicht mehr.«

Felt schnappte sich das Seilende, versuchte die Tasche anzuknoten, fluchte, die verbundene Hand behinderte ihn, er biss in den Strick, zog, fluchte wieder, spuckte Blut. Sein loser Eckzahn hatte sich endgültig verabschiedet.

»Was ist?«, rief Babu von oben.

»Nichts. Zieh!«

Als Letztes hatte Felt Anda nach oben geschickt. Jetzt stand er unbewaffnet, ohne Rüstung und wie zuvor Babu barfuß vor der Wand und ging im Geist die Griffe durch. Er war größer als der Merzer, er konnte weiter reichen – aber er hatte nur eine brauchbare Hand. Felt krümmte den rechten Zeigefinger.

Hoch kam er schnell und leicht, es war fast wie früher, als er mit Marken geklettert war und dem Freund nicht ein Mal den Sieg gegönnt hatte. Marken hatte es ihm nie übel genommen. Er hatte »Zweiter« gekeucht; Felt hatte seine Hand gepackt und gezogen; dann hatten sie die Aussicht genossen. Sie hatten ihr Leben geliebt in diesen Momenten, genau so, wie es war. Sie waren jung gewesen.

Im Überhang musste Felt langsamer machen. Er klemmte seine Zehen ein, er spürte, wie er sich die Haut abschürfte. Er stellte sich seinen Zeigefinger als einen stählernen Haken vor. Er fühlte die Zahnlücke, schmeckte sein Blut, schluckte es herunter. Er schlug den Fingerhaken ein. Er hängte seinen Körper daran. Er tastete mit der Linken, es gab nichts zu greifen. Sein ganzes Gewicht hing an nur einem Finger. Felt zog die Beine an. Er würde sie sich brechen, wenn er fiel. Und er würde fallen, bald. Er hoffte, aber für ihn gab es keinen Steigbügel in der Luft.

Sondern ein Seil. Felt schlang es ums Handgelenk, fasste zu, ließ sich ziehen, dachte: »Zweiter.«

DRITTES KAPITEL

DER WIND HAT EIN GESICHT

Felt lag auf dem Rücken. »Du bist stärker, als ich dachte.« Er hustete.

Babu löste das Seil von seiner Taille. »Nicht viel anders, als ein Kalb aus einer Kuh zu ziehen.«

Felt lachte kurz und setzte sich auf. Er sah in das Gesicht des jungen Mannes, das im Mondlicht schweißnass glänzte. Vielleicht konnten sie keine Freunde werden. Aber doch Kameraden?

»Verdammt, ich habe Durst.«

»Ich auch«, sagte Babu, »und Hunger.«

Hier war nur Stein. Sie zogen sich schweigend an. Sie taten etwas Normales und waren dabei so angespannt, als ginge es in eine Schlacht. Felt gürtete Anda auf rechts, das Schwert saß unbequem auf der Hüfte, der Gurt war andersherum gefertigt worden und Felt war es so schlicht nicht gewohnt. Er würde sich gewöhnen müssen, er spürte weder Mittel- noch Ringfinger unter den Bandagen und wusste, dass das kein gutes Zeichen war.

Ein leichter Wind kam auf, beide hielten inne. Aber das war nicht die unsichtbare Präsenz, die sie umweht hatte. Die Reva entführt hatte.

»Das ist nur Wind«, sagte Felt.

Babu öffnete den Mund, überlegte es sich anders. Felt nickte knapp. Auch er hatte das Gefühl, nicht nur beobachtet, sondern auch belauscht zu werden. Mehr noch: Sie wurden belauert.

Oberhalb der Steinwelle, die sie überwunden hatten, erstreckte sich ein weitläufiger Platz. Der Wind hatte auch hier den Stein geformt, der Boden war gemasert wie Holz. Vereinzelt durchbrachen gigantische Steinnadeln die ebene Fläche wie aufgestellte Stacheln. Wiatraïn wollte seine Besucher wohl mit steinernen Monstrositäten beeindrucken und verunsichern – nach dem alten Prinzip, dem auch weniger irrsinnige Baumeister folgten: Verzerrung der Dimensionen. Während Felt mit Babu schweigend an schlanken, Schatten werfenden Steinstacheln vorbeischritt, wehrte er sich gegen das Gefühl, auf die Größe eines Flohs geschrumpft zu sein. Das war nicht leicht, denn die Stadt war riesig und nichts folgte der Logik. Eine steile, sandbedeckte Rampe endete unter dem breiten Pfeiler einer Brücke, an deren einem Ende zehn Mann nebeneinander gehen konnten und an deren anderem Ende nur noch Platz war für eine Maus. Gewundene Treppen schraubten sich mit unterschiedlich hohen Stufen ins Nichts. Keiner der Türme, die Felt aus der Ferne gesehen hatte, hatte einen Zugang in Bodennähe. Aber alle hatten Aussichtsplattformen. Trotz des Mangels an Planung, an erkennbarer Ordnung, an gesundem Menschenverstand war die Stadt nicht das Ergebnis zufällig wirkender Naturgewalten. Felts erster Eindruck hatte ihn nicht getäuscht: Der Wind hatte Wiatraïn gebaut. Aber irgendjemand hatte ihm gesagt, wie.

Dieser Jemand hielt sich verborgen. Kein Lebewesen begegnete den durch die nächtliche Stadt irrenden Männern, nicht einmal eine Ratte oder ein Käfer. Kein Licht brannte, nur der überhelle Mond beleuchtete die Wölbungen, Schwünge, Rundungen und Bögen aus Stein. Der Wind war ihr einziger Begleiter. Er summte um glatte, eng beieinander stehende Säulen, pfiff durch faustgroße Löcher oder stöhnte im Dunkel hinter hohen Portalen, durch die sie nicht zu gehen wagten. Es war vor allem Babu, der zögerte, Innenräume zu betreten. Sein Blick wanderte immer nach oben. Felt ahnte, dass er sich den Falken an den schwarzen, sternenübersäten Himmel wünschte. Er selbst wurde angetrieben von der Sehnsucht nach Reva. Er ignorierte seinen Durst und den üblen Geschmack, den das Blut in seinem Mund hinterlassen hatte. Er wollte nur die Unda finden und suchte in sich nach einem Hinweis, nach der seltsamen Intuition, die ihn damals im Sumpf zu ihr geführt hatte.

»Reva, wo bist du?«, fragte er leise.

»Nicht so sehr weit«, flüsterte es in seinem Rücken.

Felt duckte sich, fuhr mit der Hand über den Boden, griff sich Sand, drehte sich, schleuderte.

Im Mondlicht blähte sich eine staubige Wolke, die der Wind sofort zu zerfasern versuchte. Aber es gelang ihm nicht ganz. In Felts Augenhöhe formte sich Revas Gesicht. Um sich sogleich in sein eigenes zu verwandeln, das ihn mit offenem Mund und glanzlosen, toten Augen anstarrte. Sein Staubmund öffnete sich weiter, verzerrte sein Gesicht zu einer gähnenden Fratze, die sich verwirbelte und Auswüchse bekam, die zu Fingern wurden. Eine Hand streckte sich ihm entgegen. Sie begann sich von den Fingerspitzen her aufzulösen. Begleitet von einem Seufzen zerstob sie.

Felt zog sein Schwert. Auf Andas hohen Ton folgte ein Echo, das nicht natürlich war, sondern eine Nachahmung. Auch Babu zückte seinen Dolch, was mit einem langgezogenen *Ach* quittiert wurde, das in ein gackerndes Gelächter überging. Felt hieb durch die Luft.

Das Lachen erstarb.

In weiter Ferne hörte er nun das Donnergrollen eines aufziehenden Gewitters. Der Himmel war klar. Der Donner kam dennoch näher, scheinbar aus allen Richtungen und sehr schnell.

»Das ist nicht wirklich«, sagte Babu heiser.

»Aber ich höre es auch«, sagte Felt.

Der Satz war untergegangen in dem Grollen, das anschwoll und unaufhaltsam auf sie zurollte. Felt meinte über dem dröhnenden Trommeln nun einzelne Rufe zu hören – war das ein unsichtbares Heer, das auf sie einstürmte? Er spürte, wie sein Atem sich beschleunigte, wie seine Hand sich um den Schwertgriff krampfte, wie er die Augen aufriss. Ein Ring aus Staub erhob sich um die beiden Rücken an Rücken stehenden Männer. Immer höher wuchs die Wolke, blähte sich und zeigte ihnen schließlich, was da von allen Seiten auf sie zuraste: eine wild gewordene Herde großer Rinder, die mächtigen, gehörnten Köpfe gesenkt, die massigen Leiber eine bebende Wand aus Muskeln.

Felt spürte das Gewicht des Merzers in seinem Rücken, der wie er zurückweichen wollte und nicht konnte, sie stemmten sich gegeneinander.

Die Herde zerstob, der Staub legte sich so schnell wie ein schweres Tuch, das von der Leine gerutscht war.

Stille, nur das Konzert des Windes, sehr leise nach dem ohrenbetäubenden Lärm. Felt sah die Schwertspitze zittern. Dann hörte er Flüstern und unterdrücktes Kichern wie von einem Kind, das sich einen Tadel eingefangen hat, der es wenig kümmert.

Wut stieg in ihm auf. Diese Posse zerrte gewaltig an seinen Nerven und schließlich verlor er die Beherrschung: Er stach sein Schwert ins Leere, nur um irgendetwas zu tun, um das Zittern loszuwerden.

Aber er traf. Die Klinge war eingedrungen. Er sah nichts, das

Schwert steckte im Leeren. Aber es steckte in einem Körper, das konnte er deutlich spüren. Felt zog es wieder heraus – und hörte ein gurgelndes Geräusch, ein schmerzhaftes Aufstöhnen, das Flehen eines Sterbenden: »Hilf mir, so hilf mir doch!«

Felt stach abermals zu, selbst fassungslos über das, was er tat. Ein gellender Schmerzensschrei hallte durch die Nacht, gefolgt von einem Seufzer voller Qual und einem letzten, nur noch gehauchten »Hilf mir«. Felt glaubte, sein Herz setze aus: Das war Gerders Stimme. Unverkennbar. Das war die Stimme seines toten Kameraden.

Das Schwert fiel ihm aus der Hand.

»Was hast du getan?«, fragte der Tote. Die Stimme war angefüllt mit Entsetzen und Abscheu – und kam nun von einem Punkt links hinter Felt, drei oder vier Schritte entfernt. Babu stürzte sich darauf. Felt sah, wie auch der Dolch auf Widerstand traf, wie Babu in die Knie ging, als ob das Gewicht eines in sich zusammensackenden Körpers auf seine Faust drückte. Der Merzer ließ den Dolch los, der einen Bogen in der Luft beschrieb und dann mit der Spitze nach unten über dem Boden schwebte – ganz so, als stecke er im Leib des auf dem Rücken liegenden Opfers.

Kein Stöhnen. Kein Schrei. Nur die sachliche Feststellung: »Man vergisst den Mann nicht, den man getötet hat.«

Babu wich hastig zurück.

»Oder?«, fragte die Stimme.

Babu stolperte rückwärts, fiel über seine eigenen Füße, saß auf dem Boden.

Der Dolch klirrte auf den Stein. Babu sog bebend Luft ein, Felt brüllte: »*Reva! Reva! Wo bist du? Reva!*«

Er hatte mit all seiner Kraft nach ihr gerufen und ihr Name klatschte gegen die steinerne Fassade der grotesken Stadt, zersprang in viele kleine Schreie, jämmerliche, hilflose Echos.

Deutlich stand Felt ein Gedanke im Bewusstsein: *Ich verliere den Verstand.*

»Da ist Juhut!«, rief Babu. Die Silhouette des Falken, weiß schimmernd im Mondlicht, glitt über den Himmel. Dann stürzte sich der Himmel auf sie.

VIERTES KAPITEL

LASZKALIS

Felt hatte das Gefühl, als drücke jemand sein Gesicht in ein Dornenkissen. Tausende kleine Sandkörner bohrten sich in seine Haut, fraßen sich unter Rüstung, Helm und Kleidung, drangen ein in Nase, Mund, Ohren und Augen. Er stöhnte auf vor Schmerz. Sein Mund war augenblicklich wie mit trockenem, rauem Leder ausgelegt und die Panik, beim nächsten Atemzug den bösartigen Staub in die Lungen zu lassen und daran zu ersticken, überwältigte ihn beinahe. Er schlug um sich. Wie schwach sein linker Arm doch war, wie ungelenk die Hiebe. Er sah Babu nicht mehr, er hörte ihn nicht, er konnte nicht rufen. Er war im Zentrum eines Staubsturms – und das Erschreckende war, dass dieser Sturm sich *lebendig* anfühlte.

Was Felt umgab, ihn bedrängte, ihn angriff, ihm die Luft nahm, war ein lebendes Wesen. Fremdartig. Heimtückisch. Es war überall und nirgends. Es war bewegte, beseelte Luft. Es war unüberwindbar.

Es riss Felt das Schwert aus der Hand. Es versetzte ihm einen heftigen Schlag auf den Helm. Es trat ihm vor die Brust.

Er würgte, er musste Luft holen. Und das Wesen in sich einlassen. Im Mund war der brennende Schmerz kaum auszuhalten, im Brustkorb war er dumpfer, aber noch beängstigender. Felt schoss die Szene im Fluss durch den Kopf, als er glaubte, ertrinken zu müssen. Was würde er dafür geben, im klaren Wasser zu liegen, darin unterzugehen, ja, zu ertrinken, die Lungen vollzusaugen mit kühler Feuchte. Er dachte an Revas eiskalte Hände an seinem Kinn, wie ihre Augen geleuchtet hatten, als sie sich über ihn beugte und ihm das Versprechen abrang, schwimmen zu lernen. Und damit doch nur meinte, dass er ihr vertrauen sollte ... Tat er das? Er wusste es nicht, er rang um sein Leben, er erstickte am Staub, den ihm ein böser Luftgeist bis in die letzte, feinste Verästelung seiner Bronchien drückte. Felts letzter Gedanke galt dem Irrsinn seines bevorstehenden Todes: Er wurde erstickt von lebendiger Luft.

Ein Tuch verhängte sein Bewusstsein.

Sein Körper wurde schlaff.

Er wurde gefaltet, Knie an die Brust, Arme um die Beine. Er wurde gehoben.

Als es bis auf ein sanftes Hauchen wieder still geworden war, schwebten zwei Männer, eingerollt wie friedlich schlummernde Kinder, hoch über dem Boden. Aber nicht nur die Luft, die hier lebte, hatte Felts Brüllen gehört. Sondern auch Reva. Sie konnte jedoch nicht antworten, nicht zu ihm kommen, denn sie war zu weit entfernt.

Reva stand auf dem höchsten, mächtigsten Turm Wiatraïns, unter freiem Himmel. Vor ihr erhob sich ein Brunnen von majestätischer Dimension: Von einem bauchigen, zentralen Kelch lief das Wasser über geschwungene Auslässe in sieben kreisrund angeordnete Schalen. Sie schwammen wie große Seerosenblätter auf dem mondhellen Wasserspiegel des untersten Beckens, das nur durch eine dicke, steinerne Wulst vom Steinboden begrenzt wurde. Dieses Becken maß achtzig Schritte im

Durchmesser, die Tiefe war nicht abzuschätzen. Reva hatte die Arme hoch erhoben, die weiten Ärmel ihres Gewands waren ihr bis in die Achseln gerutscht und die verschlungenen Narben auf ihrer Haut leuchteten hell wie nie.

»Laszkalis!«, rief sie. »Beruhige dich!«

Wind griff nach ihr. Sie machte eine schnelle Bewegung. Ein Wasserstrahl schoss aus dem großen Becken über die Wulst auf Reva zu. Er eiste ihr die Füße fest, bevor sie umgestoßen werden konnte. Sie bog sich unter einem Luftschlag, duckte sich tief, hob die Arme wieder, die Finger weit gespreizt, und auf ihre Geste hin hoben sich sprudelnd sieben Fontänen aus den Schalen. Sie neigten sich zum Zentrum des Brunnens über den großen Kelch und zerstoben zu Gischt, als sie auf einen unsichtbaren Widerstand trafen: Im feinen Wassernebel wurde ein schnell rotierender Zylinder sichtbar, der über dem Brunnen schwebte. Die auf ihn gerichteten Wasserstrahlen wickelten sich um den wirbelnden Zylinder wie Garn auf eine Spindel. Durch Revas Körper ging ein Ruck, dann schloss sie die Hände zu Fäusten. Die Wasserschnüre zogen sich zu, verengten den Zylinder zum Trichter. Revas Lider flatterten, die geballten Fäuste zitterten heftig, als wehrten sich die Finger dagegen, auseinandergerissen zu werden. Aber das wurden sie. Revas Fäuste öffneten sich; sofort bedeckte sich das Wasser im Brunnen mit einer Eisschicht, die Fontänen erstarrten, die Fessel um den wirbelnden Trichter zersprang in Myriaden Kristalle. Einen halben Atemzug lang hing ein breiter, im Mondlicht funkelnder Gürtel aus Eissplittern wie schwerelos um ein nun wieder unsichtbares, leeres Zentrum – dann fiel er klirrend zu Boden.

»Laszkalis!«, rief Reva wieder. »Ich bitte dich: Sei ruhig!«

Eine Bö schlug ihr die Kapuze übers Gesicht. Das Eis um Revas Füße und die Kristalle rund um den Brunnen schmolzen augenblicklich. Unsichtbare Hände zerrten an der Unda. Aber als der Griff des Windes sie hochheben wollte, stand Reva in einer Welle aus schäumendem Wasser. Der Sog hielt sie fest, die Kraft des Wassers zog Reva zum Brunnen – sie wurde mitgenommen wie ein Stück Treibholz von der Brandung. Die Welle brach an der steinernen Wulst und das Wasser spülte die Unda ins Becken, wo sie unterging. Der Boden um den großen Brunnen herum war nun wieder vollkommen trocken und der Wind wusste nicht, wohin mit sich, tobte haltlos über das weite Rund des Platzes.

Ein Tropfenschweif sprang aus einer der sieben Schalen in die benachbarte und hüpfte weiter wie ein Frosch von Blatt zu Blatt. Ein zweiter löste sich aus dem Wasserspiegel und begann, langsamer als der erste und gegenläufig zu ihm, von Schale zu Schale zu springen. Immer mehr zierliche Bögen entstanden zwischen den Wasserschalen und allmählich begann das Geräusch bewegten Wassers im Brausen der Luft hörbar zu werden. Das rhythmische Plitschen und Platschen setzte sich mehr und mehr durch, wurde vielschichtiger, lebendiger, und schließlich legte sich das zu einem sanften Summen gedämpfte Rauschen der Luft wie ein Grundton unter die Melodie des Wassers. Der Wind war eingeschlafen.

Revas blanker Schädel tauchte langsam auf, immer noch glühten die Narbenornamente. Sie stieg aus dem Becken und begann den Brunnen mit seinem Wasserspiel zu umkreisen. Dabei richtete sie ihre Gedanken auf Felt. Reva wartete auf den Widerhall seiner Sehnsucht. Sie konnte dieses Gefühl in Felt aufstellen wie eine Kerze, deren Licht ihn zu ihr führte. Aber da war kein Widerhall, sie fand Felt nicht. Wie viel Zeit war vergangen, seit er sie gerufen hatte? Nicht viel, aber vielleicht dennoch zu viel ...

Ein Ruf zerriss Revas Gedanken. Kein Echo, nicht Felt.

Sie hob den Kopf. Der Falke. Juhut hatte gerufen, und als Reva in den Nachthimmel blickte, sah sie auch, warum.

Sie stürzten. Auf seinen unendlich langen Armen hatte der Wind Felt und Babu hoch hinaufgetragen. Nun aber war er besänftigt. Nun hatte er losgelassen. Und nun fielen sie.

Wie ein trunkenes Tanzpaar trudelten die Männer nah beieinander durch die Luft. Diesen Sturz konnten sie nicht überleben. Wenn sie so, ohnmächtig, wie sie waren, ins große Becken fielen, würden sie sich die Knochen, die Hälse brechen.

Reva griff nach den beiden – nicht mit ihren, sondern mit zwei Wasserarmen, die sich aus dem Becken den Fallenden entgegenstreckten. Aber es half nicht viel, nur ein tödlich scharfer Wasserstrahl hätte diesen Sturz abfangen können. Die Augen der Unda folgten den sich rasend schnell nähernden Männern und ihre Hände drehten sich wie Kreisel: Sie überzog Felt und Babu mit Eis. Das Wasser spritzte hoch auf, als zwei schwere Eisblöcke kurz nacheinander ins tiefe Becken des Brunnens schlugen – einen halben Schritt von der steinernen Wulst entfernt.

So kalt war ihm noch nie gewesen und ihm war schon oft kalt gewesen. Felt zitterte unkontrolliert, er konnte kaum Luft holen, seine Zähne schlugen aufeinander und seine Beine schlugen auf Stein. Das war gut. Zittern war gut. Zittern bedeutete, dass er nicht tot war. Sondern dass sein Körper, dass jeder einzelne Muskel daran arbeitete, auf eine Temperatur zu kommen, die Felt die Gewalt über sich selbst zurückgeben würde. Er spürte, wie ihm der Helm abgenommen wurde. Vor seinen zuckenden Lidern erschien Revas Gesicht. Felt erschrak. Die Narben um ihre Augen und auf ihrer Stirn pulsten und traten hervor, darunter war ihr Antlitz grau und eingefallen wie das einer Toten: hohle Wangen und brüchige Lippen, zum Zerreißen gespannt über den Zahnreihen. Die Augen lagen tief in den Höhlen, waren erloschen und so glanzlos, als wären sie ausgetrocknet. Ihr Lächeln war ein grauenhafter Anblick.

Ein Windstoß fuhr Felt in die nassen Haare, strich über ihn hinweg und das Zittern steigerte sich zu einem Schüttelkrampf. Revas Totengesicht verschwand aus Felts Blickfeld.

»Ich habe nun endgültig genug von dir! Du bleibst, wo du bist!« Ihre Stimme war kaum mehr als ein Krächzen.

Mit Mühe drehte Felt den Kopf, seine Schläfe schlug auf den Boden, verschwommen sah er Revas gebeugten Rücken vor einem großen Wasserfall, nein, einem riesigen Brunnen. Sie tunkte ihre Hände ins Wasser, hob die Arme. Dazwischen hatte sich ein Tuch gespannt, ein glitzerndes Gewebe, sie warf es weg, es wehte durch die Luft wie ein zarter Schleier – wohin, das konnte Felt nicht erkennen. Reva stützte sich auf dem Rand des Brunnens ab, ließ den Kopf hängen. Die immer wache, immer in ruheloser Bewegung wandernde Unda schien so erschöpft zu sein, dass Felt erwartete, sie würde endgültig zusammenbrechen und kopfüber in das Brunnenbecken stürzen. Aber sie tunkte nur wieder ihre Hände ein und dann – zum allerersten Mal – sah er sie trinken. Sie stöhnte auf. Gequält und doch lustvoll, was Felt sofort an Estrid denken ließ. Peinlich berührt wandte er den Blick ab.

Babu lag nicht weit, Felt robbte zu ihm. Der Brustkorb des Merzers hob sich bebend und unregelmäßig, im Mondlicht erschien das Gesicht fast bläulich blass, aber auch er lebte. Felt setzte sich auf, ein heftiger Schmerz zog ihm die Brust zusammen, er hustete, würgte, spuckte zähen schwarzen Schleim. Er konnte sich gerade noch rechtzeitig zur Seite werfen und erbrach sich auf den glatten Steinboden neben dem ohnmächtigen Babu.

»Du wirst noch ein paar Tage lang husten, ich nehme an, du hast viel Staub eingeatmet.«

Reva sah lächelnd auf ihn herab und ihr Gesicht war wieder das, das Felt kannte – alterslos und von nicht näher bestimmbarer Schönheit. Aber etwas war doch anders: Feine Linien wuchsen ihr nun auch über die Wangen bis hinunter zum Kinn und schlängelten sich den Hals hinab. Sie ignorierte sein Starren und sagte: »Du darfst es Laszkalis nicht übel nehmen, er hat es nicht böse gemeint. Er hat wahrlich nicht oft Besuch, unsere Anwesenheit hat ihn tief verstört. Und er hat im Grunde nichts weiter getan, als die Quelle zu schützen.«

»Wer? Was?« Felt räusperte sich, schluckte.

Sie zeigte auf den Brunnen.

Ein funkelnder Ball drehte sich über der mittleren, bauchigen Wasserschale. Er explodierte, sternförmig stoben Wassertropfen auseinander. Sie wurden wieder angezogen von einer unsichtbaren Mitte und formten sich erneut zum glitzernden Tropfenball. Der wieder explodierte und so fort.

»Er ist jetzt beschäftigt. Er wird uns nicht mehr belästigen.«

»Was um alles in der Welt ist das?"

»Das ist Laszkalis, Wanderer durch den Berst, Erbauer von Wiatraïn. Laszkalis, der Grenzenlose, der Durchdringer. Er geht die Wege des Windes, ihn kümmern weder Zeit noch Raum. Er ist einer und viele, seine Schaffenskraft ist unendlich, genauso wie seine Zerstörungswut. Er ist das einsamste Wesen, das du dir denken kannst. Und außerdem ist er ein Quellhüter.«

FÜNFTES KAPITEL

HALLE DER SCHLAFENDEN FALKEN

Das Erste, was Babu sah, war seine eigene nackte Brust. Er hatte das Gefühl, als habe jemand ein totes Kalb daraufgelegt, aber auf seiner Haut schimmerte nur das farbige Licht eines nahen Morgens. Er ließ seinen Kopf zur Seite rollen. Da lag sein Hemd, ausgebreitet, da standen seine Stiefel. Etwas weiter, etwas höher: ein heller Fleck. Babu zwinkerte ein paar Mal, dann sah er klar – Juhut.

Der Falke war kaum wiederzuerkennen. Er hatte das graue Jugendgefieder abgeworfen, aber nicht gegen ein braunschwarzes Federkleid getauscht, wie Babu es von den drei Szaslas erinnerte, die mit Asshan und den anderen Falknern ins Lange Tal gekommen waren. Nur Schnabel und Klauen waren dunkel geblieben, ansonsten war Juhut weiß wie Schnee. Er saß auf einer niedrigen Steinsäule und sah Babu an. Mehr geschah nicht.

Und Babu wusste, dass die Unda recht hatte. Das war Juhut, aber das war nicht *sein* Falke, er gehörte ihm nicht. Dieser Vogel war unabhängig, war frei. Dass Babu sich frei *gefühlt* hatte bei den Nogaiyern, dass er geglaubt hatte, am Ende seiner Sehnsucht angekommen zu sein, war eine Illusion gewesen. Der Kreis war noch nicht geschlossen, der Thon war immer noch am Leben ... Babu war nicht frei, er war verstrickt. Er war gefangen in seinen Schuldgefühlen, seiner Verliebtheit, seinen Rachegelüsten. Er war ein Szasran ohne Szasla. Denn Juhut konnte das Band zwischen ihnen einfach abschütteln, während Babu gebunden blieb. Er schloss die Augen.

Da spürte er den Schmerz. Massiv, aber dumpf, wie eingepackt in weiches Moos, legte er sich an den wohlbekannten Ort hinter Babus Stirn. Tränen liefen ihm aus den Augenwinkeln über die Schläfen. Ihm wurde übel, er bekam kaum noch Luft. Aber er blieb still liegen und genoss die Qual. Seitdem sie den Vergessenen Steig entlanggewandert waren, den abwesenden Felt in ihrer Mitte, hatte Babu versucht, seine erschütterte Persönlichkeit zusammenzuhalten wie einen Klumpen Lehm, der immer trockener wurde. In einem seltsamen Traum, in dem Kafur aus Staub auf ihn zugedonnert waren, in dem er einen Jator, der nur Stimme war, ein zweites Mal erstochen hatte, hatte Babu geglaubt, auch die letzten Brocken seines Verstandes wären ihm zwischen den Fingern zerkrümelt.

Aber nun war der Schmerz da, ein schwerer Stein. Er brauchte keinen Lehm mehr, er hatte etwas Besseres, Festeres. Eine tiefere Dankbarkeit hatte Babu nie empfunden. Juhut war durch nichts verpflichtet, das Band wieder aufzunehmen. Doch er hatte es getan. Babu richtete sich auf. Und bekam einen Hustenanfall.

Felt reichte ihm einen Becher Wasser. Auch er war bis auf seine Hosen und das lange Schwert an der Hüfte unbekleidet. Er wirkte fremd ohne die schwarze Rüstung; rötliche Haare kringelten sich auf einem Oberkörper, der nur aus Muskeln und Sehnen bestand. Der kleine, lederne Beutel, der an einer Schnur um Felts Hals hing, wirkte lächerlich verloren auf der bleichen, breiten Brust. Babu kam sich mädchenhaft schmächtig vor, als er mit zittrigen Fingern den verbeulten Becher nahm. Aber als er ein paar Schlucke vom frischen, kühlen Wasser getrunken hatte, ging es ihm besser.

»Trink ruhig, trink aus. Es gibt vorerst nichts anderes.«

Juhut hob ab und drehte eine weite Schleife; Babus Augen folgten ihm. Felt und er befanden sich ungefähr in der Mitte eines weitläufigen Platzes, nah bei einem großen Brunnen, dessen Bassins zwar aus Stein, aber dennoch wie gewachsen waren. Nun, in der Helligkeit des beginnenden Tags, bekam die merkwürdige Stadt eine bizarre Schönheit. Babu hatte das Gefühl, sehr weit oben zu sein, konnte diesen Eindruck aber nicht überprüfen: Der kreisförmige Platz war umgeben von verschieden hohen und unterschiedlich großen kugeligen Bauten, die ihm die Sicht verstellten. Auch diese Kuppelbauten waren nicht auf der Fläche des Platzes errichtet worden, sondern wuchsen aus dem Boden heraus – wie viele Generationen von Steinmetzen hatten hier gearbeitet? Juhut verschwand in einem schmalen Durchlass; er war in den größten Kuppelbau geflogen.

»Glaubst du, du kannst aufstehen?«

Reva war zu ihm und Felt getreten. Sie erschien Babu auf den ersten Blick verändert, aber er hätte nicht sagen können, worin der Unterschied bestand. Dann bemerkte er, dass nun noch mehr feine Linien über ihr Gesicht wuchsen als zuvor, sich von den Augenwinkeln über die Wangen bis hinunter zum Hals wanden. Aber das entstellte sie nicht, im Gegenteil. Nicht so wie der Splitter ihn. Babu griff sich an die Stirn – und fühlte das Stirnband. Sie hatten es ihm nicht abgenommen, zum Glück. Er hustete, spuckte zähen Schleim. Dann stand er auf.

Der imposante, knollenartige Bau, in den Juhut geflogen war, war von oben bis unten durchlöchert. Dennoch mussten sie einige Zeit suchen, bis sie einen Durchlass gefunden hatten, der auch für Felt groß genug war. Im Innern wurden ihre Schritte gedämpft vom Staub vieler hundert Soldern. Durch die Gehenden aufgefordert, tanzte er im Licht, das in Bündeln durch die Öffnungen fiel. Juhut hatte sich niedergelassen und die Schwingen an den Körper gefaltet, auch er hatte eine Wolke aufgewirbelt, die sich nur langsam setzte. Zarte Daunen umschwebten den Falken. Babu musste an die lauen Spätlendernmorgen denken, wenn im Frühwind noch vor Sonnenaufgang die Gräser ihre Samen gen Himmel schickten. Aber sie standen nicht auf einer Ebene, sondern in einer großen Halle. Hier gab es kein Gras, sondern unzählige steinerne, schlanke Säulen, auf deren Spitzen große Vögel saßen. Ohne Kopf.

»Was ... ?«, entfuhr es Felt.

»Szaslas«, flüsterte Babu. »Sie schlafen.«

Soweit man sehen konnte, hatten alle Falken bis auf Juhut die Köpfe nach hinten unter einen Flügel gelegt, sie sahen tatsächlich kopflos aus. Es mussten mehrere Hundert sein, die auf den Säulen ruhten.

»Ganz recht, Babu«, sagte Reva und näherte sich einer der Säulen. »Szaslas. Sie schlafen. Noch fliegen sie nicht. Die Menschheit steht vor ihrem Untergang – und *dennoch* fliegen sie nicht.« Sie ließ ihren Blick durch die Halle schweifen. »Der Flug der Szaslas ist das untrügliche Zeichen einer Zeitenwende. Auf ihren Schwingen ist die Alte Zeit davongetragen worden und die Zeit der neuen Menschen begann. Nun versiegen die Quellen, die Zwölf Wasser sinken, versickern, schweigen. Der Menschheit kommt die Menschlichkeit abhanden – und die Szaslas fliegen nicht. Dies könnte eines bedeuten ... « Reva wandte sich den Männern zu, ihre Augen waren groß und dunkel. »Es könnte bedeuten, dass es bereits zu spät ist.«

»Wie meint Ihr das?«, fragte Babu.

»Ich meine, dass es vielleicht keine Zeitenwende mehr geben wird. Ich meine, dass das Ende der Menschheit gekommen sein könnte.«

Babu hatte Mühe zu atmen. Wovon sprach sie da? Zwölf Wasser? Menschlichkeit? Das Ende der Menschheit? Er unterdrückte ein Husten, denn Reva sprach weiter: »Aber ich weigere mich, das zu glauben. Denn die Hoffnung ist noch nicht versiegt.« Sie sah Felt an, der sich nicht rührte und schwieg.

Nun musste Babu doch husten; mit erstickter Stimme sagte er: »Ich verstehe nicht, was Ihr da sagt ... vom Wasser. Von Quellen ...«

»Babu, du hast die Merz gesehen, du musst es bemerkt haben. Die Wasserstände sinken. Die Zwölf Wasser hören auf zu fließen, die Quellen versiegen. Mit jeder Quelle, die stirbt, verlieren die Menschen ein Stück ihrer Menschlichkeit. Du hast bereits erfahren müssen, welche Folgen das haben kann.«

»Ich? Aber wie ...«

»Du hast deinen besten Freund getötet. Du hast in Jator den Verräter gesehen. All die langen Soldern seiner Treue zu dir standen gegen einen einzigen Fehler, den Fehler eines Jungen. Du hast gezweifelt, du warst nicht sicher. Ist er Freund? Ist er Feind? Letztendlich aber konntest du nicht mehr erkennen, wer der wahre Jator war – und hast ihn erstochen. Schon bald wird *niemand* mehr den Freund erkennen und *jeden* im Zweifel für einen Feind halten – denn die Freundschaft verlässt den Kontinent. Die Quelle stirbt.«

Babu senkte den Kopf und fühlte Felts Blick auf sich. Reva wanderte langsam durch die Halle der schlafenden Falken, während sie weitersprach. Feinste Staubkörnchen glimmten in den Lichtbündeln wie Funken.

»Wind und Wasser sind sich nah, aber sie sind sich nicht immer einig. Die Undae und die Szaslas gehen auf verschiedenen Pfaden, die sich nur manchmal kreuzen. Aber wir gehen doch in dieselbe Richtung. Lange sind die Undae die Wächterinnen des Kontinents gewesen, wir haben Anteil genommen am Werden und Vergehen, am ewigen Kreislauf, aber wir haben uns nur selten eingemischt. Es war nicht notwendig. Ein Mensch stirbt, ein anderer wird geboren. Einer wird verraten, ein anderer findet Verständnis. Ein Volk geht unter, ein anderes steigt auf – die Menschheit überlebt. Aber nun, nun geht etwas vor, das zum Handeln zwingt. Denn wenn wir nichts tun, wird die gesamte Menschheit in eine Finsternis stürzen, aus der sie nicht mehr herausfinden kann. Die Undae haben ihren Wachposten verlassen, er ist nicht mehr haltbar. Wir müssen die Ursache finden.« Sie blieb stehen und wiederholte: »Wir müssen die Ursache finden.«

Nun war es Felt, der hustete. »Dann genügt es also nicht ... das Wasser zu den Quellen zu bringen? Zu den Anfängen zu tragen?«

Reva schüttelte den Kopf. »*Hoffnung ist Anlass, nicht Kenntnis*«, sagte sie leise. »Es war die richtige Entscheidung, die Quellen aufzusuchen, das Wasser des Sees zu den Anfängen zu tragen. Davon sollten wir nicht abweichen. Aber das wird nicht genügen. Wir müssen den *einen* Anfang finden, die Ursache.« Sie sah auf zu dem reglos auf seiner Steinsäule verharrenden Juhut.

»Dies ist eine Szasla, wie es vor ihr noch keine gegeben hat. Und du, Babu, bist ein Szasran, wie es vor dir noch keinen gegeben hat ... Nur du wirst uns sagen können, was diese junge weiße Szasla in der Welt will. Ich musste bis nach Wiatraïn kommen, ich musste den neuen, veränderten Juhut erst sehen – den weißen Falken –, um zu begreifen: Die Alte Zeit wird niemals durch dich sprechen, Babu. Denn Juhut kommt nicht aus ihr. Er weist in eine Zukunft, in die ich nicht sehen kann. Er ist der Beginn von etwas, das ich nicht überblicke. Aber allein das sollte uns Hoffnung geben, nicht wahr? Und du bist sein Sprachrohr, an dich hat er seinen Willen geknüpft ... Du spürst ihn doch wieder, den Willen des Falken, oder?«

Babu nickte. Der Schmerz hinter der Stirn klopfte. Wieder füllten seine Augen sich mit Tränen – wie sollte er jemals ein Sprachrohr sein, wenn er beim leisesten Ton zerbrach?

»Wir sehen finsteren Zeiten entgegen«, sagte Reva streng. »Aber die Undae sind nicht gewillt, die Menschen aufzugeben. Und, wie es scheint, sind auch nicht alle Szaslas bereit, den Untergang des Kontinents zu verschlafen. Denn, glaubt mir, der Mensch ist groß, der Kampf lohnt sich.«

Babu fühlte sich sehr klein, unwissend und unnütz. Aber Reva lächelte ihn an und er spürte ihr Wohlwollen. Sie schien an ihn zu glauben, und das half.

»Genug geredet, ruht euch ein wenig aus. Die Ankunft in Wiatraïn war anstrengend. Nun, Laszkalis *ist* anstrengend. Er wird sich mittlerweile langweilen, ich werde zu ihm gehen.« Sie zog sich die Kapuze über. »Das ist in jedem Fall angenehmer, als wenn er einen zu sich holt. Es ist übrigens sinnlos, sich zu verstecken oder zu flüstern. Seine Aufmerksamkeit reicht weit. Laszkalis liest euren Atem. Ihm bleibt nichts verborgen. Er kennt eure Gedanken, weiß von euren tiefsten Ängsten. Mit jedem Hauch, der aus euren Lungen strömt, verratet ihr ihm mehr über euch, als ihr selbst je in Erfahrung bringen werdet.«

»Laszkalis?«, fragte Babu.

»Der Quellhüter«, sagte Felt und sah der Unda nach. »Lass uns ein etwas bequemeres Quartier suchen, dann erzähle ich dir von den Quellen und von der Bedrohung für uns alle ... so gut ich kann. Und du wirst mir auch einiges zu sagen haben. Was genau ist ein Szasran?«

SECHSTES KAPITEL

FLAMMENTOD

Es war nicht leicht, etwas zu erklären, das man selbst nicht recht verstand, aber Felt versuchte es.

»Einige Quellen des Kontinents spenden mehr als Wasser. Durch sie fließt die Fähigkeit, zu hoffen, Freundschaften zu schließen oder freigiebig zu sein, in die Welt. Die Undae haben es uns, uns Welsen, gesagt: Es gibt zwölf solche Quellen und sie sind in Gefahr. Deshalb sind wir aufgebrochen. Außer Reva sind noch zwei andere Undae unterwegs, um die Quellen aufzusuchen und ihr Versiegen zu verhindern. Denn ohne die Zwölf Wasser, ohne die menschlichen Eigenschaften, die aus ihnen hervorsprudeln, hören die Menschen auf, Menschen zu sein. Ich glaube, dass kein Mensch alle diese guten Eigenschaften gleichermaßen in sich vereint, und ich kenne auch nicht alle Quellen, aber das Wichtigste ist: Weil es diese Quellen gibt, ist es für jeden von uns *möglich*, freundlich, freigiebig oder hoffnungsvoll zu sein. Ja, so kann man es sagen: Die Quellen sind eine Möglichkeit – es bleibt uns Menschen überlassen, was wir damit anfangen. Wenn nun aber eine Quelle versiegt, verschwindet die Möglichkeit aus der Welt und kein Mensch, niemand, ist mehr in der Lage, beispielsweise Freundschaft zu schließen, selbst wenn er es wollte. Es geht nicht mehr. Die Menschheit hat unwiederbringlich ein Stück ihrer Menschlichkeit verloren. Genau das war geschehen, als wir mit den Wölfen vor der Höhle kämpften. Die Freundschaft war bereits verloren. Ich weiß nicht, ob die Wölfe etwas mit dem Verschwinden des Quellhüters zu tun hatten. Nun, es ist, wie es ist: Der Hüter ist fort, die Quelle in der Höhle versiegt, wir waren zu spät.«

Felt sah, wie sehr seine Ausführungen Babu mitnahmen und auch, dass der junge Merzer viel schneller das Ausmaß der Katastrophe begriff, als es Felt gelungen war. Babu stellte keine Fragen und Felt erzählte noch von den Quellhütern, ihrer engen Bindung an die Quellen und dass Laszkalis auch ein solcher war. Dass er mit dem Wind gehen konnte, überallhin, gleichzeitig, und doch nur einer war, der Wanderer durch den Berst, einsam. Babu nickte und schwieg. Er war tief in Gedanken, als er den kleinen, kreisrunden Raum verließ, um am Himmel nach dem Falken zu suchen.

Felt hielt ihn nicht zurück. Er setzte sich auf einen glatt geschliffenen Sockel, der fünf oder sechs Schritte an der gewölbten Wand entlanglief und sich dann in den Boden senkte. Es hatte keinen Zweck, Babu auszufragen, noch nicht. Sie waren keine Freunde. Das, was Babu zu erzählen hatte, ging tief – zu tief, um es Felt anzuvertrauen. Felt musste abwarten, auch wenn er deutlicher denn je das Gefühl hatte, dass ihnen die Zeit davonlief.

Er spähte durch einen der vielen Durchlässe in der umlaufenden Wand und sah Babu draußen am Boden im Schatten eines anderen Kugelbaus sitzen und in den Himmel starren. Er hörte Babu husten – sonst nur das Plätschern des Brunnens; es war vollkommen windstill. Felt lehnte sich zurück, er war erschöpft. Indem er Babu von den Quellen erzählt hatte, war ihm selbst die Aufgabe wieder klar ins Bewusstsein gerückt.

Er erinnerte sich an das nächtliche Gespräch mit Estrid, kurz nachdem der Chor der Undae die große Grotte erfüllt hatte. Estrid hatte nicht glauben wollen, dass die Hohen Frauen den Grund für die Bedrohung nicht kannten. *Wir müssen die Ursache finden. Wir müssen den einen Anfang finden.* Aber wie?

Er schloss die Augen. Aber während sein Körper müde war, war sein Geist hellwach. Ihm kam eine Idee. Felt räusperte sich und kramte in seiner Tasche, die er neben einer kurzen Steinsäule abgestellt hatte. Das Seil. Brüchige, trockene Holzstücke. Zunder, Feuersteine. Der Nordweiser. Das Geld der jungen Kaufleute, nutzlos. Das kleine Päckchen, weich gefüllt. Er wollte es nicht öffnen, aber es war gut, dass es noch da war. Und auch: Wigos Buch. Felt legte sich auf den Rücken und schlug es auf, blätterte darin. Er konnte die eng beschriebenen Seiten nicht lesen – und war enttäuscht. Er besah sich Wigos letzten Eintrag, der kein Satz mehr hatte werden wollen. Er sah den Punkt, tief eingedrückt, wo Wigo den Stift aufgesetzt hatte. Von dort lief eine zittrige Linie zu einem anderen Punkt – da war der Stift gebrochen. Über die ganze Seite hatten Wigos Finger die bröcklige Kohle zu schwarzen Wolken verschmiert. Oder zum Rauch eines großen Feuers.

»Ein denkwürdiger Moment.« Felt fuhr hoch, Reva hatte unbemerkt den Raum betreten. »Ein welsischer Offizier liest am helllichten Tag in einem Buch. Und vergisst darüber seine Wachsamkeit. Wenn so etwas möglich ist, wendet sich vielleicht doch alles zum Guten.«

Felt grinste schief. Er stand auf, legte das Buch auf die niedrige Säule. »Ich muss dich enttäuschen, ich habe nicht gelesen. Ich kann es … immer noch nicht.«

Reva nahm das Buch, schlug es auf.

»So einfach ist es nun auch wieder nicht. Die meisten Fähigkeiten bekommt man nicht geschenkt, nicht einmal hier. Du konntest nicht lesen, bevor du herkamst. Du kannst es immer noch nicht. Hättest du Welsisch lesen können, dann könntest du jetzt auch Pramsch lesen.«

Sie begann auf und ab zu gehen, blätterte weiter in dem Buch und las.

»Wigo war ein begabter Mann. Sein Schreibstil ist ganz außergewöhnlich.«

»Inwiefern? Viel hatte er nicht aufzuschreiben. Das erste große Ereignis unserer Reise ... hat er nicht überlebt.«

»Du glaubst, er habe eine Art Reisetagebuch geführt?«

»Das war doch seine Aufgabe, oder? Als Chronist.«

»Mag sein.« Reva blieb stehen, klappte das Buch zu, mit dem Finger zwischen den Seiten. »Aber du solltest nicht von dir auf andere schließen. Manche Menschen halten sich nicht an die Vorgaben.«

Felt setzte sich, schwieg erwartungsvoll. So wie sie ihm von Zeit zu Zeit fremd wurde, so war Reva ihm in anderen Momenten vertraut, als kenne er sie sein ganzes Leben. Dies war ein solcher Moment, dies war eine ihrer typischen Einleitungen, die früher oder später zu etwas Wesentlichem führten.

»Wigo hält sich an gar nichts. Weder inhaltlich noch formal. Eine Chronik ist das jedenfalls nicht, er notiert nicht einmal die Daten. Er springt in den Zeiten, er beschreibt, formlos, ohne Rhythmus, ohne Reim. So etwas habe ich noch nie gelesen. Nun, ich habe lange kein Buch mehr gelesen, vielleicht schreibt man heute so ... Du kommst natürlich auch vor. Aber auch deine Frau – Wigo ist ihr nie begegnet, oder?«

»Nicht, dass ich wüsste.« Felt wurde unruhig. »Was schreibt er denn über Estrid?«

Sie ignorierte seine Frage. Las. Felt sah ihre Augen im Zickzack über die Zeilen fliegen.

»Er wollte zu Ende erzählen«, sagte Reva zusammenhangslos, dann fragte sie: »Er hat dir von der Feuerschlacht erzählt, nicht wahr? Von Asing und Asli, den Schwestern, den segurischen Adeptinnen.«

»Ja. Erst im Theater, in Pram. Und dann den Schluss, in ... der Höhle.«

»Ja, das weiß ich. Aber du hast ihn nicht zu Ende erzählen lassen.«

»Asing ist als Funkenregen in den Himmel gefallen«, verteidigte sich Felt. »Sardes hat Pram gerettet – das war das Ende.«

»Und was wurde aus Asli?«

»Sie hat sich selbst entzündet. Und Goradt und die letzten Welsen gerettet ... und dann ...«

»Manche Geschichten darf man nicht zu sehr zusammenraffen, sonst verlieren sie den Sinn.« Sie legte eine Hand auf die geöffneten Seiten. »Wigo hat den Schwestern sehr viel Raum gegeben in seinem Buch. Er hat sich Gedanken gemacht. Er hat die Gründe gesucht für die Bedrohung, die über dem Kontinent liegt. Er hat in die Vergangenheit geschaut, tief hinein ins große Sterben, und von dort aus Fäden in die Zukunft gesponnen. Etwas, das ich nie tun würde – keine Unda tut das. Wir sehen nicht in die Zukunft. Wir sind die Vergangenheit. Wir sind die Wächterinnen, wir bewahren die Erinnerung. Wir sammeln die Ereignisse, wir werten nicht und wir deuten nicht.« Ihr Blick senkte sich. »Ich wusste, dass ich in Wiatraïn Antworten finden würde, deshalb bin ich hergekommen. Dass ich sie hier in diesem Buch finden würde, ahnte ich nicht.«

Sie wanderte nun in einem Kreis an der Wand entlang, hielt das Buch mit beiden Händen in ihrem Rücken.

»Rückblickend verliert die große Schlacht ihre Bedeutung, denn sie war keine. Das ist bekannt, wenn auch nicht vielen. Es war nicht im Interesse der Allianz, die Wahrheit über diese Auseinandersetzung zu verbreiten. Auch das ist nichts Neues, der Krieg und die Lüge treten immer als Paar auf. Es gibt viele Paare, die sich um dieses Ereignis – die Feuerschlacht und die Vernichtung der Welsen – vor über hundert Soldern gruppieren; es ist eine komplizierte Konstellation, die Wigo zu verstehen versucht hat. Ich werde gründlicher lesen müssen, um seine Gedankengänge nachzuvollziehen, aber so viel ist klar: Im Zentrum stehen sich Asing und Asli gegenüber, das Zwillingspaar. Ihr Zusammenprall hat den Kontinent so sehr erschüttert, dass die Auswirkungen bis heute spürbar sind. Am schwersten in Mitleidenschaft gezogen worden sind damals Sardes und Palmon – denn mit ihnen bildeten sich die nächsten Paare: Palmon und Asing, Sardes und Asli. Das hat sich alles gegenseitig bedingt, alles hängt mit allem zusammen ... das hat Wigo gesagt, nicht wahr?«

»Ja, so in der Art ...« Felt war verwirrt – Paare? Er versuchte sich zu erinnern. »Wigo hat gesagt, er habe alles durchschaut, begriffen ... *Ich weiß jetzt, wie alles mit allem zusammenhängt.* Das waren seine Worte, glaube ich. Ich dachte, er würde fantasieren, im Fieber.«

»Hm«, machte Reva und schaute wieder ins Buch, ihr Blick saugte sich fest.

»Sardes und Asli?«, fragte Felt. Reva schaute irritiert auf, Felt wiederholte: »Sardes und Asli – waren ein Paar?«

»Ja, natürlich.« Sie lächelte. »Sie interessierten sich beide für dasselbe, fürs Wasser. Es ist nicht ungewöhnlich, dass sich Menschen bei der Ausübung ihres Berufs näherkommen.«

»Sicher nicht. Aber Sardes ...«

»Sardes war einer der beeindruckendsten, schönsten Männer seiner Zeit. Nirgendwo steht geschrieben, dass ein Hüter enthaltsam sein muss. Manche sind es, Sardes ist es nicht. Utate ist der beste Beweis dafür. Und bevor du fragst: Asli ist nicht Utates Mutter, das wäre schlecht möglich, Utate ist um einige hundert

Soldern älter als die Segurin. Sie stammt aus einer früheren Verbindung – Sardes hatte viel Zeit, sich den Frauen zu widmen. Und alle, alle seine Frauen und alle seine Kinder, hat er sterben sehen. Bis auf eines. Du kannst vielleicht nachempfinden, welche Erleichterung es ihm verschafft, dass wenigstens eine Tochter ihn mit hoher Wahrscheinlichkeit überleben wird.«

Felt schwieg. Strems platzender Schädel, die geifernde Schnauze eines Wolfs, die nach Ristra schnappt … Das eigene Kind sterben zu sehen war der schlimmste Schmerz, den er sich vorstellen konnte. Ja, er verstand Sardes.

»Ich werde dir etwas Wasser holen«, sagte Reva.

Felt wollte abwinken, sie sollte ihn nicht bedienen, aber sie war schon auf dem Weg. Er blieb sitzen und versuchte, die durch seinen Kopf wehenden Gedankenfetzen einzufangen und zu sortieren.

Weit war er nicht gekommen, als Reva mit dem gefüllten Becher zurückkehrte. Das Wasser in Wiatraïn schmeckte so frisch, so rein, dass Felt sich fragte, wie er jemals wieder etwas anderes trinken sollte. Alles würde schal und abgestanden sein im Vergleich hierzu.

Er fragte: »Was wurde aus Asli, nachdem sie sich geopfert hatte?«

»Eine gute Frage«, lobte Reva mit der Erleichterung einer Lehrerin, deren schwierigster Schüler endlich den Anschluss gefunden hat. »Du hast offenbar verstanden, dass eine Geschichte nicht zwangsläufig endet, bloß weil jemand stirbt. Im Fall der Schwestern ist das wesentlich für das Verständnis von allem, was folgt. Aber willst du dir das nicht von Wigo selbst erzählen lassen?«

Felt stutzte und schaute zur Nische, durch die Reva den Raum betreten hatte.

Wigo?

Aber da war niemand. Reva lachte auf.

»Felt! Dass Wigo von den Toten aufersteht, das wäre zu viel verlangt. Es ist außerdem nicht nötig, er ist ja noch hier.« Sie tippte aufs Buch. »Ich lese dir vor. Ich beginne ein wenig vor Aslis Tod ... Das hier scheint ein guter Einstieg zu sein.«

Felt lehnte sich wieder zurück gegen die Wand und schloss die Augen. Ja, es wäre zu viel verlangt, Wigos Tod rückgängig zu machen. Es war unmöglich. Ihn aber dennoch anwesend sein zu lassen war erstaunlich leicht. Felt musste sich nur in die Höhle zurückdenken, das Plätschern des Brunnens für das Blubbern der Quelle halten und über Revas Worte Wigos Stimme legen.

»›Die Verschiedenheit der Schwestern war stark ausgeprägt, vielleicht gerade *weil* sie sich äußerlich so ähnlich waren. Während Asing sich voll und ganz auf das Feuer konzentrierte und seine Kraft bis ins Dämonische hinein zu beherrschen lernte, waren Aslis Interessen weit gefächert. Sie war umfassend gebildet, sie war eine große Adeptin. Aber sie war nicht bereit, bestimmte Grenzen zu überschreiten. Deshalb und weil sie während ihrer ganzen Zeit in Pram bereits an ihrem Verschwinden arbeitete, ist ihr Wirken unscheinbar, sind ihre Fähigkeiten unbekannt geblieben. Ihre Schwester hat sie mit ihrem Feuerzauber überstrahlt. Aber Asli war Segurin und in ihr wohnte wie in allen Seguren eine Leidenschaft – die Leidenschaft, Wissen anzuhäufen, die Sehnsucht, es zu mehren, indem sie es mit anderen teilte. Die Seguren sind keine Geheimnistuer oder Eigenbrötler, sie lieben es, sich auszutauschen. Nur sind meist alle anderen ihnen so weit unterlegen, dass kein wahrer Gedankenaustausch stattfindet und sie am Ende doch nur wieder untereinander diskutieren und für sich forschen. Das allein reicht schon, um ihnen fortwährend dunkle Absichten zu unterstellen. Dass sie uns Schulen bauen und Theater, ist schnell vergessen – das ist der Dank einer Welt, die zu dumm ist, um wahre Größe zu erkennen. Aber ich schweife ab, zurück zu Asli. Sie war leidenschaftlich, sie war gern in Gesellschaft. Es braucht nicht viel Fantasie, um sich vorzustellen, dass ein Mann wie Sardes ihr Interesse erregte. Ich wage die Behauptung, dass nicht er sie verführte, sondern sie ihn. Aber, und das will ich ausdrücklich betonen, das ist Spekulation. Ich habe mehrfach versucht, es gewissermaßen aus erster Hand zu erfahren, aber wenn ich mich dem Thema auch nur nähere, brummt Sardes und lässt mich stehen. Wie auch immer die Annäherung zwischen den beiden vonstattenging, sie geschah gewiss nicht mit der Wucht, mit der Asing sich auf Palmon gestürzt hatte. Es bereitet mir großes Vergnügen, mir vorzustellen, dass ihre Liebe ein leise dahinplätschernder Bach war, der erst durch den steten Regen ihrer langen Gespräche anschwoll zu einem unaufhaltbaren Strom. Sie saßen beim Quellbrunnen und sprachen über das Wasser – damals hatte Prams Quelle noch genug Kraft und stieg nach oben. Das Wasser wurde in einen marmornen Brunnen geleitet, der in einem zentralen Raum im Westflügel des Palasts untergebracht war, man musste nicht in den Keller gehen. Dieser Raum ist heute verschlossen. Ich habe mir dennoch Zutritt verschafft während meiner Nachforschungen – ich brauchte lediglich eine Wache zu finden, die dem Weißglanz verfallen war, und das sind mehr, als man annehmen möchte. Der alte Quellsaal ist ein verwunschener, man möchte beinahe sagen: mystischer Ort. Als ich dort stand, mit Blick auf den trockenen, staubigen Brunnen, wurde mir bewusst, dass auch Pram nicht unbeschadet aus der Schlacht hervorgegangen war. Welsien war völlig vernichtet, das ist wahr. Aber auch Pram hatte etwas verloren. Etwas, das weniger offensichtlich, weniger fassbar ist: eine Hinwendung zu bestimmten Werten, eine Opferbereitschaft, eine Freigiebigkeit, die Grundhaltung, erst einmal zu geben und später nach der Bezahlung zu fragen – wenn überhaupt. Die Stadt war bankrott, nachdem Palmon den Kwothern ihren Sold ausbezahlt hatte, mit der Großzügigkeit war es vorbei. Nun, die Quelle war nicht völlig vertrocknet, aber ich bin mir sicher, dass ein Mann wie Kandor nicht eine solche Macht erlangt hätte, würde sie heute noch so munter sprudeln, wie sie es vor der Schlacht getan hatte. Die Quelle hatte sich verausgabt und mit ihr Sardes. Palmon hatte sich verausgabt, genauso wie Asing und letztlich auch Asli. Alle waren in Mitleidenschaft gezogen, der Preis für die Vernichtung Welsiens war hoch. Es gab keine Gewinner in diesem Krieg, aber weil der Tod auf welsischer Seite so offensichtlich war, während er auf pramscher Seite hinter den Kulissen blieb, konnte man hier den strahlenden Sieg bis nach vorn an die Rampe schicken. Alles Theater. Ich behaupte, dass der Tod immer noch in der Kulisse sitzt und sich auf seinen Auftritt vorbereitet. Das wird eine Vorstellung, die die Welt nicht vergessen wird. Denn auch die Hauptakteure von damals sind noch nicht abgetreten – sie haben nur das Kostüm gewechselt und warten auf den letzten Akt. Sardes hat den jugendlichen Liebhaber abgelegt und spielt nun die Rolle des alten, wortkargen Kriegers. Asing hat ihr Menschenkostüm zerrissen und ist ins Feuer gegangen. Und Asli? Asli hat ebenfalls einen Rollenwechsel vollzogen. Sie hat sich entzündet, sie ist explodiert, sie ist verglüht, sie hat ihre weiße Flamme über den ganzen Kontinent geworfen. Niemand hat diese Flamme aufgefangen. Außer den Undae. Die Hohen Frauen haben sie bewahrt, ganz so, wie es ihre Art ist. Sie haben ihn aufgehoben, den kleinen weißen Rest der großen Adeptin, an die sich sonst kaum noch jemand erinnern kann. Sardes einmal ausgenommen.‹«

Reva unterbrach sich.

»Hier schweift Wigo etwas ab und geht näher auf die Beziehung von Sardes und Asli ein, wie mir scheint … Soll ich das überspringen?«

»Nein, lies einfach weiter«, sagte Felt mit geschlossenen Augen. »Ohne Abschweifungen wäre es nicht Wigo.«

»Nun gut. Wo war ich? Hier: ›… an die sich sonst kaum noch jemand erinnern kann. Sardes einmal ausgenommen. Wie sollte er diese Frau auch vergessen? Selbst wenn sein Leben wahrlich nicht arm an weiblicher Zuwendung gewesen ist, spielte Asli darin doch eine ganz besondere Rolle – denn sie hat Sardes' Leben zwar nicht beendet, aber doch zu seinem Sterben beigetragen. Allerdings hat auch in diesem Zusammenhang wieder Asing den auffälligeren Part: Sie war es, die Pram mit ihren Zornesfunken verbrennen wollte. Aber der Umstand, dass Asing aus der Schlacht zurückkehrte, in welch jämmerlicher Verfassung auch immer, machte Sardes bewusst, dass auch Asli ihm in den Tod vorausgegangen war, genau wie all seine Geliebten vorher. Man sollte meinen, er habe sich mit der Zeit daran gewöhnt, aber damals muss ihn das zutiefst getroffen haben. Was nachvollziehbar wird, wenn man auch nur einen Augenblick versucht, sich in seine Lage zu versetzen: Vor dir steht eine Frau, die den Tod derjenigen verschuldet hat, die du liebst. Und sie sieht dabei ganz genau so aus wie deine Geliebte! Nun zerfallen gewissermaßen beide vor deinen Augen, die Täterin und das Opfer, und werden zu Aas. Ich glaube nicht, dass ich mich zu weit vorwage, wenn ich behaupte, dass selbst ein Mann wie Sardes da die Nerven verlieren kann. Das war der Moment, in dem er das Wasser hat überquellen lassen. Er hat Pram damit gerettet, das ist sicher. Vor allem aber hat er Asli gerächt, indem er die grausame Asing aus der Stadt vertrieben hat. Nicht das letzte Fünkchen ihrer Existenz sollte mehr auf dem Kontinent zurückbleiben – das ist ihm allerdings nicht gelungen, sie ist noch hier, aber davon später. Asli hatte sich für die Welsen geopfert. Sardes hat sich für Asli geopfert. Dass Pram dabei gerettet wurde, war eine begrüßenswerte Begleiterscheinung. Aber die Kraftanstrengung, die nötig war, um das Wasser der Quelle so hoch steigen zu lassen, dass es auch noch das letzte Dach benetzte, war gewaltig. Davon konnte Sardes sich nicht mehr erholen; davon konnte sich auch die Quelle nicht mehr erholen. Sein Sterben nahm seinen Anfang. Die Quelle begann zu versiegen. Das Wasser, das noch für Hunderte von Soldern gereicht hätte, war in einer Nacht verschwendet worden.‹«

Reva unterbrach abermals den Lesefluss. Felt richtete sich auf. *Pram wäre ohne Euer Zutun heute nicht das, was es ist.* Das waren Kersteds Worte gewesen, unten am Quellsee von Pram. Utate hatte dem steinernen Abbild des alten Quellhüters die Hand auf die Brust gelegt ... und Felt hatte die Scham auf Sardes' Gesicht gesehen. Nun verstand er. Kersted hatte nicht ahnen können, wie recht er mit seiner Einschätzung gehabt hatte. Sardes hatte Pram gerettet – und zugleich seinen Niedergang eingeläutet. Alles hing mit allem zusammen.

Reva blätterte, las aber nicht weiter.

»Was ist denn?«

»Einen Moment bitte.« Sie überflog die Seiten. »Wigo ergeht sich im Folgenden in seitenlangen Abhandlungen über das Wasser und die Bedeutung der Quellen, das muss ich nun wirklich überspringen. Das Wesentliche ist dir bekannt, mir sowieso ... ah, ab hier wird es wieder spannender. Du kannst dich ruhig wieder zurücklehnen, solange du mir nicht einschläfst.«

»Wohl kaum – ich erwarte den Auftritt des Todes.«

Felt blieb aufrecht sitzen. Reva nickte nur und las weiter:
»›Wenn ich den letzten Akt, den Akt vom Ende des Kontinents, inszenieren müsste – was ich glücklicherweise nicht

muss, das übernimmt der Weltenregisseur –, dann würde ich Asing und Asli ein zweites Mal aufeinandertreffen lassen. Aber wie das nun gehen soll, da sie doch beide seit über hundert Soldern tot sind? Nun, sie sind zwar tot, aber nicht aus der Welt. Sie sind noch hier, alle beide, und warten auf ihren großen, letzten Auftritt ... Ich verlasse das Theater, das ich nur benutze, um die Ungeheuerlichkeiten zu versinnbildlichen, die zurzeit vorgehen und die doch nicht wahrgenommen werden, und kehre in die Wirklichkeit zurück.

Was geschieht? Was wird geschehen? Welche Zeichen habe ich übersehen? Wo finde ich das Buch, das mir die Zusammenhänge offenbart? Das waren die Fragen, die ich mir zu Beginn des letzten Lenderns stellte. Ich bin eben ein Mensch und glaube das, was ich sehe, noch lieber das, was ich lese. Aber die Geschichtsschreibung ist empörend lückenhaft. Also musste ich selber denken – und deuten. Und das Buch der Antworten selber schreiben: Diese Aufzeichnungen hier haben zum Ziel, die Lücken zu schließen; ich begleite die Unda Reva auf ihrer Reise und werde Beweise sammeln für das, was zur Zeit noch Theorie ist, wenn auch eine sehr stichhaltige – man möge mir das Eigenlob verzeihen. Meine Theorie ist diese: Die Kraft *einer* Quelle war nicht ausreichend, um das Feuer, das in Asing brannte, das Feuer, das sie *war*, auszulöschen. Eine solche Energie, eine solche Kraft, geht nicht so einfach verloren ... Vielleicht, wenn *alle* Quellen, wenn alle Zwölf Wasser über die Ufer getreten wären, wenn der ganze Kontinent überflutet worden wäre – vielleicht hätte das genügt, um Asing endgültig aus unserer Welt zu vertreiben. Allerdings wären wir in diesem Fall alle nicht mehr hier, dann wäre die Menschheit schon vor hundert Soldern vom Kontinent geschwemmt worden. Aber ich behaupte: Das wäre unser Glück, das wäre eine Gnade gewesen. Denn was uns nun bevorsteht, ist sowohl für jeden Einzelnen als auch für uns als Gesamtheit schlimmer, als in einer großen Flut zu ertrinken. Uns erwartet ein Flammentod, weit grausamer und gewaltiger als der, der über Welsien gekommen ist. Asing wird uns verbrennen, jeden für sich im Feuer verglühen lassen, und sie wird den Kontinent auseinanderreißen – ganz so, wie sie selbst zerrissen worden ist. Wie?

Nun, in der Seele jedes Menschen gibt es wenigstens einen Raum, und mag es die kleinste Kammer sein, der dunkel ist. Wenn alles gut geht, wenn der Mensch ein einigermaßen erfülltes Leben führen kann und wenn er nicht zu sehr erschüttert wird, kann er diesen Raum verschlossen halten. Er muss nicht hineinsehen, er hat Besseres zu tun, und die Tür springt nicht von selber auf. Der Mensch kann in seinem Seelengebäude herumspazieren und es einrichten, wie es ihm passt: Er kann beispielsweise Herzlichkeit hineinstellen oder Großmut, Ehrlichkeit oder Treue, Mäßigung oder Weisheit, Tapferkeit oder Willensstärke – die Auswahl ist groß. Manche nehmen von allem ein wenig, andere von einem viel. Und, wir wissen es, nicht alle Räume in unserem Seelengebäude sind immer sauber und aufgeräumt. Wenn man nicht ständig hinterher ist, legt sich Staub auf die Möbel ... Aber die finstere Kammer bleibt verschlossen. Denn was da drin ist, darum kümmert man sich besser nicht – mit ein wenig Dreck kann man leben; dem Grauen zu begegnen, das *in einem selber* wohnt, ist zu entsetzlich.

Asing wird die Türen in uns öffnen und das Grauen herauslassen. Ihre Zornesfunken werden unsere Seelengebäude in Brand setzen und wir haben nichts, womit wir löschen könnten, denn die Quellen versiegen – warum sonst wären die Undae besorgt, warum sonst würden sie sich auf die Reise machen? Sie, die seit der Alten Zeit geschwiegen haben, die nichts getan haben, außer zu bewahren, greifen nicht ohne Grund ins Geschehen ein. Aber ich bin mir nicht sicher, ob sie die Ursache kennen für das, was vorgeht. Ich möchte mir nicht anmaßen, mehr zu wissen als eine Unda ... Aber Asing ist ins Feuer gegangen, mehr noch, sie hat sich aufgegeben, hat ihr Menschsein abgeworfen und ist Feuer *geworden*. Niemand hat sie davor bewahrt. Niemand hat Asing aufgefangen. Die Wege des Feuers sind für die Undae nicht gangbar. Was Asing ist, wo Asing ist, *das können die Undae nicht wissen.*«»

Felt hätte gern noch einen Schluck Wasser gehabt, aber der Becher war leer. Reva hatte ohne besondere Aufregung gelesen, aber sie hatte ihr Wandern eingestellt.

»Ich habe es gesehen ... « Felt hustete, würgte die Worte heraus, die sich genauso wenig unterdrücken ließen wie der Hustenreiz. »Ich habe gesehen, was in dieser Kammer wohnt. Dort, vor der Höhle. Vor dem Wolf. Bis zu den Knien habe ich in Blut gestanden. Ich bin hindurchgewatet. Es war ... entsetzlich. Ich habe Wellen gemacht. Und auf den Wellen tanzten die Köpfe meiner Kinder. Ich habe ... Ich hatte sie selbst abgeschlagen, ich! Ich konnte mein Schwert nicht mehr heben. Der Falke hat mich gerettet, und Babu. Ich selbst hätte nichts mehr tun können, ich stand bis zu den Knien in meiner Schuld.«

Reva schwieg dazu. Aber es war endlich heraus. Dass er seine Kinder nicht wirklich erschlagen hatte, sondern nur in Gedanken, war keine Erleichterung für Felt gewesen, und Wigos Worte hatten ihn nun noch mehr entsetzt: Das Undenkbare war möglich. In Felt, in einer dunklen Kammer seiner Seele, wohnte die Fähigkeit zu einer solchen Tat. Bis jetzt hatte er sich nicht vorstellen können, was es bedeutet, all seiner menschlichen Fähigkeiten beraubt zu werden – dabei hatte sich die Tür zur Kammer bereits ein Mal geöffnet und er hatte gesehen, was von ihm übrig bleiben würde, wenn alles andere versiegt und verbrannt war: ein Vater, der seinen eigenen Kindern die Köpfe abschlug und in ihrem Blut badete.

Er hatte es überstanden. Er hatte die Tür wieder geschlossen.

Reva sah ihn ernst und aufmerksam an. Sie wartete, bis Felt begriffen hatte, wie schwer die Prüfung gewesen war. Dann senkte sie wieder den Blick und las weiter.

»›Asing ist im Feuer, dort, wo es sie immer schon hingezogen hat. Im Feuer, das tief in der Erde fließt, noch unter dem Wasser. Was ihre Absicht ist, liegt auf der Hand: Sie will uns die Menschlichkeit entreißen, so wie sie ihr entrissen worden ist. Jeder von uns soll den Flammentod erleiden, den sie erlitten hat. Ihr Zorn und ihre Wut werden uns verbrennen. Die Erde wird beben. Tiere werden zu Bestien werden. Der Boden wird aufreißen und heiße Lava bluten. Der Kontinent wird in Flammen aufgehen. *Der Mensch wird die Welt nicht mehr verstehen.* Und mit jeder Erschütterung, die den Grund unter seinen Füßen erzittern lässt, mit jedem Riss, der sich öffnen wird, mit jedem Tier, das ihn wie aus dem Nichts anfällt, mit jedem Brand, der ihn zu verschlingen droht, wird auch der Mensch erschüttert werden. Bis endlich die Tür aufspringt und er von seinem Grauen überrannt wird. Dann wird sein Seelengebäude endgültig über ihm zusammenbrechen und ihn unter den brennenden Trümmern begraben. Was übrig bleibt, ist Asche.

Mit anderen Worten: Wir werden sterben, und zwar bald, denn nichts kann Asing aufhalten. Sie ist hier, in unserer Welt, aber sie ist nicht fassbar, sie ist gestaltlos. Sie ist lodernde Wut, brennender Hass, glühende Rachlust. Sie ist in den tiefen Feuern der Erde und sie ist in jedem von uns – sie ist der mächtigste Dämon, den man sich denken kann: Asing ist die Glut des Bösen. Sie ist nicht aufzuhalten, denn die Quellen versiegen. Wir haben ihr nichts entgegenzusetzen. Wir können die Wut nicht mehr mit Versöhnlichkeit löschen – denn sie ist aus der Welt. Wir können den Hass nicht mehr mit Liebe bändigen – denn es gibt sie nicht mehr. Wir können die Rache nicht mehr im Verzeihen ertränken – denn niemand wird mehr wissen, wie das geht. Wir werden brennen, alle. Es kann nur noch darum gehen, dass wir währenddessen nicht in den finstersten Raum unserer Seele schauen müssen. Schon dies wird unendlich schwer werden und nur wenigen gelingen. Ich hoffe für die, die meine Freunde sind, und für mich selbst, nicht allein im Schrecken sterben zu müssen. Ich hoffe, jemand wird da sein und mir dabei helfen, die Tür zur Kammer zuzuhalten. Ich mag es kaum aufschreiben, aber ich will den Gedanken festhalten: Es wäre ratsam, möglichst bald zu sterben. Denn je weiter der Weltenlauf fortschreitet, je mehr Quellen versiegen, desto schwieriger wird es sein, einen Menschen zu finden, der noch Mensch genug ist, um einen anderen in den Tod zu begleiten.‹«

Da war er also, der Tod. Er war schon längst aufgetreten und Felt hatte die Vorstellung gesehen – er hatte gesehen, wie die schwarzen Bestien sich auf das Mädchen, auf die jungen Kaufleute, auf die Soldaten, auf Gerder gestürzt hatten. Er hatte gesehen, wie die Menschen zusammengebrochen waren, noch bevor die Wölfe ihre Körper zerrissen hatten. Und er hatte das Entsetzen auf den Gesichtern der Toten gesehen, die sterbend in die finsterste Kammer ihrer Seele geblickt hatten.

Das waren keine Wölfe. Nein, natürlich nicht, Wigo hatte es gewusst. Das waren keine Wölfe, das waren Gestalten der Angst, Wirklichkeit gewordene Furcht. Dämonen des Entsetzens.

Wessen Furcht? Wessen Tür hatte Asing so weit aufreißen können, dass das Grauen nicht nur ihn überrennen, sondern weiterlaufen konnte – bis hinein in die wirkliche Welt?

»Reva«, Felts Stimme war belegt, »was schreibt er noch? Woher kamen diese Wölfe? Von *wem* kamen sie? Lies bitte weiter.«

Sie schüttelte den Kopf. Das aufgeschlagene Buch in ihrer Hand bebte. Sie legte die andere Hand auf die Seiten. Es dauerte lange, bis das Zittern abebbte und Reva antworten konnte.

»Hier steht nicht mehr viel, aber wenn du willst, lese ich zu Ende. Wigo schreibt: ›Ich bin mir bewusst, dass meine Theorie abenteuerlich klingt, und ich bin froh, dass ich sie vorerst für mich behalten kann. Kein Mensch will die Weltuntergangsfantasien eines Spinners hören. Und noch viel weniger will er hören, dass *er selbst* ein Tor zum Untergang ist, dass *durch ihn* eine unbezwingbare, üble Macht in unsere Welt gelangt. Außerdem hoffe ich immer noch, dass ich mich irre. Ich werde also weiter Beweise sammeln, ich werde beobachten, ich bin mit meiner Arbeit noch lange nicht fertig. Dies soll ein wahrhaft aufrüttelndes Werk werden. Die Ironie des Schicksals kümmert mich nicht: Ich werde die Chronik des Untergangs aufschreiben, auch wenn keiner mehr da sein wird, um sie zu lesen.‹«

Reva blätterte weiter und verstummte. Felt wusste, was sie sah: einen Punkt, tief eingedrückt. Eine zittrige Linie, einen zweiten Punkt. Und darüber den Schmier von Kohlebröckchen, der wie eine Wolke aussah. Oder wie der Rauch eines großen Feuers.

SIEBENTES KAPITEL

EINE INNERE FESTUNG

Sie waren Gefangene über der Stadt. Dass sie ganz oben auf einem Turm waren, hatte Felt erst spät entdeckt – er wäre beinah hinuntergestürzt. Während Babu saß, in einem seltsamen Zustand von gleichzeitigem Halbschlaf und vollkommener Wachheit, und seine Augen nicht vom unermüdlich am Himmel kreisenden Falken nahm, musste Felt sich bewegen. Er wanderte zwischen den verschieden großen Kugelbauten umher. Einmal trat er in eine enge, verschattete Gasse, die so plötzlich zu Ende war, dass Felt vor Überraschung strauchelte und fast hinabgefallen wäre.

Nun aber ging er, wie er immer gegangen war, tagein, tagaus. Er lief hinter den Bauten am Rand der Turmkrone entlang. Der Turm war so groß, dass die Runde nur wenig kürzer war als eine Wallbegehung in Goradt. Der Himmel wölbte sich strahlend blau über ihm; unten breitete sich die Stadt aus und bot zu jeder Zeit ein neues Bild aus Licht und Schatten im endlosen Berst. Hier und da blähte sich eine Staubwolke und zeugte davon, dass der Baumeister niemals ruhte, auch wenn seine Anwesenheit über dem Brunnen, der Quelle, immer spürbar war. Laszkalis griff sie nicht mehr an. Im Grunde hatte er das nie getan – er hatte sie zu sich geholt. Dass sie sich gesträubt hatten, dass sie so klein und zerbrechlich waren, körperlich und seelisch, war nicht seine Schuld. Konnte man an ein solches Wesen überhaupt menschliche Maßstäbe anlegen und von Schuld, Absicht oder Sorge sprechen? Was Laszkalis bewegte, konnte Felt nicht ergründen. Laszkalis ging auf den Wegen des Windes und er verstand, was Einsamkeit war: Manchmal fühlte Felt etwas neben sich wandern, eine kleine Hand in seiner und er wehrte sich nicht dagegen. Er vermisste Ristra schmerzlich, das hätte er vor keinem Menschen verbergen können, wie viel weniger vor Laszkalis.

Felt hatte keine genaue Vorstellung davon, wie lange sie nun schon in Wiatraïn waren, die Zeit war elastisch geworden. Das lag zum einen am Ort, daran, dass sie aus der Welt waren, und zum anderen am Fasten. Wie es Babu damit ging, wusste Felt nicht, sie sprachen kaum miteinander, aber es war unwahrscheinlich, dass er sehr litt. Ein Körper gewöhnt sich erstaunlich schnell an diese Situation, und wenn man auch die Gedanken vom Essen abzieht, öffnet sich ein Freiraum. Felt war, wie jeder Welse, schon oft dort hinausgetreten und hatte in der Leere seinen Willen trainiert. Das brauchte er nun nicht mehr. Er tat etwas anderes: Er erinnerte sich. An Marken, den Freund, der ihm ein Schwert hatte schmieden lassen, das besonders war, das das beste war. Der das, woran sein Herz hing, nicht für sich behalten, sondern Felt gegeben hatte. Er erinnerte sich an Kersted, der zu ungestüm, zu offenherzig war für einen Welsen und sich dessen nicht schämte, im Gegenteil. Kersted verkehrte die Schwäche zur Tugend, er fragte nach, er richtete seinen Mut auf an anderen, wenn er selbst nicht mehr konnte, und er war ehrlich. Felt erinnerte sich an Gerders Loyalität, die auch im Tod nicht gebrochen worden war. Und er erinnerte sich an Estrid, an die Geduld, die sie mit ihm gehabt hatte. Alles, was sie sich für ihr Leben erhofft hatte, hatte sie ohne Zögern eingetauscht für ein Leben mit ihm: Sie war fähig zu lieben. Felt löste die Erinnerung an diese Liebe von der Enttäuschung, mit der sie geendet hatte, und stellte sie als Wache vor die Tür, die verschlossen bleiben musste. Sie würde nicht fallen, diese Liebe war unüberwindbar. Er verstärkte die Mauern seines Seelengebäudes mit der Erinnerung an Markens Freundschaft, Gerders Ergebenheit, Kersteds Ehrlichkeit – er baute sich selbst aus zu einer Festung, auf deren Wällen er seine Wache halten konnte.

Er bereitete sich auf den Kampf vor, den er aufnehmen wollte. Er richtete sich darauf ein, der Letzte zu sein. Derjenige, dem kein anderer mehr helfen konnte, wenn sein Inneres einstürzen und die Tür zur dunklen Kammer aufspringen würde. Er schlief auf dem steinernen Sockel, Wigos Buch war sein Kissen. Er trank das Wasser der Quelle. Er ging seine Runde, Tag um Tag, und baute an der Festung seiner Menschlichkeit.

Erst als Felt sicher war, dass er nichts mehr verbessern konnte, dass alle auf ihren Posten waren, dass seine Verteidigung auch der grimmigsten Belagerung standhalten würde, rief er Babu zu sich und bat auch Reva, ihm in sein Quartier im Kugelbau zu folgen.

ACHTES KAPITEL

ABTRENNUNG

Babu wusste nicht, was er sagen sollte. Ein Scherz wäre unangemessen und jedes Wort des Bedauerns ebenfalls. Also blickte er schweigend auf Felt, der auf dem langgezogenen Sockel saß. Die eine Hand hatte er auf den Oberschenkel gestützt, den anderen Arm auf die niedrige Steinsäule vor ihm gelegt, ganz so, als säße er im Wirtshaus und warte auf sein Bier. Aber kein Wirt würde kommen, niemand würde einen Krug abstellen neben das, was dort auf dem Stein lag.

Felt hatte den Verband entfernt und die Verwüstung darunter sichtbar gemacht: Der Mittelfinger seiner rechten Hand war vollständig schwarz, der daneben ungefähr bis zur Hälfte. Den Übergang von totem zu lebendem Fleisch markierte ein rötlicher Ring. Der süße Geruch der Fäulnis schwebte in der Luft.

Babu war nicht zimperlich, aber Schlachtvieh zu zerteilen war etwas anderes, als einem lebenden Mann zwei Finger abzuschneiden. Reva warf ihm einen kurzen Blick zu, sie ging wie immer auf und ab, lautlos.

»Ich mache es selbst, Babu, aber ich brauche deine Hilfe. Und wir brauchen den Dolch.«

Babu legte ihn auf den Stein neben Felts verwesende Hand.

»Gut wäre, wenn wir noch einen Faden hätten, es geht auch ohne, aber Nähen wäre mir lieber. Mein Hemd taugt nichts, es ist zu grob und außerdem reißen die Fäden zu schnell.«

Babus Hemd war aus Leder. Reva blieb stehen, bückte sich und nestelte am Saum ihres Gewands. Sie reichte Felt ein schimmerndes Etwas, nicht dicker als ein Haar. Felt nahm den Faden zwischen die Zähne, zog, grinste, wickelte ihn mit dem linken Zeigefinger auf.

»Sehr gut.«

»Und eine Nadel?«, fragte Babu.

Felt blickte kurz auf seine toten schwarzen Finger.

»Die Nadel bekommen wir später.«

Ein Flüstern wehte durch den Raum, Felt hob den Kopf.

»Ich kann keine Zuschauer brauchen.«

Der Druck, mit dem er diesen Satz zwischen schmalen Lippen herausgepresst hatte, verriet, wie nervös er war. Er schloss kurz die Augen, der Glanz auf seiner Stirn verschwand: Laszkalis hatte ihm den Schweiß getrocknet. Felt holte tief Luft.

»Mach mir einen Knebel.«

Babu schnitt ein Stück von den Lederbinden ab, umwickelte mehrmals seine Hand, zog die so entstandene Schlaufe ab und umschlang sie dann fest mit dem Rest des Lederstreifens. In kürzester Zeit hatte er ein stabiles, längliches Knäuel gemacht. Er hielt es Felt hin. Der nahm es nicht, sein Blick hing noch an Babus Hand wie an einem Wunder. Babu legte den Knebel auf den Stein.

»Gut.« Felt räusperte sich. »Ich sage jetzt, was ich vorhabe und wobei ich Hilfe brauche; ich glaube nicht, dass ich das gleich noch kann. Zuerst den dritten, den Mittelfinger. Der muss ganz weg, runter bis auf das Grundgelenk. Beim vierten hoffte ich erst, ich könnte das mittlere Gelenk behalten, aber das Risiko ist zu groß. Lomsted, unser Arzt in Goradt, hat immer gesagt: Mutig schneiden, Brand vermeiden.«

Babu rang sich ein Lächeln ab und Felt fuhr fort: »Also bleibt hier ein Stumpf. Das ist zwar mehr Aufwand, aber ich denke, es lohnt sich. Ich werde den Knochen unterhalb des zweiten Gelenks durchschneiden. Wenn ich Glück habe, gelingt das beim ersten Versuch. Ich rechne nicht damit, der Knochen wird splittern. Der Dolch ist zwar scharf, aber heute wünschte ich, er wäre eine Schere. Nun, es lässt sich nicht ändern. Deine Hilfe, Babu, brauche ich bei den Sehnen. Du wirst wissen, wie stark sie sind. Wir müssen sie kürzen, sonst wird das nie ein guter Stumpf. Wenn ich sie also durch habe, wirst du daran ziehen und ich werde nochmals schneiden. Oder du. Andersrum müssen wir es mit der Haut machen, dem Fleisch. Das musst du zurückhalten, während ich den Knochen kürze, damit ein Überstand bleibt. Noch Fragen?«

Babu schüttelte den Kopf und auch Reva schwieg. Sie standen rechts und links der niedrigen Steinsäule, auf der Felts Hand lag wie ein Opfertier.

Er hob sie an, die schwarz verkrusteten Finger wie verkohltes Holz, und Reva nahm sie zwischen ihre schmalen, hellen Hände. Und obwohl Babu wusste, dass sie ihm nur die Hand kühlte, damit der Schmerz gedämpft und das Blut zurückgehalten wurde, erkannte er mehr in der sanften Berührung. Es war eine Huldigung an das Leid und an den, der bereit war, es zu ertragen.

Reva löste sich von Felt und entfernte sich ein paar Schritte. Felt legte sich mit der Linken die Finger auf der Steinsäule zurecht, spreizte den Zeigefinger von seinem toten Nachbarn ab, so weit es ging. Lehnte sich etwas zurück, atmete ein paar Mal tief ein und aus, den Blick konzentriert ins Nichts.

Griff den Knebel.

Klemmte ihn ein.

Nahm den Dolch, setzte die Spitze auf.

Hielt die Luft an.

Schnitt, Haut und Sehne.

Stöhnte die Luft aus.

Ließ den Dolch fallen, packte den Finger, beide Hände vor der Brust, atmete wieder ein. Und dann zog und drehte er mit aller Kraft, es knackte, als die Kapsel riss, ein tiefer, grollender Ton unter dem Knebel, der Finger hatte sich aus dem Gelenk gelöst.

Viel schwarzes Gewebe in der linken Handfläche, viel weißer Knochen auf dem Tisch. Immer noch verbunden mit der Hand. Die obere Sehne hatte Felt mit seinem ersten Schnitt durchtrennt, aber die untere, die starke Beugesehne zur Handfläche, hielt den Fingerrest fest. Babu griff danach und zog. Felt lehnte sich zurück, Augen weit auf, knurrend wie ein Tier – und Babu durchtrennte die gespannte Sehne mit einem Schnitt.

Wenig Blut. Felt hielt sein Handgelenk umklammert, die Augen jetzt geschlossen, den Kopf im Nacken. Sein Stiefel trat den Steinboden im Takt, in dem der Schmerz durch seinen Körper pulste. Babu nahm ihm den Knebel ab, spürte den kühlen Luftzug, der sanft über Felts blutleeres Gesicht strich. Den halb skelettierten Finger legte er beiseite, er würde eine gute Knochennadel machen, davon verstand Babu etwas, auch vom Nähen, aber das hatte noch Zeit. Felt hatte den schwierigeren Teil noch vor sich. Er schlug die Augen wieder auf.

Felt arbeitete schnell und mit einem solchen Ingrimm gegen sich selbst, dass Babu der Mund trocken wurde. Er war rechts neben den Verletzten getreten und stemmte sich auf Felts Handgelenk, während der versuchte, den Knochen des Ringfingers zu durchtrennen. Der splitterte wie ein abgenagter

Gelbhuhnschenkel – Babu hatte sie regelmäßig durchgebrochen, aus Spaß, es war erstaunlich schwer gewesen.

Felt hatte große Hände und starke Knochen, er brauchte drei Versuche. Er schrie ohne Unterlass, der Knebel war längst durchgeweicht, der Speichel rann ihm übers Kinn, aber er hörte nicht auf, bis der Knochen kurz genug und das Ende einigermaßen glatt war. Babu versuchte die Sehnen zu greifen, aber der Stumpf blutete stark, er bekam sie nicht zu fassen. Felt spuckte den Knebel aus, brüllte Babu an, beschimpfte ihn. Endlich ging Reva dazwischen.

»Felt? Felt! Hör auf zu schreien und schau mich an.«

Er tat es.

»Sehr schön, so ist es gut. Du hast es fast geschafft. Leg deine Hand hierher.«

Reva wischte über den Stein, Felt legte die blutende Hand ab. Sein Atem ging flach und schnell, Tränen liefen ihm über die hohlen Wangen. Sie wurden getrocknet.

Reva tippte, ohne hinzusehen, mit der Fingerspitze auf den Stumpf, in Felts Gesicht zuckte es. Sie lächelte ihn an. Dann schaute sie an ihm vorbei und sagte mit kalter Stimme: »Und du machst dich endlich nützlich, Laszkalis. Hör auf, ihm um den Kopf zu streichen, und trockne das Blut.«

Revas Berührung hatte die Blutung fast vollkommen gestillt und nun blies ein kräftiger Luftstrom auf den Stumpf, in das Loch, das der Mittelfinger hinterlassen hatte, und in die Blutlache auf dem Stein, teilte sie zu Rinnsalen, die die Säule hinabliefen. Endlich konnte Babu die grauweißen Enden der Sehnen erkennen.

»Bereit?«

Felt gab ein Grunzen von sich, das Babu für ein Ja nahm. Er schob schnell das Fleisch über dem Stumpf ein wenig zurück, griff sich eine Sehne, mit Zeigefinger und Daumen. Hielt sie fest mit den Fingernägeln. Als Felt wieder aufbrüllte und die Hand reflexartig zurückzog, schnitt er.

Felt fluchte. Umklammerte wieder sein Handgelenk. Schlug mit der Linken seine geschundene Hand auf den Stein, wieder und wieder, heulte vor Schmerz und vor Wut auf den Schmerz.

Babu sah die Qual in Felts farblosen Augen und im Schwarz der geweiteten Pupillen sah er kurz sich selbst. Schreiend im Schnee, zwischen den Schenkeln den gespaltenen Schädel eines großen Wolfs.

Felt zog den Rotz in der Nase hoch, sagte rau: »Bringen wir's endlich hinter uns.«

Ein Luftzug umkreiste die Säule, zog leise singend eine Spur in Felts Blut und verteilte es auf dem Steinboden ringsum. Die unsichtbare Präsenz schreckte Babu nicht mehr. Er löste sorgfältig die brandigen Fleischreste vom Fingerknochen, damit er eine Nadel schnitzen konnte. Felt war zurückgesunken auf den steinernen Sockel und schien selbst aus Stein zu sein. Er rührte sich nicht, er gab keinen Ton mehr von sich. Bruder im Schmerz.

Seiner würde irgendwann vergehen, Babus jedoch blieb. Sein Schmerz war der Wille des Falken, mit dem er das Band zwischen ihnen in Babu verankert hatte. Babu hatte lange Tage in den Himmel geschaut und seine Seele wie ein Tuch an dieses Band geknotet, sie zu Juhut aufsteigen lassen. Er war mit ihm über der Stadt gekreist und hatte weit schauen können, weiter denn je. Aber es gab nicht viel zu sehen, der Berst war leer.

Dann war die Leere in ihn eingesunken und hatte alles andere verdrängt: die Rachlust, die Schuldgefühle, die Verliebtheit – alles war verschwunden, über den Rand seines Bewusstseins gefallen wie über eine Klippe. Es war anders als im Schnee des

Gebirges, als das gleißend helle Nichts jeden Gedanken, auch den an ihn selbst, überblendet hatte. Babu wusste noch genau, was alles geschehen war, er erinnerte sich an jede Kleinigkeit, an Jator, wie er die Hühner über dem Feuer drehte, wie er lachte und sich dabei Bier auf die Hose schüttete. An Dant, den Gerber, wie er mit ledrigen Fingern die raue Schale des Eis berührte. Er erinnerte sich an das Entenpaar auf der träge dahinfließenden Merz, das kurze Beben, das die Tiere aufgescheucht hatte. Er erinnerte sich an Kanks gelbe, glasige Augen, an Kolra, der ihn angespuckt hatte, an die Nacht, an den Regen, an sein Pony, das in die Luft trat, während ihm das Blut aus dem Hals floss. Babu sah Nurus hellbraune Augen und ihre Brauen wie kleine, gespannte Bögen darüber – aber all das bedeutete ihm nichts mehr. All seine Gefühle waren aus ihm herausgefallen. Indem er sich von allen Wünschen, Zielen, Enttäuschungen gelöst und sich ganz dem Willen der Szasla unterworfen hatte, war er endlich doch frei geworden.

Ihm war, als ob ihn ein kühler Wind durchwehte. Es war angenehm, denn Babu wusste: Dieser Wind, selbst wenn er zu einem Sturm anschwoll, würde nichts mehr finden, an dem er rütteln konnte.

NEUNTES KAPITEL

ZURÜCK ZUM ANFANG

»Hast du die Tage gezählt?«

Babu schüttelte den Kopf. Sie saßen bei der Quelle und sahen über den Platz und auf das hohe Gebäude, in dem die Szaslas schliefen. Die löchrige Kuppel glühte rot im Licht der nur zögerlich sinkenden Sonne. Reva wanderte in einiger Entfernung auf und ab, mit gesenktem Kopf, die Kapuze tief hinabgezogen.

Felt versuchte im Gesicht des jungen Merzers zu lesen, aber das ging nicht mehr. Als sie sich begegnet waren, am Morgen nach dem Massaker, als sie die beiden Reiter getroffen hatten und auch hinter dem mächtigen Steinbogen, durch den der Atem des Bersts in den Kontinent blies, war Babus Gesicht ein Spiegel seiner Seele gewesen – jede Regung hatte Felt darauf erkennen können. Damit war es vorbei. Babu war hagerer geworden, was nicht nur am Fasten lag. Er war nun endgültig erwachsen. Felt blickte auf das Profil eines Mannes. Ein Schatten glitt darüber, der Falke kreiste. Ein Erinnerungsfetzen wirbelte durch Felts Gedanken: *Drei mal drei sollen gehen und dreimal eine begleiten, die Quellen aufzusuchen.*

Und so war es richtig, so sollte es sein, davon war er überzeugt. Das Schicksal hatte sie zusammengeführt – ihn, Babu und Juhut. Nicht, damit sie Freunde wurden. Sondern Gefährten. Gefährten in einem Kampf, der so weit über das hinausragte, was Felt über das Kriegshandwerk gelernt hatte, dass er seine Größe bis vor Kurzem noch nicht hatte ermessen können: dem Kampf um die Menschlichkeit.

Felt trank einen Schluck, reichte Babu den Becher, fragte: »Babu, wirst du mit uns kommen? Ich denke, es ist Zeit zurückzukehren.«

Babu antwortete nicht gleich. Er strich mit den Fingerspitzen über sein Stirnband, als ob er die Antwort aus seinem Kopf kitzeln wollte. »Die Welt geht unter, nicht wahr? Ich habe es gesehen.« Er wandte sich Felt zu, die braunen Augen blickten ernst. »Ich habe die Welt in Rot und Schwarz untergehen sehen. Ich war hoch oben und unter mir stand der Kontinent in Flammen.«

»Ja. Die Erde wird brennen und wir mit ihr. Ich weiß nicht, wie das zu verhindern ist. Aber ich will es herausfinden. Ich will es versuchen. Ich werde kämpfen. Um alles.«

Nun, als er es aussprach, wurde Felt bewusst, dass auch er sich verändert hatte. Er war hier, in Wiatraïn, im Kreis gelaufen. Hatte seine Runde gemacht, genau wie zu Hause in Goradt. Er hatte über den Berst geschaut und gesehen, was er immer gesehen hatte: nichts. Aber während er gegangen war, während er seine innere Festung ausgebaut hatte, war er von seinem Zögern zum Wollen gewandert. Er fürchtete sich nicht mehr vor der Größe der Aufgabe. Er würde ihre Lösung mit der gleichen Sturheit verfolgen, mit der er sich bisher dagegen gewehrt hatte, dass es überhaupt eine Aufgabe für ihn gab. Er hatte sich vollkommen neu ausgerichtet – und war dennoch derselbe geblieben. Er hatte sich selbst überrundet.

Reva war stehen geblieben. Für einen Augenblick schien das Leben den Atem anzuhalten: Die beiden Männer saßen reglos auf dem Rand des Brunnens, die Unda war erstarrt. Dann stand Babu auf, hob die Faust, und der Luftzug des landenden Juhut schlug ihnen ins Gesicht. Felt sah in das goldene Auge des großen Vogels und spürte dessen Überlegenheit – diese Kreatur war mächtig, war die denkbar wirkungsvollste Waffe im Kampf um die Menschlichkeit. Weil sie kein Mensch war. Die Szasla kannte keinen Verlust und keine Furcht, sie war immun gegen das Wirken des Dämons, zu dem Asing geworden war. Im Blick des Falken erkannte der Soldat Felt, dass es lohnte zu kämpfen, auch wenn der Sieg unwahrscheinlich war.

Juhut drehte den Kopf. Reva war zu ihnen gekommen. Sie öffnete die Hand und hielt die kalte weiße Flamme.

»Ich trage die Vergangenheit in mir. Ich bin das Gedächtnis des Kontinents. Wenn das Wasser schweigt, habe auch ich bald nichts mehr zu sagen.«

»Ich erinnere mich gut an das, was ihr uns in der Grotte gesagt habt: *Hoffnung ist Anlass, nicht Kenntnis.*« Felt nahm den Becher und trank einen Schluck. »Hoffnung braucht kein Wissen, oder? Hoffnung ist nicht Vergangenheit, sondern Zukunft.«

Revas Augen strahlten hell im Schatten der Kapuze. »Du hast recht. Und wenn du dich jemals gefragt haben solltest, warum die Undae nicht allein losgezogen sind, sondern die Begleitung von Welsen gesucht haben, dann hast du dir die Antwort gerade selbst gegeben. Niemand kann weniger weit in die Zukunft sehen als die Undae – kein Volk auf dem Kontinent hat die Zukunft geduldiger erwartet als die Welsen. Ihr haltet die Hoffnung fest umklammert. Du tust es, Felt, auch wenn du dir dessen bisher nicht bewusst warst.«

»Dann sollten wir gehen. Bevor ich wieder loslasse. Ich mag zwar groß reden, aber mein Griff war schon einmal fester.«

Er lächelte. Die Hand unter den stramm gewickelten Lederbinden heilte gut, aber als Schwerthand war sie nicht mehr zu gebrauchen.

»Ihr habt euch also entschlossen? Du auch, Babu?«

»Ja.«

Reva quittierte seine Zustimmung mit einem anmutigen Nicken. Eine Geste, die Felt an die Nacht in den Aschenlanden erinnerte, als er die Quelle aus dem toten Boden gegraben hatte. Damals hatte er das deutliche Gefühl gehabt, er habe mit seiner Zusage, sich um sie zu kümmern, einen Eid geschworen. Er hatte in die Asche seiner Heimat zurückkehren wollen; er hatte zu Estrid zurückkehren wollen. Ob ihm das gelingen würde, war ungewisser denn je. Der Kreis, den Felt gehen musste, um wieder zum Anfang zu kommen, war so groß geworden, dass es unmöglich schien, die Wegstrecke innerhalb einer Lebensspanne zu schaffen.

»Wie lange wirst du fort sein? Ein Solder? Drei Soldern? Zehn? Sag es mir, Felt!«

»Ich weiß es nicht.«

Estrid hatte Goradt verlassen. Hatte ihre Heimat, hatte ihn verlassen. Und sie hatte richtig entschieden. Die Zeit, die nun kam, war keine Zeit des Wartens – nur zu überleben, das war nicht mehr genug.

»Wir müssen aufbrechen«, sagte Felt. »Unverzüglich.«

Reva sah auf zur zentralen Schale des Brunnens.

»Er weiß es. Er wusste es längst.« Sie schob sich die Kapuze aus der Stirn und blickte Babu und Felt an. »Dennoch werden wir Laszkalis überzeugen müssen, sonst wird er uns nicht gehen lassen. Unsere Welt ist nur eine von vielen, unsere Zeit ist nur ein Seufzer in der Ewigkeit, die Laszkalis atmet. Wenn wir bleiben, hier in Wiatraïn, wenn wir unsere Welt und unsere Zeit vergessen, dann können wir Anteil haben an dieser Ewigkeit. Das ist sein Angebot: alles vergessen, sogar den Tod.«

»Nein«, sagte Felt und blickte in die Leere über dem Brunnen. »Ich lehne ab. Ich weiß nicht, wie lange ich gebraucht habe, aber ich bin in die entgegengesetzte Richtung gegangen: Ich habe nicht *vergessen*, ich habe mich *erinnert*. Ich kann nicht hierbleiben. Ich *muss* zurück.«

Reva lachte auf: »Welsische Sturheit! Durch nichts zu erschüttern – nicht einmal durch die Aussicht auf ewiges Leben. Es ist gut, Felt, er wird uns gehen lassen. Dein Entschluss steht fest, ich sehe es, und Laszkalis sieht es auch. Es ist gut und ich bin froh über deine Entscheidung. Du musst wissen: Es liegt in der Natur der Sache, dass man zu gewissen Einsichten gelangt, wenn man aus der Quelle der Erkenntnis trinkt – aber in welche Richtung man sich entscheidet, das kann niemand beeinflussen. Nicht einmal ich.«

Der Becher in Felts Hand zitterte kaum merklich. »Die Quelle der Erkenntnis?«

Reva lächelte nur. Felt hatte sie nicht nach der Bedeutung dieser Quelle gefragt. Es war nicht nötig gewesen. Bereits beim ersten Schluck Wasser hatte er gespürt, was die Quelle von Wiatraïn ihm geben konnte – ohne dass er es hätte benennen können.

»Es ist, wie ihr euch denken könnt, außerordentlich sinnvoll, nach Wiatraïn zu gehen und diese Quelle aufzusuchen, wenn man sich über bestimmte Dinge klar werden möchte.« Reva ging vor den Männern auf und ab, während sie weitersprach. »Der Weg hierher ist beschwerlich, aber ich glaube, es hat sich gelohnt – für euch genauso wie für mich. Ihr habt euch beide gewandelt. Ihr habt vieles begriffen. Über euch selbst und darüber, was uns bevorsteht.«

»*Werdet euch bewusst, wer ihr seid und was ihr tut*«, sagte

Babu. Ja, das hatte Reva von ihnen gefordert, als sie über die Wolken gegangen waren und die unmögliche Stadt vor ihnen lag. Und genau das hatten sie getan – sie hatten sich gewundert, so sehr, dass sie glaubten, den Verstand zu verlieren. Aber schließlich hatten sie begriffen. Felt wusste nun, wer er war und was er tun musste. Er war der, der als Letzter, der allein sterben würde – und bis dahin musste er kämpfen.

Felt wusste auch die Antwort auf seine nächste Frage, dennoch kam sie ihm nur zögerlich über die Lippen: »Diese Quelle hier ist aber nicht in Gefahr, oder?«

»Nein«, sagte Reva. »Sie war es nie und wird es niemals sein. Diese Quelle ist ewig und sie ist recht ... abgelegen. Leider gilt das nicht für alle der Gam Orodae.«

»Der was?«

»Der Gam Orodae, der Großen Drei. Zwölf Wasser sollen fließen ... Aber drei Quellen sind von besonderer Bedeutung. Versiegt auch nur eine von ihnen, gibt es keine Rettung mehr.«

Felt stellte den Becher ab und umfasste seine verkrüppelte Hand.

»Zwei dieser Großen Drei habe ich nun gesehen, nicht wahr? Torviks Quelle, die Quelle der Hoffnung, und diese hier, die Quelle der Erkenntnis. Welches ist die dritte?«

»Kannst du dir das nicht denken?«

»Doch.« Felts Stimme war rau. »Es muss die Liebe sein.«

»So ist es.« Revas Augen ruhten auf ihm. »Ohne Hoffnung ist alles tot. Ohne Erkenntnis sinken die Menschen ins Tierhafte zurück. Fehlt die Liebe, erstickt die Sinnlosigkeit jeden Lebenswillen. Ohne Liebe gibt es keine Zukunft.«

Felt schluckte, denn er war sich sicher: Diese dritte Quelle würde er niemals zu Gesicht bekommen und er würde niemals direkt aus ihr trinken.

»Smirn ist auf dem Weg dorthin«, sagte Reva. »Vielleicht ist sie schon angekommen, in Wiatraïn vergisst einen die Zeit.«

Smirn war auf dem Weg ... und Marken begleitete sie. Dies allein war etwas, das die Besorgnis schmälerte. Warum es Felt dennoch so betrübte, dass er nicht selbst bis zur Quelle der Liebe gehen sollte, war ihm nicht ganz klar. Ihm kam es nur so vor, als ob sogar unter den Großen Drei eben jene die bedeutsamste war.

Der Hafen von Wiatraïn war ein bedrückend schöner Ort. Die weißen Wogen des Bersts schwappten geräuschlos in die langgezogene steinerne Bucht. Der Mond stand groß, voll und hell am Himmel, wie er es über dieser Stadt immer tat. Er legte sein blankes Licht auf das geschliffene Ufer und auf schlanke Boote, die wie sich sonnende Eidechsen still am Saum der Wolken lagen. Laszkalis hatte sie auf seinen langen Armen hierhergetragen. Während des Flugs – der, wenn man sich darauf einließ, ein angenehmes, schwebendes Drehen war – hatte Felt die Augen geschlossen gehalten. Er hatte sich schwerelos gefühlt und war für einige Momente zurückversetzt in die säulengestützte Halle der Quelle von Pram, als das gleißende Licht ihm die Last seiner Existenz von den Schultern gehoben hatte. Wenn dieser Flug ein Vorgeschmack auf das ewige Vergessen war, das sie in Wiatraïn hätten erlangen können, so war Laszkalis' Angebot mehr als großzügig gewesen. Und sie waren grenzenlos dumm, es auszuschlagen.

Aber dann stand Felt wieder auf festem Boden, spürte neben sich Revas Kühle und sah im Augenwinkel ihr Gewand silbrig schimmern. Babu wurde vor ihnen auf die Füße gestellt und strich sich die Haare aus dem Gesicht. Es war einen Atemzug lang nicht von dem Ernst verschleiert, der Menschen zeichnet, die einen ständigen Schmerz ertragen müssen. Und Felt wusste: Das Angebot selbst war bereits das größte Geschenk gewesen, das er je bekommen hatte – er hatte die Aussicht auf Gnade gehabt. Er war nicht in sie eingetaucht. Aber er hatte ihren Glanz gesehen und ihren Widerhall gehört. Er konnte sich nun sicher sein, dass es sie gab – wer konnte das schon von sich behaupten?

»Ich bin in meinem Leben noch nie mit einem Boot gefahren«, sagte Babu und strich mit der Hand über einen glänzend polierten Rumpf. »Und nun soll es eines aus Stein sein.«

»Schaut nicht zurück«, sagte Reva. »Und schaut nicht hinunter. Nur nach vorn.«

Sie hielten sich daran. Sie saßen in einem Boot aus Stein, der Bug pflügte die Wolken des Bersts und sie schauten geradeaus. Wohin die grenzenlose Kraft ihres unsichtbaren Fährmanns sie treiben würde, war ungewiss, aber auch völlig nebensächlich. Wenn der ganze Kontinent auseinanderbrechen sollte, war es belanglos, an welches Ufer sie geweht würden. Aber wie die Katastrophe verhindern, wie an einer solch unendlich großen, unübersichtlichen Front kämpfen? Wie das Feuer daran hindern, aus der Erde zu steigen; wie die Menschen davor bewahren, im Angesicht des Grauens den Verstand zu verlieren? Wie Asing besiegen, den gestaltlosen Dämon, die Glut des Bösen? Felt wusste es nicht. Es war unmöglich.

Aber in einem steinernen Boot zu sitzen und über ein Wolkenmeer zu fahren war ebenso unmöglich und sie taten es dennoch. Es war ein Widerspruch, der von Laszkalis aufgehoben wurde. Es war nicht zu verstehen und dennoch geschah es. *Der Mensch wird die Welt nicht mehr verstehen*, das hatte Wigo geschrieben. Und dann würden die Türen sich öffnen. Aus dem Dunkel dahinter würden finsterste Gedanken, abscheuliche Gelüste und grässliche Ängste die Menschen anspringen, sie überrennen und weiterlaufen – bis hinein in die Wirklichkeit. Jeder einzelne Mensch war ein Tor zum Untergang. Und alle gemeinsam würden sie schließlich, die Seelen zertrümmert, einer unbesiegbaren Armee des Entsetzens gegenüberstehen – denn die Quellen versiegten. Die Menschheit würde niedergeworfen werden von den Dämonen, die sie selbst geboren hatte.

Felt schaute auf die schmale Gestalt, die vor ihm am Bug stand und der der Fahrtwind die Kapuze vom Kopf geweht hatte. Wie gut die Undae ihn und die Kameraden vorbereitet hatten: Gleich zu Beginn hatten sie die Offiziere zu Torviks Quelle geführt, an einen Ort, über dem ein Zauber lag. Einen Ort, an dem es keinen Zweifel gab. Die Undae hatten den Welsen so viel Hoffnung mit auf den Weg gegeben, wie es nur möglich war. Felt umfasste den kleinen Lederbeutel an seinem Hals. *Die Quellen sind eine Möglichkeit – es bleibt uns Menschen überlassen, was wir damit anfangen.* Die Hohen Frauen hatten ihnen das Ziel gezeigt, noch bevor sie wirklich losgegangen waren. Den Weg aber musste jeder selbst gehen.

Der kräftige Flügelschlag des auffliegenden Falken riss Felt aus seinen Gedanken.

Babu, der mit gesenktem Kopf gesessen hatte, die langen Haare im Gesicht und den großen Vogel auf der Faust, richtete sich auf. Er schaute Felt direkt in die Augen und doch durch ihn hindurch: »Ich sehe es. Ich sehe Land.«

Der Bug des Bootes schob sich mit einem schmatzenden Geräusch in weichen Grund. Lang hatte die Fahrt gedauert und der Tag nahte bereits. Der Mond hatte sich von ihnen entfernt, klein und beinah durchsichtig stand er über dem Wolkenhorizont. Der Himmel hingegen hatte sich gesenkt und seine Klarheit verloren. Matt und dunstig drückte sich das Morgengrauen auf sie. Reva entzündete ihr kaltes Licht, hob es hoch.

Sie befanden sich auf einer grasigen, sanft gewellten Ebene, über die der Berst seine nebligen Finger ausstreckte, bis sie sich in der Ferne auflösten. Kein Laut lag in der Luft und auch die Luft selbst war unbewegt.

Sie waren zurück.

Und doch waren sie erst am Anfang. Felt setzte den Stiefel aufs feuchte, kurze Gras.

ANHANG

PERSONEN

Merzer

Babu, eigentlich Badak-An-Bughar Bator, Neffe des Thons,
   Hirte, circa 17 Soldern alt
Jator, Freund Babus, circa 20 Soldern alt
Bator Thon, eigentlich Bant-Kaltak Bator, Oberhaupt der
   Merzer, Onkel Babus, circa 60 Soldern alt
Ardat-Ilbak Bator, Bruder Bator Thons, Vater Babus, tot
Kolra, Kind, Enkel Bator Thons
Meister Dant, Gerber
Meister Balk, Lederer
Kank, Vetter Meister Dants

Welsen

Felt, Offizier der Wache, circa 40 Soldern alt
Kersted, Offizier, Pfadmeister, circa 20 Soldern alt
Marken, Offizier, Waffenmeister, circa 45 Soldern alt
Estrid, Ehefrau von Felt, Schwester von Remled, Mutter von
Ristra und *Strem*, circa 35 Soldern alt
Remled, Schmied, Bruder von Estrid, Sohn von Borger
Borger, Schmied, Vater von Estrid und Remled

Rendlid, Baumeisterin
Strinder, Stallmeister
Lomsted, Heilmeister
Talmerd, Kampfmeister
Hauptmann, oberster Befehlshaber der Welsen in der Funktion eines Statthalters
Kimmed, Soldat
Gerder, Soldat
Fander, Soldat
Strommed, Soldat
Ein *Merger*, verteilt Essensrationen
Temmer, Diener in der Lorded
Simlid, Mutter von Lerd
Dem, Meister der Schmelzer

Pramer
Mendron, Fürst von Pram, circa 35 Soldern alt
Wigo, Übersetzer und Chronist, circa 30 Soldern alt
Kandor, Waffeneinkäufer, circa 50 Soldern alt
Belendra, Frau von Kandor, circa 40 Soldern alt
Sardes, Leibgardist des Fürsten und Quellhüter

Undae
Reva, reist mit Felt
Smirn, reist mit Marken
Utate, reist mit Kersted

Seguren
Nendsing, Astronomin
Telden, Kartograf
Gilmen, Adeptin, Vorstand im Rat der Hama

Nogaiyer
Nuru, eigentlich Nurda-Ad-Uruz Nogaiyer, Tochter Nogaiyer Thons, circa 16 Soldern alt
Timok, eigentlich Timur-Din-Okaz Nogaiyer, ihr Bruder, circa 18 Soldern alt

Andere
Torvik, Quellhüter
Laszkalis, Quellhüter
Asshan, Falkner

Historische Persönlichkeiten
Welsen:
Farsten, letzter König der Welsen

Seguren:
Asli, Adeptin
Asing, Adeptin

Pramer :
Palmon, Fürst von Pram

Kwother:
Horghad, Heerführer
Silhad, Heerführer

Steppenläufer:
Eukosi, König

KALENDER, SPRACHEN, WÄHRUNGEN

Solder, Manor, Zehne

Die Welsen kennen nur zwei Jahreszeiten, *Lendern* und *Firsten*. Das Jahr (*Solder*) hat zwölf Monate (*Manor*) mit jeweils dreißig Tagen. Die Monate werden gedrittelt in *Zehnen*, so ergibt es sich, dass jeder Monat eine erste, zweite und dritte Zehne hat. Diese Einteilung wurde von allen zivilisierten Völkern übernommen, allen voran den Pramern, und hat auch nach dem Sturz der Welsen noch Bestand.

Die Differenz zum Sonnenjahr wird ausgeglichen durch die *Haf*, eine Spanne von vier zusätzlichen Tagen, die an den letzten Lendernmonat angehängt wird.

Kremlid

Trotz der Haf addiert sich eine Diskrepanz zum Sonnenjahr. Alle fünf bis sieben Soldern wird deshalb (vor allem in Pram) die *Kremlid* begangen, ein sieben Tage dauerndes Feuerfest, das an die Niederwerfung der Welsen erinnert.

Zeitrechnung

Die neue Zeitrechnung beginnt mit dem wichtigsten historischen Ereignis: der großen Feuerschlacht, die den Untergang des Welsenreichs zur Folge hatte. Sie markiert das Jahr null. Wir schreiben das Jahr 107. Alles, was vor der Schlacht war, wird mit *anda* datiert, alles danach mit *tergde*.

Die Zehnentage
Die Namen der einzelnen Tage der Zehne gehen nicht auf die Welsen zurück, sondern wurden von der Allianz der Siegermächte in der Feuerschlacht bestimmt und erinnern größtenteils an die wichtigsten beteiligten Persönlichkeiten:

Palmon	1. Tag; Name des Fürsten von Pram
Deller	2. Tag; keine Zuordnung; wörtlich *der Zweite*
Iller	3. Tag; keine Zuordnung; wörtlich *der Dritte*
Silhad	4. Tag; Heerführer der Kwother
Horghad	5. Tag; Heerführer der Kwother, Bruder von Silhad
Eukosi	6. Tag; Name des Königs der Steppenläufer
Asli/Asing	7. Tag; Name einer segurischen Adeptin; beide Versionen sind gebräuchlich
Efrid	8. Tag; Name der Königin der Welsen, verbrannt
Farled	9. Tag; Name des Prinzen der Welsen, verbrannt
Farsten	10. Tag; Name des Welsenkönigs, verbrannt

Die Welsen verwenden diese Bezeichnungen nicht. Wenn sie einen Tag genau benennen wollen, zählen sie die einzelnen Tage der Zehne durch.

Die Sprachen
Welsisch war *anda* die meistgesprochene Sprache der zivilisierten Welt und viele Begriffe und Worte haben sich, ebenso wie

der Kalender, bis heute erhalten oder sind »eingepramscht« worden.

Mit dem Aufstieg von Pram zum Handels- und Machtzentrum wurde Pramsch die wichtigste Sprache des Kontinents. Eine Gemeinsprache gibt es nicht.

Die Währung

Fürst Palmon von Pram war es gelungen, die Kwother zu überzeugen, den *Dus* als Währung zu akzeptieren. Heute werden alle (seriösen) Handelsgeschäfte des Kontinents in *Dus* und *Petten* abgewickelt.

Dus (Plural: *Duro*)	Feingoldmünze
Tes (Plural: *Tessel*)	1/3 Dus; tatsächlich eine dreieckige Münze
Sed (Plural: *Sedra*)	Silbermünze; 75 Sedra sind ein Dus
Petten (Plural: *Petten*)	1/4 Sed; quadratische, gelochte Silbermünze
Rellies (nur Plural)	Gelochte Kupfermünzen ohne großen Wert. Als Zahlungsmittel nur akzeptiert zusammengebunden zu *Schnüren*.

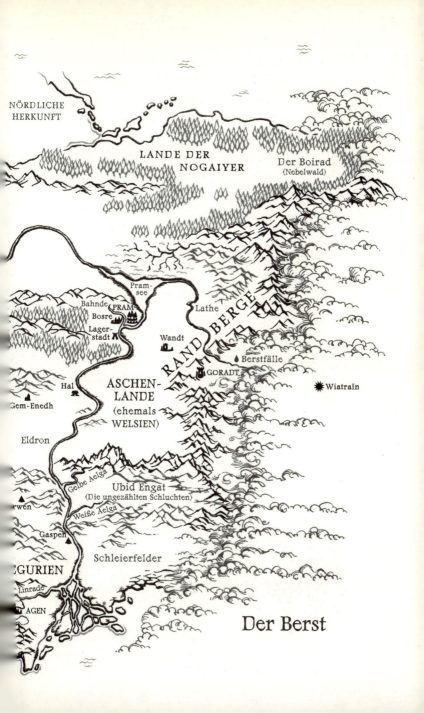

ANMERKUNGEN UND DANK

Die Rede Palmons im Prolog hat in wenigen Passagen Ähnlichkeit mit der Rede Ernst Reuters vom 9. September 1948 vor dem Reichstag in Berlin.

Die Welsen kämpfen mit Eineinhalbhändern, der Fechtstil ist an den der »Deutschen Schule« angelehnt. Ich habe mich bei meinen Recherchen vor allem an dem Buch *Schwertkampf – Der Kampf mit dem langen Schwert nach der Deutschen Schule* von Herbert Schmidt orientiert (Wieland Verlag: Bad Aibling 2007).

Mein Dank gilt: Tobias Bach, Dieter und Ulrike Balkow, Hannelore Hartmann, Thomas Hölzl, Dr. Barbara Meyer, Beate Schäfer, Philipp Laurids Schultze.

E. L. Greiff

www.12wasser.de